PAUL GARRISON

Kaltes Feuer

Roman

Aus dem Amerikanischen
von Heinz Zwack

BLANVALET

Die Originalausgabe erschien unter dem Titel
»Fire and Ice« bei Avon Books,
a division of The Hearst Corporation, New York

Umwelthinweis:
Alle bedruckten Materialien dieses Taschenbuches
sind chlorfrei und umweltschonend.
Das Papier enthält Recycling-Anteile.

Blanvalet Taschenbücher erscheinen im Goldmann Verlag,
einem Unternehmen der Verlagsgruppe Bertelsmann.

Genehmigte Taschenbuchausgabe 4/2000

Umschlaggestaltung: Design Team München
Umschlagfoto: Bavaria/FPG
Satz: deutsch-türkischer fotosatz, Berlin
Druck: Elsnerdruck, Berlin
Titelnummer: 35239
Redaktion: Jutta Greis und Andreas Jäger
BH · Herstellung: Heidrun Nawrot
Made in Germany
ISBN 3-442-35239-8

1 3 5 7 9 10 8 6 4 2

Für Jackson Cole

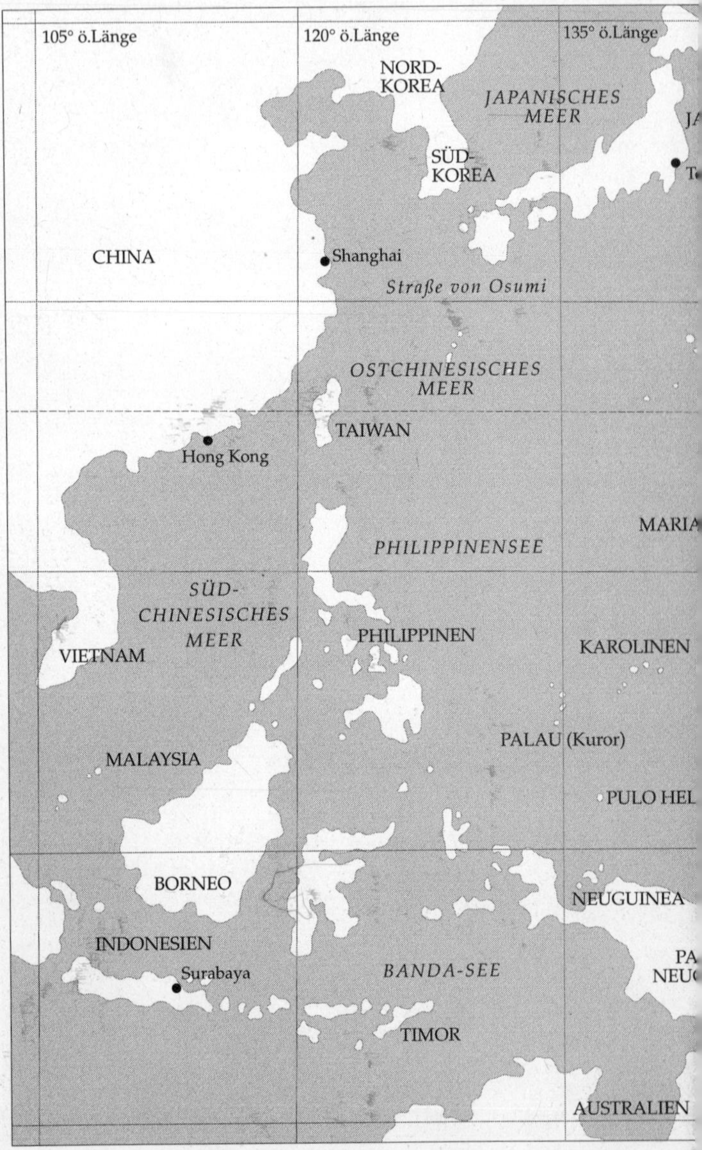
105° ö.Länge
120° ö.Länge
135° ö.Länge
NORD-
KOREA
JAPANISCHES
MEER
SÜD-
KOREA
CHINA
Shanghai
Straße von Osumi
OSTCHINESISCHES
MEER
TAIWAN
Hong Kong
PHILIPPINENSEE
SÜD-
CHINESISCHES
MEER
PHILIPPINEN
KAROLINEN
VIETNAM
PALAU (Kuror)
MALAYSIA
BORNEO
NEUGUINEA
INDONESIEN
Surabaya
BANDA-SEE
TIMOR
AUSTRALIEN

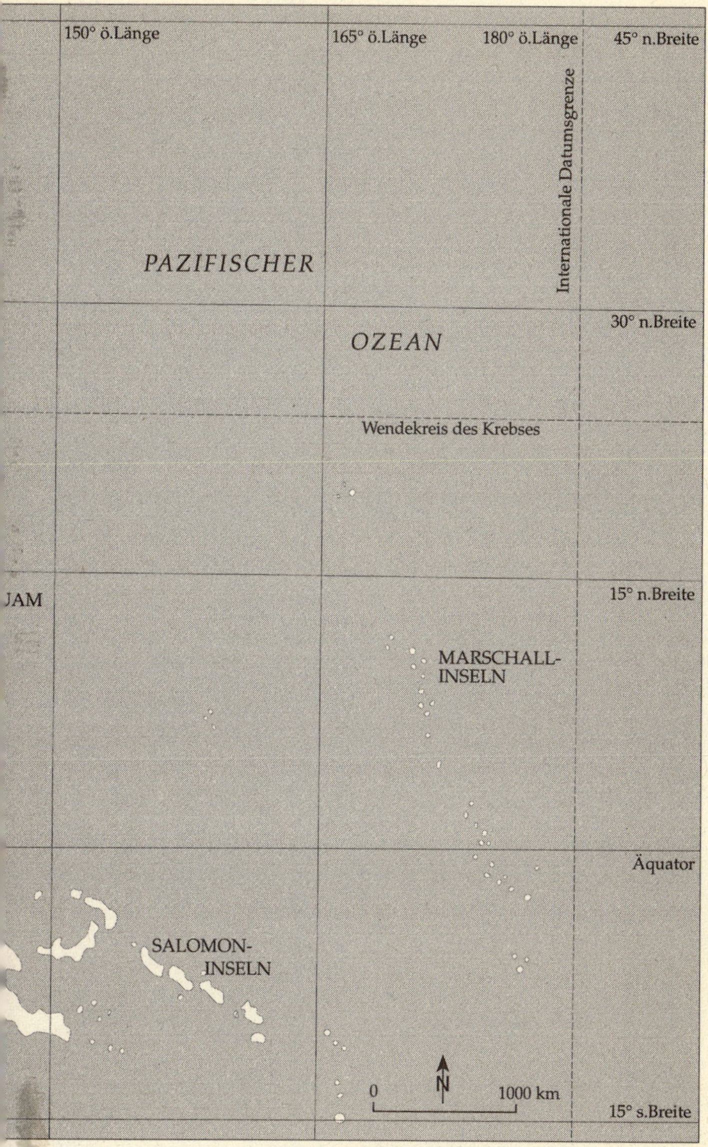
150° ö.Länge
165° ö.Länge
180° ö.Länge
45° n.Breite
Internationale Datumsgrenze
PAZIFISCHER
OZEAN
30° n.Breite
Wendekreis des Krebses
JAM
15° n.Breite
MARSCHALL-
INSELN
Äquator
SALOMON-
INSELN
0
N
1000 km
15° s.Breite

1

Er hielt seinen Sextanten in den Himmel.

In der Äquatorzone endete die Nacht im Pazifik abrupt. In jenen wenigen Augenblicken, in denen das erste Licht den Horizont erkennen ließ und der Himmel noch strahlte, senkte er die winzigen Spiegelbilder von Jupiter, Antares und Capella, bis sie den Rand der See küßten. Dann blickte er bedächtig in die Runde und ging hinunter, um auszurechnen, wo er zwischen ihnen stand.

Sie schlief auf dem doppelt breiten Kajütenbett, die Hüfte verdreht, die langen Arme und Beine wohlig ausgestreckt. Er trug die Position der Gestirne auf einer mit Riffen und Atollen übersäten Karte ein und zog mit dem Bleistift ihren Kurs von den Marshallinseln nach.

In der Kabine war es noch kühl, also kroch er auf ihr Kajütenbett, um Sarah zuzudecken. Sie lächelte im Schlaf, und als sie einladend den Rücken krümmte, küßte er sie und strich mit seinem Bart sacht über ihr Rückgrat.

Der Kollisionsalarm begann zu heulen.

Sarah war sofort wach und hastete unter der Decke hervor, um sich um das Boot zu kümmern. Michael Stone fing sie mit den Armen auf, spürte das Hämmern ihres verängstigten Herzens unter ihren Brüsten. »Schon gut. Ich rufe, wenn ich dich brauche.«

Er rannte an Deck. Auch sein Herz schlug schneller.

Die Sonne war inzwischen aufgegangen und brannte bereits unbarmherzig herunter.

Er sah weder Land noch ein anderes Schiff. Aber sie segelten in einem tiefen Tal zwischen zwei hohen Passatrollern und lagen tief unter den Kämmen. Ehe er sehen konnte, was den Alarm ausgelöst hatte, mußte er warten, bis der Berg hinter ihnen das Boot überholte und hob.

Die *Veronica* war eine alte, von der Sonne ausgebleichte Achtunddreißig-Fuß Nautor Swan, nach modernen Begriffen also klein. Stone hatte sie als Kutter umgetakelt und hielt sie, wo immer Einfallsreichtum Bargeld ersetzen konnte, auf höchst erfinderische Weise in Schuß. Das einzige High-Tech-Element der Takelage war ein ungewöhnlich hoher Mast aus Kohlefasermaterial, den er aus einem Rennboot ausgebaut hatte und der die *Veronica* wie einen Tarnkappenbomber für Radar praktisch unsichtbar machte.

Ihre zehnjährige Tochter kam jetzt im Pyjama die Kajüttreppe herauf. »Was ist denn los?« Sie gähnte.

»Irgend etwas hat unser Radar erschreckt.«

»Was denn?«

»Das werden wir gleich sehen.«

Ronnie schwankte schläfrig mit dem Boot mit und schlang einen Arm um die Hüfte ihres Vaters. Mit dem anderen klammerte sie sich an den fadenscheinigen Snoopyrucksack, in dem sie ihre Sachen aufzubewahren pflegte. Stone beugte sich zu ihr herunter und gab ihr einen Kuß. »Guten Morgen, Süßes. Komm, vielleicht ziehen wir dir besser deine Rettungsweste an.«

Das führte zu Ronnies üblichem Einspruch – das Kindernetz, das mit den das Deck umspannenden Rettungsleinen verbunden war, sei für jemanden in ihrem Alter beleidigend.

»Bloß bis wir wissen, was dort draußen los ist.«

Wie alle Seeleute empfand er tiefes Mißtrauen gegenüber

jeglichen Gerätschaften. Obwohl er das Warnsystem selbst gebaut hatte und einigermaßen sicher war, daß das Radar einfach nur ein viele Meilen entferntes Ziel erfaßt hatte, als die *Veronica* sich auf dem letzten Wellenkamm befunden hatte, wäre es doch keine totale Überraschung für ihn gewesen, auf der anderen Seite der nächsten Welle die ganze Dritte Flotte zu entdecken.

Er holte Ronnies Rettungsweste aus einem Spind im Cockpit, legte sie ihr an und überlegte dann, ob er Sarah an Deck rufen sollte. Wenn auf See etwas schieflaufen konnte, dann tat es das gewöhnlich auch.

Die See sammelte sich achtern, türmte sich vor dem Himmel auf und schob sich unter den Fiberglasrumpf. Das Boot stieg wie eine Möwe im Wind auf, schoß auf den Kamm, und plötzlich breitete sich vor Stones Augen meilenweit der Pazifik aus.

Er drehte sich schnell im Kreis, suchte den Horizont ab. Dünner Nebel achtern ließ Veränderungen befürchten, und ein vager Himmel im Norden deutete darauf hin, wie ungeheuer weit der Wintermonsun Chinas reichte, aber für den Augenblick wirkte die See freundlich und so völlig leer, daß er den Eindruck hatte, er und Ronnie und Sarah segelten ganz allein auf dem Planeten.

Eine Stimme im Bauch sagte ihm, daß das Warnsystem ein großes Schiff gespürt hatte. Er drehte sich noch einmal im Kreis, ehe die Welle weiterschoß und die *Veronica* wieder in das Wellental sank. Ein seltsamer Ort, um ein Schiff zu finden, aber Land konnte das Radar nicht signalisiert haben. Noch nicht – obwohl seine Positionsberechnung von dem sich bewegenden Boot aus natürlich durchaus fehlerhaft sein konnte, besonders da seine Zeit so knapp gewesen war und der Planet Jupiter sich ja schließlich unabhängig von den Sternen bewegte.

Eine weiße Seeschwalbe, die dicht über den Wellen dahinfegte, verkündete, daß sie höchstens fünfundzwanzig Meilen von der nächsten Küste entfernt waren. Aber das Deck und der Rumpf ließen Michael noch keine von Land zurückgeworfenen Wellen spüren. Also lagen die Atolle irgendwo zwischen sechzehn und fünfundzwanzig Meilen vor ihnen.

»Hey, Schlafmütze, wo sind wir?«

»Hier«, gähnte Ronnie.

»Und wo ist das?«

Ronnie zog ihren GPS-Empfänger aus Snoopys Bauch. Der Satellitennavigator war ein Geschenk eines japanischen Einhandseglers, dem Sarah den Blinddarm entfernt hatte.

»Pulo Helena genau vor uns. Saubere Navigation, Dinosaurier.«

»Dinosaurier«, weil Stone immer noch stur darauf beharrte, nach den Sternen zu navigieren. Er erinnerte Ronnie daran, daß Batterien den Geist aufgeben konnten, und die meisten Segelboote, die an den Riffs und den Bergspitzen scheiterten, die gelegentlich aus dem Pazifik ragten, ihr Schicksal der modernen Elektronik zu verdanken hatten.

Was freilich nicht dagegen sprach, daß Ronnies kleines Wunderwerk seine Vorteile hatte.

»*Präzise* wie weit vor uns, mein Liebling?«

»›Präzise‹ fünfzehn Komma neun Meilen.« Sie zeigte Stone das Display.

Er grinste fröhlich. Verdammt gut. Aber wenn man bedachte, daß die kleine Gruppe aus Korallenatollen kaum über die Wellen ragte, war sie immer noch außer Reichweite. Es mußte also ein Schiff sein. Ein riesiges Schiff.

»Wo gehst du hin?«

»Das Radar überprüfen«, sagte er. »Magst du einen Schluck Orangensaft?«

Ronnie überlegte eine Weile und kam dann zu dem Schluß: »Ich weiß nicht.«

»Ich werde dir welchen bringen.«

Rechts vom Kajütabgang gab es eine kompakte Kombüse mit einem Kerosinofen, einem Spülbecken, das per Fußpumpe sowohl Meerwasser als auch Süßwasser lieferte, und einen vom Schiffsmotor betriebenen Kühlschrank. Links war ein Teakholzschrank mit der Navigationsstation – Radar, VHF Nahbereichs- und SSB Fernbereichsradios und ein Kartentisch. Die Schlafkabinen – die Ronnies vorn und seine und Sarahs achtern – waren mit Teak vertäfelt, aber die Hauptkabine war in antiseptischem Weiß getüncht.

Sie war als kompakte Klinik und Operationssaal eingerichtet, und die vielen Regale, Schränke und Fächer enthielten den größten Teil der Gerätschaften, die man auch in einigermaßen modernen Ambulanzen fand: eine Intubiereinheit, einen Defibrillator, Schläuche, Katheter und Verbände, Salzlösung und Glukose, tiefgekühltes Plasma im Kühlschrank, eine primitive Anästhesieeinrichtung, ein Tablett mit Operationsinstrumenten, Gips, um gebrochene Knochen ruhigzustellen, und einen Vorrat von Antibiotika, Schmerzmitteln, Anästhetika, Gefäßverengern, Adrenalin und Insulin. Ihr Sauerstoffapparat hatte ihnen schon eine Ewigkeit gedient, aber im Vergleich dazu war Stones Radarschirm eine echte Antiquität.

Der anämische grüne Phosphorpunkt fünfzehn Meilen voraus war im Sonnenlicht, das durch das offene Luk hereinfiel, kaum auszumachen. Die Eingeweide seines Anti-Kollisionssystems – der Scanner, der in seiner Radarkuppel kreiste, die Empfangs- und Sendeanlagen und die Wind- und Solargeneratoren, die ihm die Energie lieferten – waren fast ebenso alt und vor langer Zeit auf chinesischen Nachtmärkten eingetauscht worden gegen ohne lange Fragen geleistete ärztliche Dienste.

Er beobachtete das blitzende und verblassende Echo mit der Vertrautheit langer Erfahrung und kam zu dem Schluß, daß ein großes Schiff ihren Kurs im rechten Winkel schnitt und langsam von Norden nach Süden dampfte. Genügend Raum – zwei Stunden, bis sie sein Kielwasser kreuzten –, und bis dahin würde das Schiff lange verschwunden sein. Ausgezeichnet. Stone war froh, daß sie den Ozean wieder für sich hatten, und seine Muskeln lockerten sich.

Aber als er wieder hinsah – nachdem er eine Thermosflasche voll Kaffee gebraut, Ronnie Saft eingeschenkt und den Radarkontakt und die fallenden Barometerwerte ins Logbuch eingetragen hatte –, hatte das Schiff den Kurs verändert. Es hatte gewendet und zog jetzt langsam zwischen den Helena-Atollen dahin.

Stone fand sein Verhalten ebenso ungewöhnlich wie seine Anwesenheit.

Pulo Helena – ein paar Flecken Sand und Koralle zwischen den westlichen Karolinen und der Küste von Neuguinea – lag südlich der transpazifischen Panama-Philippinen-Schiffahrtslinie und weit, weit westlich von der Australien-Tokio-Route. Es war eine der abgelegensten Stationen der regelmäßigen Route des schwimmenden Krankenhauses der Stones. Sie gingen einmal im Jahr in der Lagune vor Anker, um das halbe Dutzend nomadischer Fischerfamilien zu behandeln, die sich zufällig zu dem Zeitpunkt dort aufhielten. Und hie und da kam eine Fischerpatrouille der Republik Palau aus dem fernen Koror mit dem Motorboot herunter. Aber ein Schiff hatte hier weit und breit nichts zu suchen.

Er trug das Handgerät des VHF-Funks, die Thermosflasche und Ronnies Saft ins Cockpit. Sie nippte ein wenig daran und konsultierte dann Snoopy. »Dreizehn Komma acht Meilen nach Pulo Helena –«

Stone nahm sich eine Winsch und ging nach vorn.

»Wo gehst du denn *jetzt* hin? Ich will kuscheln.«

Die Swan segelte mit doppelten Focksegeln, die sich wie

zwei Flügel beiderseits des Bugs blähten. Diese klassische Passattakelung war selbststeuernd, aber man konnte unmöglich direkt nach vorn sehen, ohne sich zu ducken, um unter den Segeln durchzuspähen oder den Kurs zu ändern. Stone hob sein Großsegel, schotete es weit über die Backbordseite hinaus und sicherte den Großbaum mit einer Bullentalje. Dann rollte er das Steuerbordfocksegel ein. Das Boot verlor dabei ein wenig an Geschwindigkeit, was gut war – damit würde er diesem Ding mehr Zeit lassen zu verschwinden –, dafür waren aber jetzt beide Segel über der linken Seite des Bootes und die rechte Seite frei, so daß sie nach vorn sehen konnten.

Ronnie wartete ungeduldig im Cockpit. Sie trank auf Stones Drängen ihren Orangensaft aus und kuschelte sich in seine Arme, nachdem er die Selbststeuerung neu eingestellt hatte, und döste dann mit ihrem Kopf an seiner Brust ein.

Die heiße Sonne ließ einen süßen Duft aus ihrem Haar aufsteigen. Stone atmete ihn ein und fragte sich, ob er je im Leben so glücklich gewesen war. Einmal, auf einem anderen Ozean. Er drückte Ronnie an sich und suchte die See ab.

Vom Deck eines Segelboots aus war zu erwarten, daß zwanzig Meter hohe Palmen auf eine Distanz von etwa zwölf Meilen über den Horizont kamen. Das Deckshaus eines großen Schiffes würde möglicherweise höher ragen und ebenso auch ein mit Frachtcontainern vollgestapelter Rumpf. Er würde bald etwas sehen.

Die Segel der *Veronica*, die mit einem riesigen, meilenweit sichtbaren roten Kreuz markiert waren, waren vom langen Gebrauch gedehnt und von der Sonne in einem Maße ausgegilbt, daß er immer Angst hatte, sie würden reißen. Aber der erstklassige Rumpf der Swan und der hochaufragende Kohlefasermast machten ihre sonstigen Schwächen wett, und sie war schnell.

In weniger als einer halben Stunde galoppierte sie auf einem Wellenkamm dahin und ließ Stone am Horizont ein verschwommenes Objekt erkennen. Er griff bedächtig nach seinem Fujiglas, um den Augenblick noch etwas hinauszuschieben, bis Ronnie wieder aufwachte, nahm die Objektivdeckel ab und stellte das Fernglas schärfer, bis er ein gewaltiges, eckiges, sandfarbenes Schiff erblickte.

Eine seltsame Farbe, beinahe wie Tarnung, und es verschwand immer wieder aus seinem Sichtfeld, als sei es eine Luftspiegelung. Die kantigen Umrisse eines modernen Frachters. Vermutlich ein Schüttgutfrachter, nahm er an und hoffte, daß der Kapitän sein Handwerk verstand. Ihr australischer Freund Kerry McGlynn, der ein Bergungsunternehmen betrieb und häufig sein Seemannsgarn über Feuer auf hoher See, Kollisionen und untergegangene Schiffe spann, leistete jeden Eid, daß es auf dem weiten Pazifik Schiffe gab, die mit der American-Express-Karte gekauft waren. Was die stolzen Eigner auf der Karte als einen Superhighway sahen, war in Wahrheit ein Netz von Riffen, die nur darauf warteten, ein Schiff in den Abgrund zu reißen.

Jetzt war Ronnie aufgewacht und fing zu reden an.

»Mummy hat den Kollisionsalarm verschlafen.«

Sarah war in England zur Schule gegangen, und Ronnie klang in der Art, wie sie die Wörter betonte, wie ein Echo ihres britischen Akzents, und sogar ihre Gesten ahmte sie – vermutlich unbewußt – nach. Diese ausgeprägte Ähnlichkeit mit ihrer Mutter konnte einem Mann das Gefühl vermitteln, daß an seinen Genen etwas nicht stimmte. Er war untersetzt und blauäugig und unter seiner ständigen Sonnenbräune hellhäutig. Und blond. Ronnies Haut war eine Sahne-und-Zucker-Mischung aus seiner Hautfarbe und dem tiefen Kaffeeschwarz Sarahs. Aber ihre Backenknochen waren so hoch wie die ihrer Mutter, ihre Nase so feingemeißelt-elegant und ihre Haltung ebenso schlank und königlich.

Gelegentlich entdeckte er in den kohlschwarzen Augen des Kindes Erinnerungen an den geraden Blick seines eigenen Vaters, und sie hatte auch seine zupackenden Handwerkerhände und Finger geerbt. Und Sarah versicherte ihm immer wieder, daß Ronnie sein Lächeln hatte. Aber er beobachtete ihr Heranwachsen mit dem ganzen Entzücken und der Ehrfurcht eines Fremden in einem Garten voller Statuen.

»Mummy hat die ganze Nacht mit dir Wache gehalten«, erinnerte er sie, »und ich konnte damit ein wenig Schlaf nachholen. Jetzt ist sie an der Reihe.«

»Aber ...«

»Aber was?« Er wußte ungefähr, was gleich kommen würde. Letzte Nacht hatte es eine kriegerische Auseinandersetzung zwischen den beiden Frauen in seinem Leben über Schularbeiten gegeben – eine Inhaltsangabe eines Buchs über das nachkoloniale Nigeria, das Ronnie im Augenblick weniger interessant fand als das Hollywood-Coca-Cola-Big-Mac-Amerika, das sie »Daddys Land« nannte. Heute morgen würden sich beide um Verbündete bemühen.

»Mummy kann einen manchmal ganz schön langweilen, findest du nicht?«

»Mich hat sie noch nie gelangweilt.«

Ronnie verdrehte die Augen.

»Und«, fügte Stone hinzu, »ich kenne sie schon viel länger als du.«

»Das hoffe ich.«

»Du *hast* doch geschlafen, oder? Ich meine, du warst nicht etwa die halbe Nacht auf und hast *People Magazine* gelesen? Das ist doch nicht etwa der Grund, daß du heute morgen nicht wach wirst?«

»Nein, natürlich nicht.«

Bei ihrer letzten Landung, der Raketenerprobungsstation

von Kwajalein, hatte die Schwester von der US Army, die ihnen ein paar noch fabrikverpackte Kartons mit sterilen Nadeln und einen reichlichen Vorrat Insulin zugeschoben hatte, Ronnie einen Stapel alter *Peoples* geschenkt – eine betörende Welt mit Gebäuden, Straßen, Filmstars und – wie Sarah festgestellt hatte – »grinsenden Amerikanern, die in ihren Gärten Purzelbaum schlagen«.

Ronnie entwand sich seinen Armen und sah sich um.

»Ein Schiff! Daddy, ein Schiff.« Sie schnappte sich sein Glas und stellte es fachmännisch scharf. »Oh, *wow.* Ein Riesenschiff. *Gewaltig.* Daddy, schau dir das an – darf ich den Mast hoch?«

»Bis zur ersten Spiere. Und was habe ich dir gesagt?«

»Beide Hände.«

»Laß das Glas da.«

Sie kletterte wie ein Affe Hand über Hand ein Fall hinauf, die Zehen gegen den Mast gepreßt, der sich, da der Wind von steuerbord kam, nur leicht neigte. Zehn Meter über einem mit Stahlwinschen übersäten Deck arbeitete sie sich auf der Saling nach außen und stand dann mit einer Hand über den Augen da und spähte zu dem Schiff hinaus. Eine halbwüchsige afrikanische Göttin. Stone lächelte. Göttinchen hatte der japanische Seemann sie genannt.

»*Beide* Hände!«

»'tschuldigung – da, Mummy, ein Schiff!«

Sarah war mit einem instinktiven Blick auf die Segel, einer wissenden Grimasse angesichts des Wetters und einem ganz persönlichen Lächeln für Stone aus der Kabine gekommen.

»Guten Morgen.«

Die Stammesmutter der Minigöttin in der Takelage war eine hochgewachsene, beeindruckende Frau, eine Nigerianerin gemischter Herkunft, Ibo und Yoruba, deren schmale Nase und feingeschnittene Lippen auf die arabischen und portugiesischen Sklavenjäger hindeuteten, die Afrika in der Vergangenheit heimgesucht hatten.

Sie stand hochaufgerichtet da, eine geradezu edel wirkende Gestalt, und schien an diesem Morgen mit dem Handtuch, das sie sich wie einen Turban um das in Vorbereitung der Landung gerade gewaschene Haar gewunden hatte, noch größer. Sie hatte sich ein gelbes *Lava-lava* von Yap Island um den Oberkörper geschlungen, das ihre Schultern freiließ, und um ihren Hals hing ein schlichtes goldenes Kreuz an einer Kette, die dünn genug war, um abzureißen, wenn sie sich bei der Arbeit am Boot verfing.

»Und was lächelst du so?« fragte sie.

Stone liebte sie innig, manchmal heiß. Ihm ging durch den Kopf, daß dieser Morgen eher eine heiße Phase war. Er stand auf und küßte sie.

»Einzelnes Deckhaus achtern«, rief Ronnie herunter. »Ich glaube, ich sehe Feuerstationen und Rohre. Das ist ein Öltanker.«

»Die Kleine hat verblüffende Augen«, sagte Stone.

Sarah sah zu der Schiffssilhouette hinüber. »Für einen Rohölfrachter ziemlich hoch im Wasser. Eher ein Flüssiggasschiff, meinst du nicht?«

Stone konnte das Ding kaum sehen. Er führte sein Glas ans Auge, stellte es scharf und stimmte dann zu, daß es wahrscheinlich ein Flüssiggasfrachter war. »Ziemlich groß. Fünfzigtausend Tonnen.«

»Was in aller Welt hat ein Gasschiff hier verloren …?« Die stark isolierten Tankschiffe waren wie riesige Thermosflaschen und beförderten auf schnellstem Wege Gas – komprimiert und bis zur Verflüssigung abgekühlt – von Ölfeldern zu Kraftwerken. Ganze Flotten dieser Schiffe versorgten Japan. »Er ist doch nicht etwa auf Grund gelaufen?«

»Das Radar sagt, daß er sich bewegt.«

Beide erinnerten sich an die Feststellung ihres australischen Freundes, daß der zweite Fehler, den die Kapitäne von Wracks häufig begangen hatten, darin bestand, sich von unter der Meeresfläche verborgenen Bergspitzen, die sie gerade mit ihrem Schiffsbauch entdeckt hatten, wieder zurückzuziehen und auf diese Weise in zwei Meilen tiefem Wasser zu sinken.

Sarah studierte das Schiff mit ihrem Feldstecher. »Ja, er ist unversehrt«, pflichtete sie ihm bei. »Gott sei Dank.« Im Laderaum eines vollbeladenen Erdgastransporters staute sich mehr thermische Energie als in einer Atombombe.

»Ronnie, komm herunter, frühstücken.«

»Aber Mum, es ist ein *Schiff.*«

»Veronica.«

»Ja, Mum.«

Stone fand, daß sie ungewöhnlich schnell nachgegeben hatte. Im nächsten Augenblick wußte er, weshalb, als Ronnie sich das Oberteil ihres Pyjamas herunterriß.

»Was macht sie?« fragte Sarah. »O du liebe Güte, Michael, laß das nicht zu!«

»Zu spät.«

Im nächsten Augenblick hatte Ronnie die Pyjamajacke um das dünne Vorstag gewickelt, das Stone als Klüver getakelt hatte, und rutschte herunter. Sie schoß herab wie ein Stein, packte im letzten Augenblick kräftig zu und landete leichtfüßig auf dem Vorderdeck.

»Das hat sie von dir gelernt.«

»Danach war mir aber schon seit Jahren nicht mehr.«

Ronnie kam ins Cockpit gerannt.

»Hast du gesehen, Mum?«

»Von dir werde ich noch graue Haare bekommen, ehe du mir Enkelkinder bescherst.«

»Hast du gesehen, Dad?«

»Ich bin beeindruckt«, sagte Stone. »Wann hast du das gelernt?«

»Das habe ich mir letzte Nacht im Bett ausgemalt. Ich konnte es sehen, also habe ich gewußt, daß ich es auch tun kann.«

»Sag mir bitte vorher Bescheid, wenn du dir jemals Flügel ausmalst.«

»*Daddy* – siehst du das Schiff, Mum? Das ist größer als Pulo Helena. Vielleicht laden die uns zu sich an Bord ein und servieren uns Mittagessen und – und zeigen Filme und haben einen Swimmingpool und Videospiele und Fernsehen – ich wette, die haben Satellitenfernsehen!«

»Vielleicht«, sagte Sarah sanft und tauschte Blicke mit Stone. »Aber freu dich nicht zu früh, Liebes.«

»Ich denke, die warten auf uns«, vermutete Ronnie und stürzte sich dann voller Enthusiasmus auf ihre Theorie. »Ich wette, da ist jemand krank, und die warten darauf, daß du sie behandelst.«

Letztes Frühjahr waren sie in der Philippinensee an Bord eines dänischen Autotransporters gegangen, um einen Ingenieur zu behandeln, der sich bei einer Pumpenexplosion Verbrennungen zugezogen hatte. Auf Ronnie hatten die bequemen Mannschaftsunterkünfte wie Paläste und das Schiff wie eine schwimmende Schatzkammer gewirkt, was bei einem Kind, das nur zweimal im Jahr etwas so Alltägliches wie Eiscreme zu sehen bekam, kein Wunder war. Seitdem lechzte sie wie ein Seeräuber nach Schiffen, die ihnen begegneten. Stone war augenblicklich damit beschäftigt, einen Decoder zu bauen, den sie zu Weihnachten bekommen sollte, um damit Satellitenfernsehen empfangen zu können.

»Nun, wenn das der Fall ist – und auch wenn es nicht der Fall ist –, werden wir bald landen. Ich möchte jetzt, daß du hinuntergehst und frühstückst. Und dann duschst du und wäschst dir das Haar – wir nehmen in Pulo Helena Wasser auf. Schau, Dad hat sich den Bart gestutzt, und ich habe mich auch schon herausgeputzt. Sag mir Bescheid, wenn du fertig bist, dann bürste ich dir dein Haar.«

Ronnie warf dem Schiff einen sehnsüchtigen Blick zu und verschwand dann im Niedergang.

Die drei Atolle, die die Pulo-Helena-Gruppe bildeten, tauchten vor ihnen auf. Das Schiff lag dazwischen auf der Leeseite der Hauptinsel, vor den Rollern geschützt, die die Inseln spalteten. Sein Deckshaus ragte höher als die Palmwipfel.

Jetzt erwachte ihr VHF, und eine gedehnte Stimme mit texanischem Akzent tönte: *»Ahoi, Segelboot mit dem roten Kreuz. Segelboot mit dem roten Kreuz. Sie sind nicht zufällig das Hospitalboot?«*

»Die warten auf uns«, sagte Sarah.

Stone legte den Sendeschalter um. »Hier spricht die *Veronica*. Was können wir für Sie tun?«

»Mann, sind wir froh, daß Sie da sind. Hier spricht die Dallas Belle. Wir kommen von Surabaya auf Kurs nach Tokio. Der Alte ist verletzt. Er ist gestürzt. Wir brauchen einen Arzt, und zwar dringend. Sollen wir Ihnen entgegenkommen?«

Stone sah Sarah an. Die Surabaya-Tokio-Route lag Hunderte von Meilen westlich von Helena. »Nicht bei der Dünung. Wir gehen auf der Leeseite des Atolls bei Ihnen längsseits. Bleiben Sie, wo Sie sind. Wir sind in einer Dreiviertelstunde da.«

»Sie sind der Boss, Doc.«

Sarah griff nach dem Mikrophon. »Wann hat sich Ihr Kapitän verletzt?«

»Gestern, Ma'am.«

»Ist er bei Bewußtsein?«

»Manchmal.«

»Übergibt er sich?«

»Nein, Ma'am. Die Amateurfunker haben uns gesagt,

daß Sie in die Richtung kommen. Gott sei Dank hatten wir Glück.«

Stone löste die Backstaken und die Selbststeuerung und änderte seinen Kurs, um das Hauptatoll auf der Südseite zu umfahren. Das Wasser begann jetzt unruhig zu werden, weil die Atolle die Dünung teilten, und er glaubte das erste, schwache Murmeln der Brandung hören zu können, die gegen das Riff donnerte.

Sarah tippte ihn am Arm an, als sie auf das Geräusch zustrebten, und brachte ein Thema aufs Tapet, über das sie jetzt schon seit Tagen debattierten. »Hast du über Osttimor nachgedacht?«

Stone wich ihrem Blick aus und sah über die Wellen hinaus zu den flachen, runden Atollen, den Riffs und dem sandfarbenen Schiff, aus dessen Schornstein träger, dunstiger Rauch aufstieg. »Darling, du verstehst das immer noch nicht – das ist einfach zu gefährlich.« Die Indonesier waren in Osttimor einmarschiert, als die portugiesischen Kolonisten abgezogen waren, und führten jetzt seit Jahren ein Schreckensregiment über die protestierenden Timoraner. Sarah wollte mit der *Veronica* dorthin segeln, um die Verwundeten zu behandeln.

»Diese Leute sind hilflos. Die Welt interessiert sich nicht für sie. Das mindeste, was wir –«

»Und was mache ich, wenn uns ein indonesisches Streifenboot dabei erwischt, wie wir an irgendeinem Ankerplatz der Rebellen Doktor spielen? Mit einem Segelboot können wir ihnen nicht entkommen.«

»Das Boot ist über und über mit roten Kreuzen bepflastert. Wie sollen die wissen, daß wir keine ›offizielle‹ Mission sind? Außerdem wird Ronnie ja nicht dabeisein. Wir schicken sie auf die Schule. Darüber waren wir uns doch einig.«

»Ja, darüber waren wir uns einig.« Hiroshi, der japanische Segler, dem Sarah das Leben gerettet hatte, hatte sich als Sproß eines reichen Industriellen erwiesen; sein dankbarer Vater hatte angeboten, Ronnie auf die Schweizer Schule zu schicken, die seine Töchter besucht hatten.

Sie wechselten ein unbehagliches Lächeln. Es mußte geschehen, ehe Ronnie völlig den Kontakt zu ihren Altersgenossinnen verlor. Und sie schien sich ja auch nach einer größeren Welt zu sehnen: Wenn sie nicht von Schiffen träumte, lag sie stundenlang auf dem Deck und hielt bei Tag Ausschau nach Flugzeugen und bei Nacht nach Satelliten, die ihren zielstrebigen Kurs zwischen den Sternen zogen.

»Ich fühle einfach die Verpflichtung, nach Timor zu gehen«, sagte Sarah mit fester Stimme. »Wir sind schließlich *Ärzte.*«

Stone sah wieder auf das Meer hinaus. Ob es nun die Behäbigkeit der mittleren Jahre oder männliche Aversion gegenüber jeder Art von Veränderung war, er fürchtete jedenfalls, daß er mit dem Leben, das sie führten, zufriedener war als sie. Er hielt fröhlich und vergnügt an einem Leben fest, das er in den Tag hinein lebte und das ihm mit seiner Gleichmäßigkeit Spaß machte. Wenn er das Bedürfnis nach zusätzlicher Aufregung verspürte, dann lieferte sie ihm gewöhnlich das Meer mit einem Regenschauer, der das Adrenalin in seinen Adern pulsen ließ und überschüssige Energie wegbrannte. Die endlosen Reparaturen, die ein altes Boot brauchte, hielten ihn beschäftigt, zumal ja noch die einfachen, aber lebenswichtigen Aufgaben der Navigation und der Schiffsführung hinzukamen. Aber Sarah war in zunehmendem Maße unruhig geworden …

»Laß uns Ronnie noch ein Jahr behalten … bitte«, sagte er.

Sarah stand auf. »Ich habe ihr versprochen, daß ich ihr mit ihrem Haar helfe.«

Stone griff nach seinem Feldstecher und studierte die glasige grüne Lagune von Pulo Helena. Auf dem weißen Sandstrand drängte sich unter hohen Kokospalmen ein winziges Dorf von einem halben Dutzend *Fales* – offenen Hütten mit Strohdächern.

»Hey«, rief er die Kajüttreppe hinunter. »Niemand zu Hause. Da sind keine Boote am Strand. ... Nein, warte ...« Er hielt das Steuerruder mit dem Knie fest und stellte das Glas auf den Schatten unter einem der Strohdächer scharf. »Da sitzt jemand in einer der *Fales.*«

Im nächsten Augenblick forderte das Boot seine ganze Aufmerksamkeit, als sie durch die chaotische Zone mußten, wo pazifische Roller, die sich über neuntausend Meilen aufgebaut hatten, an dem Atoll vorbeikrachten und weiter auf die Philippinen zurasten. An der Leeseite hatte das Riff einen Einschnitt; das war der schiffbare Kanal, den Stone normalerweise benutzt hätte, um in die Lagune zu gelangen, wenn er nicht auf das Schiff zugefahren wäre.

Als er das Riff hinter sich hatte, griff er wieder nach dem Glas und stellte es erneut scharf. Das kleine Dorf *war* verlassen, aber am Rande der Lagune sah er ein Boot, ein winziges Segelkanu, das an den Strand gezogen war. Eine einsame Gestalt kauerte in der offenen Hütte. Der Mann versuchte aufzustehen, fiel aber wieder zurück, und der Kopf sank ihm auf die Brust herunter.

»Klar zur Wende!« warnte er Sarah und Ronnie, warf das Steuer hart herum und holte die Großschot dicht. Beide Segel schwangen über das Deck, als die *Veronica* auf ihrem Kiel herumfuhr und auf das Riff zuschoß. Stone lehnte sich über die Seite und suchte nach dem vom Wasser verdeckten Korallendorn, auf den alle Segelanweisungen so nachdrücklich hinwiesen, nahm das Hindernis mit mindestens einem Meter Abstand und surfte in die tiefe Lagune.

Sarah kam die Kajüttreppe heraufgerannt. »Was war los?«

»Ein alter Fischer, ganz allein am Strand. Ich denke, er ist verletzt.«

»Und was ist mit dem Schiffskapitän?«

Sie sahen nach rückwärts auf das sandfarbene riesige Schiff, das mit der ganzen anonymen Gewalt einer Industriestadt aus dem Wasser ragte.

Sarah schauderte. »Ein scheußliches Ding, nicht wahr? Häßlich wie die Sünde.«

»Erinnert mich an eine dieser gottverlassenen Provinzraffinerien.«

»Ja! Wie in der Bucht von Benin.«

»Hör zu, vielleicht sollte ich mich um den Kapitän kümmern«, schlug Michael vor, »und du bleibst auf dem Atoll bei dem Alten. Was meinst du?«

»Das würde ich auch lieber, aber Ronnie hat sich schon so gefreut. Sie hat gerade zu mir gesagt: ›Das ist wie im Kaufhaus einkaufen gehen.‹«

Ronnie drängte sich an ihrer Mutter vorbei. »Bist du fertig, Mummy?« Sie trug ein knallrotes *Lava-lava,* ihren Snoopy-Rucksack in der Hoffnung auf Geschenke, und Schleifen im Haar. Ihre Augen ließen das Schiff nicht los, und als sie sah, daß sie sich bereits innerhalb der Lagune befanden und auf den klapprigen Steg zustrebten, hinter dem sich die *Fales* am Strand zusammendrängten, jammerte sie: »Wo fährst du hin?«

»Ich will mir das Schiff zuerst ansehen«, sagte Michael.

»Nein! Ich will mit Mummy gehen. Sie ist schon angezogen und hübsch und will auch hin. Nicht wahr, Mummy?«

»Also, vielleicht hat Daddy recht.«

»Nein. Auf dem Atoll kommen wir bloß wieder ins Schwitzen.«

Stone lachte. »Okay, okay. Geh du mit deiner Mutter auf das Schiff; ich kümmere mich um diesen Knaben. Nimm das Steuer, Honey. Ich muß meine Tasche holen.«

»Er wird völlig dehydriert sein«, rief Sarah nach unten. »Nimm dir eine zusätzliche Portion Glukose und Salzlösung mit.«

Stone stopfte die Plastikbeutel mit Glukose und Salzlösung in den wasserdichten Rucksack, den er als Arzttasche benutzte, und dazu noch etwas Plasma aus dem Kühlschrank und zog dann das zweite Funktelefon aus dem Ladegerät. Wieder auf Deck sagte er: »Geh an der Leeseite an Bord. Sag dem Schiff über Funk Bescheid, daß die genügend Leute bereit halten, die dir beim Anlegen helfen.«

»Ja, Liebster.«

»Ronnie, geh hinunter und hol Mummys Tasche, und dann bring an beiden Seiten die Fender aus. Sarah, vergiß nicht, auf der Südseite auf die Koralle aufzupassen.«

»Ja, Liebster.«

»Krieg ich einen Kuß?« fragte er Sarah.

»Später.«

»Und vorsichtig beim An-Bord-Gehen. Und daß du mir deine Rettungsweste trägst. Und du auch, junge Lady.«

»Ja, Liebster.«

»Wenn die nett sind«, erklärte Sarah, »dann schnorre ich uns eine Einladung zum Abendessen.«

»Sag ihnen, ein Hausbesuch kostet einen Radarscanner.«

»Da wären wir jetzt!«

Die Swan näherte sich schnell dem Steg. Stone stieg über die Seereling, zögerte. Die See war unruhig. Er kehrte ins Cockpit zurück, wo Sarah das Steuer übernommen hatte. »Ich will jetzt meinen Kuß haben.«

Er nahm ihr Gesicht in beide Hände. »Ich liebe dich.«

Ihre Lippen waren kühl, ihre dunklen Augen unergründlich. »Michael, ich möchte nach Hause.«

»Nach Hause? Was meinst du damit? Nigeria?«

»Afrika.«

»Was ist jetzt mit Osttimor?« fragte er und erinnerte sich

erst zu spät daran, daß Osttimor ein alter Hut war und sie sich schon seit Wochen ganz offenkundig auf eine größere Ankündigung vorbereitet hatte.

Sie sah ihn herausfordernd an. »In Afrika gibt es eine Menge zu tun.«

»Wir können nicht nach Hause.«

»Ich weiß, daß wir Flüchtlinge sind, besten Dank.«

»Genaugenommen bin *ich* der Flüchtling.«

»Jetzt sei nicht albern, Michael. Wo du hingehst, da gehe auch ich hin. Immer ... aber ist dir je in den Sinn gekommen, daß diese Flüchtlingssache dir den Vorwand liefert, dich vor allem zu verstecken?«

»Steg!« rief Ronnie erregt.

Stone schwang sich mit seinem Rucksack über die Reling. »Darüber reden wir noch.«

»Als ob wir nicht schon zu viel reden würden«, konterte Sarah. Und dann erinnerte auch sie sich daran, daß die See unruhig war, zog ihn an sich und gab ihm noch einen Kuß. »Ich liebe dich auch. Und ich werde dich immer lieben.«

Als Sarah keine zwei Fuß vom Rand des Stegs entfernt vorbeisteuerte, machte er einen Satz, kam federnd auf und rannte über den schimmernd weißen Strand. Er drehte sich um und winkte.

Die *Veronica* tanzte über die Lagune, Sarah aufgerichtet am Steuer, Ronnie ganz auf ihre Fender konzentriert und beide zu beschäftigt, um zurückzuwinken. Stone blieb einen Augenblick lang stehen und genoß den seltenen herrlichen Anblick seines eigenen Boots mit geschwellten Segeln und lief dann weiter, vorbei an dem Kanuwrack mit dem flatternden Segel aus einem alten Reissack und den verhedderten Tauen.

Ein Stück den sanft geneigten Strand hinauf lag der Fischer in dem *Fale,* ein dunkles Lava-lava um die Hüften geschlungen, die Hände auf den Leib gepreßt. Seine Beine waren von infizierten Korallenschnitten angeschwollen. Er sah Stone mit seinen durch Katarakte getrübten Augen an.

Diese Pazifikinsulaner, die ihre traditionelle Nahrung aßen, weder Alkohol noch überzuckerte Cornflakes zu sich nahmen und der Strahlung der Bombentests entgangen waren, pflegten lange zu leben. Stone fand es häufig unmöglich, ihr Alter zu schätzen. Aber dieser Bursche hier mußte schon um die achtzig sein.

Seine Schenkel waren mit Tätowierungen von Tümmlern bedeckt – das stolze Symbol der mikronesischen Seefahrer –, und wie bei vielen Angehörigen seiner Generation war die japanische aufgehende Sonne auf seinen Bauch tätowiert. Auf seiner lederartigen Brust schimmerte ein Kruzifix. Ein Konvertit also, und das bedeutete, daß er möglicherweise Englisch sprach. Ziemlich weit vom Kurs abgekommen hier unten auf den südwestlichen Inseln, aber die segelten alle, wohin sie wollten.

»Hallo, Sir, wie geht es Ihnen?«

Der alte Mann starrte an ihm vorbei aufs Meer hinaus.

Stone roch den süßen Duft von trocknender Copra und spürte, wie der Boden unter ihm schwankte. Schließlich war es seit drei Wochen das erste Mal, daß er das Boot verließ. In der Nähe dröhnte die Brandung, und der Passat blies über seine Haut und ließ die Palmblätter rascheln.

»Wie bitte?« Er beugte sich über den Alten, lächelte, kniete nieder, versuchte, Vertrauen zu erwecken. Er hielt sich für einen gerade eben brauchbaren Arzt – nicht talentiert und begabt wie Sarah – jemanden, der besser mit Dingen als mit Leuten umgehen konnte.

»Zu alt.« Der alte Mann nahm die Hände vom Bauch, so daß das Fischermesser sichtbar wurde, das in seinem Leib steckte.

»Herrgott!« stöhnte Stone. »Was ist dir denn passiert?«

Selbstmord war eine der Seuchen im Pazifik, fast ebenso

wie Alkohol und Diabetes. Obwohl man das mehr bei den Jungen zu sehen bekam. »Ist das dein Boot?« fragte er in dem Versuch, ihn abzulenken, um die Wunde untersuchen zu können. »Was hast du gemacht? Bist nach Hause gekommen und hast festgestellt, daß sie alle weg waren?«

»Nicht nach Hause. Nach Tobi fahren. Dummer alter Mann.«

Tobi lag hundertfünfzig Meilen südwestlich.

»Von wo?«

»Puluwat.«

»*Puluwat?*« Puluwat lag tausend Meilen östlich.

Die Seefahrer der Karolinen dachten sich nichts dabei, für eine Stange Marlboros oder eine gute Party fünfhundert Meilen ohne Kompaß zu segeln. Aber der alte Knabe war wirklich vom Kurs abgekommen, und dann hatte er zu allem Überfluß noch am Riff Bruch gebaut.

»Warum du allein segeln?«

»Schönes Begräbnis«, murmelte der alte Mann.

Ein Seemannstod auf hoher See.

Stone sah in die milchigen Augen, die außer den hellsten Sternen wohl nichts mehr gesehen hatten, und vermutete, daß diese letzte Reise ein Test auf Leben und Tod gewesen war.

»Entschuldige mal ... laß mich nur deine Hände bewegen.«

Der alte Mann hatte viel Blut verloren, und als Stone ihn jetzt berührte, wurde er mit einem Seufzer ohnmächtig. Stone spritzte ihm schnell Kochsalzlösung und dann noch eine Dosis Glukose. Das Messer würde warten müssen, bis Sarah kam. Sie würden hier in dem *Fale* operieren müssen. Er griff nach seinem Funkgerät, um dem Schiff Bescheid zu sagen, sie sollten seinen Levineschlauch herüberschicken, damit er die Magensäfte drainieren konnte, die in die Bauchhöhle des alten Mannes rannen. Aber es war zu spät.

Der alte Seemann schlug die Augen auf, und ein gelassenes Lächeln zog über seine Lippen, als Stone sie mit Wasser befeuchtete. »Wer du?« fragte er in einem heiseren Flüstern und legte den Kopf in den Nacken, um wieder das Meer zu sehen.

»Bloß ein Sonntagsmatrose verglichen mit dir, alter Mann.«

Das verwitterte alte Gesicht wies das Kompliment ab, als das Licht aus seinen Augen wich. »Oh verdammt«, sagte Stone und hoffte, daß Sarah mehr Glück hatte.

Er suchte zwischen den Fales nach einer Schaufel. Nichts. Wer auch immer zuletzt hier gewesen war, hatte alles mitgenommen. Er würde sich eine Schaufel von der Swan holen müssen, oder vielleicht den alten Mann in sein Boot setzen und ihn in den Sonnenuntergang segeln lassen.

Eine Rauchsäule fiel ihm auf, die dick und schwarz aus dem mächtigen Schlot der *Dallas Belle* aufstieg. Dann erfaßte sie der Passat und trieb sie nach Westen. Hinter dem Schiff kochte weiß das Wasser, und es begann, sich in Bewegung zu setzen.

»Das war schnell.«

Er ging auf den Steg zu und sah sich nach der *Veronica* um. Aber als die *Dallas Belle* dreihundert Meter zurückgelegt hatte – ihre eigene Länge –, konnte er sie immer noch nicht sehen.

»Du großer Gott!« Ein schrecklicher Gedanke brach über ihn herein. Hatte das Schiff irgendwie die *Veronica* überfahren? Oder hatte ihre gigantische Schraube sie vielleicht in die Tiefe gezogen?

Er rannte zu dem Kanu des alten Mannes. Sarah und Ronnie mußten Rettungswesten getragen haben. Vielleicht waren sie über Bord geworfen worden, ins Wasser. Aber als das Schiff dann herumdrehte und sich ihm jetzt aus einem völlig neuen Blickwinkel darbot, verlangsamten sich Stones

Schritte, und er blieb stehen und starrte ungläubig zu dem Schiff hinüber.

Er sah die Swan zwanzig Meter über der Wasserfläche in der Schlinge eines Deckkrans. Der Kran schwang die Schaluppe binnenbords, über das Hauptdeck des Gasfrachters. Dann bugsierten ein paar Seeleute vor Michaels Augen ihren kupferbeschlagenen Bauch auf ein improvisiertes Gerüst, und die *Dallas Belle* vollendete ihre Drehung und dampfte davon.

2

»Mummy. Wir bewegen uns!«

»Schsch!«

Sarah beugte sich tief über ihr Stethoskop, alle Sinne voll auf das Herz des alten Mannes konzentriert.

Er war nicht gestürzt, wie sie über Radio behauptet hatten. Er hatte einen Schuß in die Brust bekommen.

Medizinisch betrachtet war dies das geringste seiner Probleme. Bei dem Versuch, die Kugel zu entfernen, hatten seine Schiffskollegen das bereits bewußtlose Opfer mit Morphium betäubt. Das hatte den alten Mann in einen noch tieferen Schwächezustand versetzt; sein Blutdruck war abgesunken, und seine Atmung war sehr schwach.

Sarah injizierte ein halbes Milligramm Narcan in seine Venen und lauschte dann besorgt auf das Kammerflimmern, das für sie das Zeichen sein würde, daß das Gegenmittel eine bereits vorher bestandene Krankheit noch verstärkt hatte. Er war alt. Das Narcan konnte ihn ebenso leicht töten wie retten. Aber sie hatte keine andere Wahl. Sie mußte erreichen, daß sein Atem wieder kräftiger wurde, und mußte seinen Blutdruck anheben.

»Mummy!«

»Narcan!«

Ronnie hielt ihr eine frische Spritze hin. Sarah führte sie in eine Vene ein, pumpte ein halbes Milligramm in seinen Kreislauf, massierte sein schwächer werdendes Herz und lauschte erneut.

»Narcan!«

Bei der dritten Dosis wachte der alte Mann auf und übergab sich.

»Schnell.«

Ronnie half ihr dabei, ihn aufzusetzen, damit er nicht an seinem Erbrochenen erstickte. Aber gerade als sein Oberkörper aufrecht war, verlor er die Besinnung, schluckte und begann zu würgen. Sarah machte seine Atemwege frei.

»Captain«, rief sie den Männern zu, die von der Tür der Krankenstation aus zusahen. »Ich brauche das Atemgerät von meinem Boot und den Intubator.«

Der Texaner schrie etwas in den Korridor. Augenblicke später kam der Kombüsenjunge mit dem Gewünschten gerannt. Der Begleiter des Kapitäns, ein großer, kräftig gebauter schwarzer Amerikaner, sagte: »Was ist mit der Kugel?«

»Würden Sie bitte hinausgehen und die Tür schließen?«

»Ich muß da wohl etwas klarstellen, Doc. In der Gegend, aus der ich komme, ist jeder Mann in meinem Alter entweder tot oder eingesperrt. Mr. Jack ist der einzige Grund dafür, daß ich das nicht bin.«

»Wenn ich Ihren Freund hier nicht stabilisieren kann, ist er ein toter Mann. *Raus jetzt.*«

Soweit sie das ohne Röntgenaufnahme feststellen konnte, war eine kleinkalibrige Kugel schräg eingetreten, war vom Gladiolus abgeprallt, hatte sich dann von der vierten Rippe bis zu seiner Schulter durchgebohrt und sich tief im unteren Pektoralis festgesetzt.

Er hatte Glück gehabt. Jedenfalls so lange, bis seine in Panik geratenen, verblödeten Schiffskollegen es sich in den Kopf gesetzt hatten, die Kugel zu entfernen. Ein Kombüsenjunge, der einmal als Pfleger in einem Krankenhaus gearbeitet hatte, war dazu vergattert worden, die ganze unnötige Operation durchzuführen. Sie verpaßten dem ohnehin bereits bewußtlosen Opfer Morphium, um es in Narkose zu versetzen, wobei sie übermäßig großzügig den halben Vorrat der Schiffsapotheke in die Venen des alten Mannes gespritzt hatten und dann darangegangen waren, die Überreste seiner Schulter zu tranchieren. Die Kugel saß tief, und so gaben sie schließlich auf und ließen sie dort, wo sie sie von Anfang an hätten lassen sollen.

Daß die Überdosis ihn nicht sofort umgebracht hatte, war entweder ein Wunder oder ein Beweis für eine gußeiserne Konstitution. Angesichts seiner rauhen Züge neigte Sarah zu der zweiten Erklärung. Sein Gesicht hätte aus Vulkangestein gemeißelt sein können: scharfe Brauen, Adlernase, eckiges Kinn, kurzgestutztes, weißes Haar und straff über die Knochen gespannte Haut. Und dann trug er noch die Spuren lang zurückliegender Folterung – sein Rücken war kreuz und quer mit alten Narben übersät, und seine Finger- und Zehennägel waren ausgerissen worden.

Und doch hatte ihm offenbar sein Glück, das ihn damals am Leben gehalten und heute die Kugel abgelenkt hatte, erneut die Treue gehalten. Die Crew hatte über Amateurfunk gehört, daß die Hospitalyacht *Veronica* nach Pulo Helena kommen würde. Und wer sollte in diesem Augenblick am Horizont auftauchen, wenn nicht Dr. Mike und Dr. Sarah?

»Mummy, wir bewegen uns.«

Das Schiff bewegte sich ganz eindeutig. Es setzte zu einer Drehung an.

»Ich weiß«, sagte Sarah.

»Wo ist Daddy?«

»Weiß ich nicht. Hilf mir jetzt.«

»Aber –«

»Eins nach dem anderen – unser Patient ist jetzt wichtiger. Nicht weinen, Liebes. Ich brauche dich.«

Sie intubierte ihn, hängte ihn an das Atemgerät und lauschte erneut auf seinen Herzschlag. Er war offenbar stabil, das Narcan schien wenigstens zeitweise Wirkung zu zeigen.

»Okay, Darling. Und jetzt werden wir nachsehen, was hier eigentlich los ist.«

Sie rief nach dem Kapitän. Er kam, wieder in Begleitung des schwarzen Amerikaners.

»Wie geht es ihm, Doc?«

»Wo ist mein Mann?«

»Am Strand«, sagte der Schwarze.

»Was? Sie haben ihn am Strand gelassen? Wo ist unser Boot?«

»Das haben wir sicher auf dem Hauptdeck verstaut.«

»Sie haben unser Boot an Bord genommen? Sie können –«

»Ist bereits erledigt, Doc.«

Sarah versuchte, das Unmögliche in sich aufzunehmen. Ronnie sah so aus, als würde sie jeden Augenblick zu weinen anfangen. Sarah legte ganz automatisch den Arm um sie. Ihr war bewußt, daß man sie praktisch entführt hatte. Aber im Augenblick konnte sie nur an Michael und die Meilen denken, die die Schrauben des Schiffes bereits zwischen ihnen aufwühlten. »Sie haben meinen Mann ausgesetzt«, sagte sie empört. »Er wird vor Sorge außer sich sein. Sie können ihn doch nicht einfach dort lassen!«

»Sobald der alte Mann wieder auf den Beinen ist, können Sie ja hinfahren und ihn holen.«

»Auf den Beinen?« wiederholte sie. »Er muß in ein Krankenhaus.«

Der Schwarze schüttelte den Kopf.

»Je früher er in ein Krankenhaus kommt, um so größer ist seine Chance, daß er überlebt.«

»Er kommt nicht ins Krankenhaus.«

»Wir haben alles getan, was wir können«, sagte Sarah. »Ich habe die Morphiumüberdosis kompensiert. Jetzt braucht er ein Krankenhaus. Ich kann nicht mehr tun. Lassen Sie uns gehen.«

»Das geht nicht. Der alte Mann braucht Sie.«

»Wann werden Sie uns gehen lassen?«

»Sobald Mr. Jack das befiehlt.«

»Und was ist mit meinem Mann?«

»Der bleibt, wo er ist. Sie können zurücksegeln und ihn abholen, wenn Mr. Jack das erlaubt.« Er musterte sie anmaßend von Kopf bis Fuß. »Dann können Sie ja Wiedersehen feiern.«

Sarah sah auf ihren Patienten, der kreidebleich war und kaum atmete. Seine verstümmelten Finger zuckten auf der Bettdecke. »Sie verstehen nicht«, sagte sie. »Sie *müssen* ihn ins Krankenhaus bringen.«

»Kommt nicht in Frage, Doc.«

»Was ist, wenn er stirbt?«

»Er kann nicht sterben. Er hat eine Ärztin und eine reizende kleine Krankenschwester.«

3

Die Flut hatte das Kanu des alten Mannes auf den Strand gesetzt.

Es kostete Stone brutale Minuten und seine ganze Kraft, das aus kräftigen Planken zusammengefügte Boot wieder in die Lagune zu zerren. Dann sah er den Schaden: Die Träger, die den Ausleger mit dem eigentlichen Kahn verbanden, waren zerbrochen, als das Kanu gegen das Riff geschleudert worden war.

Er wühlte verzweifelt in den leeren Körben und Kokosnußschalen im Rumpf des Bootes, fand ein aufgeschossenes Ersatztau und eine sorgfältig in einen Knäuel gerollte Schnur. Er flickte die gebrochenen Ausleger notdürftig zusammen und sprang an Bord.

Die *Dallas Belle* bewegte sich langsam und vorsichtig am nördlichen Atoll vorbei. Stone fierte das Segel, ließ das Steuerblatt herunter und steuerte dann auf die schmale Öffnung in dem Riff auf der Leeseite des kleinen Eilands zu. Das kleine Boot sprang leicht an.

Aber als er die Lagune hinter sich gelassen hatte, fing das Kanu an, langsamer zu werden. Stone, der die ganze Zeit das Schiff fixiert hatte und auf der Plattform über den Trägern des Auslegers gesteuert hatte, blickte schließlich nach unten und sah, daß der Rumpf sich allmählich mit Wasser füllte.

In seiner Hast, das Boot zu Wasser zu bringen, hatte er den offenkundig erkennbaren Schaden gesehen, aber die anderen, nachhaltigeren Folgen der Bruchlandung des alten Mannes übersehen. Die Taue, die die Planken zusammenhielten, hatten sich gelöst und damit einen Spalt freigelegt, der vom Bug bis zum vorderen Träger des Auslegers reichte – einen Spalt, der knapp zwei Meter lang war und durch den das Wasser der Lagune eindrang, während der Wind die Nase des Kanus in das ruhige Wasser drückte.

Stone riß sich das Hemd herunter und stopfte es in den Spalt. Dann verlagerte er sein Gewicht nach hinten, um den Bug zu entlasten, schaffte es damit, das Boot wieder unter Kontrolle zu bekommen, und segelte es durch die schmale Öffnung zwischen dem Atoll und dem Riff und dann in die Öffnung im Riff selbst hinein.

Draußen überlagerte sich die Brandung, mit der das Meer gegen das Riff herandonnerte. Das Kanu kletterte träge auf die erste Sturzwelle, kämpfte gegen die Last des aufgenommenen Wassers. Die zweite Welle drehte das kleine Boot klatschend zur Seite. Eine dritte schwemmte es in die Lagune zurück.

Der Wind, der von seitwärts kam, fuhr krachend in das flatternde Segel und hob den Ausleger aus dem Wasser. Als das Kanu zum Kentern ansetzte, schnitt Stone mit seinem Takelmesser ein Stag durch. Der Mast ging krachend auf den Bug nieder, und das Kanu begann zu sinken, vom Segel wie von einem Leichentuch eingehüllt.

Stone packte das Steuerruder und paddelte auf das Ufer zu. Wasser strömte über die Seiten herein. Er sprang über Bord und begann, das Boot in Richtung Ufer zu ziehen; seine Lungen brannten, sein Herz schlug wie wild, und Schock und Verzweiflung drohten ihn zu überwältigen.

Das Schiff schrumpfte in der Ferne zusammen – war inzwischen bereits kleiner als ein Spielzeugboot in einem Teich. Es war verrückt gewesen zu glauben, er könne es mit einem Kanu einholen. Er war in Panik geraten, hatte gedankenlos gehandelt und war dabei beinahe ertrunken – wie ein Ritter in schimmernder Wehr, der sich in einer Wäscheleine verfängt.

Er griff nach seinem Funkgerät, was er sofort hätte tun sollen, und rief auf Kanal 16: »*Dallas Belle. Dallas Belle. Dallas Belle.* Bitte kommen, *Dallas Belle.*«

Keine Antwort. Er rief wieder: »*Dallas Belle. Dallas Belle. Dallas Belle.* Können Sie mich hören, *Dallas Belle*?« und preßte sich das Funkgerät ans Ohr. Aber da war nur Rauschen, ein elektronisches Brausen, das kaum von dem Tosen der Brandung zu unterscheiden war.

Er schaltete auf Kanal 5, den Kanal, den er und Sarah benutzten, wenn einer von ihnen das Boot verließ. »Sarah, Liebes, kannst du mich hören? Sarah! Kannst du mich hören! Sarah!«

Immer wieder rief er, bis die *Dallas Belle* unter dem Horizont verschwand und nur eine kleine Rauchfahne hinterließ, die der Wind schnell wegfegte.

Er war ein Mann der Wissenschaft – Arzt, Seefahrer und Elektronikingenieur, letzteres im Selbststudium –, der an Gott glaubte. Aber weder Glaube noch Wissenschaft konnten erklären, was seiner Familie passiert war. Daß das sandfarbene Schiff mit seiner Frau und seiner Tochter einfach davongefahren war, war unmöglich. Da war es plausibler, daß sich ein schwarzer Vorhang vom Himmel heruntersenkte oder daß plötzlich dreißig Morgen Ackerland aus dem Meer aufstiegen.

Was machten sie mit seinem Kind und seiner schönen Frau? Er versuchte, das Geschehene in seiner Phantasie umzuschreiben. Sie waren in See gestochen, um das Schiff zu stabilisieren, während Sarah eine schwierige Operation durchführte. Oder sie hatte entschieden, daß der Patient in aller Eile in ein Krankenhaus auf den Philippinen gebracht werden mußte. Ereignisse, die noch weniger einen Sinn ergaben als das Ereignis, das er einfach nicht glauben konnte. Aber es gab keine Antwort, die er ertragen konnte, keine Tatsache, die er verstehen konnte.

Die Worte *meine schöne Frau* fingen an, ihm in rasender Eile durch den Kopf zu gehen, immer wieder. Einen Augenblick lang glaubte er, Ronnie schreien zu hören. *Daddy!* Es klang so echt, so sehr nach ihrem verängstigten Aufschrei damals, als sie das letzte Mal über Bord gefallen war, daß er sich umdrehte, um nach ihr zu suchen.

Sein ungläubiger Blick schweifte über die leere Lagune und den verlassenen Halbkreis, in dem der Strand sie umgab. Hoch über ihm rasselte der Passat in den Palmblättern. Der Pazifische Ozean dehnte sich endlos nach allen Seiten.

Er befand sich hundertfünfzig Meilen nordöstlich von

Tobi, wo es eine Radiostation gab – genau entgegengesetzt zu der Richtung, in die die *Dallas Belle* verschwunden war. Die Sonsorols, Merir und Pulo Anna lagen weit im Westen. Aber auf jeder der Radioinseln konnte der Generator kaputtgegangen sein oder keinen Treibstoff mehr haben – und dann hieß es, einen Monat warten, bis das nächste Boot kam.

Angaur auf der anderen Seite, die südlichste der Palauinseln, hatte eine Landepiste aus dem Zweiten Weltkrieg, wo er ein Flugzeug nach Koror bekommen konnte, der Hauptstadt. Und in Koror hatte er einen Freund: Marcus Salinis, den Präsidenten der winzigen Republik Palau. Aber Angaur war zweihundertfünfzig Meilen entfernt, und dazwischen lag nur Ozean.

Überwältigt, erschöpft von der Strapaze, das Kanu an den Strand zu ziehen, ließ er sich auf den Dollbord des Kanus heruntersinken und starrte ins Leere. Das Wetter, das er vorher schon bemerkt hatte, fing jetzt an, den östlichen Horizont zu füllen. Er blickte nach Norden und träumte, er würde dort die *Dallas Belle* zurückkommen sehen, mit einer völlig plausiblen Erklärung.

Ein dunkler Punkt am Horizont ließ sein Herz schneller schlagen. Der Punkt wuchs, viel zu schnell, und weitete sich zu einer Schar schwarzer Seeschwalben aus, die nach Fischen suchten. Sein Blick senkte sich wieder auf die Lagune. Hundert Meter von ihm entfernt trieb etwas Großes, Weißes an Land. Ein toter Hai? Er musterte das weiße Etwas verwirrt, während es langsam von der Strömung an Land getrieben wurde. Ein Fregattvogel näherte sich ihm in Spiralen und kreiste dann erwartungsvoll.

Eine Leiche? Hatte der Seefahrer Gesellschaft gehabt?

Stone rannte. Der Vogel drehte mit einem ärgerlichen Kreischen ab. Er watete ins seichte Wasser hinaus, packte eine kalte Hand und zog die Leiche an Land.

Es war ein Mann. Kein Pazifikinsulaner, sondern ein bleicher, weißer Europäer, nur mit Boxershorts bekleidet und einer Gummisandale, die zwischen seinen Zehen hing. Er trug einen Ehering und eine Uhr. Sein Gesicht war vom Riff ziemlich zugerichtet. Aber das allein hatte ihn nicht getötet, stellte Stone fest, als er ihn herumdrehte und in seinem Rücken drei Kugeleinschüsse sah.

»O Gott, Sarah.«

Stone warf einen fachmännischen Blick auf die Wunden: Kleinkaliberwaffe, die Kugeln mußten noch in ihm stecken, und keine der drei Wunden würde sofort zu seinem Tod geführt haben. Man hatte ihn vielleicht von der *Dallas Belle* geworfen, noch lebend. Oder er war gesprungen. Er war jung und kräftig gebaut und war möglicherweise ertrunken, ehe er hatte verbluten können.

Und in dem Augenblick stand es für Stone ohne jeden Zweifel fest: Er mußte das Atoll verlassen.

Die Vorräte des alten Seefahrers, die aus dem sinkenden Boot geschwemmt worden waren, trieben auf der Oberfläche der Lagune.

Stone watete hinaus und sammelte sie schnell ein: Körbe und in Blätter gehüllte Bündel mit Nahrungsmitteln, Kokosnüsse zum Trinken, mit Wasser vollgesogenes Tau, eine Kürbisflasche voll Palmwein. Dann schleppte er noch zwei Reservespieren und ein paar große Taroblätter an Land, mit denen der alte Mann sich wahrscheinlich vor der Sonne geschützt hatte. Er schöpfte das mit Wasser gefüllte Kanu aus und fand ein paar Yams und Brotfrüchte, ein angeschimmeltes Stück Segeltuch und einen langen Brotfruchtzweig, der mit einer klebrigen Substanz überzogen war, die ihm an den Händen hängenblieb.

Stone sortierte das, was er geborgen hatte, auf mehrere Häufchen und schüttelte den Kopf. In dem kleinen Boot war all das gewesen, was ein mikronesischer Seefahrer auf offenem Meer brauchte – Nahrung und Wasser, Schutz vor der Tropensonne am Tage und der kalten Gischt bei Nacht, und Material für Reparaturen. Aber im Gegensatz zu Stone war es für den alten Insulaner nicht erforderlich gewesen, einen Kompaß, einen Sextanten, Almanache oder eine Karte mit sich zu führen. Er hatte die Bahnen der Sterne im Kopf, seine Erinnerung lieferte ihm das Schema der Strömungen und Dünungen, und die lebenslange Beobachtung von Vögeln, Fischen und Wolken hatten aus seinem Instinkt, mit dem er Land finden konnte, ein Präzisionswerkzeug gemacht.

Stone hätte in diesem Augenblick seinen rechten Arm um Ronnies GPS gegeben.

Vielleicht bei Nacht ... seine eigene Erinnerung an die Sterne und Konstellationen ... sicherlich würde er bei Nacht einen Kurs halten können ... und er hatte in den zehn Jahren in diesen Gewässern einige Tricks gelernt. Plötzlich machte sein Herz einen Satz: Der Minikompaß fiel ihm ein, den er immer in seiner Arzttasche mit sich führte, um sich zu orientieren, falls er mit dem Schlauchboot in den Nebel geriet. Das war ein grandioses Glück und verlieh ihm neue Energie für seine erste Aufgabe, die darin bestand, das Kanu wieder seetüchtig zu machen. Und solange er es nicht schaffte, den Rumpf zu reparieren, würde es nie wieder schwimmen.

Er blickte zur Sonne auf und sah dann auf seine Uhr. Wieder hatte er Glück gehabt. Unglaublicherweise war es erst zwei Uhr. *Meine schöne Frau ... Daddy!* – Er suchte seine Zuflucht in den Dingen, die er kannte, und gelobte sich, daß er noch vor Einbruch der Dunkelheit Segel setzen würde.

Der von ihm behelfsmäßig reparierte Ausleger war praktisch wieder in Stücke gegangen, und der Riß im Rumpf war noch größer geworden. Er erkannte sofort, wie er den Ausleger besser würde schienen können. Also sparte er sich das für später auf und konzentrierte sich auf den aufgerissenen Rumpf. Der Rumpf war karweelgebaut, die langen Planken trafen an den Rändern glatt aufeinander. Aber wo eine Bootswerft in Maine die Planken mit Nägeln zusammengefügt hätte, banden sie die Kanumacher von Puluwat mit Coir zusammen, einer elastischen Kokosnußfaser. Und das Coir – das durch etwa zehn Zentimeter auseinanderliegende, in das Holz gebohrte Löcher geführt war – war abgerissen.

Stone arbeitete sich an der Bindenaht entlang, zupfte die abgerissenen Fasern aus den Löchern und betete darum, daß keine der Planken zersplittert war. Das waren sie auch nicht, bis er an die Delle kam, die dem Aufprall auf das Riff zuzuschreiben war.

»Verdammte Scheiße.«

Der Schlag hatte das Boot direkt an der Naht getroffen, und dabei waren *beide* Planken aufgesplittert, genau entlang den Löchern. Und das bedeutete, daß er neue Löcher würde bohren müssen, und zwar ohne Bohrer. Er dachte an seine ordentlichen Werkzeugkästen an Bord der *Veronica* und spürte plötzlich einen Stich eisiger Angst.

All die Werkzeuge, über die er jetzt verfügte, befanden sich in seiner Arzttasche, dem Rucksack, den er an seinen Haken in dem Tragebalken des *Fale* gehängt hatte, wo der alte Mann gestorben war. Er hatte Skalpelle und Ersatzklingen, um das Coir zu schneiden, sein Schweizer Militärmesser, Chirurgenscheren und sein Takelmesser, ein paar Wegwerffeuerzeuge, die er immer als Geschenke bei sich trug, aber nichts, was auch nur entfernt einem Bohrer ähnelte. Wenn er irgendwo einen Nagel fand, würde er ihn mit einem Stein durch das Holz treiben und ihn anschließend mit seiner Zahnarztzange wieder herausziehen können. Aber auf einer Insel, wo Kokospalmen das einzige Baumaterial lieferten, war die Wahrscheinlichkeit äußerst gering, daß er einen Nagel finden würde.

Er lief über den Landhöcker zwischen der Lagune und dem windseitigen Riff und suchte nach Treibholz mit einem Nagel darin. Nichts – außer einem alten verwitterten Baumstamm, den vielleicht die äquatoriale Gegenströmung von einem Ufer in Mindanao herübergetragen hatte oder den möglicherweise auch die Passatwinde die viertausend Meilen von der Weihnachtsinsel herübergetrieben hatten.

Er rannte zurück, die Augen überall, und fragte sich, ob er wohl damit durchkommen würde, wenn er die Planken an der Stelle, wo sie zersplittert waren, nicht festband. Zwei Löcher. Er brauchte nur zwei Löcher und würde einfach doppelt soviel Coir nehmen und die Naht mit irgend etwas kalfatern. Ohne das würde jedesmal, wenn das Segelkanu ins Wasser eintauchte, ein Strahl Wasser in den Rumpf spritzen. Vielleicht Palmensaft. Er stieß sein Schweizer Messer in einen Baum, aber der Saft rann nur ganz dünn heraus. Er kehrte zu dem Fale zurück, um dort nach seinem Rucksack zu sehen. Der Haken, auf den er ihn gehängt hatte, bestand, so stellte er schließlich fest, nicht aus Holz. Es war eine Messingschraube, braungrün angelaufen, und in einer Aufwallung von Freude wurde ihm bewußt, daß irgend jemand vor langer Zeit die Schraube in einem Stück Treibholz gefunden und in die Stange geschraubt haben mußte. Stone packte sie mit seiner Zahnarztzange und schraubte sie vorsichtig heraus, mit einem Stoßgebet, daß sie sich dabei nicht in ihre Bestandteile auflösen möge. Mit dem Rucksack in der einen und der wertvollen Schraube in der anderen Hand lief er wieder um die Lagune herum und kniete neben dem Kanu nieder. Er studierte die Maserung beider Planken, um den sichersten Angriffspunkt zu finden, und begann dann, die

Schraube in das vom Wasser aufgeweichte Holz zu schrauben.

Er arbeitete von außen nach innen, sorgfältig darauf bedacht, daß das Loch nicht zu groß wurde, und dann von innen nach außen, bis die Löcher sich in der Mitte trafen und er Licht sah. Er wiederholte die Prozedur an der unteren Planke, schraubte hinein, zog heraus, schraubte hinein, zog heraus. Die zwei Löcher zu bohren dauerte eine Stunde.

Der Sand blieb ihm dabei an den Fingern kleben; schließlich wurde ihm bewußt, daß die klebrige Substanz, die der alte Mann mit sich geführt hatte, Brotfruchtsaft war, den die Insulaner zum Kalfatern benutzten. Sie schmolzen ihn mit einer langsam schwelenden Ranke; Stone benutzte sein Feuerzeug. Er bestrich beide Seiten der offenen Naht damit und packte dann dünne Verbandsgaze darüber. Anschließend fädelte er Coir durch die Löcher und zog die Faser mit Hilfe des Hefts seines Skalpells fest, das er als Hebel benutzte.

Das Kanu war sehr klein, keine fünf Meter lang, und dafür gebaut, in den geschützten Gewässern von Lagunen innerhalb der Riffs oder bestenfalls zwischen benachbarten Atollen zu segeln. Daß der alte Mann sich auf eine Reise von tausend Meilen damit begeben hatte, sprach für seine Tapferkeit; daß er es beinahe geschafft hatte, sprach mehr für seine Geschicklichkeit als für sein Fahrzeug. Und doch spürte Stone, als er das Kanu zu Wasser gebracht, aufgetakelt und wieder beladen hatte, wie ihn eine Aufwallung von Stolz und Zuneigung überkam und ihm Mut machte.

Es lag wie eine Spinne auf dem Wasser, ausbalanciert zwischen Rumpf und Ausleger, und die Brücke, die die beiden verband, lieferte eine hohe, trockene Plattform über dem Wasser. Neben der *Veronica* mochte das Kanu klein aussehen, geradezu mikroskopisch winzig neben dem Gastanker, aber nur im Vergleich, denn es war vollkommen, schnell und manövrierfähig. In den richtigen Händen.

Er fuhr übungshalber über die Lagune hin und her und versuchte, sich die spezielle Art der Bewohner der Karolinen anzueignen, mit ihren Kanus umzugehen. Anstatt zu wenden, um die Richtung zu wechseln, wechselten die Insulaner die Enden ihrer Boote, vertauschten Mast und Steuerpaddel und machten auf die Weise den Bug zum Heck und das Heck zum Bug, wobei der Ausleger immer gegen den Wind gerichtet war.

Auf dem winzigen Deck zwischen Rumpf und Ausleger stehend wandte Stone den Blick einen Augenblick von der chaotischen Durchfahrt vor ihm und den Riffs auf beiden Seiten und sah, daß der reparierte Riß allem Anschein nach hielt. Das Kanu leckte jetzt nicht mehr so sehr und war daher leichter; es hob sich jeder Woge entgegen, während der Wind, der, wie am Abend üblich, ein wenig nachgelassen hatte, es gerade und sicher auf das offene Meer hinaustrieb.

Er sah auf die Uhr – eine Stunde bis Sonnenuntergang –, blickte mehrmals zu dem Atoll zurück und versuchte, die Geschwindigkeit des äquatorialen Stromes abzuschätzen. Er achtete darauf, daß die Dünung auf seiner rechten und der gelbe Ball der Sonne auf seiner linken Seite blieben, und sah immer wieder auf den kleinen Kompaß.

Ganze Scharen schwarzweißer Noddies und anderer Seeschwalben flogen nach Hause zu ihrem Atoll. Von einem Wellenkamm aus sah er, wie sie sich um den toten Mann am Strand scharten. Die Sonne schwebte kurz am Rande des Wassers und versank dann ganz plötzlich.

Der Wind wurde kühl, und jetzt wischte kalte Gischt über das offene Deck. Er tastete in der Bilge nach einem in Blätter gewickelten Brocken Brotfrucht, die er mechanisch kaute, und trank dann aus einer Kokosnuß, in die er mit seinem

Takelmesser ein Loch gebohrt hatte, während er darauf wartete, daß die ersten Sterne aus dem immer tiefer werdenden Blau herauskamen. Aber die ganze östliche Hälfte des Himmels hatte sich mit Wolken überzogen und nahm ihm damit jede Hoffnung, den aufsteigenden Gürtel des Orion zu erblicken. Vor ihm im Norden begannen die Sterne des Großen Wagens zu leuchten. Er fuhr mit den Augen die Linie zu dem schwachen rötlichen Polarstern nach und klammerte sich gierig an jenen alten Freund, nur um ihn kurz darauf an eine nachrückende Wolke zu verlieren. Er sah sich um, entdeckte tief im Süden das kleine Kreuz des Südens, aber als er sich dann ein paarmal danach umsah, begann es ebenfalls hinter den Wolken zu verschwimmen. Er holte sich eine Taschenlampe aus dem Rucksack und las den Kompaß ab.

Eine erschreckend kalte, volle See stieß ihn vom Deck in die Bilge und ließ das Boot außer Kontrolle geraten. Er tastete sich in der Dunkelheit auf das Auslegerdeck, fand das Steuerruder und füllte das Segel wieder mit Wind, wodurch das Boot sich stabilisierte. Dann band er sich schnell ein Stück Perlonschnur um die Hüfte und sicherte die Leine am Kanu.

Um wieder auf den Kurs zurückzufinden, versuchte er zu spüren, ob die Dünung immer noch von rechts kam, aber der von dem Wetter im Osten aufbrisende Wind hatte ebenfalls Wellen aufgebaut, und auch der Himmel bot ihm keinen Hinweis, da jetzt von einem Horizont zum anderen völlige Dunkelheit herrschte.

Wenn er jetzt die *Veronica* gesegelt hätte, dann hätte er das Licht im Kompaßhäuschen eingeschaltet, um in seinem gleichmäßigen roten Schein seinen Kurs zu überprüfen. Er hob den Kompaß etwas höher, um ihn im Licht der Taschenlampe abzulesen. Die See packte wie ein bösartiges Kind zu und riß ihn ihm aus der Hand.

Er sprang ihm nach, griff verzweifelt nach seiner letzten Verbindung zu seiner modernen Welt. Aber der Kompaß war weg, und sein Mut sank mit ihm.

Er war verloren, geblendet von Wolken, verwirrt von der aufgewühlten See. Der Wind änderte immer wieder die Richtung – verrückte Böen, die das Segel flattern ließen, das Kanu herumschleuderten, es nach vorn und wieder zurück trieben. Er konnte immer noch die lange Pazifikdünung unter dem Kanu spüren, aber die Wasserfläche war zu aufgewühlt und die Nacht zu finster, um ihre Richtung ausmachen zu können.

Er stand auf, hielt sich an einer der Wanten fest und versuchte, die Dunkelheit zu durchdringen. Er hörte, wie neben ihm Wellen aufeinanderprallten, aber er konnte ihre schäumenden, weißen Kämme nicht sehen. *»Herrgott«*, murmelte er oder bildete sich das wenigstens ein, aber dann ging seine Verwünschung in Gebet über, *»Sarah!«*, als ihm bewußt wurde, daß er schon zehn Jahre lang nicht mehr allein gesegelt war.

Sein Atem ging schwer, und er spürte, wie seine Brust zusammengepreßt wurde; ihm war, als würde ihn jemand würgen, und in seinen Ohren war ein Flüstern, das zu einem Brüllen anwuchs. Als ein Prickeln seine Lippen taub werden ließ, wartete er auf den Schmerz, der ihm die Herzattacke ankündigen würde. Und dann wurde ihm mit einem irren, halberstickten Lachen bewußt, daß der Angriff gar nicht seinem Körper galt, sondern seinem Verstand – daß da Panik in ihm aufwallte.

Eine Bö fuhr ins Segel, warf das Kanu zurück und Stone ins Wasser. Er zog sich mit seiner Rettungsleine wieder an Bord. Die Luft war kalt. Er kauerte fröstelnd da und versuchte, sich zu sammeln.

Regen peitschte – ein plötzlicher Wolkenbruch, der eisig

kalt auf das Meer herunterprasselte und ihn in die Gegenwart zurückriß. Er zog das Segel ein, das der Wind in Stücke zu reißen drohte, sicherte den schweren Baum und die Gaffe, tastete dann nach einer ausgehöhlten Kokosnuß herum und fing an, das Seewasser zu lenzen, das ins Boot strömte.

Eine Schale voll Wasser. Über die Seite. Schale voll Wasser. Über die Seite. Wieder und wieder und wieder. Er zählte mit, gönnte sich nach jedem vollen Hundert einen Augenblick an Ruhe ... das Kanu schlitterte über die Wellenkämme – torkelte und rutschte. Böen kreischten gegen den Mast, pfiffen durch die Wanten. Jedesmal, wenn die größeren Wellen den Ausleger aus dem Wasser hoben, drohte das kleine Boot umzukippen.

Donner krachte. Blitze spalteten die Dunkelheit wie Millionen von Schweißbrennern, und plötzlich waren die See und der Sturm hellbeleuchtet – das Wasser milchweiß, die Wellen ausgefranst, der Himmel ein kränkliches Grau. Ein kräftiger Windstoß blies die Kämme von den Wellen und ließ sie in dichtem Schaum dahinjagen. Einen langen, einen unmöglichen Augenblick lang war da mehr Wasser als Luft, Luft, die zu dick war, als daß man sie hätte atmen können.

Wieder explodierte ein Blitz – ein langer, gewundener, flüssiger Blitzstrahl, der träge, ganz langsam aus dem Himmel herunterpurzelte. In seinem breiten, grellen Licht sah Stone das Kanu immer noch halb voll Wasser, und eine gewaltige Welle, doppelt so hoch wie alle anderen in der Umgebung, die rasend schnell auf ihn zukam. Er schlang beide Arme um den Mast und klammerte sich daran fest. Die Welle donnerte über das Auslegerdeck, ließ das Boot zittern, krachte an seinen Rücken und riß an seinen Händen.

Der Wind packte den Mast wie einen Griff, hebelte das Boot zur Seite, als von unten das Wasser nachstieß. Stone beugte sich hinaus und zwang den Ausleger mit seinem Körpergewicht hinunter. Aber er wußte auch, daß er nur einen vorläufigen Sieg errungen hatte. Die nächste tödliche Kombination aus Bö und Welle würde das Kanu wie ein Blatt umkippen.

Er tastete in der Dunkelheit nach den Wanten und Stangen und ließ den Mast herunter, um dem Wind weniger Angriffsfläche zu bieten und das winzige Fahrzeug zu stabilisieren. Bis er dann schließlich die schwere Spiere fest vertäut hatte, zitterte er vor Erschöpfung, während die Brecher, der Regen und die Gischt immer wieder sein Boot überfluteten.

Hundertmal schöpfen, ausruhen. Hundertmal schöpfen – und dabei die Hände an dem rauhen Holz aufkratzen, das Salz, das in den Wunden brannte – und sich dabei fragen, wo der gebrechliche alte Mann, der vor ihm gesegelt war, die Kraft hergenommen hatte, Stunde für Stunde das offene Boot zu lenzen. Wie konnte ein Mann um die achtzig so mit dem Meer gekämpft haben, wie er jetzt kämpfte?

Plötzlich ahnte er, was der alte Knabe getan hatte. Er hatte nicht mit dem Meer gekämpft, er hatte es umarmt. So wie er den Mast abgesenkt hatte, um dem Wind auszuweichen, hatte er das Kanu sinken lassen, es untergetaucht, um es vor den Wellen zu schützen.

Leicht, das zu denken, aber verdammt schwer, es zu tun, wenn einem jeder Instinkt sagte, daß Schwimmen Überleben war. Stone überlegte kurz, wog seine immer geringer werdenden Chancen ab und akzeptierte, daß er keine Wahl hatte. Mit einem dem Ekel verwandten Gefühl hörte er auf zu lenzen und leerte den Inhalt der Kokosnußschale in das Kanu zurück.

Er vergewisserte sich schnell, daß seine Lebensmittel und sein weniges Werkzeug vertäut waren. Dann nahm er eine zweite Kokosnußschale und schöpfte jetzt mit beiden Händen Seewasser in den Rumpf. Die Brecher halfen ihm. Als schließlich eine mächtige Sturzwelle aus der Dunkelheit heranbrauste, drückte sie das Boot unter Wasser, riß Stones Rettungsleine ab und fegte ihn weg.

Plötzlich war er allein im Ozean. In dem Augenblick wurden alle Gedanken an Ronnie und Sarah und die *Dallas Belle* aus seinem Bewußtsein verdrängt. Der Pazifik war Meilen tief und wimmelte von Haien.

Etwas strich über seine Hand. Die Angst schrie *Wegziehen.* Und das Überleben flüsterte *Halt es fest.*

Es zupfte heftig, wie etwas Lebendes. Er kämpfte mit seinen Sinnen, brachte sie unter Kontrolle. Es war eine Perlonleine, die an dem Kanu hing. Er band sie sich um die Hüfte, zog sich auf die halb untergetauchte Plattform und kämpfte darum, das Kinn über dem vom Wind gepeitschten Wasser zu halten.

Er erwachte vor Kälte zitternd, verblüfft, daß er geschlafen hatte. Der Wind hatte gedreht und nachgelassen und, was wichtiger war, er wehte stetig aus einer Richtung. Und nach dem Zustand der Wellen zu schließen, tat er das bereits eine ganze Weile.

Es war auch nicht ganz so dunkel. Er konnte tatsächlich sehen, wie die Wellenkämme sich brachen. Über ihm flackerte gelegentlich stumpf ein Stern durch die dünner werdenden Wolken.

Er verspürte die erste Regung von Hoffnung. Dezemberstürme im westlichen Pazifik in Äquatornähe waren kurzlebig, und der Passatwind stellte schnell wieder Ordnung her. Und gleich hinter der Hoffnung kam die Vernunft, und der Verlust seines Kompasses schien ihm jetzt weniger katastrophal. Die nächtliche Karte des Himmels, die das Firmament darstellte, würde ihm bei der Navigation helfen. Schon gab es gelegentlich verheißungsvolle Blicke auf ein helles Dreigestirn, bei dem es sich ohne Zweifel um den Gürtel des Orion handelte, der sich nach Westen senkte.

Dann lieferte das Kreuz des Südens einen Fixpunkt. Kurz darauf stieg westlich vom Wind ein Stern mit hellem weißen Leuchten aus den Wogen auf: die strahlende Wega, die im Norden aufstieg und den Weg nach Angaur wies.

Stone ließ sich in das warme Wasser hinab, um das Kanu zu entlasten, und begann zu schöpfen. Die See beruhigte sich schnell – erleichterte ihm die Aufgabe – und ab drei Uhr morgens ritt der Rumpf wieder hoch auf den Wellen. Um vier konnte er ins Boot steigen. Er richtete den Mast auf und setzte Segel. Die Wega stand inzwischen zu hoch am Himmel, um den Kurs nach ihr zu richten, aber der Himmel hatte genügend aufgeklart, daß er den Großen Wagen sehen konnte, der den Weg zum Polarstern wies.

In Sorge, daß der Sturm ihn bereits zu weit nach Westen getrieben hatte, halste er, wozu er mühsam den Mast umsetzte, und segelte nach Osten.

Er kaute durchnäßte Brotfrucht und döste, um dann mit der Sonne in den Augen aufzuwachen. Sie war soeben über den Horizont gestiegen. Der Himmel war von klarem Blau, mit Ausnahme des Westens, wo die Überreste des Sturms noch rot leuchteten. Er stand auf, noch steif, bis auf die Knochen durchfroren, dankbar für die Wärme der Sonne, und studierte den Himmel. Klar im Osten und Süden, aufklarend im Westen. Klar im Norden. Ein paar hohe Passatwolken hingen wie Christbaumschmuck am Himmel.

Er drehte sich langsam und sorgfältig im Kreise, betete um ein Schiff, einen fernen Lichtschein am Horizont, den er mit seinem VHF-Radio anrufen konnte. Im Osten und ein Haarbreit achtern glaubte er etwas zu sehen, eine winzige Falte in der blauen Naht, wo das Meer sich mit dem Himmel verband.

Er kletterte den Mast hoch. Eine Falte, ein verschwommenes Objekt. Dann etwas Hartes, nach oben ausgefranst. Aber das war kein Schiff, räumte er schließlich widerstrebend ein. Vielleicht ein Segel. Auch das verwarf er. Es war auch kein Segelboot. Es war Land – Land, das er bedrückt wiedererkannte – die palmengekrönten Pulo-Helena-Atolle, von denen er am Abend zuvor abgesegelt war.

4

»Mummy, auf was schaust du da?«

»Versuch zu schlafen, Liebes. Mummy muß nachdenken.«

»Worüber mußt du nachdenken?«

Sie sah einen Rettungsbehälter auf dem Achterdeck weit unter dem Bullauge, durch das sie beobachtete, wie das erste Tageslicht das Schiff auf das Meer projizierte, und ihre Gedanken arbeiteten, suchten Möglichkeiten. Es schien sich um einen der üblichen Notbehälter zu handeln, aus weißem Fiberglas, etwa einen Meter zwanzig lang mit einem Durchmesser von sechzig Zentimetern und so konstruiert, daß er sich automatisch öffnen würde, wenn man ihn ins Wasser warf. Dort würde sich das Floß dann mit Preßluft füllen, und vier Personen unter einem grellorangefarbenen, Radar reflektierenden Sonnendach aufnehmen. Wenn es ihr und Ronnie irgendwie gelang, sich auf das Hauptdeck zu schleichen, würden sie es dann schaffen, den Behälter über das hohe Schanzkleid zu stemmen und hinterherzuspringen, hinunter ins Meer?

Zwanzig Meter bis zum Wasser? Aus einem Schiff, das mit zweiundzwanzig Knoten dahinraste. Sie waren beide fit, waren ausgezeichnete Schwimmerinnen. Aber was, wenn sie getrennt wurden? Wenn sie so hart auf die Wellen prallten, daß sie das Bewußtsein verloren? Was, wenn das Schiff sie unter sich sog?

Sie konnten vom Heck aus springen, hinter das Schiff. Sie

konnten Rettungswesten stehlen. Sie würde sie zusammenbinden. Aber würden sie sich gegenseitig verletzen, vielleicht eine der anderen den Schädel einschlagen?

Und sobald sie sicher in dem Schlauchboot waren, was dann?

Treiben. Beten, daß man ihr Verschwinden nicht sofort bemerkte. Warten, bis sie von einem anderen Schiff aufgefischt wurden. Ein winziger Punkt im Ozean. Besser, wenn sie näher bei den Schiffahrtslinien waren.

Sie stieg wieder ins Bett und zog Ronnie an sich.

Fliehen war zu riskant. Das kam nur in allerletzter Not in Frage. Aber es war eine Hoffnung, an die man sich klammern konnte. Da war es besser, zuerst den Versuch zu machen, um Hilfe zu funken. Und zu diesem Zweck hatte sie den größten Teil der Nacht damit verbracht, vor ihrem inneren Auge einen Plan des Schiffes zu entwerfen.

Sie hatte dabei fünf mögliche Routen zum Radioraum in Betracht gezogen: den zentralen Aufzug des Schiffes; die zentrale Treppe; die Treppe von der Kapitänskabine, die Treppe aus der Eignersuite, in die man sie gebracht hatte, und einen schmalen Balkon achtern, von dem aus eine Leiter an der Außenseite des sechsstöckigen Ruderhauses in die Tiefe führte.

Aber wer würde oben an der Treppe sein, vorausgesetzt sie schaffte es überhaupt, ungesehen nach oben zu kommen? In den Räumen, zu denen man ihr den Zugang erlaubt hatte, gab es leere Buchsen, aus denen man die Satellitentelefone entfernt hatte. Und der aufmerksame chinesische Steward, der stets bereitstand, um ihr Tee und Ronnie Cola zu bringen, beobachtete sie ständig.

»Mummy?«

»Schlaf jetzt, Liebes.«

Sarah erinnerte sich an ihren Vater als einen hünenhaften Mann, überlebensgroß, kohlschwarz, so britisch, wie Eton und Sandhurst einen Afrikaner nur machen konnten. Josiah Soditan war vor der Unabhängigkeit Sergeant Major in der Royal West African Frontier Force gewesen und nach der Staatsgründung Brigadier in den nigerianischen Streitkräften. Im Krieg, so hatte er ihr einmal gesagt, gaben Frauen »verteufelt gute Scouts« ab.

Dabei hatte er seine Geliebte angesehen und ihr damit dieselbe Ehre zukommen lassen. Sie hatte gereizt an einer Zigarette gezogen und nur darauf gewartet, daß Sarah sich bei ihnen für das Dinner bedankte und nach Hause ging.

»Männer sind von Natur aus Jäger, verstehst du? Die konzentrieren sich wie ein Feldstecher auf ihr Wild. Frauen sind mehr auf Verteidigung aus, sie sehen alles, jede Drohung und jede Chance.«

An seiner Havanna paffend hatte er sie über seinen Brandy hinweg angesehen und auf Antwort gewartet. Sie erinnerte sich, daß sie ihn wie eine scheue Gazelle angesehen und sich gefragt hatte, was er wohl als Gegenleistung für dieses offensichtliche Kompliment an ihr Geschlecht erwartete.

»Diese Ansicht«, vertraute er ihr an, »wird natürlich nicht von allen meinen Kollegen geteilt. Aber *dir* will ich sagen, daß Frauen sich genausogut auf das Töten verstehen wie Männer.«

»Danke, Vater«, hatte sie, nur teilweise ironisch, geantwortet, weil ein Kompliment von ihm etwas Seltenes und demzufolge Wertvolles war.

»Nicht *du*, verflixt! Du bist Ärztin. Ich will nur sagen, Frauen beobachten ihre Umgebung besser als Männer. Verteufelt gute Scouts ...«

»Ja, Vater«, flüsterte sie halblaut.

Ronnie regte sich, schlüpfte aus der Armbeuge ihrer Mutter und stellte sich aufrecht auf das Bett, um die Propeller an den Flugzeugmodellen aus dem Zweiten Weltkrieg drehen zu können, die von der Decke hingen. Es gab Dutzende davon, und sie schwankten mit den Bewegungen des dahinrasenden Schiffes. Ronnie kannte die Namen von allen. Als Kind des Pazifiks hatte sie mit dem Schnorchel so manches Schlachtfeld mit seinen fünfzig Jahre alten Wracks erforscht.

Die Morgendämmerung erhellte jetzt durch die Vorhänge die Kabine, und Sarah beobachtete Ronnie durch zusammengekniffene Augen. Sie war so alt gewesen wie Ronnie jetzt, als in Nigeria der Bürgerkrieg ausgebrochen war und ihr Vater sie und ihre Mutter nach England geschickt hatte, wo Mutter an Lungenentzündung gestorben war, und man Sarah dann auf eine Klosterschule geschickt hatte.

Ronnie schien ihr in mancher Hinsicht reifer, als sie das damals gewesen war. In der Gesellschaft Erwachsener ungezwungener. »Kalt wie Eis, wenn die Splitter fliegen«, hatte Michael von ihr einmal gesagt, »wie ihre Mutter.« Aber in anderer Hinsicht war sie so jung, bei weitem nicht so weltläufig wie die amerikanischen und japanischen Touristenkinder, denen sie gelegentlich begegneten. Im Bürgerkrieg hatte Sarah gesehen, wie ihr Vater mit dem Säbel zwei Männer tötete, die ihre Mutter angegriffen hatten. Sie spürte, wie Wut in ihr aufwallte, Wut darüber, daß ihr Kind diese Gefangenschaft erdulden mußte, daß man die Segelyacht, die ihr Zuhause war, einfach aus dem Wasser gehievt und ihren Vater auf einem verlassenen Atoll ausgesetzt hatte und sie mit der entsetzlichen Situation leben mußte, einfach nicht zu wissen, was man als nächstes mit ihnen machen würde. Sie mußte ihre Wut zügeln. Sie fürchtete sie ebenso wie sie die Männer fürchtete, die sie gefangenhielten, denn sie bewegte sich auf einem ganz schmalen Grat am Rande der Gewalt.

»Ich habe nachgedacht«, sagte Ronnie und strich liebkosend über den Rumpf eines zweimotorigen Bombers. »Daddy kommt schon zurecht.«

»Natürlich.«

»Nein, ich meine wirklich, Mum. Er hat Fisch zu essen und Krabben und Muscheln. Kokosnüsse zu trinken – nur daß er zu viel Cholesterin kriegen wird.«

»Wir werden ihn auf strenge Diät setzen, wenn wir ihn zurückbekommen.«

»Unbedingt … Er kann in einem Fale schlafen … Ich hoffe nur, daß die Moskitos nicht so schlimm sind.«

»In Pulo Helena gibt es nur wenige Moskitos.«

»Ich wette, er ist einsam.«

»Also, einsam fühlt sich Daddy nicht so leicht.« Die Wahrheit. Er war zum Verrücktwerden selbständig. Obwohl seine Abhängigkeit von ihr in den letzten Jahren, als ihre Ehe reifte und sie sich von einem behüteten Mädchen allmählich in eine Frau verwandelt hatte, gewachsen war.

»Aber er wird uns vermissen.«

»Ja, das wird er.«

»Und sich Sorgen machen, jede Sekunde.«

»Aber er weiß, daß wir beide, du und ich, gut für uns sorgen können.«

»*Ich* weiß, daß wir das können. Aber ich bezweifle, daß er das weiß – Herrgott, ich möchte wirklich wissen, was er tut. Hoffentlich tut er sich nicht weh. Du weißt ja, wie ungeschickt er manchmal sein kann.«

»Keine Sorge«, sagte Sarah, obwohl sie in Wirklichkeit zutiefst besorgt war. Sie kannte einen Michael Stone, den ihr Kind noch nie gesehen hatte.

Ronnie tippte einen japanischen Zero an, um ihn ins Schaukeln zu versetzen, und kniete dann plötzlich neben Sarah nieder. »Mummy, meinst du, er könnte versuchen –«

Sarah drückte ihrer Tochter die Hand auf den Mund und flüsterte ihr ins Ohr: »Vorsichtig. Was ist, wenn die lauschen?«

»Diese *Arschlöcher.*«

»Solche Reden dulde ich nicht.«

»Daddy sagt –«

»Aber nicht oft.«

»Mummy«, flüsterte sie und legte ihr Gesicht ganz nahe an das ihrer Mutter. »Machst du dir wirklich keine Sorgen?«

»Über uns …?« Sie und Michael waren zu Ronnie immer sehr offen gewesen, aber jetzt mußte sie in puncto Angst Zensur ausüben. »Die lassen uns gehen, sobald es dem alten Mann bessergeht.«

Mr. Jack, wie sie den alten Mann nannten, lag in dem Bett neben dem ihren und hing an dem ächzenden Respirator, den die Schiffsmannschaft von der *Veronica* geholt hatte. Sein Atem war immer noch zu schwach und sein Blutdruck so niedrig, daß er, wie Michael sagen würde, zwei Grad nördlich vom Tod stand.

»Wer, glaubst du, hat auf ihn geschossen, Mummy?«

»Keine Ahnung.«

»Aber was machen die? Das ist so unheimlich. Warum wollen die ihn nicht in ein Krankenhaus bringen?«

»Weil sie uns haben.«

»Aber wir sind doch kein Krankenhaus. Höchstens eine Klinik.«

»Das muß ich denen noch irgendwie klarmachen«, pflichtete Sarah ihrer Tochter mit grimmiger Miene bei. Ronnies Gesicht verdüsterte sich, und Sarah hätte sich einen Tritt versetzen können, weil sie dem Kind angst gemacht hatte. Sie zwang sich zu einem Lächeln und flüsterte: »Hey, du. Lausch du an der Tür, dann will ich nachsehen, wo wir sind.«

Sie hatten ein großes Geheimnis – Ronnies GPS, das in ihrem Snoopy-Rucksack versteckt war. Indem sie so taten, als wäre es ein Spiel, das GPS einzusetzen, wirkte das Ganze etwas weniger beängstigend. Immer wieder den Finger an die Lippen drückend, lauschten sie mit Sarahs Stethoskop an der Tür, vergewisserten sich dann, daß der alte Mann immer noch schlief, und öffneten ein Bullauge.

Ronnie saß zusammengekauert mit dem Stethoskop an der Tür, während Sarah das GPS einschaltete und es die paar Augenblicke nach draußen hielt, die das Gerät brauchte, um Kontakt mit den Satelliten zu bekommen.

Sarah war entsetzt, als sie die Entfernung ablas, die sie schon zwischen sich und Pulo Helena zurückgelegt hatten. Das Schiff machte jetzt dreiundzwanzig Knoten, über vierhundert Meilen in den achtzehn Stunden, seit sie Michael zurückgelassen hatten.

»Sie kommen!« rief Ronnie.

Sie stopfte das GPS in den Rucksack, hängte ihn über den Stuhl, wo er vorher gewesen war, und schloß das Bullauge, als es leise an der Tür klopfte. Sie tauschte Blicke mit Ronnie und nickte. Ronnie öffnete die Tür. Es war nur Ah Lee, der chinesische Diener, mit Tee und Orangensaft und Frühstück auf einem Tablett.

»Guten Morgen, Ladys.«

»Guten Morgen, Ah Lee.«

Er deckte den Tisch wie ein Etagenkellner im Peninsula Hotel.

Ah Lee war sehr jung, fast noch ein Knabe, und nicht viel größer als Ronnie, die von ihm fasziniert war. Obwohl es außer »Guten Morgen«, »Tee« und »Coca-Cola« kaum sprachliche Gemeinsamkeiten zwischen ihnen gab, hatte sie doch erfahren, daß er aus Shanghai stammte, keine Brüder oder Schwestern hatte und sein Geld sparte, um eines Tages ein Café für Touristen eröffnen zu können. Er ging schnell wieder, nachdem er einen besorgten Blick auf den schlafenden Mr. Jack geworfen hatte.

»Ich habe keinen Hunger«, sagte Ronnie.

»Wir wollen so tun, als ob ein Sturm käme«, erklärte Sarah mit Entschiedenheit. »Am besten essen wir, solange wir noch können.«

Sie saßen einander an dem kleinen Frühstückstisch gegenüber. Der Geruch in ihrer Suite, in dem sich kühle, klimatisierte Meeresluft, Seife und Möbelpolitur mischten, das reflektierte Sonnenlicht, das an der Decke tanzte, und das ferne Vibrieren von Schiffsmotoren viele Decks unter ihnen konnten in ihr beinahe den Gedanken aufkommen lassen, daß sie und ihre Tochter eine Kreuzfahrt auf einem Luxusschiff machten.

Ihr Lächeln, das dazu bestimmt war, Ronnie Mut zu machen, verflog, als es heftig an der Tür klopfte.

»Wenn Sie dann einmal eine Minute Zeit haben, Doc.«

»Wir sind beschäftigt«, murmelte Ronnie. »Kommt morgen wieder.«

»Provoziere sie bloß nicht.«

Sarah hängte sich ihr Stethoskop um den Hals, weil sie das Gefühl hatte, daß ihr das eine gewisse Autorität verlieh, nahm Ronnie bei der Hand und trat in den luxuriösen Salon der Eignersuite der *Dallas Belle*, von der aus man einen spektakulären Ausblick auf das Kielwasser des Schiffes hatte.

Sie sah sofort, daß der Kompaß in dem antiken Messinggehäuse noch genauso NNW 330° anzeigte, wie er das die letzten achtzehn Stunden getan hatte, und wandte sich dann den zwei Männern in Blue Jeans, Turnschuhen und Khakihemden zu, die die Macht über ihrer beider Leben und Tod an sich gezogen hatten.

Der Kapitän der *Dallas Belle* war ein kräftig gebauter Texaner von etwa fünfunddreißig Jahren. Als er sie über Radio angerufen hatte, hatte sein gedehnter Texasdialekt täuschend gemütlich gewirkt. Aber jetzt, da sie nähere Bekanntschaft mit ihm gemacht hatten, gab es für Sarah keinen Zweifel, daß dies ein entschlossener, klar denkender Mann war, der das Schiff, wenn auch nicht alle an Bord Anwesenden, fest im Griff hatte.

Diese Macht ging vielmehr von dem großen, schwarzen Amerikaner, Moss, aus. Moss schob sich jetzt an dem Kapitän vorbei und veranlaßte Ronnie damit, sich näher an Sarah zu drängen.

»Wann holen Sie die Kugel aus ihm heraus?«

»Das würde ich lieber nicht tun.«

»Mir ist egal, was Sie ›lieber‹ tun würden«, knurrte er und imitierte dabei ihren englischen Akzent.

»Sie haben zu viele Filme gesehen, Mr. Moss. Die Kugel ist das geringste von Mr. Jacks Problemen. Mr. Jack braucht viel dringender ein Krankenhaus.«

»Wir haben Ihr Krankenhaus.«

»Versuchen Sie, mein Krankenhaus als so etwas wie eine Ambulanz zu sehen, Mr. Moss. Und zwar eine ziemlich spärlich ausgestattete. Er braucht ein Atemgerät. Unser Atemgerät ist alt und könnte jeden Augenblick den Geist aufgeben.«

»Der Chefingenieur hält sich bereit, es zu reparieren.«

Sarah ignorierte die Unterbrechung. »Mr. Jack ist siebenundsiebzig Jahre alt. Wenn er nicht genug Luft in seine Lungen bekommt, holt er sich eine Lungenentzündung. Und dann wird er sterben – vorausgesetzt natürlich, er stirbt nicht vorher an dem vielen Morphium, das Ihre Leute ihm verpaßt haben.«

»Sie haben gesagt, das würden Sie in Ordnung bringen.«

»Er reagiert nicht so auf das Narcan, wie ich mir das wünschen würde. Aber ich glaube, er wird durchkommen.«

»Und wenn er aufwacht, wird er richtig atmen. Stimmt das?«

»Es ist nicht nur so, daß seine Atmung von dem Morphium beeinträchtigt ist, sondern er wird, sobald die Wirkung nachläßt, noch dazu im wachen Zustand, mit jedem Atemzug gegen die Schmerzen ankämpfen müssen, die ihm die Schußverletzung und die chirurgischen Fähigkeiten Ihres Kombüsenjungen eingetragen haben.«

»Dann müssen Sie ihm die Kugel herausholen.«

»Nein. Er kann sich keine weiteren Komplikationen mehr

leisten, wenn er nicht in einem Krankenhaus versorgt werden kann. Bei einem Mann Ihres Alters würde ich mit dem größten Vergnügen operieren –«

»Ohne Narkose«, flüsterte Ronnie.

Sarahs Finger schlossen sich so fest um Ronnies Arm, daß sie spürte, wie ihre Finger gegen die Knochen drückten.

Ein eisiges Lächeln ging über Moss' Züge. »Vielleicht möchtest du zusehen, wie ich deine Mom ohne Narkose fertigmache?«

Ronnie sah zu Boden, und Sarah spürte ihre Angst. In dem häßlichen Schweigen, das jetzt eintrat, suchten Moss' Augen die ihren. Sarah sah an ihm vorbei und spürte die Angst um sich und um Ronnie in sich aufsteigen. Anscheinend ärgerte Moss der Klassenunterschied zwischen ihnen beiden, so als hätte sie, indem sie nicht Armut litt, ihre gemeinsame afrikanische Herkunft verraten.

»Ich muß sagen, Mr. Moss, zu den vielen Dingen, die ich hier nicht verstehe, gehört auch, wie Sie, der Sie doch Mr. Jack offensichtlich so ergeben sind, sein Leben riskieren, nur um ihn nicht in ein Krankenhaus zu bringen. Ich weiß nicht, warum Sie das für nötig halten – und es ist mir auch gleichgültig –, aber Sie könnten sich doch ganz gewiß etwas einfallen lassen, irgendeine plausible Erklärung, wie er sich die Schußverletzung zugezogen hat. Sie könnten den Behörden doch beispielsweise sagen, daß Sie von indonischen Piraten überfallen worden sind. Oder daß sich seine Waffe beim Reinigen entladen hat. Niemand wird Zweifel am Wort eines Schiffskapitäns und seines Eigners haben, insbesondere da er ja überleben wird. Als Ärztin muß ich darauf bestehen –«

Moss trat in einem blitzschnellen Schritt vor sie, ragte jetzt in seiner ganzen Größe vor ihr auf, so daß Ronnie zurückzuckte.

»Bestehen«, wiederholte Sarah.

Moss packte sie am Arm.

»Lassen Sie mich los.«

Jetzt packte er auch mit der anderen Hand zu und hob sie in die Höhe. Er starrte ihr in die Augen.

Der Kapitän versuchte, sich einzuschalten. »Moss, beruhigen Sie sich doch.«

Moss ignorierte ihn. »Ich stehe in der Schuld dieses Mannes. Wenn er stirbt ... sterben Sie. Alle beide.« Er stieß sie von sich und ging hinaus.

Ronnies Lippen begannen zu zittern. Sarah drückte sie an sich. »Ist schon gut. Mummy ist nichts passiert.«

Der Kapitän versuchte zu lächeln. »Schau, Kleines, je schneller deine Mom Mr. Jack zusammenflickt, desto schneller darfst du zu deinem Daddy zurück. Ganz bestimmt.«

»Stehen meine Tochter und ich unter Ihrem Schutz, Captain?«

Der Kapitän schien sich bei dieser Frage nicht recht wohl in seiner Haut zu fühlen.

Sarah überraschte das nicht. »Was für eine Rolle spielt Moss eigentlich genau auf Ihrem Schiff?« fragte sie.

»Nun, Moss kümmert sich um Mr. Jack.«

»Leibwächter?«

»Unter anderem.«

»Da hat er ja ziemlichen Mist gebaut, nicht wahr?«

»Das macht ihn nicht gerade umgänglicher, Doc. An Ihrer Stelle würde ich nicht versuchen, ihn unter Druck zu setzen.«

»Und Sie haben keine Kontrolle über ihn?«

»Er ist für Mr. Jack verantwortlich. Wenn der Alte da ist, dann ist Moss das reinste Lamm. Und deshalb, Doc, werden Sie hoffentlich verstehen, daß es für Sie wirklich am besten ist, Mr. Jack wieder auf die Beine zu bringen.«

»Captain, das ist Wahnsinn. Noch eineinhalb Tage, und Sie sind in Hubschrauberreichweite von Manila. Falls Sie kein Vertrauen zu den philippinischen Krankenhäusern haben, sind Sie immerhin nur achtzehnhundert Meilen von Hongkong entfernt. Das wären drei Tage. Oder Sie können Mr. Jack in vier Tagen in Tokio haben. Meine persönliche Empfehlung allerdings ist Manila. Je schneller er in ein Krankenhaus kommt, um so besser für ihn.«

Der Gesichtsausdruck des Kapitäns hatte sich verändert. Er wirkte jetzt ganz wach und sah zuerst das alte Kompaßgehäuse und dann wieder sie an. Sarah wurde zu spät bewußt, daß es ungeschickt gewesen war, soviel von ihrem Wissen preiszugeben.

»Ich bin viele Jahre zur See gefahren, Captain. Man braucht kein Genie zu sein, um einigermaßen genau unsere Position zu bestimmen.«

»Und woher kennen Sie unsere Geschwindigkeit?« fragte er mit eisiger Stimme.

»Das ist ein Gasfrachter. Die sind schnell.« Sie deutete mit einer Kopfbewegung auf die breite, flache Kielwelle, die das Schiff hinterließ. »Ich schätze zweiundzwanzig Knoten.«

Seine Augen verengten sich. »Gar nicht übel. Sie haben gute Augen, Doc.«

»Lassen Sie uns gehen, Captain. Sie haben uns bereits so weit von meinem Mann weggebracht, daß man für die Strecke bei schnellem Segeln eine Woche braucht. Bringen Sie Mr. Jack nach Manila.«

»Tut mir leid, Ma'am.«

»Moss ist dumm. Die Kugel hat gar nichts zu bedeuten. Und die Morphiumüberdosis habe ich kompensiert. Jetzt braucht er ein Krankenhaus. Ich kann nichts mehr für ihn tun. Lassen Sie uns gehen.«

»Das kann ich nicht«, sagte der Kapitän. »Einen anderen Arzt hat der Alte nicht.«

»Wann werden Sie uns dann gehen lassen?«

»Sobald er wieder auf den Beinen ist und Befehle geben kann.«

Plötzlich plärrte irgendwo im Schiff ein Feueralarm, und das Schiffshorn tönte ein paarmal kurz hintereinander so laut, daß die Gläser in der verspiegelten Bar zu tanzen anfingen.

»Herrgott im Himmel«, sagte der Kapitän. Er hetzte die Treppe hinauf und riß dabei das Funkgerät von seiner Hüfte. Die Tür oben schloß sich mit einem pneumatischen Seufzen.

»Was ist passiert?« wollte Ronnie wissen.

»Etwas stimmt nicht mit dem Schiff.«

Der Lärm wurde lauter. Dann tönte siebenmal nacheinander die Schiffspfeife. Sie rannten an das Heckfenster. Auf dem Achterdeck brannte nichts, und im Kielwasser trieb auch nichts. Die Bullaugen an der Seite zeigten den leeren Pazifik, und wo letzte Nacht ein Sturm getobt hatte, waren jetzt nur noch die trägen Passatroller zu sehen.

»Veronica.« Sie kniete vor dem Kind nieder und nahm ihr Gesicht in beide Hände. »Geh jetzt hinein und setz dich zu Mr. Jack.«

»Und was machst du?«

»Tu, was ich gesagt habe. Bleib bei ihm, bis ich zurückkomme.«

Ronnie sah zuerst auf die Treppe und dann auf die Tür. »Aber was ist, wenn Ah Lee kommt?«

»Wenn Ah Lee kommt, dann sag ihm, daß deine Mum auf dem Klo ist und frischen Tee möchte.«

»Und wenn Moss kommt?«

»Der kommt jetzt nicht. Die haben irgendein Problem.«

»Ich will mitkommen.«

»Du mußt mir den Rücken decken. Ich will sehen, ob ich ein Satellitentelefon finde.«

Ronnie wirkte entsetzt. »Erinnerst du dich, was Daddy bei der Rettungsbootübung immer sagt?« fragte Sarah. »Jetzt komm schon«, redete sie ihr zu, »was sagt Daddy?«

Ein Lächeln zog über Ronnies verängstigtes Gesicht. »Seid britisch, Boys!«

»Seid britisch« war angeblich der letzte Befehl, den der Kapitän der *Titanic* seiner Mannschaft gegeben hatte, und so wie Michael es immer sagte, war es immer gut für Lachanfälle, ganz besonders, wenn er dazu würdevoll salutierte.

»Aber daß du mir ja nicht lachst! Sonst hören die, daß wir britisch sind!«

Das war gut für ein Grinsen. Sarah drängte Ronnie in Mr. Jacks Kabine. Der alte Mann hatte sich bewegt. Seine Hände zuckten jetzt, als die Wirkung des Narcan einsetzte. Er konnte jeden Augenblick aufwachen.

»Sei vorsichtig, Mummy.«

»Mach dir nur keine Sorgen, Liebes. Ich werde *sehr* vorsichtig sein.«

Sie gab ihr einen Kuß, schloß die Kabinentür und stieg mit wild schlagendem Herzen die Treppe hinauf. Das Dröhnen der Schiffspfeife ließ die Treppenstufen zittern. Der Feueralarm plärrte. Der ganze Lärm war so überwältigend, daß sie keinen klaren Gedanken fassen konnte. Aber zugleich vermittelte er ihr auch das seltsame Gefühl, fast unsichtbar zu sein.

Sie vermutete aufgrund der Erfahrung mit den verschiedenen Schiffen, die sie und Michael im Laufe der Jahre besucht hatten, daß diese Treppe nicht direkt zur Brücke führen, sondern ein Stück dahinter herauskommen würde, weil sonst das Licht vom Eingang nachts die Wache blenden könnte. Am Treppenabsatz öffnete sie die schwere Tür einen Spalt weit, spähte vorsichtig hinaus und stellte mit großer Erleichterung fest, daß dahinter eine Art Korridor oder Flur war, in den nicht nur die Treppen von der Kapitänskajüte und der Eignerkajüte mündeten, sondern auch die Haupttreppe, die das ganze Deckshaus durchzog, und der Aufzug.

Rechts war eine offene Tür und dahinter ein großer Computerraum mit allem möglichen elektronischen Gerät. Links war der Kartenraum. Sie trat ein. Hinten war der Radioraum und vor ihr ein mit einem Vorhang verhängter Durchgang. Sie zog den Vorhang ein Stück zur Seite und spähte durch den Spalt.

Sie konnte jetzt etwa die Hälfte der Brücke sehen, darunter auch das Steuer – im Augenblick fest in der Hand des Autopiloten – und dahinter die vorderen Fenster, vor denen sich der Windmesser an der Mastspitze der *Veronica* drehte. Der Kapitän stand da, das Gesicht gegen die Scheibe gepreßt, und starrte nach vorn auf eine weiße Rauchfahne entweichenden Gases, das aus einem Ventil am Vorderdeck in die Höhe schoß.

Plötzlich wirbelte er herum und stieß ein paar Befehle aus, die sie bei all dem Lärm nicht hören konnte. Sein Gesicht wirkte angespannt, ein Ausdruck, in dem sich Autorität und gesunde Furcht mischten.

Die Schiffspfeife verstummte plötzlich. Ein Offizier tauchte auf und legte an einer Konsole einen Schalter um, der den Feueralarm zum Verstummen brachte. In der plötzlich entstandenen Stille hörte sie den Kapitän rufen: »Helfen Sie denen da unten auf Deck!«

Sarah rannte in den Radioraum zurück und versteckte sich hinter einem Wandvorsprung, als der Mann den Vorhang beiseite schob und die Treppe hinunterhetzte. Sie entdeckte ein Satellitentelefon. Ihr Blick fiel auf den automatischen Mayday-Schalter der Radioanlage. Aber diese Art von Hilferuf würde sich mühelos als Irrtum erklären lassen, lange bevor am Horizont Rettung auftauchte, und man würde ganz sicherlich ihr die Schuld dafür geben.

Sie kroch durch den Kartenraum zum Vorhang zurück. Das Schiff fühlte sich an, als ob es langsamer geworden wäre. Der Kapitän schrie in sein Walkie-Talkie.

»Tragt Decken zusammen und feuchtet sie kräftig an –

wo zum Teufel rennen denn die alle hin? Haltet doch diese feigen Schweine auf. Augenblick, ich komme runter. Und jeder, den ich nicht an seiner Station erwische, kann etwas erleben.«

Sarah rannte in den Radioraum zurück und versteckte sich, als der Kapitän die Treppe hinunterrannte. Ehe seine Flüche und Schritte verhallt waren, zog sie einen Fetzen Papier aus der Tasche, auf den sie eine Nummer auf den Palau Islands geschrieben hatte, und tippte sie in das Satellitentelefon ein. Sie hielt es sich ans Ohr, wartete, bis die Verbindung sich aufbaute, und rannte durch den Vorhang auf die verlassene Brücke. Ebenso wie der hochmodern ausgestattete Elektronik- und Computerraum und die luxuriöse Eignersuite machte auch die Brücke selbst den Eindruck, als würde sie zu einem wesentlich moderneren und luxuriöseren Schiff als der *Dallas Belle* gehören.

Die Navigationsgeräte, das Repetierradar, die verschiedenen Anlagen zur Überwachung der Maschinen – das alles erinnerte sie an eine australische Lenkwaffenfregatte, auf der sie einmal mit dem Kapitän des Kriegsschiffs, der Kerry McGlynns Bruder war, zu Mittag gegessen hatten. Aber das hier war sogar noch moderner, stellte sie fest, allermodernste Technik, eine Brücke, die von einem einzigen Mann bedient werden konnte. OMBO lautete die Fachbezeichnung dafür – *one man bridge operated.*

Das verriet ihr eine etwas höher angeordnete Toilette mit einer Glastür, die freien Ausblick auf die Windschutzscheibe und eine Computerstation direkt vor dem Steuer erlaubte. OMBO war ein Experiment in Kostenersparnis, das es einem einzigen Offizier erlaubte, Wache zu gehen, während das Fünfzigtausendtonnenschiff unter Volldampf Tag und Nacht bei gutem und bei schlechtem Wetter durch die Wellen pflügte.

Am Steuer zeigte der Dreißig-Zoll-Bildschirm Kurs, Geschwindigkeit, Position, Wetter und Meeresdaten; die *Dallas Belle* selbst wurde von einem Schiffssymbol dargestellt, das auf einer hellblauen virtuellen Meeresfläche dahindampfte. Falls jemals irgendein Virus jede an Bord befindliche lebende Seele dahinraffen würde, würde der vollautomatisierte Gasfrachter ewig auf einem Kurs weiterdampfen, den tote Hände einmal in den Computer eingegeben hatten.

Kaum daß Michael von OMBO gehört hatte, hatte er angefangen, Pläne zu schmieden, um den selbstgemachten Kollisionsalarm der *Veronica* gegen einen Rasterscanradar auszutauschen.

Das Telefon klickte, verstummte, und dann war das Summen des Wähltons zu hören.

Sarah wählte erneut, trat an die Windschutzscheibe und spähte geduckt hinaus, damit die Männer auf dem Hauptdeck zwanzig Meter unter ihr sie nicht sehen konnten. Die gekaperte Swan war direkt vor dem Steuerhaus vertäut. Zumindest verstanden sie sich auf ihr Handwerk, stellte sie erleichtert fest: Sie hatten die Segel zusammengerollt und sogar den Sonnenschutz über den Baum gezogen.

Zweihundert Meter weiter vorn kämpften die Männer mit dem Feuer und sprühten Schaum aufs Deck, während zwei Männer in Gasmasken und Gummianzügen sich mit dem geplatzten Ventil abmühten. Der Rest der Mannschaft – ein halbes Dutzend Männer, darunter auch ihr chinesischer Steward – sahen ängstlich aus der Ferne zu und ignorierten die Schreie des Bootsmanns, der sie zum Mithelfen drängte.

Die See war wie gewöhnlich leer.

Direkt unter sich sah sie den Kapitän und Moss, beide mit Decken beladen, aus dem Deckshaus rennen. Sie kletterten auf eine Gangway und rannten nach vorn und sprangen in der Nähe der Dampfsäule aufs Deck. Moss schob einen Matrosen von einer Feuerstation weg und richtete den Schaumstrahl auf die aufgehäuften Decken. Der Kapitän griff sich eine, rannte zu der Dampfsäule und warf sie über das zerbrochene Ventil.

Zu Sarahs Verblüffung erstarrte die Decke sofort wie ein Stück Metall. Der Gasstrahl blies sie hoch in die Luft, und sie segelte wie ein Vogel aus Metall davon. Natürlich, dachte sie. Um das Gas in flüssigem Zustand zu komprimieren, war es nötig, es auf viele Grad unter Null abzukühlen.

Moss rannte jetzt mit triefenden Decken beladen nach vorn. Die beiden Männer wechselten ein paar Worte und rannten dann durch den Schaum und warfen die feuchten Decken auf die Stelle, wo der Gasstrahl austrat. Der Bootsmann kam mit einem Wasserschlauch nach und besprühte die Decken, während sie weitere auf die Öffnung warfen.

Das unterkühlte Gas ließ die Decken und das Wasser gefrieren. Die Gassäule zitterte, kräuselte sich dann wie ein Fragezeichen in sich selbst ein und löste sich in Luft auf. Gleich darauf war das gebrochene Ventil in einem massiven Eisblock eingeschlossen.

Die Hände von Moss und dem Kapitän klatschten im »High Five« aneinander, dann kehrten beide zum Deckshaus zurück, gerade als das Satellitentelefon die Verbindung mit der Nummer herstellte, die Sarah gewählt hatte. Es klingelte einmal, zweimal, dreimal. Beim vierten Klingeln schaltete sich ein Anrufbeantworter ein, und eine Tonbandstimme erbot sich, eine Nachricht entgegenzunehmen.

5

Eine hohe See hob das Kanu. Die Sonne hatte den Morgendunst weggebrannt, und die Luft war kristallklar. Die drei Palmwedel am Horizont waren unverkennbar Pulo Helena. Stone fluchte über die Zeit, die er vergeudet hatte.

Wie weit war die *Dallas Belle* in achtzehn Stunden gekommen? Gasfrachter waren wesentlich schneller als die meisten anderen Frachter. Zwanzig Knoten Marschgeschwindigkeit? Zweiundzwanzig? Er beschwor die Karte vor seinem inneren Auge herauf und schlug auf ihr einen Kreisbogen von dreihundertsechzig Seemeilen. Falls das Schiff immer noch auf Nordkurs lief, hatte es unterdessen die Palau Islands passiert – Angaur, sein eigenes Ziel, würde dann bereits hundert Meilen hinter seinem Heck liegen.

Also, Michael. Wo stehen wir dann?

Am selben Punkt, wo wir angefangen haben, mein Bester.

Nichts zu machen.

Er kehrte den Atollen den Rücken und nahm wieder Kurs nach Norden.

Aber als er eine Kokosnußschale ins Wasser warf, um seine Geschwindigkeit abzuschätzen, bestätigte ihm dieses Holländerlog, daß das Kanu gegen den Wind eine Schnecke war. Für jede Meile, die er nordwärts dazugewann, wurde er etwa die gleiche Strecke nach Westen getrieben. Er würde von Glück reden können, wenn er auf die Weise am Tag zwanzig echte Meilen schaffte.

Das Kanu war dafür gebaut, vor dem Passatwind zu segeln, und trug viel zuviel Segel, um wirksam kreuzen zu können. Der Wind drückte den Bug immer wieder aus dem Kurs. Das Segel zu fieren machte es nur noch schlimmer; es flatterte dann wie Wäsche auf der Leine. Aber wenn er es trimmte, um das Anluven zu verhindern, wurde der Bug sofort wieder in den Wind gedrückt.

Er beschloß, die Takelage umzubauen und sich dabei an das Modell seiner Swan zu halten. Er legte den Mast um, nahm das aus einem Reissack bestehende Segel von der Spiere und schnitt mit seiner Chirurgenschere ein langes Dreieck aus dem Tuch.

Die Gaffel war die längste Spiere. Ohne das Segel abzunehmen, setzte er sie als einen neuen höheren Mast ein kurzes Stück vor der Bootsmitte und verstakte ihn vorn und achtern und an beiden Seiten mit dem Perlonseil des alten Mannes. Dann befestigte er den alten Maststummel horizontal als Baum, nähte den dreieckigen Streifen als Klüver um das vordere Stag und befestigte Leinen daran, um beide Segel damit kontrollieren zu können, und trimmte sie. Das Boot krängte. Er legte sein Gewicht auf den Ausleger, und es schoß auf Steuerbordkurs davon.

Er warf wieder sein Holländerlog. Vier Knoten, hätte er in jeder Yachtclubbar im Südpazifik geschworen. Fast hundert Meilen am Tag. Er befestigte die Schoten am Ruder, damit das Kanu sich selbst steuern konnte, und setzte den Kurs im Sechzig-Grad-Winkel zum Wellengang.

Die Tropensonne näherte sich dem Zenit und brannte so brutal auf ihn herunter, daß er Angst hatte, sie würde ihm die Augen versengen. Er suchte in den Gegenständen herum, die den nächtlichen Sturm überstanden hatten, und flickte sich eine Art Sonnensegel zusammen. Dann trank er aus einer Kokosnuß und aß ein paar Bissen Salzfisch, die der alte Mann in Brotfruchtblättern aufbewahrt hatte.

Ehe es Nacht wurde, aß und trank er noch einmal und blieb dann auf Backbordbug, bis die Sonne im Meer versunken war und er sich plötzlich in völliger Dunkelheit befand. Eine sich brechende Welle, die er nicht hatte sehen können, setzte sein primitives Selbststeuer außer Funktion und drehte den Bug in den Wind. Der Wind packte das Boot plötzlich von hinten und füllte das Segel von der anderen Seite. Stone duckte sich. Der Baum pfiff über ihn hinweg und verfehlte ihn nur um wenige Zentimeter.

In der drückenden Dunkelheit schien ihm das Kanu kleiner und verletzbarer. Aber als die Nacht dann schwärzer wurde, strahlte die Milchstraße immer heller, bis sie den

Ozean wie Mondlicht erhellte. Als er schließlich die Umrisse seines Segels und das Schimmern der Brecher sehen konnte, verspürte er wieder Hoffnung. Wenn er wenigstens einen Durchschnitt von drei Knoten nach Norden schaffte, würde er siebzig Meilen am Tag zurücklegen: Angaur in drei Tagen.

Hoffnung, oder wenigstens das Nachlassen der Verzweiflung, öffnete sein Bewußtsein für schlimmere Gedanken, denen er sich bislang verschlossen hatte – die schreckliche Muße, darüber nachzugrübeln, weshalb sie Sarah und Ronnie mitgenommen hatten. Wenn sie bloß Angst vor Verfolgung hatten, vor seinen Radios, dann wäre es einfacher gewesen, die *Veronica* ein Stück ins Schlepptau zu nehmen und sie dann auszusetzen. Aber sie hatten sich die Mühe gemacht, sie an Bord zu hieven, und sie dort sorgfältig verwahrt. Die alte Schaluppe war wertlos – aber sie war mehr als bloß eine Schaluppe. Sie war eine Klinik mit einem Operationssaal, dessen Möglichkeiten die eines normalen Frachters weit übertrafen. Hatte der Unbekannte zurückgeschossen, bevor er starb? Hatte er jemanden verwundet, den man nicht in ein richtiges Krankenhaus hatte bringen können?

Wenn Stone richtig überlegte, wenn die weitläufigen und verschlungenen Hoffnungen, Andeutungen und »Fakten« zu der richtigen Schlußfolgerung führten, dann war Sarah in Sicherheit. Und Ronnie ebenfalls. In Sicherheit, solange sie ihren Patienten behandelte. Solange der Patient lebte.

Eine schwache Hoffnung, die ihn ruhen ließ. Er döste jeweils fünf oder zehn Minuten lang, wachte dann immer wieder auf. Plötzlich weckten ihn die Kälte und der aufkommende Wind. Aber als er sich halb benommen erhob, um die Fahrt des Kanus zu steigern, durchzuckte ihn plötzlich eine Erklärung, die er gar nicht in Worte kleiden wollte.

Hatte sie ihn verlassen? Hatte Sarah Ronnie mitgenommen und irgendeinen Handel mit dem Kapitän geschlossen, um sie wegzubringen? Er wußte, daß er verrückt war. Aber sie hatte gesagt: »Ich will nach Hause.«

Verrückt. Denk an den Toten, redete er sich ein.

Aber er konnte ihr zunehmendes Interesse an den vielen Veränderungen, die in Afrika im Gange waren, ebensowenig aus seinem Bewußtsein verdrängen wie ihre Versessenheit auf Ronnies Ausbildung. Es gab keine Nation auf dem vom Krieg zerrissenen und von Seuchen verwüsteten Kontinent, die nicht nach Ärzten schrie. Du versteckst dich vor dem Leben, warf sie ihm immer wieder vor. Du bist der geborene Flüchtling.

Verrückt. Er machte sich an dem Segel zu schaffen und versuchte, seine Gedanken irgendwie am nächtlichen Himmel zu verankern. Denk an den toten Mann. Drei Schüsse in den Rücken. Das war die Wirklichkeit. Die Wirklichkeit, aber ebenso unerklärlich wie der von Sternen weiße Himmel.

All seine Führer waren dort, wo sie hingehörten: Orion und Beteigeuze, der Große Wagen, das Kreuz des Südens, Altair, der Polarstern. Er plante, nach Norden bis zur Breite von Angaur zu segeln und dann mit dem Wind nach Westen, bis er Angaur fand. Nach Norden und dann nach links. Wenn er nur merken würde, wann er nach links gehen mußte.

Angaur lag sieben Grad nördlich des Äquators. Im Augenblick befand er sich irgendwo in der Nachbarschaft von drei Grad nördlich. Jeder Grad bedeutete sechzig Meilen. Also trennten ihn ungefähr zweihundert Meilen von der Breite von Angaur. Aber es war unmöglich, die Meilen exakt zu zählen. Also brauchte er eine Peilung auf den Zenit eines Sterns, dessen höchster Punkt mit der Breite von Angaur korrespondierte. Einen *Fanakenga*-Stern nannten die pazifischen Seefahrer das, einen Stern, der im Zenit genau auf ihr Ziel wies.

Der alte Knabe, der das Kanu zu Bruch gefahren hatte,

hatte wahrscheinlich die Zenite von hundert Sternen und ebenso vielen Inseln auswendig gekannt. Stone kannte einige wenige auswendig: Altair bei neun Grad Nord versprach Kwajalein in den Marshallinseln und Yap in den Westlichen Karolinen; der hohe Punkt von Hamal im Widder entsprach der Breite von Hongkong.

Und Beetlejuice, wie Ronnie Beteigeuze nannte. Strahlende rote Beteigeuze. Er sah sie jetzt ein Stück nordöstlich vom Gürtel des Orion – das war einer der ersten Sterne, die er Sarah aufzufinden gelehrt hatte und in dessen Licht sie sich vor vielen Jahren vor der Küste Afrikas »den Hof gemacht hatten«. Infolge einer Laune Gottes oder Neptuns entsprach der Zenit von Beteigeuze ziemlich exakt der Breite von Angaur.

Theoretisch würde er Angaurs Breite bestimmen können, wenn er sich direkt unter dem höchsten Punkt befand, an dem Beteigeuze den Nachthimmel überquerte. Aber wenn er das in die Praxis umzusetzen versuchte, versetzte das Meer jedesmal das Kanu in Schaukelbewegung, und es schien ihm einfach unmöglich, den Zenit von Beteigeuze zu bestimmen, während er auf dem Rücken lag und zusah, wie der Mast wie ein verrückt gewordenes Pendel hin und her schwankte.

Er hörte ein Geräusch. Es war ein eigenartiges Stadtgeräusch wie auf einer U-Bahn-Plattform oder bei einem Baseballspiel, jedenfalls etwas völlig anderes als die weichen Laute der Wellen und des Windes, so daß er glaubte, es sich einzubilden. Ein knatterndes Geräusch, wie wenn ein Japaner in einen Lautsprecher schreit.

Stone setzte sich auf. Ein hellbeleuchtetes Schiff kam weniger als eine Viertelmeile zu seiner Rechten von hinten an ihn heran. Ein Fischtrawler. Er bewegte sich schnell, und an Deck wurde in strahlendheller Beleuchtung fleißig gearbeitet.

Er zog sein Funkgerät aus der Tasche und schrie: »Mayday, Mayday, Mayday.« Keine Antwort. Er hielt sich beide Hände an den Mund und rief sie an. Der Wind wischte seine Stimme einfach weg. Er öffnete seinen Rucksack, fand seine zwei Taschenlampen und signalisierte mit beiden. Als der Trawler nicht reagierte, richtete er die spärlichen Lichtkegel auf sein Reissacksegel.

Das Schiff kam näher. Die Taschenlampen in beiden Händen, holte Stone das Segel dicht und änderte den Kurs, um dem Trawler den Weg abzuschneiden.

Der Lautsprecher dröhnte und knisterte. Die Männer an Deck arbeiteten gebeugt, von ihren eigenen Lichtern geblendet.

»Hilfe!«

Stone schrie wieder und wieder und fuchtelte verzweifelt mit seinen Taschenlampen herum. Der Trawler zog so dicht an ihm vorüber, daß er das Dröhnen seiner Maschinen hören konnte. Der Wind peitschte ihm stinkende Auspuffgase herüber, und plötzlich schlug sein Segel quer über das Kanu. Ganz auf den Trawler konzentriert, spürte Stone den Windhauch zu spät, um sich wegzuducken.

Der hölzerne Baum traf ihn mit aller Gewalt an der Schläfe.

Er schlug ihn zu Boden. Ein lautes Krachen hallte in seinem Schädel wider wie zerbrechendes Glas.

Er schrie um Hilfe. Er konnte nur flüstern. Er versuchte, sich auf das Auslegerdeck zu schleppen, versuchte aufzustehen, spürte aber, wie er einen Abhang mit blutrotem Schnee hinunterrutschte. Das letzte, was er sah, waren die Hecklichter des Trawlers, eine halbe Meile vor ihm und schnell verblassend.

6

In Stones Träumen vermengten sich die Hecklichter des Trawlers mit den Sternen, die er von der *Veronica* aus gesehen hatte, wenn er und Sarah sich auf den Kissen des Cockpits geliebt hatten. Und dann lehnte sie sich über ihn, und ihr dunkler Körper verdeckte die Sterne, bis der Himmel schwarz war. Er setzte sich auf – wußte nicht, wo er war – und sah, wie die Lichter des Trawlers mit einer blinkenden Boje verschmolzen.

Er sank zurück auf die *Veronica,* unter ihr, und als er sich wieder aufrichtete, war die Boje weg und der Trawler ein ferner Punkt vor der aufgehenden Sonne. Sarah war jetzt unter ihm, kicherte, neckte ihn. Ein Flüstern, leises Lachen: »Bin gleich wieder da ...«

Sein Gesicht brannte, sein Kopf schmerzte, hing schlaff herunter, machte jede Bewegung des im Wasser treibenden Kanus mit. Er hörte das Segel klatschen, versuchte, die Hände zu heben, um sein Gesicht zu schützen und das Schot zu sichern. Dann schlug die Übelkeit zu, wie eine Faust.

Ein kühler Schatten zog über sein Gesicht. Er spürte, wie das Segel sich bewegte, kurz die glühende, weiße Sonne verdeckte. Dann war es vorbei, und sein Gesicht brannte wieder. Er wußte, daß er sein Gesicht abdecken sollte, das Taroblatt des alten Mannes suchen und sich damit schützen, aber er konnte sich nicht bewegen.

»Ich bin wieder da. Du bist eingeschlafen.«

»Bin ich nicht.«

»Ich habe dich fertiggemacht.« Lachen. »Gibt es keine Heilung ...?« Sie senkte sich dunkel auf ihn herab, und sein Herz schwoll an vor Liebe, bis er das Gefühl hatte, er müsse explodieren.

Am Horizont segelte ein riesiges Schiff mit vielen Masten unter Wolken aus weißer Leinwand geradewegs auf sein Kanu zu. Ein gewaltiger flacher Rumpf, ungewöhnlich gestrichen, sandfarben. Als das Schiff schnell näherzog, erkannte er, daß es die *Dallas Belle* war, aber jetzt als Stagsegelschoner getakelt. Sie trug einen Knochen zwischen den Zähnen und fegte an ihm vorbei, hinterließ eine Kielwelle, die ihn beinahe versenkt hätte.

Stone wendete das Kanu und segelte hinter dem Monstrum her.

Sarah erschien am Heck, rief zu ihm herunter, winkte, lächelte. Ronnie hüpfte neben ihr auf und ab, lachte. Sie sprang in ein Seil, das ins Wasser hing, rutschte herunter, erstarrte dann aber, hatte Angst loszulassen. »Laß los!« schrie Stone. »Laß los! Ich fische dich auf.«

Ronnie blickte flehend nach oben. »Mummy!«

»Sag ihr, daß sie springen soll!« schrie Stone. »Sag ihr, sie soll loslassen. Alle beide. Spring doch.«

Sarah kletterte auf das Schanzkleid und begann, ihre Kleider abzulegen, war jetzt nackt, man konnte ihre Brüste und langen schlanken Beine sehen, sie winkte Stone zu. Dann setzte sie zum Sprung an. Gestalten tauchten hinter ihr auf, Seeleute, die sie an den Beinen packten, an den Armen, sie zu Boden drückten.

Stones Kanu wurde plötzlich schneller, und er schickte sich an, ins Wasser zu springen, das Seil hinaufzuklettern. Aber das Schiff drehte in den Wind und entfernte sich schnell.

Er erwachte im Dunkeln und machte sich Vorwürfe, daß er ein schrecklicher Vater sei. Er neckte Ronnie, kitzelte sie, brachte sie zum Lachen, wo er ihr doch viel mehr hätte geben sollen; er hatte das Gefühl, daß er mehr mit ihr reden und mehr zuhören sollte, oder er würde am Ende auch die dramatische, unnahbare Gestalt sein, die sein eigener Vater gewesen war. Er beschloß, es besser zu machen. Trotzdem verspürte er Angst. Die *Veronica* schien ungewöhnlich hart auf den Wellen zu tanzen.

Sein Mund war ausgetrocknet und fühlte sich wie Sand an, und da war ein bohrender Schmerz in seinem Kopf – ein Bohren, das bei jedem Herzschlag stärker wurde. Und dann, wie ein gestörtes Radiosignal, das plötzlich klar wird, traf ihn sein erster vernünftiger Gedanke, seit der Baum ihn getroffen hatte: Er war gefährlich dehydriert.

Nach seiner Uhr war er vierundzwanzig Stunden halb bewußtlos gewesen; den ganzen Tag von der tropischen Sonne ausgedörrt, seekrank und von den Wellen hin und her geworfen, befand er sich in einem Zustand wirrer Lethargie.

Zu benommen, um sich mit den Segeln auseinanderzusetzen, tastete er in der Bilge nach dem Netz mit Kokosnüssen herum und verletzte sich an der Hand, als er versuchte, in eine ein Loch zu bohren.

Er trank gierig von seinem Blut. Dann gelang es ihm schließlich, die weichen Augen der Kokosnuß zu durchbohren, und süße Milch tröpfelte auf seine aufgesprungenen Lippen.

Er trank sie leer, zählte zwei weitere, die letzten Kokosnüsse, die er hatte, und trank dann aus einer. Die Flüssigkeit reichte bei weitem nicht aus. Er überlegte, ob er die letzte auch öffnen sollte. Der sternklare Himmel sagte, daß er in nächster Zeit nicht mit Regenwasser rechnen durfte. Er würde die Haken des alten Mannes auslegen und seine Hoffnung darauf setzen müssen, einen Fisch zu fangen.

Auf der Suche nach einer weiteren Kokosnuß, die er vielleicht übersehen hatte, fand er unter dem kurzen Vorderdeck seinen Rucksack, den er dort festgebunden hatte, riß ihn auf und zog mit einem triumphierenden Krächzen, das über seine aufgesprungenen Lippen kam, einen der Beutel mit Saline heraus, die er für den alten Mann eingesteckt hatte. Er band den Beutel an den Mast, legte sich hin und tastete mit der Nadel nach einer Vene. Er verfehlte sie, leckte das Blut auf, verfehlte sie wieder und verachtete sich wegen seiner Schwäche und verfluchte den Schmerz.

Eine vage Erinnerung an den japanischen Trawler nahm Gestalt an, vermischt mit Erinnerungen an verrückte Träume von Sarah und Ronnie und von der in einen Schoner umgebauten *Dallas Belle*. Er konnte nur hoffen, daß die Gehirnerschütterung, die er sich zugezogen hatte, keine schwere war.

Er kniff den Beutel mit der Salzlösung zu und löste ihn von der Nadel, die er in seinem Arm steckenließ, erhob sich auf zitternden Beinen, um das flatternde Segel zu trimmen, und setzte das Kanu wieder auf Nordkurs mit der im Osten aufgehenden Sonne hart auf seiner rechten Seite.

Er kaute eine schimmelige Süßkartoffel und einen Brocken harten Poi. Dann legte er sich wieder hin, um noch mehr Flüssigkeit in seine Venen aufzunehmen. Er drückte sich die Uhr ans Ohr und lauschte gebannt. Das schnelle *Ping* gab seinen Lebensgeistern Auftrieb wie ein zweites Herz.

Aber sein Kopf schmerzte immer noch, und ein roter Schleier hing wie ein schmutziges Fenster vor seinem linken Auge. Die verrückten Träume stellten sich wieder ein. Sarah in den Armen der Matrosen. Ronnie taub für seine Bitten. Die *Dallas Belle,* die höher am Wind segelte, als er das konnte.

Seltsam, wie sein Bewußtsein sich ausgerechnet eine Stagsegelschonertakelage ausgewählt hatte, wo doch all die Segel frei herumgeflogen waren und weit und breit kein Baum zu sehen war … Er blickte zu seinem eigenen Baum auf, der ihn beinahe umgebracht hätte. Noch eine unerwartete Bö, noch ein Fehler, und das schwere Brotfruchtholz würde wie eine stumpfe Sense über das Deck fegen.

Er war immer auf das einfache Leben stolz gewesen, das er an Bord der Swan geführt hatte, ein Leben, in dem er all seine Habseligkeiten in einem achtunddreißig Fuß langen Schiffsrumpf untergebracht hatte. Aber verglichen mit dem alten Fischer, von dem er dieses Kanu geerbt hatte, watete er förmlich im Überfluß. Sextant. Funkgeräte. Drei Selbststeuergeräte. Dieselgenerator, Windgenerator, Pumpen, Maschine, Winschen, Rollen, Lichter, Löschschlauch. Er fragte sich noch, weshalb er eigentlich so mit sich haderte wie ein zu spät geborener Zurück-zur-Natur-Hippie, als ihm plötzlich eine wahrhaft radikale Idee durch den Kopf schoß. Warum den Baum nicht einfach über Bord werfen?

Das Verrückte war, daß es jetzt besser ging. Als er die losen Segel dicht holte, setzte das Kanu sich geradezu mit einem Satz in Bewegung und segelte einen vollen Strich höher am Wind. Er lachte laut, was ihm sofort einen stechenden Schmerz im Schädel eintrug. Da der Wind immer weiter nach Osten drehte, konnte er fast gerade nach Norden segeln.

Ein Fisch biß an und zog an der Leine, die er hinter sich herzog. Plötzlich wachgerüttelt, zog Stone sie langsam ein und schnitt sich an dem dünnen Faden die Finger auf. Es war ein kleiner Thunfisch, der sich heftig wehrte, und es überraschte ihn, daß er es fertigbrachte, ihn an Bord zu ziehen, ohne daß die Leine riß. Er tötete ihn mit einem Stich seines Skalpells ins Gehirn und schnitt dünne Streifen Fleisch ab, die er gründlich nach Parasiten untersuchte, ehe er sie roh hinunterschluckte.

Seine Position ohne Karten und Instrumente zu bestimmen war nicht leicht, ebenso als würde er versuchen, seinen

Kontostand aus Gekritzel auf einer Serviette zu berechnen. Aber Stone mußte genau wissen, wo er sich befand, ehe er nach Westen drehte. Es war eine weitreichende Entscheidung – jede Hoffnung, Sarah und Ronnie zu befreien, hing davon ab – denn in dem Augenblick, in dem er nach Westen bog, hatte er sich unwiderruflich festgelegt.

Wenn er es zu früh tat – zu weit im Süden –, würden der Passatwind und die Wellen das Kanu an Angaur vorbei tief in die Philippinensee treiben, und dann würde ihm eine unmögliche Reise von beinahe fünfhundert einsamen Meilen bis zur Küste von Mindanao bevorstehen. Wenn er es zu spät tat, würde er zwischen Angaur und der nördlichen Palau-Inselgruppe durchgetrieben oder an dem Riff, das die Inselgruppe umgab, zerschmettert werden.

Er sammelte primitive Hinweise, beobachtete die Sonne bei Tag, die Sterne bei Nacht, und schätzte die Richtung nach dem Wind und den Passatrollern. Wie weit das Kanu ins Lee abgetrieben wurde, wie weit die konteräquatoriale Strömung ihn nach Osten trieb und mit welcher Geschwindigkeit er sich nach Norden bewegte, schätzte er aus den Holländerlogs, die er immer wieder achtern ins Meer warf.

Die einzige Konstante würde der Zenit von Beteigeuze sein, wenn er den Stern sehen konnte. In der vierten Nacht – als der Thunfisch verfault war und Stone die letzte Kokosnuß angezapft und das letzte Taro bis auf ein paar Unzen weggeputzt hatte – hoffte er, daß der helle rote Stern direkt über ihm stehen würde. Und so war es vermutlich auch – er fluchte laut – einige tausend Lichtjahre über der Wolkenbank, die sich bei Sonnenuntergang über den Himmel geschoben hatte wie das Schiebedach eines Allwetterstadions.

Um Mitternacht schenkte Gott ihm ein schwaches Lächeln. Eine dunstige Öffnung tat sich in den Wolken auf, und Beteigeuze funkelte durch das Loch auf ihn herunter, orange wie ein Kürbis. Stone lag auf dem Brückendeck und starrte hinauf. Der kleine orangefarbene Punkt *schien* über ihm zu stehen, aber das Kanu schwankte in der kabbeligen See, und ehe er sich sicher sein konnte, schlossen sich die Wolken wieder.

Verzweifelt, voll Angst, sich falsch festzulegen, starrte er durchgefroren, müde und hoffnungslos auf die See. Im Wasser war Licht. Er blickte auf, aber da war immer noch kein Sternenlicht, das sich spiegeln konnte. Dann spürte er, wie die Erregung in ihm aufstieg, und erkannte, daß es viel kräftiger funkelte, als das die reflektierten Sterne konnten. Das waren lange Streifen aus grünem Licht, die wie Pfeile nach Westen zeigten.

»Die Zierde der See« nannten die Insulaner sie. Phosphoreszenz, die von den Wellen der Rückströmung erzeugt wurde. Und solche Wellen gab es nur zwischen achtzig und hundert Meilen vor einem Atoll.

Stone warf die Schoten los, setzte das Großsegel auf der Backbordseite und den Klüver auf der Steuerbordseite und fuhr nach Westen. Vor dem Wind segelnd, begann er sich in den äquatorialen Strom hineinzukämpfen, begann die lange Reise mit dem Wind nach Angaur.

7

Sarah lehnte sich zum Bullauge der Schlafkabine hinaus, um sich zu vergewissern, daß niemand sie von der Brücke oder dem Hauptdeck aus beobachtete, ehe sie Ronnies GPS hinaushielt. Weit unter sich konnte sie auf dem Achterdeck die Rettungsboje sehen. Sie schimmerte weiß in der Morgensonne, lockte. Flucht, wenn sie es wagte. Selbstmord, solange sie nicht ganz sicher wußte, daß sie sich in der Nähe der Schiffahrtslinie befanden.

»Die kommen!«

Das GPS war nicht lange genug draußen gewesen, um ein Satellitensignal aufzufangen, und so zog nur eine Vielzahl von Ziffern über das Display. Es waren jetzt eineinhalb Tage vergangen, seit sie das Gasleck abgedichtet hatten, und sie konnte nur nach dem Sonnenstand vermuten, daß das Schiff immer noch mit Kurs auf Shanghai fuhr. Und nur hoffen, daß sie bald befahrene Gewässer erreichen würden.

»Schnell!«

Sarah stopfte das GPS in Ronnies Snoopy-Rucksack zurück und war gerade damit beschäftigt, das Bullauge wieder zu verschließen, als der Kapitän der *Dallas Belle* die Tür aufriß, ohne zu klopfen. Er entdeckte sie am Bullauge, sah, wie Ronnie sich von der Tür zurückzog und daß Mr. Jack immer noch völlig reglos auf dem Bett lag.

»Wir brauchen Sie unten in der Krankenstation, Doc. Wir haben einen Verletzten.«

Sarah nahm ihre Tasche und griff nach Ronnies Hand.

»Lassen Sie das Kind da.«

»Sie kommt mit«, sagte Sarah.

»Nicht in die Krankenstation.«

»Ronnie assistiert mir schon, seit sie acht Jahre alt ist«, erklärte Sarah mit fester Stimme. »Sie ist die bestausgebildete Krankenschwester auf dem ganzen Schiff.«

Der Kapitän verstellte ihr die Tür. »Glauben Sie mir, Doc. Es ist wirklich besser, wenn Sie sie nicht mitnehmen. Nicht diesmal.«

Sarah zögerte. Der besorgte, ernste Blick des Kapitäns ließ sie ihm glauben. »Also schön. Ronnie, bleib bei Mr. Jack. Ich bin gleich wieder da.«

»Aber –«

»Ist schon gut, Honey. Mom muß jemandem helfen.«

»Ich habe Hunger.«

»Der Koch macht gerade Muffins. Er schickt dir gleich dein Frühstück herauf. Gehen wir, Doc.«

Etwas verwirrt folgte Sarah ihm durch die Eignersuite in den Aufzug. Sie fuhren vier Decks zur Krankenstation hinunter.

»Wie geht es dem Alten?«

»Er gehört in ein Krankenhaus«, sagte sie automatisch. Tatsächlich machte er ihr den Eindruck, als würde er allmählich wieder zu Kräften kommen. Aber sie setzte immer noch alle Hoffnung darauf, sie überzeugen zu können, daß er auf dem Schiff nicht überleben konnte.

»Dazu kommt es nicht, Doc. Sie sollten sich besser damit abfinden.«

Sie machte sich große Sorgen um Michael, und er fehlte ihr schrecklich. Die drei Tage kamen ihr wie ebenso viele Wochen vor. Sie vermißte ihn neben sich im Bett und sehnte sich danach, seine Stimme zu hören. Das Zusammenleben auf dem kleinen Boot hatte im Laufe der Jahre Gewohnheiten in ihnen entstehen lassen, die jedem seine Privatsphäre garantierten. Und doch war seine Anwesenheit, und wenn sie nur eine Silhouette im Augenwinkel war, für sie eine Konstante, die einfach zu ihrem Leben gehörte. Ohne ihn hatte sie ein Gefühl, als wäre die Luft dünner geworden.

Aber sie hatte wenigstens Ronnie – ein Stück von ihm –, während er mutterseelenallein war. Sie nahm an, daß er das kleine Kanu repariert hatte und sich jetzt draußen auf hoher See befand, vielleicht schon hundertfünfzig Meilen von Pulo Helena entfernt. Sie versuchte, die Gefahr aus ihrem Bewußtsein zu verdrängen. Jedesmal, wenn Ronnie sie fragte, wie es ihm wohl gehen mochte, flüsterte sie, daß er ein ganz ausgezeichneter Segler sei und daß, wenn überhaupt jemand ein hölzernes Kanu über zweihundertfünfzig Meilen Pazifischen Ozeans segeln konnte, dieser jemand

Michael Stone war. Ronnie nickte dann immer tapfer, wußte aber in Wirklichkeit ebensogut wie Sarah, daß das ein gewaltiges *Wenn* war, auf einem Ozean, der einem keinen Fehler verzieh.

Die Krankenstation enthielt die spärlichen Medikamentenvorräte sowie ärztliche Instrumente und ein einziges Krankenbett. Auf dem Bett lag Ah Lee mit völlig zerschlagenem Gesicht. Seine beiden Augen waren schwarz unterlaufen, seine Lippen blutig, seine Nase sah so aus, als ob sie gebrochen wäre, und einer seiner Zähne hatte seine Wange durchbohrt. Als sie sich über ihn beugte, zuckte der Junge zusammen.

Sarah legte ihre kühlen Finger auf seinen Handrücken und senkte die Stimme, um ihn zu beruhigen. »Schon gut, Ah Lee. Ich bin es, Dr. Stone. Ich werde Ihnen helfen.« Dann winkte sie den Kapitän verärgert in den Korridor hinaus. »Wer hat ihm das angetan?«

»Er ist die Kajüttreppe hinuntergestürzt.«

»Den Teufel ist er. Man hat ihn geschlagen. Wer hat das getan – Moss?«

»Je schneller Sie ihn zusammenflicken, desto früher können Sie zu der Kleinen zurück, Doc.«

Sie untersuchte zuerst die Augen des Jungen. Als sie ihm mit der Taschenlampe ins linke Auge leuchtete, verengten sich beide Pupillen gleichzeitig. Gut. Er hatte vermutlich kein schweres Schädeltrauma davongetragen. »Das tut nur einen Augenblick lang weh«, flüsterte sie. Sie zog eine Wegwerfspritze auf und injizierte ihm ein lokales Betäubungsmittel gegen die Schmerzen in der Nase und der verletzten Wange. Ah Lee folgte ihren Bewegungen mit Tränen in den Augen.

Sie nähte seine Wange, entfernte einen gebrochenen Zahn, richtete ihm die Nase ein, sicherte sie mit Heftpflaster und drapierte dann mit zerdrücktem Eis gefüllte Gummihandschuhe über seine Nase und die Augen. Dann gab sie ihm eine Tetanusspritze und Penicillin.

»Jemand soll das Eis auswechseln, wenn es geschmolzen ist. Ich werde später nach ihm sehen.« Sie berührte Ah Lees Hand, um sich von ihm zu verabschieden.

Der Kapitän hatte sie von der Tür aus beobachtet. »Das haben Sie gut gemacht, Doktor. Klasse.« Der Kapitän begleitete sie zum Aufzug. »Ich habe festgestellt, daß Ihr Afrikaner wißt, wer Ihr seid. Das Problem mit unseren Schwarzen ist, daß sie das nicht wissen und daß es ihnen auch gleichgültig ist.«

Das war nicht die erste Erkenntnis, die der Kapitän ihr verkündete. Zuerst hatte er nicht glauben können, daß sie, wie er es formulierte, ein »richtiger Doktor« war, und hatte anscheinend ihre Fähigkeiten als etwas bewundert, das sie sich im Dschungel zugelegt hatte.

»Haben Sie Ihre rassischen Erkenntnisse schon einmal mit Mr. Moss diskutiert?«

»Moss ist anders.«

»Sie wollen sagen, Sie haben Angst vor ihm.«

Der Kapitän schien ungerührt. »Ich bin Seemann, Doc. Ich steuere mein Schiff um schweres Wetter herum. Und kein Sturm dauert ewig.«

Ein potentieller Verbündeter? Sie war sich nicht sicher. Sie lächelte.

Der Kapitän trat einen Schritt näher. »Sie sind ein hübsches Mädchen, Doc.«

»Danke, Captain. Aber wie ich Moss schon sagte, ich bin verheiratet.«

»Nun, zum Teufel, ich bin auch verheiratet.«

Sarah griff an ihr Kruzifix. »Ich habe meine Gelübde in der Kirche abgelegt.«

Der Kapitän drückte den Liftknopf für das Brückendeck. »Moss will Sie sprechen.«

Er führte Sarah durch den Vorhang. Moss stand über den großen OMBO-Monitor gebeugt am Steuer. »Lassen Sie uns allein«, sagte er zu dem Kapitän.

»Lassen Sie die Finger von ihr«, sagte der Kapitän.

»Sie wird das kriegen, was sie braucht«, sagte Moss. Er erhob sich zu seiner vollen Größe und baute sich vor Sarah auf. »Lassen Sie uns allein«, wiederholte er, und der Kapitän ging rückwärts durch den Vorhang hinaus.

Sarah hörte, wie seine Schritte sich auf der Treppe entfernten. Moss stand zu nahe bei ihr. Sie trat einen Schritt zurück. »Was wollen Sie?«

»Was ich will?« wiederholte er und äffte wieder ihre Sprechweise nach. »Sie halten sich wohl für etwas Besseres als ich, *Doktor*? Sie glauben, weil Ihr reicher afrikanischer Daddy Sie aufs College geschickt hat, sind Sie besser als ich. Sie denken wohl, dieser weiße Arztmantel macht *Sie* weiß?«

Er packte den Stoff, riß daran, daß die Knöpfe flogen und ihre Schulter plötzlich frei dalag. Seine schwere Hand streifte über ihre Schulter und tastete unter dem Tuch nach ihrer Brust. »Schwarz«, sagte er. »Schwarz wie ich.«

Sarah erstarrte. Seine Berührung jagte ihr eine Gänsehaut über den Rücken. Aber er war viel zu kräftig, als daß sie ihm körperlich hätte Widerstand leisten können. Sie versuchte, ihre Panik zu unterdrücken, überlegte verzweifelt, wie sie ihn ablenken konnte. Sie spürte in ihm eine tiefe Verbitterung und damit das Potential zu einem unbändigen Wutausbruch. Wenn sie ein Mann wäre, würde er sie halb zu Tode prügeln. Aber gegen sie würde diese Wut in einer brutalen sexuellen Attacke explodieren.

»Ihr Freund braucht mich«, sagte sie. »Ich bin seine einzige Hoffnung.«

»Ich sehe aber nicht, daß sein Zustand sich bessert.«

Sie starrte auf seine Hand, die ihr Fleisch knetete – ihre

Angst schlug in Wut um – sie malte sich ein Skalpell aus, mit dem sie seine Finger amputieren würde. Die Vision war eine Sekunde lang so deutlich, daß sie glaubte, Blut zu sehen. Dann wurde ihr bewußt, daß ihr weißer Mantel rote Flecken hatte.

»Sie bluten.«

»Ich habe mir den Knöchel aufgerissen.« Er machte eine Faust und zeigte ihr eine tiefe Wunde. »Geben Sie mir eine Tetanusspritze.«

»An Ihrer Stelle würde ich beten, daß Ah Lee nicht HIV positiv ist.«

»Was sagen Sie da?« Er trat einen Schritt zurück.

»Sie haben Ihr Blut mit dem seinen vermischt«, antwortete sie und verspürte ein tief befriedigendes Prickeln über die Furcht, die plötzlich in seinen Augen flackerte.

»Wo, zum Teufel, sollte ein Chinesenjunge ...« Er verstummte, als ihm die verschiedenen Möglichkeiten bewußt wurden.

Sarah knöpfte ihren Mantel zu. »Wenn Sie das nächste Mal jemanden verprügeln, sollten Sie Gummihandschuhe tragen.«

Der Schwarze meisterte seine Angst mit einer kalten Entschlossenheit, die Sarah ebenso beängstigend fand wie seine Berührung. »Ich werde es mir merken. Ja, das muß ich wohl nächstes Mal.«

»Er ist doch bloß ein Junge. Warum haben Sie ihm weh getan? Wollen Sie damit Ihre Autorität unter Beweis stellen? Mir ist die Macht bereits bewußt, die Sie über mich und mein Kind haben. Ich tue alles, was in meiner Macht steht, um für Mr. Jack zu sorgen. Was wollen Sie noch mehr?«

»Ah Lee hat seinen Posten verlassen ... Wir erlauben nicht, daß die Leute auf diesem Schiff ihre Wache verlassen.« Er starrte auf sie herab. Sarah sah weg und betete darum, daß er sie nicht wieder berühren würde.

»Sind Sie schon lange verheiratet?« fragte er.

»Zwölf Jahre.«

»Der Typ auf der Insel ist Ronnies Vater?«

»Natürlich.«

»Sie ist fast so schwarz wie wir.«

»Ein Rätsel der Genetik, Mr. Moss. Mein Mann ist Ronnies Vater. Ich würde jetzt gern wieder zu Mr. Jack zurückkehren.«

»Wie sind Sie denn an einen weißen Mann gekommen?«

»Er ist kein ›weißer‹ Mann, er ist *mein* Mann.«

»Nein, im Augenblick ist er das nicht. Und Sie sind nicht seine Frau.«

»Im Augenblick«, erwiderte sie ruhig, »bin ich Mr. Jacks Ärztin.«

»Und die Mutter dieses kleinen Mädchens. Ich gebe Ihnen einen guten Rat, ›Mummy‹. Passen Sie auf, was Sie tun, wenn Sie nicht wollen, daß ihr Gesicht so aussieht wie das von Ah Lee.«

Sarah spürte, wie ihre Willenskraft schwand. Er hat das mit dem Satellitentelefon herausgekriegt, schrie ihr Bewußtsein ihr zu. Aber ehe sie ihre Angst unter Kontrolle bringen konnte, fragte Moss: »Sind Sie Schmuggler, Doc?«

»Wie bitte?«

»Sind Sie auf der Flucht?«

»Ich kann Ihnen nicht folgen.«

Moss ging an die Windschutzscheibe und starrte auf die Swan hinunter. »Kohlefasermast, Doc. Irgendwie komisch auf diesem alten Boot. Der Captain sagt, der Mast ist High Tech. Er sagt, damit sind Sie für das Zollradar unsichtbar. Schmuggelt Ihr beiden Stoff?« Er drehte sich zu ihr herum, um ihre Reaktion zu sehen.

Sarah lächelte erleichtert und gab sich keine Mühe, das vor ihm zu verbergen. »Jetzt verstehe ich. Nein, wir sind keine Rauschgiftschmuggler.«

»Was lachen Sie dann?«

»Mein Mann hat den Mast von einem Wrack geborgen. Die Besitzer haben uns gesagt, wir könnten ihn haben, aber sie haben nicht geglaubt, daß wir es tatsächlich schaffen würden, ihn von ihrem Boot zu entfernen und auf dem unseren aufzurichten. Wissen Sie, das waren nur wir beide. Ronnie war damals erst fünf. Und das Wrack hing auf einem tückischen Riff.«

»Wie haben Sie es gemacht?«

»Das weiß ich, ehrlich gestanden, nicht. Er wollte ihn haben, und wir haben ihn gekriegt. Er ist recht findig.«

Moss hatte den Typen durch das Zielfernrohr studiert und war nicht beeindruckt: ein knorriger kleiner Graubart mit den dünnen Beinen, die man bei Seglern so oft sah. Nicht viel größer als Mr. Jack, bloß in den Schultern etwas breiter.

»Er wollte ihn zum Schmuggeln«, sagte Moss. »Chinesische Kunst? Körperteile? Ich höre, Nieren vom Festland sind zur Zeit sehr gefragt.«

»Wir sind keine Schmuggler, Mr. Moss. Wir segeln unsere Klinik zu den äußeren Inseln. Wir richten Knochenbrüche ein und untersuchen alte Leute und geben Kindern Zahnbürsten.«

»Hey, ich sage ja gar nichts. Vielleicht nehmen Sie ein wenig Schmuggelware mit, um für das Klinikboot zu bezahlen.«

»Nein. Wir haben Wohltäter.«

»USA?«

»Hauptsächlich die Japaner. Wie Sie ja wahrscheinlich wissen, sind die auf den Inseln sehr engagiert.«

»Ja, wieder ... Komisch, daß ich keine Waffen an Bord gefunden habe.«

Sarahs Augen blitzten. »Sie haben kein Recht, unsere Sachen zu durchwühlen.«

»Wieso keine Waffen?«

»Wir führen keine Waffen mit uns«, antwortete Sarah.

»Ich höre, daß Bootsleute das heutzutage wegen der vielen Piraten tun.«

»Wir halten nichts von Waffen.«

»Doc!« Der Kapitän kam hereingeschossen. »Der alte Mann ist wach.«

Moss hielt sich im Hintergrund. Er würde dort nur im Wege sein. Besser, er wartete ab, bis die Ärztin Mr. Jack wieder auf den Beinen hatte. Dann würden er und der Alte sich unter vier Augen unterhalten. Komisch. Seine Großmutter hatte ihn immer zur Messe in einer schäbigen Seitenstraße geschleppt und ihn gezwungen, dort zu beten. Letzte Nacht hatte er es mit Beten probiert, vor lauter Angst, daß der Alte nicht durchkommen würde. Und prompt war Mr. Jack aufgewacht.

Er wandte sich wieder dem OMBO-Monitor zu und setzte sich das Headset auf. Mr. Jack hatte einmal zu ihm gesagt – mit diesem Grinsen, das ihm versprach, daß sie miteinander durch die Hölle gehen und als Brüder herauskommen würden –: »Du hast keine Ahnung von Technik, aber du weißt, was du willst.«

Und das stimmte. Die Schiffscomputer waren Zauberei. Nichts passierte an Bord, ohne daß es sogleich aufgezeichnet wurde. Alle Funktionen wurden protokolliert, aufbewahrt und standen jederzeit zum Abspielen zur Verfügung. Jede Umdrehung der Schrauben, jeder Rülpser in den Kompressoren, jede Temperaturänderung, jede Kursänderung, jedes Wort, das auf jedem Deck im Deckshaus gesprochen wurde, jedes eingegangene Radiosignal, jedes ausgehende Radiosignal.

»Du *brauchst* keine Ahnung von Technik zu haben«, hatte Mr. Jack gelacht. »Du brauchst bloß die Gelegenheit zu erkennen. Und das tust du, Moss.« Moss spürte, als er sich an diese Episode erinnerte, wie sein ganzer Körper vor Stolz anschwoll. Mr. Jack hatte ein ganzes Rudel Computerfreaks engagiert, die ihm beigebracht hatten, wie diese Maschinen ihren Zauber verrichteten. Aber tatsächlich besaß er jetzt einen Instinkt dafür, wie er sie einsetzen mußte. Und das war viel wichtiger.

Er schaltete die Tonwiedergabe ein.

Eine Aufzeichnung, die er sich schon vor einer Weile angehört hatte, lief erneut ab. »... *Hoffentlich tut er sich nicht weh. Du weißt ja, wie ungeschickt er manchmal sein kann ... Keine Sorge ... Mummy, meinst du, er könnte versuchen* –«

Abknallen hätte er den Mistkerl sollen, als er ihn im Fadenkreuz seines Zielfernrohrs hatte. Moss ließ die Aufzeichnung noch einmal ablaufen, aber was sie dann geflüstert hatte, nachdem sie das kleine Mädchen zum Schweigen gebracht hatte, war untergegangen. Aber daß sie damit rechneten, daß »Daddy« ihnen nachkommen würde, war ziemlich klar. Moss hatte mit dem Kapitän darüber gesprochen, aber der hatte ihm versichert, daß es dann, selbst wenn er das durch irgendein Wunder schaffte, viel zu spät sein würde.

Er tippte den Kurzwahlknopf an einem Satellitentelefon. Dann schaltete er den Zerhacker ein und verschlüsselte das Gespräch so, daß die National Security Agency, falls sie zufällig zuhörte, eine Lastwagenladung Crays brauchen würde, um die Chiffre zu knacken. Vor seinem inneren Auge malte er sich aus, wie das Signal wie eine Kugel Tausende von Meilen in den Weltraum hinausschoß, von einem Satelliten abprallte und wieder auf die Erde zurückfiel.

Eine Frau antwortete, als stünde sie in der Tür.

Moss sagte: »Ich habe da eine Telefonnummer und möchte wissen, wem die gehört.«

Während er wartete, rief er auf dem OMBO-Monitor das Menü auf, wählte aus der ersten Liste von Optionen »Häfen« und aus den dann aufgelisteten Häfen »Tokio«. Die Maschine begann mit einer Überblickskarte der Sagamisee.

Moss gab den Befehl »Simulator« ein.

Auf dem Bildschirm tauchte das Icon des Schiffes auf. Mit sechzigfacher Geschwindigkeit passierte es O-shima, die Insel an der Mündung des Golfs, überquerte die Sagamisee in zwei Minuten, reihte sich dann in eine der Wasserstraßen ein und bog in den Uraga-suido, die Wasserstraße in die Bucht von Tokio. Durch die Meerenge. Vorbei an Kimitsu. Yokosuka. Yokohama. Um den Leuchtturm von Tokio herum und in den Hafen.

Bei jedem der vielen Kurspunkte wurden die Kursänderungen numerisch dargestellt, als das elektronische Schiff sich mit vielen Drehungen und Wendungen in die immer schmaler werdende Fahrrinne hineinbewegte, immer tiefer ins Herz der Stadt. Die Tiefenalarme fingen zu blinken an, als es sich dem Takeshiba-Passagierterminal näherte.

»*Banzai!*« sagte Moss.

Das Satellitentelefon schnarrte.

»Ja?«

Die Frau hatte einen Namen und eine Akte für die Telefonnummer, die die Ärztin angerufen hatte. Ein Politiker von den Palau-Inseln.

Überrascht und etwas erleichtert sagte Moss: »Ich möchte jeden Anruf von jedem Telefon dieses Kerls wissen. Büro, Haus, Auto, Boot, Flugzeug, was er auch hat … und in erster Linie möchte ich Bescheid wissen über Anrufe bei der US Navy, bei Fluggesellschaften oder Reisebüros … Was? … Bis ich es sage.«

Er streckte seine mächtigen Arme und starrte durch die Windschutzscheibe auf den Mast des Segelbootes hinaus.

Weshalb hatte sie für ihre einzige Chance, um Hilfe zu rufen, eine Privatnummer auf den Palau-Inseln gewählt? Warum hatte sie eine Nachricht auf einem Anrufbeantworter hinterlassen? Warum nicht den Namen des Atolls gemeldet, wo sie ihren Mann zurückgelassen hatten?

Warum hatte sie nicht einfach die Bullen gerufen?

Sie schien sich auf dem Meer auszukennen, und deshalb wußte sie wahrscheinlich, daß die Besatzung, falls sie ein Standardnotsignal abgesandt oder einfach nur den Mayday-Schalter betätigt hätte, den Notruf widerrufen hätte, wenn jemand zurückgerufen und eine Bestätigung verlangt hätte.

Aber ihr Boot war in den Vereinigten Staaten registriert. Weshalb hatte sie nicht die US Navy gerufen? Oder Interpol? Das war eine gute Frage, und er freute sich schon darauf, sie ihr zu stellen, und zwar in der Sekunde, in der der Alte sie nicht mehr brauchte.

8

Am Morgen des fünften Tages attackierte ein Vogel Stone im Sturzflug, ein sicheres Zeichen für Land. Als es Mittag war, stießen immer wieder Seeschwalben und Noddies rings um ihn herab und fischten im Rudel. Unregelmäßige Wellen kamen zwischen der Dünung auf, die ihrerseits die Form veränderte und steiler wurde, und Stone spürte ein gewisses Zögern in der Atmosphäre, als würden Luft und Wasser gegen ein Hindernis stoßen.

Die See wurde noch unruhiger, fast chaotisch, und erst jetzt wurde ihm bewußt, was er schon vor einer Weile bemerkt hätte, wenn er nicht so erschöpft gewesen wäre, daß nämlich die unregelmäßigen Wellen von einer Strömung im Süden ausgingen. Er war stundenlang nach Süden abgetrieben worden.

Das Kanu ruckte, und dann sah er zu seiner Verblüffung hinter dem Segel plötzlich Angaur – grün und bewaldet mit einem roten Wasserturm in der Mitte. Eine Ansammlung von Gebäuden am nördlichen Ende erkannte er als eine verlassene Station der Coast Guard.

Ein Gefühl der Freude und der Erleichterung stieg in ihm auf. Er war keine zwei Meilen mehr von seinem Ziel entfernt. Aber dann setzte plötzlich die Erkenntnis ein, daß er auf eine Felsenküste zugetrieben wurde, und das dämpfte seine Freude beträchtlich.

Bald hörte er das Donnern der Brandung und sah die weiße Gischt auffliegen, wenn die großen Wellen der Dünung sich durch Felslöcher zwängten und dann in den Himmel schossen und schäumend wieder auf die Felsen herunterkrachten. Als er sich einer Felsformation näherte, die wie die Spitze der Insel aussah, sah er ein Riff. Aber es war nur ein kleiner Vorsprung, nicht das Hauptriff, das den Hafen schützte.

Ein Flugzeug kam niedrig aus dem Norden herein, summte in einem trägen Bogen aufs Meer hinaus und nahm Kurs auf die Insel. Der Flug aus Koror. Das mußte er sein – mehr als ein Flugzeug alle paar Tage gab es für eine Insel mit einer Bevölkerung von zweihundert Menschen ganz bestimmt nicht. Aber bis er die Insel umrundet und sich durch das Riff in den Hafen hineingearbeitet hatte, würde das Flugzeug schon lange wieder weg sein. Weiß der Himmel, wann das nächste kam.

Das Flugzeug setzte keine Meile von ihm entfernt auf, ein winziges zweimotoriges Ding, das über eine für viermotorige Bomber gebaute Piste aus dem Zweiten Weltkrieg schwebte, wendete und zu der Hütte tuckerte, die als Abfertigungsgebäude diente. Stone riß das Steuerpaddel hart herum und zielte auf das kleine Riff, stand hochaufgerichtet auf der Auslegerbrücke, um nach einer Fahrrinne Ausschau zu halten.

Die Brecher wirkten so massiv wie eine Schneewehe aus

Schaum. Dann sah er eine winzige dunkle Lücke und steuerte darauf zu. Die Durchfahrt – wenn es eine war – war keine zwei Meter breit. Die See schäumte, strudelte rings um ihn. Michaels Boot wurde in die Brandung hineingezogen, war nicht mehr zu kontrollieren. Er kämpfte mit beiden Händen am Steuerruder, und als er sein ganzes Gewicht darauf legte, brach es ab.

Ein gewaltiger Brecher hob das Kanu wie ein Dartspieler, der sein Ziel sucht, und er sah eine schwarze schimmernde Korallenbank und wußte, daß das Kanu dort landen würde. Er ließ das nutzlose Paddel fallen, schnitt seinen Rucksack ab und konnte einen Arm durch den Trageriemen schieben, ehe er springen mußte. Das Kanu schoß nach vorn, krachte gegen das Riff.

Stone sprang den Bruchteil einer Sekunde zu spät. Der Mast knackte, brach ab und krachte auf ihn herunter, wischte über seine Schulter und fegte ihn ins Wasser, als das Meer das Kanu hochhob und es zu winzigen Splittern zerfetzte.

Er wurde über zackiges Korallengestein geschleudert, überschlug sich, fand sich plötzlich in tiefem Wasser, schwamm – und spürte dann plötzlich Sand unter den Füßen. Er taumelte benommen und blutend an den Strand.

Ein junges Paar mit Rucksäcken kam von der Straße heruntergerannt, die den Strand säumte, der Junge voraus, eine Kamera in der Hand. Er rief Stone zu, der verblüfft darüber, noch zu leben und auf festem Boden zu stehen, die beiden mit aufgerissenem Mund anstarrte.

»Okay, wir Bild machen, Alter?« fragte der Junge im Pidgin-Englisch der Touristen, offensichtlich überzeugt, daß der von der Sonne schwarzgebrannte Stone ein Eingeborener und seine Bruchlandung Teil der örtlichen Bräuche war.

Das Mädchen starrte ihn an und erkannte, was dem Jungen offenbar entging.

»Er ist verletzt.«

Stone fing zu rennen an, zwängte seine Arme in die Gurte des Rucksacks, während er über die Straße aus zermahlenen Korallen hetzte, die die Sonne widerspiegelte und ihm unter seinen Bootsschuhen entgegenzuspringen schien. Er rannte eine halbe Meile weit, und eine Aufwallung von Hoffnung verdrängte seine Erschöpfung. Die Straße bog landeinwärts. Er sah eine Öffnung zwischen den Bäumen – die für die Piste geschlagene Lichtung – und hörte, wie das Flugzeug seine Motoren aufheulen ließ.

»*Neeeiiiin!*«

Er sah eine Hütte mit einem Wellblechdach, einen ausgefransten Luftsack, einen Mann in einem Budweiser-T-Shirt in einem verrosteten Jeep, auf dessen Motorhaube in handgemalten Lettern PARADISE AIR stand, und eine kantige De Havilland Otter, auf deren zerbeultem Aluminiumrumpf in Schablonenschrift ebenfalls PARADISE AIR zu lesen war. Der Mann im Jeep drehte sich um und musterte Stone neugierig. Das Propellergeräusch wurde schriller, und das Flugzeug setzte sich in Bewegung.

»*Aufhalten!*« schrie Stone mit dünner und schriller Stimme.

Der Mann im Jeep hielt sich beide Hände an den Mund und schrie: »Wo wollen Sie hin, Mann?«

»Koror. Halten Sie ihn auf.«

Stone sprang in den Jeep. »Los. Holen Sie ihn!«

Der Mann zuckte die Achseln, legte den Gang ein und raste auf der Piste hinter dem Flugzeug her.

»Geben Sie Lichtsignale.«

»Habe keine.«

Das Flugzeug entfernte sich allmählich; seine Nase begann sich zu heben. Und dann wurde es plötzlich wieder langsamer, hielt an. Der Jeep holte jetzt auf. Stone sprang heraus. Der Pilot streckte den Kopf zum Fenster heraus. »Was?«

»Koror!« sagte Stone.

»Haben Sie Geld?«

Stone sah sich plötzlich mit den Augen des Piloten: mit warmem Blut, das über seine von der Sonne verbrannten Arme herunterströmte, triefend naß, Hemd und Shorts in Fetzen. Er hielt ihm seinen Rucksack hin. »Ich habe Geld.«

»Paß?« fragte der Pilot. »Die machen in Koror ziemlichen Ärger.«

Stone nickte. Er hatte mehrere Pässe.

»Wo kommen Sie her?« fragte der Mann im Jeep. »Ich sehe keine Boote.« Die Angauraner waren berüchtigte Marihuanaanbauer und allen Fremden gegenüber argwöhnisch.

Stone ignorierte die Frage und deutete auf den Aktendeckel mit den Tickets auf dem Boden des Jeeps. »Wieviel nach Koror?«

Jetzt, wo er das Flugzeug eingeholt hatte, schaltete der Mann von Paradise Air wieder auf Inselzeit, zog gemächlich ein Ticket aus dem Aktendeckel und füllte es bedächtig aus. Stone fischte seine Geldbörse aus dem wasserdichten Rucksack, händigte dem Mann drei amerikanische Fünfer aus und kletterte an Bord. Die alte Bomberpiste war so lang, daß der Pilot von der Stelle aus startete, wo er angehalten hatte.

Das Flugzeug hüpfte wie ein trainierter Pudel in den Passatwind und bog nach Norden. Stone blickte auf den winzigen Hafen zurück, und bald waren die wenigen Boote und die weitläufigen Überreste einer Phosphatförderanlage im Dschungel verschwunden. Das kleine Riff, an dem er das Kanu zu Bruch gefahren hatte, konnte er nicht sehen. Unter ihm lag die blaue Fahrrinne zwischen Angaur und dem eigentlichen Archipel von Palau, der im Filigran des Riffs wie ein mit Juwelen besetzter grüner Dolch aussah. Zu seiner Rechten dehnte sich der dunkle Pazifik, zu seiner Linken mit Wolkenschatten betupft die Philippinensee. Er sah sich nach einem sandfarbenen Schiff um.

Der Pilot ging bei achthundert Fuß in Waagrechtflug über, drehte sich um, nahm die Sonnenbrille ab und fragte: »Bei Ihnen alles okay, Kumpel?«

Stone fuhr sich mit der Hand durch sein salzverkrustetes Haar. Er öffnete seinen Rucksack, wischte sich das Blut vom Arm und betupfte die Verwundungen mit Peroxid. Es brannte höllisch, aber er merkte es kaum. Ein Zitat Conrads ging ihm durch den Kopf. *Das Meer hat dir eine Chance gegeben, deine Kräfte zu spüren.* Er fühlte sich unbesiegbar.

9

»Funktioniert Ihr Radio?« schrie Stone, um den Motorenlärm zu übertönen.

»Sicher funktioniert es«, erwiderte der Pilot indigniert, obwohl ein Drittel der Skalen auf seinem Armaturenbrett mit Isolierband überklebt waren und sein Steuerbordmotor die Fenster mit Öl bespritzte.

»Würden Sie bitte Ihrem Dispatcher sagen, daß er Präsident Salinis anrufen und ihn bitten soll, mich am Flughafen abzuholen?«

Der Pilot lachte: Bei einer Bevölkerung von fünfzehntausend war der Präsident der Republik Palau zwar nicht gerade unzugänglich, aber Stone war nicht auf dem laufenden. »Der ist wieder *Senator.* Er ist abgewählt worden.«

Als Stone Kwajalein verlassen hatte, hatte eine eine Woche alte Ausgabe der *Pacific Daily News* aus Guam Salinis den Sieg bei den Wahlen vorhergesagt. Aber Politik war in Palau gelinde gesagt etwas Unberechenbares. Und Marcus, im Hauptberuf ein erfolgreicher Unternehmer, war die Karriereleiter schon mehrmals hinauf- und heruntergefallen.

»Wen soll er ihm denn melden?«

Stone nannte den Namen auf seinem ersten Paß: »Doktor Michael Samuels.«

»Hey, sind Sie der Segelbootarzt?«

»Sie haben es erfaßt.«

»Ich habe dieses Jahr Ihr Boot gar nicht gesehen.«

»Das wird gerade auf den Marshalls überholt.«

»Wie sind Sie nach Angaur gekommen?«

»Würden Sie ihn bitte rufen?«

Stone schloß die Augen, und das nächste, was er wußte, war, daß der Pilot ihn wachrüttelte. »Koror.«

Stone sah sich mit glasigen Augen um.

»Da.« Der Pilot reichte ihm einen Kamm. Stone strich sich damit abwesend durch sein salzverkrustetes Haar und kämmte sich ein paar Knoten aus dem Bart, bedankte sich bei dem Piloten, gab den Kamm zurück und trat in die feuchte Hitze eines typischen Palaunachmittags hinaus. Eine gepflegte, große, dunkelhäutige palauanische Frau kam aus dem Abfertigungsgebäude geschlendert und trat ihm in den Weg. »Dr. Mike?«

»Hallo?«

»Erinnern Sie sich an mich?« Sie lächelte, als ob sie ein Geheimnis hätte. »Joanna Salinis.«

Als er sie das letzte Mal gesehen hatte, war sie aus ihrem Internat in Hawaii zum Heimaturlaub auf Koror gewesen.

»Daddy hat mich gebeten, Sie abzuholen. Er ist oben in Bobang. Er kommt erst zum Abendessen zurück … Fühlen sie sich nicht wohl?«

Stones Gesicht war vor ihren Augen in Stücke gegangen.

Er fühlte sich plötzlich total vernichtet. Statt der vertrauenerweckenden kantigen Gestalt von Marcus Salinis, seines Lächelns und seiner pfiffigen Augen war da diese

Kindfrau, deren Vollblütlergang ihn an Sarah erinnerte, mit einem Lächeln, als könne sie nichts auf der Welt beunruhigen und als hätte sie keinen Funken Verstand im Kopf.

»Sie sehen aus, als brauchten Sie eine Dusche, frische Kleider und zwei Wochen Schlaf. Wo ist Dr. Sarah?«

»Auf dem Boot. Können Sie mich in ein Hotel bringen?«

»Daddy hat gesagt, daß ich Sie nach Hause bringen soll.«

»Ich muß ein internationales Telefonat führen.« Die Insel hatte eine Kornsatstation und internationale Anschlüsse in den größeren Hotels.

»Nehmen Sie unseres. Daddy hat ein Satphone gekauft.«

Joanna fuhr einen nagelneuen knallroten Lexus, dessen vordere Stoßstange eingedrückt war und bereits zu rosten begann. Sie fuhr mit derselben unbeschwerten Unschuld, mit der sie ihn durch die Einreiseformalitäten geführt hatte – dem selbstbewußten Lächeln und der legeren Ungeduld der Elite der Republik. Ihre Mutter, so erinnerte sich Stone, gehörte einer hohen Kaste an, Tochter eines Häuptlings. »Daddy« hatte sich aus seinen bescheideneren Ursprüngen herausgearbeitet und sich eine äußerlich sichere Nische in der Hierarchie des Inselstaates geschaffen, indem er sich in den Kreis jener wenigen Spezialisten gedrängt hatte, die sich darauf verstanden, amerikanische Hilfsgelder und japanische Investitionen in die eigenen Taschen zu dirigieren. Er hatte sich bei der Bevölkerung beliebt gemacht, indem er für die Unabhängigkeit Palaus von den amerikanischen Vertragsterritorien im Pazifik gekämpft hatte, und teilte sich jetzt seinen Reichtum mit einigen klug ausgewählten Helfern.

Stone kannte andere Palauaner von ähnlichem Status, aber keinen mit Verbindungen wie Salinis zu den verschiedenen Welten der Schiffahrt, des Bauwesens, der Politik und des japanischen Tourismus, die den Südpazifik regierten.

»Haben Sie Hunger? Dr. Mike?«

»Ich bin am Verhungern.«

»Hinten ist Bier und Cola.« Auf dem Rücksitz stand eine Kühlbox. Stone fischte sich ein Coke aus dem Eis und leerte die Dose mit langen genüßlichen Schlucken. »Ah.«

»Wissen Sie, Sie sehen wirklich *schrecklich* aus.«

Stone fing ihren Blick auf, als sie anhielt, um einem mit Mangrovestämmen beladenen Truck die Vorfahrt zu lassen. »Joanna, ich bin hergekommen, um geschäftlich mit Ihrem Dad zu sprechen, und ich wäre Ihnen dankbar –«

»Ich weiß. Dad hat es mir schon gesagt. Ich soll meinen Mund halten. Ich weiß schon. Ich habe ja nur gesagt, daß Sie schrecklich aussehen.« Sie drückte die Hupe und ließ sie plärren, bis der Truck Platz gemacht hatte, bog dann in einen Feldweg ein, der einen steilen Hügel hinaufführte, und jagte den schweren Wagen über eine Folge von Schlaglöchern und Fahrrinnen. »Tut mir leid, daß die Straße so schlecht ist. Dad sagt, damit kann man Fremde abhalten.«

Stone hatte das Gefühl, als würden seine Augen und Ohren mit einiger Verspätung funktionieren. »Was haben Sie damit gemeint – Ihr Dad hat gesagt …?«

»Er hat mich angerufen und mir gesagt, Sie hätten ein Problem, und ich sollte Sie in aller Stille abholen und Sie vom Flughafen wegbringen. Er hat bei den Leuten von der Einwanderung angerufen, daß die uns durchlassen sollen.«

»Woher wußte er denn, daß ich ein Problem habe? Ich habe doch gar nicht mit ihm gesprochen.«

Joanna nagte an ihrer Unterlippe. »Da war neulich so eine komische Nachricht auf dem Anrufbeantworter. Er hat das Band gleich herausgenommen.«

»Eine Nachricht? Von wem?«

»Ich weiß nicht, Dr. Michael. Er dachte, es sei vielleicht ein Witz.«

»Wo ist das Band?«

»Daddy hat es.«

»Wann kommt er nach Hause?«

»Bald, bald. Keine Sorge.«

Salinis' weitläufiges, modernes Haus aus Teak und Glas und Steinböden lag an der Flanke eines steilen Hügels mit Blick auf die Philippinensee. Die Feuchtigkeit hatte die Möbel bereits Schimmel ansetzen lassen und die Türen verzogen, und die Klimaanlage war kaputt – ein Opfer der häufigen Stromausfälle, wie Joanna erklärte. Aber der Ausblick nach Westen aufs Meer und nach Süden auf die Rock Islands, die aussahen, als habe eine großzügige Hand Smaragde in die Lagune geworfen, war umwerfend.

»Satellitentelefon?«

»Wollen Sie nicht zuerst duschen?«

»Wo ist das Telefon?«

Sie führte ihn in ein behagliches Gästezimmer mit einer Brise, die besser als eine Klimaanlage war, und zeigte ihm das Telefon und die Dusche. Er wartete, bis sie hinausgegangen war, griff dann nach dem Hörer und wählte.

»Kerry McGlynn, bitte. Hier spricht Dr. Mike.«

McGlynn sei auf See, erklärte seine Sekretärin.

»Können Sie mich zu ihm durchstellen?«

Das konnte sie nicht.

»Hat er kein Satellitentelefon an Bord?« Geschwindigkeit und Kommunikation waren im Bergungsgeschäft der Schlüssel zum Erfolg.

»Ich fürchte, er ist im Augenblick sehr beschäftigt. Einer unser Stammkunden hat eine Insel entdeckt, die ihm neu ist. Kann ich Ihnen behilflich sein?«

»Ich bin mit ihm befreundet. Kerry muß mir helfen.«

»Wie wäre es dann, wenn ich ihm Ihre Nummer durchgebe, wenn er sich wieder meldet? Dann kann er Sie anrufen.«

Stone gab ihr die Nummer der Salinis. »Wo arbeitet Kerry gerade?«

»Ich fürchte, das muß er Ihnen selbst sagen«, antwortete die Sekretärin eisig, als wolle sie ihm damit klarmachen, daß ein Freund ja schließlich verdammt gut wissen sollte, daß Geheimhaltung ein weiterer entscheidender Erfolgsfaktor für das Bergungsgeschäft war.

»Hören Sie. Das ist eine persönliche Sache und sehr dringend. Kann ich mich irgendwo mit ihm treffen?«

»Es tut mir leid –«

»Bitte. Bitte. Ich habe sonst niemanden, an den ich mich wenden kann.«

»Warten Sie bitte einen Augenblick.«

Stone wartete und zermarterte sich das Gehirn, wen er sonst anrufen könnte ... Lydia Chin in Hongkong, eine Reederin. Oder vielleicht jemanden aus seiner Zeit bei der Navy. Jemanden, der es inzwischen zum Admiral gebracht hatte und über genügend Macht verfügte, um eine Suchaktion anzuordnen. Jemanden, den er seit fünfundzwanzig Jahren nicht mehr gesehen hatte. Jemanden, der verpflichtet sein würde, ihn zu verhaften ...

»Dr. Mike?«

»Ja, ich bin noch da.«

»Ich weiß nicht, ob Ihnen das weiterhilft, aber mehr kann ich wirklich nicht tun. Ehe wir diesen Auftrag bekommen haben, hatte Kerry Besprechungen in Hongkong angesetzt. Es ist möglich, daß er in ein paar Tagen dort Station macht.«

»Wo steigt er ab?«

»Das kann ich nicht sagen.«

»Sagen Sie ihm, daß ich im Hongkong Yachtclub sein werde. Aber wenn er vorher anruft – ich bin bis morgen früh unter dieser Nummer zu erreichen.«

Anschließend rief er den Yachtclub und Lydia Chin an. Ihr Büro teilte ihm mit, daß sie in China unterwegs sei und morgen zurückkommen würde.

Dann saß er mit dem Telefonhörer in der Hand da und

überlegte, wen er sonst noch anrufen könnte. Schließlich gab er es auf und taumelte ins Bad, wo er sein zerfetztes Hemd und seine ebenso zerfetzten Shorts auszog. Der Spiegel versetzte ihm einen Schock. Er hatte mindestens zehn Pfund abgenommen. Er konnte seine Rippen sehen und die Knochen an seinen Armen unter einer Muskelschicht. Sein Gesicht war dunkelrot, seine Arme fast schwarz, sein Bart hing lang von seinen hohlen Wangen herunter, und seine Augen, die gewöhnlich dunkelblau waren, zeigten den harten silbrigen Glanz von Metallkugeln.

Er stieg ins heiße Wasser, stieß einen Schrei aus, als es seinen Sonnenbrand traf, drehte es auf lauwarm und wusch dann mit Seife und Shampoo Salz und verkrustetes Blut ab. Als er das Wasser schließlich abdrehte, hörte er Joanna rufen: »Im Schränkchen ist ein Rasierapparat, und ich reiche Ihnen einen Bademantel hinein.« Eine wohlgeformte Hand und ein langer Arm schlängelten sich um die Tür herum und hängten den Baumwollbademantel an den Haken.

»Hier draußen ist Kaffee und Cola und Sushi, wenn Sie dann fertig sind. Wollen Sie ein Bier?«

»Lieber Kaffee.«

»So, *das* ist besser«, rief Joanna aus. »Aber rasieren sollten Sie sich noch.«

»Ist Ihr Dad schon zu Hause?«

»Bald.«

Stone setzte sich an den Couchtisch, den sie gedeckt hatte, und starrte das Essen an, zerbrach sich den Kopf, was er sonst noch tun konnte, wen er sonst noch anrufen sollte.

»Joanna, wie komme ich am schnellsten nach Hongkong?«

»Air Mike nach Manila, Air Philippines nach Hongkong.« Sie hatte sich mit übereinandergeschlagenen Beinen ihm gegenüber auf einer Couch niedergelassen.

»Und Tokio?«

»Air Mike nach Guam.«

»Wann ist der nächste Flug nach Manila?« Sein Freund – oder besser Bekannter – Patrick war in Manila. Patrick war ein ehemaliger Söldner und hatte Beziehungen.

»Die fliegen Dienstag, Donnerstag und Samstag.«

»Und was für ein Tag ist heute?«

»Wie meinen Sie das?«

»Welcher Wochentag, Himmel!« Michael hielt inne. »Entschuldigung. Ich bin ein wenig durcheinander.«

»Heute ist Montag«, sagte sie ein wenig gouvernantenhaft. »Essen Sie etwas. Und Sie sollten etwas trinken. Wollen Sie ein Bier?«

»Nein. Danke.« Er hätte am Verhungern sein müssen, aber im Augenblick konnte er sich bloß auf seinen nächsten Schritt konzentrieren. Seine Erleichterung darüber, wieder Land unter den Füßen zu haben, war bereits verblaßt, und seine Panik über Sarah und Ronnie steigerte sich. Wo mochte das Schiff sie unterdessen hingebracht haben? Er aß ein paar Stückchen Mango und nippte an dem Kaffee. Hongkong bot ihm Zugang zu mehr Welten als Tokio, wo seine Freunde eher konventionelle Geschäftsleute waren.

Draußen kam ein Wagen knirschend auf der Einfahrt aus zerstampften Korallen zum Stillstand. Eine Tür knallte und ließ das ganze Haus erzittern, und im nächsten Augenblick füllte Marcus Salinis den Raum. Er war einen Meter fünfundsechzig groß und kräftig gebaut, fast so breit wie lang, mit einem braunen Gesicht und einem zahnlückigen Lächeln. Ein mikronesischer Bierbauch spannte die Knöpfe seines blumengemusterten Hemds; das enganliegende Tuch ließ die Umrisse einer Pistole an seiner Hüfte erkennen.

»Doktor Michael! Hat Joanna sich gut um dich gekümmert?« Er griff mit beiden Händen nach Stones Hand, während Stone nach der Nachricht fragen wollte, und drückte kräftig zu. »Joanna, bring zwei Budweiser. Herrgott, der Mann trinkt Kaffee, und dabei ist die Sonne schon fast untergegangen.«

Joanna eilte in die Küche. »Du siehst erledigt aus«, sagte Salinis.

»Ich brauche Hilfe«, sagte Michael schlicht.

»Dann bist du am richtigen Ort. Hör dir das an.« Er ließ Stones Hand los und zog einen kleinen Rekorder aus der Hemdtasche. »Ich habe das Band aus meinem Anrufbeantworter herausgenommen.«

Joanna kam mit zwei Dosen Budweiser zurück, von denen das Kondenswasser tropfte.

Ihr Vater nahm ihr beide Dosen mit einer Hand ab. »Honey, ich habe einen schönen Fisch gekauft. Wie wäre es, wenn du den Grill anzünden würdest? Doktor Mike bekommt ein Barbecue.«

Joanna ging ein wenig beleidigt hinaus, und Salinis schaltete das Tonband ein. »Ich weiß nicht, ob das ein Witz ist, oder was, Michael. Das mußt du mir sagen.«

Stone fuhr zusammen, als er Sarahs Stimme hörte, angespannt und verängstigt.

»Marcus. Marcus. Bist du da … Verdammt! –«

»Der Apparat hat sich eingeschaltet«, erklärte Salinis. »Ich war fischen.«

»Marcus. Marcus, ich bin es, Sarah. Bitte heb diese Nachricht für Michael auf …«

Stone spürte die Tränen, die in seinen Augen brannten. Nach all den vielen Jahren waren sie beide fast wie eine Person. Sie wußte, daß er, was auch immer passierte, es irgendwie schaffen würde, das Atoll zu verlassen, wußte, daß er dann nach Palau gehen würde, und wußte, daß er in Palau zuerst zu Marcus Salinis gehen würde.

»Hör zu, Michael. Wir sind auf neun Grad Nord, einhundertzweiunddreißig Ost, mit Kurs Nordwest bei drei-

undzwanzig Knoten. Uns fehlt nichts. Ich habe einen alten Patienten mit einer Schußwunde. Ich vermute, wir haben Kurs auf Taiwan oder Shanghai, falls wir den Kurs nicht wechseln. Ich bin nicht sicher, was die tun werden, wenn sie mich nicht mehr brauchen. Andererseits werden sie mich eine ganze Weile brauchen, weil sie sich weigern, den alten Mann in ein Krankenhaus zu bringen. Anscheinend ist er der Eigner dieser sogenannten Dallas Belle, *und das ist alles, was ich dir sagen kann. Ich habe offengestanden keine Ahnung, wer in aller Welt uns helfen kann – selbst wenn wir frei wären und um Hilfe bitten könnten – welche Marine, welche Regierung – die kommen jetzt. Ich schalte besser ab. Möge Gott dich segnen.«*

Ein Klicken; dann das Summen von Salinis Anrufbeantworter, dann Stille. Dreiundzwanzig Knoten, 550 Meilen pro Tag, 2750 Meilen in fünf Tagen – Taiwan gestern; Shanghai heute. Aber wenn das Schiff den Kurs gewechselt hatte, konnte es heute irgendwo sein – Guam, Australien, Singapur – und morgen tief im Indischen Ozean.

Salinis starrte Michael an. »Der Grund, weshalb ich dachte, daß es ein Witz sein könnte, ist, weil sie so cool klingt.«

»Wenn die Splitter fliegen«, sagte Stone, »ist sie cool.«

»Was zum Teufel geht da vor?«

»Wir waren letzte Woche in Pulo Helena. Ein großer Gasfrachter hat per Radio ärztliche Hilfe angefordert; die haben gesagt, der Kapitän hätte sich bei einem Sturz verletzt. Sarah und Ronnie gingen an Bord. Ich blieb auf dem Atoll, wo ein alter Fischer im Sterben lag. Und gleich darauf hatten sie die Swan an Deck gezogen und waren abgedampft.«

»Und haben dich allein gelassen?«

»Abgesehen von einem armen Teufel am Strand. Erschossen.«

»Das ist verrückt.«

»Ich sage ja, ich konnte es nicht glauben …«

»Und wie bist du nach Angaur gekommen?«

»Mit dem Kanu des Fischers.«

»Von *Helena*? Du bist mir ein Segler, Michael.«

Er spürte, wie alles um ihn kreiste. Seine Augen waren schwer. »Ich muß das Schiff finden.«

»Das einzige Problem ist«, sagte Salinis und ging ans Fenster, um sich zu vergewissern, daß sie noch allein waren, »warum hat Sarah gesagt ›wenn wir um Hilfe bitten könnten‹?«

»Wie meinst du das?«

»Ich meine, Sarah ruft *mich* an, anstatt ein Notsignal zu senden. Und jetzt sitzt *du* in meinem Haus, statt ins amerikanische Konsulat zu laufen und nach der Navy zu schreien.«

Stone zögerte.

Marcus bohrte weiter. »Ich habe mir immer gedacht, daß Ihr vor etwas ausreißt. Das gilt für viele Amerikaner hier draußen. Aber wie schlimm ist es? Hat Sarah einen wütenden Ehemann, der hinter dir her ist?«

»Schlimm«, sagte Stone.

»Wie – hast du jemand umgebracht?«

»Nein … aber man sucht mich wegen Mordes. Unter anderem.«

»Du hast es nicht getan?«

»Ich habe niemanden getötet.«

»Und was heißt ›unter anderem‹? Rauschgift?«

»Nein, nicht Rauschgift.«

»Was bleibt da noch übrig?«

»Wenn ich jetzt sagen würde: Piraterie?«

Marcus Salinis blickte verärgert, was bei einem Palauaner ein bedrohlicher Anblick war. Sein fleischiges Gesicht verschloß sich, löschte sein Lächeln und schob sich um seine Augen zusammen, die plötzlich klein und brüchig wurden.

»Okay, Doc. Geht mich nichts an. Dich soll der Teufel holen.«

Stone sagte: »Das war vor langer Zeit in einem anderen Ozean.«

»Vor langer Zeit in einem anderen Ozean? Das klingt wie der Anfang von *Krieg der Sterne*. Könntest du dich vielleicht ein wenig deutlicher ausdrücken?«

»Lassen wir die Einzelheiten. Aber es gibt jedenfalls eine ganze Menge Leute, die hinter mir her sind.«

»Wer? Was für Leute?«

»Das kann ich dir nicht sagen. Das kann ich niemandem sagen.«

»Wenn du es mir nicht sagen kannst, Mann, dann ist es vielleicht gar nicht wahr.«

Der Politiker musterte ihn scharf. Stone starrte zurück, und Salinis zuckte unter dem eisigen Blick zusammen.

»Ich habe jemanden verloren, den ich damals fast genauso geliebt habe, wie ich jetzt Sarah liebe ... Das ist alles, was ich dir sagen kann, mein Freund.«

»Und du willst, daß ich dir helfe?«

»Ich brauche deine Hilfe.«

Marcus spreizte die Hände. »Tut mir leid, Doc. Wenn ich nicht weiß, wovor du ausreißt, wie kann ich dir da helfen?«

»Es hat mit dieser Geschichte nichts zu tun.«

»Es hat schon mit dieser Geschichte zu tun, wenn es dich davon abhält, normale Hilfe zu beschaffen.«

»Ich kann es dir nicht sagen.«

»Dann wenigstens einen allgemeinen Hinweis. Ich brauche keinen Namen, aber worauf lasse ich mich hier ein? – Jetzt komm schon, Mike, du steckst tiefer im Dreck als je zuvor. Du mußt jetzt jemandem vertrauen, sonst kannst du dich gleich von deiner Frau und deiner Tochter verabschieden.«

Stone ließ stumm den Kopf hängen und wünschte sich, er

wäre allein und wieder auf See, wieder auf dem Boot, wo er nie Zweifel an seinem nächsten Schritt gehabt hatte. Hier hatte er Angst, etwas zu sagen, das vielleicht ein Risiko für seine Zukunft mit Sarah und Ronnie war, und spürte, wie die Unschlüssigkeit ihn lähmte.

»Wer zum Teufel bist du?« wollte Marcus wissen. »Wo kommst du her? Was hast du getan?«

»Warum fragst du mich das plötzlich?« sagte Stone.

»Warum bist du so paranoid? Ich frage dich doch nur das, was jeder dich fragen wird, sobald du erklärst, daß du nicht zu den Bullen gehen kannst. Was hindert dich daran, einfach ans Telefon zu gehen und ›Hilfe!‹ zu schreien?«

»Keine Namen«, sagte Stone. »Keine Einzelheiten, denen du nachspüren kannst. Ist das fair?«

»Das sage ich dir, nachdem du ausgepackt hast.«

Wieder ließ Stone den Kopf hängen. »Vor Jahren bin ich mitten in eine politische Kabbelei hineingesegelt; den Mord hat man mir angehängt. Ich mußte ein Schiff stehlen, um wegzukommen, deshalb Piraterie ... Okay?«

Salinis musterte ihn nachdenklich. »Und wer ist dir auf den Fersen?«

»Zwei Regierungen und die CIA«, antwortete Stone und wünschte sich im gleichen Augenblick, daß er es nicht gesagt hätte.

»Wie hast du es geschafft, die CIA sauer zu machen?«

»Weil es ihr Schiff war.«

Stone wartete besorgt, während Marcus seine Geschichte verdaute. Er kannte rings um den Pazifik ein Dutzend Männer wie Marcus. Männer mit Macht und Beziehungen in einer Gesellschaft, wo es als eigentümlich, wenn nicht als suspekt galt, Beziehungen zu haben und Macht auszuüben. Für Männer, die auf Geschäftsreisen nach Japan und in die Vereinigten Staaten etwas von der größeren Welt gesehen hatten, war das eine einsame Existenz, voller Widersprüche, in der sie sich abmühten, Miniaturversionen von Supermächten in einer Region aufzubauen, die die meisten, die von draußen kamen, und viele der Ortsansässigen bereits für das Paradies hielten.

Leute wie Salinis hatten ihn und Sarah und ihre Arbeit immer ein wenig verwundert betrachtet und sich offensichtlich den Kopf darüber zerbrochen, was sie eigentlich als Gegenleistung in einer Welt erwarteten, wo man gute Taten mit Missionaren in Verbindung brachte, die darauf brannten, die Eingeborenen zu bekehren, und von Peace-Corps-Typen, die nach kurzer Zeit weiterzogen. Stone konnte nur hoffen, daß Piraterie in einem anderen Ozean für die Kämpfe, die das Blut auf Salinis Inseln am Kreisen hielt, ohne Belang war.

Der ehemalige Präsident schmunzelte schließlich. »Yeah, und ich hatte mir immer gedacht, daß es da einen Ex-Ehemann von Sarah gibt, der dir auf den Fersen ist. Zwei Leute wie ihr mußten einfach irgendwo ausgerissen sein … Nun, mir scheint, daß eure Lage deine Möglichkeiten irgendwie stark einschränkt. Die USA haben uns da ein neues Arschloch in ihr Konsulat geschickt, das noch schlimmer ist als das letzte. Wenn du willst, rede ich mit ihm. Aber er wird dich nur weiterreichen, und ehe die anfangen, nach diesem Schiff zu suchen, trägst du Handschellen, weil dem nämlich völlig egal ist, was deiner Frau passiert ist … Hier wird es allmählich ein wenig heiß, falls dir das noch nicht aufgefallen ist.«

»Die Kanone unter deinem Hemd habe ich schon gesehen.«

»Und eine weitere liegt im Auto unter dem Sitz. Und eine Schrotflinte im Schlafzimmer. Jemand ist hinter mir her. Die Telefone sind angezapft. Haus, Büro, selbst das Satellitentelefon. Ich weiß nicht, was die eigentlich wollen. Die Wahlen habe ich bereits verloren.«

»Wo ist Amelia?« Seine Frau, die Häuptlingstochter.

»Die ist mit den Kindern zu ihrem Vater gefahren, bis es hier wieder ruhig ist.«

»Und was macht Joanna hier?«

»Ich weiß auch nicht, was mit dem Mädchen los ist. Entweder ist sie zu dumm, um mitzukriegen, was hier läuft, oder so verdammt schlau, daß ich sie an meiner Seite haben will. Wahrscheinlich ist das Ganze keine große Sache. Es ist ja schon eine ganze Weile her, daß wir hier tatsächlich jemanden wegen Politik *getötet* haben, ganz zu schweigen von ›Selbstmorden‹ und vermasselten Autobomben … Da, schau dir das an.« Er führte Stone auf die Terrasse und deutete auf ein verwittertes Messingteleskop auf einem Stativ. »Da, wirf mal einen Blick durch.«

Stone beugte sich über das Okular. Eine Siebzig-Fuß-Motoryacht tauchte vor seinen Augen auf. Sie lag in den ruhigen Gewässern unter dem Hügel vor Anker. Sie hatte eine Satellitenkuppel. Am Heck saßen zwei Paare und tranken Cocktails. Sie sahen jung und wohlhabend aus. Die Frauen im Bikinioberteil mit Goldschmuck und leuchtend bunten *Lava-lavas* um die Hüften. Die Männer in lockeren weißen Hemden und Bermudashorts. Jetzt kam gerade ein Steward mit einem Tablett mit Canapés. Offenkundig Urlauber, die sich nach dem Schwimmen und Tauchen zum Abendessen umgezogen hatten.

»Die sitzen jetzt schon seit drei Tagen da«, sagte Marcus. »Sieh dir den blonden Typen mit dem Feldstecher an.«

Stone konnte sein Gesicht nicht deutlich sehen, aber der Mann, auf den Marcus ihn hingewiesen hatte, hatte das typische Gesicht von jemandem, der den Sommer mit Tauchen und den Winter mit Skilaufen verbringt. Jetzt blitzte ein Diamant oder ein goldener Ohrring auf, als er zwischen zwei Schlucken aus seinem Champagnerglas aufs Meer hinausblickte. Er ließ seinen Feldstecher kreisen und sah zum

Hügel herauf. Einen Augenblick lang trafen sich Feldstecher und Teleskop.

Der blonde Mann winkte.

Stone zuckte die Achseln. Er war so müde, daß er sich kaum noch auf den Beinen halten konnte. »Irgendwie muß ich die *Dallas Belle* aufspüren«, sagte er zu Marcus.

Marcus schüttelte den Kopf. »Ich fürchte, das geht nicht. Ich habe mich bereits erkundigt. Es gibt eine *Dallas Belle,* einen Chemikalienfrachter, der seit Jahren im Golf von Mexiko herumschippert. Wahrscheinlich hat Sarah mit dem falschen Register recht.«

»Ich gehe nach Hongkong«, sagte Stone. »Wenn es sein muß, riskiere ich es eben, zum amerikanischen Konsulat zu gehen.«

»Wie sollen *die* ein Schiff aufspüren?«

»Die Navy hatte einmal ein weltweites akustisches Peilsystem, mit dem sie im Kalten Krieg auf die Sowjets aufgepaßt haben – Hydrophonbojen und U-Boote und Satelliten, um die Schiffsgeräusche aufzuzeichnen. Das Schraubengeräusch und das Geräusch einer Antriebswelle eines jeden Schiffes sind typisch, und alles, was die je aufgezeichnet haben, ist gespeichert. Wie Fingerabdrücke. Angeblich können die die Daten für ein Schiff aufrufen, das an jenem Tag in der Umgebung von Pulo Helena gehört worden ist. Und anschließend kann der Computer identifizieren, was das für ein Schiff ist. Und die Unterlagen für die Tage nachher werden uns sagen, wo sie ist.«

»Vorausgesetzt, das System funktioniert noch«, sagte Marcus, »und vorausgesetzt, die stecken dich nicht wegen Piraterie in den Knast.«

»Mein Freund, Captain McGlynn, hat einen Bruder bei der australischen Navy. Ich vermute, daß die verschiedenen Navys ihre Daten austauschen. Vielleicht hilft er mir. McGlynn war immer von Sarah begeistert.«

»Na so was aber auch«, lächelte Marcus.

»Also hilft er mir vielleicht, wenn ich ihn nur aufspüren kann. Und dann habe ich auch Freunde in Hongkong, Schiffseigner. So oder so, Hongkong ist wahrscheinlich die beste Lösung für mich. … Und dann gibt es in Manila noch jemanden, den ich aufsuchen kann.«

Stone spielte das Band noch einmal ab. Er lauschte auf Sarahs Stimme, die kühlen, starken Laute und die leidenschaftslos klingende Stimme: Dies sind die Fakten. Das ist, was ich weiß. Alles andere ist leere Spekulation. … Er fröstelte. Daß seine Frau stark war, war ihm nichts Neues. Aber das hier bewies ihm eine Stärke, die ihm angst machte, eine blutlose Qualität, die er bewußt nicht zur Kenntnis nehmen wollte. Wenn sie je zu dem Schluß gelangen sollte, daß er nicht mehr der Richtige für sie war, würde sie ihn einfach treiben lassen, ohne sich ein einziges Mal nach ihm umzusehen.

»Michael, du fällst gleich tot um. Komm, wir essen jetzt etwas Fisch und bringen dich zu Bett.«

»McGlynn ruft aus Australien an.«

»Joanna, hilf mir.«

Stone nahm vage zur Kenntnis, daß Marcus' kräftige Gestalt sich über ihn beugte.

»Weck mich, wenn Captain McGlynn anruft.«

»Nimm die Bettdecke weg, Joanna.«

»Und buche mir einen Flug von Manila nach Hongkong.«

Er spürte, wie Marcus ihn wie einen Sack von der Couch hob. Er roch Joannas Parfüm, und dann war er weg.

Er träumte, das Kanu würde sinken. Er spürte ein Gewicht auf seiner Brust, und als er den Kopf hob, um Luft zu schnappen, legte sich eine Hand über seinen Mund. Lavendelseife. Als er erwachte, spürte er Joannas Brüste auf seiner Haut, und ihre Beine, die sich um die seinen geschlungen hatten. Ihre Lippen strichen über sein Ohr.

»Daddy sagt, nicht bewegen«, flüsterte sie. »Jemand ist im Haus.«

Ihr Körper zitterte.

Im Schein der Sicherheitsbeleuchtung draußen sah er, wie ihre dunklen Augen eine Bewegung verfolgten. Ein Schatten zog draußen am Vorhang vorbei. Die Schiebetür kratzte leicht in ihrer Schiene, öffnete sich Zoll für Zoll, bis der Schatten ins Zimmer schlüpfte. Stahl glänzte im Licht.

Jetzt hellwach und von Adrenalin durchpulst, fuhr Stone in die Höhe, schob Joanna zur Seite, warf das Kissen und packte die Nachttischlampe.

Der Eindringling war von Kopf bis Fuß mit einem schimmernden schwarzen Wetsuit bekleidet. Als er dem Kissen auswich, war Stone bereit und schlug mit der Lampe nach ihm. Die Gestalt taumelte.

Aus dem Flur war das unverkennbare Geräusch zu hören, mit dem eine Schrotflinte durchgeladen wird. Stone warf die Lampe, traf erneut, und der Eindringling wirbelte herum und rannte zur Terrassentür hinaus, als Marcus Salinis zur Tür hereingeschossen kam und einen Gewehrlauf von der Größe eines Abflußrohrs kreisen ließ.

»Runter!«

Stone preßte Joanna unter sich auf den Boden. Marcus' Schrotflinte brüllte und spie Feuer. Vorhänge und Fliegengitter verschwanden. Marcus hebelte die leere Patrone heraus und spähte den Hügel hinunter.

»Daneben, verdammt –«

»Weg vom Fenster«, schrie Stone.

»Nein, er läuft noch.«

»Daddy, du hättest das sehen sollen! Doktor Mike hat den Kerl mit einem Kissen getäuscht und dann – *peng!* – mit der Lampe. Sie waren großartig, Michael.«

Marcus sah zu seiner Tochter hinüber, die immer noch unter dem Arzt lag. »Raus jetzt. Und zieh dich an. Und hol uns ein paar Biere – und *du*«, damit wandte er sich zu Stone, der den Eindruck vermittelte, als hätte er die nackte junge Frau gar nicht wahrgenommen, als er sich jetzt vom Bett erhob und verblüfft aufs dunkle Meer hinausstarrte. »Du bist vielleicht so nett und erklärst mir, weshalb einer, der *mich* kaltmachen will, ins Gästezimmer kommt?«

10

»Mummy?… Mummy! Ich bin jetzt soweit für meine Prüfung.«

»Welche Prüfung?« Sarah wandte sich von dem Fenster ab, das, seit Mr. Jack befohlen hatte, die Maschinen anzuhalten, dasselbe monotone Bild des vom Regen aufgepeitschten Meeres zeigte.

So dahintreibend schlingerte die *Dallas Belle* leicht in der Grunddünung des Ostchinesischen Meeres, eine gleichmäßige Bewegung, die die Flugzeugmodelle schaukeln ließ. Mr. Jack hatte keine Erklärung dafür gegeben, weshalb sie angehalten hatten. Die kleine Mannschaft schien auch nicht mit Reparaturarbeiten beschäftigt. Am Morgen hatte der Kapitän ein Schlauchboot aus der Tür auf der Wasserlinie abgelassen und war um den Rumpf herumgefahren. Aber Sarah maß diesem Vorgang keine besondere Bedeutung bei, weil Kapitäne sich selten die Gelegenheit entgehen ließen, die Rümpfe ihrer Schiffe zu inspizieren.

Ihr Blick wanderte immer wieder zu dem Behälter mit dem Rettungsfloß auf dem Achterdeck. Das schwerbeladene Schiff trieb mit der Strömung mit zwei Knoten dahin; das hatte sie festgestellt, als sie ihr GPS das letzte Mal abgelesen hatte. Aber ein Rettungsfloß, das wie eine Feder auf der Meeresoberfläche schwebte, würde vom Wind angetrieben werden. Und die ausgefransten Kämme der kleinen Wellen deuteten an, daß der Wind am Umschlagen war und bald entgegengesetzt zur Strömung wehen würde. Wenn sich ihnen also eine Gelegenheit bot und sie dann den Mut zum entschlossenen Handeln aufbrachten, würde die Nacht sie dreißig bis vierzig Meilen vom Schiff wegtreiben.

Ihr Patient saß jetzt aufrecht im Bett, ein Kaschmirbademantel bedeckte den Verband an seiner Brust und der Schulter, und seine verstümmelten Finger hielten seinen allgegenwärtigen Kaffeebecher fest. Moss ging mit langen Schritten in der Suite herum, drohend wie ein Tiger, und warf Ronnie finstere Blicke zu, die mit übereinandergeschlagenen Beinen zu Mr. Jacks Füßen saß. In dem Wollpullover aus den Vorräten des Schiffes beinahe verloren, hielt sie eines der Flugzeugmodelle in der Hand und ließ sich von dem alten Mann fasziniert seine Teile erklären.

»Mr. Jack wird mich nach den Flugzeugteilen ausfragen.«

»Und was passiert, wenn du sie alle richtig hast?«

»Dann gewinne ich einen Preis.«

»Was für einen Preis, Mr. Jack?«

Seine Stimme war immer noch schwach. Sein scharfer Akzent erinnerte Sarah an die irisch-amerikanischen Schauspieler in den Schwarzweißfilmen über New York City. »Erster Preis: Sie bringt sie alle richtig – dann darf sie das Flugzeug behalten.«

»Wirklich? Mummy, darf ich?«

Sarah nickte, besorgt, daß ihre Tochter die klassischen Anzeichen des Stockholmsyndroms zeigte, bei dem sich der Gefangene in den Geiselnehmer verliebt. Zugleich war ihr aber auch bewußt, daß die Wahrscheinlichkeit, daß der seltsame alte Mann ihr weh tun würde, um so geringer war, je mehr das Kind Mr. Jack in seinen Bann zog. Wenigstens hoffte sie das.

»Zweiter Preis – wenn du nur die meisten Teile richtig

benennst, dann erzähle ich dir eine Geschichte über das Flugzeug. Eine wahre Geschichte. Fertig?«

»Fertig.«

Aber ehe Mr. Jack seine erste Frage stellen konnte, kam Moss wieder einmal in die Schlafkabine. »Zeit, wieder zu schlafen, Mr. Jack.«

»Nee, ich fühle mich jetzt richtig wohl.«

»Stimmt's, Doc? Sollte er nicht schlafen?«

»Solange er sich bemüht, tief zu atmen – tief atmen, Mr. Jack –, darf er noch eine Weile wach bleiben.«

»Wenn ich mit ihr fertig bin, wird Ronnie mehr über den Zweiten Weltkrieg wissen als zehn Kinder in ihrem Alter. Fertig, Kleines?«

Moss verschränkte die Arme vor der Brust und sah aus einer Ecke finster herüber.

»Okay, fangen wir mit etwas Leichtem an«, sagte Mr. Jack und hob das Flugzeug hoch. »Wie heißt dieses Flugzeug?«

Ronnie nahm eine affektierte Haltung an und antwortete: »Das ist eine nordamerikanische B Fünfundzwanzig.«

»Da gibt es noch einen anderen Namen.«

»Eine Mitchell.«

»Und was für eine Art Flugzeug ist das?«

»Ein mittelschwerer Bomber.«

»Das war jetzt leicht, Kleines. Wart nur ab. Es wird viel schwerer.« Er hielt Ronnie das Flugzeug hin. »Wie nennt man diese kleinen Dinger an der Tragfläche?«

»Enteiser.«

»Wie schnell ist sie geflogen?«

»Dreihundert Meilen in der Stunde.«

»Und wie steht es mit dem Motor?«

»Wright Cyclone Doppelreihe …«

Sarah hörte mit halbem Ohr hin, wie Ronnie vergnügt jede Frage beantwortete.

»Wer sitzt hier?«

»Bombenschütze.«

»Und hier?«

»Sie.«

»Was hast du gesagt?« fragte Sarah.

»Mr. Jack war Funker-Bordschütze, Mummy. Er hat gegen die Japse gekämpft.«

»Er hat gegen die *Japaner* gekämpft – Sie müssen da sehr jung gewesen sein, Mr. Jack.«

»Das waren wir alle.«

Ronnie rasselte alle Daten herunter, die er ihr beigebracht hatte. Schließlich sagte er: »Also, das hast du recht gut gemacht, Kleines. Bloß bei der Bombenlast warst du ein wenig daneben.«

»Nein, war ich nicht.«

»Du hast gesagt, zwölf Tonnen.«

»Oh, ich wollte zwei sagen. Die zwölf Tonnen sind das ganze Flugzeug vollbeladen, Bruttogewicht. Sie wissen schon, was ich gemeint habe.«

»Regeln sind Regeln.«

»Ich nehme den zweiten Preis.«

»Mit dir macht es keinen Spaß. Du gibst zu schnell nach.«

»Aber die Regeln.«

»Dann willst du das Flugzeug nicht?«

»*Doch*, will ich schon, aber eine Antwort hat nicht gestimmt. Vielleicht beim nächsten Mal.«

Mr. Jack sah Sarah an. »Hat sie das von Ihnen?«

»Und ihrem Vater.«

Ronnies Gesicht entgleiste.

Mr. Jack warf Sarah einen düsteren Blick zu. »Machen Sie es doch der Kleinen nicht so schwer.« Dann verwandelte sich der finstere Blick in ein listiges Feixen. »Jetzt hör mir gut zu, Ronnie. Die Geschichte, die du gewonnen hast, handelt davon, wie ich mit diesem Flugzeug von einem Flugzeugträger gestartet bin.«

»Nein«, wandte Ronnie ein. »Das war Army Air Force. Nicht Navy. Haben Sie das vergessen, Mr. Jack?«

»Völlig richtig, Kleines. Ich bin aber trotzdem von einem Schiff der Navy gestartet. Willst du wissen, wie?«

Sie kauerte sich wieder nieder, drückte das Modell an sich, und ihre dunklen Augen starrten den alten Mann weitaufgerissen an.

Gerade als würde der alte Mann für Ronnie die versunkenen Skelette der Flugzeuge und Kriegsschiffe aus dem Zweiten Weltkrieg personifizieren, über die sie mit ihren Schnorcheln hinweggeschwommen waren, dachte Sarah. Oder, sinnierte sie, als ob ein Gladiator aus den römischen Ruinen hervorgetreten wäre, die *sie* als kleines Mädchen im Süden Englands erforscht hatte.

»Okay«, sagte Jack. »Ich habe dir ja vorher schon erzählt, daß ich meine Grundausbildung kurz vor Pearl abgeschlossen habe und die mich auf die Funkerschule geschickt haben. Ich war Klassenbester. Ich hatte Befehl, in Washington State zu einem Geschwader zu stoßen. Wir haben endlos geübt. Und dann, eines Nachts, mußten wir auf irgend so einen gottverlassenen Stützpunkt fliegen. Irgendwo am Ende der Welt. Mein Kumpel, der Bombenschütze, hat gesagt, es sei Wisconsin.

Ich hätte gleich wissen müssen, daß da was nicht stimmt, weil die so ein Theater von wegen Sicherheit gemacht haben. Keine Post. Kein Telefon. Kein Urlaub. Wir haben Kurzstarts geübt. Wirklich kurz. Da war so ein Offizier von der Navy, der hat unseren Piloten gezeigt, wie man das macht. Na ja, das hat uns gerade noch gefehlt, daß die gottverdammte Navy uns sagt, was wir tun sollen. Hat gar nicht lange gedauert, und wir sind gestartet wie die Raketen. Und dann haben wir Fünfhundertpfünder geladen, blind natürlich, und Zusatztreibstofftanks, bis wir vollgeladen waren wie die Güterzüge. Und dann haben wir weitergeübt.

Eines Tages sind wir nach Westen geflogen. In Arizona sind wir zum Tanken gelandet und haben unseren Kurzstart hingelegt. Da hättest du hören sollen, wie die sich im Tower aufgeregt haben: ›Ihr Typen spinnt wohl?‹ Und wir sind weitergeflogen bis zur Westküste.

Wir setzen zur Landung an, fliegen einen Bogen über einem Hafen, und da sitzt so ein Flugzeugträger, die U.S.S. *Hornet,* im Wasser, klein wie eine Briefmarke. Und mein Kumpel, der Bombenschütze, der immer das Gras wachsen hört, sagte: ›Das ist unser Schiff.‹ *›Schiff?‹*« Mr. Jacks Augen wurden groß und rund, und Ronnie lachte. »›Was für'n Schiff? Ich dachte, ich bin bei der Army.‹ Also, mein Kumpel hatte recht, und ehe wir es richtig kapiert hatten, standen da sechzehn B-Fünfundzwanzig-Bomber auf ihrem Flugdeck wie ein Rudel Gänse.

Inzwischen war natürlich jedem klar, daß da irgend etwas im Gange war.«

»Wie haben Sie denn die Flugzeuge ins Hangardeck gebracht?« fragte Ronnie.

»Kleines, du hast ein Gedächtnis wie ein Elefant.« Er rief zu Sarah hinüber, die immer noch auf das Wasser hinunterstarrte.

»Hey, Mummy?« Sarah dachte gerade, daß das Verletzungsrisiko geringer sein würde, wenn sie von einem stationären Schiff sprangen, dafür aber ein größeres Risiko, daß jemand auf Deck hören würde, wie sie unten aufklatschten. Und dann Scheinwerfer und Gewehre und binnen Sekunden ein Boot, das man zu ihrer Verfolgung zu Wasser brachte – das Zodiac! Mit einem Außenbordmotor, und es lag noch dazu in der Nähe des Fallreeps, ein paar Decks über dem Maschinenraum. Ob sie –

»Yo, Mummy?« fuhr Moss sie an. »Mr. Jack redet mit Ihnen.«

»Ja, Mr. Jack?«

»Ihre Tochter hat sich daran erinnert, daß die Flugzeuge der Navy klappbare Flügel hatten, so daß sie in den Aufzug zum Hangardeck paßten. Unsere Flügel waren nicht zu klappen, also mußten wir sie oben festzurren. Die Navy war davon *begeistert.* Sie konnten ihre eigenen Flugzeuge nicht starten, weil wir die Startfläche blockiert haben. Und damit war die *Hornet* die reinste Zielscheibe für jeden Japsen, der uns entdeckte.«

Ronnie warf Sarah einen unbehaglichen Blick zu, worauf diese sagte: »Noch einmal, Mr. Jack. In unserer Familie sagen wir ›Japaner‹. Wir haben Freunde in Tokio, die sehr freundlich zu uns waren, sehr großzügig. Einer der Herren hat sogar angeboten, Ronnie auf eine Schule in der Schweiz zu schicken.«

»Ist ein freies Land«, sagte Jack. »Nennen Sie sie, wie Sie wollen. Ich habe gegen diese Mistkerle gekämpft, und ich nenne sie Japse. Also jedenfalls, wir dampfen in den Pazifik hinaus, in so ziemlich das schlimmste gottverdammte Wetter, das ich je erlebt habe. Funkstille. Nachts Verdunklung. Achtzehn Tage auf See, manchmal so rauh, daß wir unsere Begleitschiffe nicht sehen konnten. Das Wetter wurde schlimmer und das Meer wirklich gemein. Mir war kotzübel. Bist du je seekrank gewesen?«

»Nein.«

»Da hast du Glück. Und Sie, Mummy?«

»Schon seit Jahren nicht mehr.«

»Daddy wird manchmal seekrank, wenn wir zu lange an Land waren.« Ronnies Gesicht umwölkte sich erneut. Und als Mr. Jack in seiner Erzählung fortfuhr und ausführlich die Strapazen der Reise und die endlosen technischen Probleme mit den Flugzeugen schilderte, begann sie unruhig zu werden. Mr. Jack bemerkte das. Seine Gesichtszüge verfinsterten sich.

»Jetzt haben Sie genug geredet, Mr. Jack«, schaltete

Sarah sich ein. »Sie müssen jetzt ruhen. Ronnie, Zeit für Schularbeiten.«

»Nein, Mummy. Bitte.«

Der alte Mann lachte und wurde dann bleich und keuchte von dem Schmerz in seiner Brust, den die plötzliche Bewegung verursacht hatte. »Mom«, sagte er, als er wieder Luft geholt hatte, »das ist eine Geschichtslektion. Hey, Moss, sag Mummy, was Bob Marley gesagt hat.«

»›Wenn du deine Geschichte kennst‹«, murmelte Moss mürrisch, »›dann weißt du auch, wo du herkommst.‹«

»Klasse, Moss. Sehen Sie, Doc, ich habe auch einen Schüler. Moss, verschwinde hier! Mit deiner Jammermiene siehst du aus wie ein blauärschiger Pavian.«

Ronnie kicherte.

Moss funkelte sie an, kam aber der Aufforderung nach und verdrückte sich mit einem giftigen Blick.

Mein Gott, dachte Sarah. Er ist eifersüchtig auf Ronnie.

Und Ronnie, mit der untrügbaren Intuition der Zehnjährigen für diese Art von Dynamik, ließ sich triumphierend wieder auf der Bettkante nieder, eindeutig die Siegerin. »Und was ist dann passiert, Mr. Jack?«

»Nach achtzehn Tagen fiel der größte Teil unserer Begleitflotte zurück – damit man uns nicht entdecken konnte. Und wir fuhren weiter, eine Zielscheibe für den Feind. Das Meer wurde immer rauher, und unser Bug tanzte auf und ab wie eine Achterbahn. Wir erhielten Befehl, unsere Tanks zu füllen und ein letztes Mal die Motoren zu überprüfen ...«

Sarahs Herz schlug so heftig, daß sie Angst hatte, Mr. Jack könnte sehen, wie es ihren weißen Arztmantel zum Flattern brachte. Ob sie und Ronnie das Zodiac stehlen konnten? Das war wesentlich weniger gefährlich als vom Hauptdeck zu springen. Dafür war aber auch das Risiko größer, dabei ertappt zu werden. Aber die *Dallas Belle* war unterbesetzt. Bei dem Glasleck hatte sie nur ein Dutzend

Männer gesehen. Solange das Schiff keine Fahrt machte, konnte sie das Schlauchboot von der Fallreeptür aus zu Wasser bringen, genau wie der Kapitän das getan hatte, lautlos außer Hörweite treiben und dann gelenkt von dem GPS und der Motorkraft zur Küste fahren.

»Und dann hat plötzlich ein feindliches Patrouillenboot den Träger entdeckt. Der Zerstörer und der Kreuzer, die noch bei uns waren, eröffneten das Feuer und haben die weggeputzt, aber vorher haben diese Mistkerle noch ein Signal abgesetzt. Und da saßen wir jetzt, vielleicht vierhundert Meilen weiter vom Ziel entfernt, als es geplant war. Und wir bekamen Befehl, sofort zu starten, ehe die ganze Japsennavy uns angriff.

Wir ließen unsere Motoren an, und der Colonel ist als erster gestartet. Er ist dieses kurze Flugdeck hinuntergezockelt und hat versucht, sich auf die Bewegung des Bugs einzustellen. Wir hielten alle den Atem an. Und dann war er in der Luft und ist durchgesackt wie ein Stein und, ich schwöre es, er hat sich die Räder naßgemacht, ehe die Kiste dann hochzog. Und unterdessen schaukeln die Boys von der Navy unser Flugzeug und versuchen auf die Weise ein wenig Platz für zusätzliches Benzin zu machen, schütten es aus Kanistern in die Tanks. Der zweite startet und stürzt beinahe ab. Dann der dritte. Und dann waren wir an der Reihe.«

»Haben Sie Angst gehabt?«

»Und ob ich Angst gehabt habe ... Wenn ich der Pilot gewesen wäre, hätte ich keine Angst gehabt. Aber ich saß da auf zweitausend Pfund Bomben und genügend Flugbenzin, um eine ganze Stadt zu verbrennen, also blieb mir ja nichts anderes übrig als zu beten – und dabei konnte ich das gar nicht. Damals habe ich mir geschworen, wenn ich da lebend herauskam, würde ich niemals mehr, *niemals* mein Leben in die Hände eines anderen legen. Wenn ich nicht selbst das Sagen hatte oder am Steuer saß, würde ich es nicht tun ...

Der Skipper dreht die Motoren hoch, und die ganze Kiste zittert. Bremsklötze weg und das Flugdeck hinunter, und das so verdammt langsam, daß es mir wie ein Ochsenkarren vorkam. Schwer. Und das Schiffsende kommt ganz schnell näher. Am Ende sind wir einfach heruntergeplumpst. Und ich sitze in dieser Geschützkanzel, hier, und schaue nach hinten und sehe den Schiffsbug *über* uns. Wenn wir ins Wasser platschen, fährt das Ding über uns weg.

Also, irgendwie haben wir es geschafft, hochzukommen und dann Treibstoff damit verschwendet, auf die restlichen Flugzeuge zu warten, und dann sind wir losgeflogen und vor uns siebenhundert Meilen von den Japsen kontrolliertes Wasser bis zu unserem Ziel. Wie lange würden wir da wohl brauchen, Ronnie?«

»Hmmm. Zweieinhalb Stunden.«

»Bei dreihundert Knoten, ja. Aber wir wollten ja Treibstoff sparen, also haben wir Gas weggenommen, auf zwei fünfundzwanzig und ganz dicht über den Wellen.«

»Beinahe vier Stunden.«

»Und da haben wir die Japse erwischt. Die dachten, die Navyflugzeuge auf dem Flugzeugträger, den sie entdeckt hatten, könnten höchstens dreihundert Meilen weit fliegen. Und so waren wir bereits in der Luft, als diese Mistkerle noch am Dreihundertmeilenpunkt Jagd auf den Träger machten, und kamen ganz tief herein. Damit hatten wir die Boden- und die Luftverteidigung der Japse völlig überrascht. Kein Härchen haben uns die gekrümmt.

Wir erreichen also Land und fliegen über diese Fischerdörfer und Inseln, und dann hat der Skipper uns ein paar tausend Fuß steigen lassen. Und da war das Ziel. Unsere Gruppe hatte Auftrag, die Docks zu bombardieren. Und die waren genau dort, wo der Navigationsoffizier das gesagt hatte. ›Bomben ab.‹

Das Flugzeug hat einen richtigen Satz gemacht.« Er riß

das Modell in die Höhe und zuckte von der plötzlichen Bewegung zusammen. »Einen Satz. Ich habe gesehen, wie die Bomben explodiert sind wie verdammte Blumen, und wie das Dock in Stücke gerissen wurde. Und dann, dicht vor uns, diese riesige Tankanlage – Benzin- und Flugzeugtreibstoff. Wenn wir uns unsere Bomben gespart und dieses Ding getroffen hätten, dann hätte die ganze Stadt gebrannt. Die hatten damals ja bloß Papierwände.«

»Welche Stadt?« fragte Sarah.

»Tokio! Was denken Sie denn?«

Sarah war verwirrt. Tokio war bei Kriegsende von Brandbomben fast völlig verwüstet gewesen. Aber Ronnie hatte es sofort erfaßt. »Der Doolittle-Angriff! Erinnerst du dich nicht, Mum? Gleich nach diesem gemeinen Überfall. Dreißig Sekunden über Tokio? Das waren *Sie*, Mr. Jack?«

»Ich und meine Kumpel«, antwortete Mr. Jack bescheiden. »Vergeltung für Pearl Harbor. Da haben wir es denen gezeigt. Wenn man die USA bombardiert, dann bombardieren wir zurück … Aber, verdammt noch mal, wenn wir diese Tanks getroffen hätten, dann hätten wir sie alle zu Asche verbrannt.«

»*Wow.* Und wie sind Sie zurückgekommen?«

»Das war ziemlich schwierig. Wir hatten nicht genug Treibstoff, um zur *Hornet* zurückzukehren – die ist mit Höchsttempo nach Pearl zurückgedampft, verdammt froh, uns los zu sein. Also sind wir einfach weitergeflogen mit Kurs auf China in der Hoffnung, irgendwo zu landen, wo keine Japsen waren. Das Ärgerliche war nur, daß die dort fast alles besetzt hatten.«

»Was ist dann passiert?«

Mr. Jack hielt Ronnie das Modell hin. »Häng es wieder auf, Kleines.«

Ronnie stand auf und befestigte das Modell wieder an dem Draht. »Also, was ist dann passiert?«

Mr. Jacks Gesichtsausdruck verfinsterte sich. Ronnie sah ihn ernst an, und dann kniete sie neben ihm nieder und schlang die Arme um seine Schultern.

»Genug«, sagte Sarah. »Ronnie, geh jetzt hinaus lesen. Ich muß Mr. Jack untersuchen.«

Ronnie blickte mißmutig auf. Aber als sie den Ausdruck in Sarahs Gesicht sah, stieg sie vom Bett und sah zu, daß sie aus dem Zimmer kam. Sie blieb nur kurz in der Tür stehen, um sich zu vergewissern, daß Moss nicht dort draußen war.

Sarah sah ebenfalls nach und schloß dann die Tür. »Fünf Minuten.«

Mr. Jack war in seine Kissen zurückgesackt. Sein Gesicht war kalkweiß. »Herrgott, Doc«, keuchte er. »Jetzt habe ich wohl ein wenig übertrieben.«

»Jetzt sehen Sie, warum ich möchte, daß Sie in ein Krankenhaus kommen.«

»Warum haben Sie Ronnie hinausgejagt?«

»Sie haben ja selbst gesagt, daß Sie übertrieben haben.«

»Quatsch. Hören Sie, Doc, ich habe eine ganze Menge Dinge getan, die Sie wahrscheinlich als schlecht bezeichnen würden. Und ich habe noch eine ganze Menge davon vor. Aber an kleine Mädchen habe ich mich nie herangemacht. Ihre Tochter ist bei mir sicher.«

»Sie haben aber keine Skrupel, sie als Geisel festzuhalten und mir damit zu drohen, sie töten zu lassen.«

»Ich brauche Sie, Doc. Und da setze ich jeden Hebel an, der mir zur Verfügung steht. Aber ich garantiere Ihnen: Sorgen Sie dafür, daß ich stark bleibe, und weder Sie noch Ihr kleines Mädchen haben irgend etwas zu befürchten.«

»Wird Moss sich auch an diese Festlegung halten?«

»Moss auch.«

»Und was, wenn er auf eigene Faust handelt?«

»Das wird er nicht – es sei denn, Sie geben ihm dazu Veranlassung … Haben Sie vor, ihm Veranlassung zu geben?«

»Sie wissen ganz genau, daß ich das gar nicht kann.«

»Solange Sie das nur wissen ...« Seine Augen funkelten sie an. Aber sie konnte auch sehen, daß er müde und schwach war und Schmerzen hatte, und sie fragte sich mit einem kurzen Aufflackern von Hoffnung, ob das Stockholmsyndrom etwa auch in umgekehrter Richtung wirkte, wenn der Gefangene eine Ärztin und der Geiselnehmer ihr Patient war. Es hatte sie immer wieder verblüfft, als sie noch in London praktiziert hatte, wie es selbst die unfähigsten Ärzte zuwege gebracht hatten, eine völlig irrationale Loyalität seitens leidender Patienten auf sich zu ziehen.

Sie setzte sich auf die Bettkante und legte ihre kühlen Finger auf den Rücken seiner verstümmelten Hand. Und der Schlaf begann, einen Schleier über seine Augen zu legen. »Sagen Sie es mir«, flüsterte sie.

»Was soll ich Ihnen sagen?« fragte er vom Argwohn wieder hellwach gemacht.

»Was Sie Ronnie nicht sagen konnten. Hat Ihr Flugzeug es bis China geschafft?«

»In die Provinz Chekiang. Wir haben eine Bruchlandung in ein Reisfeld hingelegt.«

»Sie haben es also geschafft.«

»Alle mit Ausnahme des Bombenschützen. Er ist ertrunken.«

»War die Provinz Chekiang von den Japanern besetzt?«

»Nicht, als wir dort hinkamen. Da hielten es noch die Nationalisten besetzt. Das Dorf hat eine große Party für uns veranstaltet, und dann haben wir uns nach Chungking aufgemacht, der Hauptstadt Chiang Kai-sheks.«

»Sie haben es nicht bis Chungking geschafft, oder?« fragte sie leise.

Er lag reglos und stumm da, und Sarah dachte schon, er sei eingeschlafen. Dann sagte er: »Hätten Sie gern eine Maniküre?«

»Wie bitte?«

»Das hat die *Kempeitai* mich gefragt.«

»Ich fürchte, jetzt komme ich nicht mehr mit, Mr. Jack.«

»*Kempeitai*? Das ist ein *japanisches* Wort, Mummy. *Japanisch* für Geheimpolizei ...«

»Verstehe.«

»Sie verstehen.« Seine Hand flog in die Höhe und ihr ins Gesicht. »Sie verstehen? Sie verstehen, was die *Kempeitai* gemeint hat, als sie mich fragte, ob ich eine Maniküre will? Aber Sie wollen ja nicht, daß ich sie Japse nenne.«

»Japan war am Ende des Krieges dank der Tapferkeit von Soldaten, wie Sie einer waren, Mr. Jack, fast völlig zerstört. Aber als sie dann besiegt waren, haben die Japaner alles getan, was die Alliierten von ihnen verlangt haben.«

»Ich soll ihnen wohl verzeihen, weil sie den Krieg verloren haben?«

»Das wäre eine christliche Tat.«

»So? Und wo zum Teufel war Christus dann, als ich nach Ihm geschrien habe?«

Sarah zuckte vor dem Haß, der ihr aus seinen Augen entgegenschlug, zurück.

»Dort draußen, wo mein Mann und ich leben, nennen die Insulaner den Krieg immer noch den Großen Kampf. Es war ein sehr großer Kampf, Mr. Jack. Grausam und brutal. Das Entscheidende heute ist, daß das japanische Volk im letzten halben Jahrhundert als eines der friedliebendsten Völker auf der ganzen Welt wiedergeboren wurde.«

Mr. Jack grinste spöttisch. »Weil die brave alte USA ihnen das Schießen abgenommen hat, während die alles mit ihrer gottverdammten Aufgehenden Sonne bepflastern. Sind Sie blind, Doc? Wir haben die gründlich fertiggemacht dafür, daß sie halb Asien hingemetzelt haben, und kaum kehren wir ihnen den Rücken, hat es schon wieder angefangen, nur daß wir diesmal die Muskeln dafür geliefert haben, die Kommunisten abzuhalten – die es ihnen so gezeigt hätten, wie sie es ihnen das letzte Mal gezeigt haben. Die *Japaner* sind gefährliche Leute, Doc. Sie kennen sie nicht so wie ich.«

»Vielleicht hatte ich nur mit meinen Bekanntschaften mehr Glück, Mr. Jack.«

»›Vielleicht hatte ich nur mit meinen Bekanntschaften mehr Glück‹«, äffte er sie nach und grinste wieder höhnisch. »Zeigen Sie mir einmal Ihre Patschhändchen, Doc – ja, Sie hatten ›mehr Glück‹, viel mehr Glück.«

»Ich leugne ja nicht, daß Sie gelitten haben.«

»Denken Sie, ich rede bloß von mir? Herrgott, Doc, was ist denn mit den zweihundertfünfzigtausend Chinesen, die sie als Vergeltung für den Angriff umgebracht haben? Einfach hingeschlachtet. Ungeheuer sind das.«

»Ihre Kinder und Enkelkinder sind keine Ungeheuer.«

»Ungeheuer mit neuen Gesichtern. Die sind dabei, die ganze Welt zu übernehmen, Doc. Und wenn sie damit fertig sind, dann werden sie die Samthandschuhe ausziehen … und jedem eine Maniküre anbieten.«

»Sie können nicht ein ganzes Volk für die Schandtaten einiger weniger verurteilen.«

Er lachte. »Wollen Sie etwas Komisches hören? Ich bin auf den Kerl gestoßen.«

»Welchen Kerl?«

»Den *Kempeitai*-Bullen.«

»Den Mann, der Sie gefoltert hat?«

»Fünf oder sechs Jahre ist es her – wirklich ein verrückter Zufall. Ich saß da in Singapur herum und verhandelte mit den Indonesiern über Erdgasverträge und spürte, daß da von außen Druck kam – so als würde sich jemand in den Deal hineindrängen wollen. Ich wußte gleich, daß das Japse sein mußten, also habe ich sie eingeladen, sich mit mir in Hongkong zu treffen – auf neutralem Boden. Die haben ein paar Typen aus der mittleren Etage geschickt – bewußte Beleidigung. Also ließ ich ein paar Verbindungen spielen, um so einen Joint-Venture-Schwindel auffliegen zu lassen, den die mit Beijing eingefädelt hatten. Das hat sie wachgerüttelt. Sie haben mich nach Tokio zum Lunch eingeladen – ein Sushi-Lunch. Haben Sie je Sushi gegessen?«

»Natürlich.«

»*Lebendes* Sushi? Das glaube ich nicht, Doc. Diese Jungs – diesmal wirklich die großen Bonzen – die essen junge Krebse lebend. Die kleinen Dinger winden sich noch, wenn sie sie aus der Schale pulen. Ein scheußlicher Anblick. Grausamkeit bloß weil es Spaß macht – weil sie damit angeben können, daß sie die Macht dazu haben. Aber wie auch immr, wer, glauben Sie wohl, war bei diesem Lunch? Der Hurensohn, der mir die Fingernägel herausgerissen hat, nachdem er mir zuerst Bambussplitter daruntergerammt hatte. Blauer Anzug, rote Krawatte. Mr. Big Business.«

»Sind Sie sicher, daß es derselbe Mann war?«

»Oh ja, ich war sicher. Und er auch. Ich trug Handschuhe, aber dieser Hurensohn wußte verdammt genau, daß ich das war ...« Mr. Jack lachte tief in seiner Kehle. »Seine lebenden Krebse sind ihm gar nicht so sonderlich gut heruntergerutscht. Ich habe den Mistkerl schmoren lassen. Die ganze Zeit, während wir am Verhandeln waren, kein Wort gesagt. Bis wir uns einig waren. Und dann habe ich den Handschuh ausgezogen, um allen die Hand zu geben.«

Der alte Mann zupfte an seinem Bettuch, und seine funkelnden Augen durchlebten die Erinnerung noch einmal. »Ihm ist etwas Seltsames passiert. Einen Monat später ist er entführt worden. Drunten in Jakarta. Irgend so ein bösartiges Rudel Moslemfundamentalisten kam auf die verrückte Idee, daß er Zugang zu der japanischen Lagerstätte für waffenfähiges Plutonium hatte.«

»Die Japaner lagern kein Plutonium.«

»O doch, das tun sie wohl, Süße. Genug für ein ganzes Arsenal – für den Fall, daß ihre friedliebenden Geschäftsleute einmal auf einen Markt stoßen, den sie mit ihren üblichen Dumpingpreisen nicht knacken können ... Jedenfalls wollten die Kidnapper Plutonium – das war ein schreckliches Durcheinander. Er hatte keine Ahnung von Plutonium, aber die waren falsch informiert worden, also fragten sie ihn bloß immer wieder und wieder, bis schließlich sein Herz ausgesetzt hat ...«

Er sah Sarah voll in die Augen und lächelte. »Das hat fast zwei Wochen gedauert.«

Sie mußte alle Muskeln in ihrem Körper anspannen, um nicht sichtbar zu zittern. Und dann fragte sie, immer noch bemüht, seine Sympathie zu gewinnen: »Waren Sie zufrieden?«

Er riß seine Hand mit einem wilden Fluch weg und schloß die Augen. Dann zwang er sich mühsam zu einem brüchigen Lächeln. »Was denken Sie denn?«

11

Der Nachmittagsshuttle der Air Philippines nach Hongkong wurde offenbar hauptsächlich von schicken Frauen benutzt, die das Spanisch der Oberklasse sprachen. Einige von ihnen musterten den ausgemergelt wirkenden Amerikaner, der sich seinen Weg nach hinten in die Economyklasse bahnte, mit neugierigen Blicken. Vorbei an traurig blickenden Hausmädchen, die auf dem Weg zurück zu ihren Arbeitsplätzen waren, zwängte Stone sich in seinen Fensterplatz, erschöpft, aber zu besorgt, um schlafen zu können. Er preßte sein Gesicht an die Plastikscheibe, um das Südchinesische Meer nach einem sandfarbenen Schiff abzusuchen.

In Manila hatte er kein Glück gehabt – Patrick war ›im Land unterwegs‹, wie seine Freundin erklärt hatte, die keine Ahnung hatte, wann der Söldner zurückkehren würde.

Captain McGlynn hatte immer noch nicht angerufen, als Stone sich auf dem Flughafen von Koror von Marcus verabschiedet hatte. Ebensowenig Lydia Chin.

»Paß gut auf dich auf, und laß keinen von hinten an dich heran«, waren Marcus' letzte Worte gewesen. »Ich glaube immer noch nicht, daß dieser Kerl es auf mich abgesehen hatte.« Aber Stone war überzeugt, daß das Gästezimmer den leichtesten Zugang zum Haus geboten hatte und daß Marcus und nicht er Ziel des Eindringlings gewesen war. Niemand wußte schließlich, daß er in Koror war.

Er hatte ihr Schließfach in Koror geleert und seine Tickets mit Bargeld gekauft. Geld würde langsam zum Problem werden, wenn er noch viel mehr für Reise und Informationen ausgeben mußte.

Er hoffte, daß ihn im Hongkong Yachtclub Nachrichten erwarten würden. Irgend etwas mußte der Buschtelegraph der Meere doch von einem verschwundenen Schiff wissen, irgendeinen Hinweis darauf, was die Crew dazu veranlaßt hatte, eine Ärztin zu entführen.

Die ihm am wahrscheinlichsten erscheinende Theorie war die, daß der Erdgasfrachter mit seiner wertvollen Fracht von Hijackern entführt worden war. Das durch Unterkühlung verflüssigte Gas in den Tanks des Schiffes hatte ein ungeheures Volumen und war Millionen wert, und da an der südchinesischen Küste Korruption schon zu Zeiten, als die Volksrepublik China noch keine Institution daraus gemacht hatte, für viele der einzige Lebensinhalt gewesen war, hatten die Hijacker vermutlich schon vor dem Diebstahl mit irgendeinem Kraftwerk in der Volksrepublik eine Vereinbarung getroffen, das bereit war, für entsprechende Beteiligung Hehlerdienste zu leisten.

Marcus Salinis war da anderer Ansicht. Wieso hatte keine seiner über ganz Mikronesien verstreuten Kontaktstellen etwas von einem Hijacking gehört? Und weshalb gab es in Amateurfunkerkreisen keine Gerüchte? »Du redest hier von Piraterie. Wo ist die Crew? Wo ist das Schiff, das sein Ziel nicht erreicht hat und inzwischen überfällig ist? Wieso weiß niemand, daß es verschwunden ist?«

»Der Ozean ist weit.«

»Jeder wird irgendwo erwartet.«

Stones Verdacht lief auf geschickten Umgang mit Papieren und Dokumenten hinaus. Schiffe und Leasingverträge und Petroleumladungen wurden routinemäßig verkauft und ausgetauscht. Sie würden ohne Zweifel ihre Spur mit Fälschungen verwischt haben, die falsche Verkäufe, Wiederverkäufe und Registerdaten bestätigten, und würden all das mit ebenso gefälschten Radioberichten gestützt haben. Ein Kapitän, der in die Mündung einer Kalaschnikow sah, würde genau das über Funk weitergeben, was man ihm auftrug. Genau wie eine Ärztin mit einem Kind genau das tun würde, was man ihr sagte.

Er klammerte sich an seiner Theorie fest und malte sie sich auf dem Air-Mike-Flug nach Manila noch aus. Seine Spekulation war dahin gegangen, daß der verletzte »Alte« – also der Kapitän in der Sprache der Meere – in Wirklichkeit der Anführer der Hijacker gewesen war und bei der Übernahme verletzt worden war. Da sie keinen Hafen aufsuchen und sich dort ärztliche Hilfe besorgen konnten, hatten sie Sarah in ihre Gewalt gebracht, um ihn zu versorgen, bis sie das Gas verkauft hatten und das Schiff würden aufgeben können.

Und an dieser Stelle stockten seine Gedanken, wurden beängstigend.

Wie würden sie entkommen, nachdem sie ihr Geld bekommen hatten? Sie konnten das Schiff nicht am Pier des

Kraftwerks, das sie bezahlt hatte, vertäut liegen lassen. Und verkaufen konnten sie es auch nicht. Und das bedeutete, daß sie es versenken mußten – die Flutventile öffnen, um den Frachter außerhalb der Fünfzigfadenlinie zu versenken.

Aber was würden sie mit Sarah und Ronnie machen?

Die Düsenmaschine setzte zum Anflug auf Hongkong an. Das war das erste Mal, daß er auf dem Luftwege hier eintraf. Vor fünfundzwanzig Jahren war er als junger Navy-Arzt auf einem Kriegsschiff in den Hafen von Hongkong gedampft, und alle daran anschließenden Besuche waren zusammen mit Sarah auf der *Veronica* gewesen.

Am Horizont verdichtete sich ein dunkler Nebel und wurde zu den blauen Hügeln der Provinz Guangdong, die nordwärts in den Kontinent führten. Die Gipfel und Inseln der Stadt verteilten sich über das Meer und beherrschten eine sonst nicht sonderlich auffällige Küste. Er orientierte sich an den Hügeln von High Island und dem tiefen Einschnitt der Tai Pang Bay und sah dann in der letzten Anflugphase aus dem Südosten den vollgepackten Taifunhafen der Causeway Bay, das Gewimmel von Dschunken und Sampans; der Hongkong Yachtclub befand sich an seinem westlichen Ende.

Der Terminal des Cheklapkok Airport war ein Tollhaus. Weder die beiden Flüge noch der kurze Aufenthalt in Manila hatten ihn auf das Gewimmel von Menschen oder den Lärm vorbereitet, unter dem er nach den vielen Wochen auf See besonders litt. Wie durch einen Trichter auf die Zoll- und Einwanderungsabfertigung zugeschleust, tastete er mit dem unbehaglichen Gefühl, nackt durch feindliches Territorium zu laufen, nach seinem Paß.

Dies war Stones erster Besuch, seit China die ehemalige britische Kronkolonie übernommen hatte. Die Kommunisten hatten versprochen, den Kapitalismus die nächsten fünfzig Jahre in der Stadt, die so etwas wie ein Symbol für

Kapitalismus war, blühen zu lassen. Aber die Volksrepublik war eine Diktatur, und nur Gott allein wußte, welche Computerfeinheiten die Herrscher in Beijing den britischen Einwanderungskontrollen hinzugefügt hatten oder wie gründlich sie seine Papiere überprüfen würden.

Er musterte sein Spiegelbild in einer Glaswand. Er sah ganz harmlos aus. Joanna Salinis hatte sich erboten, ihm die Haare zu schneiden; er hatte seinen Bart gestutzt, und sein Schiffbrüchigensonnenbrand unterschied sich nicht sonderlich von einem Touristensonnenbrand. Sie hatte ihm auch frische Kleider besorgt – Khakihosen, ein kurzärmeliges Hemd und eine teuer wirkende Windjacke aus imprägniertem Baumwollstoff, von der sie behauptete, daß jemand sie im Paradise Hotel vergessen hätte, von der er aber vermutete, daß sie sie gekauft hatte. Dezember in Hongkong, er würde froh darüber sein.

Sein abgegriffener Rucksack paßte nicht ganz zu der Angabe »Arzt, pensioniert«, wie er sich auf der Einreisekarte unter *Beruf* eingetragen hatte. Er schlüpfte aus den Riemen und trug ihn in der Hand. In Hongkong waren alle willkommen, aber im wesentlichen war es eine Geschäftsstadt, wo ein blauer Anzug und eine Krawatte Respekt erzeugten. Unter *Besuchszweck* hatte er geschrieben »Yacht übernehmen«.

Er hatte überlegt, welchen Paß er vorlegen sollte. Sein amerikanisches Dokument war eine ausgezeichnete Fälschung, aber er setzte es doch nur ungern an einem Ort ein, wo ein modernes System möglicherweise die falsche Nummer anzweifeln könnte. Auf den abgelegeneren Inseln, wo er und Sarah gewöhnlich als geehrte Gäste begrüßt wurden, war das ungefährlicher, und im übrigen konnten die Beamten dort von Glück reden, wenn sie einen funktionierenden Kugelschreiber besaßen.

Statt dessen entschied er sich dafür, einen einigermaßen

echten Paß der Republik Palau vorzulegen, den Marcus ihm vor vier oder fünf Jahren besorgt hatte, und der durchaus mit der Tarnidentität eines amerikanischen Arztes im Einklang stand, der seinen Ruhestand im Paradies verlebte. Der chinesische Beamte prüfte den Paß und seine Landekarte, auf der Stone den Hongkong Yachtclub als örtliche Adresse angegeben hatte, und winkte ihn durch.

Er zog seinen US-Paß aus dem Geheimfach des Rucksacks und stopfte ihn sich in die Tasche für den Fall, daß der Zoll den Rucksack durchsuchen würde. Aber er wurde durchgewinkt und dann von der Flut von einkaufslustigen Hausmädchen, Touristen und asiatischen Geschäftsreisenden in eine chaotische Ankunftshalle geschwemmt, wo uniformierte Begrüßer der 5-Sterne-Hotels die Gäste zu ihren Limousinen dirigierten. Ein Bauer vom Festland mit einem Kartonkoffer kollidierte mit Stone und entschuldigte sich aufgeregt. Ein Beijingbürokrat schob sich dazwischen. Stone löste sich von beiden und strebte auf den Ausgang zu.

»Würden Sie bitte mitkommen, Sir?«

Die Stimme kam von hinter ihm, ruhig und voller Autorität. Er drehte sich um und sah zwei uniformierte Polizeibeamte, einen hochgewachsenen blonden Briten und einen Chinesen.

12

Der Engländer war größer als Stone, und seine Hand schloß sich fest um dessen Ellbogen, um ihn durch die Menge zu bugsieren, die sich vor den Uniformen teilte. Überrascht, einen westlichen Beamten vorzufinden, blieb Stone stehen.

»Wer sind Sie?«

»Fassade«, antwortete der Engländer locker. »Die Chinesen haben ein paar von uns behalten – zum Sergeant degradiert –, weil angeblich der Anblick lächelnder Bobbys Hongkongs neue Regierung westlichen Geschäftsleuten sympathischer erscheinen läßt. Wenn Sie jetzt bittc ...«

»Was haben wir denn für ein Problem?« fragte Stone.

»Reine Formalität, Sir. Es dauert sicher nur einen Augenblick.«

»Moment mal. Was für eine Formalität? Ich bin gerade durch die Paßkontrolle gegangen.«

»Ja, das hat man uns gemeldet.« Sein Griff wurde fester, und der chinesische Polizist rückte näher heran.

»Jetzt mal langsam«, sagte Stone. »Ich gehe nirgends hin. Ich möchte wissen, was es für ein Problem gibt.«

Er versuchte, sich dagegenzustemmen, aber der chinesische Polizist packte seinen anderen Arm, und die Menge starrte jetzt zu ihnen herüber, weil das Ganze wie eine Verhaftung aussah. Zwei Beamte am Ausgang des Abfertigungsgebäudes sahen sie kommen, hielten ihnen die Tür auf und grüßten den großen Engländer, als die beiden Stone zu einem zivil aussehenden Rover am Randstein führten.

»Moment mal. Was soll das?«

Ohne seinen Arm loszulassen, öffnete der chinesische Beamte die hintere Tür, und der Sergeant sagte: »Machen wir das Ganze bitte nicht schlimmer, Sir. Steigen Sie ein, und wir erledigen das auf dem Revier.«

Stone ließ sich nicht beirren. »Ich fordere Sie auf, mir zu sagen, was zum Teufel hier läuft.«

Der Sergeant starrte ihn durchdringend an. »Sobald wir auf dem Revier sind, können Sie das amerikanische Konsulat anrufen. Es sei denn, Sie zwingen mich, Unterstützung anzufordern.« Er deutete mit einer Kopfbewegung auf die beiden Beamten, die ihnen die Tür aufgehalten hatten. »In dem Fall, Sir, verspreche ich Ihnen, werden Sie vorher eine unangenehme Nacht in einer schmutzigen Zelle verbringen. Und jetzt – falls wir einander verstanden haben – *steigen Sie ein.*«

Das Allerletzte, was Stone sich leisten konnte, war eine Verzögerung. Wenn das hier Routine war, dann war sein palauanischer Paß in Ordnung. Er hatte bereits unbeanstandet die Einwanderungskontrolle passiert, und Senator – Ex-Präsident – Salinis konnte alles telefonisch bestätigen. Er hatte Freunde im Yachtclub. Und er konnte Lydia Chins Anwälte anrufen.

»Also gut.«

Der Sergeant stieg neben ihm ein. Der stumme chinesische Polizist fuhr aus dem Flughafen heraus über die Kowloonbrücke und in enge Straßen, immer wieder grinsend, wenn er die Sirene aufheulen ließ. Stone verlor sofort jegliche Orientierung, als sie sich an Fabriken und Wohnsilos vorbeiarbeiteten, durch verschlungene Gassen mit Feuertreppen, auf denen Wäsche hing, und endlosen Neonreklamen. Aber er hatte den Eindruck, daß sie landeinwärts fuhren, die Halbinsel Kowloon hinauf und nicht etwa auf den Hafen zu.

»Corporal Fong«, sagte der Sergeant, »ein bißchen weniger Lärm bitte. Es ist ja nicht so, als ob wir die Großen Eisenbahnräuber gefaßt hätten.« Er zwinkerte Stone dabei zu, als wolle er sagen, Eingeborene bleiben eben Eingeborene. Aber statt Stone zu beruhigen, fuhr diesem plötzlich etwas wie ein eisiger Schauer über den Rücken, was der Sergeant vorher im Abfertigungsgebäude gesagt hatte und das schon eine Weile an ihm genagt hatte.

»Glauben Sie wirklich, daß ich den amerikanischen Konsul brauchen werde?«

»Das denke ich eigentlich nicht«, erwiderte der Sergeant leger. »Aber trotzdem, ist ja gut zu wissen, daß es die gibt. Oder?«

»Ja, schon«, sagte Stone, »wenn ich amerikanischer Staatsbürger wäre.«

»Wie bitte?« Der Sergeant drehte sich zu ihm herum, und seine Augen glitzerten plötzlich wie Stahl.

»Die Leute von der Paßkontrolle hätten Ihnen das sagen müssen.«

»Mir was sagen müssen?«

»Daß ich von Palau bin.«

Corporal Fong sah in den Rückspiegel und trat dann hart aufs Gas, und als der Sergeant unter seine Uniformjacke griff, wurde Stone verspätet bewußt, daß man ihn nicht etwa verhaftet, sondern entführt hatte.

»Wer zum Teufel –«, rief er, und seine Verblüffung schlug in Wut um. Er hatte das Kanu zweihundertfünfzig Meilen über den offenen Pazifik gesegelt und war auf dem Riff von Angaur beinahe ums Leben gekommen. Der Teufel sollte ihn holen, wenn diese Suche in einer Gasse von Mong Kok endete.

Stone rammte seine Schultern gegen die Rücklehne, legte seine ganze Kraft in beide Beine und trat damit nach dem Fahrer, traf ihn mit beiden Absätzen hinter dem Ohr. Corporal Fong wurde gegen die Seitenscheibe geschleudert, und seine Augen verdrehten sich. Der Rover wurde gegen einen LKW geschleudert und schlitterte quer über die Straße in den Stand eines Fischhändlers, fegte Fußgänger auseinander und zerquetschte Plastikbottiche mit lebenden Karpfen.

Als der Wagen gegen die Ziegelmauer hinter dem Verkaufsstand prallte, explodierte der Airbag des Wagens in Corporal Fongs Gesicht, und der Sergeant wurde auf den Boden geworfen. Er trat nach Stone. Der schlug wild mit einer Faust zu und griff mit der anderen unter die Uniformjacke des Mannes. Der Sergeant versetzte ihm einen Kniestoß und trieb ihm die Luft aus den Lungen, aber Stone ließ nicht locker, tastete nach der Waffe. Eine kräftige Hand schloß sich um seine Kehle. Er zog das Kinn ein, spürte hartes Metall und riß daran. Es war eine kleine 22er Automatik – die Waffe eines Auftragskillers. Er hielt dem Sergeant den Lauf gegen die Kehle. Der Mann ließ ihn los.

»Wer schickt Sie?«

»Leck mich am Arsch.«

Auf dem vorderen Sitz strampelte Fong unter dem Airbag, der inzwischen wieder in sich zusammengefallen war und ihm das Gesicht aufgerissen hatte, und versuchte, die Tür zu öffnen. Stone ließ die Pistole von der Kehle des Engländers zu seinem Auge wandern. »Wer hat euch geschickt?«

»Keine Ahnung«, sagte der Engländer kühl. »Aber ich weiß, daß Sie nicht den Mumm haben, abzudrücken.«

Die Türschlösser klapperten; Fong taumelte aus dem Wagen. Eine Menschenmenge hatte sich angesammelt und deutete auf die beschädigten Fahrzeuge und die auf dem Pflaster herumglitschenden Fische. Der Engländer zog sich von Stone zurück, tastete nach der Tür. Er würde ihn nur aufhalten können, wenn er ihn erschoß. Aber die neugierige Menschenmenge hatte inzwischen den Wagen umringt, und jeden Augenblick würde echte Polizei auftauchen. Oder war er einfach schon zu lange Arzt, um ein Leben nehmen zu können, ganz gleich, wie sehr man ihn dazu provozierte?

»Augenblick. Sagen Sie denen, die Sie geschickt haben, daß ich bloß meine Frau und meine Tochter will.«

»Kommen Sie mit. Ich bringe Sie zu ihnen.«

»*Wo?*«

»Nicht weit«, antwortete er. »Kommen Sie.«

Das war eine Lüge. Er wollte glauben, würde alles darum geben, zu glauben. Aber wenn sie Sarah und Ronnie in ihrer Gewalt gehabt hätten, hätten sie das Theater mit der Polizei nicht gebraucht. Der Engländer war bloß ein bezahlter

Killer, und das bewies er ihm in dem Augenblick, in dem er sah, daß Stone ihm die Lüge nicht abkaufte. »Beten Sie darum, daß die echten Bullen Sie zuerst kriegen«, sagte er. Er sprang aus dem Wagen und schob die Menge auseinander, und sein blondes Haar ragte wie ein Leuchtturm über die kleinen, dunkelhaarigen Chinesen hinaus.

Stone stopfte die Pistole in seinen Rucksack und rannte in entgegengesetzter Richtung davon. Zwei uniformierte Streifenbeamte kamen um die Ecke, bahnten sich ihren Weg durch die überfüllte Gasse. Stone drehte sich um, wollte wegrennen. Wenn die Polizei die Waffe in seinem Rucksack entdeckte ... Jetzt hatten sie ihn gesehen. Eine Sekunde lang stieg Panik in ihm auf. Dann spürte er plötzlich, wie das Adrenalin durch seine Adern pulste, und er wußte, was er zu tun hatte. Er rannte auf die Polizisten zu, fuchtelte wild mit den Händen und rief: »Können Sie mir sagen – können Sie mir sagen, wie ich zum Peninsula Hotel komme?«

Sie hetzten an ihm vorbei. Einer deutete mit dem Daumen nach hinten auf die Straße, aus der sie gekommen waren.

Sich immer wieder umsehend, rannte er, bis die Straßen breiter wurden. Er sprang auf einen Bus und stieg an der Stelle wieder aus, wo die Nathan Road von Hotels und Bürotürmen gesäumt war. Wer hatte den Engländer engagiert? Woher hatte er gewußt, wo er ihn finden würde?

Eine mit Menschen überfüllte U-Bahn-Station schien ihm einigermaßen sicher zu sein. Stone hetzte die Treppe hinunter und nahm einen Zug, der unter dem Hafen nach Central hinüberführte.

Jetzt hatte er einen Augenblick Zeit, um nachzudenken, und die Wahrheit traf ihn wie ein eisiger Schock. Wer auch immer Sarah und Ronnie auf der *Dallas Belle* entführt hatte, besaß die Macht, weit außerhalb des Schiffes zuzuschlagen.

Marcus hatte recht gehabt. Er war derjenige, auf den sie

es in Palau abgesehen hatten. Aber wie hatten sie wissen können, daß er dort sein würde? Hatten sie Sarah gezwungen, ihnen zu sagen, wo er hingehen würde, wenn er das Atoll verließ? Was hatten sie ihr angetan, um sie zum Reden zu bringen? Sie war tapfer. Er versuchte, das aus seinem Bewußtsein zu verdrängen. Als das nicht ging, betete er darum, daß die Sorge um Ronnies Sicherheit Sarah davon abgehalten hatte, für ihn zu tapfer zu sein.

Dann gewann eine andere Erklärung in ihm Gestalt. Eine Möglichkeit, die viel plausibler schien und an die er sich verzweifelt klammerte. Konnte es sein, daß die Entführer der *Dallas Belle* Sarahs Anruf bei Marcus Salinis abgehört hatten? Und anschließend seine Telefone angezapft für den Fall, daß Stone bei demselben Freund Hilfe suchen würde, den Sarah hatte?

Natürlich. So hatten sie ihn aufgespürt. Marcus selbst hatte ja zugegeben, daß seine Telefone angezapft waren. Aber auf Koror war Stone zu müde und zu verwirrt gewesen, um dem Senator zu widersprechen, als dieser behauptet hatte, seine politischen Gegner seien an allem schuld. Sie mußten festgestellt haben, wo sie angerufen hatte – entweder über die Aufzeichnungen des Satellitentelefons oder über Signalmonitore. Der Überfall auf das Haus und das versuchte Kidnapping am Flughafen waren beide darauf zurückzuführen.

Die unter Marcus' Haus ankernde Yacht und die falschen Polizisten in Cheklapkok waren beides komplizierte, teure Operationen, und das bedeutete, daß sie es wieder versuchen würden. Er mußte in Hongkong in Erfahrung bringen, was in Erfahrung zu bringen war, und wieder verschwinden – ehe sie ihn schnappten.

Von der U-Bahn-Station auf Central rief Stone Lydia Chin an. Sie sei immer noch nicht vom Festland zurück, sagte ihre Sekretärin. »Vielleicht können Sie später anrufen.«

»Sagen Sie ihr, ich bin im Yachtclub.«

Er nahm einen anderen Zug nach Causeway Bay und ging dort dann zum Wasser hinunter über die Gloucester Road, die parallel zu einer Autostraße verlief, die den Zugang zum Ufer versperrte. Dicht hinter dem Excelsior Hotel öffnete er eine Metalltür, sah sich noch einmal auf der Straße nach dem großen, blonden Engländer um, raste dann eine Treppe hinunter und durch einen Fußgängertunnel unter der Autostraße durch. Er kam neben der Taifunschutzzone heraus. Der Yachtclub lag an der Spitze der Halbinsel; um dorthin zu kommen, mußte man zuerst den Parkplatz des Offiziersclubs der Hongkongpolizei überqueren.

Keine Nachrichten.

Die Bar des Yachtclubs bot einen Ausblick auf Victoria Harbor. Tausend schwache Lichtchen leuchteten auf den Yachten, Dschunken und Sampans, die dort dicht aneinander vertäut lagen, während auf der anderen Seite jenseits des schwarzen Wassers am Ufer von Kowloon Millionen Lichter flammten.

Die Bar selbst war typisch Yachtclub, schäbiger als die meisten, aber äußerst geschichtsträchtig: An einer Wand mit Wimpeln von Clubs rund um die Welt hing ein Rettungsring mit der Aufschrift THIS CLUB REOPENED BY HMS VENGEANCE SEPTEMBER 8, 1945*, eine Erinnerung an das Ende der japanischen Besetzung Hongkongs im Zweiten Weltkrieg. Er und Sarah wußten die Ehrenmitgliedschaft sehr zu schätzen, die man ihnen verliehen hatte, als sich ihre Arbeit mit der schwimmenden Klinik herumgesprochen hatte.

Die Cocktailstunde ging allmählich zu Ende, und die Mitglieder verließen die Bar, um sich zum Abendessen zu be-

* Wiedereröffnung durch die HMS Vengeance, 8. September 1945

geben. Unter den ernsthaften Trinkern, die zurückblieben, war ein kräftig gebauter Australier, der, wie Stone sich erinnerte, unter dem Namen »das Tier« bekannt war.

Als Stone auf ihn zuging, blickte der Mann mit einem Funken der Erinnerung in den Augen zu ihm auf. »Richtig! Das Gesicht kenne ich doch. Doktor Mike.« Seine Hand schloß sich um die Stones. »Bob Simmons. Gerade angekommen?«

»Diesmal per Flugzeug. Aus Manila.«

Simmons zwinkerte ihm zu. »So, die Alte auf dem Boot gelassen und für ein wenig Spaß nach Hongkong gekommen?« Er bedeutete dem finster blickenden chinesischen Barkeeper, daß er Stone einen Drink bringen solle. Wenn der Aussie nicht segelte, erinnerte sich Stone, arbeitete er als Aktienmakler. Möglicherweise kannte er ein paar Leute.

»Cheers.« Simmons leerte seinen Gin and Tonic und bestellte sich nach. »Sie sehen ein bißchen mitgenommen aus, Mate.«

»Wir sind vor Tobi ein wenig ins Wetter geraten.«

Simmons lachte. »Gut, daß es Typen wie Sie gibt, die selbst eine Yacht haben. Stehe jederzeit als Crew zur Verfügung. Den Mast verloren?«

»Bloß halb«, sagte Stone und schmückte die Lüge aus. »Bei der ersten Spiere abgeknickt.«

Das Tier lachte noch lauter. »Nur zur Hälfte. Das gefällt mir, Mate. Nur die Hälfte. Hey, welche Hälfte?« Er lief im Gesicht rot an und hieb mit der Faust auf die Bar. »Welche Hälfte … also wirklich ein schlimmer Wind … Das wäre eine Chance für modernere Elektronik, und dann könnten Sie die alte Drahttakelage gegen Vollstagen austauschen.«

»Ich mag auf meinem Schiff nichts, was ich nicht auf See reparieren kann.«

Simmons trompetete die Vorteile von Vollstahlwanten gegenüber Drahtstagen hinaus.

»Haben Sie von dem Hijacking gehört?« fragte Stone, als das Tier Luft holte und mit seinem Glas auf die Bar klopfte.

»Alle sagen, daß das die chinesische Navy war.«

»Was? Ein großer Gasfrachter? Amerikanischer Kapitän?«

Simmons runzelte verständnislos die Stirn, und Stone packte ihn am Arm. »Nein«, sagte er. »Ich dachte, Sie meinen diese schwimmende japanische Hafenspelunke, die sie vor Tai Pang einfach weggeholt haben. Die haben die Bootsboys zu den Haien geschickt und sind zu den San-Men-Inseln abgehauen.«

»Ich meine ein Schiff. Die Filipinos auf der Werft haben davon geredet. Keiner weiß etwas. Anscheinend ist der Pott einfach verschwunden.«

»Gesunken?«

»Kein Notsignal. Es heißt, man hat sie gekapert.«

Das Tier zuckte die Achseln. »Die chinesischen Kanonenboote machen hier den meisten Ärger. Streifenboote der Volksbefreiungsarmee. Richtige Piraten sind das inzwischen geworden ... Die Kolonie ist siebenundneunzig richtig vor die Hunde gegangen. Die Triaden laufen Amok – oh, ich weiß schon, was Sie jetzt denken«, sagte er und schnitt damit Stone das Wort zur nächsten Frage ab. »Sie haben gedacht, die Kommunisten würden die Geheimbünde vertreiben, so wie sie das neunundvierzig getan haben. Denkste, Mate. Beijing hat bekanntgegeben, die Triaden seien ›patriotische‹ Organisationen, und jetzt arbeiten diese Gauner und die verdammte Volksbefreiungsarmee sozusagen Hand in Hand. Vor der Übergabe wollte das Festland, daß es so aussieht, als würden die Briten sich nicht durchsetzen können – aber jetzt, seit die Tommys weg sind, haben wir Triaden in der Hongkongpolizei und Gruppen, wo die Triaden und die Volksbefreiungsarmee gemeinsam Filmstars kidnappen, Organe schmuggeln und Luxusautos klauen und sie aufs Festland bringen. Der reinste Wilde Westen ist das – Mate, Ihr Drink wird warm.«

»Ich bin ziemlich kaputt«, sagte Stone. »Das war ein langer Tag.« Er fühlte sich alt und müde und hilflos und völlig allein. Ein Page mit einer schmutzigen Tafel, auf die DOCTOR MICHAEL gekritzelt war, trottete durch die Bar.

Stone rannte zum Telefon.

Es war Lydia Chin. »Michael, schön, von dir zu hören«, sagte sie. »Wie geht es Sarah?«

»Nicht gut. Ich brauche deine Hilfe.«

»Hast du schon gegessen?«

Lydia wohnte am Peak, oberhalb von Central. Er bat den Pagen, ihm ein Taxi zu rufen, und ging hinaus, um zu warten. Draußen huschten Sampans durch das Taifunreservoir. Der Ostwind trug einen kühlen Nebel und den Lärm der Fernseher von den vertäuten Dschunken. In der Ferne konnte er undeutlich die Topplaternen einer riesigen Luxusyacht sehen, die sich vorsichtig zwischen den Wellenbrechern durcharbeitete.

Eine Hupe tönte, als ein Taxi in die Einfahrt bog. »Taxi, Sir?«

Hinter sich hörte er: »Warten Sie, Mate.«

Das Tier, etwas schwankend auf der obersten Treppenstufe.

»Ich fahre nach Central, wenn Sie mitfahren wollen«, sagte Stone.

Simmons krümmte den Finger, um ihn zu sich heranzuwinken, und legte den Finger dann theatralisch über die Lippen und sagte mit verschwörerisch leiser Stimme: »Auf ein Wort, Doktor.«

Die engen Ankerplätze, das schmutzige Wasser und die Betrunkenen waren die drei Gründe, weshalb man Yachtclubs am besten vermied. »Ich habe es ziemlich eilig.«

»Das ist nicht Ihr Taxi, Mate.«

»Ich habe es gerade gerufen – oh, es ist Ihres?«

»Wenn ich mich nicht sehr täusche«, sagte das Tier, »wird er hinter der nächsten Ecke eine Kanone herausziehen und Ihnen die Brieftasche abnehmen.«

Stone sah den Wagen an. Der Fahrer trug ein weißes Hemd und eine Plastikbrille. Du liebe Güte, hatten die ihn hier gefunden?

»Ich dachte, die tun das nur in Manila.«

»Bürgert sich hier auch ein. Das zum Thema Arbeiterstaat.« Er taumelte zu dem Wagen, beugte sich hinein und sagte: »Verpiß dich, sonst rufe ich die Bullen.«

Das Taxi brauste ab.

»Und Sie sind sich sicher?« sagte Stone.

»Der Kerl hat Leine gezogen, oder?«

Stone warf einen Blick auf den Mann mit dem so passenden Namen, der jetzt wie eine streitsüchtige Klippe über ihm aufragte, und dachte, bloß keine Panik. Vielleicht war der Fahrer aus ganz und gar unschuldiger Angst vor dem hünenhaften Australier geflohen.

»Das ist jetzt Ihr Wagen«, sagte das Tier.

»Yeah, vielleicht haben Sie recht«, sagte Stone. »Ich fand auch, daß er ziemlich schnell da war.«

»Und vielen Dank. Wäre ganz großartig, wenn Sie mich nach Central mitnehmen.«

Auf der Fahrt nach Central wirkte die riesenhafte Gestalt des Mannes neben ihm beruhigend. Aber nachdem Stone Simmons am Mandarin Hotel abgesetzt hatte und allein zum Peak hinauffuhr, spannten sich seine Muskeln bei jeder dunklen Stelle, die sie passierten.

Lydias Apartmentturm hatte vorn einen Garten mit einem mit Kopfstein gepflasterten Zugang, der sich durch die Anlage schlängelte, und beleuchteten Springbrunnen. Das Gebäude befand sich auf halbem Weg zum Victoria Peak in einem Gelände, wo bei Stones erstem Besuch in Hongkong Privathäuser gestanden hatten.

Die Sicherheitsvorkehrungen waren streng. Zwei Türsteher vergewisserten sich, daß sein Name auf einer Liste stand. Dann führte ihn ein Helfer durch eine mit italienischem Marmor ausgelegte Halle zu Lydias Privataufzug und drückte dort den Knopf.

Die Kabine stieg dreißig Stockwerke hoch und setzte ihn in einem Foyer ab, wo ein älterer Chinese Stone begrüßte und ihn in ein über zwei Stockwerke reichendes Wohnzimmer führte, von dem aus man auf die Lichter der Stadt bis an ihren äußersten nördlichen Rand sehen konnte, wo die Dunkelheit Chinas begann.

Lydia Chin war Hongkongchinesin. Sie war am Ort zur Schule gegangen und völlig unerwartet in das Familiengeschäft hineingeworfen worden, als sich herausstellte, daß ihr Bruder ein wesentlich besserer Tennisspieler als Geschäftsmann war; ihr Vater, ein praktisch denkender Mann, der die Chance des Koreakrieges genutzt hatte, sich als Reeder ein Vermögen aufzubauen, hatte seine Tochter an der Spitze der Firma einem Fremden vorgezogen. Ihr Mann arbeitete für eines der alten, britischen Handelshäuser, die die Volksrepublik aufgekauft hatte, und lebte jeden zweiten Monat in Tokio.

Sie war eine zierlich gebaute Frau und sprach mit britischem Oxfordakzent. »Robert wird es sehr bedauern, daß er dich verpaßt hat. Willkommen, Michael. Willkommen.« Sie streckte ihm beide Hände zur Begrüßung entgegen, aber als er näher trat, verdüsterte sich ihr Gesicht. »Michael, du siehst – geht es dir nicht gut?«

Er berichtete ihr, was mit Sarah und Ronnie passiert war, und als er geendet hatte, sagte Lydia: »Das klingt ja unvorstellbar.«

»Aber es ist passiert«, sagte Stone, dankbar dafür, daß wenigstens sie nicht anfing, ihn nach seiner Vergangenheit auszuquetschen. »Hast du etwas über einen gekaperten Gasfrachter gehört?«

»Nein.«

»Nichts? Bist du sicher? Keine Gerüchte, keine –«

»Nichts, Michael. Es hat Überfälle in der Malakkastraße gegeben, du weißt schon, das Übliche. Der eine oder andere Container. Ein paar Schiffe in der Umgebung von Hongkong sind überfallen worden, aber da ging es nur um Bargeld und Zigaretten. Auf dem Pearl River ist ein Kapitän erschossen worden. Und gelegentlich wird irgendwo so eine schwimmende Spelunke gestohlen – Auftragsarbeit für Kunden vom Festland. Aber nichts in dem Maßstab, wie du das jetzt andeutest.«

»Ich ›deute nicht an‹. Ich habe es mit eigenen Augen gesehen.«

»Ja, selbstverständlich ... Ein honduranischer Autotransporter ist aus den Gewässern von Hongkong weggeschnappt worden – vor Anker, stell dir vor –, aber das war die chinesische Marine. Am Ende haben die das Schiff zurückbekommen. Nur ein paar Mercedes-Limousinen haben natürlich gefehlt.« Sie schüttelte den Kopf. »Aber von Gasfrachtern habe ich nichts gehört. Bist du auch ganz sicher?«

»Ich habe es mit eigenen Augen gesehen. Und dann hat sie, wie ich dir ja schon sagte, die Nachricht für mich hinterlassen.«

»Ja, das sagtest du ... Nun, wenn das Schiff Kurs auf Shanghai genommen hatte, dann ist sie jetzt dort.«

»Hast du alte Freunde in Shanghai?«

»Rivalen«, antwortete Lydia und lächelte. »Wir sind Kantonesen.«

»Das weiß ich. Ich hatte nur gedacht ...« Die meisten

Hongkonger Schiffsbesitzer waren nach der Revolution von 1949 als Flüchtlinge aus Shanghai gekommen. Lydias Familie gehörte nicht ganz ihrer Liga an.

»Und du bist ganz sicher, daß sie nicht die Behörden per Funk verständigt hat?«

»Welche Behörden?«

»Nun, die US Navy, würde ich meinen«, erwiderte Lydia und musterte ihn scharf.

»Nein.«

»Warum nicht?«

Er wollte ihr etwas vorlügen – er könne sich nicht vorstellen, daß die Navy ihm glauben würde, er glaubte nicht daran, daß die Navy schnell genug eine Suchaktion starten würde. Er hätte bereits gefragt, und sie hätten es abgelehnt, ihm zu helfen – aber Lydia war dafür viel zu intelligent und zu erfahren, und so stand er wieder an demselben Punkt wie vor ein paar Tagen mit Marcus Salinis und fürchtete, alles, was er ihr jetzt sagte, würde später ihre Zukunft belasten. Und so sagte er nur: »Du kennst uns schon lange. Ich muß dich jetzt einfach bitten, daß du mir glaubst, wenn ich sage, daß es Dinge in unserer Vergangenheit gibt – meiner Vergangenheit –, die es einfach nicht zulassen, daß ich um offizielle Hilfe bitte. Kannst du das akzeptieren?«

»Nun«, sagte sie zögernd, »ich will ein paar Leute befragen, aber ...«

Eine Hausangestellte kam herein und sagte etwas in chinesischer Sprache zu Lydia.

Lydia stand auf. »Entschuldige mich einen Augenblick, Michael. Ich bin gleich wieder da. Laß dir inzwischen das da schmecken.«

Stone stocherte in den Klößchen herum. Er hatte seit dem Frühstück mit Marcus und Joanna nichts gegessen, hatte aber keinen Appetit. Nicht mit der Erinnerung an das, was er in Mong Kok erlebt hatte. Lydia kam jetzt ins Zimmer zurück und blickte ernst. Er las die Frage in ihrem Gesicht, als sie zu sprechen begann.

»Michael, bist du sicher, daß du mir alles gesagt hast?«

»Alles, was ich weiß.«

»Weißt du, daß man dich zu meiner Wohnung verfolgt hat?«

»Was?«

»Mein Türsteher hat mir erzählt, daß zwei Chiu-Chau-Gangster deinem Taxi gefolgt sind und jetzt auf der anderen Straßenseite parken und die Lobby beobachten.«

13

Wer auch immer die Leute waren, die das Schiff in ihrer Gewalt hatten und Sarah und Ronnie gefangenhielten, sie machten Jagd auf ihn wie auf ein wildes Tier. Chiu Chau? Waren das Triaden? Stone wünschte sich fast, wieder in dem Kanu des alten Mannes zu sitzen.

Er sollte zum amerikanischen Konsul gehen und sich ihm auf Gnade und Barmherzigkeit ausliefern. Wenn er tot war, würde er Sarah nicht helfen können. Aber was sollte er sagen: »Ein geheimnisvolles Schiff hat meine Familie und mein Segelboot entführt. Und jetzt sind bezahlte Killer und Triaden hinter mir her.« Wenn die ihn nicht sofort verhafteten, würden sie ihn zumindest in die Klapsmühle stecken.

»Ich frage dich noch einmal, Michael. Als eine Freundin. Hast du mir alles gesagt?«

Stone ging ans Fenster, aber die Straße war zu weit unten, um etwas sehen zu können. Wenn er Lydia von dem Eindringling in Koror erzählte, den falschen Bullen am Flughafen, dem falschen Taxifahrer, würde sie noch Schlimmeres denken, als sie jetzt ohnehin schon dachte.

»Natürlich habe ich das. Ich bitte um deine Hilfe.«

»Warum sind dann die Chiu Chau hinter dir her?«

»Chiu Chau? Herrgott, Lydia! Wie zum Teufel soll ich das denn wissen? Hör zu. In dieser Stadt redet alles von Triaden. Im Club hat mir gerade einer gesagt, daß die jetzt eine Partnerschaft mit der Volksbefreiungsarmee eingegangen sind.«

»Da kann er recht haben.«

»Ja. Nun, die Typen auf der anderen Straßenseite sind wahrscheinlich einfach zwei Kerls, die auf ihre Freundinnen warten.«

Lydia starrte ihn an.

»Bist du sicher, daß dein Türsteher nicht phantasiert? Ich meine, woher weiß er, daß sie Chiu Chau sind? Seid *Ihr* eine Triade?« Die Geheimgesellschaften hatten sämtliche Schichten der chinesischen Gesellschaft durchdrungen. Stone erinnerte sich an ein Foto von Lydia in der *Asia Week* und an die Bemerkung, die er Sarah gegenüber gemacht hatte, wie seltsam sie ihre Finger hielt, und wie sie sich dann gefragt hatten, ob das ein geheimes Erkennungszeichen einer Triade war.

»Sei nicht naiv, Michael. Dieses Gebäude hier gehört uns. Wir haben vernünftige Sicherheitsvorkehrungen getroffen.«

»Du meinst, euer Türsteher gehört einer anderen Bande an?«

»Ich meine, daß der Türsteher Chiu Chau kennt, wenn er sie sieht«, antwortete Lydia kühl.

»Lydia, ich schwöre dir, ich weiß nicht, was das soll.«

»Was ist das mit dieser ›Sache‹ in deiner Vergangenheit?«

»Das hat mit dem, was da jetzt geschieht, nichts zu tun. Absolut nichts. Dafür liegt es viel zu weit zurück.«

»Und was treibt Ihr jetzt?«

»Jetzt komm schon. Du weißt doch, was wir tun. Wir segeln mit dem Hospitalschiff herum.«

»Ich weiß auch, daß es euch durchaus nichts ausmacht, hie und da einen Messerstich zu behandeln, ohne die Polizei zu verständigen. Du erinnerst dich doch, daß ich den Jockeyclub deshalb dazu überredet habe, euch finanziell ein wenig unter die Arme zu greifen, damit ihr euch nicht auf so etwas einlassen müßt, um eure Rechnungen zu bezahlen.«

»Wir tun, was wir tun müssen. Aber ich weiß wirklich nichts von wegen Chiu Chau. Hör zu, ich stehle dir nur die Zeit. Bis bald mal wieder.«

»Wo gehst du hin?«

»Ich muß Sarah und Ronnie finden.«

»Michael. Die sind dir bis hierher gefolgt. Die werden dich nicht ungeschoren lassen. Und jetzt setz dich eine Minute hin und laß mich nachdenken.«

Stone setzte sich und versuchte ebenfalls nachzudenken.

»Kann es sein, daß Präsident Salinis jemandem gesagt hat, daß du hierherkommen würdest?«

»Nein. Er ist auf meiner Seite.«

»Wie kann es dann durchgesickert sein?«

»Ich vermute, daß sie Salinis' Telefone angezapft haben und ...« Er sprach den Satz nicht zu Ende. Lydia sah ihn genauso eigenartig an, wie er das befürchtet hatte.

»Sie?« fragte sie.

»Nein. Das ergibt einfach keinen Sinn«, sagte er. »Ich bin völlig konfus.«

Sie ergriff seine breite, vernarbte Hand mit ihren beiden Händen, die zart und alabasterweiß waren, und schüttelte betrübt den Kopf. »Oh, Michael, du bist wirklich ein Fisch auf dem Trockenen.«

»Was zum Teufel soll das jetzt heißen?«

»Was ihr dort draußen tut, ist so wunderbar.« Eine Kopfbewegung nach Osten schloß den ganzen Pazifik ein. »Ihr verarztet Leute, die sonst keiner –«

»Ich bin kein guter Arzt«, fiel er ihr ins Wort, »nicht wie Sarah.«

»Du bringst Sarah dorthin, wo man sie braucht. Die *Veronica* trifft als erste nach einem Taifun ein, um Hilfe zu bringen, bringt Kinder ins Krankenhaus und setzt sich als letzte ab, ehe der nächste Sturm zuschlägt. Nichts kann euch auf See angst machen. Aber an Land bist du hilflos.«

Ihre Worte beunruhigten Stone. An dem, was sie sagte, war mehr Wahres, als er sich eingestehen wollte. Solange ein Problem rein mit Kraft zu lösen war, kam er zurecht – »Corporal Fong« würde noch lange Zeit sehr vorsichtig mit seinem Kamm umgehen –, aber er hätte nie zulassen dürfen, daß der Engländer ihn in das Polizeifahrzeug trickste. Und wenn das Tier nicht gewesen wäre, wäre er in das falsche Taxi gestiegen.

Sarah selbst hatte gesagt, daß er allmählich die Fähigkeit verlor, an Land klarzukommen, und Ronnie spottete immer, Daddy sei wie eine Seeschildkröte am Strand. Das war für Segler, die sich auf dem Meer am wohlsten fühlten, nicht ungewöhnlich, aber wenn er seine Frau und sein Kind zurückhaben wollte, würde er auf Land ebenso wachsam werden müssen, wie er das auf See war, ebenso schnell, ebenso raffiniert und ebenso mutig.

»Ich muß mich nur wieder ans Land gewöhnen«, sagte er. »Ich kriege das schon hin.«

Lydia stand auf. »Ich lasse dich zum Yachtclub zurückbringen.«

»Ich kann doch nicht unschuldige Leute in Gefahr bringen.«

»Mach dir da keine Sorgen«, sagte Lydia mit einem dünnen Lächeln. »Die können schon auf sich selbst aufpassen. Und morgen früh werde ich ein wenig herumtelefonieren und sehen, was ich über deinen Gasfrachter in Erfahrung bringen kann. Aber ich habe da keine große Hoffnung. Von etwas so Spektakulärem hätte ich sonst schon lange gehört.«

Zwanzig Minuten später kam die Hausangestellte wieder herein und sagte etwas zu Lydia, worauf diese Stone erklärte: »Du wirst mit dem Lastenaufzug in die Garage hinunterfahren müssen.«

»Lydia, du glaubst mir nicht, nicht wahr?«

»Ich möchte dir glauben. Aber es ist alles so weit hergeholt.«

»Nun, was hätte denn sonst mit ihnen passiert sein können?«

»Das weiß ich nicht … und jetzt hör mir zu. Du darfst unter keinen Umständen auch nur ein Wort von dem zu deiner ›Begleitung‹ sagen.«

»Ich verstehe nicht.«

»Und was auch immer du tust, daß du sie ja nicht um Hilfe bittest. Versprichst du mir das?«

»Aber ich verstehe nicht …«

»Schakale«, sagte Lydia, »stehlen von Löwen. Und wenn das nicht geht, sind sie selbst durchaus zum Töten fähig.«

»Ich verstehe immer noch nicht.«

»Versprich es mir einfach.«

Ein Lieferwagen wartete in der Garage. Zwei Kantonesen in schwarzen Hosen und weißen T-Shirts hielten ihm die Tür zu dem fensterlosen Laderaum des Wagens auf. Sie deuteten auf einen Karton mit Radio-Shack-Lautsprechern, auf den Stone sich setzen sollte. Stone wartete darauf, daß sie die Türen hinter ihm schlossen, doch sie blieben einfach stehen. Schließlich wurde ihm bewußt, daß er durch die dunklen Scheiben einer hinter dem Lieferwagen parkenden BMW-Limousine beobachtet wurde.

Ein auffällig gekleideter Kantonese Anfang der Dreißig stieg aus dem BMW und ging auf ihn zu. Er spähte in den

Laderaum des Lieferwagens, als würde er in Erwägung ziehen, seinen Inhalt zu kaufen. Dann zog er die Knie seines enggeschnittenen Tropenanzugs hoch, der so weiß war, daß er leuchtete, und stieg Stone gegenüber ein.

»Mein Name Ronald.«

An Ronalds Handgelenk funkelte eine goldene, mit Diamanten besetzte Uhr. Er trug eine Seidenkrawatte. Stone musterte er amüsiert und, wie Stone argwöhnte, mit einigem Widerwillen für seine Kleidung, seinen Bart und die Rolex mit dem Stahlband.

»Ich heiße Michael.«

Seine Männer stiegen vorn ein und zogen einen Vorhang vor den Ladebereich. »Machen Sie es sich einfach bequem und genießen Sie die Fahrt.«

»Was sehen Sie?« fragte Stone, als der Lieferwagen aus der Garage rollte und an dem Apartmentgebäude vorbeifuhr.

Sein Begleiter unterhielt sich laut durch den Vorhang in kantonesischer Sprache. Gelächter ertönte, und dann sagte Ronald zu Stone: »Möchtegern-Bruce-Lees.«

»Erkennen Ihre Leute sie?«

»Gesindel. Warum Chiu Chau böse auf Sie?«

»Ich weiß nicht.«

»Sie ihnen Geld schulden?«

»Nein.«

»Sie sicher? Die sehr habgierig.«

»Ich bin mein ganzes Leben noch keinem Chiu Chau begegnet, und ich schulde denen ganz bestimmt kein Geld. Ich bin gerade erst angekommen.«

»Vertrauen Sie nie einem Chiu Chau. Niemals. Die tun alles für Geld, arbeiten immer für den, der am meisten bezahlt.«

»Da muß ein Irrtum vorliegen.«

Ronald zuckte die Achseln. »Ganz wie Sie meinen, Mann.«

Lydias Warnung hatte genau das Gegenteil von dem bewirkt, was sie beabsichtigt hatte – es hatte ihn auf eine Idee gebracht. Den Spieß gegen diese Mistkerle umdrehen und seine eigene Triade »engagieren«. »Arbeiten Sie für Lydia Chin?«

»Ms. Chin, klasse Familie.«

»Meine Frau und ich«, sagte er, »haben ein Klinikboot. Lydia Chin beteiligt sich an den Kosten.«

»Klasse Lady, Ms. Chin.«

»Ich bin Arzt«, sagte Stone. »Wenn ich je behilflich sein kann – als Gegenleistung für diese Freundlichkeit –, dann brauchen Sie es nur zu sagen. Ich wohne im Hongkong Yachtclub.«

»Teurer Club.«

»Wir haben eine Ehrenmitgliedschaft.«

»Ms. Chin sagen, Sie gute Dinge tun.«

»Wir geben uns Mühe. Was ich sagen möchte, ich weiß Ihre Gefälligkeit zu schätzen und –«

»Das Ms. Chin Gefälligkeit.«

»Ich würde trotzdem gern behilflich sein. Alles, was ich tun kann.«

Ronald musterte ihn von oben bis unten. »Was für eine Art Doktor?«

»Notfalldoktor.«

»Sie meinen, so wie Unfälle?«

»Jede Art von Unfall.«

»Wie Schießunfall?«

»Genau.«

»Messerunfall.«

»Sie haben es erfaßt.«

»Was ist mit Freundinunfall?«

Stone zögerte. »Da wäre sie in einer Klinik besser aufgehoben.«

Ronalds Gesicht verdüsterte sich, und Stone beeilte sich,

hinzuzufügen: »Wenn sie aus irgendeinem Grund nicht in eine Klinik gehen kann, ist sie bei mir sicher. Und bei meiner Frau.«

»Wieviel?«

»Kein Geld.«

»Was Sie wollen?«

»Information.«

»Über was?«

»Ein verschwundenes Schiff.«

»Weiß nicht Schiffe.«

»Kommen Sie schon, Ronald, das hier ist Hongkong – der größte Hafen der Welt – und wenn Sie für Lydia Chin arbeiten, müssen Sie über Schiffe Bescheid wissen.«

»Nicht sagen, ich für Ms. Chin arbeiten.«

»Ich spreche von einem großen Erdgasfrachter, der verschwunden ist.«

»Wieviel wert?«

»Das Schiff ist eine Menge wert. Aber die Ladung ist viel, viel mehr wert.«

»Wieviel?«

»Millionen.«

Ronalds Schultern hoben sich in einem eleganten Achselzucken.

»Ms. Chin klasse Lady«, sagte er. »Was sonst noch wollen?«

»Transportgelegenheit?«

»Flugzeug nehmen.«

»Private Transportgelegenheit.«

»Wohin?«

»Shanghai.«

»Gasschiff in Shanghai?«

»Vielleicht.«

»Shanghai große Stadt. Was noch Sie wollen?«

»›Alte Freunde‹ in Shanghai?« Stone suchte Kontakte.

»›Alte Freunde?‹ Was noch?«

»Ein Visum für Shanghai.«

»China Travel Office. Visa, zwei Tage.«

»Ich möchte, daß meine Pässe nicht in die Computer kommen.«

»Sie reden von große Unfall, Doc.«

Ronald wechselte ein paar Worte mit dem Türsteher des Yachtclubs, ehe er Stone zu seinem Zimmer begleitete. Er vergewisserte sich sogar, daß es leer war, ehe er Gute Nacht sagte.

Stone klemmte einen Stuhl unter den Türknopf, ging zu Bett und lag wach da und überlegte, wie er nach Shanghai kommen sollte. Er hatte Angst – Angst um Sarah und Ronnie, und in dieser Nacht auch Angst um sich selbst. Schließlich knipste er das Licht an, holte die Pistole des Engländers aus dem Rucksack und stopfte sie unter sein Kopfkissen.

14

Als das Telefon Stone weckte, hatte er immer noch die Hand an der Waffe. Die Sonne schien hell zum Fenster herein. Seine Uhr sagte ihm, daß es zehn war. Er erinnerte sich daran, daß er im Yachtclub war.

»Hallo.«

»Ich bin es, Kerry. Ich bin in Eile – treffen wir uns im Shit and Feathers um ein Uhr.«

Der Bergungskapitän legte auf, ehe Stone widersprechen konnte; er hatte keine Lust, in der Stadt herumzulaufen. Aber das Eagle's Nest befand sich wenigstens im Hilton Hotel, und das war so öffentlich wie nur gerade möglich. Um ganz sicherzugehen, ging er zu Fuß zum Polizeiclub hinüber und teilte sich das Taxi mit einem Beamten, der nach Central mußte.

Das Eagle's Nest nahm das ganze oberste Stockwerk ein. Der früher einmal grandiose Ausblick auf den kolossalen Hafen wurde inzwischen durch neuere, höhere Gebäude stark eingeschränkt. Trotzdem war das Lokal nach wie vor bei in Hongkong ansässigen Ausländern und Chinesen in gleicher Weise insbesondere für Geschäftsessen beliebt.

Stone nahm an, daß einer von Kerrys wichtigeren Kunden den spektakulären Fenstertisch für sie reserviert hatte. Die Wasserfläche zwischen Hongkong Island und Kowloon und der weitläufige Ankerplatz dahinter war mit vor Anker liegenden Schiffen übersät und von Dampferstegen und riesigen Containerhäfen gesäumt. Sein Blick reichte vom Westen bis zur Insel Lantau und im Norden bis zum Festland, und das trotz der vielen neuen Gebäude, die sich dazwischengedrängt hatten.

Kerry war auf die Minute pünktlich.

Für einen Schlepperfahrer war der Australier eher schmächtig; klein und schlank und höchstens siebzig Kilo schwer. Daß er trotzdem seine Lehrzeit als gemeiner Matrose absolviert hatte, eine Zeit, in der Muskeln gefragt waren, war, wie Stone vermutete, nur einer an Wildheit grenzenden Aggressivität zuzuschreiben, die ihm in der halsbrecherischen Bergungsbranche gut zustatten gekommen war.

»Wo hast du deine schöne Frau gelassen?«

»Ich bin allein gekommen.« Bis er ihn wie einen zum Angriff ansetzenden Zerstörer durch das überfüllte Restaurant auf sich hatte zukommen sehen, hatte Stone die Absicht gehabt, gleich zur Sache zu kommen und ihm zu sagen, warum er ihn brauchte. Aber wenn Lydia seine Geschichte nicht glaubte, warum sollte das dann Kerry tun?

»Was gibt es?«

Kerry hatte ein Patent auf unbeschränkte Tonnage und alle Meere und hatte wie die meisten Seeleute seiner Klasse, die Stone kennengelernt hatte, den eiskalten Blick, der mit schnellen Entscheidungen und einem kompromißlosen Urteilsvermögen einherging.

»Erst einmal«, sagte Stone, »hast du etwas davon gehört, daß ein Gasfrachter genommen worden ist?«

»Genommen? Was meinst du mit ›genommen‹?«

»Entführt.«

»Nein.«

»Nichts?«

»Keinen Piepser.«

»Du hörst doch alle Notsignale ab.«

»Jedes Signal im Westpazifik. Das ist schließlich meine Kundschaft. Was ist los?«

»Okay. Dann wollen wir sagen, daß sie kein Notsignal mehr absetzen konnten.«

»Offensichtlich nicht.«

»Hast du von irgendwelchen überfälligen Schiffen gehört?«

»Nein. Mit Ausnahme meines augenblicklichen Kunden natürlich, und der wird verdammt mehr als nur überfällig sein, wenn er nicht sehr bald Geld herausrückt. Aber um deine Frage zu beantworten, nein, nichts – warte.« Sein von der Sonne verbranntes Gesicht bekam plötzlich Falten, und er fuhr sich mit seiner narbigen Hand über den Mund. »Hm. Du kennst die Molukken?«

»Dorthin fahren wir nicht.« Die Bandasee grenzte an Osttimor, Sarahs spezielles Anliegen.

»Nein, das würde ich auch nicht – zumindest nicht ohne Rakentenwerfer.«

»Was ist damit?«

McGlynn preßte die Lippen zusammen und sah über den Hafen hinaus, als ob seine Erinnerung irgendwo von den blauen Hügeln Chinas zurückhallen würde. »Von wann reden wir? Vor kurzem?«

»Letzte Woche. Dienstag, vielleicht früher Mittwoch.«

»Ja. Also gut, Mate. Anfang letzter Woche. Jemand hat einundzwanzig-zweiundachtzig gewählt. Ich habe ein Boot auf der Werft in Surabaya, und die haben den Ruf aufgenommen und geantwortet. Aber dann hat sich herausgestellt, daß es bloß ein Versehen war. Jemand war hingefallen und versehentlich an den Schalter gekommen.«

Stone nickte. Die meisten Sidebandradios hatten einen speziellen Notschalter, ähnlich dem Panikknopf bei Einbrecheralarmen. »Haben sie zurückgefunkt?«

»Richtig. ›Kein Problem. Danke, daß Sie geantwortet haben. Tut mir leid, Sie belästigt zu haben. Over and out.‹«

»Und woher hast du gewußt, daß es in der Bandasee war?«

»Habe ich nicht. Aber weil du gefragt hast, ging mir durch den Kopf, daß ein paar Tage später ein anderer meiner Kapitäne mit einem Leichter im Schlepptau nach Surabaya gekommen ist. Er und der Captain, der dort festlag, haben ein paar Gläser miteinander getrunken, und dann hat er erwähnt, daß er etwa um die gleiche Zeit in der Bandasee einen Notruf aufgeschnappt hatte. Bloß daß er ihn auf Kanal sechzehn, VHF, gehört hat.«

Stones Hände krampften sich in das Tischtuch, und er beugte sich vor. Die Reichweite von einem Schiff zu einem kleinen, flach im Wasser liegenden Schlepper betrug mit VHF höchstens vierzig Meilen. »Was haben die auf dem Schiff gesagt, als er geantwortet hat?«

»Nichts. Bloß der eine Ruf, und als er versuchte, Verbindung zu bekommen, hat sich keiner gemeldet.«

»Was hat er dann getan?«

»Was zum Teufel hätte er denn tun sollen? Der Mann hatte einen Fünftausend-Tonnen-Leichter an einer halben Meile Drahtseil hängen. Er hat den Koch ans Radio gesetzt, dem Ausguck gesagt, er solle aufpassen, und versucht, mit anderen Schiffen Verbindung zu bekommen – aber da war keiner.«

Stone hing an jedem Wort, das der andere sagte, betete um einen Durchbruch. Kerry verstand das falsch und begann, sich zu verteidigen: »Mein Captain konnte ja nicht gut den Leichter treiben lassen und auf eigene Faust ein Suchmuster fahren. Schließlich konnte das Ganze ja ein Versehen gewesen sein, oder das letzte Signal vor dem Sinken. Einfach ein Mayday. Kein Name, kein Rufzeichen, keine Position.«

»So als ob der Betreffende vielleicht erschossen wurde, während er Widerstand gegen einen Hijackingüberfall leistete und es noch bis zum Radioraum geschafft hat, ehe die ihn erledigt haben?«

»Das sind eine ganze Menge ›Vielleichts‹.«

»Vielleicht«, sagte Stone. Aber Kerry hatte ja auch keine von drei Kugeln getroffene Leiche in der Lagune von Pulo Helena gefunden. »Wo würde das sein, sechs-, siebenhundert Meilen südwestlich von Pulo Helena?«

»Mit Neuguinea dazwischen. Was ist da im Gange, Michael?«

Vierunddreißig Stunden unter Dampf für ein schnelles Schiff. »Aber kein Name«, fragte Stone. »Keine Rufzeichen bei beiden Sendungen. Würde ein Single Sideband nicht automatisch Rufzeichen absetzen?«

»Das hier jedenfalls nicht. Noch einmal – was ist hier im Gange? Wo ist Sarah?«

»Du wirst mir das nicht glauben.« Stone berichtete ihm, was auf Pulo Helena vorgefallen war. Kerry hörte ihm zu, ohne ihn zu unterbrechen, bis Stone fertig war.

»Den Teufel auch! Und was für eine Leistung als Seefahrer, Michael. Die werden mächtig überrascht sein, wenn sie erfahren, daß du in Hongkong bist.«

Wenn sie das nur wären, hätte Stone gern gesagt, aber Kerry wirkte jetzt schon äußerst ungläubig. »Tatsächlich sagen mir diese Notsignale gar nichts, sie bestärken mich nur in meiner Vermutung, daß hier ein Hijacking vorliegt.«

»Mir sagt es, daß es tatsächlich möglich ist, daß du das alles nicht nur geträumt hast.«

»Möglich?« wiederholte Stone.

McGlynns eisige Kapitänsaugen starrten ihn an. »Michael, in meinem Geschäft bekomme ich so ziemlich jeden Schwindel aufgetischt, den du dir vorstellen kannst. Weißt du, wie oft man mich ruft, wenn die ein Schiff absichtlich versenkt haben? Sie rufen mich an, damit das Ganze legal aussieht. ›Du liebe Güte, das Schiff war am Sinken. Die Bergungsschlepper sind gekommen, aber da war es schon zu spät. Zum Glück haben sie unser Rettungsboot aufgenommen.‹ Manchmal komme ich mir vor wie ein Fährdienst für Piraten.«

»Warum sollte ich mein Boot versenken?«

McGlynn sah ihn an. »Laß mich eine Frage stellen ... wie gut sind deine Papiere?«

»Was?«

»Ist die *Veronica* verläßlich dokumentiert?«

»Sie ist in Los Angeles registriert.«

»Und die Papiere – halten die einer genauen Prüfung stand?«

»Wie meinst du das?«

»Ich glaube, du weißt sehr wohl, was ich meine. Herrgott, Mike, jeder weiß, daß an euch beiden irgend etwas krumm ist.«

»Das höre ich nicht das erste Mal. Alle glauben, Sarah und ich wären auf der Flucht vor einem zornigen Ehemann.«

»Ich nicht«, sagte McGlynn. Sein Blick war jetzt der eines Richters, der ein Todesurteil verhängt.

»So, tatsächlich. Was hörst du denn?«

»Der einzige Grund, daß ich nie Zweifel an dir geäußert habe, war, daß du das erste Mal, als ich dich gesehen habe, die *Veronica* durch einen Spalt im Riff gesteuert hast, vor dem selbst die Eingeborenen Angst gehabt hätten, und bloß um irgendein Kind zu retten. Ich dachte mir damals, was auch immer du in der Vergangenheit verbrochen haben magst, sei damit ausgeglichen. Aber wir haben gerade von den Papieren der *Veronica* gesprochen.«

»Sie sind in Ordnung. Der Name hat sich im Lauf der Jahre ein paarmal geändert. Als wir sie gekauft haben, hieß sie *Ashanti.* Das haben wir dann auf *Sarah* umgeändert. Und nach Ronnies Geburt haben wir den Namen noch einmal geändert, auf *Veronica.*«

»Hast du das Boot gekauft?«

»Die Verkaufsurkunde ist beim Taifun Mary über Bord gegangen.«

»Mit dem abgestempelten Scheck?« McGlynn erlaubte sich ein dünnes Lächeln.

»Wir haben bar bezahlt. Das heißt, Sarah hat mit Bargeld bezaht.«

»Und der Verkäufer?«

»Ein Mann aus dem Kongo.«

»Der zufälligerweise Besitzer einer in Finnland gebauten, erstklassigen Segelyacht war! Habt Ihr einen guten Preis bekommen? Ich meine, wo Ihr doch bar bezahlt habt.«

McGlynn lächelte immer noch, und deshalb sagte Stone: »Er hat uns empfohlen, sofort den Namen zu ändern und in ausländischen Gewässern zu segeln.«

»Und vielleicht auch selbst die Namen zu wechseln?«

Stone hielt es für fair, diese Frage ein wenig rätselhaft zu beantworten: »Du kennst uns als die, die wir sind.«

Kerrys Gesichtsausdruck verhärtete sich. »Eine gestohlene Yacht ist nicht der Grund, daß Ihr auf der Flucht seid.

Was hast du angestellt, Mate? Wozu brauchst du mich? Warum kannst du nicht einfach zur US Navy gehen?«

Wenn es jemanden gab, dem er vertrauen konnte, dann war das dieser Freund, dem Sarah soviel bedeutete. Aber er hatte seine Vergangenheit jetzt all die Jahre ebenso vor sich wie vor der Welt verborgen, und das war eine Gewohnheit, die man nicht so ohne weiteres ablegen konnte. Doch er mußte akzeptieren, daß er keine andere Wahl hatte.

»Ich will es dir in wenigen Worten erklären, Kerry«, sagte er. »Ich werde wegen eines Doppelmordes gesucht, den ich nicht begangen habe, und wegen Piraterie, und das zu Recht.«

»Wenn du meine Unterstützung haben willst, Mate, wirst du wohl ein paar Worte mehr rausrücken müssen.«

»Mach es mir nicht schwer, Kerry.«

»Nein, mach *du* es *mir* nicht schwer. Du willst, daß ich dir glaube? Überzeuge mich.«

Stone atmete tief durch. »Wir haben es nie jemandem gesagt. Du wirst gleich begreifen, warum ... Sarahs Vater – der General – ist bei einem Putschversuch ermordet worden. Als der Coup platzte, kamen die auf die Idee, den eigenen Hals damit zu retten, daß sie den Mord mir anhängten.«

Kerrys Reaktion auf diese Enthüllung war die kühle Frage: »Was hattest du in Nigeria zu suchen?«

Stone versuchte immer noch, darauf vorsichtig zu antworten, als er plötzlich spürte, wie der alte Schmerz ihn mit der ganzen Wucht und so verblüffend wie ein Schlag ins Gesicht traf. Er brauchte einen Augenblick, um sich zu fassen.

»Meine erste Frau hieß Katherine. Wir hatten unsere Anteile an einer medizinischen Ultraschallsonde, die wir entwickelt hatten, zu Geld gemacht und waren Segeln gegangen. Eine Art zweite Flitterwochen, weil wir damals bei unseren ersten Flitterwochen keine Zeit gehabt hatten. Wir kauften uns eine große, fette Halberg-Rassy Ketsch. Ein gutes Anfängerboot, wenn man mehr Geld als Verstand hat. Damit haben wir uns fast die Gedärme aus dem Leib geschüttelt, als wir den Atlantik überquert haben und schließlich in London vor Anker gingen. Dort lernte ich Sarah kennen. Sie war damals Assistenzärztin im King's Hospital.«

»Hast dir wohl einen neuen ersten Maat genommen?« Kerry feixte, sagte aber dann nichts mehr, als er das Glitzern in Stones Augen sah.

»Kerry, es gibt keine Nacht, die ich allein auf Wache verbringe, wo ich nicht um Katherine trauere. Oder mich frage, was ich wohl hätte anders machen müssen, um ihr Leben zu retten.«

»Das klingt so, als würdest du sie immer noch lieben.«

»Das tue ich auch.«

»Mehr als Sarah?«

»Nein, natürlich nicht. Wenn ich tausend Leben hätte, würde ich nie ein zweites Mal jemanden wie Sarah finden.«

»Tut mir leid, Mate.« Der Bergungskapitän sah weg. Als er es schließlich wieder fertigbrachte, Stone in die Augen zu blicken, sah er, wie dieser mit den Tränen kämpfte.

»Katherine und Sarah haben sich angefreundet – alle drei wurden wir große Freunde. Sarah war jünger als wir, hatte gerade die ganze Schinderei des Medizinstudiums hinter sich gebracht und war richtig aufgeputscht, daß sie endlich wieder Zeit für sich hatte. Es war wirklich nett, mit ihr zusammenzusein. Als daher ihr alter Herr ihr befahl, nach Lagos zurückzukommen, haben wir ihr versprochen, einmal dort hinunterzusegeln und sie zu besuchen. Und landeten mitten in einem Coup, der sich dann als sehr kurzlebig erwies. Eine Bande von Offizieren der unteren Dienstgrade, die unser lokaler CIA-Agent unter Alkohol gesetzt hatte.«

McGlynn starrte auf einen von der See ziemlich mitgenommenen Frachter unter der Fahne der Volksrepublik China, der gerade die Star Ferry schnitt. Stone atmete tief durch und gab sich Mühe, die Einzelheiten richtig wiederzugeben.

»Sarahs Vater war ein hundertprozentiger Anhänger der zivilen Regierung, und das machte ihn zum ersten Ziel der Putschisten. Bloß daß denen nicht klar war, daß seine Einheiten loyal bleiben würden; er hatte sie wie britische Soldaten ausgebildet und ihnen beigebracht, sich aus der Politik herauszuhalten. Als der Coup scheiterte, kamen die Mistkerle auf die schlaue Idee, das Attentat wie einen Mord aussehen zu lassen – ein Verbrechen aus Leidenschaft –, so als hätte ich den General mit Katherine im Bett erwischt und sie beide in einer Aufwallung wütender Eifersucht getötet.«

»Deine Frau haben sie auch ermordet?«

»Um das Ganze plausibler erscheinen zu lassen. Sie haben sie in ihrem Bett erschossen und die Leiche des Generals über sie geworfen. Sie beide nackt ausgezogen. So fanden wir sie ... Sarahs Vater und meine schöne Katherine ...« Bittere Details eines großen Verlusts. »Das Schlimmste war das Entsetzen in Katherines Gesicht. Sie muß aufgewacht sein und gesehen haben, wie sie ins Zimmer stürmten. Ich werde wohl nie den Gedanken loswerden, welche Angst sie vor dem Sterben empfunden haben mußte. Ich würde alles tun, wenn ich das ändern könnte.«

»Und hat es funktioniert?« fragte Kerry. »Sind sie damit durchgekommen?«

»Ja. Es hat funktioniert. Wenn Sarah nicht gewesen wäre, hätte man mich erschossen, ›beim Versuch, mich der Verhaftung zu entziehen‹. Aber es hat jedenfalls funktioniert, und ich mußte um mein Leben rennen.«

»Warum bist du nicht zur amerikanischen Botschaft gerannt?«

»Weil dieser CIA-Typ derjenige war, der den Nigerianern den Rat gegeben hatte, die Sache dem weißen Amerikaner anzuhängen.«

Kerry musterte ihn skeptisch. Schließlich sagte er: »Und wie ist Piraterie daraus geworden?«

»Die Polizei und das Militär haben mein Segelboot beschlagnahmt und ganz Lagos auf der Suche nach mir auf den Kopf gestellt. Sie hatten Straßensperren aufgestellt, und der Flughafen war abgeriegelt. Sarah sagte mir, daß sie mich erschießen würden. Mir war das gleichgültig. Jetzt, da Katherine tot war, wollte ich auch tot sein. Aber Sarah wollte das nicht zulassen.« Stone schüttelte den Kopf. »Ich höre immer noch, wie sie mich anschreit – wie sie *verlangt,* daß ich überlebe. Zu dem Zeitpunkt war uns bereits klargeworden, daß die CIA-Fassade in Lagos eine Firma war, die Versorgungsschiffe für die Ölbohrinseln vor der Küste betrieb. Also bin ich einfach ab durch die Mitte und habe mir einen ihrer Schlepper unter den Nagel gerissen.«

»Klingt mir mehr nach schwerem Diebstahl als nach Piraterie.«

»Ja. Aber der CIA-Typ hat meine Verfolgung aufgenommen. Etwa hundert Meilen auf hoher See hat er uns in einem nigerianischen Streifenboot erwischt …«

»Und?«

»Ich habe das Streifenboot gerammt.«

»Ist es gesunken?«

»Ich fuhr einen Schlepper mit sechstausend Pferdestärken. Das Letzte, was ich von ihnen sah, war ihr Bug, der auf Afrika zutrieb, und das Heck mit Kurs auf Brasilien.«

»Wie viele sind dabei ertrunken?«

Stone sah ihn an. »Niemand.«

»Woher weißt du das?«

»Weil beide Hälften mich mit Maschinengewehren bepflastert haben.«

»Und wie seid ihr entkommen?«

»Sarah – die sich nach keiner Definition irgend etwas hatte zuschulden kommen lassen und die hätte dortbleiben können – hat ihr Leben riskiert und eines der Schließfächer ihres Vaters geöffnet und einen Schmuggler engagiert, mich abzuholen. Sie blieb an Bord, um mich zu pflegen – ich hatte einen Treffer abbekommen. Der Schmuggler brachte uns nach Moanda, zu seinem Freund am Kongo, und Sarah hat die Swan gekauft. Sie waren immer noch hinter uns her, aber sie bestand darauf, mitzukommen. Es wurde dann ziemlich haarig.«

Er sah Kerry an. Der Australier schüttelte den Kopf. »Versteh das richtig«, sagte Stone, bemüht, dem anderen die Selbstlosigkeit von Sarah klarzumachen, das, was wirklich wichtig war. »Ich war völlig erledigt. Wenn ich nicht gerade blutete, heulte ich. Wir sprechen hier also wirklich nicht von heißer Leidenschaft – das kam später.«

»Liebe?« fiel Kerry ihm ins Wort.

Stone seufzte. »Du verstehst das nicht. Sarah und ich hatten uns sofort ineinander verliebt, als wir uns das erste Mal sahen. Aus der Ferne. Aber das war etwas, das weder sie noch ich weiterbetrieben hätten. Ich habe Katherine wirklich und ehrlich geliebt. Weißt du, wenn du glücklich verheiratet bist, dann akzeptierst du einfach, daß Gott manchmal seine Witze mit uns macht. Du lernst jemanden kennen – eine sofortige Seelenverwandtschaft –, aber du stehst zu deiner Liebe und deinen Verpflichtungen.

Versteh mich übrigens nicht falsch, *so* edel bin ich nicht. Wegen der Verpflichtung allein wäre ich nicht geblieben. Aber ich habe Katherine wirklich geliebt ... trotzdem, zwischen Sarah und mir hatte es von Anfang an gefunkt. Doch es wäre nie etwas passiert ... Aber was ich dir sagen will, ist, daß Sarah nicht nur aus Liebe bei mir blieb. Sie blieb auch aus Gründen der Ehre. Weil sich das gehörte. Katherine war ein unschuldiges Opfer und ich auch. Sarah fühlte sich verantwortlich, obwohl sie ebenso unschuldig war wie wir.«

»Hast du dich je gefragt, warum du eine solche Frau verdienst?«

»Jeden Tag«, lächelte Stone. »Aber ich werde sie nie zurückgeben, niemals.«

Kerrys Blick war jetzt nach innen gewandt. »Irgendwie würde deine ganze Geschichte echter klingen, wenn Sarah in Lagos geblieben wäre, um ihren Vater zu rächen.«

»Echter? Du glaubst mir nicht?«

»Und du, um deine Frau zu rächen.«

»Oh, ich wollte sie alle töten. Ich habe sogar einen Plan ausgeheckt, um an die Offiziere heranzukommen, die das getan haben, und an diesen Hurensohn von einem CIA-Agenten. Sarah wollte nichts davon hören. Sie ist im tiefsten Sinne des Wortes Christin.«

»Sie hat also die andere Wange hingehalten?«

»So könnte man es nennen …«, sagte Stone. »Ich war da nicht so versöhnlich. Aber mit der Zeit hat sie mir klargemacht, daß nichts, was ich tun konnte, auch kein Mord, Katherine wieder lebendig machen würde. Und die Nigerianer und die CIA waren uns natürlich immer noch auf den Fersen«, fuhr er fort und führte damit seine Geschichte ihrem natürlichen Schluß zu.

Verfolgt bis in die Antarktis, dann in den Drake Channel und um Kap Hoorn herum, waren sie schließlich zwischen den Inseln Mikronesiens verschwunden, die sich wie Staub über achteinhalb Millionen Quadratmeilen Ozean verteilen. Ihre Reisen in die »Zivilisation«, um dort Vorräte und Luxusgüter zu besorgen, fanden nur selten statt, und sie machten immer nur kurz Halt. Sie fühlten sich einigermaßen sicher, achteten aber darauf, möglichst jeden Kontakt zu Amerikanern zu vermeiden. Die Japaner und die

Hongkongchinesen, die das Klinikboot unterstützten, hatten keinen Anlaß, Zweifel an ihrer Vergangenheit zu äußern, und so hätte es vielleicht immer weitergehen können, wenn da nicht plötzlich die *Dallas Belle* in ihr Leben getreten wäre und einen Arzt gebraucht hätte.

»Teufel auch«, sagte Kerry erneut.

Stone ignorierte ihn.

»Und deshalb wird die US Navy uns nicht helfen, obwohl all das viele Jahre und fünfzehntausend Meilen zurückliegt. Ich sehe das jetzt so, daß die Leute, die Sarah entführt haben, das Schiff wegen seiner Ladung gestohlen haben. Jemand wurde bei dem Hijacking verletzt, und sie haben sich Sarah geholt, um ihn zu verarzten. Dein nicht erklärtes Mayday paßt genau zu dem Toten am Strand.«

»Vielleicht.«

»Betreibt die US Navy immer noch ihr akustisches Peilsystem?«

»SOSUS«, antwortete Kerry McGlynn, »Sound Surveillance System.«

»Wenn die ihre Aufzeichnungen für die Umgebung von Pulo Helena aufrufen könnten, dann könnten sie dieses Schiff identifizieren und auch herausbekommen, wo es jetzt ist.«

»Möglich«, sagte Kerry.

»Ich kann mich nicht an die US Navy wenden. Aber ich wette, du könntest das, oder dein Bruder. Ich gehe jede Wette ein, daß die australische Navy das US-System anzapfen kann.«

McGlynn schüttelte den Kopf.

»Warum nicht?«

»Du verlangst da von mir, daß er seine Karriere bei der Navy aufs Spiel setzt.«

»Ich bitte dich, mir zu helfen, Sarah zurückzubekommen.«

»Ich kann nicht erkennen, wie das möglich sein soll, ohne daß du reinen Tisch machst.«

»Mich dem US-Konsulat auf Gnade und Barmherzigkeit auszuliefern kommt aus zwei Gründen nicht in Frage: Wir haben ein Kind. Wenn der Preis dafür, daß ich meine Frau zurückbekomme, der ist, daß wir beide ins Gefängnis wandern, was passiert dann mit Ronnie?«

McGlynn gab darauf keine Antwort.

»Aber selbst wenn ich dieses Risiko eingehen würde, wäre ich noch keineswegs sicher, daß sie auch suchen würden. Ich weiß, daß diese Geschichte verrückt klingt. Meine Freundin Lydia Chin hat mich angesehen, als ob ich nicht ganz bei Trost wäre. Und du tust das jetzt auch. Hättest du wirklich Lust, ein Rudel Bürokraten dazu zu überreden, die Navy zu rufen? Herrgott, das würde Tage, ja Wochen dauern, und bis dahin – wo zum Teufel ist sie da? Was machen die mit ihr?«

McGlynn sah ihm scharf in die Augen. »Versuche mal, deine Geschichte aus meiner Perspektive zu sehen.«

»Wie meinst du das?«

»Sie klingt tatsächlich verrückt. Verrückter als deine Piratengeschichte.«

»Verrückt? Oder glaubst du mir nicht?«

Kerry seufzte. »Das würde ich gern. Wirklich. Ich kenne dich und Sarah schon eine ganze Ewigkeit.«

»Wenn ich lüge, wo ist dann Sarah?«

»Da fallen mir zwei Möglichkeiten ein: Nummer eins, sie hat ihre Sachen gepackt und dich verlassen, oder Nummer zwei, du hast sie verlassen.«

»Sie verlassen? Wo ist mein Boot?«

»Das mußt du mir sagen, Mate.«

In dem Augenblick erkannte Stone, welchen versteckten Preis man dafür bezahlte, sich von allen Menschen zu isolieren. Ein echter Freund würde sich nie eine solche Lüge vorstellen können; aber Kerry war nie ein echter Freund gewesen, nur ein Bekannter wie Marcus Salinis, wie die anderen auf ihrer Pazifikroute, wie Lydia Chin. Er hatte einen und nur einen Freund, und das war Sarah. Der Rest hielt die Ränder seines Lebens besetzt, dort, wo er sie ganz bewußt hingeschoben hatte, das mußte er zugeben – oder wohin er sie hatte treiben lassen, was auf dasselbe hinauslief. Mit Sarah an seiner Seite hatte ihn das nie gestört. Ohne sie war er völlig allein.

»Warum«, fragte er, »würde ich denn, wenn ich sie verlassen habe, mit dieser Geschichte zu dir kommen, daß ein Gasfrachter mein Boot genommen und die beiden entführt hat?«

Kerry seufzte erneut. Kapitän mit kalten Augen oder nicht, er schien sich mit seiner Interpretation keineswegs wohl zu fühlen.

»Warum?« bohrte Stone weiter. »Jetzt klingst *du* verrückt. Wenn ich sie verlassen habe, weshalb würde ich mir dann die Mühe machen, eine Story zu erfinden?«

»Vielleicht, weil du eine Story gebraucht hast.«

»Was? Wofür?«

»Um zu erklären –«

»Was zu erklären?« fiel ihm Stone ins Wort und hatte das schreckliche Gefühl, daß McGlynn ihm einen Schlag voraus war.

»Um zu erklären, weshalb sie und deine Tochter verschwunden sind.«

»Jetzt komme ich nicht mehr mit, Kerry.«

»Schau mich an! Wenn sie dich verlassen hätte, würdest du irgendeine Story brauchen, mit der du leben kannst. Oder wenigstens eine, die du deinen Freunden erzählen kannst.«

»Ich schwöre dir, sie hat mich nicht verlassen.«

»Michael, ich weiß nicht, ob du sie verlassen hast oder sie dich, oder was sonst.« Kerry ließ das Bier in seinem Glas kreisen. Als er dann weitersprach, klang seine Stimme sanft: »Die Menschen tun manchmal auf See verrückte Dinge. Man fährt da ganz allein hinaus und denkt verrücktes Zeug. Manchmal *tut* man verrücktes Zeug. Ich wette, daß einmal im Monat irgendein Seemann plötzlich nach seiner Feueraxt greift und seinen besten Kumpel erschlägt … letztes Jahr wollte so ein Typ auf einem Supertanker nach Hause, also hat er einen Schweißbrenner an einem Ventil auf dem Vorderdeck mit Draht angebunden und gedacht, ein Feuer würde dazu führen, daß man ihn mit dem Helikopter nach Sydney fliegt. Das hat man auch – in einem Sarg; das Schiff war leer, also waren nur Gasreste in den Tanks. Die Explosion hat den ganzen Bug abgerissen.«

»Du großer Gott. Du glaubst also, daß ich Sarah etwas angetan habe?«

»Das kommt vor.«

»Ich habe dir gerade gesagt, was sie mir bedeutet. Ich liebe sie.«

»Ich habe dich gehört.«

»Und meine Tochter?«

»Das kommt vor.«

»Und anschließend habe ich die Swan versenkt?«

»Das hast jetzt du gesagt, nicht ich.«

»Ich liebe sie. Aber ganz davon abgesehen bin ich überhaupt nicht imstande, jemandem weh zu tun. Herrgott, wenn ich das wäre, glaubst du nicht, daß deine Zähne jetzt schon auf dem Boden liegen würden?«

Kerrys Gesicht rötete sich. »Versuch's doch, Mate.«

»Scheiße, du glaubst mir nicht.«

Stone beugte sich vor, um seinen Rucksack aufzuheben. Ein heftiger Schlag traf ihn im Nacken. Der Schlag war so heftig, daß er vom Stuhl geworfen wurde und unter den Tisch flog. Er dachte, Kerry hätte ihm einen Schlag ins Gesicht versetzt. Aber irgendwie war das Fenster zerbrochen.

Kalter Wind wehte herein. Eine Frau schrie. Und Kerry sackte aus seinem Stuhl, zog dabei das Tischtuch und das Geschirr auf sich herunter, und aus seiner Schulter spritzte hellrotes Blut.

Eine Weinflasche explodierte am Nachbartisch mit einem schrillen Ton, und ein Eiskübel zersprang und ließ einen Regen von Eiswürfeln auf Stone herunterprasseln. »Auf den Boden!« schrie jemand. »Die schießen immer noch!«

15

Stone warf sich auf Kerry und preßte eine zusammengeknüllte Serviette gegen die Wunde.

Der Bergungskapitän war so weiß wie das Tischtuch und rang nach Luft. »Was war da los?«

»Die haben *mich* verfehlt.«

Überall im Restaurant schrien Menschen und warfen sich auf den Boden. Andere standen wie erstarrt da und zeigten auf die Löcher im Fenster. Ein Amerikaner in mittleren Jahren stieß Stone weg und schrie: »Aus dem Weg. Ich bin Arzt.«

»Verschwinde, Mate«, flüsterte Kerry.

Stone hetzte zur Tür. Die Servierdame rief aufgeregt ins Telefon, man solle eine Ambulanz schicken. Stone rannte zu den Aufzügen, sah in ihnen plötzlich eine Falle und hetzte die Treppe hinunter. Nach fünfzehn Stockwerken hörte er laute Schritte mehrerer Männer und die Rufe eines Sergeants eines Polizeitrupps, der die Treppe heraufgestürmt kam. Stone riß eine Feuertür zu einem der Hotelkorridore auf, rannte zu den Aufzügen und wartete unruhig, bis eine Aufzugkabine kam; dabei betete er still darum, daß die Polizei nicht in Panik geraten war und das System abgeschaltet hatte. Er hörte die Polizisten auf der Treppe an ihm vorbei nach oben rennen.

Die Liftkabine hielt an, die Türen öffneten sich, und sein Blick fiel auf eine verängstigte Menschenmenge, die auf der Flucht aus dem Restaurant war. Stone zwängte sich hinein. Eine Engländerin starrte ihn an. »Sagen Sie, waren Sie nicht bei dem Mann, auf den geschossen wurde?« Stone schüttelte nervös den Kopf und wandte sich ab.

In der Hotelhalle hatte man von den Schüssen gehört; die Leute drängten sich an die Fenster und starrten auf die Straße hinaus, wo sich jetzt vor dem Eingang Polizeifahrzeuge und Ambulanzen drängten und den Verkehr blockierten.

Stone ging zu den Telefonen und rief Lydia Chin an. Die Reederin befand sich in einer Besprechung. »Holen Sie sie heraus. Es ist dringend ...«

Lydia meldete sich und sagte, ehe er zum Reden ansetzen konnte: »Niemand hat irgendwelche Informationen über einen verschwundenen Gastanker. Nirgends ist ein derartiges Schiff als überfällig gemeldet. Nirgends auf der ganzen Welt.«

»Sag deinem Freund Ronald, daß ich mit ihm reden will.«

»Nein, Michael. Du spielst mit dem Feuer.«

Auf der anderen Seite der Hotelhalle sah er die Engländerin, die ihn im Lift angesprochen hatte, mit einem Polizeibeamten reden. »Ich bin bereits im Feuer, Lydia. Sag es ihm. Oder gib mir eine Nummer, die ich anrufen kann.«

»Die werden dich vernichten.«

»Ich habe sonst niemanden, an den ich mich wenden kann. Die sind meine letzte Chance.«

»Nein«, sagte Lydia. »Ich will nicht daran beteiligt sein, wenn –«

»Vergiß es«, sagte Stone und legte den Hörer auf. »Dein Freund hat mich gerade gefunden.«

Der Mann von der Triade saß auf einem Lehnsessel, ohne sich um das ihn umgebende Chaos zu kümmern, und beobachtete Stone mit berechnender Miene. Schakale hatte Lydia sie genannt. Sie wollten das gestohlene Schiff. Sie wollten es den Dieben stehlen und die Ladung verkaufen. Na großartig. Er würde mitkommen und Sarah und Ronnie irgendwie befreien, ehe die Schießerei begann.

Als Stone auf den Mann zuging, zeigte die Engländerin, die immer noch bei dem Polizisten stand, auf ihn. Ronald bemerkte das, stand schnell auf und ging zum Garagenlift. Stone rannte hinter ihm her, während zwei Kantonesen, die in der Nähe von Ronald gesessen hatten, aufsprangen und dem Polizisten den Weg versperrten. Ronald zwängte sich durch eine Brandtür und winkte Stone, ihm auf der Treppe zur Garage hinunter zu folgen.

»Was zum Teufel machen Sie hier?«

»Hey, Segler. Chiu Chau immer noch auf Suche nach Ihnen.«

»Die haben gerade auf meinen Freund geschossen.«

»Und Sie verpaßt.«

»Was machen Sie hier?«

»Boys sind Ihnen gefolgt. Mein Boß möchte mit Ihnen sprechen.«

»Worüber?«

»Erkläre in Auto.«

In der Garage wartete bereits ein Toyota mit einem Fahrer und einem Mann neben ihm. Beide Männer trugen voluminöse Hemden, unter denen Platz für Waffen war. Stone und Ronald stiegen ein, und der Fahrer legte wortlos den Gang ein und fuhr los.

Sie fuhren in Richtung auf die Causeway Bay.

»Wie Sie Chiu Chau ärgern?« fragte Ronald.

»Ich sagte Ihnen schon, ich weiß es nicht. Was möchte Ihr Boß?«

»Vielleicht Chiu Chau böse wegen Schiff? Vielleicht Sie ihnen in die Quere kommen – hey, Segler. Wer es gekauft?«

»Was?«

»Das Schiff mit Ihrer Familie. Wer Gas kaufen?«

»Kraftwerk. Generatorstation.«

Ronald zog ein Handy aus der Jackentasche, sagte ein paar Worte auf kantonesisch, lauschte dann aufmerksam, ohne dabei Stone aus den Augen zu lassen.

»Bullen«, sagte er, als er den Apparat zuklappte, »suchen Schützen. Großer Engländer. Gelbes Haar.« Er lächelte zu Stone hinüber. »Klingt wie Mann, der gestern am Flughafen Polizeiauto stehlen ... Davon gehört?«

Stone sah zum Fenster hinaus. Wo er auch hinging, wußten Fremde mehr als er. In Causeway Bay schlängelte sich der Wagen durch ein Gewirr von Tunnels und Zufahrten zur Fernstraße und hielt schließlich keine dreihundert Meter vom Yachtclub vor dem Wolkenkratzerbau eines Hotels.

Ronald begleitete Stone durch die prunkvoll ausgestattete Eingangshalle in eine Liftkabine.

»Was will Ihr Boß?«

»Ärgern Sie ihn nicht.«

»Wie heißt er?«

»Sagen Sie Mr. Chang zu ihm.« Er führte Stone in eine Suite mit einer riesigen Glaswand, durch die man das Taifunbecken sehen konnte.

Auf einer Couch saß ein kräftig gebauter Kantonese in mittleren Jahren; seine konservative Kleidung – ein gutgeschnittener, aber unauffälliger blauer Anzug, wie ihn die Geschäftsleute in Hongkong tragen – und unauffälliger Schmuck – ein goldener Siegelring und ein schmaler Ehering – bildeten einen deutlichen Kontrast zu Ronalds Gangsterkostüm.

Ronald stellte Stone vor. Das Licht spiegelte sich kurz in

seiner Stahlbrille, als Mr. Chang nickte, aber er erhob sich weder von der Couch noch gab er Stone die Hand. Auf dem Couchtisch stand eine zugedeckte Teetasse. Auf der anderen Seite des Raumes war auf einem Besprechungstisch eine Karte ausgebreitet und an den Ecken mit gläsernen Aschenbechern beschwert.

»Wollen Tee, Doc?« fragte Ronald.

»Nein.«

Jetzt sagte Chang zum ersten Mal etwas. Er hatte eine tiefe, dröhnende Stimme. »Sie suchen Schiff?«

»Ich suche meine Frau und meine Tochter, die *auf* dem Schiff sind ...«

»Wo ist das Schiff?«

»Ich glaube, sie sind in Shanghai.« Stone versuchte durch Changs glitzernde Brillengläser hindurchzusehen, als er fortfuhr: »Ich möchte nach Shanghai, ohne daß jemand das erfährt. Und ich möchte eine Bestätigung für die Story, die ich mir als Tarnung zulegen will.«

»Was für eine Story?«

»Ich werde sagen, daß ich für ausländische Investoren nach Standorten für einen Yachthafen im westlichen Stil suche.«

Chang sah ihn interessiert an. Zumindest wurde sein starrer Blick intensiver.

Nach einem vorsichtigen Blick auf seinen Boß grinste Ronald: »Nicht schlecht.«

»Ich brauche einen Führer. Einen Dolmetscher, der sich im Hafengebiet auskennt.«

»Ich ja schon gesagt, Sie brauchen viel, Doc.«

»Und ein Boot für den Fluß ... und dann brauche ich noch etwas Geld.«

»Gestern nacht Sie sagen, kein Geld brauchen.«

»Geld, um mich bewegen zu können. Bestechungsgeld. Ich bin bereit, dafür alles zu geben, was ich kann.«

Changs Ausdruck blieb unverändert, aber Ronald grinste erneut. »Sie kein Spaß, Doc. Was für eine Art Handel?«

»Sie wissen verdammt gut, daß ich keine Zeit zum Handeln habe«, konterte Stone. »Sie wissen, was ich brauche. Und Sie wissen, daß ich auf der Flucht bin. Ich bin Arzt. Ich bin bereit, alles zu tun, was Sie wollen, alles, was ich kann.«

Jetzt ließ sich Chang wieder vernehmen: »China hat eine Menge Ärzte.«

»Wozu haben Sie mich dann hierher geholt, verdammt?«

Ronald ging ans Fenster. »Herkommen, Doc.« Und dann flüsterte er leise: »Jemand redet so mit Mr. Chang, fliegt zum Fenster hinaus.«

Siebenundzwanzig Stockwerke unter ihnen wirkte das Taifunbecken der Causeway Bay ordentlich, hier war nichts von dem Durcheinander von Ankerleinen und dicht an dicht liegenden Schiffen zu sehen, Schiffen, die so dicht zusammengepackt waren, daß man den größten Teil des weiträumigen Beckens von Deck zu Deck zu Fuß überqueren konnte.

»Sehen dort unten?«

»Ja?«

Ronald deutete mit seinem manikürten Finger auf das westliche Ende des Beckens. »Sie sehen dort unten?«

»Was? Den Yachtclub?«

»Hongkong Yachtclub.«

»Okay. Ich sehe ihn.«

»Ihr Club. Ehrenmitglied.«

»Und?«

»Okay.« Er deutete auf das gegenüberliegende Ende des Beckens etwa eine halbe Meile östlich. »Ganz am Ende. Sehen Yacht.«

»Die mit dem Helikopterpad?« Eine kreisförmige Fläche im Heckbereich war mit einem großen H markiert.

»Motoryacht.«

»Und was ist damit?« Stone hatte gestern abend, während er auf das Taxi gewartet hatte, gesehen, wie die Yacht angekommen war. Es war die größte im ganzen Becken, über hundert Fuß lang, sie starrte förmlich von Antennen. Weiße Kuppeln bedeckten Empfangsschüsseln für Satellitenkommunikation.

»Tin Hau.«

»Die Seegöttin.« Ein sehr geläufiger Bootsname in Hongkong.

»Große Yacht. Fährt überall hin.«

Vielleicht plante Mr. Chang, die Yacht dafür einzusetzen, menschliche Organe aus Guangzhou den Pearl River hinunterzuschmuggeln. Das Problem war, daß der Triadenboß eine überhöhte Meinung von Stones ärztlichen Fähigkeiten hatte.

»Ronald, ich habe das gestern abend schon gesagt. Notfälle. Ich habe keine Ahnung von Transplantationen.«

»Kein Problem, Doc. Wie Mr. Chang schon sagen, wir haben eine Menge Ärzte.«

»Wozu brauchen Sie mich dann?«

Anstatt Stone zu antworten, sah Ronald Mr. Chang an. Ronald konnte seine Enttäuschung nicht verbergen. Er begann zu protestieren, aber Chang schüttelte erneut den Kopf, grunzte ein Wort in Kantonesisch und stand auf. Zwei Leibwächter, ebenso konservativ wie er gekleidet, tauchten aus einem Nebenzimmer auf und begleiteten ihn aus der Suite.

Ronald wartete, bis er hörte, daß die Tür sich geschlossen hatte. »Mr. Chang mag Sie.«

Stone war überrascht. Er hatte die Situation so gedeutet, daß Chang gegen sie war. »Mag er mich genug, um mir zu helfen?« fragte er.

»Mr. Chang hat sehr guten Freund in Shanghai, Geschäftsmann. Früher einmal hoher Beamter in Volksrepublik. Hat Baumwollfabrik geleitet. Am Tag vor Pensionierung er Fabrik an ›Privatunternehmen‹ Aktiengesellschaft verkauft. Gehört seiner Frau. Am nächsten Tag er Besitzer von staatliche Fabrik. Sehr wichtiger Mann, Mr. Changs Freund. Sehr reich. Er lieben schöne Sachen. Mr. Chang denken, diese Yacht altem Freund gefallen.«

Stone starrte ihn an. »Was?«

»Triade noch nie Yacht aus Taifunbecken stehlen. Tanka Bootsboys uns hassen. Wie Wachhunde. Sie mich kommen sehen, die bellen. Aber nicht bellen, wenn *gweilo* Ehrenmitglied von Hongkong Yachtclub kommen.«

»Sie sind verrückt.«

»Sie machen mich berühmten Gangster, Doc. Reich und berühmt. Und Mr. Chang dann mein sehr guter Freund.«

»Ich bin kein Dieb«, sagte Stone, aber damit versuchte er nur, Zeit zu gewinnen. Der Diebstahl eines Bootes war dem Diebstahl von menschlichen Organen weit vorzuziehen; das Problem war nur, daß es unmöglich aussah.

»Sie haben keine Wahl, Segler. Ich höre, die schießen im Hilton auf Leute.«

»Und wie soll ich die Yacht dort herausholen, einmal vorausgesetzt, daß ich überhaupt an Bord komme?«

»Ich Nachforschungen angestellt. Alle sagen, Sie ganz großer Segler. Sie sagen, diese Yacht zu groß?«

»Ich kann damit umgehen. Aber was ist mit den Bootsboys? Da schlafen doch sicher ein paar an Bord.«

»Sie kümmern sich um Bootsboys.«

»Ich werde keine Menschen töten.«

»Nicht töten. Fesseln. Wir lassen später laufen.«

»Das kann ich mir denken ... Und was ist mit der Polizei? Selbst wenn ich die Yacht aus der Bucht heraushole, was ist, wenn mich eine Hafenstreife aufhält?«

»Morgen nacht Nebel. Die können nicht sehen.«

»Die haben Radar.«

»Wir haben ECM.«

»Machen Sie keine Witze.«

Ronalds Züge verhärteten sich. »Mr. Chang macht keine Witze.«

»Radarabwehr? ›Electronic Countermeasures‹?«

»Er hat die neuesten PLA*-Störgeräte. Wir stören Radar von Wasserpolizei. Sie brauchen bloß Hafenpatrouille entkommen und sich mit einer PRC** Patrouille treffen, und Sie fertig.«

»Wie weit?«

»Dreizehn Meilen.«

Ronald ging mit ihm zum Tisch. Es handelte sich um ein altes Kartenblatt aus der Zeit vor der Übergabe – Defense Mapping 93733, auf der in kleinem Maßstab Hongkong und die umgebenden Gewässer dargestellt waren. Ronald deutete auf eine Route, die in östlicher Richtung aus der Bucht herausführte, Hongkong Island im Süden umfuhr, in den Tathong Channel führte und dann wieder in östlicher Richtung zwischen der Joss House Bay und der Insel Tung Lung hindurchführte. Von Tung Lung führte der Kurs in östlicher Richtung vorwiegend über offenes Meer zu einer gepunkteten Linie, die die ehemalige Grenze zwischen »Hongkong (United Kingdom)« auf der einen und »Guangdong Sheng, China« auf der anderen Seite darstellte. »PLA Freunde dort warten«, sagte Ronald. »Diese Linie überqueren, und Sie geschafft.«

Es sah eher aus wie sechzehn Meilen. »Was soll das heißen, geschafft?« fragte Stone. »Was ist mit der Hafenpatrouille? Die Wasserpolizei ist jetzt doch auch PRC, oder?«

»Vielleicht ein paar Hongkongwasserpolizisten Chiu Chau. Vielleicht ein paar PLA Marinepatrouille Freunde

* PLA: Peoples Liberation Army – Volksbefreiungsarmee
** PRC: Peoples Republic of China – Volksrepublik China

Mr. Chang«, antwortete Ronald. Und dann mit übertrieben wirkender Geduld: »Sie L. A. kennen, Segler?«

Stone zögerte.

Ronald lachte laut. »Ihr Boot L. A. registriert, vergessen? In L. A. Sie haben Bloods und Crips. Crips stehlen Truck in Bloods Revier, Bloods sauer. Genauso Hongkong und PRC. Noch Fragen, Segler?«

»Ja, Ronald. Sie verlangen von mir, daß ich darauf vertraue, daß Sie Ihre Seite des Handels einhalten, wenn ich Ihnen dieses Boot auf hoher See übergebe.«

»Warum nicht? Sie alter Freund von Ms. Chin. Außerdem vielleicht Sie uns in Shanghai helfen ...«

»Indem ich was tue?« fragte Stone argwöhnisch.

»Dies Ihre beste Chance, Segler.«

Er geriet tiefer und tiefer hinein. Die Frage war nur, rückte er damit Sarah und Ronnie näher? Und dann spürte er ein seltsames Zucken in den Mundwinkeln, den Anflug eines Lächelns: Immerhin würde er den Fisch damit wieder ins Wasser bringen.

»Hey, wo gehen hin?«

Stone war schon zur Tür hinaus. »Ich will mir die Yacht ansehen.«

»Ich Sie fahren. Chiu Chau überall.«

»Aufwachen, Sweetie«, flüsterte Sarah. Das Schiff trieb immer noch und schlingerte sanft in der Dünung.

Ronnie wachte mißmutig auf. »Was?«

»Schsch. Wir verschwinden hier.«

Sie blinzelte. »Wirklich? Wann?«

»Jetzt. Hier ist deine Windjacke – laß deinen Rucksack hier.«

»Aber da sind all meine Sachen drin.«

»Die Taschen können wir nicht mitnehmen. Wenn die uns erwischen, sagen wir, wir machen einen Spaziergang.

Tut mir leid. Ich lasse meine Sachen auch da. Hier.« Sie gab Ronnie das GPS. »Versteck das in deiner Tasche. Ich habe eine Wasserflasche und das Funkgerät.«

»Die sehen uns doch.«

»Nein, da draußen ist jetzt eine richtige Waschküche, siehst du?«

Ronnie spähte unsicher zum Bullauge hinaus. »Ich habe Angst.«

»Ich auch.«

»Was ist mit Mr. Jack?« flüsterte Ronnie mit einem ängstlichen Blick auf den alten Mann im Bett.

»Ich habe ihm eine Schlaftablette gegeben. Gehen wir jetzt.«

»Wo ist Moss?«

»Auf der Brücke.«

»Bist du da sicher?«

»Komm jetzt.«

Sie nahm ihre Tochter bei der Hand. Ronnie warf einen sehnsüchtigen Blick auf die inzwischen vertraut gewordene Kabine, die von der Decke baumelnden Flugzeuge und ihren Snoopy-Rucksack. Dann trat Sarah mutig in den Vorraum und ging von dort zur Tür und die Treppe hinunter.

»Jemand kommt die Treppe herauf.«

»Wir machen bloß einen Spaziergang, nicht vergessen«, sagte Sarah. Sie legte Ronnie den Arm über die Schulter und lächelte den chinesischen Matrosen an, der in seinem Overall die Treppe zur Mannschaftsmesse hinauftrottete. Er zog den Kopf ein. Immer weiter ging es hinunter unter das Hauptdeck in die Tiefen des Rumpfes. Jetzt, wo die Maschinen verstummt waren, herrschte dort gespenstische Stille, und selbst als Sarah eine Tür auf dem Mannschaftsdeck öffnete, waren die einzigen mechanischen Geräusche, die sie hörten, ein fernes Murmeln des Hilfsgenerators, der den elektrischen Strom lieferte, und das Brummen der

Kompressoren, die die Ladung kühlten. Ihr kam das alles zu einfach vor. Aber vielleicht hatten sie auch nur Glück.

»Da schau!«

Das Zodiac, ein halbstarres zwölf Fuß langes Schlauchboot mit Außenbordmotor, lehnte neben der Fallreeptür an der Wand. Der kleine Außenbordmotor war fest neben einem zwanzig Liter fassenden Treibstofftank befestigt.

Im Gegensatz zu der Rettungsboje verfügte das Schlauchboot über kein Dach, bot also keinerlei Schutz. Aber sie hatten ihre Windjacken, wenn die auch für den Winter so weit im Norden recht leicht waren. Sarah ging an die Tür und machte sich an der schweren Verriegelung zu schaffen. »Hilf mir.«

Ronnie hatte sich plötzlich niedergekniet und hantierte an ihrem Turnschuh herum. »Hilf mir, Mom.«

Sarah kniete ärgerlich neben ihr nieder. »Was ist denn mit dir los?«

»Schau nicht nach oben.«

»Warum?«

»Da ist eine Videokamera, die auf die Tür gerichtet ist.«

»Du großer Gott. Was habe ich getan?«

»Das ist nicht deine Schuld, Mummy«, flüsterte Ronnie. »Sie ist versteckt – Tu so, als würdest du mir helfen.«

Sarah versuchte nachzudenken. »Und dann richten wir uns auf und gehen weg.«

»Nein, das geht nicht. Die Kamera hat gesehen, daß ich sie entdeckt habe.«

»Ver –«

»Laß uns tanzen!«

»Was?«

Sie sprang auf, ehe Sarah sie daran hindern konnte, und winkte in die Kamera, die halb in einem Stahlträger versteckt war. »Hi, Mr. Jack. Sehen Sie uns? Hi, Moss. Komm schon, Mummy. Es ist Mr. Jack. Hi, Mr. Jack. Hi, Moss.

Komm, Mummy.« Sie zog Sarah hoch, legte ihr den Arm um die Hüfte und machte einen Hopser. »Eins, zwei, drei, hopp. Eins, zwei, drei, hopp. Wir haben den Cancan im Offiziersclub in Kwajalein gelernt«, rief sie, als ob sie beide nicht wüßten, daß Mr. Jack im Bett lag und Sarah ihm eine Schlaftablette verabreicht hatte. »Tut mir leid, Mr. Jack. Mummy mag das nicht, weil sie nämlich sehr britisch ist. Sie wissen schon. Bye-bye!«

Sie bugsierte ihre Mutter durch die Tür und dann die Treppe hinauf. »Eins, zwei, drei, hopp!«

Drei Decks weiter oben stießen sie auf Ah Lee, der ein Tablett mit Whisky, Gläsern und Eis trug. Sein übel zugerichtetes Gesicht verzog sich ängstlich, als er sie sah. »Nicht erlaubt. Nicht erlaubt.«

»Ist schon okay, Ah Lee. Wir machen bloß einen Spaziergang.«

»Nicht erlaubt.«

»Spaziergang.«

»Umkehren.«

»Spaziergang.«

»Ich Moss sagen.«

»Bitte. Nicht.«

Ah Lee hastete die Treppe hinauf. Sarah rannte zu der Stahltür, die aufs Achterdeck führte. Der Nebel war so dick, daß sie das Schanzkleid nicht sehen konnten. Die Rettungsboje war ein weißer Schemen.

»Schnell.«

Die Boje war neben einer Tür im Schanzkleid festgezurrt. Aber die Tür war zugerostet. Um die Boje zu Wasser zu bringen, mußten sie sie über das Schanzkleid stemmen, und das reichte ihr bis zur Stirn. Sie kniete neben dem Behälter nieder und tastete nach den Tauen, mit denen es festgezurrt war.

»Steh auf, Mum, es kommt jemand.«

Sarah sprang in die Höhe und von der Boje weg, als Moss aus dem Nebel auftauchte. »*Fuck you,* was habt ihr beiden hier draußen verloren?«

Sarah richtete sich zu ihrer ganzen Größe auf. »Würden Sie freundlicherweise Ihre Ausdrucksweise vor meiner Tochter ein wenig mäßigen?«

Moss packte sie am Arm, drückte durch den dünnen Stoff der Windjacke schmerzhaft zu. »Hinein.«

Moss stieß Sarah so unsanft in Mr. Jacks Schlafkabine, daß sie gegen das Bett taumelte. Ronnie schob er hinter ihr her. Der alte Mann wachte auf, war benommen. Aber als er Moss' Gesichtsausdruck sah, war er sofort hellwach, als ob er die Wirkung der Schlaftablette mit reiner Willenskraft neutralisieren könnte. Oder war es Angst? Er sah aus, als hätte er Angst.

»Was haben die denn gemacht? Ein Signal abgesetzt?«

»Ich habe sie dabei erwischt, wie sie auf dem Hauptdeck herumgestöbert haben.«

Sichtlich erleichtert stemmte Mr. Jack sich hoch. Als Sarah ihm helfen wollte, schüttelte er sie ab. »Was zum Teufel haben Sie draußen auf dem Hauptdeck gemacht?«

»Wir wollten uns ein wenig die Beine vertreten«, sagte Sarah. Ihr Arm brannte, wo Moss sie gepackt hatte, aber sie wollte ihm nicht die Genugtuung verschaffen, ihn das merken zu lassen, indem sie sich die schmerzende Stelle rieb. Ronnies Augen waren groß wie Untertassen, und ihr Atem ging schwer.

»Die haben an der Rettungsboje herumgeschnüffelt.«

»Haben wir nicht«, sagte Ronnie. »Wir haben einen Spaziergang gemacht.«

Moss sagte: »Das war gleich nachdem die Kamera sie an der Fallreeptür erfaßt hat. Der Messejunge hat sie dann wieder die Treppe herauflaufen sehen.«

»Er hat uns Angst eingejagt«, sagte Ronnie. »Und jetzt

machen Sie uns angst.« Das Gesicht entgleiste ihr. »Mr. Jack, warum –«

»Schluß damit, Kleine. Ich habe schon bessere Schauspielerleistungen von einem Schwein gesehen.« Das war die Art von witziger Bemerkung, die dem alten Mann gewöhnlich lautes Gelächter der Kleinen eintrug, aber nicht, wenn er schroffer und grausamer blickte als Moss.

»Der Messejunge sagt, die beiden wollten ihn dazu überreden, ihnen mit dem Schlauchboot zu helfen.«

»Das ist eine Lüge! Das hat er nicht gesagt.«

»Das hat er mir gesagt, Mr. Jack.«

»Weil Sie ihn verprügelt haben«, schrie Ronnie.

»Maul halten.«

»Der würde alles sagen, damit Sie ihn nicht noch einmal so zurichten.«

»Maul halten, alle beide.«

Eine Dampfpfeife schrillte über das Wasser.

Sarah fuhr zum Bullauge herum.

Ein langer dunkler Schiffsrumpf tauchte aus dem Nebel auf und bewegte sich geradewegs auf die *Dallas Belle* zu. Dann noch einer. Und ein dritter. Schlepper, von der See mitgenommen, schmutzig und mit dicken Dampfwolken, die sich in den Nebel mischten. Schwarzgekleidete Matrosen drängten sich auf den Decks. Jetzt konnte man die roten Fahnen mit den gelben Sternen der Volksrepublik China erkennen.

Sie betete immer noch darum, daß das die Rettung bedeutete, als der Kapitän in die Kabine gerannt kam.

»Schlepper längsseits, Mr. Jack.«

Der alte Mann stemmte sich auf seinem unverletzten Ellbogen noch etwas höher; seine Augen brannten.

»Hält die Wolkendecke?«

»Wie versprochen. Aber der Nebel lichtet sich. Wir haben nicht viel Zeit.«

»Anhängen. Verschwinden wir hier. – Ronnie, geh und hol dir ein Eis.«

»Ich mag keins.«

»Mund halten! Moss, schaff sie in die Kombüse.«

Ronnies Augen weiteten sich. Er hatte sie noch nie zuvor angeschrien, aber Sarah konnte bloß hilflos nicken. »Geh, Liebes. Ich werde mit Mr. Jack reden.«

Moss deutete mit dem Daumen auf die Tür. Ronnie duckte sich an ihm vorbei und rannte voraus. Mr. Jack sah jetzt Sarah mit eisiger Miene an.

»Blöde Schnalle«, schrie er sie an. »Ihr Leben und das der Kleinen riskieren!«

»Wir wollten uns die Beine vertreten«, beharrte Sarah. »Ah Lee hatte Angst. Er hat das nicht verstanden. Oder, was wahrscheinlicher ist, Moss hat gelogen.«

»Doc, Sie werden sich gleich ein paar blaue Flecken einhandeln.«

»Ich weiß nicht, was Sie meinen. Wir wollten uns bloß die Beine vertreten.«

»Schluß mit der Lügerei. Sie haben versucht zu entkommen.«

Sarah setzte erneut zum Protest an, schüttelte dann aber nur bedrückt den Kopf. »Nein, das haben wir nicht. Aber würden Sie das nicht tun?«

»Mein Kopf fühlt sich an wie Schlamm. Haben Sie mir einen Mickey verpaßt?«

»Einen Mickey?« fragte Sarah, obwohl sie genau wußte, was er meinte.

»Eine Pille. K.o.-Tropfen? Haben Sie mir irgendein Mittel gegeben?«

»Ja. Eine Schlaftablette. Sie sind zu aktiv. Und Sie wollen nicht ruhen.«

»Keine Pillen mehr, von denen Sie mir nichts sagen.«

»Wenn Sie darauf bestehen«, nickte sie.

Der alte Mann seufzte. »Doc, Sie gehen mir wirklich auf den Senkel.«

»Mr. Jack, ich habe nur –«

Er schnitt ihr mit einer ärgerlichen Handbewegung das Wort ab. »Ich gebe Ihnen diese eine Chance. Wenn Sie noch einmal eine solche Tour abziehen – in irgendeiner Weise nicht gehorchen –, ein einziger falscher Schritt, dann werden Sie bestraft.«

»*Bestraft?* Wie können Sie es wagen! Herrgott, ich habe Ihnen das Leben gerettet. Wie können Sie es *wagen,* mir zu drohen!«

Er fuchtelte mit seinem verstümmelten Finger vor ihrem Gesicht herum.

»Wenn Sie vor Moss auf dem Deck herumkriechen und um Gnade bitten, dann sagen Sie bloß nicht, daß ich Sie nicht gewarnt habe ... und von mir haben Sie keine Gnade zu erwarten, weil ich dann nämlich dabeistehen und aufpassen werde, daß er es Ihnen so besorgt, daß Sie es nie vergessen werden.«

»Wenn man Ihren Gesundheitszustand bedenkt, Mr. Jack, dann wäre es wohl nicht in Ihrem Interesse, wenn Ihr Arzt jetzt auf der Krankenstation liegt.«

»Ich bin nicht *blöd,* Doc. Moss hat schon Huren auf die Straße geschickt, als er sechzehn Jahre alt war. Er weiß, wie man einer Frau so weh tut, daß sie am liebsten sterben würde. Und trotzdem hat er sie noch in derselben Nacht wieder auf die Straße geschickt ... wollen Sie eine kleine Demonstration, wenn er zurückkommt?«

Sie senkte die Augen, ehe er ihre Wut und ihre Angst sehen konnte.

»Antworten Sie mir gefälligst! Wollen Sie eine Demonstration?«

Ihre Tränen ließen den Teppich verschwimmen. »Nein.«

Das Telefon klingelte. Mr. Jack hätte es beinahe vom

Nachttisch geworfen. »Was? ... Ich empfange ihn im Vorraum. Ich brauche viel starken Kaffee. Ich muß einen klaren Kopf für diesen Burschen haben.«

Er schwang beide Beine vom Bett und ließ sich von ihr beim Aufstehen und beim Anlegen seines Morgenmantels helfen. »Nicht vergessen. Letzte Chance.«

»Wo ist Ronnie?«

»Nach hier oben unterwegs.«

Er schlurfte zur Tür hinaus. Fünf Minuten zogen sich wie ebenso viele Tage hin. Dann kam Ronnie zurück. Unverletzt und immer noch mitgenommen, aber zum Glück von etwas abgelenkt, was sie gesehen hatte.

»Mum, das war komisch. So ein Chinesentyp kam Mr. Jack besuchen, aber er ist über Bord gefallen.«

»Vom Schiff?«

»Nein. Vom Schlepper, als er an Bord gehen wollte. An der Fallreeptür. Er hatte einen Anzug an, und die Matrosen haben ihn aufgefangen, aber seine Hosen waren patschnaß, bis rauf zur Hüfte, und seine Schuhe waren voll Wasser. Du hättest sehen sollen, wie er das Wasser aus seinem Aktenkoffer geschüttet hat!«

Ronnie fing zu lachen an, und dann schien ihr plötzlich ihre Lage wieder bewußt zu werden, und sie begann zu weinen. Sarah drückte sie an sich und hielt sie so lange fest, bis sie sich beruhigt hatte. »Ich glaube, es ist Zeit für deinen Nachmittagsschlaf, Liebes.« Bis sie sie schließlich ins Bett gebracht hatte, gähnte Ronnie und ihre Augen waren glasig.

»Hat jemand gesagt, wer das war?«

»Wer?«

»Dieser Chinese.«

Ein gewaltiges Gähnen ging in ein Grinsen über. »Pitsch Naß!«

»Sehr komisch, junge Lady«, lachte Sarah. »Also, und jetzt mach die Augen zu.«

Sarah blieb neben Ronnie sitzen, bis sie eingeschlafen war. Dann legte sie ihr Stethoskop um und lauschte durch die Tür.

Sie konnte nicht jedes Wort hören – sie mußten auf der anderen Seite des Raums sitzen. »Pitsch Naß« sprach leise und akzentuiert, während Mr. Jacks Stimme von der Tablette noch ein wenig benommen klang – aber das Thema waren Finanzen, eine höchst komplizierte Diskussion über einen bereits in Gang befindlichen Plan, Aktienoptionen an mehreren Börsen rings um die Welt zu kaufen. Sie verstand wenig, nur, daß es um gewaltige Summen ging und daß das langfristige Projekt sich offenbar seinem Abschluß näherte.

Ronnie schlich sich von hinten heran. Sarah fuhr zusammen. Sie hatte nicht gehört, wie sie aus dem Bett gestiegen war. »Mum, sei vorsichtig. Moss hat gesagt, er verprügelt dich, wenn wir irgend etwas versuchen.«

Sarah zog sie an sich. Sie mußte das Kind trösten, aber sie mußte auch ihr Leben retten. »Keine Angst, Liebes. Mr. Jack würde das nie zulassen. Dazu mag er dich zu sehr.«

Als Michael Stone sich ein Schlauchboot ausborgen ging, war die Schießerei im Hilton das beherrschende Thema an der Bar des Yachtclubs. Es hieß, daß Kerry McGlynns Schulterblatt zerschmettert war. Stone rief im Mathilda Hospital an, wo man ihm bestätigte, daß der Zustand des Bergungskapitäns besorgniserregend war.

Als Stone das Schlauchboot zu Wasser brachte, beobachteten ihn Kinder neugierig von einem selbstgemachten Floß aus und sahen ihm dann auch zu, wie er sich seinen Weg durch die schmalen Fahrrinnen bahnte. Alte Frauen brausten in Motorsampans an ihm vorbei und brachten Waren und Menschen zu den Dschunken und Yachten. Einige Male stieß er an Ankerleinen, wenn er solchen Sampans auswich, oder seine Ruder verhängten sich an vorstehenden Teilen von Schiffsrümpfen. Das Wasser war schmutzig, eine ölige graue Brühe, und stank selbst jetzt im kühlen Monat Dezember. Hier wurden Tausende auf ihren Booten geboren, lebten dort ihr Leben und starben auch dort.

Und doch war die schwimmende Stadt ein Dorf mit ländlichem Charakter, und ihm war schnell klar, daß ein Eindringling von einer Triade sofort erkannt werden würde. Als er die Ruder einzog, beobachteten ihn neugierige Blicke, und dann wurden die Gesichter ausdruckslos, als sie ihn katalogisiert hatten: ein *gweilo,* eine weiße Langnase aus dem Westen, der das als Sport betrieb, was normale Menschen als Arbeit betrachteten. Exzentrisch, harmlos und auf unbestimmte Art ein wenig albern, aber vermutlich eine Einkommensquelle.

Ein Sampan, dessen Besitzer Fischbällchen verkaufte, rief ihn an. Er kaufte einen Korb mit dem würzigen Gericht und ließ sich treiben, während er aß. Kaum hatte er zu Ende gegessen, als ein anderer Sampan auftauchte, um ihm heißen Tee zu verkaufen. Und als er mit dem Tee fertig war, tuckerte wieder ein anderes Boot längsseits, diesmal gesteuert von einer lächelnden Frau in mittleren Jahren, die mit einer einladenden Handbewegung auf die Matratze unter ihrem Segeltuchdach deutete und ihm zurief: *»Fuck-fuck?«*

Stone schüttelte stumm den Kopf, weil er weder seinem für Überlebenszwecke gerade ausreichenden Kantonesisch noch seinem Tanka zutraute, daß seine Ablehnung klar oder höflich genug klingen würde, und ruderte weiter, arbeitete sich langsam ostwärts durch die Ankerplätze, vorbei an den Dschunken zu dem etwas weniger chaotischen Bereich, wo die Segelyachten vertäut lagen.

Er staunte über die außergewöhnliche Menge erstklassiger Hochseeboote – große, moderne Hightech-Kreuzer und Renner, die seine alte Swan in Grund und Boden segeln konnten. Den meisten sah man an ihrem gepflegten Zustand an, daß eine professionelle Crew an Bord wohnte, und wohin er auch sah, waren Bootsboys in schwarzen pyjamaähnlichen Anzügen mit Saubermachen, Montieren und Überholen beschäftigt. Da gab es mit Leichtigkeit hundert Boote, die bereit waren, innerhalb einer Stunde zu den Philippinen zu segeln. Er zog die Ruder ein und tat so, als würde er eine große Skandinavische Yacht bewundern, um sich in Wirklichkeit die *Tin Hau*, die am Ende der nächsten Reihe vertäut lag, gründlich ansehen zu können. Der Bootsboy des Skandinaviers kam sofort aus der Kabine geklettert und sah Stone neugierig an.

»Helfen, Sir?«

»Hübsches Boot«, sagte Stone und tauchte seine Ruder ein und zog weiter. Die *Tin Hau*, soweit er das durch einen Wald von Aluminium und Kohlefasermaste erkennen konnte, erschien ihm wie das Urbild für den Begriff »schwimmendes Wirtshaus«. Der ultramoderne Aufbau, der zwar recht hoch war, aber den langen Streifen schwarzgetönten Glases schlank und elegant erscheinen ließ, half mit, den eher schwerfällig wirkenden dunkelblauen Rumpf schlanker erscheinen zu lassen. Als ob Italiener den Auftrag erhalten hätten, ein windschnittiges Einkaufszentrum zu bauen, dachte Stone.

Als er näher ruderte, kam ein ziemlich zerbrechlich aussehender Helikopter über den Hafen herübergebrummt und landete flatternd auf dem Achterdeck der *Tin Hau*. Zwei Bootsboys kamen gerannt und waren dem Piloten dabei behilflich, die Maschine zu vertäuen und einige Kisten mit alkoholischen Getränken auszuladen. Stone ruderte an der Yacht entlang, entdeckte die Fallreeptür mittschiffs an der Seite und ruderte dann weiter nach hinten zu der Öffnung in den Wellenbrechern, die zum Hafen führte. Dort verweilte er eine Weile, während ein Sampan den Hubschrauberpiloten an der Fallreeptür aufnahm, und studierte den Liegeplatz.

Kein Anker, Gott sei Dank. Die beiden Anker waren im

Bug verwahrt; die Yacht war fest vertäut. Er ruderte ein Stück nach hinten. Das Heck war an einer weiteren festen Boje vertäut; immer besser. Aber als er zwischen der *Tin Hau* und ihrem kleineren Nachbarboot durchsah, stellte er fest, daß sie vorn und hinten mit Leinen verbunden waren.

Er malte sich aus, wie er nach Anbruch der Flut zuerst die Leinen an der Seite und dann die am Heck abwerfen würde. Und dann die Motoren starten. Nach vorn laufen und die Buglinie kappen. Zur Brücke zurücklaufen und versuchen zu entwischen, ohne ringsum alles aufzuwecken.

Aber er mußte immer noch an Bord kommen und sich mit den Bootsboys auseinandersetzen, die ja völlig unschuldig waren. Und möglicherweise bewaffnet. In Hongkong war der Waffenbesitz verboten, aber wer wußte schon, wie das auf einer großen Privatyacht gehandhabt wurde? Und davon abgesehen, ein Takelmesser in der Hand eines durchtrainierten Zwanzigjährigen würde Waffe genug sein, besonders wenn zwei gegen einen standen.

Er überlegte, nachts erneut herzurudern und die Heckleine emporzuklettern. Aber dann würde er eine Yacht durchsuchen müssen, die er nicht kannte, um die Crew zu finden. Er tauchte seine Ruder wieder ins Wasser und fuhr langsam zum Yachtclub zurück.

Die Nacht begann sich zu senken, und auf den Hügeln ringsum flammten die Lichter auf. Ein kühler, feuchter Wind wehte vom Osten herein. Obwohl ihn das Rudern warm gemacht hatte, knöpfte Stone seine Windjacke zu. Ein schwimmender Restaurant-Sampan mit einem europäischen Touristenpaar kam vorbei. Die beiden hatten es sich auf den Polstern im Heck bequem gemacht, während eine alte Chinesin ihnen das Abendessen servierte. Ein anderer Sampan zog vorbei, und ein Trio spielte ziemlich falsch »Moon River«.

Stone ließ den Restaurant-Sampan vor sich vorbei. Er ging an einer großen Motoryacht längsseits. Die Köchin klopfte an den Rumpf. Ein Bootsboy erschien und ließ der Frau ein Fallreep herunter.

Stone ließ das Schlauchboot treiben. In ein paar Minuten kam sie zurück, steckte dem Bootsjungen etwas Geld zu und stieg wieder in den Sampan. »Das hättest du sehen sollen«, sagte sie zu ihrem Begleiter. »Die hatten ein Bidet. Marmor. Mit goldenen Hähnen.«

Eine halbe Stunde später stand er mit einer Tasse Tee in der Hand und Ronald neben sich am Fenster des Hotelzimmers und starrte auf das Taifunbecken hinunter.

Stone wartete geduldig, und schließlich fragte der Mann von der Triade: »Okay?«

»Ich will mehr über diese ECM wissen.«

Ronald zuckte die Achseln. »Ich weiß nur, ich drücke Knopf, und Radar von Wasserpolizei geht bye-bye.«

»Werden Sie es bedienen?«

»Nein. Junger Mann – junger Ingenieur. Ich sage ihm, wann er Knopf drückt. Hey, keine Aufregung. Kommt von der Volksbefreiungsarmee.«

»Und von wo aus werden Sie es einsetzen?«

»Keine Fragen mehr.« Er holte ein Paar VHF-Funkgeräte aus einem Lederbehälter und gab eines davon Stone. »Ich garantiere. Sie sagen über Radio Radar stören, und ich blende Wasserpolizei.«

»Die können uns aber abhören.«

»Hey, Sie denken, wir Amateure? Zerhackersignal. Niemand hört. Nur Sie und ich. Sonst noch Probleme?«

Stone studierte die Karte ein paar Minuten lang. Dann ging er ans Fenster und sah wieder hinunter. »Ich brauche eine Frau.«

»Jederzeit.«

»Nein, keine Nutte. Eine ganz normal aussehende westliche Frau. Vorzugsweise blond.«

Ronald überlegte einen Augenblick. »Kein Problem.«

»Sie wird eine Pistole brauchen und wissen müssen, wie man damit umgeht.«

»Kein Problem.«

»Wir brauchen Handschellen für die Bootsboys.«

»Haben schon.«

»Sagen Sie ihr, daß nicht geschossen wird. Sie muß nett und normal aussehen, bis sie die Kanone zieht. Und dann muß sie hart und entschlossen wirken.«

»Ist sie.«

»Hart genug, um die Bootsboys davon zu überzeugen, daß Gegenwehr keinen Sinn hat.«

»Verstanden«, sagte Ronald. »Was noch?«

Stone ging wieder zum Tisch hinüber, um erneut die Karte zu studieren, und kehrte dann ans Fenster zurück und starrte nach Osten auf die Route durch die Meerenge zwischen Hongkong und Kowloon.

»Ich werde es heute nacht tun.«

»Morgen nacht Nebel.«

»Heute nacht wird auch Nebel sein.«

»Wetterbericht sagt morgen.«

Stone hatte den Nebel am Nachmittag bei seiner Schlauchbootpartie im Wind gerochen.

»Glauben Sie mir«, sagte er, »heute nacht Nebel. Die Gezeiten wechseln um zehn. Sagen Sie der Frau, sie soll um halb zehn in der Bar im Yachtclub sein.«

»Wird gemacht.«

»Wie heißt sie?«

Ronald zuckte die Achseln. »Welchen Namen wollen Sie?«

Sarah war der Name, den er wollte. »Katherine.«

»Geht in Ordnung.«

»Ist sie Amerikanerin?«

»Ja.«

»Sagen Sie ihr, sie soll sich wie eine Lehrerin aus North Dakota auf Weihnachtsurlaub verhalten.«

»Geht klar, Mann.«

In der Bibliothek des Yachtclubs las Stone den Shanghai-Teil der *Sailing Directions* für die Ostküste Chinas und studierte die Karten. Die Stadt war riesengroß. Beide Ufer des Huangpu River waren auf eine Länge von zwanzig Meilen mit Fabriken, Rangierbahnhöfen, Raffinerien, Kraftwerken und Piers bebaut. Der perfekte Ort, um ein Schiff zu verstecken, und ein Labyrinth, wenn es darum ging, eines zu suchen.

Er rief Falconer Nautical in Central an, daß sie ihm die Shanghai-Meßtischblätter 94219 und 94218 und ein Exemplar der neuesten *Sailing Directions* schicken sollten. Dann ging er in die Bar und kaufte eine Stange Marlboros. Sarah würde ihn umbringen, aber ein Päckchen amerikanische Zigaretten konnte einem auf dem Festland eine Menge Freundschaften kaufen.

Als »Katherine« um halb zehn die Bar betrat, sah Stone sofort, daß Ronald wie versprochen geliefert hatte. Sie sah tatsächlich so aus, als ob sie eine Lehrerin aus North Dakota sein könnte – eine große, grobknochige, freundlich wirkende Frau Anfang der Dreißig. Sie trug ihr Haar in einem Pferdeschweif, lächelte freundlich und offen und zeigte den ein wenig verwirrten Gesichtsausdruck von jemandem, der erst vor kurzem in Asien eingetroffen ist.

»Katherine!« rief er und winkte ihr zu, dann ging er ihr entgegen.

Sie war einen halben Kopf größer als er und begrüßte ihn vorsichtig, wie man einen neuen Freund begrüßt. »Da sind Sie ja. Hübsch ist das hier.«

Stone stellte sie Simmons, mit dem er getrunken hatte, und ein paar von dessen Freunden vor. In der Bar herrschte reger Betrieb, und die ersten Gäste, die inzwischen zu Abend gegessen hatten, drängten herein. Stone bestellte Katherine das Seven and Seven, das sie haben wollte, und während sie dann mit den anderen plauderte, fragte das Tier leise: »Alte Bekannte?«

»Ich habe sie in der Tram kennengelernt.«

»Du Mistkerl. Sie ist für dich zu groß, Mate. Sie braucht einen großen, gutaussehenden Aussie wie mich.«

»Sie hat mir gesagt, Ausdauer ist ihr wichtiger als Aussehen«, meinte Stone.

Ein paar Leute gingen auf die Terrasse hinaus, und als sie die Schiebetüren öffneten, wehte eine kühle, feuchte Brise herein und wirbelte den Zigarettenrauch zur Decke. Die Lichter im Becken begannen zu verschwimmen, als sich vom Hafen Nebel hereinwälzte. Um zehn waren die Lichter von Kowloon verschwunden, und jedesmal, wenn jetzt jemand die Türen öffnete, konnte Stone die Hörner und Dampfpfeifen vorüberfahrender Schiffe hören.

Katherine schien ganz auf die Rolle konzentriert, die sie spielen sollte. Sie tippte mit ihrem Glas an das seine. »Also, wie geht es Ihnen?«

»Prima. Wie wäre es mit einer Bootsfahrt?«

»Jetzt? Gern. Wohin?«

»Wir rudern ein wenig. Ich zeige Ihnen das Taifunbecken.«

»Dieser Mistkerl«, murmelte das Tier neben ihm.

Stone ließ sich von dem Barkeeper eine Flasche Champagner und zwei Gläser geben.

»Nett, Ihre Bekanntschaft gemacht zu haben«, sagte Katherine, schwang sich von dem Barhocker und hängte sich ihre große Schultertasche um. »Bis später.«

»Ich mag Ihre Freunde«, sagte sie, als sie hinausgingen, laut genug, daß einige es hören konnten. Stone holte sich seinen Rucksack am Empfang ab und führte sie zu der Stelle, wo das ausgeborgte Schlauchboot vertäut lag. Auf dem Steg zog Katherine die Schuhe aus. Stone half ihr beim Einsteigen und ließ sie hinten sitzen, er selbst nahm ihr gegenüber Platz und ruderte.

Hundert Meter vom Steg entfernt, als dessen Lichter bereits im Nebel verschwammen, sagte er: »Wäre jetzt vielleicht gar keine so schlechte Idee, den Champagner aufzumachen.«

»Gleich.« Sie suchte in ihrer Tasche herum. Stone erkannte eine große Maschinenpistole. Handschellen klirrten. Sie holte eine Kapsel heraus, brach sie mit einer fließenden Handbewegung dicht unter ihrer Nase auf, atmete scharf ein und warf die leere Kapsel über Bord.

»Hey, Augenblick mal. Ich brauche Sie mit klarem Kopf.«

»Fuck you.«

Stone setzte mit einem der Ruder einen Schlag aus und wendete das Boot.

»Wo fahren Sie hin?«

»Ich setze Sie am Steg ab«, sagte er und legte sich in die Ruder.

»Nein, warten Sie.«

Er sah plötzlich die Angst in ihrem Gesicht. »Wenn Sie sich einbilden, daß ich mit einer Rauschgiftsüchtigen, die mit einer Kanone herumfuchtelt, an Bord dieser Yacht gehe, sind Sie noch verrückter, als Sie aussehen.«

»Warten Sie. Warten Sie. Hören Sie mir doch zu.«

»Sie haben da eine Automatik in der Tasche. Wahrscheinlich drücken Sie ab und vergessen dann, wieder loszulassen.«

»Ich weiß, wie man damit umgeht. Ich bin Polizistin.«

»Polizistin?«

»Ex-Polizistin.«

»Sie eine Ex-Polizistin? Und wie kommen Sie da –«

»Sie wollen wirklich wissen, wie ich von Minneapolis

nach Hongkong gekommen bin? Bitte, die bringen mich um, wenn ich das nicht durchziehe. Bitte. Ich tue, was Sie von mir verlangen. Aber tun wir es. Jetzt. Bitte.«

Stone drehte das Boot wieder herum und ruderte. »Machen Sie den Champagner auf.«

Sie fummelte an der Flasche herum, ließ den Korken knallen und schenkte beide Gläser bis zum Rand voll. Sie leerte das ihre mit einem Zug und schenkte sich wieder nach; dann beugte sie sich mit leuchtenden Augen mit seinem Glas über ihn und ließ ihm den Champagner über die Lippen rinnen, während er ruderte.

»Also, wie läuft es?«

»Sehen Sie diesen Sampan mit den beiden Leuten hinten, die essen? Wenn die Frau sich während des Abendessens die Nase pudern will, bringt der Betreiber des Sampans sie zu einer Yacht, wo die Bootsboys ihr für ein Trinkgeld erlauben, das Bad zu benutzen.«

»›Die Nase pudern?‹ Von wo sind Sie denn heruntergebeamt, vom Mars?«

»Es läuft so, daß wir an den Rumpf der *Tin Hau* klopfen, mit zwanzig Kröten herumfuchteln und darum bitten, die entsprechenden Räumlichkeiten benutzen zu dürfen.«

»Und die werden mich so einfach an Bord lassen?«

»Wie jede andere Touristin, die pinkeln muß.«

»Und wenn nicht?«

»Dann tun wir etwas anderes.«

Katherine verstummte, während Stone mit kräftigen Ruderschlägen zwischen den Dschunken dahinzog. Musik und Fernseher plärrten. Sampans mit Familien zu Besuch, Touristen und Prostituierte schossen hin und her. Sie betrachtete einen der Sampans mit einer Angehörigen des ältesten Gewerbes und sagte düster: »Das steht mir bevor, wenn ich Mist baue.«

»Dann bauen Sie eben keinen Mist.«

»*Fuck you.* Wofür tun Sie das? Für Geld?«

»Wollen Sie wirklich wissen, wie ich aus Minneapolis nach Hongkong gekommen bin?«

Ihr Lächeln ließ ihren Mund plötzlich hübsch erscheinen, und sie verstummte wieder. Als sie sich der *Tin Hau* näherten, zog Stone die Ruder ein, griff nach seinem Champagner und schenkte Katherine nach.

»Darf ich?« fragte sie.

»Tun Sie so, als würden Sie sich amüsieren.«

»Ich dachte, ich soll so aussehen, als ob ich pinkeln müßte.«

Das Schlauchboot trieb in die schmale Durchfahrt, in der die Yacht vertäut war. Stone tat so, als würde er trinken.

»Warten Sie. Ich will sie mir ansehen – sehen, wer an Bord ist.«

Die Decks der Yacht waren verlassen; mit Ausnahme der Bullaugen am Bug, wo die Crew untergebracht war, brannte nirgends Licht. Die beiden Anker waren immer noch verstaut, und die Taue, mit denen sie gesichert war, waren nicht gegen Ketten ausgetauscht worden. Die Heckleine hing herunter, aber die Bugleine war straff gespannt, weil die Flut von vorn hereindrückte. An der Seite konnte man das Stottern eines Generators hören, wahrscheinlich der Hilfsgenerator, weil der Hauptgenerator für die praktisch abgeschaltete Yacht nicht gebraucht wurde.

»Hey, aufpassen!«

»Ich will die bloß wecken«, erklärte Stone und ließ das Schlauchboot gegen den Rumpf stoßen. Dann ruderte er nach mittschiffs und klopfte an die Fallreeptür. Er hatte Geld in der Hand.

Nichts geschah. Er klopfte erneut und schlang, während er wartete, die Fangleine des Schlauchbootes um eine kleine Panamaklampe neben der Tür.

»Ich höre jemanden«, flüsterte sie.

Man konnte hören, wie eine Klinke bewegt wurde. »Los geht's«, sagte Stone und dann zu dem Gesicht, das durch den Spalt in der Tür heraussah: »Dürfte die Lady die Toilette benutzen?«

Der Bootsboy warf einen Blick auf das Schlauchboot und den Champagner und Katherine.

»Oh, bitte«, jammerte Katherine, »ich sterbe. Sag es ihm auf chinesisch.«

»Er ist kein Chinese«, sagte Stone. »Er ist Tanka.«

Daß Stone den Unterschied kannte, brach das Eis. Der Bootsjunge lächelte, öffnete die Tür, ließ eine Strickleiter herunter und streckte Katherine die Hand hin.

»Bin gleich wieder da, Honey«, rief sie und verschwand, begleitet von einem zweiten Bootsboy, in der Yacht, während der erste bei Stone blieb.

Der Tanka schien Mitte der Zwanzig zu sein, kräftig gebaut und offenkundig fit. Er sah mit ausdrucksloser Miene von der Yacht nach unten, bis er Stones unter dem Sitz verstauten, wasserdichten Rucksack sah – ein ungewöhnliches Gepäckstück für eine Champagnerpartie. Plötzlich wurden seine Augen groß, und sein Körper spannte sich. Stone entdeckte das Glitzern eines Pistolenlaufs an seinem Hinterkopf und hörte das scharfe Klicken sich schließender Handschellen. Katherine stieß ihn von der Tür weg und rief nach unten: »Willkommen an Bord.«

Stone kletterte hinauf, schloß die Tür und folgte Katherine und ihrem Gefangenen den Korridor hinunter zur Toilette, wo sie den anderen Bootsboy bereits an ein Leitungsrohr gekettet hatte. Seine Augen traten angsterfüllt hervor. Ein Knebel steckte zwischen seinen Lippen. Stone spreizte beide Hände und sagte: »Niemand wird verletzt werden.«

Katherine kettete seinen Partner an und knebelte ihn ebenfalls.

»Vorsichtig, daß er nicht daran erstickt.«

»Keine Sorge«, meinte sie gleichgültig. »Das ist ein Ballknebel, wie man ihn in den Bordellen benutzt.«

Die Tanka beobachteten das Geschehen ängstlich. Stone sagte zu dem Mann, der sie an Bord gelassen hatte: »Du sprichst Englisch?«

Der Junge nickte.

»Okay. Je früher wir hier weg sind, desto früher kann ich euch beide in dem Schlauchboot absetzen. Versteht ihr?«

Beide nickten.

»Muß ich die Treibstoff- und Ölpumpen im Maschinenraum einschalten, oder kann ich das von der Brücke aus machen? Katherine, nehmen Sie dem hier den Knebel ab.«

»Von Brücke ...«

»Einfach einschalten und auf die Starter drücken?«

»Ja.«

Stone kauerte sich neben dem Jungen nieder und sah ihn durchdringend an. Er deutete mit dem Daumen auf Katherine. »Die ist rauschgiftsüchtig und verrückt. Wenn es Ärger gibt, fängt sie an zu schießen. Ich kann sie nicht kontrollieren. Also frage ich dich noch einmal. Kann ich einfach von der Brücke aus anlassen?«

»Alles auf Brücke.«

»Gut. Ihr habt nur eine Leine am Bug und eine am Heck?«

»Ja.«

»Sonst noch Leinen?« fragte Stone, um festzustellen, ob er lügen würde.

»Zwei Leinen zu Yacht nebenan.«

»Gut, Katherine. Bleiben Sie bei ihnen.«

»Er lügt«, sagte sie, »oder er hält irgend etwas zurück.«

Stone kauerte sich wieder zu dem Mann herunter. »Noch etwas, was ich wissen muß? Nur, damit niemand verletzt wird?«

Die Tanka wechselten finstere Blicke.

»Was? Ich warne euch beide. Wünscht euch bloß nicht, daß man uns erwischt.«

Der Mann, dem sie den Knebel abgenommen hatten, sagte: »Backbordmotor kaputt.«

»Was soll das heißen?«

»Ölpumpe auswechseln.«

»Du lieber Heiland.« Stone stand auf und verfluchte Ronalds lausige Vorbereitung. »Wie schnell läuft das Boot allein mit dem Steuerbordmotor?«

»Zwölf Knoten.«

»Ist das schlimm?« fragte Katherine.

»Das bedeutet, daß die uns mit Segelbooten verfolgen können.«

16

»Okay, bringen Sie sie in den Maschinenraum. Und ihr beiden repariert die Ölpumpe. Und erzählt mir bloß nicht, daß ihr das nicht könnt. Ihr kommt hier nicht weg, bis die Maschine wieder läuft.«

Die beiden Bootsjungen wechselten Blicke. Der eine, der Englisch sprach, sagte: »Kein Teil.«

»Was soll das heißen?« Aber Stone kannte die Antwort. Als sie die Arbeit halb erledigt hatten, hatten sie eine Pause einlegen müssen, um auf ein Teil zu warten. Eine Dichtung, wie sich herausstellte. Und ohne diese Dichtung würde es keinen Öldruck geben. »Okay«, wies er Katherine an. »Sie bleiben bei ihnen.«

»Und was ist mit dem Motor?«

»Wenn wir hier herauskommen, ohne das halbe Taifunbecken zu wecken, dann schaffen wir es vielleicht.«

»Vielleicht.«

»Sie stehen in Ronalds Schuld. Und meine Familie verläßt sich auf mich.«

Er löste die beiden Leinen an der Seite und das schwere Tau am Heck, immer bemüht, im Schatten zu bleiben. Dann fand er eine Feueraxt und legte sie neben die straff gespannte Bugleine.

Vom Brückendeck aus konnte er über die Dächer der kleineren Boote sehen. Ringsum war kaum Bewegung festzustellen, nur hie und da das Licht eines Sampans, der träge durch die Wellen zog. Er konnte über die Steine der Wellenbrecher in den Hafen hinübersehen, der aber in dichten Nebel gehüllt war. Aber als er nach einem Schalter suchte, um die Steuerkonsole einzuschalten, sah er, wie sich ein blinkendes blaues Licht der Durchfahrt durch die Wellenbrecher näherte.

Stone erstarrte, ließ die Durchfahrt nicht aus den Augen. Ein Patrouillenboot, das aus dem Nebel herauskam. Zwei Polizisten würden an Bord sein. Einer am Steuer, einer am Radio. Ob er einen stummen Alarm ausgelöst hatte?

Das Boot fuhr langsam durch die Zufahrt, umkreiste das kleine von vertäuten Booten umgebene Becken. Es war ein halbstarres Schlauchboot und wurde von zwei riesigen Außenbordmotoren angetrieben, die dreißig Knoten leisten konnten. Ein Posten am Bug trug eine Radarkuppel. Es fuhr wieder in den Hafen hinaus, legte Tempo zu und verschwand.

Stone ließ das Licht seiner Taschenlampe über die Konsole wandern und legte dann mit zitternden Fingern einen Kippschalter um. Die Anzeigeskalen für die Steuerbordmaschine leuchteten in schwachem roten Licht auf. Er drehte den Schlüssel um. Die Treibstoffwarnung summte diskret. Er ließ den Anlasser mahlen.

Nadeln zuckten, und von weit unter ihm war ein gedämpftes Poltern zu hören. Er schaltete das Radar, den Tiefensucher und die Positionslichter ein. Dann rannte er aufs Hauptdeck hinunter und dort nach vorn. Die Bugleine war straff gespannt wie ein Stahlkabel, weil die Flut den Schiffsrumpf schob. Stone trat einen Schritt zurück und ließ die Feueraxt auf die Stelle herunterkrachen, wo die zwei Zoll dicke Leine am Poller befestigt war. Die Axt flog ihm aus der Hand, und das Tauende pfiff in die Dunkelheit davon.

Jetzt begann die Yacht auf die nächste Reihe von Booten zuzutreiben. Er rannte die Treppe hinauf und auf die abgedunkelte Brücke, die nur der rote Schein der Konsole ein wenig erhellte. Ein Blick nach achtern zeigte ihm, daß das Heck der *Tin Hau* nur noch wenige Meter vom Bug eines großen Stagsegelschoners entfernt war und schnell darauf zutrieb. Er schaltete die Steuerbordschraube ein. Das Deck fing zu zittern an, und die Tachometernadel sank gleich wieder herunter, als die kalte Maschine abzuwürgen drohte.

Er führte ihr vorsichtig Treibstoff zu. Die Tachometernadel zitterte. Er sah wieder nach hinten. Die Masten des Stagsegelschoners tanzten wie wild. Er dachte, daß das Heck der *Tin Hau* bereits gegen den Bug des Schoners geprallt war. Aber als die *Tin Hau* sich dann nach vorn bewegte, erkannte er, daß der Schoner lediglich von der von der Schraube ausgehenden Strömung ins Schwanken gebracht wurde.

Er nahm Gas zurück, richtete den Bug auf die Durchfahrt und wurde sich plötzlich bewußt, daß er es mit einem sehr langen Boot zu tun hatte. Er hatte behauptet, er würde mit allem zurechtkommen, was schwamm, aber Tatsache war, daß die *Tin Hau* praktisch ein Schiff war – dreimal so lang wie die *Veronica* und fünfzehnmal so schwer. Mit nur einer Maschine würde er sehr vorsichtig mit dem Steuer umgehen müssen, um zwischen den Wellenbrechern durchzulavieren, ohne dabei an die Felsen zu stoßen.

Er richtete den Bug aus und sah nach hinten. Jemand stand auf dem Vorderdeck des Schoners und schüttelte drohend die Faust, ein Bootsboy, der unsanft geweckt worden war. Ein zweiter Bootsboy erschien auf dem Motorkreuzer, an dem die *Tin Hau* längsseits gelegen hatte. Er sah zu, wie Stone die große Yacht auf die Wellenbrecher zusteuerte, und bemerkte dann die Leinen, die Stone ins Wasser geworfen hatte.

Was der Junge als nächstes tat, konnte Stone nicht erkennen, weil er zu sehr damit beschäftigt war, den schwerfälligen Rumpf unter Kontrolle zu bekommen. Das Steuerruder fest in der Hand, versuchte er, das Boot in die linke Kurve zu zwingen, gegen die es sich so standhaft wehrte. Aber in dem Augenblick schob sich von Osten her Nebel wie ein Watteball vor seinen Bug. Er nahm Gas zurück, in der Hoffnung, der Wind würde den Bug für ihn herumdrücken. Einige endlose Sekunden lang rührte der Bug sich nicht von der Stelle, dann schwang er langsam auf die Fahrrinne zu. Stone gab ein wenig Gas, und jetzt schob sich die Yacht schwerfällig zwischen den Steinen hindurch in den Hafen.

Er richtete sie auf Kompaßkurs nach Osten aus und sah sich um. Das Taifunbecken war jetzt bereits zu einem undeutlichen Lichtfleck geworden. Als er wieder hinsah – nachdem er das Radar auf Nahbereich geschaltet hatte –, war das Leuchten hinten ganz verschwunden. Vor ihm war Nebel, schwarz wie die Innenseite eines Fasses.

Das Radargerät war das modernste Furuno, das man sich kaufen konnte, eine Anlage, für die er einen Mord begangen hätte, um sie für die *Veronica* zu bekommen, mit allen Schikanen und einem großen Farbbildschirm, der die Küstenlinie und die Schiffe im Hafen mit der Klarheit einer Kinoleinwand zeigte.

Der Weg vor ihm war frei. Er schob den Gashebel vor.

Die große Yacht wurde hecklastig, und ihr Tempo steigerte sich allmählich. Sie brauchte zwei lange Meilen, um schließlich ihre Höchstgeschwindigkeit von vierzehn Knoten zu erreichen – immerhin zwei mehr, als die Bootsboys vorhergesagt hatten. Stone drückte kräftiger auf den Gashebel, aber die Grenze war erreicht. Ohne die zweite Maschine würde der Rumpf sich nicht aus dem Wasser heben.

Er schaltete den Autopiloten ein und redete ihm so lange gut zu, bis er den schräg ansetzenden Schub der einen Maschine ausglich. Dann sah er auf den Radarschirm, ob es vor ihm irgendwelche Hindernisse oder hinter ihm Verfolger gab. Er peilte zwei Schritte an: ein sich langsam bewegendes Ziel von Schiffsgröße eine halbe Meile vor ihm und ein schnelles Echo hinter sich, von dem er vermutete, daß es sich um das Patrouillenboot handelte, das Nordkurs auf Kowloon genommen hatte. Er setzte den Cursor seines Radargerätes nacheinander auf beide, um ihre Richtung und ihre Geschwindigkeit zu überwachen, und wies den Computer an, ihn zu warnen, wenn eines der beiden Echos den Kurs änderte.

Plötzlich war Ronalds Stimme über das verschlüsselte VHF-Radio zu hören, sie kam ganz laut und klar herein: *»Hey, Doc. Warum nicht schneller fahren?«*

»Ich ›nicht schneller fahren‹, Sie Mistkerl, weil Sie mir nicht gesagt haben, daß da eine Maschine ausgefallen ist.«

»Ausgefallen?«

»Die waren dabei, eine Ölpumpe auszutauschen.«

»Das schon okay, Mann. Kein Problem. Wir haben Sie im Radar. Sie haben es geschafft.«

»Blödsinn!« Bis zur PRC-Grenze waren es noch lange dreizehn Meilen. Und die schlimmsten fünf standen ihm noch bevor – schmale Fahrrinnen und dichter Verkehr.

Auf dem Radarschirm blitzte ein sechseckiges Signal und warnte ihn, daß das Polizeiboot, das bisher Kurs auf Kowloon gehalten hatte, jetzt den Kurs geändert hatte. Er rief Ronald: »Ich denke, die Wasserpolizei hat mich in ihrem Radar.«

»Kein Problem. Ich störe.«

Stones Radarschirm wurde plötzlich hellrot. Im Radio konnte er Ronald lachen hören: *»Er ist blind. Er ist blind.«*

»Und ich auch«, rief Stone zurück. »Schalten Sie das verdammte Ding ab. Dicht vor mir ist ein Schiff.«

Der Triade schaltete seinen Störsender ab. Stones Radarschirm flackerte, und dann war da plötzlich wieder der Hafen zu sehen mit den Ufern des Tathong Channel beiderseits und einem Schiff eine Achtelmeile vor ihm. Vier Meilen achtern änderte das Polizeiboot den Kurs und nahm seine Verfolgung auf.

Er forderte Ronald auf, ihr Radar wieder zu stören, aber diesmal bekam er keine Antwort, und das Polizeiboot rückte näher.

»Ronald.«

Keine Antwort.

Stone steuerte auf das Schiff zu.

Dann arretierte er das Ruder und trat auf das schmale Seitendeck hinaus, um sich selbst ein Bild zu machen. Der nasse Wind riß an ihm, er stank nach Dieselöl. Er mühte sich ab, sich im Nebel zu orientieren, als er plötzlich spürte, wie über ihm etwas aufragte, blickte nach oben und sah den mächtigen Rumpf eines Frachters an sich vorbeiziehen.

Er nahm das Steuer wieder in die Hand, löste sich von dem Frachter und schlüpfte dann hinter dessen Heck herum, und er und das riesige Schiff zogen in entgegengesetzten Richtungen davon.

Katherines Stimme ließ ihn zusammenzucken. Er hatte sie nicht heraufkommen hören und deshalb keine Ahnung, wie lange sie schon hinter ihm im Dunkeln gestanden hatte. »Wie steht es denn?«

»Der Nebel ist so dick, daß die Polizei ohne Radar blind ist. Ich habe gerade einen dicken Pott zwischen uns gebracht. Die nächsten paar Minuten können die uns nicht anpeilen.«

»Ronald hat behauptet, er hätte die modernste High-Tech-Elektronik.«

»Ronald steckt wahrscheinlich tiefer im Cyberspace als in der Wirklichkeit. Noch eine Meile, und wir können wieder nach Osten abbiegen. Bringen Sie die Boys an die Fallreeptür. Sehen Sie nach, ob das Schlauchboot noch da ist. Nehmen Sie das Funkgerät hier mit, und sagen Sie mir Bescheid, wenn Sie fertig sind. Ich werde das Boot stoppen, damit Sie sie von Bord lassen können.«

»Warum die Mühe?«

»Die können nichts für meine Probleme – und für die Ihren auch nichts.«

Vier Minuten später, als er zwischen Joss House Bay und Tung Lung Island abbiegen wollte, versuchte er erneut, Verbindung mit Ronald zu bekommen, um ihn aufzufordern, das Radar zu stören. Keine Antwort. »Aus!« schrie er, aber das Bild auf dem Radarschirm blieb intakt. Je weiter er sich von dem Schiff entfernte, um so weniger würde es ihn vor dem Polizeiradar abschirmen. Er nahm das Gas zurück und rannte nach unten. Katherine – von der er halb befürchtet hatte, daß sie die beiden Männer ermorden würde – war voll damit beschäftigt, ihnen die Handschellen abzunehmen und sie trotzdem unter Kontrolle zu behalten. Wie durch ein Wunder hing das Schlauchboot immer noch an seiner Leine und krachte immer wieder gegen die Schiffswand, während die Yacht gegen die Flut ankämpfte und dabei vielleicht ein oder zwei Knoten schaffte.

»Wo ist der Notspind?« fragte er den Bootsboy.

Hinter einer Teakvertäfelung waren Rettungsbojen, Taschenlampen, Rettungsringe, Decken, Proviant und Wasser.

Stone riß einen Schlauchbootbehälter aus dem Schrank und warf ihn zur Tür hinaus. Der weiße Zylinder platzte auseinander, als er aufs Wasser traf, und das knallgelbe Schlauchboot füllte sich mit Preßluft.

Er warf das zweite hinterher.

Dann riß er, während Katherine die Bootsboys der *Tin Hau* mit ihrer Waffe in Schach hielt, zwei Weltraumdecken auf, legte den beiden die glitzernde Folie über die Schultern und befahl ihnen, ins Schlauchboot zu steigen. Sie gehorchten mit sichtlich erleichterter Miene.

Stone löste die Fangleine mit einem schnellen Ruck und warf sie in das Schlauchboot, als das kleine Boot hinter ihnen zurückblieb. Dann schloß er die Tür wieder und rannte zur Brücke hinauf. Katherine hetzte hinter ihm her. »Wozu haben Sie all den Kram ins Wasser geworfen?«

»Aus demselben Grund, aus dem ich den Boys Decken gegeben habe.«

Auf der Brücke rammte er den Fahrthebel ganz nach vorn und ließ das Steuer kreisen. Die Yacht tauchte tiefer ein und schoß nach Osten, ließ drei grelle Echos auf dem Radarschirm zurück – die zwei Rettungsflöße und das Schlauchboot mit den in reflektierende Decken gehüllten Bootsboys.

»Bis die Bullen auseinandersortiert haben, wer jetzt wer ist, und die Bootsboys aufgenommen haben, sind wir hoffentlich auf der anderen Seite von Tung Lung.«

Mit vierzehn Knoten dauerte es vier Minuten, zwischen der Insel und den hellen Lichtern von Joss House Bay durchzuschlüpfen. Zehn Minuten später steuerte Stone die Yacht zwischen ein paar winzigen Inseln hindurch und glaubte allmählich, daß er es geschafft hatte. Fast auf offener See …

»Was hat das denn zu bedeuten?« fragte Katherine und beugte sich über seine Schulter und deutete auf eine Gruppe neuer Echos, die plötzlich im Süden aufgetaucht waren. Zunächst hatte das Radar sie nicht von dem hellen Ziel des Leuchtturms von Waglan unterscheiden können. Stone setzte den Cursor auf sie, um sie anzupeilen. Der Computer brauchte zwei Minuten, um einen Vektor für die neuen Objekte zu bestimmen. Sie bewegten sich mit vierzig Knoten auf Abfangkurs.

Stone rief Ronald an, er solle ihr Radar abschalten. Keine Antwort. Er versuchte es immer wieder.

»Was ist los?«

»Ronald ist immer noch verschwunden.«

»Was werden Sie jetzt machen?«

Stone schaltete die Backbordmaschine ein. Sie würde möglicherweise in ihrem augenblicklichen Zustand anspringen, aber nicht lange laufen. Der Treibstoffalarm ertönte. Er schlug auf den Anlasser. Der Diesel sprang sofort an. Er schob den Fahrthebel ganz nach vorn.

Ein Ruck ging durch die *Tin Hau,* als ob ihr jemand von hinten einen Schlag versetzt hätte.

Katherine deutete auf die Öldruckanzeige. Die Nadel hing an der Null.

»Der neue Besitzer wird eine neue Maschine brauchen.«

»Wie lange läuft sie wohl ohne Öl?«

»Mit Glück fünf Minuten.«

Die Geschwindigkeitsanzeige blitzte, als der breite Rumpf sich hob, über die Dünung hinwegfegte, die Yacht zum Zittern brachte und Gischt in den Nebel warf. Zwanzig … fünfundzwanzig … fünfunddreißig Knoten.

Aber die Temperaturanzeige für die Backbordmaschine kletterte gnadenlos in den roten Bereich. Ein Alarm schrillte. Und dann stoppte die Maschine ebenso plötzlich, wie sie angesprungen war. Die Yacht pflügte förmlich ins Wasser und verlor so schnell an Tempo, daß Stone und die Frau gegen die Steuerkonsole geschleudert wurden.

»Treibstoffabschaltung, um die Maschine zu schützen. Verdammte Scheiße.«

Katherine zog ihre Pistole aus der Tasche und eilte zur Tür.

»Was haben Sie vor?«

»Dafür sorgen, daß die uns in Ruhe lassen.«

»Vergessen Sie es«, sagte Stone. Er hatte einmal einen Blick in den Waffenschrank einer Hongkong-Wasserpatrouille werfen können, die die *Veronica* angehalten hatte, um sie auf Rauschgift zu überprüfen – Remington-Schrotflinten und automatische Karabiner. »Stecken Sie die Waffe weg«, forderte er sie auf. »Sie haben keine Chance.«

»Ich gehe nicht in ein chinesisches Gefängnis.« Sie spannte ihre Waffe und ging hinaus.

Stone drückte erneut den Radioknopf. »Ronald? Ronald?«

Das Radardisplay füllte sich mit blinkenden sechseckigen Lichtsymbolen, als die Verfolger näher rückten. Drei blitzende Sechsecke achtern. Und jetzt plötzlich zwei vor ihnen auf Kollisionskurs.

17

»Die kommen von beiden Seiten«, schrie er Katherine zu. »Kommen Sie, wir versuchen, schwimmend zu entkommen.«

Der Wind riß ihre Stimme aus der Dunkelheit über ihm: *»Fuck you.«*

Stone rannte hinunter zur Fallreeptür, riß eine Rettungsweste aus dem Spind, schlüpfte hinein, schaltete das Licht aus, riß die Tür auf und sah auf das Wasser hinab, das keine drei Fuß unter der Schwelle wogte. Je länger er mit

Springen wartete, desto näher würde die Yacht ihn zur Küste tragen. Aber desto größer war auch die Wahrscheinlichkeit, daß die Patrouillenboote ihn im Wasser entdecken würden.

Plötzlich nahm längsseits eine Gestalt Formen an, und der Lichtkegel einer Taschenlampe erfaßte ihn in der Tür. Er spannte die Muskeln zum Sprung.

»Mir nach!« hallte Ronalds Stimme durch ein Megaphon über das Wasser. »Mir nach!«

Ein schneller Motorkutter unter der angestrahlten Flagge der Volksbefreiungsarmee ging längsseits. Der Triade selbst stand im Licht und winkte, während der Wind an seinem weißen Anzug zerrte und seine Krawatte über seine Schulter flattern ließ.

Stone rannte wieder ans Steuer. Der Kutter tauchte vor seinem Bug weg und änderte den Kurs. Stone folgte ihm und sah dann auf das Radar. Ein halbes Dutzend blitzender Sechsecke begann allmählich zurückzufallen.

Katherine kam jetzt zur Tür hereingeschossen. »Was war da los?«

»Das da vor uns ist Ronald mit seinen Kumpels von der PLA. Und das da« – er deutete auf den Radarschirm – »sind PLA-Kanonenboote, die jetzt ein paar Bullen, die bestimmt mächtig sauer sind, klarmachen, daß sie sich umsonst bemüht haben.«

»Und was jetzt?«

»Jetzt werden wir herausfinden, ob Ronald ein ehrlicher Gangster ist.«

Auf der Leeseite der San-Men-Inseln wies Ronald Stone über Radio ein, die Yacht zu stoppen und die Scheinwerfer einzuschalten. Die Scheinwerfer des Kutters ließen schwere Maschinengewehre am Bug und am Ruderhaus erkennen. Matrosen sicherten die beiden Schiffe Dollbord an Dollbord. Stone sah von der Brücke aus zu, wie man Ronald dabei half, an Bord zu kommen. Jetzt kam er den Kajütgang herauf und strahlte.

»Gute Arbeit, Segler!« Er ging um die Brücke herum, musterte die Instrumente und legte dann stolz beide Hände aufs Ruder. »Gute Arbeit.«

Stone deutete mit einer Kopfbewegung auf Katherine. »Ihre junge Lady war mir eine große Hilfe.«

»Mr. Chang sehr dankbar.«

Aus dem Nebel näherte sich eine hölzerne Fischerdschunke von vielleicht dreißig Fuß Länge und schob sich längsseits an das Kanonenboot heran. »Okay, Segler, da kommt jetzt Ihre Mitfahrgelegenheit.«

Stone zog seinen Rucksack über.

»Was ist mit mir?« fragte Katherine.

»Sie bleiben.«

»Was?«

Ronald machte eine weitausholende Handbewegung, wie um seine Bewunderung für die luxuriöse Yacht auszudrücken. »Mr. Chang sagen schönes Boot, schöne Hosteß.«

»Augenblick mal. Sie sagen, ich muß aufs *Festland?*«

»Doppelgeschäft. Neuer Besitzer bekommt Luxuspaket.«

»Ich will nicht aufs Festland.«

»Niemand Sie fragen.«

Katherine drehte sich zu Stone herum. »Das ist nicht fair. Sagen Sie ihm, daß ich das getan habe, was Sie von mir wollten.«

»Das hat sie«, sagte Stone. »Ohne sie hätte ich das niemals geschafft.«

Ronald lächelte kühl. »Segler, ich viel Mühe mit Ihnen. Shanghai. Papiere. Hotel. Führer. Alles für Ihr Gasschiff.«

»Ich sage ja nur, daß Sie ihr eine Chance geben sollen.«

»Sie wollen Shanghai? Oder Sie weißer Ritter?«

»Ohne sie hätten Sie Ihr Boot jetzt nicht.«

Ronald nickte kurz und tat so, als würde er überlegen. Dann meinte er: »Okay, weißer Ritter. *Sie* Yacht ausliefern«, und Stone begriff einen Schlag zu spät, daß man ihn hereingelegt hatte. Der Triade wollte eine weitere Dienstleistung von ihm und hatte darauf gebaut, daß der dumme Amerikaner darauf hereinfallen würde.

»Nach Shanghai?«

»Diese Leute«, erklärte Ronald und deutete mit einer Kopfbewegung auf die PLA-Boote, »vielleicht sie Yacht von mir und Mr. Chang stehlen. Wir Ihnen mehr vertrauen.«

»Sie haben gesagt, Sie würden mich auf einen Dampfer setzen.«

»Hosteß behalten. Autopilot einschalten. Achthundert Meilen Ficki-ficki.«

»Nicht mit nur einer Maschine.«

Ronald lehnte sich zur Tür hinaus und ließ einen Strom Kantonesisch los. Vier Männer und ein Junge hasteten an Bord und verschwanden im Maschinenraum. »Die reparieren.«

»Da fehlt eine Dichtung.«

Der Triade lachte. »Festlandsmechaniker arm. Alles richten. Wenn nötig schneiden Dichtung aus Haut von Helfer.«

»Und was ist mit dem Zoll in Shanghai?«

»Yangtze Fischerboot bringen neue Papiere auf See.«

»Kommen Sie auch mit?«

»Unmöglich. Streife erwischen, schneiden Eier ab. Deal?«

Stone sah zu Katherine hinüber. »Besser als sein letztes Angebot«, meinte die.

»Katherine geht von Shanghai aus nach Hause?«

»Erste Klasse«, versprach Ronald. »Und Sie nehmen Yacht, um Gasschiff finden.«

»In Shanghai? Dieses Ding hier fällt dort auf wie ein Maserati.«

Ronald zuckte die Achseln. »Jedes Boot, Sie wollen.

Aber nicht anders überlegen. Mr. Chang wenn sauer, er mir Hände abschneiden. Aber vor er mich kriegen, ich Sie kriegen. Ich mit Ihnen viel riskieren.«

Von der aufregenden Flucht aus Hongkong aufgeputscht, wurde Stone plötzlich bewußt, daß er sich mit einem Jongleur eingelassen hatte, der zu viele Bälle gleichzeitig in der Luft hatte.

»Sie wollen das Gasschiff, aber haben es nicht geschafft, Chang dazu zu überreden. Er wollte bloß dieses Boot.«

Ronalds Augen funkelten plötzlich ärgerlich. »Mr. Chang dankbar für Schiff mit Gas.«

»Quatsch. Er weiß, daß er in Shanghai nicht viel zu melden hat. Wahrscheinlich hat er Angst, daß Sie dort einen Kleinkrieg mit den Jungs vor Ort anfangen.«

Der Gangster sah ihn jetzt wieder ausdruckslos an, aber sein Zorn war nicht etwa verflogen, sondern nur besser versteckt. Stone wußte, wann es gut war, den Mund zu halten. Er wußte, daß er recht hatte, aber jetzt, auf der gestohlenen Yacht, war es zu spät, die Verbündeten zu wechseln. »Sie müssen mir einen Mechaniker dalassen. Wenn das Ding in der Straße von Taiwan wieder den Geist aufgibt, sitzen wir beide in der Scheiße.«

»Okay, okay, ich geben Mechaniker.«

Stones Stimmung hatte offenbar Katherine angesteckt. »Besser zwei, falls wir mehr Haut brauchen.«

Ronald stand plötzlich mit einem einzigen langen Schritt vor Katherine und versetzte ihr eine so heftige Ohrfeige, daß sie zurücktaumelte. Sie griff sich ans Gesicht, sah Blut auf ihrer Hand und riß die Maschinenpistole aus ihrer Tasche heraus.

Ronald starrte verächtlich auf die Waffe. »Sie Triade erschießen?«

Stone, der es bereits bedauerte, sich so weit vorgewagt zu haben, trat dazwischen. »Weg damit.«

»Ich mache den Scheißkerl kalt.«

»Sie stehen in meiner Schuld.«

»Sie beide in *meiner* Schuld stehen«, sagte Ronald.

Die *Tin Hau* war mit GPS, Radar, Echolot und ARPA ausgestattet, und somit bestand die Navigation aus nicht viel mehr als der Eingabe eines Kurses und dem Einschalten des Autopiloten. Stone hatte allerdings kein Vertrauen zu so viel Technik, wenigstens nicht in Küstengewässern, wo es von Fischtrawlern wimmelte.

Er hängte sich eine Hängematte ins Brückenhaus. Nachdem er allerdings Katherine gezeigt hatte, wie mit dem System umzugehen war, wurde ihm klar, daß er ihr vertrauen konnte, und er schlief relativ gut, wenn sie Wache hatte.

Ronalds achthundert Meilen »Ficki-ficki« klärten sie am ersten Abend, als Katherine sagte: »Ich stehe in Ihrer Schuld. Aber glauben Sie bloß nicht, daß ich das will.«

»Danke, aber ich passe«, sagte Stone. »Ich habe schlimmere Probleme.«

Seit das Schiff Sarah und Ronnie entführt hatte, waren inzwischen acht Tage vergangen. Reichlich Zeit, um zweimal die Entfernung nach Shanghai zurückzulegen. Sie konnten inzwischen in fünfzig beliebigen Häfen sein. Oder in fünfzig Faden Tiefe auf dem Meeresgrund liegen.

18

»Nicht gerade Shanghai, was, Doc?« rief Mr. Jack spöttisch vom Bett herüber. Seine Stimme klang jetzt stärker, sein New Yorker Akzent hatte sich deutlicher ausgeprägt.

Sarah stand am Bullauge und sah den Schleppern zu.

Dampf und Kohlenrauch ausstoßend bugsierten sie das

Schiff im kalten Sprühregen an einen Pier. Aber was sie sah, war nicht die aus den zwanziger Jahren stammende europäische Skyline von Shanghai, sondern graues Sumpfland, das sich bis zum Horizont erstreckte und ein Elektrokraftwerk, das überall auf der Welt hätte stehen können, winzig erscheinen ließ.

Der Pier ragte eine halbe Meile in eine ansonsten leere Bucht hinein. Jenseits des Sumpfgebietes reckten sich vier hohe Schlote aus dem sonst flachen Land. Zu ihren Füßen duckte sich das Turbinenhaus, ein schlammfarbener Ziegelbau. Leitungsmasten marschierten landeinwärts, bis sie sich am Horizont verloren; eine Pipeline verband die Anlage mit überkuppelten Erdgastanks, die sich wie riesige Iglus am Ufer entlangreihten.

Es war unmöglich, die Gedankengänge des alten Mannes nachzuvollziehen, sein Verstand war wie ein Labyrinth, ähnlich dem Rattenschwanz von Rohren, die die Verteilerleitungen am Kopfende des Piers mit den Tanks verbanden. Aber soviel hatte Sarah gelernt, seit ihr Patient wieder einigermaßen genesen war: Er sagte nie etwas, ohne damit etwas zu bezwecken; jede Frage war eine Art Test.

Und so antwortete sie: »Ich habe Shanghai nie gesehen.«

Tatsächlich kannte sie dank Ronnies GPS ihre Position auf Grad, Bogenminute und Bogensekunde genau. Wenn sie die Koordinaten von Shanghai richtig in Erinnerung hatte, waren sie nicht weit von der Metropole entfernt, vielleicht an einem Seitenarm des Huangpu-Flusses oder an einer Küstenpartie der Hang-chou-Bucht. Die Leitungsmasten, die da nach Nordosten führten, versorgten mit Sicherheit eine Stadt.

Das Sumpfland lag vielleicht am Yangtze ein Stück nördlich, es konnte aber auch ein Teil der Insel Ch'ung-Ming im Delta des Flusses sein oder vor der Stadt Hang-chou im Süden und Westen liegen. Näheres würde sie im Kartenraum der *Dallas Belle* finden, nahm sie an, während sie mißmutig durch das vom Regen bespritzte Glas hinaussah.

Sie spürte, wie sie immer tiefer in eine Depression geriet, die sie benommen machte und ihr die Fähigkeit zum klaren Denken raubte. Die langen Tage und Nächte der Gefangenschaft waren wie ein einziger Nebel, in dem alles ineinander überging bis zurück zu dem Augenblick, wo die Schlepper das antriebslos treibende Schiff an ihre Trossen genommen hatten.

Endlose Tage dahintreiben, die Motoren abgeschaltet, in Nebel und Regen bis zu dem schrecklichen Nachmittag, an dem sie und Ronnie durch die Eingeweide des Schiffes gekrochen waren; und dann Moss, der wie ein Geschöpf der Hölle vor ihnen aufgetaucht war, und schließlich Mr. Jacks bösartige Drohung, Moss anzuweisen, sie zu »bestrafen«. Das Wort vermittelte ihr das Gefühl, hilflos wie eine Sklavin zu sein.

Seine Drohung war mit dem plötzlichen Auftauchen der drei Schlepper mit den flatternden roten Fahnen und den watteartigen Rauchwolken zusammengefallen, einem Anblick wie auf einem Meeresgemälde von Turner. Sie hatte Sarah während der ganzen langen Fahrt im Schlepptau mit vier Knoten Geschwindigkeit nicht losgelassen. Was es für sie und Ronnie bedeutete, hier im Niemandsland vor Anker zu gehen, wollte sie sich gar nicht erst ausmalen.

Jetzt baute sie ihre Zeitrechnung auf den Grad der Genesung von Mr. Jack und das allmähliche Verblassen von Ah Lees Prellungen auf. An das Gasleck erinnerte sie sich kaum mehr – an den in den Himmel schießenden Dampfstrahl und daran, wie sie damals, als sie sich noch mutig gefühlt hatte, zu dem Satellitentelefon gerannt war.

»Hey, Kleines!«

Ronnie blickte von dem Buch auf, das er ihr gegeben hatte. »Ja, Mr. Jack?«

»Lauf hinunter und sag dem Koch, daß wir Eisbecher wollen.«

Ronnie sah Sarah an. Die nickte, es war ihr recht. Als die Kleine draußen war, sagte Mr. Jack: »Sagen Sie, Doc, Ronnie hat mir erzählt, daß sie auf dem Segelboot aufgewachsen ist. Wie ist das mit Ihnen? Wo stammen Sie her? England?«

»Ich bin Nigerianerin«, antwortete sie und wunderte sich über sein plötzliches Interesse.

»Reden aber wie eine Engländerin.«

»Mein Vater war Soldat. Er hat meine Mutter und mich während des Bürgerkriegs nach England geschickt. Wir wohnten bei seinem ehemaligen Vorgesetzten. Dann starb meine Mutter, und man hat mich auf eine Klosterschule geschickt.«

»Ihr Vater war britischer Soldat?«

»Bis zur Unabhängigkeit. Dann hat er beim Aufbau der nigerianischen Armee mitgeholfen.«

»Wie hieß er denn?«

»Soditan. Josiah Soditan.«

»Tatsächlich? Ich habe ihn gekannt.«

»Sie machen Witze.«

»Ich will Ihnen was sagen, Süße, wenn man in Nigeria im Ölgeschäft ist, tut man gut daran, die Generale zu kennen.«

»Mein Vater war nicht korrupt.«

Der alte Mann zuckte die Achseln und senkte den Blick. »Keine Ahnung. Ich habe dort vor zwanzig Jahren Schluß gemacht, als ich gesehen habe, wie es mit dem ganzen Verein bergab geht. Was haben die doch mit ihrem Land angerichtet! Nigeria hätte ganz Afrika beherrschen können. War Ihr Vater in diese Coups verwickelt?«

»Nein.«

Mr. Jack sah sie scharf an. »Ein großer Mann, nicht wahr? Größer als Moss?«

»Viel größer«, sagte Sarah, und dann fing sie zu ihrer Überraschung zu weinen an.

»Hey, hey, hey. Was weinen Sie denn? Ich habe Ihnen doch gesagt, daß Ihnen nichts passiert, wenn Sie keinen Unfug machen.«

»Ich mache mir schreckliche Sorgen um meinen Mann.«

Die kantigen Flächen in Mr. Jacks Gesicht wurden plötzlich weich. Er wirkte beinahe sanft.

»Keine Sorge, Doc. Es geht ihm gut.«

»Das wissen Sie doch nicht!«

»Er ist im Hongkong Yachtclub untergeschlüpft.«

Sie wagte es nicht, ihm zu glauben. Das mußte ein Trick sein. Und doch ... Hoffnung flammte in ihr auf, als sie zusah, wie Mr. Jack nach einem Umschlag tastete, der auf seinem Nachttisch lag. Da er ihn mit seinen nagellosen Fingern nicht packen konnte, schob er ihn vom Tisch auf die Bettdecke. Sie nahm ihn vorsichtig entgegen, wußte nicht, worauf sie hoffen sollte.

»Machen Sie ihn auf.«

Sarah klappte den Umschlag auf und entnahm ihm das Fax einer Fotografie. Ihr Herz machte einen Satz. Das Foto war mit Tele durch ein Fenster aufgenommen. Aber die Schulterhaltung und das fordernd vorgeschobene Kinn sagten ihr, daß das nur Michael Stone sein konnte.

»Das ist im Hilton aufgenommen.«

Sarah fühlte sich plötzlich so leicht, daß sie hätte schweben können. Voll Freude darüber, daß Michael am Leben war, sah sie Mr. Jack an und verspürte ein fast überwältigendes Gefühl der Dankbarkeit.

»Danke.« Aber noch als die Worte über ihre Lippen kamen, wurde ihr von der Grausamkeit fast übel: Sie dankte einem Ungeheuer dafür, daß es ihren Schmerz linderte. Ronnie war nicht die einzige, bei der das Stockholmsyndrom zu wirken begann.

»Wie haben Sie – wie haben Sie dieses Bild bekommen? Wie haben Sie ihn in Hongkong gefunden?«

»Jetzt kommen Sie schon, Doc, was glauben Sie wohl, mit wem Sie es hier zu tun haben? Wir überwachen alles, was hier vorgeht. Sie haben Marcus Salinis in Koror angerufen. Moss hat veranlaßt, daß meine Leute Salinis' Telefon anzapfen, und Ihr Mann hat Hongkong angerufen. Als er dort hinflog, haben wir auf ihn gewartet.«

Sie war entsetzt. Sie hatte befürchtet, daß sie über das Satellitengespräch informiert waren, aber daß Mr. Jacks Macht so weit über das Schiff hinausreichte, war ihr nie in den Sinn gekommen. Und daß deshalb die bloße Flucht von dem Schiff ihr Überleben noch in keiner Weise garantieren würde.

»Wer ist der Mann, mit dem er da spricht?« fragte Mr. Jack.

Jeder Instinkt drängte sie zu leugnen, daß sie Kerry kannte; aber er wußte ganz sicherlich bereits, wer der Bergungsunternehmer war. Mr. Jack war die fleischgewordene Intrige. Und das hier war unter der Maske der Freundlichkeit ein weiterer Test, ob sie vertrauenswürdig war. »Das ist Captain McGlynn«, gab sie zu. »Er ist Inhaber einer Bergungsgesellschaft.«

»Gute Antwort, Doc. Worüber glauben Sie, daß die beiden reden?«

»Ich bin sicher, daß Sie sich das selbst ausmalen können, Mr. Jack.«

»Nun ja ...«

»Wann ist dieser Schnappschuß entstanden?«

»Vor zwei Tagen. Wie zum Teufel hat er es geschafft, dieses Atoll zu verlassen?«

Sarah lächelte. Ihr Herz schwoll vor Erleichterung und Stolz an. »Gesegelt, denke ich.«

»Was, meinen Sie, wird er als nächstes anstellen?«

»Das weiß der liebe Gott.«

»Bloß, daß der nicht hier ist. Was meinen *Sie* – wenn Sie raten müßten.«

Sarah schüttelte den Kopf.

»Ich bin bloß neugierig«, sagte Mr. Jack. »Für mich stellt er keine Gefahr dar. In keiner Weise. Ich hoffe nur in seinem und Ihrem Interesse, daß er nicht irgendwelche Dummheiten macht.«

Sarah blickte auf ihre Hände. Sie kannte Michael zu gut, um anzunehmen, daß er sehr lange im Hongkong Yachtclub herumsitzen würde.

Mr. Jack schmunzelte. »Ich will Ihnen was sagen, Süße. Wenn ich an dem Tag, an dem wir Ihnen begegnet sind, auf den Beinen gewesen wäre, hätte ich ihn mit Ihnen und der Kleinen an Bord geholt. Was meinen Sie, was er vorhat? Sie haben ihm gesagt, daß Sie vermutlich nach Shanghai oder Taiwan unterwegs seien. Wo, meinen Sie, wird er hingehen?«

»Das weiß ich ehrlich nicht.«

»Glauben Sie, er wird sich an die Behörden wenden?«

»Das weiß ich nicht.«

»Aber Sie nehmen es nicht an.«

Wieder wandte sie sich ab und überlegte fieberhaft. Viel zu spät wurde ihr klar, daß ihr ganzes Gespräch nur ein Vorspiel zu diesem Verhör gewesen war.

»Sie werden in diesem Umschlag noch ein weiteres Bild finden«, sagte er mit seidenweicher Stimme.

Eine offensichtlich aus größter Nähe gemachte Aufnahme fiel ihr in den Schoß. Sie zeigte die Haare in Michaels Bart, die feinen Fältchen in seinen Augenwinkeln und die verschiedenen Narben, die Zeugnis von einem Leben auf See ablegten. Er hatte sich zu Kerry vorgebeugt und wirkte hager und ausgemergelt. Sie war bedrückt und zugleich entsetzt darüber, wie grau sein Bart geworden war, etwas, was sie kaum bemerkt hatte, als sie zusammengewesen waren, was aber auf dieser Fotografie das Alter eines erschöpften, verzweifelten Mannes verriet.

Sie tippte an die weiße halbmondförmige Narbe unter seinem Auge. Sie blieb immer weiß, auch wenn er noch so von der Sonne verbrannt war, und jedesmal, wenn sie in sein Gesicht blickte, erinnerte die Narbe sie an den Dämon in ihrem Herzen.

»Was ist das?« fragte Mr. Jack. Er stieß ihren Finger an. »Ein Muttermal?«

»Eine Narbe.«

Seine scharfen Augen suchten ihr Gesicht ab. Sie fragte sich, ob die Wahrheit diesen alten Mann vielleicht würde glauben machen, daß ihre Gefühle ihm gegenüber aufgetaut waren. Das würde einiges wert sein.

»Ich habe ihn mit dem Feldstecher geschlagen.«

»Sie? Die Freundlichkeit in Person? Warum?«

»Weil er gesagt hat, daß er mich nicht liebt.«

»Warum töten Sie mir dann den Nerv, daß ich Sie wieder zu ihm lasse?«

»Er hat gelogen.«

»Warum?«

»Um mich zu schützen.«

»Vor was?«

»Das war vor vielen Jahren. Ich war damals noch sehr jung. Ich war noch nie verliebt gewesen.«

»Und die Ehe hat Sie dann kuriert?«

Sarah fixierte ihn mit einem durchdringenden Blick. »Er ist die Luft, die ich atme.«

Michael hatte versucht, sie zu schützen, hatte ihre Liebe geleugnet in einem tölpelhaften Versuch, sie von ihm wegzutreiben. Noch heute spürte sie das Gewicht des Feldstechers in ihrer Hand, spürte, wie ihre Lippen sich wie die eines wilden Tieres von ihren Zähnen zurückzogen. Sie würde immer die Tochter eines Soldaten sein, dachte sie bitter, würde es nie fertigbringen, das Blut ihres Vaters mit hochtrabenden Idealen und ihrem Glauben zu Gott zu ersticken.

»Moss glaubt, daß Sie beide auf der Flucht sind. Was haben Sie ausgefressen?«

Sie hatte Mühe, sich zu konzentrieren; sie war so glücklich über diesen Beweis, daß Michael am Leben war.

»Hey, für mich ist das nicht wichtig«, sagte der alte Mann. »Mir ist egal, wen Ihr Mann um Hilfe angeht. Er wird die *Dallas Belle* nie finden. Wir existieren nicht ...«

»Ist das so geplant?«

»Das dürfen Sie laut sagen. Das war gar nicht so leicht – ich meine planen, daß man nicht existiert. Ein sehr komplizierter Plan und viel Geld.«

»Warum?« fragte sie.

»Warum zerbrechen Sie sich nicht lieber den Kopf darüber, mich am Leben zu halten?«

»Genau deshalb möchte ich ja, daß Sie in ein Krankenhaus kommen.« Als sie das sagte, tastete ihre Hand automatisch nach ihrem Stethoskop. Die andere glitt in die Seitentasche der Stewardsjacke, die sie sich als eine Art Arztkittel zugelegt hatte. »Ich mache mir Sorgen, daß es zu einer Infektion kommen könnte. Ich fürchte, es könnte zu einer Lungenentzündung kommen.«

»Ich kenne genug Leute, die sich im Krankenhaus Infektionen und eine Lungenentzündung zugezogen haben, Doc. Ich bin auf dem Schiff hier viel besser versorgt als in irgendeinem dreckigen chinesischen Krankenhaus.«

»Der Flug von Shanghai nach Hongkong dauert keine zwei Stunden«, erwiderte Sarah.

»Geht nicht, Doc. Außerdem sehe ich Shanghai nicht, Sie etwa?«

Sie ging auf die Stichelei nicht ein. »Ich mache mir besonders Sorgen, daß Sie einen Schlaganfall bekommen könnten.«

»Schlaganfall?« Er sah sie scharf an. »Was reden Sie da?«

»Nach allem, was ich höre, und Ihrer Konstitution nach zu schließen, ist mir klar, daß Sie ein aktiver Mann sind.«

»Auf dem C-Deck gibt es einen ganzen Raum voll Nautilusmaschinen. Ich halte mich in Form. Deshalb macht meine Heilung ja so schnelle Fortschritte.«

»Ja, richtig. Aber nach meiner Erfahrung kann eine plötzliche Bettlägerigkeit wie in Ihrem Fall zu einem Schlaganfall führen. Tag für Tag ohne Bewegung zu liegen ist für ältere Männer, die normalerweise äußerst aktiv sind, sehr gefährlich.«

»Ich bekomme keine Schlaganfälle.«

»Ich könnte einen Schlaganfall nicht behandeln. Die Behandlung in den ersten vierundzwanzig Stunden ist entscheidend, um den Schaden gering zu halten und die Genesung sicherzustellen. Jemand in Ihrem Alter hat doch sicherlich Freunde, die einen Schlaganfall erlitten haben. Sie kennen die Folgen.«

»Kommt nicht in Frage, Doc ... Denken Sie, ich sollte vielleicht Therapie bekommen? Bewegungstherapie?«

»Vielleicht kann Moss Sie herumführen ... und vielleicht sollten Sie ein wenig an Ihren Fitneß-Maschinen arbeiten. Wie lange werden wir hier sein?«

»Nicht lange.«

»Und was dann?«

»Eins nach dem anderen, Doc ...« Er lächelte. »Und außerdem würden Sie mir bestimmt nicht glauben, wenn ich es Ihnen sagte.«

Sarah ging ans Fenster zurück. Es regnete jetzt heftiger. Das Schiff war so allmählich zum Stillstand gekommen, daß sie es gar nicht bemerkt hatte, und war jetzt am Pier vertäut. Die drei Schlepper dampften in den Regen davon, ihre

Flaggen flatterten im Wind, und hinter ihnen wehte der beißende Gestank von brennender Kohle her.

Der Himmel wußte, was Mr. Jack vorhatte, aber zumindest hatte sie es geschafft, ihm mit dem Thema Schlaganfall ein wenig Angst zu machen.

»Hey, Doc«, rief er quer durch die Kabine, »wenn Sie mit Ihrem Mann irgendeine afrikanische Voodoo-Telepathie praktizieren, dann sollten Sie ihm vielleicht sagen, daß er in Shanghai nicht so viel Glück haben wird wie in Hongkong.«

»Wie meinen Sie das?« fragte sie, besorgt, daß er bereits versucht hatte, Michael etwas zuleide zu tun, und es erneut versuchen würde.

»Shanghai ist *meine* Stadt.«

19

Ein Lotse aus Shanghai übernahm das Ruder der *Tin Hau* seewärts von der Barre, und Stone spürte, wie sein Zeitgefühl zurückschaltete, als er die Flußufer mit Karte 94219 verglich. Die kalte, feuchte Luft dämpfte das Maschinengeräusch; das Klagen von Hörnern und Dampfpfeifen war zu hören. Kohlenrauch hing schwer im leblosen Wind. Der Rauch reizte seine Nasenschleimhäute, brannte ihm in den Augen, breitete sich über die Sumpffläche aus und vermengte sich so mit dem Himmel, daß kein Übergang zu erkennen war.

Der Anblick der drei alten Dampfschlepper, die vor der Yacht die Wasserstraße hinauffuhren, verstärkte ebenso wie die hölzernen Leichter, Barkassen und Motorsampans und die Legionen von Matrosen, die die Arbeit verrichteten, für die es heute Maschinen gab, den Eindruck, sich weit entfernt in einer anderen Zeitepoche zu befinden. Das London von Charles Dickens mochte ähnlich *gerochen* haben.

Stones Aufmerksamkeit wandte sich der riesigen Wusong-Werftanlage zu, die auf der Steuerbordseite vorbeizog. Eisiger Regen peitschte das Deck. Er zog sich in die Kabine zurück, und das Wasser rann in Strömen von dem schweren Trenchcoat, den Ronalds Yangtzefischerboot zusammen mit ihren Visa geliefert hatte.

Nachdem er die Karte zwei Tage lang studiert hatte, kannte er beide Flußufer jetzt beinahe auswendig. Aber der Huangpu schlängelte sich durch die größte Stadt der Welt, und Papier und Druckerschwärze hatten ihn nicht auf die gewaltige Ausdehnung des Hafens, die Breite des Flusses oder die endlosen Sumpfflächen vorbereitet.

Jetzt erschien am Flußufer die Donghaiwerft. Er mußte selbst staunen, was für eine gewaltige Suchaktion er sich zur Aufgabe gemacht hatte. In dieser Werft allein drängte sich ein ganzer Wald von Brücken- und Mastenkranen um ein Dutzend Rümpfe, von denen einige durch Bambusgerüste praktisch den Blicken entzogen waren, während über einer Helling ein Sheddach errichtet war, das breit genug war, um ein Schlachtschiff aufzunehmen.

Nach den Erkenntnissen, die er aus der Karte und den *Sailing Directions* entnommen hatte, gab es auf den fünfzehn Meilen schiffbaren Wassers, die die Karte zeigte, neun solche Werften, sechs Trockendocks, eine Raffinerie und achtundneunzig Kais, die zu Fabriken, Raffinerien und Container-Terminals gehörten. Fünfzehn Flüsse, Kanäle und Bäche zweigten vom Huangpu ab und strömten ins Landesinnere. Einige davon möglicherweise tief genug, um für die *Dallas Belle* schiffbar zu sein. Und da die *Sailing Directions* aus dem Jahre 1979 stammten, als die Entwicklung der Hafenanlagen erst angefangen hatte, war es durchaus möglich, daß diese Zahlen sich mittlerweile verdoppelt hatten.

Die Hallen über den Hellings der nächsten Werft waren so hoch, daß die Brückenkräne unter ihren Dächern standen. Eine Liegestelle war leer. In der anderen lag ein Kreuzfahrtschiff. Im neblig grauen Morgen sah er das Zwinkern von Schweiß- und Schneidbrennern und feurige Kaskaden von Funken, während Arbeiter über das Bambusgerüst schwärmten, das die an eine Hochzeitstorte erinnernden Aufbauten des Schiffes einhüllte.

Der kalte Regen fiel jetzt heftiger. Es hätte schlimmer kommen können, dachte er. Der Dezember war ein Monat, der für seine Morgennebel berühmt war. Plötzlich wurde aus dem Regen ein Wolkenbruch, ebenso dicht wie Nebel. Die vom Himmel prasselnden Fluten versperrten ihm den Blick auf die Ufer und ließen in Stones Augen eine düstere graue Impression von Tausenden von chinesischen Werktätigen unter schwarzen Regenschirmen und in glänzenden Regenmänteln zurück, die sich über eine Pontonbrücke in eine Fähre zwängten.

»Sehen Sie sich all die Menschen an«, schauderte Katherine. »Das sind ja Millionen. Wie die Ameisen – Herrgott, ich will nach Hause.«

Stone sagte nichts. Sie war eine gute Schiffsgefährtin gewesen, jederzeit bereit, sich an den vielen Arbeiten zu beteiligen, die der Betrieb eines Schiffes mit sich brachte, und immer zehn Minuten vor der festgelegten Zeit auf Wachstation. Sie hatte gewußt, wann sie reden sollte und wann nicht, und bewegte sich trotz ihrer zahllosen Probleme mit einer Art mutigem Selbstbewußtsein, das ihn beeindruckte.

Aber »nach Hause« war keine echte Wahl für eine Polizeibeamtin, die man dabei erwischt hatte, wie sie ihrem Lebensgefährten, einem Rauschgiftdealer, Waffen beschafft hatte. Sie hatte ihm am zweiten Abend davon erzählt, während die *Tin Hau* durch die Straße von Taiwan brauste. Ein junger Staatsanwalt, der sich für sie interessiert hatte,

hatte sie rechtzeitig gewarnt, so daß sie vor der Anklageerhebung noch hatte fliehen können.

Als der Wolkenbruch endlich nachließ, konnte er sehen, wie achtern das Tanklager, wo möglicherweise die *Dallas Belle* gerade ihre Ladung löschte, im Nebel versank. Er markierte die Stelle auf der Karte. Vor ihm gab es an beiden Flußufern weitere Fährstationen mit Passagieren, die mit Fahrrädern eintrafen. Dann wieder eine Werft, halb in einem breiten Seitenfluß verborgen.

Erneut peitschte Regen den Fluß, und wieder verringerte sich seine Sichtweite auf hundert Meter. Er ging auf Deck auf und ab, verwirrt und verstimmt, das bei diesem Wetter nutzlose Glas am Riemen um den Hals hängend, die Karte durchnäßt. Nach endlosem Warten, während draußen Werften und Piers uneingesehen vorbeizogen, ließ der Regen kurz nach. Sein Blick fiel auf ein Kohlenlager mit Hunderten von Sampans, die sich an den Stegen drängten. Und dann, auf der Ostseite des Flusses, die riesige Shanghaiwerft, wo er vergeblich nach der sandfarbenen *Dallas Belle* suchte.

Der Regen prasselte herunter wie ein grauer Vorhang, und Stone war erneut blind. Als er dann endlich nachließ, stand eine Meile vor ihm *Bund*, die Skyline von Shanghai; sie stieg wie eine Märchenvision von stattlichen Kolonialbanken und Handelshäusern, Wolkenkratzern und einem Glockenturm aus dem neunzehnten Jahrhundert aus dem Chaos des Flusses auf. Stone sah sich um. Achtern lagen Meilen von Flußufer, die er nicht zu sehen bekommen hatte.

Die sich langsam bewegende Yacht hielt an, und der Lotse lenkte sie an einen Kai. Stone warf zwei Hafenarbeitern Leinen zu, worauf diese sie an Land zogen und eine Gangplanke auslegten. Soldaten der Volksbefreiungsarmee in grünen Uniformen bauten sich am Kai auf, und ein Zollbeamter in Dunkelblau ging an Bord. Er stempelte Stones und Katherines Visa, was ihnen einen Aufenthalt von drei Monaten in China erlaubte.

Stone zog trockene Kleidung an, einen Straßenanzug, den Ronald ihm geschickt hatte. In der Brusttasche hatte ein Zettel gesteckt: *Sie kleiden sich wie ein Landstreicher, Segler.* Das paßte zu seiner Legende, daß er auf der Suche nach Standorten für einen Luxus-Yachthafen war. Katherine mußte ihm dabei behilflich sein, die Krawatte zu knoten, die erste seit vielen Jahren. »Ich nehme an, ich soll hier warten«, sagte sie. »Vielleicht sehen wir uns einmal wieder.«

Er packte seine Papiere, seine Empfehlungsschreiben und Geschäftskarten ein und griff nach seinem Rucksack. »Vielen Dank für alles.« Er hätte sich gern mit einer freundlichen Umarmung von ihr verabschiedet, aber ihre abwehrende Haltung war nicht zu übersehen. So streckte er ihr die Hand hin.

»Viel Glück mit Ihrer Familie.«

Vor ihnen hatte ein Passagierschiff angelegt, und der Pier wimmelte von wartenden Verwandten, die von den gelangweilt wirkenden Soldaten beobachtet wurden. Es war, dachte er – abgesehen davon, daß seine Erkundung der Flußufer nichts erbracht hatte – beinahe zu einfach.

Fünf Soldaten. Zwei Beamte in Zivil. Und ein adrett gekleideter Shanghainese, der ihm vom Rande der Menschenmenge aus zuwinkte. Stone arbeitete sich zwischen Kartons und einander umarmenden Verwandten durch und stellte sich vor.

»Ich bin William Sit«, sagte der Shanghainese mit einem scheuen Lächeln. »Ich werde Ihr Dolmetscher sein. Ich bin Englischlehrer. Es ist sicher, daß Ihr Besuch mir in hohem Maße dabei behilflich sein wird, modernes Englisch zu lernen.«

»Ihr Englisch klingt großartig.«

»Vielleicht gibt es eine gewisse Schwierigkeit beim Verstehen der idiomatischen Wendungen und des Slang. Sie werden mir Hilfe und Mut geben.«

»Geht klar«, sagte Stone und griff ungeduldig nach seinem Rucksack, den er während der Begrüßung abgestellt hatte. »Wollen wir ...«

Sit sah ihn verwirrt an. Dann schlug die Verwirrung in Verlegenheit über. »Wollen wir ...«

»Gehen«, sagte Stone. »Wollen wir gehen?«

»Gehen! Ja. Ja. Mein Freund hat ein Taxi. Er wird uns fahren.« Sein Freund, der einen schwarzen Anzug und eine Chauffeursmütze trug, hieß Wang. *Mr.* Wang. Sein Taxi war schwarz, glänzte und war gepflegt, und Sit erklärte beim Einsteigen, daß Mr. Wang für eine staatliche Fabrik fuhr, sich aber freigenommen hatte, um Stone zu chauffieren.

»Wollen wir?« fragte Sit. »Wollen wir zum Hotel fahren?«

»Haben Sie irgendwelche Mitteilungen für mich?«

»Nein.«

»Wie weit ist es zum Hotel?«

»Nur eine Meile.«

»Gut.« In Ronalds Brief hatte gestanden, daß »gewisse Leute« mit ihm im Hotel vielleicht Kontakt aufnehmen würden. »Dann fahren wir am Wasser entlang.«

»Mr. Wang wird Sie fahren, wenn Sie das vorziehen, aber Ihre Freunde haben ein Boot arrangiert.«

»Okay, dann auf zum Hotel und dann –«

Sit sah ihn verzweifelt an. »Auf zum?«

»Ich möchte einchecken und meine Mitteilungen entgegennehmen, und dann kann er uns zum Boot fahren.«

»Wollen wir?« antwortete Sit mit einem Lächeln.

William Sit sprach mit Mr. Wang – er erklärte Stone, daß dieser den shanghainesischen Wudialekt sprach – und das Taxi verließ die Anlegestelle von Waihongqiau und fuhr an einer langen Prozession von Schiffspassagieren vorbei, die ihre Bündel in die Stadt trugen.

»Die großen Veränderungen haben in Shanghai stattgefunden«, sagte William Sit, als das Taxi die schäbigen Dockanlagen hinter sich ließ und den Suzhoufluß überquerte. Es hatte wieder zu regnen aufgehört, und von der Bogenbrücke aus konnte man in allen Richtungen Hunderte im Bau befindlicher Bürotürme sehen – ein Gitterwerk aus Stahl und Beton, umhüllt von Kokons aus Bambusgerüsten – und Hunderte weiterer fertiggestellter Gebäude, die im Dunkeln dastanden. Er suchte die Piers nach der *Dallas Belle* ab, sah aber nur Passagierschiffe und Ausflugsboote.

»Shanghai ist nicht mehr dasselbe wie das alte Shanghai, aber vielleicht werden wir bald Hongkong überholen.«

Das hörte Stone jetzt seit Jahren überall im Pazifik. Nur daß sie dann die Stadt zuerst mit den Leitungen für moderne Kommunikation versehen mußten und den Hafen ausbauen, indem sie irgendeine Möglichkeit erfanden, um die Mündung des Huangpu zu vertiefen, so daß die Schiffe nicht ihre halbe Ladung auf hoher See löschen mußten. Und dann mußten sie eine frei konvertierbare Währung zulassen, ein System von Gesetzen einführen, um geschäftliche Meinungsverschiedenheiten zu regeln, und den grimmigen, feuchtkalten Winter abschaffen.

»Der Verkehr hat sich verbessert«, sagte William Sit. Und im Park am Fluß, so erklärte er Stone, konnte er vor Tagesanbruch beim Tai Chi zusehen. Stone hatte bereits eine Anlegestelle ausgemacht, wo das Boot ihn abholen konnte.

Das Peace Hotel, ein gewaltiger alter Bau, ragte über dem Park und dem Fluß auf. Sein verblaßter Prunk – düstere Kassettendecken, dunkle Holzvertäfelung und schäbig wirkende neue Zwischenwände – wirkte durch eine Klientel, die hauptsächlich aus aufstiegswilligen Handelsvertretern zu bestehen schien, ein wenig lebendiger.

Der Check-in verlief glatt. Ein Englisch sprechender stellvertretender Empfangschef holte Stone aus der Schlange heraus und trug ihn persönlich ein. Wieder kam ihm das alles zu einfach vor, und er fragte sich, welchen Preis er wohl am Ende würde dafür bezahlen müssen.

Irgendwo zwischen Hongkong und Shanghai hatte für ihn der Übergang vom flüchtigen Segler zum Stadtmenschen begonnen, wie er in den vielen Jahren einer gewesen war, in denen er und Katherine in New York gelebt hatten. Er sah sich in der Hotelhalle um und stellte fest, daß er sich fast behaglich fühlte. Anscheinend hatte der Boden unter seinen Füßen zu schaukeln aufgehört, und seine Sinne arbeiteten jetzt in einem menschlicheren, vorsichtigeren Maßstab, als das erforderlich war, wenn er allein mit seiner Frau und seiner Tochter segelte.

»Eine Nachricht, Sir. Soll ich übersetzen?«

William Sit, der sich so unterwürfig im Hintergrund gehalten hatte, schnappte dem Hotelangestellten das Papier weg. »Ich werde übersetzen. … Sie sind zum Frühstück im Huxingting Teehaus eingeladen.« Er plusterte sich stolz auf. »Dim Sum. Mr. Wang wird uns fahren.«

»Wer hat mich eingeladen?«

»Mr. Yu. Berater des Fuxing Containerterminals. Mr. Yu kennt sicher viele geeignete Plätze für Ihren Yachthafen.«

»Ich habe keine Zeit. Ich muß zum Boot.«

»Diese Mitteilung sagt, daß das Boot nicht fertig ist.«

Stones Kinnmuskeln spannten sich. Das war also keine Einladung, sondern ein Befehl. »Okay, gehen wir.«

»Sie Zimmer nicht sehen?« fragte der Hotelangestellte.

»Später.« Stone griff nach seinem Rucksack und ging zum Eingang. William Sit trottete hinter ihm her. Stone fragte: »Ist Mr. Yu ein Triade?«

William Sit fiel die Kinnlade herunter. Er lachte, hielt sich dabei die Hand vor den Mund. »Warum fragen Sie so etwas?«

»Wo ich herkomme, sind ›Berater‹ in der Hafengegend Gangster.«

Sit nannte Mr. Wang ihr Ziel und stieg sichtlich beunruhigt neben Stone ein.

Stone fragte ihn: »Wer hat Sie damit beauftragt, für mich zu dolmetschen?«

»Freund von Cousine meine Frau«, antwortete Sit, und sein Englisch klang plötzlich holpriger. Er strahlte in seinem Auftreten eine Art von Eleganz aus, die vermuten ließ, daß er aus einer gebildeten Familie stammte, die unter der Befreiung, dem »Großen Sprung nach vorn« und Maos Kulturrevolution mit Sicherheit schrecklich gelitten hatte. Jetzt, in Zeiten eines Booms, würde ein von der Inflation gebeutelter Lehrer jede Gelegenheit ergreifen, sich ein zusätzliches Einkommen zu verschaffen.

Wang fuhr sie den *Bund* entlang und hielt dann in den schmalen Straßen der Altstadt an. Sie gingen zum Yu Garden. Gleich hinter dem Eingangstor führte Sit Stone auf einer im Zickzack angeordneten Brücke über einen Teich in ein zweistöckiges hölzernes Teehaus, dessen Dach mit Drachenschnitzereien verziert war. Das Lokal war überfüllt, und an den Tischen saßen ältere Chinesen und ein paar westliche Touristen. Nicht mehr ganz junge Kellnerinnen trugen Tabletts mit Dim Sum durch das Restaurant.

»Ihr Präsident Richard Nixon hier Tee trinken«, sagte William Sit.

»Ist ja großartig. Ist das Mr. Yu?«

An einem Fenstertisch am Teich saß ein fülliger Shanghainese in einem Straßenanzug. Seine harten Augen und sein narbiges Gesicht verrieten, daß das ein Mann war, der seine Lehrzeit auf der Straße verbracht hatte. Er entsprach ziemlich genau dem, was Stone erwartet hatte: Die asiatische Version eines übellaunigen irischen oder italienischen Mobsters im Hafenviertel von Brooklyn. Sein Begleiter, der ihm gegenübersaß und von dem man nur die Rückseite seines auffälligen Anzugs sehen konnte, sprang auf und kam ihnen mit ausgestreckter Hand entgegen.

»Willkommen in Shanghai, Segler.«

»Wer ist Ihr Begleiter, Ronald?«

»Mein neuer ›alter Freund‹ Mr. Yu. Mr. Yu nicht Englisch sprechen. Ich nicht Wu sprechen. William Sit dolmetschen.«

Stone glaubte keine Sekunde, daß ein ›Berater‹ für eine so üppige Quelle von Bestechungsgeldern, wie das der Fuxing Containerterminal war, nicht die Universalsprache der internationalen Schiffahrt sprach. »Ich will Ihnen etwas sagen, Ronald. Dieser Typ spricht so gut Englisch wie Sie oder ich. Warum reden wir nicht direkt und sparen uns ein wenig Zeit?«

Ronald warf William Sit einen vielsagenden Blick zu, und der Dolmetscher zog sich aus ihrer Hörweite zurück. Dann sagte der Triade leise: »Segler, wir jetzt auf Land. Auf Land wir nicht jede Kleinigkeit sagen, was wir wissen. Vielleicht Sie, ich, wir kleinen Vorteil über Mr. Yu.«

»Tut mir leid. Okay.«

»Shanghai seine Stadt. Er denken, dummen Hongkonger und blöden Barbaren reinlegen. Ihn lassen.«

»Ich habe verstanden.«

Sie setzten sich zu Mr. Yu, der ungeduldig die Formalitäten der Vorstellung über sich ergehen ließ und dann einen längeren Redeschwall von sich gab.

William Sit übersetzte: »Mr. Yu heißt Sie in Shanghai willkommen und wünscht Ihnen Glück in Ihrer Suche nach Yachthafenplatz. Er ist sicher, daß Shanghai viele solche Orte zu bieten hat und daß Sie bei der Suche nach dem besten überwältigt sein werden. Er hat Vorschläge, die er

Ihrem Bootsmann übermittelt hat, und Einführungsbriefe, um den Patrouillen zu zeigen …«

Tee wurde eingeschenkt und Körbe mit durchsichtig schimmernden Klößchen auf dem Tisch aufgestellt.

Yu nahm sich Stäbchen, schnappte sich ein Klößchen und redete weiter.

»Mr. Yu sagt weiter, daß der Fuxing Containerterminal zwar kein Flußufergelände für einen Yachthafen anbieten kann, aber sehr gern in ein solches Unternehmen investieren würde –«

Mr. Yu machte eine ungehaltene Bewegung.

William Sit zuckte zusammen. »Vielleicht verwende ich das falsche Wort. Mit investieren meine ich, daß Fuxing die geeigneten Empfehlungen für Land machen könnte, das Ihre Gesellschaft mieten könnte.«

»Worte verwirrend«, sagte Ronald freundlich.

Jetzt schaltete Stone sich ein. »Sagen Sie Mr. Yu, daß er äußerst liebenswürdig ist und daß ich ihm um so früher einen gewinnversprechenden Deal bringen kann, je früher ich das Boot nehmen kann, das er so freundlicherweise bereitgestellt hat. Sagen Sie ihm, daß ich ihm für seine Empfehlungsschreiben, sein Boot und dieses köstliche Frühstück dankbar bin, und daß es jetzt Zeit ist, an die Arbeit zu gehen.«

William Sit übersetzte. Yu grunzte. Stone machte Anstalten aufzustehen. »Würden Sie Mr. Yu bitte noch etwas fragen?«

»Ja?«

»Sagen Sie ihm, daß er ganz offensichtlich sehr gut über den Hafen von Shanghai informiert ist. Ob er mir wohl sagen könnte, welches der Elektrokraftwerke Erdgas verbrennt?«

Sit fragte, und Yu knurrte eine Antwort.

»Da gibt es keine.«

»Keine?« Was zum Teufel ... »Sind Sie sicher, daß er ›keine‹ gesagt hat?«

»Er hat gesagt, so gefährliche Lagerungen sind im Hafen selbst verboten.«

»Keine?« wiederholte Stone noch einmal sichtlich verblüfft.

Jetzt schaltete Ronald sich mit einem liebenswürdigen Lächeln ein. »Könnten Sie bitte Mr. Yu erklären, daß wir gar nichts über Shanghai wissen, und ob es vielleicht sein könnte, daß es in der Nähe ein solches Kraftwerk gibt?«

William Sits aristokratische Züge verzogen sich zu einer Grimasse, die erkennen ließ, daß er dem Berater lieber keine so bestimmte Frage stellen würde, und so fragte er Ronald: »Was hat Gas mit Yachthäfen zu tun?«

Stone konnte erkennen, daß diese unerwartete Kühnheit des Dolmetschers Ronald aus dem Konzept gebracht hatte, und deshalb schaltete er sich schnell ein und forderte Sit mit einem für Yu bestimmten Achselzucken auf: »Fragen Sie ihn. Ich weiß nur, daß die Banker es wissen möchten.«

Yus Antwort lautete: »Die Elektrokraftwerke an der Hang-Chou-Bucht verbrennen Erdgas. Dreißig Meilen von hier.«

»Bei Jianshan?« In den *Sailing Directions* war dort ein Tankerterminal verzeichnet.

»Er sagt, ja. Ein wenig nördlich vom Terminal.«

Der Abschied fiel recht oberflächlich aus, und Augenblicke später schritten Stone und Ronald in respektvollem Abstand, gefolgt von Sit, über den spiegelnden Teich. »Gut gemacht, Segler. Sie schnell begreifen.«

»Was passiert, wenn unser neuer ›alter Freund‹ Yu dahinterkommt, daß dieser ganze Schwindel bloß dazu dient, das Gasschiff zu finden?«

»Welcher Schwindel? Tarnung Superidee.«

»Dann wollen Sie einen Yachthafen bauen?«

»Mit ausländischem Geld auf Staatsland? Aber sicher, Segler. Außerdem habe ich dann privaten Platz für Boote laden.«

»Aber der Briefbogen, den Sie für mich gedruckt haben, ist doch unecht.«

»Nein, nein. Mr. Chang echte Firma gründen. East-West Yacht Marina, Ltd. In Hongkong registriert. Sie Vice-President für Standortbeschaffung.«

»Dann wollen Sie das Schiff gar nicht?«

»Ich nicht das sagen. Ich Schiff sehr wollen. Wie Sie. Aber wegen Tarnstory ich nicht so schwach auf Shanghaiboden. Übrigens, Katherine bleiben, bis Sie Schiff finden. Leibwächter für Sie. Auf Engländer aufpassen.«

»Hier?«

»Ich bin hier. Sie hier. Warum nicht Engländer?«

»Was wollen die von mir?«

»Sieht so aus, die Ihr Leben wollen, Segler.«

»Aber warum? Ich will doch nur Sarah und Ronnie.«

»Keine Aufregung. Wang Sie zu Boot bringen.«

»Das verstehe ich nicht«, sagte Stone. »Was zum Teufel wollen die denn?« Aber Ronald war bereits in der Menschenmenge untergetaucht, die sich um das Tor des Yu Garden drängte, und war verschwunden.

William Sit kam in der Bar zu ihm.

»Bitten Sie Mr. Wang um eine Landkarte mit der Umgebung der Stadt«, bat Stone. Als Wang dem Wunsch nachkam, studierte Stone die in großem Maßstab gehaltene Karte und deutete auf eine Straße, die an der Küste der Hangchou-Bucht entlangführte. »Wie lang?«

»Eine Stunde.«

»So schnell er kann.«

Man hatte chinesische Zeitungen an Bord gebracht, und als Sarah und Ronnie Mr. Jack aufsuchten, um mit ihm ein spätes Frühstück einzunehmen, war der alte Mann gerade dabei, über die Japaner zu schimpfen. Er raschelte mit der Zeitung und breitete sie über dem Geschirr aus. »Sehen Sie sich das an.«

Zwischen den langen Spalten mit chinesischen Schriftzeichen war ein Foto des New China News Service, das ein Kriegsschiff mit der japanischen Aufgehenden Sonne zeigte. »Diese Mistkerle rüsten auf. Jetzt haben die gerade einen neuen Hubschrauberträger vom Stapel gelassen. Das zum Thema ›die friedlichsten Leute auf dem Planeten‹, Doc.« Er funkelte Sarah an. »Wozu, meinen Sie, brauchen die einen Flugzeugträger?«

»Werden denn Hubschrauber nicht vorwiegend für Rettungszwecke eingesetzt?«

»Gewiß, Doc. Aber genausogut eignen sie sich dafür, die Hauptstädte ihrer ehemaligen Kolonien in Südostasien anzugreifen.«

»Das klingt mir ein wenig weithergeholt, Mr. Jack.«

»Wozu brauchen sie ihn dann?«

»Ich denke, das ist unvermeidbar, da die US-Navy ja ihre Präsenz verringert.«

»Diese gelben Schweine.«

Sarah tippte auf die Zeitung. »Was schreiben denn die Chinesen darüber?« fragte sie.

Mr. Jack sah sie von der Seite an. »Ja, ich kann Chinesisch lesen – aber nicht drängeln, Doc. Ich habe Sie gewarnt, daß Sie keine Dummheiten machen sollen. Und dazu gehört auch Neugierde.«

Ronnie drückte sich an Sarah, sichtlich von seinem Tonfall verängstigt. Sarah entschuldigte sich und versuchte, den Ärger aus der Welt zu schaffen. »Tut mir leid. Ich war einfach nur neugierig, was die Chinesen davon halten.«

Mr. Jack musterte sie wieder nachdenklich. Dann sagte er: »Hier steht, die Aktionen der Japse seien, und ich zitiere, ›provozierend und drohen, das Kräftegleichgewicht in Asien zu stören‹.«

Er stand auf, ging sichtlich angestrengt ans Fenster und griff nach seinem Walkie-Talkie. »Captain, wo zum Teufel sind die Schlepper?«

Der Kapitän antwortete sofort: *»Das Radar hat sie gerade draußen in der Bucht erfaßt. Sie haben Kurs auf uns, Mr. Jack.«*

»Sagen Sie denen, die sollen ein wenig Tempo machen. Die Wolken brechen auf. Je schneller wir Deckung haben, desto besser.«

»Sir, Sie bekommen wieder Besuch, die erscheinen gerade am Pier.«

»Schicken Sie sie rauf. Sagen Sie denen, daß wir ablegen. Aber sie können dann ja mit dem Lotsenboot zurückfahren. Und sagen Sie diesen Schleppern, sie sollen sich beeilen.«

Stones Taxifahrer kannte Schleichwege durch die verstopfte Stadt. Und da die Altstadt relativ nahe bei den westlichen Vorstädten lag, fuhren sie bereits binnen zwanzig Minuten, nachdem sie den Fluß überquert hatten, durch von Deichen durchzogenes Farmland, in dem trotz des grauen Himmels und der schlammigen Winterfelder rege Bautätigkeit herrschte.

»Reiche Bauern«, erklärte William Sit. »Die bauen heutzutage ihre Hütten mit Ziegeln.« Wang überholte mehrmals altmodische dreirädrige Fahrzeuge, die Stone eher an Rasenmäher erinnerten und hoch mit Baumaterial aller Art beladene Anhänger schleppten.

Vorn an einem flachen Horizont, den nur ein paar wie Federn über den Deichen aufragende blattlose Bäume unterbrachen, sah er Hochspannungsleitungen. Als sie die Stelle erreichten, wo die Fernleitung die Straße überquerte, bedeutete Stone Wang, er solle die mit Kies bedeckte Straße nehmen, die entlang der Fernleitung verlief.

»Nein«, sagte William Sit.

»Die führt aber geradewegs zu dem Kraftwerk.«

Wang und Sit schüttelten beide den Kopf, und der Dolmetscher deutete auf die großen chinesischen Schriftzeichen auf einer Tafel, die an dem Leitungsmast neben der Straße hing.

»Zutritt verboten. Nicht erlaubt.«

Wang sagte etwas, und Sit übersetzte: »Auf der Küstenstraße ist es sicherer.«

In weiteren zwanzig Minuten erreichten sie die Küstenstraße und fuhren dort in südlicher Richtung an einer weiten Ebene aus Schwemmland entlang, die bis zu dem undeutlich zu erkennenden Ufer der Bucht hinunterreichte. Zum zweiten Mal an jenem Tag hatte Stone das gespenstische Gefühl, auf trockenem Land zu segeln. Das Ganze erinnerte ihn an ein in düsteren Farben gemaltes Holland in enorm vergrößertem Maßstab. Der Verkehr auf der Straße war spärlich, und die Bucht war zwar mit kleinen Fahrzeugen übersät, doch es waren keinerlei Schiffe zu sehen.

»Da!« sagte Stone.

Vier ungeheuer hohe und erstaunlich schmale Schlote waren plötzlich sichtbar geworden, als der Regenschauer in Nebel übergegangen war. Als sie näher kamen, konnte er die Umrisse eines klobigen Generatorgebäudes sehen und dann links am Wasser ein Tanklager, das in dem schwachen Licht wie Aluminiumgeschirr glitzerte. Er holte das Fernglas heraus, das er sich von Ronalds Yacht organisiert hatte, und verfolgte die Rohrleitungen, die die Tanks mit einem weit in die Bucht hinausragenden Pier verbanden, dessen Ende schwarze Regenwolken verhüllten.

Ein gutes Stück vor ihnen tauchte die Straße unter einer mächtigen Pipeline weg, die Treibstoff von den Tanks zum eigentlichen Kraftwerk beförderte. Als sie noch zweihundert Meter von der Pipeline entfernt waren, blies der Wind die Regenwolken weg. Der Pier war leer.

Stone forderte Wang auf, anzuhalten. Fahrer und Dolmetscher wechselten Blicke.

»Anhalten, verdammt!«

Er sprang hinaus und stellte das Glas auf die Wasserfläche hinter dem Pier scharf. Die düstere, undeutlich zu erkennende mittlere Distanz weckte sein Interesse, und er drehte immer wieder am Einstellknopf des erstklassigen Glases herum und versuchte, den Nebel zu durchdringen. Er hatte den Eindruck, daß seine Wahrnehmung in diesem Augenblick ungewöhnlich scharf war. Er spürte den kalten feuchten Wind und hatte das deutliche Gefühl, beobachtet zu werden. William Sit trat jetzt von hinten an ihn heran und flüsterte: »Soldaten. Auf der Pipeline.«

Über der Pipeline war ein Laufsteg, auf dem uniformierte Milizsoldaten standen und zu ihnen herüberstarrten. »Nicht gut«, sagte Sit. »Nicht gut. Danke, daß Sie gekommen sind. Wir gehen jetzt.«

Stone zögerte. Er sah zu den Schloten hinüber. Da das Kraftwerk Erdgas verbrannte, gab es unsichtbaren Rauch ab, sichtbar lediglich als Hitzewellen, die über den Schloten flimmerten. Warum roch es dann hier nach Kohlenrauch?

Er sah wieder zum Wasser hinüber. Ein rechteckiges Gebilde, weniger eine greifbare Form und eher eine Andeutung, schien in der Ferne zu hängen. Ein Schiff in einer Regenwolke?

Wang rief jetzt eindringlich, und Sits Stimme wurde schrill, als er Stone anflehte: »Wir müssen jetzt gehen, Sir.«

Wang wartete nicht auf seine Zustimmung. Er wendete mitten auf der Straße und starrte zu den Soldaten hinüber, die jetzt über eine Treppe von ihrem Gang herunterkamen.

Die Regenwolken gingen eine Meile vor Land ineinander

über und verdeckten hinter einer Wand aus hartem, dunklem Regen, was auch immer Stone dort draußen wahrgenommen hatte.

»Wir gehen!«

»Okay, okay. Sagen Sie Mr. Wang, zurück nach Shanghai. Zum Boot.«

Wang hielt das Steuer mit beiden Händen fest umfaßt, als sie an der Küste entlangrasten und dann zwischen den Farmen hindurch landeinwärts fuhren, wobei sie sich ständig an Fahrrädern und Traktoren vorbeischlängeln und Fußgängern, Lkws und Schweinen ausweichen mußten. William Sit saß zusammengekauert da, die Hände im Schoß gefaltet, als wagte er aus lauter Angst, die Volksbefreiungsarmee könnte sie aufhalten, nicht aufzublicken. Stone, der Wang ständig bedrängte, schneller zu fahren, bezweifelte, daß die beiden Männer morgen wieder für ihn arbeiten würden.

Er versuchte, selbst Klarheit in seine Gedanken zu bekommen. Er konnte sich einfach nicht leisten, in Panik zu geraten, durfte sein Ziel nicht aus dem Auge verlieren, indem er darüber nachgrübelte, ob die *Dallas Belle* vielleicht schon dagewesen und weitergefahren war; oder ob die Crew vielleicht Kurs aufs offene Meer genommen hatte, um sie zu versenken, da ja jetzt die Ladung verkauft war; oder ob Sarahs und Ronnies Leben vielleicht schon vor Tagen geendet hatte.

Er mußte den Hafen von Shanghai durchsuchen, als ob er davon überzeugt wäre, daß die *Dallas Belle* an einem der vielen Piers vertäut war. Die Erfahrung auf dem Meer hatte ihn gelehrt, daß es beinahe unmöglich war, etwas zu sehen, an dessen Existenz man nicht glaubte. Ein Boot, ja sogar ein Schiff blieb so lange hartnäckig unsichtbar, bis der Beobachter die Möglichkeit akzeptierte, daß es da war; und ebenso konnte plötzlich völlig unerwartet, ja geradezu schockartig Land aus dem Meer auftauchen.

Er sah auf die Uhr. Es war noch früh – ein Geschenk des Himmels – gerade erst ein Uhr. Er holte seine Karte heraus und breitete sie auf dem Rücksitz aus. »Fragen Sie Mr. Wang, wo das Boot ist.«

Sit fragte, drehte sich dann herum, brauchte eine Weile, bis er sich auf der Karte orientiert hatte, und deutete schließlich auf ein Kohlelager am Flußufer, zwei Meilen flußaufwärts vom *Bund*. Das Taxi hatte inzwischen bereits die Vororte erreicht, und er sagte: »Wir treffen in zwanzig Minuten ein.«

Wang schaffte es in fünfzehn, fuhr durch die Tore eines gewaltigen, düsteren Kohlelagers, steuerte zwischen grauschwarzen Kohlebergen zu den Kais. An den Entladestegen waren Hunderte von Sampans vertäut und ragten, floßartig aneinandergebunden, zehn Boote tief in den Fluß hinaus. Die Kohle wurde mittels Schaufeln und primitiven Förderbändern von den Sampans entladen.

Mr. Wang stieg aus und bedeutete Stone mit einer knappen Handbewegung, er solle ihm folgen. Er beendete damit jegliche Zweifel daran, daß er derjenige war, der für die Triade arbeitete und seinen Freund William Sit engagiert hatte, und nicht etwa andersherum. Der Lehrer blieb beim Taxi stehen.

Stone hatte schon die Hand ausgestreckt, um nach Williams Arm zu greifen, erinnerte sich dann aber daran, daß die Chinesen es nicht mochten, wenn Fremde sie berührten. Er sagte: »William, ich bin Ihnen für Ihre Hilfe sehr dankbar. Ohne Sie wäre ich verloren.«

»Nein, nein. Mein Englisch hat sich bereits verbessert. Ich bin es, dem geholfen wird.«

»Ich bin sicher, daß das zuerst beängstigend war, mit den Soldaten, meine ich. Ich weiß es zu schätzen, daß Sie an meiner Seite bleiben.«

Williams Gesichtsausdruck ließ erkennen, daß er sich in der Falle fühlte, und das war Stones Absicht gewesen, für den Fall, daß der arme Teufel daran dachte, auszureißen. Jetzt rief Mr. Wang ungeduldig.

»Wollen wir?« fragte Stone.

William nickte widerstrebend, und sie eilten hinter dem Fahrer her. Wang führte sie am Kai entlang, vorbei an dem Förderband zu einer Schlippe, wo ein leerer Kohlensampan vertäut war. Die Mannschaft, ein Mann in mittleren Jahren, eine Frau und drei halbwüchsige Kinder, spülten gerade mit Flußwasser, das sie mit Eimern schöpften, Kohlenstaub vom Deck.

Wang sprang in das Boot und bedeutete Stone und William, daß sie nachkommen sollten. Stone musterte den Sampan. Er war vielleicht zwanzig Meter lang mit einem klobigen Ruderhaus achtern und einem geräumigen, offenen Lagerraum für Kohle. Perfekt: Er hielt sich lieber im verborgenen als seine Empfehlungsschreiben einzusetzen. Das schmierige, hölzerne Boot sah aus wie Tausende andere, die auf dem Fluß auf- und abzogen. Und das Ruderhaus würde einem bärtigen Amerikaner ein Versteck bieten, der sonst ohne Zweifel die Aufmerksamkeit der vielen auf dem Fluß patrouillierenden PLA-Boote auf sich ziehen würde.

Der Kapitän nickte Wang knapp zu, aber er und seine Frau und seine mit Kohle verschmierten Kinder, zwei Söhne und eine Tochter, vermieden es sorgfältig, Stone und William ins Gesicht zu sehen. Das Ruderhaus war so niedrig, daß Stone sich beinahe den Kopf angestoßen hätte. Eine halbe Treppe führte zu der im Leerlauf tuckernden Maschine hinunter, die Stone als eine ganz bestimmt schon vierzig oder fünfzig Jahre alte General Motors 4-71 erkannte. Hinter der Treppe hing ein Vorhang, und als die Tochter, ein überraschend hübsches Kind, das vielleicht zwei Jahre älter war als Ronnie, hindurchschlüpfte, entdeckte er Matratzen und einen Kochtopf über einer kardanisch aufgehängten Feuerstelle.

»So viele Kinder«, flüsterte William, sichtlich überrascht, daß der Sampankapitän gleich zweimal die strenge, nur ein Kind pro Familie zulassende Vorschrift übergangen hatte.

Die Tochter kam jetzt wieder zurück und warf dabei Stone einen scheuen Blick zu. Eine Minute später kam sie wieder. Ihr Vater sagte mit scharfer Stimme etwas, und sie rannte aufs Deck hinaus, um ihren Brüdern beim Lösen der Leinen behilflich zu sein, während er den langen Fahrhebel auf rückwärts schob. Der Dieselmotor fing zu dröhnen an, ließ die Fensterscheiben klirren, und dann schob sich das Boot langsam rückwärts in den Strom.

Stone holte seine Karte heraus, faltete sie so zusammen, daß man den oberen Flußabschnitt sehen konnte, und zeigte dem Kapitän zwei Trockendocks, die er sehen wollte – eines unmittelbar neben dem Kohlenlager, und das zweite eine Meile stromaufwärts.

Weder die beiden Trockendocks noch die Tiefwasserpiers dazwischen beherbergten die *Dallas Belle.*

»Okay«, sagte er. »Flußabwärts. Dort!«

Der leere Sampan beschrieb einen weiten Bogen. Stone deutete auf die lange Kurve, die der Fluß von dem Lagerplatz vorbei am *Bund* beschrieb, und ließ den Kapitän dicht am rechten Ufer entlang fahren, wo zahlreiche große Schiffe angedockt waren. Als sie den *Bund* und sein Hotel und den Suzhoufluß hinter sich gebracht hatten, ließ er den Kapitän den Fluß überqueren und die Reise entlang dem linken Ufer fortsetzen, das von Piers gesäumt war, darunter auch dem Waihongqiau-Passagierterminal, wo die *Tin Hau* immer noch lag und, wie Stone das vorhergesagt hatte, wie ein Maserati auf einem Schrottplatz wirkte.

Das Wetter hatte sich mit ihnen verbündet. Es hatte aufgehört zu regnen, und die tiefhängenden Wolken hatten sich gehoben. Stone konnte mit seinem Glas drei oder vier Meilen weit sehen. Aber der Winterhimmel lastete grau über dem Land, und sie konnten höchstens noch mit zwei Stunden Tageslicht rechnen. Sie fuhren an einer Meile von Piers vorbei: Gaoyanglu, Gonpinglu, Huishan, Huangpu. Plötzlich schlug sein Herz schneller. Dicht hinter dem Huangpu Pier war das Trockendock der Shanghai West Werft und in ihm ein beigefarbenes Schiff, schwer und klobig.

Die Tore des Trockendocks waren geschlossen. Das Schiff stand, von Gerüsten umgeben, hoch und trocken. Er stellte sein Glas mit zitternder Hand scharf. Die Größe entsprach seinem Gefühl nach der der *Dallas Belle*, an die er sich erinnerte. Dann stöhnte er auf.

»Ist Ihnen nicht gut, Sir?«

Stone schüttelte den Kopf. Es war nicht der Erdgasfrachter, nur ein Containerschiff mit den rechteckigen Linien, wie sie für moderne Frachter typisch sind.

Jenseits des Trockendocks war seichtes Wasser, die Fahrrinne wich nach Osten ab. »Andere Seite.«

Der Sampan überquerte den Fluß wieder zur anderen Seite, wo sich am Ufer die Werft Shanghai Ost entlangzog. Der Kapitän fuhr einige Meilen dicht an jenem Ufer entlang und hielt den Sampan plötzlich an, weil Stone wieder etwas zu sehen glaubte – doch es war erneut falscher Alarm. Unterdessen wurde es schnell dunkel, und auf den Piers und den Werften und Fabriken, die das Ufer säumten, flammten Lichter auf.

Der bisher völlig stumme Kapitän sagte etwas.

»Dunkel«, übersetzte William.

»Weiterfahren.«

Das Boot machte etwa acht Knoten, und im Laufe der nächsten halben Stunde legten sie vier weitere Meilen zurück. Diesmal konnte er die Raffinerie, die er im Regen verpaßt hatte, aus der Nähe betrachten. Aber da war kein Gasschiff. »Andere Seite!«

Wieder überquerten sie die Wasserstraße und wichen dabei Schiffen und Schleppern aus. Sie näherten sich Wusong, als Stone das Kreuzfahrtschiff unter dem Hallendach entdeckte, das er am frühen Morgen von der Yacht aus gesehen hatte. Er winkte den Kapitän näher heran. Die Liegestelle neben dem Kreuzfahrer war immer noch leer. Die riesige Halle war von Schneidbrennern und Schweißgeräten wie eine Diskothek beleuchtet. Der Sampan setzte seine Fahrt stromabwärts an der Werft vorbei fort. Inzwischen war es stockdunkel geworden.

»Okay, wir wollen wenden und uns auf dieser Seite wieder hinaufarbeiten.« Sie fuhren im eigenen Kielwasser zurück, passierten erneut den Kreuzfahrer. Jetzt erkannte er, daß es sich um eine Abwrackwerft handelte, wo aus dem Verkehr gezogene Schiffe verschrottet wurden. Hinter dem Schiff waren Geleise zu sehen, auf denen Rangierloks Güterwagen hin und her bugsierten. Stone wollte näher heran, aber der Kapitän schüttelte den Kopf, und seine Frau, die kurz hinter dem Vorhang hervorgelugt hatte, blickte verängstigt und stieß dann einen schrillen Schrei aus: »*Aaaiiyaa.*«

»Was ist denn?« fragte Stone.

William zögerte mit seiner Antwort.

»Was ist das?«

»Oberstes Volksgericht Shanghai Projekt Sechsundachtzig.«

»Und was ist das?«

»Die Hinrichtungsstätte. Wo Gefangene erschossen werden, wenn sie ... verurteilt worden sind.«

Stone sah zu der Stelle hinüber, auf die der Mann deutete. Ein dunkler Fleck mitten im Niemandsland jenseits der Eisenbahngeleise. Die passende Nachbarschaft für eine Abwrackwerft.

Stone trat aufs Deck hinaus und starrte auf die von der

Nacht verhüllten Flußufer. Für den ersten Tag hatte er ziemlich viel gesehen, sagte er sich. Auch einige Stellen, die ihm vorher im Regen entgangen waren, fügte er hinzu und kämpfte gegen Enttäuschung und Erschöpfung an. Er brauchte jetzt Schlaf. Morgen mußte er früh wieder auf den Beinen sein. Hoffentlich gab es keinen Morgennebel.

Der *Bund* – die Gebäude und Fassaden hell angestrahlt – tauchte nach einer Stunde vor ihnen auf. Stone, durchfroren bis auf die Knochen und vor Hunger schwindlig – er hatte Mr. Yus Dim Sum ignoriert und seit dem Frühstück nichts zu sich genommen –, forderte William auf, den Kapitän darum zu bitten, ihn an dem Park vor dem Hotel abzusetzen. Der Sampan schob sich an schleimige Steintreppen heran. Stone hinterließ die Anweisung, ihn bei Morgendämmerung abzuholen, und trottete, nachdem er William Sit versichert hatte, daß er allein zum Hotel finden würde, durch den hell beleuchteten Park.

Katherine erwartete ihn in der Hotelhalle. Ihr Gesicht wirkte angespannt. Sie hatte die rechte Hand in ihrer Umhängetasche. »Kommen Sie auf mein Zimmer.«

»Was ist denn los?«

»Scheiß-Sicherheit.«

Sie hatte bei der Hotelleitung durchgesetzt, daß man ihr anstelle ihres Zimmers eine Suite mit zwei Ausgängen gegeben hatte. Ehe sie ihn essen oder schlafen ließ, ging sie mit ihm in allen Einzelheiten einen Fluchtplan durch und verlangte von ihm, daß er sich den Weg zu den Feuertreppen einprägte. Sie hatte an die Wand gegenüber der Tür kleine Spiegelscherben geklebt, um den Korridor durch den Türspion überwachen zu können. Als der Etagenservice kam, hielt sie die Waffe hinter dem Rücken versteckt, während sie zur Tür ging.

Als er um Mitternacht aufwachte, saß sie in einem weiten Hemd auf ihrer Bettkante und starrte ihn an.

»Alles klar?« fragte er sie.

»Ja. Großartig.«

»Wollen Sie reden?«

»Nein, ich will nicht reden. Ich bin dreiunddreißig Jahre alt. Ich habe nie länger als sechs Monate einen Typen gehabt, und das einzige, was ich kann, ist bumsen und Polizeiarbeit, und Polizistin darf ich nicht mehr sein. Ich weiß wirklich nicht, was als nächstes passieren wird.«

»Also ...«

»Wollen Sie mir sagen, daß alles gut werden wird?« fragte sie.

»Nein. Aber ich habe ein paar Antidepressiva in meiner Tasche.«

Sie lachte. Es war ein leises, leeres Lachen. »Vielen Dank. Ich passe. Ich bin mehr für die Aufputschdinger.«

Stone schloß die Augen. »Also, wenn Sie es sich anders überlegen.«

»Wie können Sie schlafen, wenn Sie sich um Sarah solche Sorgen machen?«

»Alte Gewohnheit vom Boot. Ich schlafe, wenn ich kann. Das heißt nicht, daß ich nicht vor Angst halb krank bin. Jeden Tag, den ich sie nicht finde, könnte das Schiff wegdampfen oder mit ihnen zusammen versenkt werden.«

20

Die *Dallas Belle* war wieder in Bewegung, Dampfschwaden verbreitende Schlepper zogen sie. Der düstere, von Regenwolken überzogene Himmel hatte Augenblicke, nachdem sie die Kraftwerksanlagen verlassen hatten, das Land verschluckt, und als die Nacht sich über das Wasser gesenkt hatte, hatte Sarah sich völlig desorientiert gefühlt. Bis Mr.

Jack schließlich eingeschlafen war und sie es riskieren durfte, ihre Position und ihren Kurs mit Ronnies GPS zu überprüfen, würden noch viele Stunden vergehen.

Er saß jetzt in seinen Lehnsessel in der luxuriösen Lounge versunken da und trank Canadian Club. Seine Besucher hatten ihm einen auf Hochglanzpapier gedruckten Prospekt übergeben, den er jetzt zu lesen vorgab, während er Sarah dabei zusah, wie sie auf und ab ging.

Sie goß sich an der Bar ein frisches Glas Pellegrinowasser ein, nippte abwesend daran und machte dann wieder ihre Runde zu den Fenstern. Ihr Spiegelbild und das des Mannes, der sie gefangenhielt, wirkten im schwarzen Glas so tot wie Statuen.

Er warf den Prospekt auf den Couchtisch. Sarah hob ihn auf. Der Umschlag zeigte ein schnittiges Schiff in Schwarzweiß, die *Asian Princess,* die auf den Bahamas registriert war. Das Schiff ähnelte der *QE-2,* die sie zuletzt in Singapur gesehen hatte. Der Prospekt zeigte vierfarbige Reisefotos von Japan. Der Text war verführerisch, er zielte auf wohlhabende Passagiere ab, die den Komfort der Realität vorzogen:

Gewöhnliche Kreuzfahrtschiffe legen in Yokohama an, fünfzehn Meilen Verkehrsstau von der Innenstadt in Tokio entfernt. Ihre Asian Princess *legt am Takeshiba Pier im Herzen von Tokio an und steht Ihnen dort als Ihr Luxushotel zur Verfügung. Nur einen kurzen Spaziergang vom Zentrum der dynamisch-modernen Metropole entfernt, die zwölf Millionen Tokioter als ihr Zuhause bezeichnen.*

Nur Schritte entfernt liegt die berühmte Ginza mit ihrer Fülle von Kaufhäusern; das Marunouchiviertel, dessen Banken einen großen Teil des Reichtums der Welt verwalten; die Gärten des Kaiserpalastes, und der Tokio Tower, das höchste Gebäude Japans, dessen Höhe die des Eiffelturms von Paris übertrifft.

Müde Füße? Sie brauchen lediglich einen Knopf an Ihrem persönlichen Pager zu drücken, um Ihre private Limousine von der Asian Princess *herbeizurufen, die Sie unverzüglich an das Ziel Ihrer Wahl bringen wird.*

Keine überteuerten Hotels. Keine empörend hohen Taxikosten. Kein Gedränge am Flughafen oder in öffentlichen Verkehrsmitteln. Sehen Sie Tokio so, wie es noch keiner gesehen hat, von Ihrer Luxuskabine an Bord Ihres schwimmenden Luxushotels, der Asian Princess, *einem Schiff der Fünf-Sterne-Klasse.*

»Wollen Sie eine Kreuzfahrt buchen, Mr. Jack?«

»Ich habe die Linie gekauft. Was halten Sie von meinem neuen Schiff?«

»Sie wollen ihren Gästen jeglichen Kontakt mit dem echten Tokio ersparen.«

»Darum geht es doch im Kreuzfahrtgeschäft. Haben Sie je eine Kreuzfahrt mitgemacht?«

»Luxuskreuzfahrten liegen leider ein wenig außerhalb unserer finanziellen Möglichkeiten.«

»Ich will Ihnen was sagen, wenn das hier alles vorbei ist, lade ich Sie und Ihren Mann ein. Eine Flitterwochenkreuzfahrt auf Kosten des Hauses.«

»Vielleicht können wir gleich heute abend an Bord gehen?«

»Tut mir leid, Doc.« Er leerte sein Glas und winkte, daß man ihm nachfüllen solle. »Hey, sagen Sie der Kleinen, daß ich morgen für Sie beide eine Überraschung habe.«

Die kleine dunkle Suite mit der hohen Decke, die Stone sich mit Katherine teilte, hatte ein altes Telefon, das wie eine Grille zirpte. Katherine nahm den Hörer ab und reichte ihn Stone. Es war Ronald.

»Hey, Segler. Unser Hongkongfreund sagt, Freund in Krankenhaus anrufen.«

»Da soll mich doch der Teufel holen.«

»Haben Sie es?«

»Danke.«

Die Vermittlung im Matilda Hospital stellte das Gespräch zu Kerrys Zimmer durch. »Wo zum Teufel steckst du denn, Mate?« meldete sich der Patient.

»China«, antwortete Stone vorsichtig und setzte sich im Bett auf. »Was macht die Schulter?«

»Ich werde es überleben.«

Die Stimme des Bergungskapitäns klang freundlich. Aber er sprach mit seiner klaren Kapitänsstimme, und Stone hatte fast das Gefühl, er könne seine bohrenden Augen sehen. »Mir ist eine ganze Menge durch den Kopf gegangen, als ich hier herumlag. Wegen deiner Story.«

Stone stand auf und drückte sich den Hörer fester ans Ohr. »Hast du mit deinem –«

»Lassen wir das jetzt. Ich habe mich bei SOSUS erkundigt, und die haben im westlichen Pazifik nicht viele fest montierte Sonaranlagen. Die Einrichtung war hauptsächlich dafür bestimmt, sowjetische U-Boote anzupeilen, die in die offenen Ozeane einfuhren.«

»Das hatte ich befürchtet.«

»Aber die U-Boote und die Helikopter lauschen immer noch. Und einiges von dem, was sie aufnehmen, wird archiviert – in der Schiffsgeräuschebibliothek.«

»Gut.«

»Das ist mehr als nur gut, Mate. Viel mehr sogar. Du hast Glück gehabt. Zweimal sogar. Soweit ich mir das zurechtreimen kann, hat sich folgendes abgespielt: Eines unserer U-Boote auf Trainingskurs war in der Nähe der Südwestinseln, und da hat irgend so ein neuer Rekrut, der am Sonar ausgebildet wurde, ein Schiff geortet. ›Was ist das?‹ ›Das weiß ich nicht, Sir.‹ ›Nun, dann wollen wir es herausfinden.‹ Die haben ihre Aufzeichnung mit der Bibliothek des U-

Boots verglichen«, fuhr Kerry fort. »Keine Übereinstimmung. Also war es kein Kriegsschiff. Aber der Ausbildungsleiter hat wahrscheinlich gesagt: ›Das ist ein verdammt schweres Schiff für da draußen. Zweihundert Meilen von den Schiffahrtsstraßen entfernt.‹ Und dann sagt er zum Captain: ›Hey, Skipper, hören Sie sich das an.‹ Und der Skipper sagt: ›Fragen Sie mal beim HQ in Brisbane nach.‹ Und die Bibliothek in Brisbane wendet sich an euer Pentagon, und dann kommt eine Übereinstimmung zurück. In Liberia registrierter Fünfzigtausend-Tonnen-LNG-Frachter, *Amy Bodman.*«

»Bodman?«

»Bodman Linie, eine alte Petroleumflotte, vor Jahren aufgekauft und seitdem vierzehnmal mit irgendwelchen anderen Linien zusammengelegt. Aber bis die Daten zurückkamen, war das Schiff längst verschwunden, und das U-Boot hatte Wichtigeres zu tun. Und damit wäre alles zu Ende gewesen ...«

»Wenn nicht?« drängte Stone.

»Wenn nicht die Japaner und die australische Navy im ostchinesischen Meer gemeinsame Manöver abhalten würden – Aussie-U-Boote und Überwasserfahrzeuge der japanischen Selbstverteidigungskräfte. Helikopter haben ein paar Sonararrays abgeworfen, und stell dir vor, was sie aufgeschnappt haben – die *Amy Bodman.*«

»Wo?«

»Etwa vierhundert Meilen von Shanghai.«

»Auf welchem Kurs?«

»Nordwest.«

Sein Herz machte einen Satz. Sie war hier! »Geradewegs nach Shanghai. Wie Sarah gesagt hat.«

»Da ist noch mehr.«

»Was?« wollte Stone wissen. »Los. Raus damit.«

»Hast und Eile machen es nicht weniger kompliziert. Die

haben etwa an der Stelle, wo sie Gasschiffe erwarten würden, ein Gasschiff gehört. Also keine große Sache. Aber wegen der ganzen Kommunikationsübungen haben die das Geräusch nach Brisbane übermittelt und automatisch auch zum Pentagon. *Amy* ist in der Bibliothek.«

»Also ist sie in Shanghai«, sagte Stone und spürte, wie die Erleichterung in ihm aufstieg.

»Nicht unbedingt.«

»Wie meinst du das?«

»Das Schiff hat gestoppt.«

»Was heißt das, ›gestoppt?‹«

»Mitten auf dem Meer. Auf halbem Weg zwischen Okinawa und Shanghai. Gerade noch Maschinengeräusche – und in der nächsten Minute keine mehr, keine Schraube. Ich habe einen Kumpel von mir gebeten, ein paar Satellitenfotos für mich anzusehen. Nichts zu machen. Dichte Wolken, Nebel, Regen – drei Tage lang. Keine Bilder.«

»Infrarot?«

»Nichts.«

Stone war, als würde eine eisige Hand nach seinem Herzen greifen. »Die haben sie versenkt.«

»Vielleicht«, sagte Kerry. »Vielleicht auch nicht. Vier Tage, nachdem die das Geräusch aufgezeichnet hatten, hat einer der Hubschrauber wieder Arrays abgesetzt, und da haben die ein seltsames Geräusch aufgezeichnet. Keine Schraube, keine Maschine, kein Wal. Ein schweres Wumm-wumm-wumm.«

»Verstehe ich nicht.«

»Denk nach.«

»Verdammt noch mal, hör auf, mir Rätsel aufzugeben«, schrie Stone. *»Sag es mir.«*

»Ich will dir da nichts in den Mund legen, Michael. Ich rate nur. Die Navy hat sich nicht die Mühe gemacht, das Geräusch zu analysieren. Schließlich handelte es sich um ein Handelsschiff, und die sind genügend mit Kriegsschiffen beschäftigt. Ich denke, ich weiß, was die gehört haben. Denk mal scharf nach, ob du auch draufkommst.«

Stone schloß die Augen und ließ sich aufs Bett sinken, versuchte, Ordnung in die Gedanken zu bringen, die ihm wirr durch den Kopf schossen. Katherine kniete neben ihm nieder und fing an, ihm die Schultern zu massieren.

»Ich gebe dir einen Tip«, sagte Kerry. »Denk daran, das ist ein Gasschiff.«

»Ein Kompressor!«

»Ja!«

»Die Kühlanlage, um das Gas kaltzuhalten.«

»Ich habe nachgesehen. Die *Amy Bodman* ist neu genug, um eine Kühlanlage zu haben. Die alten Schiffe waren bloß Thermosflaschen, aber die *Amy* ist neu. Was die also gehört haben, war ein Kompressor, der Wumm-wumm-wumm gemacht hat, während sie vier Tage im Regen herumsaß.«

»Warum hat sie angehalten?«

»Reparaturen vielleicht.«

»Ist sie wieder gestartet?«

»Weiß ich nicht. Die Manöver waren zu Ende, und alle sind nach Hause gefahren, die einen zu ihrem Bier, die anderen zu ihrem Sake.«

»Nun, ist die *Amy Bodman* als verschwunden gemeldet worden?«

»Nicht als verschwunden gemeldet. Nicht als überfällig gemeldet.«

»Wer sind die Eigner?«

»Schwer zu sagen. Man hat sie verleast, entleast und wieder verleast. Ich habe meinen Anwalt zwei Tage lang darauf angesetzt. Das ist ein richtiger Rattenschwanz von ineinander verschachtelten Firmen und Leasing-Verträgen. Ich weiß nur, daß sie ihre Ladung in Surabaya aufgenommen hat.«

»Das hatten wir angenommen.«

»Sagt dir der Name Jack Powell was?«

»Nein.«

»Großer Petroleumverschiffer. Amerikaner. Er hat in den Tagen von Ludwig und Aristoteles Onassis angefangen. Powell war der Ludwigtyp, immer voller Geheimnisse. Meine Leute denken, das Schiff könnte ihm gehören.«

»Aber warum hat er es nicht als vermißt gemeldet?«

»Vielleicht hat er so viele, daß er es gar nicht bemerkt. Vielleicht hat er sie an jemand anderen verleast.«

»Sollte doch nicht schwierig sein, da nachzufragen.«

»Er ruft nicht zurück. Er hat Büros in New York, aber eigentlich gibt es für ihn keinen Grund, den Anruf eines armseligen Bergungsunternehmers zu erwidern.«

»Den meinen wird er sicherlich nicht erwidern. Hast du mit Lydia Chin gesprochen?«

»Lydia hat es auch versucht. Die kalte Schulter. Sie hat sogar einen ihrer Megafreunde dazu gebracht, es zu versuchen. Aber der kam auch nicht über die Assistenten hinaus.«

»Vielleicht ist Jack Powell auf dem Schiff.«

»Das bezweifle ich.«

»Natürlich nicht. Herrgott, so nahe, die könnte doch nach Shanghai gekommen sein.«

»Da wünsche ich dir viel Glück, mein Freund. Es könnte ja alles nichts zu bedeuten haben, bloß Zufall sein. Aber falls die versucht haben, das Schiff vor Satelliten zu verbergen, dann haben sie einen Fehler gemacht, weil sie den Kompressor vergessen haben. Und du hast Glück gehabt. Ich werde weiterhin versuchen, ob ich herauskriege, wem sie gehört. Und ich probiere es auch weiterhin, mit Mr. Powell in Verbindung zu kommen.«

»Herrgott, wie ich mir wünsche, daß er an Bord wäre.«

»Warum?«

»Meine größte Sorge ist, daß sie die Ladung verkaufen und das Schiff mit Sarah und Ronnie an Bord einfach versenken.«

»Was würde ein solcher Bursche mit deiner Frau und deiner Tochter wollen?«

Stone legte den Hörer auf und dachte nach, isolierte die guten Nachrichten, ignorierte die nicht beantworteten Fragen, die Zweifel und selbst das Rätsel, was die Hijacker eigentlich vorhatten. Das Schiff hatte in der Nähe von Shanghai gestoppt, unter den Wolken verborgen. Er war sicher, daß sie sie wieder angelassen hatten. Sie würden sie unter keinen Umständen mit der Ladung versenken. Und er wußte, daß sie beladen war, weil sie ja die Gaskühler noch laufen ließen.

Katherine fuhr fort, seine Schultern zu massieren. Er hatte noch nie an einer Frau so starke Hände erlebt. »Ich kann nicht warten, bis es Tag wird«, sagte er. »Die müssen hier sein.«

Es klopfte an der Tür. Katherine griff nach ihrer Waffe. Sie trat neben die Tür und spähte mit Hilfe ihres Make-up-Spiegels durch den Türspion. Dann rief sie: »Treten Sie nach links«, überprüfte die Spiegel draußen im Flur und öffnete.

Ronald sprang mit einem Satz ins Zimmer. Seine Augen waren wie Nadelspitzen. »Was gibt es Neues?«

Stone wäre jede Wette eingegangen, daß der Triade die Frau in der Telefonzentrale bestochen hatte, und sagte ihm deshalb, was er gerade erfahren hatte. Ronald hüpfte im Zimmer herum, und Stone fragte sich, wovon er wohl high war.

»Klingt gut. Hey, Segler?«

»Glaube ich auch. Sind Sie okay?«

»Ja, prima.«

»Sie haben Blut am Hosenaufschlag«, sagte Katherine.

»Meine Leute haben etwas abgekriegt. Keine große Sache.«

»Keine große Sache?« fragte Stone. »Sie waren ohnehin schon ein wenig schwach auf der Brust.«

Katherine fragte: »Ist Michael hier sicher?«

»Kein Problem.«

»Das gefällt mir nicht«, sagte sie.

Ronald wirbelte zu ihr herum. »Ihnen nicht gefallen? Scheiß auf Ihnen nicht gefallen!«

Katherine hielt immer noch die Waffe in der Hand. »Er ist mein Ticket, um hier herauszukommen. Ich frage Sie, ist er hier sicher?«

Ronald hob die Hand, um sie zu ohrfeigen. Sie hob die Waffe etwas an, zielte nicht ganz zwischen seine Beine, aber jedenfalls nicht mehr ganz auf den Boden. Und diesmal steckte der Triade zu Stones Überraschung zurück. Er griff nach der Türklinke und sagte zu Stone: »Sie keine Sorge, Segler. Ich gut aufpassen.«

Als er gegangen war, fragte Stone: »Was denken Sie?«

»Er hat Angst. Ich wette, Chang hat ihn fallengelassen.«

»Dann verschwinden wir hier besser.«

»Wenn die wissen, daß wir hier sind, dann erfahren sie auch, wo wir hingehen.«

»Raten Sie, daß wir hierbleiben?«

»Ich rate Ihnen, morgen dieses Schiff zu finden.«

21

»Hey, Doc! Doc! Bringen Sie die Kleine. Überraschung.«

Ronnie blickte von ihrem Buch auf. »Überraschung?« Sie hopste vom Bett. »Komm, Mummy.«

Sarah, die einige Schritte hinter ihr war, hörte, wie ihre

Tochter ausrief: »Mann-o-Mann! Oh, ist das schön, Mr. Jack.«

Sarah blieb in der Tür stehen und starrte ungläubig auf den Anblick, der sich ihr bot. In der Ecke, gegenüber von Mr. Jacks Stuhl, stand ein Weihnachtsbaum, der bis zur Decke reichte, mit blinkenden Lichtern und glitzerndem Glasschmuck. Der frische Tannenduft des Baumes erfüllte die ganze Kabine. Ronnie drängte sich an sie und strahlte.

»Was ist denn los, Kleines? Noch nie einen Weihnachtsbaum gesehen?« Er trank immer noch, obwohl Sarah ihm das verboten hatte. Sein Gesicht war gerötet.

»Nur auf Bildern. Mummy und Daddy machen immer einen kleinen Baum, aber der da ist so *grün*. Mummy, riech doch!«

»Wir schmücken immer eine kleine Palme«, erklärte Sarah, gerührt von dem Geschenk des alten Mannes trotz seines Whiskylächelns, das ihn wie einen Weihnachtsmann aus der Hölle aussehen ließ. »Wo haben Sie den gefunden?«

»Ich habe Ihnen doch gesagt, Doc, Shanghai ist meine Stadt.«

Der Kapitän kam herein. Er wirkte müde, und seine Augen waren von den drei Tagen, in denen er das Schiff in den Küstengewässern hatte manövrieren müssen, gerötet.

»Was gibt es, Cap?«

»Wusong Kou, Mr. Jack. Fast im Fluß. Wir gehen vor Anker und lassen uns dann von der Flut hineintreiben.«

Der Huangpu, dachte Sarah. Oder den Yangtze?

»Wie lange?«

»Drei Stunden bis zum Dock.«

Shanghai. Eine riesige Stadt; wenn ihnen die Flucht gelang, würden sie sich dort verstecken können.

»Hey, was hältst du von dem Baum, Kleines?«

»Der ist schön.«

»Was wünschst du dir zu Weihnachten?« fragte Mr. Jack,

ließ sie aber dann gar nicht zu Wort kommen, sondern schrie: »Wir werden einen Knaller von Weihnachten haben. Warte nur.«

Sarah war entsetzt. »*Weihnachten,* das sind ja noch zehn Tage, Mr. Jack. Sie haben doch nicht vor, uns noch zehn Tage festzuhalten.«

»Aber sicher doch, Doc. Aber ich verspreche Ihnen, es wird ein Weihnachten, das Sie nie vergessen werden.«

»Ist Daddy noch in Hongkong?« fragte Ronnie.

»Soweit mir bekannt ist, ja«, antwortete der alte Mann.

Das Foto hatte die Ängste des Mädchens verdrängt. Sie verhielt sich jetzt so, als ob sie und ihre Mutter Ferien machen würden. Sarah fragte sich allerdings, wie viel davon gespielt war, damit *sie* sich besser fühlte. Ronnie hatte immer ein gutes Gefühl für ihre und Michaels Stimmungen gehabt; das war eine Folge des Zusammenlebens auf engem Raum, und Ronnie war ein großzügiges Kind, eines, das immer geben wollte. Wahrscheinlich viel zu großzügig, befürchtete Sarah. Ein bitteres Lächeln zuckte um ihre Lippen: die alltäglichen Sorgen einer Mutter wirkten irgendwie bizarr, wo doch ihr und Ronnies – ja sogar Michaels – Leben in der Hand eines zu Wutausbrüchen neigenden alten Mannes lag, der ebenso verrückt wie mächtig war.

Ah Lee kam mit dem Abendessen, einer riesigen Schüssel voll gedämpfter Shanghaikrabben. Sarah half Mr. Jack aus seinem Lehnstuhl. Er war inzwischen wieder kräftiger geworden, aber die Schmerzen, die er immer noch in der Brust und an der Schulter hatte, erschwerten ihm die Bewegung. Als sie ihm geholfen hatte, am Tisch Platz zu nehmen, wo Ah Lee jetzt die Schalen knackte und Ronnie zeigte, wie man das Fleisch herausholte, verlangte er zu trinken.

Moss kam herein, als sie gerade mit dem Nachtisch anfingen, Ronnies Lieblingsgericht, Mokkaeis. Während er finster auf die Szene blickte, die sich ihm darbot, dachte Sarah, daß sie wie eine Familie aus einer Fernsehserie aussehen mußten: Mutter, Tochter und Großvater beim Essen, während Daddy noch arbeiten mußte. Oder Herr und Sklaven.

»Was ist, Moss?«

»Besuch. Ein Patrouillenboot hat sie an Bord gebracht.«

»Ladys? Wie wäre es, wenn Sie verschwinden würden? Wir haben ein paar Disneyvideos besorgt. Sehen Sie sich einen Film an.«

Das war ein Befehl, und sie zogen sich in die Schlafkabine zurück. Sarah fragte sich, ob Mr. Jack sie deshalb in die Verbannung geschickt hatte, damit man sie nicht sah oder damit sie seine Gäste nicht zu sehen bekamen.

Ah Lee kam mit Tee, Plätzchen und den Videos ins Zimmer geschlichen und verdrückte sich dann wieder. Ronnie schob *Schneewittchen und die sieben Zwerge* in das Videogerät und drehte es auf leise. Sarah nahm ihr Stethoskop und drückte es gegen die Tür.

Ronnie flüsterte: »Was reden sie?«

»Sie sprechen Chinesisch.«

»Auch Mr. Jack?«

»Schsch!«

»Laß mich, Mummy.«

Sarah überließ ihr das Stethoskop.

»Die sagen immer wieder ›alter Freund‹«, flüsterte Ronnie. Und dann plötzlich: »Warte, er spricht Englisch – da, mach du.« Sie zog sich die Ohrstöpsel heraus, gab Sarah das Stethoskop und machte es sich auf dem Bett wieder mit *Schneewittchen* bequem.

Sarah preßte das Stethoskop wieder gegen die Tür und hörte, wie Mr. Jack witzelte: »Verdammt, sogar Kommunisten können Kasse machen, wenn sie vorher wissen, daß der Nikkei an der Börse –« den Rest sagte er auf chinesisch. Was auch immer es war, es löste bei seinen Gästen großes Gelächter aus.

Sarah lauschte vergebens nach weiteren englischen Brocken. Sie konnte das Klirren von Gläsern hören, leises Gespräch, gutgelauntes Gelächter und dann das Auftauchen von Ah Lee, der zu essen und noch mehr zu trinken brachte. Zigarettenrauch quoll unter der Tür durch. Den Geräuschen nach hätten sie ebensogut vor der Tür einer Kneipe lauschen können.

Der Film ging zu Ende. Ronnie schlief ein. Sarah deckte sie zu und überlegte gerade, ob sie selbst auch zu Bett gehen sollte, als sie spürte, wie das Schiff stoppte.

Sie schob den Vorhang am Bullauge beiseite und sah hinaus. Grelle Scheinwerfer beleuchteten einen Pier und das Gerüst eines riesigen Krans. Sie fühlte eher, als daß sie es sehen konnte, daß hinter dem grellen Licht eine Mauer war. Sie hatte das unheimliche Gefühl, daß das Schiff sich in einem riesigen Schuppen befand.

Als sie wieder zur Tür ging, wurde draußen nicht mehr geredet. Sie klopfte leise, um Ronnie nicht zu wecken.

»Kommen Sie herein, Doc.«

Mr. Jack war allein. Er war müde in seinem Sessel zusammengesackt. Seine Augen wirkten vor Erschöpfung glasig, und seine Zunge war vom vielen Trinken schwer. »Schlafenszeit, Doc?«

»Sie waren viel zu lange auf. Sie haben es übertrieben.« Sie fächelte sich Luft zu. »Ich darf ja wohl annehmen, daß Sie nicht geraucht haben?«

»Nein, ich nicht, Doc. Bloß meine alten Kumpel. Die rauchen wie die Schlote. Die haben immer schon geraucht. Diese verrückten Mistkerle würden ein Panzerbataillon Japse angreifen, bloß um ihre Zigaretten zu stehlen.« Er sah sie aus glasigen Augen an, aber dann war er plötzlich hellwach. »Was haben Sie gehört, Doc?«

Sie griff an ihr Stethoskop, ehe ihr bewußt wurde, daß sie vergessen hatte, es abzunehmen. Sie trat schnell neben ihn, schob seinen Morgenrock auseinander und legte die kalte Scheibe auf seine Brust. Sein Herz klang kräftig, und seine Lungen bei weitem nicht mehr so verstopft.

»Schluß mit dem Theater. Ich hab gefragt, was Sie gehört haben.«

»Verübeln Sie mir das?«

»Doc, Sie spielen mit dem Feuer.«

»Ich habe gesagt, ›verübeln Sie mir das‹? Sie halten mein Kind und mich gefangen. Mein armer Mann ist weiß Gott wo.«

»Sie haben sich grade 'ne Sitzung mit Moss verdient.«

Er drückte einen der vielen Knöpfe, die Moss' Piepser signalisierten, und erwiderte dann ihren verblüfften Blick, indem er sie eisig anstarrte. Seine Sprache war plötzlich wieder ganz klar. »Ich habe Sie gewarnt, Doc. Keine Gnade.«

Es schien ihr wichtig, ihm keine Furcht zu zeigen. Aber sie spürte, wie ihre Mundwinkel zuckten. »Darf ich etwas fragen?«

»Mir reicht es jetzt, mich von Ihnen zum Trottel machen zu lassen. Sie haben es übertrieben.«

»Wie kommt ein Mann wie Sie zu jemandem wie Moss?«

Mr. Jack schmunzelte. »Sie sind mir vielleicht auf Draht, Doc. Herrgott, wenn ich vor vierzig Jahren eine Frau wie Sie kennengelernt hätte ... wissen Sie, was ein Erster-Stock-Mann ist?«

»Nein.«

»Ein Fassadenkletterer. Die klettern in die Fenster im ersten Stock. Nur, daß das in einer Stadt wie New York, wo Moss aufgewachsen ist, der zwanzigste Stock ist. Irgendein ›Onkel‹ oder ein Boyfriend seiner Mutter oder was auch sonst immer hat den Jungen dazu abgerichtet, an den Gebäudefassaden hochzuklettern. Er war Spitze. Wenn man ihm eine Chance gegeben hätte, hätte er im Zirkus Hochseilartist werden können. Man hat ihn erwischt und in eine Besserungsanstalt geschickt.«

»Wie alt war er da?«

»Zehn, elf Jahre. Nur Haut und Knochen, denke ich mir.«

Sarahs Gedanken flogen zu Ronnie, und sie sah sie vor ihrem inneren Auge das Vorstag herunterrutschen.

»Als die ihn herausgelassen haben, war er sechzehn. Er war schnell gewachsen, hatte Gewichte gestemmt und den Knast überlebt. Anschließend hat er sich sein Geld mit Zuhälterei verdient – aber das habe ich Ihnen ja erzählt. Seinen Nutten Mores beigebracht. Und dann Karriere gemacht: oberster Leibwächter in einem Rauschgiftkartell. Viel Geld gemacht, bis die ihn wieder geschnappt haben. Mord und so. Zwanzig Jahre in Attica – das ist ein Zuchthaus im Norden des Bundesstaats New York. Harte Zeiten. Dort habe ich ihn gefunden. Ich habe damals ein Rehabilitationsprogramm gefördert. Sie wissen schon – die Wirtschaft gibt Kriminellen eine zweite Chance.«

»Das klingt mir ja nach einer wunderbaren wohltätigen Leistung, Mr. Jack.«

»Die ideale Methode, um gute Leute zu finden ... ich habe sofort erkannt, daß Moss Spitze war – ein Soziopath mit der Selbstdisziplin, die man für Spitzenleistungen braucht. Also habe ich ihn herausgeholt. Für seine Ausbildung gesorgt, Privatlehrer engagiert, ihm Lesen, Mathematik und Elektronik beigebracht. Ihn nach Kalifornien geschickt, damit er lernt, mit Computern umzugehen, und dann hier herüber für die Waffenausbildung. Ein brillanter Junge, wenn auch ein wenig verbogen.«

»Er scheint Ihnen dankbar zu sein.«

Mr. Jack zuckte die Achseln. »Wäre auch ganz schön blöd von ihm, wenn er das nicht wäre – da bist du ja, Moss. Komm herein. Ms. Doc hat ein wenig Dummheiten gemacht.«

»Tatsächlich?«

»Tu ihr weh. Keine Spuren.«

Sie konnte nicht glauben, daß das wirklich mit ihr geschah, bis er sich über sie beugte, und dann arbeitete ihr Verstand fieberhaft und versuchte, sich auszumalen, wo sein erster Schlag sie treffen würde.

»Moment mal, Moss ... Hey, Doc?«

»Was, Mr. Jack?«

»Sehen Sie zu, daß man nichts hört. Wir wollen ja nicht, daß die Kleine aufwacht und zusieht.«

Sie starrte ihn ungläubig an. »Haben Sie verstanden?« fragte er.

»Ja.«

»Fertig?«

Selbst jetzt konnte sie noch nicht ganz glauben, daß er dasitzen und zusehen würde, während Moss ihr absichtlich weh tat. Aber jetzt bewegten sich die Hände des Schwarzen, zuckten vor ihrem Gesicht. Ein häßliches Lächeln spielte um seine Lippen.

Seine Hände bewegten sich schneller, als sie sehen konnte. Ein brennender Schlag traf sie an der Wange und ließ es in ihrem Ohr klingeln. Ihre beiden Hände fuhren hoch und nahmen die Deckung von ihrem Bauch und ihrer Brust. Eine ganze Salve von Schlägen regnete auf sie herunter, warf sie keuchend und nach Luft schnappend zu Boden.

Jetzt durchzuckte der Schmerz sie wie Feuer, und sie kämpfte mit aller Kraft gegen einen Schrei an, der aus ihrer Kehle aufsteigen wollte, fühlte sich wie ein in die Enge getriebenes Tier. Ein Stöhnen, das sie nicht unterdrücken konnte, trug ihr eine Warnung von Mr. Jack ein.

»Wir wollen Ronnie nicht wecken? Schließlich wird Ihnen ja nicht danach sein, ihr Schlaflieder zu singen.«

Ein Stich wie ein weißglühendes Messer schien sich in ihre linke Niere zu bohren, und sie dachte, von nackter Angst erfüllt, daß Moss sie versehentlich töten würde. Dann sprang der Schmerz von ihrer Niere in ihre Brust und in ihr Gehirn, und sie spürte, wie sie in einen schwarzen Abgrund sank.

Moss schüttete das Wasser von dem geschmolzenen Eis aus dem Flaschenkühler in ihr Gesicht.

Sarah wachte auf, preßte sich die Hände an den Körper und stöhnte.

»Still.«

Sie biß sich auf die Lippen.

»Okay?«

Sie nickte. Er hatte sie nicht getötet. Es hatte sich nur so angefühlt.

»Weiter«, sagte Mr. Jack.

Sie betete darum, wieder das Bewußtsein zu verlieren, aber Moss war vorsichtiger und auf diabolische Art subtiler, und dann kam der Augenblick, wo Mr. Jack ihn innehalten ließ, um sie zu knebeln – »im Interesse«, wie er es formulierte, »von Ronnies ungestörtem Schlaf.« Er benutzte dazu ein Handtuch aus der Bar, das er mit seinem Gürtel festschnallte.

Ihr wurde bewußt, daß sie auf dem Boden des Badezimmers lag, mit einem dunkelroten Nebel aus Schmerz vor den Augen; alles drehte sich vor ihr, und sie spürte, wie ihr ganzer Körper unkontrolliert zitterte. Übelkeit stieg in ihr auf, sie schleppte sich zur Toilette und übergab sich und sank dann wieder auf die kalten Fliesen, biß sich auf die Lippen, damit Ronnie sie nicht hören konnte.

Jeder Atemzug tat weh.

Sie konzentrierte sich ein paar Augenblicke lang, um genügend Kräfte zu sammeln, um aufstehen zu können. Als sie es schließlich geschafft hatte, sah sie ihr Gesicht im Spiegel. Sie sah schrecklich aus. Wie ein wildes Tier. Erstaunlicherweise war aber nirgends eine Spur einer Verletzung zu sehen. Nur ihr Gesicht war ein wenig aufgedunsen. Sie würde Ronnie sagen, daß das von dem chinesischen Essen kam.

Ronnie! Sie schleppte sich zur Tür, öffnete sie einen Spalt und schleppte sich hinaus. Ronnie lag eingeringelt in ihrem Bett unter der Zudecke, sie schlief tief. Wie hatten sie die Kleine hereingetragen, ohne sie zu wecken?

Sarah sperrte die Tür ab und sank wieder auf die kalten Fliesen. Das Kind schlief tief, aber warum hatte Mr. Jack sie abgeschirmt? Wollte er damit *ihr* einen Fetzen Hoffnung lassen? Hoffnung, daß Ronnie verschont werden würde, solange sie sich nur ganz um Mr. Jacks Gesundheit bemühte?

Sie lag da und hatte das Gefühl, daß jeder einzelne Muskel in ihrem Körper schmerzte, überlegte, und gelangte schließlich zu dem Schluß, daß es keine Hoffnung gab. Was gerade mit ihr geschehen war, war ein Beweis dafür, daß Mr. Jack sie beide töten würde, wenn er mit dem fertig war, was er mit den chinesischen Generalen machte, und nach Hause in ein westliches Krankenhaus gehen konnte. Sie mußten mehr denn je fliehen.

Sie waren so nahe beim Land. Der Pier lag vielleicht zwanzig Meter unter ihnen, nicht einmal sechs Meter von der Schiffswand entfernt. Moss war das größte Hindernis. Sie wußte im tiefsten Grunde ihrer Seele, daß sie es immer noch nicht fertigbringen würde, ihn zu töten – schließlich war sie Ärztin. Aber würde sie ihn gefechtsunfähig machen können?

Mit vor Angst zitternden Händen öffnete sie ihre Arzttasche. Man benutzte Ketamin in der Anästhesie, um eine Muskelparalyse herbeizuführen. Das Präparat wirkte zunächst langsam, aber vielleicht würde es gehen. Doch es war viel zu riskant, einem Mann seiner Körperkraft mit einer gewöhnlichen Spritze eine Injektion zu versetzen. Sie mußte ihn schnell und hart treffen, und zwar gleich beim ersten Mal.

Sie hatte Epinephrin-Autoinjektoren für die Notbehandlung schwerer Allergiereaktionen. Im Fall eines Bienenstichs beispielsweise brauchte der Allergiker die Nadel bloß in seinen Schenkelmuskel zu drücken, und die Dosis wurde automatisch injiziert. Sie musterte die Plastikspritze unter der Lampe und überlegte, ob sie das Epinephrin entfernen und gegen das Ketamin austauschen konnte. Bei dem Versuch, den Plastikzylinder zu durchbohren, brach sie ein paar Insulinnadeln ab, ehe ihr klar wurde, daß sie das nicht zu Ende gedacht hatte: Die Dosis, die man damit injizieren konnte, würde viel zu klein sein; um einen Mann von der Größe von Moss wirklich nachhaltig zu stoppen, würde sie fünf oder sechs Kubikzentimeter brauchen.

Sie konnte nicht mehr länger stehen. Das Bett schien ihr Meilen entfernt. Sie rollte sich auf dem kalten Fußboden zu einem Ball zusammen. Ihre Zähne klapperten. In ihrer Brust brannte der Schmerz und die Wut. Aber schlimmer war die Angst, sie könnte ihren Mut verloren haben.

Bis auf die Knochen von einem weiteren langen, ergebnislosen Tag auf dem Fluß durchfroren, duschte Stone heiß und ließ sich dann ins Bett fallen. Katherine hatte sich den ganzen Tag über in einer falschen Zimmerdecke versteckt und die Hotelhalle beobachtet. Sie hatte nichts Verdächtiges gesehen, niemanden, der wie ein Auftragskiller aussah. Aber Ronald hatte keinen Kontakt mit ihr aufgenommen, und sie brannte darauf, Shanghai zu verlassen.

»Nur noch einen Tag«, versprach er ihr. »Nur noch einen.«

Sie bot ihm an, ihren Wein mit ihm zu teilen. »Das hilft Ihnen beim Einschlafen«, sagte sie und hielt ihm ein halbvolles Zahnputzglas hin. Stone trank es langsam leer, schob sich dann das Kissen zurecht und fing an einzuschlafen.

»Haben Sie je Ihre Frau betrogen?«

»Nee.«

»Nie?«

»Nicht nötig.«

»Okay. Aber was wäre, wenn jemand Sie richtig scharf machen würde. Ich meine, mehr als sie.«

»Das ist gar nicht möglich. Das verbietet der Atomsperrvertrag.«

Katherine grinste zurück. »Sie würden einen *Vertrag* zwischen sich und den sensationellsten Sex Ihres Lebens kommen lassen?«

»Das ist mein Opfer für die Menschheit.«

Plötzlich nüchtern geworden, sagte sie: »Herrgott, Sie haben es gut.«

»Ich weiß. Deshalb will ich sie zurückhaben.«

Katherine faltete die Hände und lächelte Stone über sie hinweg an. »Nein, Sie wollen sie in jedem Fall zurück – Sie sind einer von den Typen, der sich um die Leute kümmert.«

»Und meine Tochter.«

»Ich werde nie Kinder haben.«

»Sagen Sie das nicht. Sie sind jung und –«

»Lassen Sie das!«

Sie wandte finster das Gesicht ab, sichtlich verärgert, und dann schrie sie: »Vorsicht!« und warf sich mit einem langen Satz auf ihre Tasche.

Der Engländer stand in der Tür ihres Wohnraums. Seine Pistole trug einen Schalldämpfer. Stone konnte hören, wie die Kugeln wie Fausthiebe in Katherines Brust fuhren.

22

Katherine brach über dem Bett zusammen. Der Engländer trat mit erhobener Pistole ins Zimmer. »Weidmannsheil«, sagte er. »Sie sind ja ganz schön aktiv.«

Stone brüllte zurück. »Wo ist meine Frau?«

»Nicht die leiseste Ahnung, Mate.« Er senkte die Waffe, und Stone spürte, wie die ganze Welt um ihn herum sich zusammenzog und sich auf das schwarze Loch in der Mündung der Waffe reduzierte. »Ich führe bloß meinen Auftrag zu Ende.«

Plötzlich tönten hinter Stone zwei Donnerschläge. Katherine feuerte dicht neben ihm. Er sah, wie ihr das Blut aus dem Mund rann, und sie wurde sichtlich nicht mit dem Rückschlag fertig. Ihr erster Schuß zerschmetterte den Arm des Engländers, schleuderte ihn durch die Wohnzimmertür zurück. Der zweite Schuß verfehlte sein Ziel, und sie brach auf dem mit Blut bespritzten Bett zusammen.

»*Weg hier!*« flüsterte sie und schob Stone ihre Waffe hin. »Nehmen Sie sie!«

»Und was wird mit Ihnen?«

»Sie können mir nicht helfen. Verschwinden Sie! Zu Ihrer Frau und Ihrem Kind.« Das Blut rann ihr jetzt in einem breiten Strom aus dem Mund, es würgte sie. Sie hustete. »Sehen Sie nach, ob ich den Dreckskerl erwischt habe. Machen Sie ihn fertig, sonst haben Sie ihn den Rest Ihres Lebens auf den Fersen. Scheißkerl.«

Stone hob die Waffe auf.

»Ist schon entsichert. Sie brauchen bloß abzudrücken.«

Er hastete ins Wohnzimmer.

Der Engländer lag auf dem Teppich und kroch mit letzter Kraft auf seine Waffe zu, die in der Nähe des Eingangs gelandet war.

»Keine Bewegung«, sagte Stone.

Der Engländer wandte den Kopf, sah Stone mit Katherines Waffe in der Tür stehen. »Dazu haben Sie nicht den Mumm, Mate.«

Stone sah sich nach Katherine um. Sie war aufs Bett gefallen. Ihre geweiteten Augen blickten starr. Der Engländer kroch jetzt schneller. Dreimal hatte der Mann versucht, ihn zu töten, bloß um »seinen Auftrag zu Ende zu führen«. Ihn jetzt von hinten zu erschießen würde nichts anderes als eine Hinrichtung sein, aber Katherine hatte recht: Der Profikiller hatte die Jagd auf ihn zu einer Art Ehrensache gemacht und würde nicht nachgeben, bis er ihn getötet hatte.

Er trat neben ihn und drückte dem Mann den Lauf seiner Waffe ins Genick. »Entweder töte ich Sie, oder ich schieße Sie für ein Jahr zum Krüppel. Ihre Wahl.«

Der Engländer drehte den Kopf halb herum. Als er Stones Gesicht sah, schlug sein Ausdruck von Verachtung in Respekt um. Oder in Angst. Stone wußte nicht, was es eigentlich war, und es war ihm auch gleichgültig. »Ihre Wahl«, wiederholte er.

»Schauen Sie, Mate, warum nehmen Sie nicht einfach meine Waffe? Mit dem Arm komme ich ohnehin ins Krankenhaus.«

»Aber nicht lange genug«, sagte Stone. Unten auf der Straße hörte er Sirenen. Er ließ die Waffe am Rücken des Mannes entlangwandern, bis der Lauf hinten an seinem Bein angelangt war, und drückte dann sofort ab, zerschmetterte ihm den Oberschenkelknochen. Der Mann bäumte sich auf und stieß einen Schrei aus. Dann verlor er das Bewußtsein, sackte zu Boden, als ob er geschmolzen wäre. Stone drückte noch einmal ab und brach ihm das andere Bein.

Er schnappte sich seinen Rucksack, seine Kleidung und seinen Mantel und sah vorsichtig in den Flur hinaus. Ein Japaner in mittleren Jahren spähte aus seinem Zimmer heraus. Stone rannte zur Treppe, wo er schnell in seine Hosen fuhr, sich die Socken überzog und dann in seine Schuhe stieg. Als er sich gerade den Pullover überstreifte, hörte er die Sirenen wieder. Er rannte die Treppe hinunter. Uniformierte Milizen strömten in die Halle, brüllten die Angestellten am Empfang an, die ihrerseits zurückbrüllten. Stone zog sich wieder in die Feuertreppe zurück, rannte in ein Kellergeschoß und verließ das Gebäude dann, indem er sich an dem Geruch von Abfällen orientierte, durch eine Ladebucht.

Sirenen heulten in der neonerleuchteten Nacht. Er überquerte die Straße und betrat das erste Lokal, das er erreichte, einen Jazzclub, der von Kerzen und einer Discokugel an der Decke beleuchtet war. Ältere amerikanische Touristen lauschten den Klängen einer noch älteren Combo. Eine Bedienung nahm Kurs auf Stone. Er bestellte sich einen Scotch und kippte ihn mit einem Zug hinunter. Seine Hände zitterten so, daß die Frau sie anstarrte.

Er bestellte sich mit einer Geste ein zweites Glas.

Jetzt endete die Nummer. Er ließ sich weitere Drinks bringen und Essen, das er nicht hinunterbrachte. Dann blieb er bis zur letzten Nummer sitzen, und um ein Uhr fingen sie an, das Lokal zu schließen. Wenn er länger blieb, würde er auf sich aufmerksam machen.

Er trat vorsichtig auf die Straße hinaus und suchte hinter ein paar Passanten Deckung, die zu ihrem Hotelbus strebten. Überall Polizei. Er nahm Kurs auf die Altstadt, versuchte, auf belebten Straßen zu bleiben.

Grelles Licht ließ ihn erkennen, daß er sich einem Nachtmarkt näherte. Dort ging er zwischen den Ständen auf und ab und schüttelte immer wieder den Kopf, wenn man ihm Postkarten, Peking-Opern-Puppen, Spielzeugpandas, Spitzentaschentücher oder Jadeschmuck anbot. Dann überlegte er, daß er am leichtesten in der Menge untertauchen würde, wenn er wie ein gewöhnlicher Tourist oder ein unter Jetlag leidender Geschäftsmann wirkte, der keinen Schlaf finden konnte, und kaufte einen kleinen Plüschpanda für Ronnie und ein Spitzentaschentuch für Sarah. Eine Menschengruppe sammelte sich um ihn und sah ihm dabei zu, wie er die beiden Käufe tätigte. Weitere Händler nahmen ihn aufs Korn.

Ein alter Mann war besonders hartnäckig, ein uralter Mann in einer Steppjacke, der Baoding-Eisenkugeln verkaufte – zwei auf Hochglanz polierte Kugeln, in denen Glocken angebracht waren und die er immer wieder mit dem Ruf »Gut gesund, gut gesund« demonstrierte, während er sie wie ein freundlicher Captain Queeg in einer Hand rollte. Stone trat den Rückzug an. Der alte Mann folgte ihm. »U.S? U.S?«

Auch hier würde bald geschlossen werden, und die Händler begannen bereits, ihre Stände abzuschließen.

»Yank?« rief der alte Mann. »Yank. Air Force.«

»Was?«

Ein freundliches Grinsen ließ ein halbes Dutzend gelbe Zähne sehen. »Tenth Air Force. 1945. Mechaniker. Flugzeugmechaniker. Tenth Air Force. Japse mit Bomben vollgepflastert.«

Stone sah die glänzenden Kugeln an, und in dem Augenblick spiegelte sich eine orangefarbene Straßenlaterne wie ein winziger Beteigeuze in den Kugeln. Er griff nach seinem Geld. Das mußte ein Omen sein. Er drückte dem Mann das Geld in die Hand und steckte die Kugeln in die Tasche.

»Nein, nein. Du nehmen.« Der alte Mann schob ihm das Geld zurück. »Tenth Air Force. 1945. Flugzeugmechaniker. Patt und Whitney. Japse zerteppert.«

»Vielen Dank. Vielen herzlichen Dank. Da, von mir.« Er

zog ein Päckchen Marlboro aus seiner Tasche und gab es ihm.

Das Grinsen wurde breit. »Sehr gut. Lucky Strike.«

Stone sah sich auf den sich allmählich leerenden Straßen um. »Wo war Ihr Stützpunkt?«

Der alte Mann deutete nach Osten. »Streng geheim. Sehr geheim.« Und dann beugte er sich vor, klappte seinen Tisch und seinen Stuhl zusammen und wiederholte: »Tenth Air Force. Yank Freund«, und klopfte sich dabei, wie um seine Freundschaft zu unterstreichen, auf die Brust.

»Einen Freund könnte ich jetzt gebrauchen«, sagte Stone. »Komm, ich helf dir mit dem Ding.«

Jeder Muskel in Sarahs Körper schmerzte, als der ferne Lärm schwerer Maschinen sie weckte. Ihre Nieren brannten, und sie glaubte Blut im Mund zu schmecken. Sie nahm alle ihre Kräfte zusammen, unterdrückte ein Stöhnen, um Ronnie nicht zu wecken, und taumelte durch die Schlafkabine in den verlassenen Vorraum. Sie sah hinaus, was auf der Backbordseite des Schiffes geschah. Zu ihrer Überraschung entdeckte sie dort unmittelbar längsseits ein weiteres Schiff, ein Passagierschiff, das allem Anschein nach ebenso lang wie die *Dallas Belle* war.

Die Aufbauten des Schiffes waren hinter einem Bambusgerüst verborgen, und sie konnte durch Fenster und Bullaugen das unregelmäßige Blitzen von Schneidbrennern sehen, das immer wieder auf Trupps von Arbeitern in Schutzhelmen und Overalls fiel.

Wie sie letzte Nacht schon vermutet hatte, war die Helling überdacht. Kranausleger hingen vom fernen Pier über das Passagierschiff, und im Dach des Schuppens konnte man schwere Laufkatzen erkennen. Achtern verhüllte dichter Nebel den Fluß.

Es drängte sie, die Treppe zum Brückendeck hinaufzusteigen, aber die Erinnerung an die schreckliche Mißhandlung ließ sie nicht los, und sie mußte ihren ganzen Mut zusammennehmen. Doch ihr Leben und das von Ronnie hing mehr denn je davon ab, daß sie sich den Mut nicht nehmen ließ. Sie *mußte* handeln.

Als sie sich schließlich soweit überwunden hatte, die Treppe hinaufzusteigen, fand sie den Korridor ebenso wie den Kartenraum und auch den Computerraum leer. Sie schlich sich nach vorn und zog den Vorhang zur Brücke zur Seite. Sie sah keinen Offizier auf Wache, lediglich einen Matrosen, der in dem großen ledernen Kapitänssessel eingeschlafen war. Lautlos schlich sie sich an die Windschutzscheibe. Vorn war wenig mehr zu erkennen, als was sie bereits entdeckt hatte: die Arbeitstrupps, die an dem benachbarten Schiff tätig waren, das riesige Sheddach über der Doppelhelling, der Bug der *Dallas Belle* halb vom Nebel verhängt.

Aber als es draußen allmählich heller wurde, konnte sie sehen, daß der hintere Teil der Halle offen war und daß dahinter Güterzüge vorbeiklapperten. Wenn sie es fertigbrachten, zu einem dieser Züge zu kommen, dann konnten sie in die Stadt fahren und sich dort auf den Straßen verlieren. Vielleicht würde sie es bis zum britischen Konsulat schaffen und sich mit ihrem britischen Akzent Zugang verschaffen. Ein Gedanke, der einem angst machen konnte: Eine große, schwarze Frau und ein kleines schwarzes Mädchen würden in der chinesischen Stadt auffallen wie eine Invasionsarmee.

Sie sah, wie sich auf dem Hauptdeck etwas bewegte. Der Bootsmannsmaat führte ein paar Leute aus dem Deckshaus heraus. Sie gingen zur *Veronica* und begannen, die Taue zu lösen, mit denen sie festgezurrt war. Sarah rannte hinunter und weckte Mr. Jack.

»Was machen Sie mit meinem Boot?«

»Keine Aufregung – Ah Lee, Ah Lee! Wo zum Teufel steckst du? *Kaffee!* – Doc, ich hätte gedacht, nach dem Tänzchen gestern abend mit Moss würden Sie vielleicht länger schlafen.«

»Die machen sich da an meinem Boot zu schaffen.«

»Ruhig Blut. Wir lassen es ins Wasser und segeln es auf die andere Seite, wo es nicht im Wege ist.«

»Lassen Sie mich das machen.«

»Doc, jetzt fangen Sie schon wieder an, mich zu ärgern.«

»Bitte. Rufen Sie den Captain.« Sie reichte ihm das Telefon. »Sagen Sie ihm, daß ich mein Boot wegbringe. Bitte, das ist unser Zuhause. Die machen es nur kaputt.«

Der alte Mann zuckte die Achseln und wählte. »Jetzt drehen Sie mir nicht gleich durch, Doc ... Captain? Lassen Sie Doc ihr Boot verlegen. Sie hat Angst, Sie könnten es anrempeln. Ja. Sie ist schon unterwegs.« Er legte auf. »Okay, laufen Sie hinunter aufs Hauptdeck. Und, Doc? Keinen Unfug, ja? Bringen Sie das Boot dorthin, wo die es Ihnen sagen, und kommen Sie zurück. Ronnie bleibt hier.«

Sie fuhr mit dem Aufzug aufs Hauptdeck, öffnete eine schwere Stahltür und trat über eine hohe Schwelle nach draußen in die Kälte. Die Luft war feucht, und der Lärm, den die Arbeiter auf dem Passagierschiff machten, war betäubend. Am Schiffskran hing bereits eine Schlinge. Ein Matrose hielt ihr eine Leiter, und Sarah kletterte zur *Veronica* hinauf.

Die Decks waren mit Salz und Kohleasche verkrustet, aber, das hatte sie schon vor einer Woche von der Brücke aus gesehen, sie hatten die Sachen richtig verstaut. Sie ließ den Motor an, um sich zu vergewissern, daß er richtig lief, schaltete ihn dann aber gleich wieder ab, weil das Kühlsystem so ausgelegt war, daß das Boot bei laufendem Motor im Wasser sein mußte. Sie hängte die Fender auf, die die Crew der *Dallas Belle* in die Kabine geworfen hatte.

Moss kam aufs Deck heraus. Heiße Angst durchzuckte sie, als er auf die Leiter zuging. Sarah schob sie weg, und der Matrose wich ihr aus, als sie umfiel.

»Moss«, rief sie, »sagen Sie dem Kranführer, er soll auf meinen Mast aufpassen.« Sie deutete auf das Dach und stellte befriedigt fest, daß Moss von der optischen Täuschung ebenso verwirrt war, wie sie das anfänglich gewesen war. Tatsächlich war für den Mast, der kaum bis zu den Brückenfenstern reichte, genügend Platz, denn das Dach war höher als der Schlot und der Radiomast des Schiffes.

Die Taue spannten sich. Die *Veronica* ruckte unter ihren Füßen. Sie packte den Handlauf an der Kompaßsäule und stützte sich, als das Boot aus seinem Gestell gehoben wurde.

»Aufpassen auf den Kiel«, rief sie Moss zu. »Vorsichtig, daß er nicht ans Schanzkleid stößt.«

Sie blickte über die Seite und sah, wie Moss unter den Rumpf trat, während der Kranführer die *Veronica* langsam über das Schanzkleid des Schiffes schweben ließ. Jetzt hatte das Boot ausreichend Abstand zum Schiffsrumpf und senkte sich schwankend zwischen den beiden Schiffen aufs Wasser. Auf halbem Wege fing es an, wie ein Pendel zu schaukeln. Sarah versuchte, mit einem Bootshaken Kollisionen zu verhindern, aber der Schwung war zu groß, und der Rumpf der *Veronica* scharrte zweimal mit einem qualvollen Geräusch an dem stählernen Schiff entlang.

Sie blickte nach oben. Ronnie winkte ihr vom Brückenflügel aus zu; sie stand neben dem Kapitän, der in sein Walkie-Talkie Anweisungen erteilte. Dann klatschte der Rumpf auf das Wasser auf. Die Taue lockerten sich, und Sarah, die mit dieser Prozedur von gelegentlichen Werftbesuchen her vertraut war, ließ den Motor an und löste die Schäkel. Jetzt zog der Kran die Taue wieder hinauf, und die *Veronica* war frei.

In der engen Schlucht war nicht genug Platz zum Wenden, also mußte sie rückwärts fahren – was für ein Segelboot nie leicht ist. Der Trick, den Michael ihr beigebracht hatte, lag darin, den Motor hochdrehen zu lassen und damit eine starke Strömung über dem Ruder zu erzeugen – genau das, wovon einem auf so engem Raum jeder Instinkt abriet. Es funktionierte. Das Boot setzte sich langsam rückwärts in Richtung auf den Fluß in Bewegung, und nach einem schlimmen Augenblick, in dem das Boot mit dem Kreuzfahrtschiff zu kollidieren drohte, hatte Sarah es unter Kontrolle, nahm das Gas zurück und fuhr langsam zwischen den Hecks der beiden Schiffe heraus.

Die Ebbe hatte bereits eingesetzt, und die Strömung im Fluß war kräftig. Der Huangpu dehnte sich verlockend vor ihr, fast eine halbe Meile breit und von Dschunken, Leichtern, Sampans, Küstenfrachtern und hochseetüchtigen Schiffen wimmelnd.

Moss kam an einem der schweren Kabel heruntergeschossen, mit denen das Schiff am Pier vertäut war, und landete wie eine riesige Fledermaus auf dem Pier. Er federte seinen Sprung elegant ab, zog seine dicken Arbeitshandschuhe mit der ganzen Würde eines Aristokraten aus, der von der Oper nach Hause kommt, und deutete auf die Stelle, wo sie das Boot vertäuen sollte.

»Mummy!« Ronnie winkte fröhlich vom Brückenflügel herunter.

Die Strömung trieb die *Veronica* auf den Pier zu. Sarah ließ den Motor im Rückwärtsgang laufen und betätigte leicht das Ruder, lenkte das Heck in die Strömung und bewegte sich damit langsam rückwärts in den Fluß hinein.

»Hier!« rief Moss ihr zu und legte dabei die Hände wie einen Trichter an den Mund. »Schnell!«

Sie blickte sehnsüchtig auf den Fluß hinaus. Stromaufwärts war die Stadt. Stromabwärts die See und die Freiheit.

Unsinn. Sie konnte Ronnie nicht allein lassen. Es sei denn, sie konnte sofort Hilfe finden. Während sie noch zögerte, das Unmögliche erwog, löste sich ein kleines Patrouillenboot der Marine aus dem dichten Verkehr flußabwärts und kam auf sie zugetänzelt. Eine rote Warnlampe blitzte auf dem Kajütendach.

Ihr Herz machte einen Satz, und sie spürte, wie die Freude ihr gleichsam wie ein Adrenalinschock durch die Venen pulste. Eine Sirene kreischte. Sie sah einen älteren Offizier, der sich an der Windschutzscheibe abstützte. Sein Uniformrock glitzerte wie Fischschuppen, und als das Boot näher kam, sah sie, daß seine Brust mit Orden und Medaillen förmlich bedeckt war. Auf seiner Mütze funkelten Generalssterne. Er winkte. Jetzt war von oben, von dem Balkon hinter der Eignerkabine, ein lauter Ruf zu hören. Sarah sah hinauf.

Und da stand Mr. Jack in seinem Morgenrock und grinste von einem Ohr zum anderen und winkte mit seinem unverletzten Arm. »Hey, Kumpel. Wo hast du so lange gesteckt?«

Der alte General winkte mit einer Flasche zurück.

»Doc«, schrie Moss, »kommen Sie gefälligst rüber.«

Tief bedrückt schob Sarah den Fahrthebel nach vorn und steuerte auf die Mole zu. Das Patrouillenboot kam mit klatschendem Wellenschlag am Molenkopf zum Stillstand und ließ weiter hinten Platz für die *Veronica.* Die Mannschaft war dem General unterwürfig dabei behilflich, die Leiter hinaufzuklettern, und zwei junge, geschniegelt wirkende Offiziere gingen hinter ihm über die Gangway der *Dallas Belle.*

Moss grinste. »Werfen Sie mir ein Tau zu, Doc.«

Sie konnte nicht erkennen, ob er sie bewußt zum Trotz verleitet hatte oder ob das nur der Überlebensinstinkt in ihr war. Jedenfalls drehte sie, ohne nachzudenken, das Boot herum. Ihre Hände arbeiteten sicher am Fahrthebel und dem Steuer. Die Strömung ausnutzend bugsierte sie die *Veronica* in den engen Raum zwischen dem Schiff und der Mole, so daß das Boot, als sie Moss schließlich eine Leine zuwarf, nach außen blickte, mit dem Bug in den Fluß.

»Klasse Manöver, Mummy!« rief Ronnie herunter. »Das hätte Daddy sehen müssen.«

Sarah schlang die Bugleine über den Poller am Pier und sicherte sie auf dem Boot. Dann stieg sie auf die Mole, löste die Bugleine, die Moss um einen Poller gewunden hatte, und führte sie zur *Veronica* zurück. Moss beobachtete sie argwöhnisch, als sie wieder hinunterstieg und weitere Leinen holte, die sie als Spring an Bug und Heck ausbrachte. Sie führte sie ein zweites Mal durch einen Ring an der Seite der Mole und sicherte sie auf dem Boot.

Sie brachte sämtliche Fender auf die Molenseite und holte schließlich zwei Anker herauf, die sie als Spanngewichte über die Bug- und die Heckleinen hängte.

»Für die Flut«, erklärte sie Moss, der sie immer noch argwöhnisch beobachtete.

»Sind Sie jetzt fertig?«

Sarah schloß die Tür zum Kajütabgang und warf noch einen Blick auf den Fluß. Sie hatte alle Leinen so gebunden, daß sie sie vom Boot aus lösen konnte. Und das vor seiner Nase.

»Ich muß das bei Ebbe noch einmal überprüfen.«

»Gehen wir jetzt. Ich bin am Erfrieren.«

Es war tatsächlich kalt. Sie war so beschäftigt gewesen, daß sie das überhaupt nicht bemerkt hatte. Und sie hatte sogar ihre Schmerzen vergessen. Bis zu diesem Augenblick, wo ihr beides in die Knochen fuhr. Sie fröstelte immer noch, als sie mit dem Aufzug zum Eignerdeck hinauffuhr. Sie blickte starr auf die Aluminiumwand, die Moss' Grinsen widerspiegelte.

»Spaß gehabt gestern abend?«

»Ich habe Schmerzen, falls Sie das wissen wollen. Sie haben Ihren Auftrag erfüllt.«

Es schien ihn zu verblüffen, daß sie ihm geantwortet hatte, und er sagte: »Mr. Jack möchte, daß Sie einen Freund kennenlernen.«

Die chinesischen Offiziere bewachten die Tür. Moss trat zwischen die beiden und klopfte. Mr. Jack rief »Herein«. Er und der General saßen mit einer Flasche MaoTai zwischen sich auf dem Couchtisch da. Dichter Rauch erfüllte den Raum, und der General war gerade dabei, sich eine frische Zigarette anzuzünden, als sie eintrat.

»Da sind Sie ja, Sie Segelkünstlerin. Ich habe schon gesehen, wie Sie sie mit dem Bug nach draußen vertäut haben – bereit, hier abzuhauen?«

»Ich dachte, auf die Weise liegt sie besser im Kielwasser.«

»Ja, freilich, freilich.« Er wandte sich seinem Gast zu. »General, da haben Sie den Grund, weshalb ich kein Krankenhaus brauche. Ich habe meinen eigenen Arzt. Was meinen Sie?« Aus der Nähe konnte man sehen, daß der General ein eingeschrumpelter alter Mann mit lebendigen Augen und einem flüchtigen Lächeln war; seine Haut war von einem im Freien verbrachten Leben zu Leder gegerbt. Er musterte Sarah von oben bis unten und murmelte dann etwas auf chinesisch.

Mr. Jack lachte. »Ja, sie sieht wirklich gut aus. Moss hängt die Zunge bis an den Hosenlatz.«

Der General fragte Sarah auf englisch: »Verbessert sich der Gesundheitszustand meines Freundes?«

»Er gehört ins Krankenhaus«, erwiderte Sarah schroff.

»Sehr sturer Mann, Mr. Jack«, sagte der General und entließ sie mit einem Lächeln.

»Ich habe es im Leben zu einigem gebracht«, sagte Mr. Jack am Abend, nachdem Ronnie eingeschlafen war. »Aber im

Vergleich mit meinen Kumpels bin ich ein kleiner Fisch. Stellen Sie sich das doch einmal vor: Eine Handvoll alte Guerillakämpfer haben fünfzig Jahre lang *eine Milliarde* Menschen regiert.«

Sarah hatte keine Ahnung, ob Mr. Jack vielleicht die Macht seiner Freunde etwas übertrieb, wenn auch die Tatsache, daß ständig zu Wasser und zu Land Patrouillenboote und Soldaten das Schiff kontrollierten, zeigte, daß der General über gute Beziehungen in Shanghai verfügte – wenn er nicht gar Teil der wie auch immer gearteten Pläne von Mr. Jack war.

»Wie haben Sie sich kennengelernt?« fragte sie.

»Ich habe Ihnen doch erzählt, daß ich in der Provinz Chekiang abgestürzt bin?«

»Natürlich.«

Sie trank Tee. Er hatte einen Whisky, auf ihr Betreiben hin mit Wasser verdünnt. In der Tasche ihres weißen Steward-Kittels steckten, in Taschentücher eingewickelt, zwei Spritzen, mit denen sie geübt hatte und die sie wie eine Waffe benutzen konnte – eine für den alten Mann, eine für Moss. Die Frage war, wann sie sie einsetzen sollte. Zum Teil hing die Antwort davon ab, wann das nächste Mal der Nebel einsetzen würde, der morgens meist den Fluß verhüllte.

»In einem Reisfeld bin ich abgestürzt. Der Bombenschütze ist ertrunken. Der Mann war klasse. Wir übrigen sind herausgekommen – Pilot, Copilot, Kanonier und ich. Als wir aus dem Wasser stiegen, standen da hundert chinesische Bauern und grinsten uns an. Das ganze Dorf war erschienen. Eine riesige Party gab das.

Ein paar von ihnen sprachen Englisch – die Missionare waren dort durchgekommen – und sie haben uns gesagt, daß es zwischen uns und Chungking eine Menge Japse gibt. Dann ist der General aufgetaucht. Damals war er noch ein junger Mann wie ich. Aber mit Augen, die durch einen hindurchsahen. Und *Haltung*. Der Mann stand aufrecht und stolz da – ein richtiger Fighter – wie Moss. Nur –« seine Stimme wurde leiser, »nur, daß er mehr hatte, für das er kämpfte.

Sehen Sie, Doc, auf den Bauern hier hat man seit zweitausend Jahren nur herumgetrampelt und sie immer wieder niedergeschlagen. Der General war Kommunist. Ein Rebell. Er führte eine Guerillaeinheit, die zuerst gegen Chiang Kaishek gekämpft hatte, und jetzt kämpften sie gegen die Japse. ›Die Party ist vorbei‹, hat er gesagt.

Die Japse haben uns gejagt. Die Chinesen haben uns in ihren Häusern versteckt und uns dabei geholfen, nach Chungking zu kommen. Soldaten und Bauern schleppten uns in Sänften, nahmen uns auf Flußbooten mit und auf Ponykarren. Einmal fuhren wir sogar mit einem Bus, der mit Holzkohle angetrieben war. Und die Japse waren die ganze Zeit hinter uns her.

Die haben durchgedreht, Doc. Fünfzig Bataillone Infanterie haben die in die Provinz Chekiang geschickt. Zivilisten hingemetzelt, ganze Dörfer zerstört, die Bauern umgebracht, die uns geholfen haben, jeden Chinesen, den sie erwischen konnten. Die haben wahrscheinlich in zwei Monaten eine Viertelmillion Bauern und Dorfbewohner umgebracht. *Eine Viertelmillion* Menschen.« Er ließ seinen Drink im Glas kreisen und bedeutete ihr mit einer Handbewegung, daß sie ihm nachschenken sollte. Sie goß ein wenig Whisky und vielleicht die dreifache Menge Wasser ins Glas. Als sie es ihm brachte, saß er da und starrte auf seine Hände.

»Das klingt so, als hätten die Chinesen einen schrecklichen Preis dafür bezahlt, daß Sie Tokio bombardiert haben.«

»Ja, es war schlimm«, pflichtete Mr. Jack ihr bei. »Aber wir haben das erreicht, was wir wollten, und noch ein wenig mehr. Der amerikanischen Moral hat das Auftrieb gegeben. Und als eine Art Bonus kam noch dazu, daß wir Yamamoto durcheinandergebracht, seinen Stolz verletzt, ihn aufgescheucht und damit veranlaßt haben, daß er bei Midway zu schnell gehandelt hat, und die Hälfte ihrer Luftwaffe haben wir gebunden, die den Kaiserpalast schützen mußte, um sicherzustellen, daß wir so etwas nicht ein zweites Mal machten.

Das hat ihre Offensive zum Stocken gebracht, und als Yamamoto dann bei Midway Mist gebaut hat, war das der Anfang vom Ende. Von da an hat die aufgehende Sonne aufgehört aufzugehen.« Er lachte; es klang bitter. »Zumindest bis der Krieg vorbei war.«

»Ich würde vermuten, daß Sie Schuldgefühle haben müssen, Mr. Jack.«

»Ich? Nee. Ich habe bezahlt. Man hat mich bestraft. Diese Mistkerle haben mich erwischt, haben Sie das vergessen?« Er hielt ihr seine nagellosen Finger hin. »Und das war nur der Anfang. Sie haben die Narben auf meinem Rücken gesehen.«

»Haben Sie ihnen gesagt, was sie wissen wollten?«

»Das war egal.«

»Wieso?«

»Ich habe es Ihnen doch gesagt. Die haben alle umgebracht, ob sie uns nun geholfen haben oder nicht. Alle haben sie umgebracht in den Dörfern.«

»Warum haben sie Sie nicht getötet?«

Mr. Jack sah weg. Dann sagte er: »Mein alter Freund, der General, hat mich befreit. Er hat die gottverdammte Polizeistation angegriffen, die die Japse beschlagnahmt hatten.«

»Ah. Jetzt verstehe ich.«

Sein Kopf fuhr ruckartig zu ihr herum. »Was?«

»Die Chinesen sagen, wenn man einem Menschen das Leben rettet, ist man für sein Leben verantwortlich.«

»Oh, das. Ja. Aber ich habe mich schon revanchiert. Ich habe zwei Jahre lang mit seiner Einheit gekämpft. Nach

Chungking sind wir nie gekommen. Dann kriegten wir ein paar Flugzeuge zwischen die Finger, und ich fing an, für ihn zu fliegen – und seitdem sind wir Kumpels.«

Sarah spürte, daß er im Begriff gewesen war, mehr zu sagen. Sie hatte das eigenartige Gefühl, daß er nach der Niederlage der Japaner in China geblieben war und weiter gegen Chiang Kaishek gekämpft hatte, bis zur Befreiung. Das würde seine ungewöhnlichen Beziehungen mit der Volksrepublik erklären.

»Mummy?«

Ronnie stand halb im Schlaf in der Tür. »Liebes.« Sarah nahm sie in die Arme. »Kannst du nicht schlafen?«

»Schlimmer Traum.«

»Leg dich zu deiner Mum, Kind. Ich habe ihr gerade vom Fliegen in China erzählt. Weißt du, wie wir die Flugzeuge beladen haben?«

»Nein.«

»Elefanten.«

»Geht doch nicht, Mr. Jack.«

»Du glaubst wohl, ich mache mich lustig? Wir haben Benzin geflogen. Die haben mit ihren Stoßzähnen Fünfzig-Gallonen-Kanister hochgehoben. Ich habe das mit eigenen Augen gesehen. Elefanten.«

»Mr. Jack? Wann dürfen wir nach Hause zu Daddy?«

»Hey. Wenn alle sich anständig benehmen, sind wir alle Weihnachten zu Hause.«

Nach dem Frühstück – es hing immer noch Nebel über dem Fluß – hatte Mr. Jack wieder Besuch. »Verduften, Ladys. Auf die Brücke. Ich sage Bescheid, wenn ich fertig bin. Und, Doc, daß Sie mir hübsch die Finger vom Telefon lassen.«

Als Moss berichtete, daß sie oben waren, außer Stethoskophörweite, und daß er die Telefone und Radios gesichert hatte, sagte Mr. Jack: »Moment mal, Moss.«

»Ja, Mr. Jack?«

»Bevor du unseren Gast hereinbringst – ich höre, dein britischer Bulldog hat wieder Mist gebaut.«

Moss fiel die Kinnlade herunter. Wie zum Teufel hatte er das wieder erfahren? »Das tut mir wirklich leid, Mr. Jack. Wird nicht wieder vorkommen.«

»Ja, verdammt, wird nicht wieder vorkommen.«

Moss wußte nicht, was er daraus machen sollte. Mr. Jack forderte ihn auf, ihren »Gast« hereinzubringen und neben seinem Stuhl stehenzubleiben.

Im Gegensatz zu den Generalen, die per Boot kamen, war Mr. Yu von der Mole aus an Bord gegangen. Er war ein kräftig gebauter, finster blickender Typ, wie ein chinesischer Mafioso, und er gab sich anfänglich recht arrogant, bis Mr. Jack ihn mit einem finsteren Blick und ein paar chinesischen Sätzen, die wie ein Schußwechsel im Lincoln-Tunnel klangen, zur Räson brachte.

Es heißt immer, Chinesen seien schwer zu durchschauen, aber das Gesicht dieses Mannes sagte eine ganze Menge. Sein Ausdruck wechselte von arrogant zu wütend zu panischer Angst. Und das alles in nicht einmal dreißig Sekunden.

An dem Punkt blickte Mr. Jack zu Moss auf, als wäre der Mafioso in dem blauen Anzug überhaupt nicht vorhanden. »Ich habe Mr. Yu – der ein hübsches kleines Geschäft in den Docks betreibt – gerade erklärt, ich hätte gehört, daß er sich in unserem Territorium Freiheiten genommen hätte. Mr. Yu fing an, pampig zu werden, und dann habe ich gesagt, wer unsere Freunde sind. Und jetzt ist er nachdenklich geworden.«

Moss betrachtete das als Aufforderung, den Chinamann ebenfalls finster anzustarren und damit seine Unruhe noch zu steigern.

»Jetzt will ich ihm erklären, wie enttäuscht unsere Freunde sein werden, wenn er nicht schnell etwas unternimmt, um den Schlamassel wieder in Ordnung zu bringen, den er angerichtet hat.«

Als Mr. Jack fertig war, entfernte sich Mr. Yu rückwärts aus dem Zimmer und verbeugte sich dabei immer wieder, wie jemand, der einem Kugelhagel ausweicht. Moss sagte: »Darf ich etwas fragen?«

»Von Fragen lernt man, Moss. Was denn?«

»Was hat der Kerl denn getan?«

»Dieser Hurensohn hat dem Mann unserer Ärztin einen gottverdammten Sampan zur Verfügung gestellt, damit er sich nach uns umsehen kann.«

»Wie zum Teufel ist der Kerl denn hierhergekommen?«

»Indem er sich mit einem kleinen Gauner von der Triade in Hongkong zusammengetan hat.«

»Dann haben Sie jetzt Mr. Yu gesagt, daß er sich um ihn kümmern soll?« Er hatte das schreckliche Gefühl, daß Mr. Jack auf die Idee kommen könnte, das selbst in die Hand zu nehmen.

»Nein, nein. Ich habe ihm bloß gesagt, daß er sich da heraushalten soll. Die alten Freunde werden das erledigen.«

Das war noch schlimmer, dachte Moss. Bei all diesen alten Freunden – wozu brauchte da Mr. Jack eigentlich ihn? »Warum lassen wir uns eigentlich nicht von ihm finden? Und machen ihn kalt, wenn er zur Tür hereinkommt.«

»Moss.« Mr. Jacks Geduldsfaden war offensichtlich am Ende. »Schau mal zum Fenster raus, Moss. Was siehst du da?«

Moss sah hinaus.

Und Mr. Jack sagte: »Das Allerletzte, was ich jetzt brauche, ist, daß dieser Hurensohn alle Welt auf mein Schiff aufmerksam macht.«

23

Stone schlich sich vor Anbruch der Morgendämmerung aus der Wohnkaserne des alten Händlers, noch vor den Männern und Frauen, die die Nanjing Road hinunterströmten, um am Fluß ihre Tai-Chi-Übungen zu machen. Aus den Lautsprechern im Park plärrte noch keine Musik, aber die Frühaufsteher waren bereits unterwegs. Zahlreiche westliche Touristen in Jogginganzügen schlossen sich ihnen an. Aber wie Stone schon an den letzten beiden Tagen festgestellt hatte, verließen nur die Chinesen die Wege, um mit den Bäumen zu sprechen. Stone wählte sich einen Baum aus, der ihm guten Ausblick auf die Ufertreppe erlaubte, preßte die Stirn an die mit Ruß verkrustete Rinde und suchte die Umgebung ab, ob da jemand war, der ihn überfallen wollte.

Wenn er heute das Schiff nicht finden konnte, würde er sich eingestehen müssen, daß er falsch kalkuliert hatte, daß Kerry sich getäuscht hatte und daß die *Dallas Belle/Amy Bodman* irgendwo anders auf der Welt war. Ein letzter Versuch. Vorausgesetzt, daß derjenige, der dem Engländer gestern nacht den Tip gegeben hatte, ihm nicht an der Stelle, wo er den Kohlensampan bestieg, eine Falle gestellt hatte.

Er war einigermaßen überrascht, den Sampan aus der Dunkelheit herantuckern zu sehen, und erleichtert, als die Söhne des Kapitäns auf den Bug des alten Schiffes sprangen und erwartungsvoll die Ufer absuchten. Er hatte eine Viertelstunde lang Ausschau gehalten, und es sah so aus, als ob keine Gefahr bestünde. Mit einem Prickeln im Nacken hastete er durch die immer dichter werdende Menge und dann die Stufen hinunter.

Der ältere Sohn begrüßte ihn mit einem Grinsen und war Stone behilflich, an Bord zu steigen. Der Jüngere half ihm, in den Rumpf des Schiffes hinunterzuklettern. Im Ruderhaus wartete ihre Schwester schüchtern mit einer Tasse Tee, die mit einem Deckel verschlossen war; ihre Mutter schob den Vorhang auseinander und lächelte zahnlos. Selbst der Kapitän nickte freundlich, als er dann den Sampan rückwärts in den Fluß bugsierte. Stone deutete flußabwärts, und das Jammern des Dieselmotors wurde schriller. Mr. Wang beobachtete das alles aus dem Schatten heraus. In seinem schwarzen Anzug und der Chauffeursmütze wirkte er reserviert wie eine Krähe. William Sit hingegen begrüßte Stone überschwenglich. »Hier haben wir gutes Wetter für die Suche nach einem Yachthafen.« Wie üblich brannte er darauf, sein Englisch an den Mann bringen zu dürfen. »Sind Sie mit diesem Wetter zufrieden, Sir?«

Das Wetter hatte ihm endlich eine Chance gegeben. Gestern und vorgestern war der ganze Hafen bis zehn Uhr von dichtem Nebel verhängt gewesen. Diesen Morgen hatte der Wind sich nach Nordosten zurückgezogen. Die Sicht war klarer, als Stone das bisher je in der Stadt erlebt hatte, und er verspürte in sich neue Hoffnung, die die Verzweiflung der schrecklichen Nacht verdrängte.

Mr. Wang studierte ihn nachdenklich. Als er den Blick des Fahrers erwiderte, wandte Wang sich ab.

Sie passierten die Piers unterhalb der Passagierterminals, das Trockendock der Shanghaiwerft – in dem das Containerschiff lag, das er für den LNG-Frachter gehalten hatte – und überquerten den Fluß zur Werft Shanghai Ost.

»Bitten Sie den Kapitän, er soll auf vier Knoten abbremsen.«

Die Chinesen wechselten fragende Blicke: Der Amerikaner hatte doch sicherlich begriffen, daß es in einem so gut ausgelasteten Werftgelände kein Land gab, das an Yachtbesitzer verpachtet werden konnte, es sei denn natürlich, seine Freunde hatten wirklich erstklassige Beziehungen.

Es gab Schiffe auf Stapelblöcken, Schiffe, die an den Piers

längsseits lagen, und Schiffe auf Hellings, die ins Flußufer gegraben waren. Er musterte jedes einzelne durch sein Glas, ganz gleich welche Farbe es hatte. Mittlerweile würden sie Zeit gehabt haben, den sandfarbenen Rumpf mit einer schwarzen Farbschicht zu tarnen. Aber keines der Schiffe war die *Dallas Belle*.

Die chemische Fabrik stromabwärts, in der eine größere Anzahl von Tankern vor Anker lag, wurde ebenso sorgfältig überprüft. Als der Sampan die Fabrikanlage passiert hatte, war Stone überzeugt, daß es sich bei keinem dieser Tanker um den Gasfrachter handelte. Er suchte die umliegenden Fabriken ab, obwohl an den meisten Piers dort nur Frachter und Containerschiffe und keine Tanker vertäut lagen.

Die Raffinerie lag stromabwärts von den Fabriken – ein weites Netz von Pipelines, Dämpfe ausstoßenden Krackanlagen und Lagertanks. Jedes längsseits liegende Schiff war ein Petroleumschiff – Rohölfrachter, die mit Rohmaterial eintrafen, und verschiedene spezialisierte Tanker, die mit dem Endprodukt beladen wurden. Die Raffinerie bot reichlich Platz und natürliche Tarnung, um dort einen Gasfrachter zu verstecken. Aber er hatte sie bereits zweimal gründlich durchsucht.

Und doch zog sie ihn erneut an, weil sie einfach ein logischer Standort war. Das Kraftwerk an der Hang-Chou Bay hatte die gleiche Anziehung auf ihn ausgeübt, und er war im Taxi des äußerst widerstrebenden Mr. Wang dorthin zurückgekehrt – aber ohne Erfolg.

Er studierte jedes einzelne Schiff mit seinem Glas. Da der Huangpu seicht war, kamen die Rohölfrachter nur teilweise beladen herein, standen hoch im Wasser, so daß man die Mennigfarbe an ihrem Rumpf sehen konnte, und peitschten den Fluß mit Schraubenblättern, die teilweise aus dem Wasser ragten.

Die kleineren Benzin-, Diesel- und Kerosinschiffe, die das Produkt der Raffinerie wegbrachten, fuhren am Yangtze flußaufwärts, erklärte der Kapitän des Sampans; ihre Aufgabe war es, das Hinterland zu versorgen. Stone betrachtete jedes scharf, weil er seinem Gefühl für Maßstab nicht mehr vertraute. Von einem Pazifikatoll aus betrachtet, das so flach war, daß es beinahe unter Wasser stand, hatte die *Dallas Belle* mächtig aufgeragt. Aber in Shanghai, so erinnerte er sich immer wieder aufs neue, würde es sich nur wenig von tausend anderen düsteren Stahlkolossen im Hafen unterscheiden.

Sie hatten jetzt ein sumpfiges Stück Ufer erreicht, und er befahl, auf die andere Seite zu fahren. Der Gesichtsausdruck des Kapitäns schien förmlich zu schreien: Jeder Narr – selbst ein schwerfälliger Landbewohner wie dieser Dolmetscher – konnte erkennen, daß dieses seichte, nicht benutzte Stück Uferland ein idealer Standort für Barbarenyachtleute sein konnte; selbst der Gangstertaxifahrer mit der komischen Mütze konnte sehen, daß hier vertäute Yachten glücklich sein würden – nahe an der Flußmündung und deshalb weniger gefährdet, mit Kohlensampans zusammenzustoßen, deren Familien Mühe genug hatten, sich ihren Lebensunterhalt zu verdienen.

Stone wollte sich den Schuppen des großen Verschrotters noch einmal ansehen. Aber auf halbem Wege quer über den Fluß knurrte der Kapitän eine kehlige Version des *»aiyyeee«* seiner Frau und wechselte den Kurs. Stone dachte, daß er vielleicht vor der Hinrichtungsstätte Angst hatte, die irgendwo versteckt hinter den Bahngeleisen lag.

»William, sagen Sie ihm, er soll mich näher heranbringen.«

Aber der Kapitän zeigte nach vorn, und jetzt sah auch Stone, was ihm entgangen war, während er die Werft mit dem Fernglas studiert hatte. Da waren Patrouillenboote, die den Zugang zu der Werft versperrten. Sie fuhren langsam auf entgegengesetztem Kurs auf und ab, hielten sich parallel zu dem Schiffsschuppen, machten kehrt und passierten einander erneut, hielten also ganz offenkundig Wache.

»Sagen Sie ihm, er soll in der Mitte bleiben.« Er hob sein starkes Glas und studierte das Ufer. Das Kreuzfahrtschiff hatte Gesellschaft bekommen, in der Helling daneben lag jetzt ein Schiff. Selbst der neue Anwärter auf die Schneidbrenner der Verschrotter war bereits teilweise von einem Bambusgerüst verdeckt. Er konnte nur das Heck und die Hinterpartie des Deckshauses sehen. Seltsamerweise hatte er den Eindruck, als würden die Männer auf dem Gerüst den Rumpf schwarz streichen.

Stones Hand krampfte sich um das Glas.

»Yacht!« sagte der Sampankapitän.

»Der Kapitän sagt, er sieht eine Yacht«, sagte William Sit.

Die *Veronica* lag im Schatten zwischen der Mole und dem Schiff, das gestrichen wurde. Er versuchte, das Glas schärfer zu stellen, und merkte erst jetzt allmählich, daß er vorher die Feuchtigkeit aus seinen Augen wischen mußte.

Die Segel der *Veronica* waren zusammengerollt, und sie war fachmännisch mit Springs und Bug- und Heckleinen gegen die Flut gesichert. Als er das Boot nach Spuren von Sarah und Ronnie absuchte, sah er, daß die Springs losgebunden waren. Und das bedeutete, falls seine Augen ihm nichts vormachten, daß das Boot bewußt von jemandem so vertäut worden war, daß es sofort ablegen konnte. Sarah. Das mußte Sarah gewesen sein.

Plötzlich von hektischer Unruhe erfaßt, suchte er zuerst die dunkle Mole nach ihr und Ronnie ab und dann das Schiff – das sandfarbene Schiff, das sie jetzt gerade schwarz strichen. Er konnte das Hauptdeck hinter dem Schanzkleid nicht erkennen, wohl aber Brückenflügel und eine Art Balkon, ein Deck unter der Brücke am hinteren Teil des Deckshauses.

»Sagen Sie dem Kapitän, er soll hierbleiben und nicht weiterfahren.«

Der Mann erwiderte über William, daß er die Patrouillenboote auf sich aufmerksam machte, indem er in der Fahrrinne blieb.

»Erinnern Sie ihn daran, daß ich Papiere habe«, sagte Stone, der jetzt anfing, das Deckshaus des Gasfrachters Bullauge für Bullauge zu mustern.

»Der Kapitän sagt ›Nicht für diese Boote‹. Ich glaube, Sie sollten dem Kapitän glauben, Sir. Und Mr. Wang sagt, daß er das auch glaubt. Mit allem Respekt, Sir, wir sind beide der Meinung, der Kapitän sollte weiterfahren.«

»Langsam«, herrschte Stone ihn an, der immer noch durch sein Glas spähte. Das Schiff war weniger als eine Viertelmeile entfernt. Er könnte es schwimmend erreichen.

Der Kapitän schob den Fahrthebel nach vorn, und der Kohlensampan tuckerte schneller werdend stromabwärts. Stone starrte nach achtern. So nahe. Sekunden später hatte die Wand des Schuppens ihm den Blick auf die *Dallas Belle* versperrt. Ein paar Augenblicke später wurde der Schuppen selbst klein und verschmolz mit dem Flußufer, bis er nicht mehr von der Fährenstation und dem düsteren Himmel zu unterscheiden war.

»Wir kommen in einer Stunde zurück«, übersetzte William Sit.

Der Kapitän fing Stones Blick auf und nickte beruhigend. Offensichtlich würde es auf der Werft des Verschrotters keinen Yachthafen geben, aber ebenso offensichtlich gab es dort etwas, was den Amerikaner in hohem Maße interessierte.

Stone faltete die Karte auseinander und studierte die Gegend erneut. Die Abwrackwerft und landeinwärts daran angrenzend die Bahngeleise. Noch ein Stück weiter landeinwärts die Hinrichtungsstätte, die natürlich auf der Karte nicht gezeigt war. Er fragte Wang, ob es eine Straße durch die Schlammlandschaft und das Sumpfgebiet dahinter gab. Der Taxifahrer bejahte das. »Aber die Durchfahrt ist nicht erlaubt«, sagte William Sit.

Der Sampan setzte seine Fahrt einige Meilen flußabwärts fort. Stone kam jede einzelne Meile wie tausend vor. Die Frau des Kapitäns reichte Tee herum. Stone merkte nicht, wie der seine in seiner Hand kalt wurde. Schließlich erklärte der Kapitän sich einverstanden, wieder flußaufwärts zu fahren. Aber jetzt mußte er gegen die Flut ankämpfen. Eine starke Strömung hielt den Sampan auf, und sie kamen so langsam vorwärts, daß Stone schließlich dachte, das Warten würde ihn wahnsinnig machen.

Der Kapitän zwängte seinen Sampan unter das Heck eines rostigen Frachters aus Hanoi und unmittelbar vor ein Huangpufluß-Ausflugsboot mit einem Reiseführer, dessen Stimme von einem Lautsprecher verstärkt wurde. Schließlich tauchte der Schuppen des Verschrotters wieder auf. Der schrille Kommentar des Reiseführers verstummte, als sie sich der Hinrichtungsstätte näherten. Die beiden Patrouillenboote fuhren immer noch auf und ab.

Stone hob sein Glas, und seine Hände zitterten erwartungsvoll, als sein Blick über die Schuppenwand wanderte. Jetzt erschienen die Aufbauten der *Dallas Belle* in seinem Gesichtsfeld und wurden langsam breiter, bis er die ganze Breite des Deckshauses sehen konnte. Er stellte auf die oberen Decks scharf. Die Brückenflügel waren immer noch leer. Ebenso auch der Balkon unter der Brücke.

Er warf schnell einen Blick auf die Swan – verloren im Schatten, eindeutig nicht besetzt – und setzte dann seine Inspektion des Deckshauses fort, suchte die runden Bullaugen und die paar großen Fenster im obersten Deck ab. In einigen Kabinen brannte Licht. Keine Spur von ihr zu sehen.

Er warf dem Kapitän einen flehenden Blick zu. Würde er anhalten? Der Chinese sah zu den Patrouillenbooten hinüber und schüttelte den Kopf. Dann versperrte ihm das Kreuzfahrtschiff den Blick auf den Gastransporter. Es wimmelte förmlich von Arbeitern in Schutzhelmen, aber die Funkenkaskaden und das grelle blauweiße Leuchten der Schweißbrenner, die Stone am Anfang der Woche gesehen hatte, war verschwunden – äußerst vernünftig in Anbetracht der hochbrennbaren Ladung des Neuankömmlings –, und die Werftarbeiter waren damit beschäftigt, Kabel zu ziehen und Kräne hin und her zu bewegen, die auf Schienen am Pier entlangrollten.

Er stellte fest, daß der Kreuzfahrer hoch im Wasser lag – man konnte fast einen Meter unter die Wasserlinie sehen –, weil man den Treibstoff ausgeleert hatte und auch Wasservorräte und Mobiliar entfernt hatte, ehe die letzte Reise ins Vergessen begann. Die *Dallas Belle*, das wurde ihm, kurz nachdem er sie aus den Augen verloren hatte, bewußt, hatte ebenfalls ein wenig leicht ausgesehen, so als hätten sie einen Teil des verflüssigten Erdgases ausgeladen, um über die Sandbank zu kommen.

»William? Fragen Sie den Kapitän, ob er weiß, warum das Gasschiff auf der Abwrackwerft liegt.«

Das Achselzucken des Kapitäns bedurfte keiner Übersetzung.

»Bitte fragen Sie ihn, ob er je zuvor in dieser Helling Gasfrachter gesehen hat.«

William übersetzte die Frage. Die Antwort war zugleich vieldeutig und schroff. »Der Kapitän sagt, daß er Familie hat und viele Münder, die er ernähren muß, und daß er Kohle transportiert und sich um seine eigenen Angelegenheiten kümmert.«

»Sagen Sie ihm, er soll mich am Ufer absetzen.«

»Hier?«

»Dort an der Fährenstation – nein, davor. Auf diesem alten Ponton.«

William gab den Wunsch weiter, und der Sampan drehte aus der Strömung heraus auf einen Ponton zu, den man offensichtlich aufgegeben hatte, als zweihundert Meter stromaufwärts eine neue Landestelle für den Fährverkehr gebaut worden war. Die Jungen rannten nach vorn, kletterten auf den Bug und spähten von dort gespannt in das trübe Wasser. Ein heftiges Armsignal veranlaßte den Kapitän, einem Hindernis auszuweichen. Er sagte etwas zu William Sit.

»Der Kapitän sagt, Sie sollen sich bereithalten, um zu springen. Und vorsichtig sein, weil der Ponton sehr alt und verrostet ist.«

»Sagen Sie ihm, er soll mich in einer Stunde abholen. Und wenn ich dann nicht hier bin, dann kommen Sie jede Stunde wieder, bis ich da bin.«

»Soll ich Ihnen Gesellschaft leisten, Sir?«

Stone zögerte. Flußabwärts begegneten sich die Patrouillen vor der Abwrackwerft gerade wieder. Aber diesmal änderten sie ihren Kurs, fuhren in den Strom hinaus und dann gemeinsam stromaufwärts. Er und der Kapitän beobachteten sie aufmerksam, aber sie zeigten kein Interesse an dem Sampan und fuhren an ihnen vorbei, vorbei an der Fähre und weiter dem Stadtzentrum zu.

»Ja. Und sagen Sie Mr. Wang, daß wir ihn auch brauchen.«

»Darf ich fragen, ob Sie der Meinung sind, einen wichtigen Standort für einen Yachthafen entdeckt zu haben?«

Stone hatte das Steuerhäuschen bereits verlassen und war dabei, die Arme in die Schlaufen seines Rucksacks zu schieben. Er ignorierte die Frage und sagte: »Schnappen Sie sich Wang. Gehen wir!«

Als alle drei am Bug kauerten, drängten die Söhne des Kapitäns den Sampan an den Ponton heran. Der Bug berührte den rostigen Stahl, und als dieser zu Stones Erleichterung nicht in sich zusammenbrach, trat er darauf und streckte die Hand aus, um William behilflich zu sein. Mr. Wang kletterte aus eigener Kraft hinüber. Dann balancierten sie nacheinander über die wackelige Brücke, die den Schwimmkörper mit dem Flußufer verband, wo ein Fußweg durch ein Feld mit entblätterten Büschen zu der Abwrackwerft führte.

Die Mittagsstunde näherte sich, und die Wintersonne hatte wohl ihren höchsten Punkt erreicht. Ein beharrlicher Wind wehte kalt. Weit vor ihnen türmte sich der gigantische Schiffsschuppen auf. Landeinwärts, ein gutes Stück hinter dem flachen Land, schoben die Rangierlokomotiven polternd die Güterwaggons hin und her.

William Sit warf einen besorgten Blick auf die düstere Umgebung und meinte dann: »Es ist nicht unbedingt wahrscheinlich, daß die Behörden diesen Ort für einen Yachthafen begrüßen würden, weil er vielleicht zu nahe bei dem Obersten Volksgerichtsprojekt von Shanghai liegt.«

»Das muß ich den zuständigen Stellen überlassen«, erwiderte Stone abwesend, während er den Weg musterte. Auch Wang schien von ihrem augenblicklichen Standort nicht sehr begeistert und sogar noch weniger geneigt, ihm zu folgen. »Okay, Gentlemen, sehen wir uns das Gelände zwischen hier und der Werft an … William, bitte sagen Sie Mr. Wang, daß wir uns ein wenig umsehen wollen.« Er ging durch das Buschwerk voraus, ohne sich umzusehen, und stellte einen Augenblick später erleichtert fest, daß ihre Schritte hinter ihm auf den zerbrochenen Zweigen und dem toten Laub knirschten.

Er ging einen knappen Kilometer weit. Der Weg verlief auf der Uferkrone, die höher lag als das Feld, was darauf zurückzuführen war, daß man den Fluß einige Male ausgebaggert hatte. Vereinzelte höhere Buckel erlaubten den

Blick auf die Geleise. Von einer dieser höheren Stellen aus sah er mit seinem Glas eine Mauer aus schlammfarbenen Ziegelsteinen, die, wie es aussah, oben mit Stacheldraht versehen war. Die Mauer lag eine reichliche Meile landeinwärts, und das war eine halbe Meile hinter den Geleisen.

Ein Schienenpaar führte in einem sanften Bogen in den Abwrackschuppen. Ein Zug aus offenen Güterwagen stand auf einem Rangiergleis am Fuße eines riesigen Schrottberges. Ein Kran belud die offenen Güterwaggons und schwang immer wieder einen von Schrotteilen starrenden Hebemagneten.

Stone musterte die Geleise scharf. Wenn sie nicht auf der *Veronica* hier heraussegeln konnten, dann bot ihnen der Zug die Chance, nach Shanghai selbst zu fliehen. Die allerletzte Lösung, die er sich wünschte, aber besser als gar keine.

Der Wind trug das Scheppern und Dröhnen von schweren Maschinen und Preßluftbohrern und das dumpfe Motorgeräusch der Kranmaschinen zu ihm herüber. Ein ständiger Strom von Schrott, der aus dem Schuppen kam, ließ den Berg immer höher wachsen.

»William, ich möchte mich in dem Schuppen umsehen. Mal sehen, wie die Nachbarn sind.«

»Nachbarn?«

»Wir sollten unsere Einführungsbriefe bereithalten.«

Mr. Wang sagte etwas, und William machte plötzlich einen verängstigten, ja geradezu einen entsetzten Eindruck.

»Mr. Wang erinnert mich daran, daß die Patrouillenboote vor dieser Werft … patrouilliert haben. Er fragt mit allem Respekt, ob es nicht klüger wäre, den Besuch nach einer angemessenen Einführung bei der Direktion der Werft durchzuführen.«

Stone erkannte, daß er so nicht weiterkommen würde. Weder William noch der Fahrer machten den Eindruck, als ob man sie dazu überreden, erpressen oder selbst mit vorgehaltener Waffe zwingen könnte, das Werftgelände zu betreten.

»Okay … William, ich möchte, daß Sie folgendes tun. Gehen Sie zurück zum Boot. Es ist jetzt gerade nach zwölf Uhr. Sagen Sie dem Kapitän, er soll jede volle Stunde zu dem Ponton zurückkehren, bis Sie mich sehen. Hören Sie damit nicht auf, bis Sie mich sehen. Okay?«

»Ich mache mir Sorgen um Sie, Sir.«

»Mir fehlt nichts. Wir sehen uns in einer Stunde. Oder in zwei Stunden. Oder in drei. Jede volle Stunde, ist das klar?«

»Ja, das ist klar.«

»Sagen Sie es Mr. Wang.«

Stone wandte sich ab, ohne Wangs Protest zur Kenntnis zu nehmen, und eilte zu dem Schuppen, der wie ein überdimensionierter Hangar eines Jumbo-Jets in den grauen Himmel ragte. Die Seitenwand aus Wellblech hatte zahlreiche Türen.

Plötzlich kamen ihm all die Jahre in den Sinn, die verstrichen waren, seit seine erste Frau ermordet worden war. Wenn er sich überhaupt an eine Eigenschaft des Mannes erinnern konnte, der er damals gewesen war, dann an diesen zwanghaften Drang zu handeln – wenig überlegt, immer in Bewegung sein. Er wählte willkürlich eine Tür aus. Es war Mittag – sie war nicht abgesperrt.

Er knöpfte die obersten Knöpfe seines Regenmantels auf, damit man sein weißes Hemd und seine Krawatte sehen konnte, trug den Rucksack am Handgriff und sah sich nach einem Schutzhelm um. In der Hinsicht hatte er seine Tür glücklich gewählt, denn er sah sich gleich darauf vor einer Wand, an der Schutzhelme und Feuerlöscher hingen. Er schnappte sich den saubersten roten Helm, den er finden konnte, polierte ihn mit dem Ärmel und zog sich das Band so zurecht, daß der Helm paßte. Dann betrat er den Pier, der das Schiff umgab, und sagte sich, daß ein bärtiger Amerikaner in einem Schutzhelm unter den vielen westlichen Ingenieuren, die alle nach Shanghai drängten, um sich an Gemeinschaftsprojekten zu beteiligen und Flugzeuge, Telefonanlagen und Traktoren zu bauen, keinen völlig ungewöhnlichen Anblick abgeben würde.

Er war etwa in der Mitte in das Gebäude eingetreten und stand jetzt mittschiffs vor dem mit Roststreifen überzogenen Rumpf des Kreuzfahrtschiffes. In Abständen von dreißig Metern stiegen freistehende Bauaufzüge in Bambusschächten zum Hauptdeck. Er ging landeinwärts auf den Bug zu und hatte vor, um den Bug herum zu dem Gasfrachter zu gehen. Die wenigen Leute, denen er auf dem Pier begegnete, waren Arbeiter, die keine Notiz von ihm nahmen. Nach dem Lärm zu urteilen, der von oben zu ihm herunterdrang, war der größte Teil der Arbeiter an den Deckaufbauten beschäftigt. Er ging zügig – ein Vorgesetzter mit einem festen Ziel.

Alles, was zwischen ihm und Sarah und Ronnie stand, war das Kreuzfahrtschiff. Er sah keine weiteren Hindernisse, nur die Gelegenheit. Er würde um den Bug herumgehen, dann weiter am Bug des Gasfrachters vorbei und irgendwo eine Gangway finden, über die er an Bord gehen konnte. Einen freudigen Augenblick lang erschien es ihm so einfach. Aber als er sich dann dem Bug näherte, sah er dort eine große Zahl von Arbeitern, die sich alle um einen der Kräne drängten. Der Vorarbeiter bemerkte ihn, rief etwas in sein Walkie-Talkie und ging dann auf ihn zu, um ihn zu begrüßen.

Stone wandte sich abrupt ab, um den nächsten Bauaufzug zu besteigen. Er deutete mit dem Daumen nach oben. Der Aufzugfahrer drückte einen Knopf, und die Plattform hob sich klappernd zum Hauptdeck, das man bis auf die nackten Stahlplatten abgeräumt hatte, und auf dem es von Arbeitern wimmelte, die alle mit Kabeln beschäftigt waren.

Er stieg aus dem Aufzug, und sein Blick wanderte zu einer Treppe, die an der Seite an den Aufbauten entlang nach oben führte. Auf diese Treppe strebte er jetzt mit schnellen Schritten zu, schob sich an den Arbeitern vorbei. Er eilte hinauf, nahm mit jedem Schritt zwei Stufen, entdeckte eine Tür, sah sich kurz um, ob niemand ihm folgte, und trat ein. Sein Blick erfaßte einen riesigen, schwach beleuchteten Raum. Dann taumelte er nach vorn, fiel kopfüber in die Dunkelheit.

24

Ein Schrei hallte hohl in seinem Bewußtsein, erstickt von dem Rumpeln, Klappern und Lärmen der Männer und der Maschinen, die das Schiff in Stücke rissen. Unter ihm war Schwärze. Und oben eine Konstellation von Arbeitslampen, schwach und undeutlich wie Sterne an einem wolkenverhangenen Himmel, die majestätisch wie in Zeitlupe um ihn kreisten. Er schien alle Zeit der Welt für die Erkenntnis zu haben, daß er fiel. Aber dann endete der einzige Gedanke *Dem Himmel sei Dank für den Schutzhelm* abrupt mit einem stechenden Schmerz an seiner Seite und noch einem an der Achsel. Der Arm fühlte sich an, als ob man ihn aus seinem Rumpf gerissen hätte.

Dann stürzte er weiter, glitt von einem Kabel, das waagerecht zwischen den unsichtbaren Wänden gespannt war. Stone packte es mit der anderen Hand, riß sich die Handfläche an den rauhen Fasern auf und versuchte, sich zu orientieren. Die Lichter hingen zwölf oder fünfzehn Meter über ihm. Der Raum dehnte sich in endloser Dunkelheit. Er hatte verdammtes Glück gehabt. Unten lag sein Rucksack auf einem Deck. Er erinnerte sich nicht daran, ihn losgelassen zu haben.

Er fuhr mit dem schmerzenden Arm über das Kabel, packte den Draht mit beiden Händen und ließ sich aufs Deck fallen, wo er einen Augenblick lang sitzen blieb und sich umsah, während sein Herz allmählich wieder langsamer schlug und sein Hirn zu kreisen aufhörte.

Die hatten die Aufbauten des Schiffes völlig ausgeweidet! Er konnte beinahe hundert Meter weit nach achtern sehen und zehn oder fünfzehn Meter bis zur Decke, die von dem obersten Deck gebildet wurde. Die Hülle – alles, was von Kabinen, Decks und öffentlichen Räumen übriggeblieben war – war von langen Reihen von Bullaugen und Fenstern durchlöchert. Das Ganze sah aus wie eine Planetariumsprojektion eines unnatürlich geordneten Himmels.

Er ging zur Wand und blickte durch ein glasloses Bullauge auf die *Dallas Belle* hinaus. Ihr Hauptdeck war höher als das des Kreuzfahrers. Er kletterte eine Leiter hinauf, bis er schließlich auf eine Landschaft von Rohren, Verteilern und Feuerstationen blickte. Achtern ragte das Deckshaus auf, und ihm war, als könne er von dort die Ausstrahlung Sarahs spüren.

Die Werftarbeiter hatten Laufgänge zwischen den Schiffen aufgebaut, vorn, mittschiffs und achtern, und zogen mit Werkzeug und Material ständig hin und her. Vorn waren sie dabei, Planen auszurollen und die Rohre damit abzudecken, eine Art Zelt über dem Deck zu errichten. Dann sah er, daß die Feuerstationen des Gasfrachters voll besetzt waren. Männer in Mänteln mit Kapuzen standen an den höher angeordneten Hochdruckwasserkanonen und Schaumventilen. Er folgerte daraus, daß es sich bei den Planen um feuerhemmendes Material gegen den Funkenflug von den Schneidbrennern handelte, die jetzt auf dem Wrack des Kreuzfahrers wieder in Aktion getreten waren.

Wahnsinnige. Sie spielten buchstäblich mit dem Feuer. Obwohl die unter Druck stehende Ladung in ihren massiven Tanks ja eigentlich weniger durch zufällige Explosionen gefährdet war als das Öl in einem gewöhnlichen Tanker. Theoretisch konnte man auf dem Hauptdeck Marshmallows rösten. Theoretisch. Je früher er seine Familie von dieser schwimmenden Bombe herunterholte, um so besser.

Achtern versammelten sich jetzt Arbeiter auf dem Deck hinter dem Deckshaus des Gasfrachters. Am wenigsten Betrieb schien auf dem Laufgang mittschiffs zu herrschen, und deshalb wählte Stone sich diesen Gang aus, um zum anderen Schiff hinüberzugehen, bis er dann überlegte, daß er auf die Weise beinahe hundert Meter nach hinten würde gehen müssen, und die ganze Strecke in voller Sicht der Brücke und der großen Fenster auf dem Deck darunter.

Da war es besser, die Strecke im Inneren des Kreuzfahrers zurückzulegen. Er arbeitete sich nach hinten, wich dabei immer wieder aufgestapelten Schrotteilen und den Stummeln abgeschnittener Träger aus und spürte unter seinen Füßen das Knirschen von Schlacke, mußte sich immer wieder unter niedrighängenden Trägern wegducken und über die straffen Kabel steigen, die den Raum wie ein Spinnennetz duchzogen. Immer wenn er etwa zwanzig Meter zurückgelegt hatte, blieb er an einem Fenster oder einem Bullauge stehen, um sich zu orientieren und wieder zum Deckshaus der *Dallas Belle* hinüberzusehen. Die Bullaugen dort blickten finster zurück wie Augen, so gleichgültig und gefühllos wie die von Ronalds Mr. Yu.

Die Decke wurde jetzt niedriger, als die Decks des hochzeitstortenähnlichen Aufbaus flacher wurden. Stone hatte das Ende erreicht und sah sich um. Ein erstaunlicher Anblick – er konnte beinahe hundertzwanzig Meter weit nach vorn und durch die hintereinander angeordneten Fenster in der Vorderseite des Schiffes nach draußen sehen, vom Hauptdeck bis ganz oben, bis hinauf zu der Windschutzscheibe, wo einmal die Brücke gewesen war.

Gegenüber dem Deckshaus der *Dallas Belle,* keine dreißig Meter von dem Laufgang zu ihrem Achterdeck entfernt, trat er in eine offene Tür. Er stellte fest, daß die Vorarbeiter dieselben Steppjacken wie die Arbeiter trugen; Vorgesetzte trugen Mäntel so wie er. Alle waren mit Walkie-Talkies ausgestattet.

Stone zog sein VHF-Funkgerät aus seinem Rucksack. Er redete sich ein, daß ein bärtiger Westler in einem roten Schutzhelm so lange auf eine Abwrackwerft in Shanghai gehörte, wie er das selbst glaubte, und trat mit dem Funkgerät in der Hand aufs Deck hinaus.

Er hastete durch einen wirren Haufen schreiender Arbeiter und dröhnender Maschinen zu dem Gang, wo sie gerade dabei waren, orangefarbene Druckluftschläuche zur *Dallas Belle* hinüberzuführen. Plötzlich drehte er sich um. Die Chinesen würde er vielleicht täuschen, aber nicht den muskelbepackten Amerikaner, der auf der anderen Seite des Ganges einen Trupp von Arbeitern dirigierte.

»Du, du und du«, sagte Stone und gestikulierte in Richtung auf drei Shanghainesen. Sie blickten mit dem universellen Wer-ich?-Ich-habe-doch-nichts-getan-Ausdruck auf, der über alle Sprachen hinausging. Stone antwortete darauf mit einem finsteren Ja-du-Blick und bellte: »Hier lang!«

Er trieb sie gestikulierend und mit einem Strom sinnloser Anweisungen, die er mit aller Autorität brüllte, nach achtern. »Da, nimm das!« Er deutete mit dem Funkgerät, und zwei Chinesen packten ein Faß mit Schrauben. »Und das da!« Der dritte stemmte sich einen Preßluftbohrer auf die Schulter. »Gangway!«

Er scheuchte einen Trupp Untätiger auseinander, die auf dem Deck hockten, und führte seine Männer ans Heck des Kreuzfahrerwracks.

»Jetzt bleibt hier!«

»Seine« Chinesen kauerten sich nieder.

Stone führte zur Tarnung sein Funkgerät an die Lippen und blickte zum Deckshaus der *Dallas Belle* hinauf, das fast so hoch wie die Aufbauten des Kreuzfahrers war. Fenster um Fenster, Bullauge um Bullauge musterte er das Deckshaus, betete darum, daß er Glück haben würde, und achtete besonders auf die oberen Etagen – Offiziersland –, wo sich höchstwahrscheinlich Sarahs Patient, der verletzte »alte Mann«, befinden würde.

Plötzlich sah er sie.

Sie ging an einem großen Fenster vorbei, fünfzehn Meter über dem Hauptdeck. Stone riß die Augen weit auf und fragte sich, ob er sich das vielleicht eingebildet hatte. Das Fenster befand sich an der Steuerbordseite hinten am Deckshaus, eine Etage unter dem Brückendeck. Er sah hinüber und wartete.

Dann sah er sie wieder. Sie blickte vom nächsten Fenster hinunter. Zuerst sah er sie in der Silhouette, ihr starkes, schönes Profil. Als sie sich zu ihm drehte, ihm das Gesicht zuwandte, spürte er, wie seine Seele auf sie zuflog und wie eine Motte über das Glas tanzte, das zwischen ihnen lag.

Sein Blick suchte die Decks mit ihrem hektischen Treiben ab. Ohne zu überlegen winkte Stone. Sie stand ans Glas gepreßt da, als sehnte sich jede Faser in ihrem Körper danach, frei zu sein. Ihre Augen wanderten hungrig, und jetzt sah er mit erschreckender Klarheit die Linien der Spannung, die sich um ihren Mund und in ihre Wangen eingegraben hatten. Ein künstliches Lächeln zupfte an ihren Lippen, und sie drehte sich um, als würde sie mit jemandem im Raum sprechen. Dann löste sie sich vom Fenster, entschwand seinen Blicken. Ein Stöhnen ging durch Stones Brust. Die Chinesen wechselten verblüffte Blicke.

Erst jetzt wurde Stone bewußt, daß er nicht allein war, und er drehte sich um, um zu sehen, ob er mit seinem Winken auf sich aufmerksam gemacht hatte. Aber auf den Achterdecks der beiden Schiffe arbeiteten hundert Männer, und keiner – auch nicht der Amerikaner, der an dem Laufgang Wache hielt – hatte etwas bemerkt.

Jetzt tauchte Sarah wieder auf. Ihr Lächeln war verschwunden, ihr Ausdruck hölzern geworden. Stone spürte neue Wut in sich aufsteigen: Er hatte sie noch nie so niedergeschlagen und hoffnungslos gesehen. Wenn er in diesem Augenblick über die Mittel dafür verfügt hätte, hätte er denjenigen umgebracht, der an diesem Zustand schuld war. Aber während er sie noch beobachtete und darum betete, daß sie ihn sehen möge, sah er, wie sie sich zu erholen begann. Ihr Blick wirkte plötzlich wieder zielbewußt, und man konnte sehen, wie ihre Augen Einzelheiten förmlich in sich hineinsogen, nach Vorteilen suchten. Und dann, ganz plötzlich und ohne jede Warnung, begegneten sich ihre Blicke.

Wenn er bei ihrem ersten Anblick einfach nur Freude empfunden hatte, dann kam zu dieser Freude jetzt noch Liebe. All die Jahre, all die Tage und all die Nächte, die sie miteinander verbracht hatten, all die Ozeane, über die sie miteinander gesegelt waren, sie alle konzentrierten sich auf diesen einen wunderbaren Augenblick der Unendlichkeit.

Sarahs Augen weiteten sich, und ihre Zähne glänzten in einem erstaunten Lächeln, das sie gleich darauf mit einem warnenden Finger an den Lippen verbarg. Stone hob mit der rechten Hand sein Funkgerät und zeigte die fünf Finger seiner Linken. Kanal fünf. Sie nickte, den Finger immer noch an den Lippen, und war dann plötzlich vom Fenster verschwunden.

Stone kauerte sich neben seinen verblüfft wirkenden Arbeitern nieder. »Gentlemen, ich verschwinde jetzt hier. Ich würde empfehlen, ihr sucht euch euren normalen Vorarbeiter, ehe der anfängt, nach euch zu suchen.« Er blickte unter dem Schild seines Schutzhelms hervor. Ein breitschultriger Schwarzer starrte aus Sarahs Fenster herunter. Stone zog den Kopf wieder ein und fuhr fort, den Chinesen irgendwelchen Unsinn zu erzählen. Dann, als der breitschultrige Schwarze schließlich das Fenster verlassen hatte, bedeutete er ihnen aufzustehen und ihm zur nächsten Tür zu folgen, durch die er ins Innere der leeren Schiffshülle verschwand.

Er kam vorsichtig mittschiffs an der Backbordseite wieder heraus und fuhr mit einem Bauaufzug zum Pier hinunter. Er hörte, wie hinter ihm etwas gerufen wurde. Den Rucksack in der Hand, das Funkgerät ans Ohr gepreßt, überquerte er die Mole und verließ den Schuppen durch die erste Tür, die er fand. Draußen im Licht der schwachen Wintersonne angelangt, fing er zu rennen an.

Bis zu den entblätterten Büschen waren es zwanzig Meter. Er hörte einen zweiten Ruf und rannte weitere hundert Meter den Weg hinunter, ehe er sich umsah. Der Schuppen war jetzt zwischen den Ästen und Zweigen kaum mehr zu sehen. Er lauschte, hörte aber außer dem Klappern und Dröhnen im Inneren des Schiffsrumpfes nichts, drehte sich um und rannte weiter.

Er hastete über das Feld, bis er schließlich die Lichtung an dem verlassenen Fährenponton erreicht hatte. Dann sah er auf die Uhr – halb zwei –, zog sich ins Gebüsch zurück, schaltete sein Funkgerät auf Kanal fünf und klickte es dreimal hintereinander an und wieder aus. Keine Reaktion.

Um fünf vor zwei schlich er sich auf den Ponton hinaus und suchte den Fluß nach seinem Kohlensampan ab. Er sah um zwei auf die Uhr, um fünf Minuten nach zwei und dann noch einmal um zehn nach zwei. Um halb drei begann er sich damit abzufinden, daß sie nicht kommen würden, um ihn abzuholen. Um drei machte er sich schließlich zu der neuen Fährenstation auf den Weg, in der Hoffnung, dort einen Bus zum *Bund* zu finden.

Aber dann stellte er fest, daß er es einfach nicht fertigbrachte, die Gegend zu verlassen. Er zog sich wieder in die Büsche zurück und probierte es erneut mit seinem Funkgerät. Sie hatte genickt, als er ihr ein Zeichen gegeben hatte. Das bedeutete, daß sie es geschafft hatte, ihr Funkgerät zu behalten, so wie sie ja auch Ronnies GPS behalten hatte. Er versuchte es erneut, aber wieder keine Reaktion. Er würde warten. In weniger als zwei Stunden würde es dunkel werden. Er würde sich wieder in die Werft schleichen.

Von den vielen Pfeifen und Hupen, die auf dem Fluß ein ständiges Konzert machten, klang eine näher und eindringlicher. Er spähte zwischen den Büschen nach draußen. Der Kohlensampan war wieder da. Und die Söhne des Kapitäns hielten ihn an dem verlassenen Fährenponton fest, während William und die Tochter die Menschenmenge an der Fähre durchsuchten. Der Kapitän stand mit finsterer Miene in der Tür des Ruderhauses.

William sagte: »Es tut uns allen sehr leid, daß wir uns verspätet haben, Sir. Es hat große Schwierigkeiten gegeben.«

»Wo ist Wang?«

»Weg.«

»Was ist passiert?«

»Ihr Begleiter aus Hongkong ist von bewaffneter Volkspolizei verhaftet worden.«

»Ronald? Weshalb?«

»Handel mit Kulturgütern.«

»Schmuggel?«

»Das ist etwas, was sie als Kapitalverbrechen bezeichnen.«

Kein Ronald. Kein Wang. An wen sollte er sich jetzt wenden?

»Sind Sie auch verwickelt?«

»Ich weiß nicht«, sagte William und schüttelte gequält den Kopf.

»Fragen Sie den Kapitän, ob er es ist.«

William übersetzte die Antwort des Kapitäns. »Triaden reden nie.«

Der Sampan stank nach Angst. Der Kapitän *hoffte*, daß Triaden nie redeten.

»Können Sie Verbindung mit Ronalds Freunden herstellen?«

»Alle weg.«

Der rauchverhangene Winterhimmel hüllte den Fluß mit seinem Treiben, das weite, mit Buschwerk bedeckte Feld und den Werftschuppen dahinter in graugrünes Licht. Landeinwärts paffte eine mit Kohlen geheizte Dampflokomotive zusätzlichen Rauch in die Luft und holte sich einen Zug mit Güterwaggons zusammen, während zwei Diesellokomotiven einen bereits fertiggestellten Zug nach Shanghai schleppten.

Eine schnelle Bewegung flußaufwärts fiel ihm ins Auge. Er verschaffte sich mit seinem Feldstecher Gewißheit. »Marinepatrouille. Sagen Sie dem Kapitän, er soll hier verschwinden. Und Sie laufen zur Fähre.«

»Und was ist mit Ihnen, Sir?«

»Verschwinden Sie. Sehen Sie zu, daß Sie auf der Fähre untertauchen.« Der Kapitän setzte bereits in den Fluß zurück. Stone rannte über die wackelige Brücke, die den Ponton mit dem Flußufer verband, und dann weiter ins Gebüsch. Als er sich umsah, konnte er sehen, wie William Sit mit eingezogenem Kopf zum Fährensteg rannte, während der Sampan mit verlassenem Deck und verschlossenem Ruderhäuschen auf die Fahrrinne zutuckerte.

Er rannte zur ersten Bodenerhebung, die er sah, hob vorsichtig den Kopf und sah sich erneut um. Jetzt war von William in der Menge nichts mehr zu sehen. Das Patrouillenboot, ein alter, hölzerner Minensucher, näherte sich dem Sampan. Aber dann zog er daran vorbei, ließ den Sampan in seinem Kielwasser tanzen und strebte geradewegs auf den Ponton zu.

Er duckte sich und rannte weiter. Der Minensucher legte krachend an dem Ponton an. Ein Trupp Soldaten stürmte ans Ufer.

25

»Doc, Sie strahlen ja richtig. Wenn ich es nicht besser wüßte, würde ich sagen, Sie haben einen Kerl gefunden, während ich geschlafen habe.«

»Ich bin hier, um Sie und Moss in Ihren Fitneßraum zu bringen.«

»Ich habe noch scheußliche Schmerzen.«

»Ich möchte aber, daß Sie sich bewegen«, sagte sie mit fester Stimme und wartete dann mit vor der Brust verschränkten Armen, bis er Moss anrief.

»Darf ich mitkommen?« fragte Ronnie.

»Wenn Mr. Jack es erlaubt.«

»Komm mit, Kleines. Kannst ja zuschauen, wie der Alte einen Schlaganfall bekommt. Moss, Doc möchte, daß ich trainiere.« Der schwarze Amerikaner war lautlos in die Schlafkabine getreten. Muskelpakete wogten wie Schlangen unter seinem enganliegenden T-Shirt, als er die Arme verschränkte.

»Das ist zu früh, Mr. Jack. Viel zu früh.«

»Moss«, sagte Sarah, »wenn Sie glauben, daß Sie qualifiziert sind, Mr. Jack zu verarzten, können Sie mir ja ein Taxi rufen, damit ich und meine Tochter zum Flughafen fahren können.«

»Gehen wir, Moss. Irgend etwas hat sie heute auf Touren gebracht.« Der alte Mann ließ seine knochigen Füße vorsichtig auf das mit Teppich belegte Deck herunter, streckte Moss seinen unverletzten Arm hin und zog sich in die Höhe. Er stieg in seine Pantoffeln und zog sich seinen Morgenrock zurecht. »Kommen Sie mit, Doc?«

»Ich komme vorbei, sobald Moss Sie in Fahrt gebracht hat.«

Sie spürte, wie seine scharfen alten Augen sie musterten, nach einer Lüge suchten. »Moss«, sagte sie, »denken Sie daran, die Regel lautet: Wenn er es bewegen kann, dann soll er weitermachen. Ich möchte, daß Sie sich strecken, Mr. Jack, und gebrauchen Sie Ihre Lungen. Okay, gehen Sie jetzt. Halten Sie sich an Moss' Arm fest, Mr. Jack. Ronnie, mach die Tür auf.«

Ronnie, wie ein kleiner Bär in einen Wollpullover gehüllt, der ihr bis zu den Knien hing, stand stumm da, hielt die Tür und rannte dann voraus, um die nächste zu öffnen. Sarah lauschte auf das Schlurfen von Mr. Jacks Pantoffeln und Moss' aufmunternde Reden, bis sich dann die Lifttür geschlossen hatte und in der Kabine Stille eingezogen war. Eine Stille, in die wie aus weiter Ferne das Klappern der Maschinen draußen und das Brausen des Blutes in ihrem Kopf drang.

Sie trug Ronnies Snoopy-Rucksack ins Badezimmer, drehte beide Hähne der Dusche auf und sperrte die Tür ab. Als Pulo Helena hinter ihnen kleiner geworden und schließlich verschwunden war, hatte sie das VHF-Funkgerät in Ronnies Tasche versteckt, weil sie annahm, daß ihre Bewacher vielleicht die Habseligkeiten eines Kindes nicht durchsuchen würden. Tatsächlich hatte Moss, soweit ihr das bekannt war, auch ihre Tasche nicht durchsucht – das war vielleicht der Vorteil, wenn man den Eindruck einer hilflosen Mutter mit Kind vermittelte. Und eigentlich, dachte sie bedrückt, war das ja auch gar nicht so weit von der Wahrheit entfernt.

Sie drehte den Lautstärkeknopf herunter, ehe sie das Funkgerät einschaltete und auf Kanal Fünf abstimmte. Die Warndiode für den Batteriestand leuchtete rot. Nicht gerade überraschend, da sie das Funkgerät ja seit über einer Woche nicht mehr nachgeladen hatte. Sie drückte ein paarmal hintereinander den Sendeschalter und preßte sich das Funkgerät ans Ohr.

Keine Antwort.

Sie betätigte den Schalter erneut und lauschte wieder. Als sie nichts hörte, überprüfte sie die Batteriestärke, indem sie auf Empfangen schaltete und die anderen Kanäle absuchte. Sie konnte schwache Signale des chinesischen Funkverkehrs aufnehmen. Sie schaltete auf Kanal Fünf zurück.

»Doktor! Doktor!«

Sie zuckte zusammen. Die Tür bebte, als jemand dagegen hämmerte.

»Doktor!«

Sie drehte die Dusche ab. »Wer ist da?«

»Ah Lee, Doktor. Mr. Jack sagt, Tee.«

»Ich muß mich erst anziehen.« Sie spritzte sich Wasser ins Haar und öffnete die Tür, während sie sich noch abtrocknete. Der Steward wartete draußen mit dem Teetablett; Moss hatte ihn offenbar zu ihr geschickt, um auf sie aufzupassen, während er und Mr. Jack trainierten. Ah Lees Blutergüsse waren weitgehend verblaßt, und die Wunde an seiner Wange, die sie genäht hatte, fast geheilt. Ob seine Angst auch anfing, sich zu legen, fragte sie sich. Ob er ihnen helfen würde?

»Kannst du mich zu Mr. Jack bringen?«

Ah Lee erwiderte darauf mit Ronnies neuester Version einer bejahenden Antwort, die diese wiederum von dem Kapitän aufgeschnappt hatte. »Geht klar, Mum.«

Im Lift versuchte sie sich auszumalen, wo Michael in diesem Augenblick sein mochte. Die Vorstellung, daß er keine hundert Meter von ihr entfernt sein könnte, war absolut unwirklich, und sich das Risiko auszumalen, beängstigend. Er hatte keine Vorstellung von der Macht, die Mr. Jack in Shanghai ausübte.

Auf dem Brückendeck gab es VHF-Radios, deren Batterien ständig von Ladegeräten aufgeladen wurden. Sie warf Ah Lee, der seinerseits ausdruckslos zu Boden starrte, einen Blick zu. Wie tapfer konnte er nach den brutalen Prügeln sein, die er bekommen hatte? Und wie tapfer war sie nach den ihren?

Sie tippte Ah Lee leicht an der Schulter an. Er zuckte zusammen, als ob sie ihm einen Stich versetzt hätte. Seine Augen weiteten sich, als sie den Finger an die Lippen legte und nach oben in Richtung auf die Brücke deutete. Die Liftkabine hielt an, und die Tür öffnete sich. Sarah ließ die Hand sinken, lächelte ihn aber fragend an.

Ah Lee schüttelte den Kopf, schlüpfte hinaus, statt, wie er das sonst tat, ihr den Vortritt zu lassen, und rannte zur Tür des Fitneßraums.

Moss lag auf dem Rücken und stemmte mit den Beinen Gewichte, wobei ihm der Schweiß in Strömen über das Gesicht lief und er vor Anstrengung keuchte. Mr. Jack und Ronnie saßen über Coladosen gebeugt tief im Gespräch da, wie zwei Stammgäste an der Bar eines Yachtclubs. »Hey, Doc. Jetzt haben Sie mich erwischt.«

»Er hat gerade aufgehört, Mum. Er war wirklich gut. Du hättest ihn sehen sollen.«

Er hatte etwas Farbe bekommen. Sie griff nach seinem Handgelenk und fühlte seinen Puls. Kräftig und gleichmäßig. »Wissen Sie, Mr. Jack, Sie sind praktisch völlig wiederhergestellt.«

»Dann werden Sie jetzt wohl aufhören, mich mit Krankenhäusern zu nerven.«

»Es ist Zeit, uns gehen zu lassen.«

Moss hörte auf zu grunzen. Mr. Jack lächelte kühl.

»Weihnachten, Doc. Ich habe Ihnen für Weihnachten einen Knaller versprochen.«

Ronnie blickte zu Sarah auf und versuchte, ihre Reaktion einzuschätzen. »Mummy«, sagte sie leise, »Mr. Jack möchte mir von den Japsen erzählen –«

»Japaner!«

»Aber er hat gesagt, du mußt es erlauben.«

»Was meinen Sie damit?«

»Die Kleine will wissen, was mit meinen Händen passiert ist.«

»Nein. Tut mir leid, Mr. Jack. Aber das kommt nicht in Frage.«

»Mumm!«

»Dafür bist du zu jung, Ronnie.«

»Nein, bin ich nicht. Mr. Jack sagt, ich bin richtig erwachsen.«

»Vergiß es, Kleine. Mum hat sich entschieden – hey, jetzt laß nicht gleich den Kopf hängen. Du bist ja schlimmer als Moss, wenn der sauer ist. Ich will dir was sagen. Ich werde deiner Mum die Geschichte erzählen – geradeheraus. Und dann kann sie sie ja dir erzählen, wenn sie meint, daß du soweit bist. Wie wäre das?«

»Lausig.«

»Sag ja, Kleines. Einen besseren Deal kriegst du nicht – hey.« Seine Gesichtszüge verhärteten sich. »Verschwinde hier. Ich möchte mit deiner Mutter reden. Bring sie nach oben, Ah Lee. Gib ihr ein Eis. Geh schon. Schnell. Ihr alle. Du auch, Moss. *Raus.*«

Sein Gesicht hatte sich gerötet. Ah Lee floh mit Ronnie. Moss trottete mit ernster Miene hinterher. Der alte Mann schlurfte zu einem der Fitneßgeräte.

»Ich denke, Sie haben jetzt genug gehabt«, sagte Sarah, verblüfft von dem selbst für ihn ungewöhnlich abrupten Stimmungswandel.

»Mund halten, ›Mummy‹!« Er setzte sich auf das Gerät, packte die Handgriffe und zog ein paarmal daran. »Brauchen Sie eine Maniküre?«

»Wie bitte?«

»Sie haben schon gehört.«

»Aber ich verstehe nicht.«

»Irgendwas liegt in der Luft. Ich weiß nicht, was es ist. Aber ich will nicht, daß Sie irgendwelchen Unfug anstellen.«

»Gar nichts liegt ›in der Luft‹.«

»Ich kann das spüren. Und Ihr Gesicht verrät es mir.«

»Ich weiß nicht –«

Er fiel ihr ins Wort. »Doc, ich weiß nicht, ob Sie so *tough* sind oder ob Sie es mögen, wenn man Ihnen weh tut. Ich weiß nur, daß Sie keine Angst vor Moss haben. Ich überlege, ob ich ihm vielleicht sage, daß er Sie vergewaltigen soll.«

»Es ist nichts –«

»Aber ich glaube nicht, daß das etwas helfen würde. Wirklich *tough*. Zum Glück habe ich noch einen Trumpf im Ärmel stecken.«

»Was soll das heißen?«

»Wissen Sie, daß die Shanghainesen Geschäfte mit den Arabern machen? Ziemlich viel sogar?«

»Das wußte ich nicht«, antwortete sie langsam. Sie hätte einiges darum gegeben, wenn sie gewußt hätte, worauf das hinauslaufen sollte …

»Die haben damit angefangen, Rhinozeroshorn-Aphrodisiaka herauszuschmuggeln. Ein Riesenmarkt, bloß daß sie dann festgestellt haben, daß man mit Menschen viel mehr Kohle machen kann … Sehen Sie, die Chinesen haben doch dieses Gesetz von wegen nur ein Kind, und da verkaufen die chinesischen Bauern ihre Töchter und hoffen das nächste Mal auf einen Sohn. Alle tun sie das, sagen mir meine Freunde. Und deshalb ist natürlich der Markt für kleine Chinesenmädchen versaut. Aber ein kleines *schwarzes* Mädchen?«

»*Was?*« Sie spürte, wie ihr alles Blut aus dem Gesicht schoß.

»Ronnie würde einen verdammt guten Preis bringen.«

»Nein! Das kann nicht Ihr Ernst sein.«

»Ein exzellenter Stammbaum – mit einer solchen Mum – jung genug, daß man sie noch ausbilden kann ...«

»Bitte, Mr. Jack.«

»Irgendwelche Dummheiten, und ich verkaufe Ronnie an einen Sklavenhändler.«

Das Blut schoß ihr ins Gesicht zurück, und sie spürte die Hitze in sich aufsteigen. Ihre Hand griff, ohne daß sie darüber nachdachte, in die Tasche, um ihm die Spritze in den Muskel zu rammen. Sie konnte kaum die Stimme hören, die ihr sagte, daß es Wahnsinn wäre, jetzt zu fliehen, ehe sie Kontakt mit Michael hergestellt hatte.

Ihre Stimme zitterte. »Dann ist Ihre Freundschaft mit meinem Kind also bloß ein Schwindel?«

»Einen Schwindel würde ich das nicht nennen, Doc. Ich habe die Kleine gern, als ob sie mein eigenes Kind wäre. Aber ich habe meine Prioritäten. Keine Dummheiten.«

Stone schmierte sich Schlamm ins Gesicht und betete darum, daß es Nacht wurde. Landeinwärts konnte er die Züge hören, jetzt viel näher. In Richtung auf den Fluß war das Knacken von Zweigen und das Knirschen von totem Laub zu hören, als die Polizeipatrouille das Feld absuchte.

Seine einzige Tarnung war sein Mantel; er hatte fast die gleiche graubraune Farbe wie die Büsche auf dem Feld und der immer dunkler werdende und von Rauchschwaden bedeckte Himmel. Er hatte ihn bis oben zugeknöpft, und man hatte ihn nicht entdeckt, als er den Weg verlassen und sich in das dichte Buschwerk zurückgezogen hatte.

Sie näherten sich schneller als die Nacht. Den leuchtend orangefarbenen Rucksack mit seinem Körper abdeckend zog er sich weiter in das Feld zurück, geduckt und ohne großen Erfolg bemüht, möglichst leise zu sein. Die Dunkelheit schien aus dem Boden aufzusteigen, und so kam es, daß er zwar die Zweige in Augenhöhe und hie und da auch die Silhouetten der chinesischen Soldaten vor dem westlichen Himmel sehen konnte, während ihm seine eigenen Füße verborgen blieben. Er stolperte mehrfach über Wurzeln und tiefhängende Zweige und erzeugte kaum weniger Lärm als die Soldaten. Wenn sie jemals alle gleichzeitig stehenblieben, würden sie sich wie ein Rudel Wölfe auf ihn stürzen können.

Den Sonnenuntergang markierte eine Partie des Himmels, die nicht ganz so düster wie der Rest war und wo man noch die Seewolken sehen konnte, die von der Hang-Chou Bay aufstiegen. Ein Soldat hob vielleicht hundert Meter entfernt eine Waffe, und Stone sah die kurzläufige Automatikwaffe als deutliche Silhouette. Dann eine Schildmütze. Jetzt tasteten die Lichtkegel von Taschenlampen herum.

Er lauschte gebannt. Es klang so, als ob sie Verstärkung bekommen hatten. An den Boden gepreßt, arbeitete er sich näher an den Frachthof heran, sorgfältig darauf bedacht, nicht ins Licht zu kommen.

Ein dröhnendes Geräusch in der Ferne, das er zunächst für eine der Rangierlokomotiven hielt, wurde plötzlich lauter. Er blickte auf und sah einen hellen Stern, der schnell heller und größer wurde, bis er erkennen konnte, daß es ein Hubschrauber war, der das Feld mit einem Scheinwerfer absuchte. Das Dröhnen des Motors und das Klappern der Rotorblätter war ohrenbetäubend.

Er rannte.

Das Licht tastete wie ein anklagender Finger nach ihm. Er warf sich ins Gebüsch und preßte sich an den Boden, als der

Scheinwerferstrahl näher kam. Eine Sekunde lang sah er seinen eigenen Arm hellerleuchtet neben sich. Dann wanderte der Scheinwerferstrahl weiter, und er rannte wieder los, während hinter ihm die Soldaten schrien und jemand immer wieder in eine Trillerpfeife blies, deren schriller Lärm ihn wie ein wild gewordener Vogel verfolgte.

Der Hubschrauber entfernte sich langsam und war dann ebenso plötzlich wieder zurück, teilte die Luft wie eine Sense. Der Scheinwerferstrahl bohrte sich ins Gebüsch. Ein schweres Maschinengewehr fing zu hämmern an. Schreie waren zu hören, dann wütende Rufe, als der Helikopter plötzlich höher stieg und dann in einiger Entfernung in der Luft stehenblieb. Laute Rufe und klagende Schreie hallten durch die Nacht – denn es war Nacht, ganz abrupt stockfinster mit Ausnahme der Lichter des Frachthofes und der Positionslampen des Hubschraubers, der sich jetzt wieder zurückzog.

Stone rannte. Sie hatten ihre eigenen Männer beschossen. Aber sobald sie sich von dem Schrecken erholt hatten, würden sie seine Verfolgung wieder aufnehmen. Ein Bahndamm ragte über ihm auf, versperrte ihm den Weg. Er hörte, wie sich die Soldaten hinter ihm durch das Gebüsch arbeiteten. Der Hubschrauber war in der Nähe der Stelle gelandet, auf die er geschossen hatte.

Er kroch über den Bahndamm. Der Helikopter startete wieder, mahlte sich schwer in den Himmel hinein; sein Scheinwerfer leuchtete grell. Stone hastete auf die zweifelhafte Deckung zu, die ihm ein Ablaufkanal möglicherweise bieten würde. Aber statt die Suche wieder aufzunehmen, bog der Hubschrauber jetzt ab und flog den Fluß hinauf.

Ein Signal aus einer Trillerpfeife. Soldaten schrien. Das Gesicht in den Boden gepreßt, krallte sich Stone an dem Bahndamm empor, entsetzt von dem Gedanken, daß er vielleicht im Lichtschein des Rangierplatzes eine Silhouette zeigen würde. Als er oben auf dem Damm angelangt war und auf das Feld blickte, sah er ein Dutzend Lichtkegel von Taschenlampen in die Dunkelheit stechen.

Der Hang war mit Kies übersät, der aus dem Gleisbett gerollt war. Er bewegte sich unsicher, zögerte. Die Soldaten arbeiteten sich jetzt auf den Damm zu, über die ganze Breite des Feldes ausgeschwärmt. Wenn er sich nicht bewegte, würden sie ihn hier auf dem Bahndamm erwischen. Aber wenn er die Gleise überquerte, würden die Soldaten im Feld mit Sicherheit seine Silhouette vor dem hellen Hintergrund sehen können.

Wenn er nach rechts bog, auf die Werft zu, würde er damit zwar Sarah näher kommen, aber auch in den Bereich der helleren Lichter aus dem Schiffsschuppen geraten. Wenn er nach links ging, in Richtung auf die Stadt, würde er schließlich die Straße erreichen, die zu der Fähre führte. Aber im Gegensatz zu William Sit konnte er ja schließlich nicht in einer chinesischen Menschenmenge untertauchen, zumal nicht in einer Menge, die den Hubschrauber gesehen und die Schüsse gehört hatte.

Er überlegte, einfach kehrtzumachen, die Linie der suchenden Soldaten zu durchbrechen und den Fluß zu seinem Ziel zu machen. Das war riskant, und der einzige Vorteil, den er auf seiner Seite hatte, war der Überraschungseffekt. Aber was dann? Selbst wenn es ihm gelang, unentdeckt durch die ausgeschwärmten Soldaten zu kommen und auch während der langen Nacht unentdeckt zu bleiben, würde er doch bei Tagesanbruch immer noch zwischen dem Fluß, dem Rangiergelände der Abwrackwerft und der Straße zur Fähre gefangen sein.

Ein kalter, feuchter Wind wehte durch das Gebüsch und trug ihm das Geräusch zerbrechender Zweige herüber. Stone fröstelte. Ein paar der Soldaten waren den anderen vorausgeeilt, und ihre Taschenlampen flackerten jetzt keine hundert Meter von der Stelle entfernt, wo er auf dem Boden lag. Er sah über sie hinweg zum Fluß hinüber, den Dutzende roter und grüner Positionslampen übersäten. Dann wanderte sein Blick weiter zu der Abwrackwerft, wo Sarah und Ronnie warteten, so nahe und doch so fern.

Licht fegte die Dunkelheit beiseite.

Stone preßte das Gesicht an den Hang. Der Boden begann zu beben, kalter Kies vibrierte an seiner Wange. Das Donnern einer schweren Maschine war zu hören. Das Licht wurde greller, und plötzlich sah er, wo es herkam: eine Diesellokomotive, die sich langsam von rechts näherte und deren Scheinwerferstrahl silbern auf den Schienen glitzerte und den Bahndamm mit Licht überflutete.

Aus dem Feld kamen Schreie. Sie hatten ihn gesehen.

Er sah eine weitere Vertiefung im Boden, die das Regenwasser aus dem Bahndamm gespült hatte. Pfeifen schrillten, riefen die Jäger zusammen, und dann, als die Lokomotive mit ein paar Güterwaggons dahinter an ihm vorbeipolterte, hetzte er in dem kleinen Graben die Böschung hinauf und warf sich unter den Zug.

Er stolperte keinen halben Meter hinter den Vorderrädern eines Güterwagens, landete auf den Schwellen zwischen den Schienen. Sein Rucksack, den er am Handgriff trug, verhängte sich an einem Bolzen an der Schwelle, und die Tasche selbst hing über die Schiene, während die Hinterräder des Güterwagens darauf zurollten. Stone zerrte verzweifelt an dem Griff. In dem Rucksack war das Funkgerät – seine einzige Verbindung mit Sarah. Aber als er noch zog, sah er zu spät, daß der andere Riemen sich unter einem tiefen Splitter verheddert hatte.

Er zog heftiger und hob dabei den Kopf. Eine riesige Masse – ein Teil des Zuges, der über ihn hinwegpolterte – fuhr durch sein Haar und warf ihn auf die Schwellen. Als die Hinterräder näher kamen, stieß er den Rucksack über die

Schiene, wartete, bis die Hinterräder und dann die Vorderräder des nächsten Waggons vorbei waren, packte den Rucksack dann erneut und riß ihn los, ließ sich selbst nach hinten fallen und rollte sich über die gegenüberliegende Schiene auf der anderen Seite des Dammes hinunter.

Der Rucksack war zerrissen. Die Pistole und das Funkgerät waren herausgefallen. Der Zug versperrte den Soldaten immer noch den Weg, würde aber gleich vorbeigerollt sein. Stone tastete verzweifelt auf dem Boden herum, fand das Funkgerät, aber nicht die Waffe, richtete sich halb auf und rannte geduckt weiter, den Zug hinter sich, vor sich das weitläufige Rangiergelände, das hier und dort von Laternen und dem roten Leuchten von Signalen erhellt war.

Er sprang über ein zweites Gleis, ein drittes, rannte, was seine Beine hergaben, hielt sich aber stets im Schutze der Dunkelheit. Vor ihm waren wieder Geleise, und jetzt kam von rechts ein weiterer Zug heran, dieser wesentlich schneller als der erste. Stone zögerte. Sollte er sich dem Scheinwerferlicht des Zuges aussetzen oder warten, während die Soldaten hinter ihm näher rückten? Um sich unten durchzuwinden, fuhr der Zug zu schnell.

Er wartete zu lang. Plötzlich war die Lokomotive an ihm vorbei, und sein Weg war versperrt. Sie schleppte eine lange Kette von Güterwagen hinter sich her, eine Kette, die endlos aussah, ein endloser Schwanz, dessen Ende irgendwo in der Nacht verschwand. Wieder hörte er die Trillerpfeifen. Er rannte los, dicht an den Zug heran, versuchte, sein Tempo abzuschätzen und sich zu entscheiden, ob er es zwischen den Rädern schaffen würde. Er sah einen offenen Güterwagen, rannte nebenher, warf seine Tasche in die dunkle Öffnung und versuchte dann, beide Hände auf den rauhen Holzboden gestemmt, hineinzuspringen.

Der Zug fuhr schneller, als er rennen konnte. Die Füße wurden ihm weggerissen. Während er sich an den Boden des Güterwagens klammerte, wurden seine Schuhe auf dem Schotter und den Schwellen mitgezerrt. Er wußte nicht, wo seine Beine hingingen oder seine nachhängenden Füße oder seine plötzlich von Schmerz durchzuckten Knie. Aber jedenfalls lag er im nächsten Augenblick auf dem Rücken in dem Güterwagen, atmete wie ein Blasebalg, hatte das Gefühl, der Kopf müsse ihm zerspringen, während der Zug unter ihm dahinratterte und die Räder hart gegen die Spalten in den Schienen krachten.

Er fuhr in Richtung auf Shanghai, wurde immer schneller, entfernte sich von den Soldaten. Er sah zur anderen Seite des Waggons hinaus: stockfinstere Dunkelheit. Er war quer über die ganze Breite des Ladehofes gerannt, ehe der Güterzug ihn gerettet hatte. Jetzt war er sicher, und die Soldaten, die Abwrackwerft und Sarah blieben hinter ihm zurück.

Wenn er jetzt anfing, über die Signalstangen und den rostigen Schrott, der den Rangierplatz übersäte, nachzudenken, würde er in der Tür des Güterwagens stehend durch halb China rollen. Der Zug beschleunigte. Er spürte, wie der Fahrtwind allmählich schneidend wurde. Jenseits der Tür war es stockdunkel.

Er preßte sich den Rucksack ans Gesicht und sprang. Jetzt hatte er Zeit, seine Entscheidung zu bedauern, als er eine Ewigkeit durch die Luft flog. Etwas zerrte hart an seinem Mantel. Eine in der Ewigkeit erstarrte Sekunde der Angst. Seine Füße rutschten über Schotter. Er kippte nach vorn, hatte jede Kontrolle über sich verloren, versuchte verzweifelt, Arme und Beine anzuziehen und sich abzurollen.

Der Aufprall preßte ihm die Luft aus den Lungen und warf ihn flach auf den Boden, die Arme von sich gestreckt wie ein Gekreuzigter. Auf dem Rücken dahinrutschend sah er zwei rote Lichter am Hinterende des Zuges und kam schließlich in einem Graben unter dem Bahndamm zum Stillstand. Dort machte er Inventur: registrierte die vielen schmerzenden Stellen an seinem Körper und versuchte, sich ein Bild seiner Lage zu machen.

Er konnte seine Arme und Beine nicht bewegen. Es war stockdunkel, wofür er dem Himmel dankte. Aber ehe das Poltern von Stahl auf Stahl ganz verhallt war, hörte er wieder das Pfeifen der Soldaten.

Er humpelte leise davon. Das Leuchten des Rangierplatzes und der Abwrackwerft hinter sich lassend, arbeitete er sich stolpernd, taumelnd und immer wieder zu Boden fallend über das unebene Gelände. Er dachte, er hätte die Soldaten abgeschüttelt, aber als er dann stehenblieb, um dem Wind zu lauschen, hörte er sie rufen. Und dann tanzte der Lichtkegel einer Taschenlampe durch die Dunkelheit.

Er fiel erneut, stand auf, bewegte sich weiter und rannte gegen etwas Hartes, prallte mit dem Knie dagegen und schürfte sich die Stirn auf. Er tastete in die Dunkelheit. Es war eine Wand aus Ziegeln oder Beton. Ziegel – die Mörtellinien waren deutlich zu spüren. Er blickte auf und tastete. Die Mauer war vielleicht sechs Fuß hoch, und allmählich erkannte er an der Mauerkrone den Stacheldraht.

Die Mauer des Hinrichtungsgeländes, wurde ihm bewußt – Shanghai Volksgerichtsprojekt. Hinter sich hörte er ein vertrautes Klappern – der schießwütige Hubschrauber war wieder da, und sein Scheinwerfer flammte wie ein zorniges Auge.

Stone schwang seinen Rucksack in die Höhe, über den Draht hinweg, riß dann kräftig an dem Schulterriemen, bis er sich im Stacheldraht verhängte und zog sich daran in die Höhe.

26

Sarah hielt die schlafende Ronnie in der Armbeuge und preßte sich mit der anderen Hand das Funkgerät ans Ohr. Sie hatte die Lautstärke ganz heruntergedreht, so daß sie nur schwaches Rauschen und gelegentlich den Verkehr Schiff-zu-Schiff auf dem Huangpu hörte. Es klang, als würde der Fluß neben ihr im Bett atmen.

Die Schiffsuhr in der Lounge schlug acht Glasen. Mitternacht. Lachen, das durch die verschlossene Tür zu ihr herüberdrang. Mr. Jacks Kumpane waren um zehn an Bord gekommen, und wenn man nach den vorangegangenen Nächten gehen konnte, würden sie mindestens bis drei Uhr morgens zugange sein.

Von außerhalb des Schiffes war ständiger Maschinenlärm und gelegentliches Kreischen von gemartertem Stahl zu hören. Plötzlich schwankte ihr Bett, und das ganze Schiff zitterte. Das war jetzt an diesem Abend schon zweimal passiert, ein plötzlicher Ruck und dann ein lautes Dröhnen von etwas Schwerem, das auf das Deck gefallen war.

Sie hätte gern gewußt, wo Moss war.

Der Kapitän – der ihr irgendwie den Eindruck machte, als würde ihn der Tumult der Arbeiten überwältigen, deren Ziel sie von der nach achtern blickenden Eignersuite aus nicht erkennen konnte – schlief tief in seiner Kabine. Er war zu ihr gekommen und hatte sie, wie er es formuliert hatte, um »ein Valium oder so etwas« gebeten, um ein wenig Schlaf nachholen zu können. Anfang der Woche hatte sie ihm Valiumproben oder Halcions vom schwarzen Markt gegeben. Heute hatte sie ihm das Secobarbital verschrieben, das sie gewöhnlich dann einsetzte, wenn es darum ging, einen Patienten vor einer Operation zu sedieren. Fünfhundert Milligramm. Der Kapitän würde bis Mittag schlafen.

Unglücklicherweise nahm Moss keinerlei Rauschgift und auch keinen Alkohol. Seine Suchtabhängigkeiten beschränkten sich darauf, Mr. Jack zu verehren, an den Nautilusmaschinen zu trainieren und im Computerraum im Internet zu surfen. Sie befürchtete, daß er sich auch jetzt dort befand, und konnte nur darum beten, daß er nicht auf Radiosignale lauschte.

Sarah verfügte nur über höchst rudimentäre Kenntnisse des Funkwesens – die Elektronik überließ sie ihrem Mann – und vermutete, daß der Schiffscomputer mit einem stets in Bereitschaft befindlichen Radioscanner ausgestattet war und auf die Weise ihr Satellitengespräch aufgefangen hatte, in dem sie Marcus in Palau ihre Position bekanntgegeben hatte. (Wenn die Anlage ihr Gespräch automatisch aufgezeichnet hatte, dann hatte Moss nur deshalb nicht nach ihrem GPS gesucht, weil er irrigerweise angenommen hatte, daß sie ihre Position von den Instrumenten auf der kurzzeitig verlassenen Brücke abgelesen hatte.) Ein derartiger Signalmonitor würde auf hoher See gut funktionieren, aber auf dem Huangpu, im Herzen des verkehrsreichsten Hafens der Welt, würden die Hunderte, ja Tausende von Sendungen die Leistungsfähigkeit des Systems übersteigen. Und das bedeutete, so hoffte sie, daß Moss es abgeschaltet hatte.

Ah Lee war ebenfalls wach, fünf Decks unter ihr, und zechte mit seinen Vettern im Aufenthaltsraum der Crew. Sie warteten, bis der Bootsmannsmaat seine Wache beendete, um anschließend aus seinem Lagerraum eine Fünfzigmeterrolle Nylonseil zu holen. Nachdem sie lange mit sich gekämpft hatte – noch dazu von Mr. Jacks scheußlicher Drohung gequält –, hatte Sarah Ah Lee direkt angesprochen. Obwohl Ronnie es war, die sich mit ihm angefreundet und seine Englischkenntnisse erweitert hatte, wollte Sarah einfach nicht das Risiko eingehen, daß ihre Tochter in ihrer

Freude etwa ausplauderte, daß ihr Vater sich in der Nähe befand.

Mr. Jack, so wurde ihr mit einem bitteren Gefühl bewußt, hatte sie ausgetrickst, hatte Ronnie wesentlich wirksamer verführt, als das Kind umgekehrt ihn verführt hatte. Der Himmel wußte, wie konfus die Kleine jetzt sein mochte, und dafür gab sie sich selbst die Schuld: Indem sie versucht hatte, Ronnie von der Angst zu isolieren und sie als eine Art Keil in Mr. Jacks Herz zu treiben, hatte sie ihre Tochter einem Wirbelsturm von Gefühlen ausgesetzt, mit denen eine Zehnjährige einfach nicht fertigwerden konnte.

Klick-klick. Klick-klick.

Sie lag reglos da, wagte nicht zu glauben, was ihre Ohren ihr meldeten.

Klick-klick.

Sie preßte zitternd den Finger auf den Sendeschalter und schickte ein stummes Stoßgebet zum Himmel. Ein-aus. Ein-aus.

»Darling!«

Sie drückte den Sendeschalter und hielt sich das Funkgerät an die Lippen, im vollen Bewußtsein, daß die dünne unversperrte Tür alles war, was zwischen ihr und Mr. Jack stand, und daß Moss' Mikrophone in die Decke eingelassen waren. »Ich bin hier«, flüsterte sie. »Komm nicht an Bord. Wir lassen ein Seil zur *Veronica* hinunter. Bestimme einen Zeitpunkt.«

Er wartete eine volle Minute, bis er antwortete. *»Eine halbe Stunde nach dem Morgennebel. Dreißig Minuten. Verstanden?«*

»Dreißig Minuten nach dem Nebel.«

»Ende.«

Er hätte ein Jahr seines Lebens dafür gegeben, noch eine Minute länger mit ihr sprechen zu können. Ein Jahr, um sie flüstern zu hören, daß sie ihn liebte, daß es Ronnie gutging, daß sie bald wieder ihr Leben haben würden. Es war ihr Flüstern, das ihn zu ihr zog – ein kehliges, intimes Geräusch, und doch angefüllt mit der Gefahr, die ihnen beiden ins Gesicht starrte. Er fröstelte, teils von seinen Gefühlen überwältigt, teils von der feuchten Kälte, die vom Boden und der eisigen Ziegelmauer ausstrahlte. Der Platz, den die Mauer einschloß, war riesengroß. Ein ganzes Baseballfeld mit reichlich Zuschauern hätte darauf Platz gehabt. Wenn der dunkle Winkel, in den er sich zwängte, das Mittelfeld war, dann war die diagonal gegenüberliegende Home Plate gute hundertfünfzig Meter entfernt.

Ein Licht in jener Ecke ließ die Silhouetten von etwas erkennen, was er zuerst, als er über die Mauer geklettert war, für eine Gruppe Soldaten in Habachtstellung gehalten hatte. Aber als er jetzt an der Stelle kauernd, wo er heruntergekommen war, hinübersah, wurde ihm mit der Zeit klar, daß sie dafür zu reglos waren. Sie sahen eher wie abgesägte Bäume aus, Baumstümpfe, eineinhalb oder zwei Meter hoch, denen man alle Äste abgesägt hatte. Der Rest der Umfriedung war so schwarz wie die dunkle Ecke, in der er sich versteckte.

Plötzlich regte sich am Eingang etwas. Er bildete sich ein, jemanden vor dem Licht vorbeigehen zu sehen. Dann schwang ein Torflügel auf, und Licht fiel herein. Der Suchtrupp. Er hörte, wie gesprochen wurde – ein knapper, militärisch klingender Wortwechsel. Die Soldaten forderten Zutritt. Er richtete sich auf schmerzenden Beinen auf, um wieder über die Mauer zu klettern. Jetzt hörte er, wie die Soldaten sich gegenseitig anbrüllten, dann schickte die Wache die Streife weg und schloß das Tor wieder. Kurz darauf freilich, wahrscheinlich nach weiterem Nachdenken, begann der Wächter das Gelände selbst abzusuchen, ging mit einer Taschenlampe in der Hand an der Mauer entlang.

Von der Home Plate ausgehend, ging er zuerst zur First Base und dann ins rechte Feld. Stone ließ ihn nicht aus den Augen, und als der Lichtkegel sich seiner Ecke näherte, hastete er lautlos in der Dunkelheit zur Second Base, ging hinter dem Sucher her und ließ sich dann wieder in seiner Ecke nieder, als der Mann das linke Feld untersuchte.

Er döste und erwachte nach einer Weile fröstelnd. Döste wieder und fuhr immer wieder mit besorgten Blicken auf seine Uhr aus dem Schlaf. Die Stunden krochen dahin – zwei, drei, vier. Er ließ sich die Risiken durch den Kopf gehen, die er eingehen mußte, und wurde vor lauter Zweifeln halb verrückt. Er schlief von fünf bis halb sechs, und als er kaum erfrischt erwachte, spürte er, wie sein Magen sein Recht forderte, spürte seinen trockenen Mund, sehnte sich nach Kaffee.

Er spähte über das Feld, studierte die hölzernen Pfosten auf der anderen Seite, ehe ihm bewußt wurde, daß die Morgendämmerung bereits angebrochen war und daß das Licht aus dem bedeckten Himmel ausreichte, um die gegenüberliegenden Mauern zu erkennen. Die Pfosten – denn darum handelte es sich ganz eindeutig, hölzerne, in den Boden eingelassene Pfosten – standen tatsächlich wie die Wachposten da, für die er sie im Dunkeln gehalten hatte. Vorsichtig regte er sich, studierte die Mauern zur Linken und zur Rechten. Das schwache Morgenlicht ließ ein schmutziges Feld mit ungeschnittenem Gras erkennen, das nur sehr wenig Deckung bot. Wenn jemand auf der Home-Plate-Seite die Mauern gegenüber sorgfältig studierte, würde er ihn entdecken.

Das Licht wurde heller.

Er machte sich Vorwürfe, daß er zu lange gewartet hatte. Er hätte früher aufwachen müssen. Andererseits lag der wenige Nebel, den es gab, dicht über dem Boden. War es jenseits der Mauern genauso, oder hielten die Mauern den Nebel auf seinem Weg vom Fluß ab? Sarah würde eine halbe Stunde, nachdem der Nebel dick geworden war, handeln. Er würde das nur sehen können, wenn er auf die Mauer kletterte, und wenn er das versuchte, würden sie ihn mit Sicherheit entdecken. Und dennoch war es besser, es jetzt zu versuchen, bevor mehr Leute kamen.

Er richtete sein Glas auf die gegenüberliegende Seite. Dort war neben einem breiten Tor in der Ziegelmauer ein Holzschuppen zu erkennen. Der Schuppen hatte eine Tür und ein Fenster und ein Ofenrohr, aus dem weißer Rauch drang. Der Wachposten war verschwunden. Er suchte die Mauer noch einmal ab, aber da war nichts. Nicht einmal ein Gesicht am Fenster. Eine bessere Chance als jetzt würde er nie bekommen, und er schickte sich an, aufzustehen.

Schmerz schoß durch seine Knie, zuckte durch seine steifen Beinmuskeln auf und ab. Er zwang sich aufzustehen und spürte einen bis auf die Knochen gehenden Schmerz in seinen Füßen, als diese sein Gewicht aufnehmen mußten. Dann versagten ihm die Knie den Dienst, und er sank auf den Boden zurück, praktisch gelähmt von dem langen Lauf durch die Felder gestern, dem Sprung aus dem Zug und der Nacht in der Kälte. In seiner Tasche fand er drei Ibuprofen, die er trocken schluckte, und dann fing er an, seine Beinmuskeln zu massieren und sich auf einen neuen Versuch vorzubereiten.

Plötzlich flog die Schuppentür mit einem Knall auf. Der Wachmann schoß heraus, stemmte sich mit der Schulter gegen das Tor und öffnete es für einen weißen Lkw. Dahinter kam eine Reihe von Lkws, deren Ladebrücken von Planen bedeckt waren. Der weiße Lkw stoppte bei den hölzernen Pfosten. Die anderen parkten ohne erkennbare Ordnung. Soldaten sprangen herunter, schrien, fuchtelten mit ihren Karabinern herum.

Stone zählte zwanzig Gefangene, die schwerfällig unter den Planen hervorkamen. Sie trugen Ketten an den Fuß-

und Handgelenken und fröstelten in leichten Baumwollhemden und -hosen. Ihre Handgelenke waren mit Seilen aneinandergebunden.

Die Soldaten drängten sie zu den Pfosten.

Stones Hand krampfte sich erschreckt um seinen Feldstecher, und er konnte den Blick nicht von diesem vertrauten, selbstbewußten Gang lösen. Der teure Anzug des Gefangenen war zerfetzt und schmutzig, sein Gesicht mit Blutergüssen übersät und aufgedunsen. Aber er war immer noch Ronald, das Gesicht hoffnungsvoll dem Himmel zugewandt und überzeugt, daß irgendein alter Freund einen Hubschrauber schicken würde.

Sie zwangen ihn auf die Knie und nahmen ihm die Handschellen ab, um seine Arme nach hinten zu reißen und um den Pfosten zu ketten. Ronald schrie etwas und grinste dabei. Sie schlangen Draht um seinen Hals und den Pfosten und banden ihn so eng, daß er nicht mehr sprechen konnte.

Der Anführer der kleinen Gruppe pfiff.

Die Soldaten traten vor, jeder an einen Pfosten, und hoben ihre Karabiner. Wieder ein Pfiff und eine Salve peitschte. Die Köpfe der Gefangenen zuckten. Das Dröhnen der schweren Waffen hallte von den Mauern wider. Ronald sank gegen den Draht, und sein Körper bäumte sich auf wie ein ins Netz gegangener Fisch.

Stone spürte, wie seine eigenen Muskeln sich spannten, und er wartete auf den Gnadenschuß. Aber der kam nicht. Vielmehr nahm ein Fotograf jeden einzelnen Körper mit Blitzlicht auf, und dann nahm ein Beamter mit weißen Handschuhen den Exekutierten die Ketten und den Draht ab. Im gleichen Augenblick sprang eine Bande – das einzige Wort, das der angewiderte Stone als passend empfand – weißgekleideter Sanitäter aus dem weißen Lkw, bei dem es sich, wie Stone endlich bewußt wude, um eine große Ambulanz handelte. Sie lauschten mit Stethoskopen und trugen dann schnell einige der Körper, darunter auch den Ronalds, zu der Ambulanz.

Selbst die Soldaten des Hinrichtungskommandos wirkten angewidert, als die Schlächtercrew die kurzzeitig Überlebenden aussortierte, deren Organe für die Transplantation in Frage kamen. Sie standen am Rande, rauchten und starrten zu Boden.

Als die Ambulanz voll war, polterte sie davon und gab am Tor einen lauten Sirenenton von sich, worauf dieses sich öffnete und den Blick auf eine draußen wartende zweite Ambulanz und Nebel so dick wie Schnee freigab.

Stone sprang mit einem Satz die Mauer an, bohrte die Zehen in die Spalten zwischen den Ziegeln, packte den Draht zwischen den rostigen Spitzen und wuchtete sich nach draußen, ließ die Hinrichtungsstätte hinter sich.

Der Nebel hüllte ihn ein, wurde gelegentlich dünner und bot ihm dann erneut Schutz. Der Schuppen der Abwrackwerft ragte wie ein ferner Berg oder eine nicht überzeugende Fata Morgana aus dem Dunst. Plötzlich wallten die Nebel wieder dick wie Watte, und er verlor die Orientierung und versuchte, sein Ziel am Heulen einer Dampfpfeife zu enträtseln. Dann ein Windstoß, und er stand plötzlich allein mitten in einem großen Kreis. Ein Zug kam herangepoltert. Stone sprang mit einem Satz zur Seite und rannte in die Richtung, in der er glaubte den Werftschuppen gesehen zu haben.

27

Um zehn Minuten vor sieben, als es hell genug geworden war, daß Sarah den Verkehr auf dem Fluß sehen konnte, hatte sich der Nebel den Huangpu hinaufgewälzt und war an den Ufern emporgekrochen. Er sammelte sich wie Petticoatfalten um die Schiffe im Strom, sank herunter, quoll wieder höher, brach auseinander. Als er die Schiffe schließlich ganz eingehüllt hatte, hatte sie angefangen, die halbe Stunde zu zählen, die Michael ihr vorgegeben hatte.

Wenn das Wetter sich an sein übliches morgendliches Schema hielt, würden sie vielleicht drei oder sogar vier Stunden Zeit haben, ehe der Nebel sich hob. Aber der Wind, der leicht aus dem Nordwesten hereinwehte, hatte angefangen, sich zu wenden. Wenn er ganz umschlug, nach Nordosten, so wie er das gestern morgen getan hatte, würde er heftiger wehen und den Nebel verteilen.

Um Viertel nach sieben drückte sie den Sendeknopf ihres Funkgeräts. Keine Antwort. Um zwanzig nach sieben drückte sie ihn erneut. Und als Michael auch diesmal nicht antwortete, entschied sie, daß sie keine andere Wahl hatte, als an ihrem Plan festzuhalten. Ronnie lag im Bett. Während Sarah von einem Fenster zum anderen schritt, folgte ihr Ronnie mit den Augen.

Der alte Mann war immer noch nicht zu Bett gegangen.

Sarah beugte sich über Ronnie und flüsterte: »Daddy hat uns gefunden.«

Ein Strahlen ging über Ronnies Gesicht. »Daddy ist –«

»Schsch!«

»Er ist hier? Oh, Mummy, was wird Mr. Jack –«

Sarah flüsterte: »Wir werden mit Daddy auf der *Veronica* fliehen. Ich kümmere mich jetzt um Mr. Jack. Zieh dich an. Deine wärmsten Sachen.«

Sie tastete nach der Spritze und öffnete die Tür zu der Lounge, in der es gegen halb sechs ruhig geworden war. Zwei lederhäutige Generäle der Volksbefreiungsarmee lagen mit offenen Kragen und ohne Schuhe auf den Couchs herum. Einer schnarchte. Der andere war völlig reglos, als wäre er tot.

Mr. Jack schlief in seinem Sessel, sein Totenkopfschädel war zur Seite gesunken, seine schmalen Lippen geschlossen, sein Atem regelmäßig. Als Sarah vor ihn trat, glitzerten seine Augen.

»Was wollen Sie, Doc?«

»Ich bringe Sie zu Bett.«

»Gute Idee.« Sein Blick wanderte über die leeren Flaschen und die überquellenden Aschenbecher. »Du großer Gott.« Er stand unsicher auf. Sarah nahm seinen unverletzten Arm und dirigierte ihn zum Schlafzimmer.

»Sehen Sie sich mal meine Kumpels an, ob da noch Lebenszeichen sind?«

»Meine Sorge gilt Ihren Lebenszeichen, Mr. Jack. Sie versuchen wohl, sich umzubringen?«

»Keine Sorge. Ich will da niemandem zuvorkommen.«

Sie hatte sein Bett bereits aufgeschlagen. Sie trat die Tür mit dem Absatz zu, führte ihn zum Bett, ließ ihn hinsetzen und kniete sich nieder, um ihm die Pantoffeln auszuziehen.

»Sie machen das gut, Doc. Trinkt Ihr Alter?«

Sie hob seine dünnen Beine und schob sie unter die Decke. »Mein Vater hat getrunken, nachdem meine Mutter tot war.«

»Ich dachte, Sie wären in England auf der Schule gewesen.«

Sie drückte ihn sanft ins Bett, schob ihm das Kopfkissen zurecht, deckte ihn mit Ausnahme seines rechten Arms, den sie vorsichtig über der Decke festhielt, zu. »Nach dem Bürgerkrieg bin ich auf Ferien nach Hause gefahren. Er war sehr einsam.«

Ihre Hände zitterten.

»Schließen Sie die Augen, Mr. Jack.«

»Ich dachte, Sie hätten gesagt, daß er eine Geliebte hatte.«

»Anfänglich nicht.« Sie setzte sich auf die Bettkante und

tätschelte seine Hand. »Sie müssen jetzt schlafen. Und Sie müssen mir versprechen, daß Sie mit dem vielen Trinken aufhören.«

»Das Leben ist kurz, Doc.«

»Und Sie machen es noch kürzer.« Sie zog ihm die Decke ans Kinn. Er beobachtete sie scharf, auch jetzt noch, als der Schlaf anfing, seine Augen zu umnebeln. Sie schob ihm den Pyjamaärmel bis zum Ellbogen hoch.

»Ich wecke Sie gegen Mittag«, sagte sie, »und dann will ich versuchen, für einen besseren Schlafrhythmus zu sorgen. Ich werde Ihre Freunde nach Hause schicken und sie bitten, die nächsten ein, zwei Nächte nicht zu kommen. Wäre Ihnen das recht, Mr. Jack?« Sie konnte die Vene in seiner Armbeuge pulsieren sehen.

»Mein Rhythmus stimmt schon«, murmelte er. »Kein Problem.«

Die Hand auf seinem Unterarm, griff sie mit der anderen nach der Spritze. Der Gummischutz blieb kurz an ihrer Tasche hängen, dann zog sie die Nadel heraus.

»Herrgott, bin ich müde«, flüsterte Mr. Jack. »Nacht, Doc.« Er schloß die Augen. Sarah saß mit der Spritze in der einen und seinem Arm in der anderen Hand da und wartete. Sie konnte fast spüren, wie der Schlaf von ihm Besitz ergriff. »Mr. Jack?«

Seine Brust hob sich mit einem Seufzer, dann glätteten sich die rauhen Kanten seines Gesichts, und er war eingeschlafen, tief eingeschlafen. Sarah zögerte. Sie sah Ronnie an, die ihr von der Badezimmertür aus zusah. Ronnie machte eine stechende Bewegung. »Tu es, Mum!« formte ihr Mund.

Wenn sie ihn stach und verfehlte, würde er sofort hellwach sein und nach Moss schreien. So war es besser, außerdem würde sie dann eine zweite Spritze für Moss haben.

Sarah zögerte noch einen Augenblick, dann erhob sie sich

lautlos, die Spritze in der Hand. Sie deutete auf den Kleiderschrank, wo ihre Taschen verwahrt waren. Ronnie glitt lautlos über den Teppich, schlüpfte in die Riemen ihres Rucksacks und reichte Sarah den ihren. Sarah nahm das Funkgerät, warf einen letzten Blick auf Mr. Jack.

Sie öffnete die Tür einen Spalt und sah in die Lounge hinaus.

Die chinesischen Generäle lümmelten noch genauso herum, wie sie sie zuletzt gesehen hatte, beide völlig betrunken und in tiefem Schlaf. Mutter und Tochter schlichen sich auf Zehenspitzen um sie herum zur Tür des hinteren Balkondecks. Der Nebel war jetzt so dick, daß sie vom Fluß überhaupt nichts sehen konnten. Selbst die Säulen und das Dach des Werftschuppens waren unsichtbar. Die Eignersuite der *Dallas Belle* hätte ebensogut einen von Nebel verhüllten Berg krönen können.

Aber als sie die Außentür öffnete, brüllte ihr aus der feuchten, rauchig riechenden Wolke eine Kakophonie von Maschinenlärm und Schiffspfeifen entgegen. Einer der alten Generäle stöhnte und drehte sich zur Seite. Der andere richtete sich halb auf und blinzelte verwirrt, und eine Hand griff von Jahrzehnten des Instinkts getrieben nach einer Waffe an seiner Seite. Sarah schob Ronnie durch die Tür, folgte ihr, schloß die Tür und sah durchs Fenster in den Raum.

Als die Hand des Chinesen an der Stelle, wo sonst eine Waffe hing, nur kräftiges Tuch fand, sank er wieder auf seine Couch zurück. Sarah, die bis jetzt den Atem angehalten hatte, atmete durch. »Ah Lee hat ein Seil in einem Müllsack versteckt. Such es.«

Sie suchten beide auf dem schmalen Balkon. Aber da war kein Seil. »Vielleicht hat Moss ihn erwischt«, flüsterte Ronnie.

Sarah stockte das Herz. »Laß nur. Wahrscheinlich hat er

es auf dem Hauptdeck gelassen.« Für den Fall, daß er das nicht getan hatte, hatte sie Handtücher mitgebracht, mit deren Hilfe sie an der Trosse hinunterrutschen konnten, mit der das Schiff vertäut war.

»Glaubst du, daß er Ah Lee wieder geschlagen hat?«

»Nein. Soll ich vorausgehen?«

Ronnie warf einen Blick auf die Leiter, die am Deckshaus nach unten führte und im Nebel verschwand. »Besser ich zuerst.«

»Jetzt halt dich gut fest.«

»Mum!«

»Mit beiden Händen. Komm, gib mir deinen Rucksack.«

»Der ist nicht schwer.«

Damit schwang Ronnie sich über das Geländer und fing an, die Leiter hinunterzuklettern. Sarah ließ ihr eine Deckshöhe Vorsprung, dann schluckte sie ihre Angst hinunter, wandte dem unsichtbaren Abgrund den Rücken zu und kletterte schwerfällig über das Geländer, fand mit beiden Füßen die Sprossen und begann den Abstieg, Arme und Beine vor Aufregung fast steif.

Als sie an zwei Reihen von Bullaugen vorbeikletterte, zwei Decks, spürte sie, wie ihre Knie zitterten und ihre Kräfte schwanden. Es war, als würde die Angst ihre Muskeln schmelzen lassen, als wäre der kalte Nebel in jede schmerzende Stelle eingedrungen, die sie Moss zu verdanken hatte. Nach zwei weiteren Decks konnte sie kaum mehr die Hände um die Metallsprossen der Leiter schließen.

Ronnie tippte sie am Fuß an. »Halt.«

»Was ist?«

»Da sind Leute auf Deck«, flüsterte Ronnie.

Sarah sah hinunter. Sie konnte außer Nebel nichts erkennen.

»Warte. Ich glaube, jetzt gehen sie.«

Jetzt hörte sie sie reden. Chinesen. Die Arbeiter, die bald

wieder über das ganze Schiff ausschwärmen würden. Jemand sagte etwas mit scharfer Stimme und schlurfte dann weg, zog etwas Klapperndes hinter sich her. Ein kalter feuchter Wind strich ihr über die Wange. Der Nebel riß einen Augenblick auf, aber ehe sie mehr als die vagen Umrisse des Schanzkleids sehen konnte, das das Hauptdeck umgab, quoll der Nebel wieder dick und grau und nach Kohlenrauch stinkend herein. Dampfpfeifen tönten klagend, und der Nebel vermittelte den Eindruck, als würden die Schiffe direkt unter ihrem Heck vorbeiziehen.

Ronnie tippte erneut ihren Fuß an. »Okay.«

Sie kletterte weiter, zählte Sprossen und Bullaugen. Noch ein Deck. Eines noch. Hier im Windschatten des Schanzkleids war der Nebel dünner. Sie sah, wie Ronnie leichtfüßig auf dem Deck landete und beiseite trat. Rings um sie waren dunkle Konturen zu erkennen – Maschinen, schweres Gerät; es war nicht zu erkennen. Als sie die letzten Sprossen hinunterkletterte, suchte sie die Schatten nach Ah Lees Seil ab.

Ihr Fuß berührte das Deck. Sie setzte beide Füße auf festen Boden und merkte, daß ihre Beine so zitterten, daß sie sich an der Leiter festhalten mußte.

Ronnie rannte zwischen all dem Durcheinander herum und suchte. Sarah schloß sich ihr an und fragte sich dabei, ob die Kraft in ihren Armen ausreichen würde, die fünfzehn Meter bis zum Deck der Swan an einem Seil hinunterzuklettern. Ronnie bewegte sich auf einen weiteren Schatten zu und erstarrte dann plötzlich, als der Schatten sich bewegte.

»Suchst du das hier?«

Moss trat aus dem Nebel heraus und schwang den Müllsack mit dem aufgerollten Tau in der Hand. An seinem weißen T-Shirt war Blut, und als er den Sack vor Sarahs Gesicht hin und her schwang, wirkte er weniger verärgert als erfreut darüber, daß er wieder einen Anlaß hatte, ihr weh zu tun. Sein Schlag warf sie nach hinten, und sie wäre zu Boden gegangen, wenn sie nicht gegen das Schanzkleid geprallt wäre. Ihr Rucksack schützte sie vor dem harten Stahl. Und der Schlag mit dem aufgerollten Seil in dem Plastiksack erschreckte sie mehr, als daß er ihr weh tat.

Sarahs Hand fuhr in ihre Tasche und schloß sich um die Spritze. Ronnie sprang zwischen sie. Sarah versuchte, sie wegzuschieben.

Moss hob den Arm, um erneut nach ihr zu schlagen. Aber ehe er das konnte, fuhr sein Kopf herum, als er ein neues Geräusch hörte, das den Lärm der Maschinen, das Knattern der Sampans und die Schiffspfeifen übertönte. Sarah hörte es ebenfalls, es war das herrlichste Geräusch, das sie sich vorstellen konnte – ein vertrautes Scharren und dann das müde Grollen eines uralten Perkins-Dieselmotors, der brabbelnd auf der *Veronica* zum Leben erwachte.

Moss sah, wie die Freude Ronnies Gesicht aufhellte. »Daddy ist zu Hause«, feixte er.

Sarah unterlief seinen Schlag und rammte ihm die Nadel in seinen mächtigen Bizeps.

28

»Verdammtes Miststück! Du hast mich gestochen!«

Moss fuhr zurück in der Meinung, sie habe ihn mit einem Messer angegriffen, und holte zu einem mächtigen Schlag aus. Sarah jagte ihm den Rest des Betäubungsmittels in die Hand. Er schrie auf, als er die Spritze aus seiner Hand baumeln sah, und warf sie von sich.

»Was –«

Sarah zog die zweite Spritze aus der Tasche.

Moss' Augen weiteten sich. »Was war – was ist –?«

Er taumelte zurück, hielt den Müllbeutel schützend wie einen Schild vor sich. Sarah warf sich auf ihn. Er schlug ihr die Spritze mit dem Beutel aus der Hand.

Ronnie warf sich auf ihn. Einen Kung-Fu-Tritt nachahmend, den sie im Kino gesehen hatte, schmetterte sie beide Füße gegen Moss' Knie. Der Hüne wischte sie weg wie einen Moskito. Sie flog mit einem Schrei über das Deck. Sarah zog ihr Takelmesser aus der Seitentasche ihres Rucksacks und warf sich auf Moss.

Von der Wildheit ihres Angriffs verblüfft, zog er sich zurück, hatte sich dann aber schnell wieder gefangen und musterte sie lächelnd. Das Betäubungsmittel schien nicht zu wirken. »Jetzt hast du die längste Zeit ein hübsches Gesicht gehabt, Doc.«

Er ging auf sie los, ließ den Plastikbeutel von der einen in die andere Hand wandern.

Sarah hielt das Messer jetzt dicht am Körper und wußte in diesem Augenblick mit einer schrecklichen Gewißheit, daß sie ihn töten und den Rest ihres Lebens dafür Buße tun würde. Zum zehntausendsten Mal sah sie das Bild ihres Vaters, wie er die Männer hinmetzelte, die ihre Mutter überfallen hatten. Sie sah seinen Säbel in der Sonne blitzen und wußte jetzt endlich, daß ihr Vater in der Hitze des Gefechts mit kalter Präzision gekämpft hatte.

Sie sah die nächsten paar Sekunden ganz präzise vor sich: Moss würde mit dem aufgerollten Tau in dem Müllbeutel antäuschen; sie würde ausweichen; er würde sich auf sie stürzen; sie würde bereit sein, würde mit der geschickten Hand eines Chirurgen die Klinge zwischen seine Rippen gleiten lassen.

Eine Explosion erschütterte das Deck.

Ein greller Lichtschein spiegelte sich im Schuppendach.

Schatten sprangen wie schwarze Blitze. Von dem weit entfernten Vorderdeck kam ein Brüllen, wie wenn ein Damm zusammenbricht, Rufe und Schreie, und dann die Feuerglocken des Schiffes, und eine Sekunde später, schrill, die Schiffspfeife.

Moss rannte ans Schanzkleid und starrte nach vorn, vorbei am Deckshaus zum Vorderteil des Schiffes. Der Nebel im Inneren des Schuppens war geschmolzen, und der Feuerschein spiegelte sich in seinem Gesicht. Sein verstörter Blick zuckte nach oben zum Deckshaus, wo Mr. Jack schlief. Er ließ den Plastiksack mit dem Tau fallen und warf sich auf die Leiter, kletterte schnell wie ein riesiger Affe an der Leiter empor, und seine Stimme dröhnte: »Mr. Jack, Mr. Jack!«

Stone zerrte die letzte Leine an Bord der *Veronica,* rannte ins Cockpit zurück und ließ den Diesel an. Auf der *Dallas Belle* schrillten die Feuerglocken, und ihre Dampfpfeife dröhnte fast so laut wie die Explosion. Eine Flammensäule schoß aus ihrem Vorderdeck ans Dach des Abwrackschuppens.

Der Nebel lockte. Die Swan löste sich mühelos von der Mole.

Binnen Sekunden würde jeder Matrose auf dem Schiff zum Feuer rennen, würde jede Patrouille auf dem Huangpu zu der Abwrackwerft rasen, während die *Veronica* Kurs auf das Ostchinesische Meer nahm.

Stone steuerte dicht hinter dem Schiff und achtete sorgfältig darauf, mit der Mastspitze nicht an das überhängende Heck zu stoßen. Er blickte nach oben, suchte Sarah.

Im Schutz der feuerhemmenden Planen, die auf dem Vorderdeck des Gasfrachters ausgebreitet waren, hatte er die harte blaue Schneidflamme eines Acetylenbrenners auf ein Gasventil gerichtet und den Schneidbrenner dann festgebunden. Als die Flamme ein Loch in das Stahlrohr gebrannt hatte, hatte sie das Gas entzündet, das darauf unter ungeheurem Druck ausgeströmt war. Der Druck würde das Feuer von den massiven, kräftig isolierten Tanks wegblasen. Aber um das Feuer zu löschen und das Loch abzudichten, würde die Crew alle Hände voll zu tun haben.

»Michael!« hallte Sarahs Ruf durch die Kakophonie von Glocken, Pfeifen und Schreien. Sie hatte an einer Klampe am Heck ein Tau befestigt, das sie jetzt herunterließ.

Ronnie schlüpfte durch die Öffnung und wickelte ein Handtuch um das Seil, um ihre Hände zu schützen. »Daddy!« Ihr grinsendes Gesicht strahlte fünfzehn Meter über ihm zu ihm herunter. Sie fing an, an dem Tau herunterzurutschen, eine Hand mit dem Handtuch am Tau, mit der anderen winkend.

»Mit beiden Händen, Himmel noch mal!« Stone bugsierte die Swan geschickt aus der Strömung und lenkte ihren Bug zwischen den beiden nebeneinanderliegenden Rümpfen des Kreuzfahrers und der *Dallas Belle* durch. Eine Hand am Ruder, die andere am Fahrthebel, bugsierte er das Vorderdeck unter das Tau.

Ronnie setzte leicht auf den Teakholzplanken auf. Aber statt nach hinten zu ihm zu laufen, starrte sie zu dem Schiff hinauf. »Mummy!«

Stone war keine fünfzehn Meter von Ronnie entfernt und hätte alles in der Welt darum gegeben, sie jetzt in die Arme zu schließen, aber wenn er den Fahrthebel und das Steuerruder losließ, würde die Strömung die *Veronica* von dem Tau abtreiben.

»Mummy!«

Jetzt sah er auch, was Ronnie sah. Sarah hatte sich durch die Öffnung im Schanzkleid gezwängt, und ihre Beine tasteten verzweifelt nach dem Tau. Er dachte zuerst, sie würde in der Öffnung feststecken, aber gleich darauf sah er, daß sie sich einem schwarzen Mann zu entwinden versuchte, der sie am Arm gepackt hielt.

Zwölf Meter unter ihr saß Stone im Cockpit der *Veronica* ohne jede Möglichkeit, ihr zu helfen.

»Ronnie! Komm, nimm das Steuer.«

Aber Ronnie fing jetzt an, an dem Tau emporzuklettern, um ihrer Mutter zu helfen. »Nein!« schrie Stone. »Nicht!« Er stellte das Rad fest und eilte nach vorn.

Jetzt hatte Sarah sich befreien können und hatte einen Augenblick lang beide Hände an dem Tau, aber in dem Augenblick fing der Mann, der sie festgehalten hatte, an, das Tau durch die Klampe zu ziehen.

Stone schob den Fahrthebel vor.

»Spring auf den Mast!«

Die *Veronica* machte einen Satz nach vorn. Die Mastspitze krachte gegen die Schiffswand.

Sarah ließ mit geweiteten Augen das Tau los und sprang, stürzte, beide Arme ausgestreckt, versuchte, den Mast zu packen. Sie verfehlte ihr Ziel, fiel, landete wie durch ein Wunder mit beiden Füßen auf der obersten Spiere, bekam mit den Armen fuchtelnd mit einer Hand eine Wante und mit der anderen den Mast zu fassen.

Stone riß den Fahrthebel zurück, auf Rückwärtsfahrt. Die Schraube griff, und das Boot entfernte sich im kochenden Wasser von der *Dallas Belle.* Stone sah sich um, versuchte abzuschätzen, ob der Platz ausreichen würde, sich von den hochaufragenden Schiffsrümpfen zu lösen. Aus dem Nebel strebte ein Patrouillenboot der Polizei auf sie zu.

»Daddy!« schrie Ronnie.

Er blickte auf, und da kam der schwarze Mann, als ob er Flügel hätte, quer über den Bug der *Veronica* geflogen. Er schwang sich, mit einer Hand das Tau festhaltend, in einem weiten Bogen wie ein Pendel. Er streifte das Vorstag und schnappte Ronnie wie ein Falke, der einen Sperling schlägt, vom Bugkorb.

29

Moss hatte Ronnie so plötzlich geschnappt, daß die Swan schon dreißig Meter weit im Fluß und Sarah immer noch am Mast war, ehe Stone das Boot stoppen konnte. Durch den Nebel konnte er undeutlich sehen, wie Ronnie um sich schlug. Der schwarze Mann hielt sie mit einem Arm fest, schüttelte sie brutal und pumpte mit den Beinen, um Schwung zu bekommen.

Stone gab Vollgas.

Moss schwang sich zur Mole, ließ das Tau los und landete am Rand, schwankte kurz. Dann hatte er sein Gleichgewicht wiedergefunden und rannte, Ronnie immer noch an sich gedrückt, auf die Gangway der *Dallas Belle* zu.

Stone steuerte auf die Mole zu.

Sarah schrie: »Paß auf!«

Ein Feuerboot stach aus dem Nebel, auf einem Kurs, der die *Veronica* in zwei Teile schneiden würde. Er schwenkte nach Backbord. Das Feuerboot schoß über die Stelle, wo gerade noch die Swan gewesen war, und kam dann brüllend und schäumend in dem schmalen Spalt zwischen den beiden Schiffen zum Stillstand.

Ein zweites Boot ragte von der Steuerbordseite auf – ein stumpfnasiger Schlepper mit einer Wasserkanone auf dem Brückendach, aus der jetzt im weiten Bogen Flußwasser nach oben spritzte. Die *Veronica* wurde vom Kielwasser der beiden Schiffe wild auf und ab gerüttelt.

Eine Sirene heulte, und ein weiteres Patrouillenboot kam aus dem Nebel herangebraust. Bewaffnete Männer am Bug und der Laufbrücke winkten die Swan wütend aus dem Weg. Stone bog nach flußabwärts. Er sah, wie Moss die Gangway hinaufrannte, Ronnie wie einen Wäschesack über die Schulter geworfen. Durch das Brüllen der Bootsmaschinen und das ständige Heulen der Schiffspfeife und den vielen Sirenen hörte er sie schreien: »Daddy!«

Stone steuerte erneut auf die Mole zu.

Sarah schlitterte jetzt den Mast herunter, hielt sich immer wieder an den Falleinen fest, rutschte und rutschte und landete schließlich hart auf dem Kajütendach. Von ihrem Arm strömte Blut, ein erschreckender roter Fleck an ihrer weißen Jacke. Ihr Gesicht war schmerzverzerrt.

»Nein«, schrie sie. »Weg hier!«

»Ronnie.«

Er hatte ihre Augen noch nie so hart gesehen. »Wir können ihr nicht helfen. Das Militär hier tut, was er sagt. *Weg jetzt!*«

Stone zögerte. Der Pier war beinahe in Reichweite. Sarah packte das Steuer und versuche, es ihm zu entwinden. »Wir können ihr nur helfen, wenn wir hier wegkommen. Wenn wir jetzt umkehren, kann niemand sie retten.«

Stone wehrte sich dagegen, sie das Steuer übernehmen zu lassen. Aber als dann ein viertes und fünftes Boot aus dem Nebel geschossen kamen, mußte er den Fahrthebel nach hinten drücken, um nicht gerammt zu werden.

»Paß auf!« schrie Sarah.

Etwas Helles fiel vom Schiff.

Stone sah nach oben. Ein alter Mann in einem Morgenmantel lehnte sich von dem Balkon unter der Brücke der *Dallas Belle* hinaus, den Arm ausgestreckt, als ob er gerade eine Handgranate geworfen hätte. Der Gegenstand klatschte neben dem Cockpit ins Wasser und kam gleich darauf, anstatt zu explodieren, wieder leuchtend gelb an die Oberfläche.

Stone duckte sich unter den Rettungsleinen und holte ein wasserdichtes Navico Axis VHF aus dem Wasser. Das Funkgerät krächzte wie eine wütende Krähe.

»Doc! Doc! Hören Sie mich, Doc?«

Sarah nahm Stone das Funkgerät weg. Der alte Mann schrie oben auf dem Balkon in das Gegenstück. »Wir hören Sie, Mr. Jack. Wo ist Ronnie?«

»Verschwinden Sie hier.«

»Geben Sie sie zurück. Bitte, geben Sie sie zurück. Wir werden nicht –«

»Doc, jetzt bin ich wirklich sauer auf Sie. Ich habe Ihnen vertraut, und jetzt sehen Sie sich an, was Sie angestellt haben. Doc, hören Sie mich?«

»Mr. Jack. Ich will meine Tochter haben.«

»Tja, die kriegen Sie aber nicht. Sie haben mich reingelegt.«

»Mr. Jack, wir tun alles.«

»Verschwinden Sie mit diesem Boot.«

»Tu es, Michael. Ich rede mit ihm.«

Stone lenkte die Swan flußabwärts. Sein letzter Blick, ehe der Nebel sich über die blökenden, heulenden Schiffe und Boote schloß, war, wie das gewaltige Maul des von Flammen beleuchteten Schuppens plötzlich dunkel wurde. Das Brüllen des Gasfeuers erstarb schlagartig. Aber die Flammen zuckten jetzt vom Schuppendach.

»Mr. Jack«, wiederholte Sarah. »Wir tun alles.«

»Ein wenig spät dafür, was? Sie haben mir hier jetzt eine richtige Sauerei angerichtet. Ich habe alle Hände voll zu tun. Und überall die gottverdammten Bullen, Leute, die ich nicht kenne.«

»Mr. Jack.«

»Jetzt hören Sie mir gut zu! Sie wollen Ihr kleines Mädchen haben? Tokio. Nächste Woche. Sie halten die Klappe, und Sie kriegen sie. Aber wenn Sie mir weiter Är-

ger machen, dann verkaufe ich sie, wie ich es Ihnen gesagt habe.«

»Verkaufen?« wiederholte Stone.

»In den Sklavenhandel«, flüsterte Sarah. Sie lehnte sich an ihn, das Funkgerät immer noch ans Ohr gepreßt, und Stone legte den Arm um sie. »Er meint das ernst.«

Stone übernahm jetzt das Funkgerät. »Wo werden Sie sie übergeben?«

»Oh, das ist ja Mr. Doc! Sie Hurensohn, haben Sie diese chinesische Feuerwehrübung angezettelt?«

»Ich will meine Tochter haben.«

»Halten Sie nicht an, bis Sie in Tokio sind. Versuchen Sie bloß nicht, mir noch einmal in die Quere zu kommen. Und lassen Sie sich nicht erwischen.«

»Wo? Wo in Tokio?«

Einen endlos scheinenden Augenblick lang zischte es nur im Radio. Schließlich kam: *»Tokio Tower.«*

»Wo werden Sie sein?«

»Genau davor. Keine Sorge, Sie verpassen uns schon nicht. Wenn Sie vor uns dort eintreffen, haben Sie Zeit für Ihre Weihnachtseinkäufe.«

»Er ist verrückt«, sagte Sarah.

»Wann nächste Woche?«

»Am Weihnachtsabend. Vier Uhr nachmittags. Sechzehn Uhr.«

»Das sind mehr als tausend Meilen!« protestierte Stone. »Das schaffe ich nicht in einer Woche.«

»Also, warten werde ich nicht auf Sie. Punkt vier Uhr nachmittags.«

Sarah griff nach dem Funkgerät. »Mr. Jack«, sagte sie mit einer Stimme, die beruhigen sollte, »können wir nicht einen Alternativplan machen, für den Fall, daß wir den Termin nicht schaffen? ... Mr. Jack, können Sie mich hören?«

»Wir müssen umkehren«, sagte Stone. »Mir ist egal, was passiert. Zumindest sind wir dann bei ihr.«

Sarah schüttelte heftig den Kopf. »Michael, wir können ihr nicht helfen. Das Militär, die Polizei, das sind alles Freunde von ihm.«

»Keineswegs. Er hat Angst, daß wir von Beamten verhaftet werden, die er nicht kontrollieren kann.« Stone ließ das Steuerrad kreisen. »Wir müssen umkehren.«

Jetzt kam Mr. Jacks Stimme wieder aus dem Radio: *»Doc, ich weiß nicht, was Sie mit Moss gemacht haben. Er sieht ein wenig schläfrig aus, aber mit seiner Knarre kann er immer noch umgehen. Wenn er Sie aus diesem Nebel herauskommen sieht, wird er Sie wegputzen. Letzte Chance, Doc. Verschwinden Sie hier, ehe die Sie schnappen.«*

»Lassen Sie mich mit Ronnie sprechen.«

»Sie können übermorgen um zwölf Uhr mit ihr sprechen. Haben Sie ein Satellitentelefon auf dem Boot?«

»Ein Single Sideband Radio.«

»Kanal Achtundzwanzig. Punkt zwölf Uhr mittag. Übermorgen.«

»Mr. Jack?«

»Verschwinden Sie hier, Doc. Die werden anfangen, Fragen zu stellen, sobald wir Mr. Docs Feuer unter Kontrolle haben. Verdammter Narr, Sie hätten uns fast in die Luft gejagt.«

»Bitte. Machen Sie ihr keine Angst.«

»Ich bin kein Monstrum, Doc. Ich versuche bloß, ein paar Dinge in Ordnung zu bringen.«

»Und lassen Sie auch nicht zu, daß Moss ihr angst macht.«

»Moss sieht so aus, als müßte er gleich in die Heia. Aber wenn er an dem stirbt, was Sie ihm gespritzt haben, dann werde ich ihr das kleine Herz aus dem Leib schneiden.«

»Moss wird nicht sterben.«

»Besser nicht. Over and out.«

Stone fühlte sich hilflos – wie an dem Tag, an dem seine erste Frau gestorben war. Aber dann erkannte er mit plötzlicher Klarheit, daß er damals nicht das Geringste hatte tun können. Keine menschliche Handlung hätte sie retten können. Das hier war schlimmer. Ronnies Leben hing von seiner Entscheidung ab. Sein Herz drängte ihn zu bleiben und zu kämpfen; sein Bauch wollte, daß er wegrannte.

Sarah sah ihn mit Tränen in den Augen an. »Er wird ihr nicht weh tun. Da bin ich ganz sicher. Er mag sie.«

»Was hat er mit ›ein paar Dinge in Ordnung zu bringen‹ gemeint?« fragte Stone.

»Das weiß nur der liebe Gott.«

Er erstickte das Sehnen in seinem Herzen – verdrängte Ronnie in einen hinteren Winkel seines Bewußtseins – und wandte seine Aufmerksamkeit dem mit Nebel bedeckten Fluß zu.

»Laß uns unseren Reflektor einziehen, damit die uns nicht anpeilen können, und das Radar einschalten, damit wir wenigstens wissen, wo zum Teufel wir stecken. Ist dein Arm in Ordnung?«

Sie starrte ihn an, sah durch ihn hindurch, schüttelte den Kopf. »Ich weiß nicht. Schaffen wir es rechtzeitig bis Tokio?«

»Bevor wir aus dem Huangpu heraus sind, schaffen wir überhaupt nichts. Geh jetzt! Ich kümmere mich dann gleich um dich. Runter jetzt mit dem Reflektor. Ich schalte das Radar ein.«

Er rannte den Kajütgang hinunter, legte den Schalter des Radios um und kletterte dann mit seiner Tasche wieder ins Cockpit. Sarah fummelte am Mast mit den Falleinen herum. Er schaltete den Diesel ab und lauschte. Die auslaufende Flut und die Flußströmung hatten sie jetzt so weit von der Abwrackwerft stromabwärts getrieben, daß er die Feuerglocken kaum mehr hören konnte. Die stetigen sieben kurzen Pfeifsignale des brennenden Schiffes waren zugleich ein Hilferuf und eine Warnung, nicht zu nahe zu kommen.

Etwas näher hörte er das Blöken der Hupen kleinerer Fahrzeuge und das gleichmäßige Dröhnen eines Hochseeschiffes, das stromaufwärts fuhr. Rings um ihn war das scharfe, bellende Geräusch ungedämpfter Dieselmotoren von Kohlesampans und Leichtern zu hören, von denen jeder einzelne groß genug war, um die Swan zu zerdrücken oder in zwei Hälften zu schneiden.

Sarah kam jetzt vom Mast zurück, den Reflektor mit beiden Händen haltend. »Michael, ich schaffe es einfach nicht ...«

Als er versuchte, ihr den Reflektor wegzunehmen, drückte sie ihn nur noch fester an sich.

»Michael, ich –« Wieder versagte ihr die Stimme. Und dann, plötzlich lauter, schrill: »Sie ist doch nur ein Baby.«

»Die werden ihr nichts zuleide tun. Das hast du mir gesagt. Der alte Mann mag sie.«

»Versprichst du mir das?« fragte sie mit kaum hörbarer Stimme.

»Ja, das verspreche ich«, antwortete er. Sie starrten einander durch die Leere der Hoffnung an, die das Versprechen ausmachte, und jeder suchte nach dem Glauben des anderen. Ihr Boot trieb im Fluß, ihre Sinne nahmen die unsichtbare Bewegung rings um sie auf, und dann lösten sie sich voneinander, und jeder klammerte sich mitten in der tiefsten Verzweiflung an der Kraft des anderen fest.

Ich glaube ihm, weil ich muß, dachte Sarah.

Und Stone dachte, eines nach dem anderen; zuallererst müssen wir lebend aus diesem Fluß heraus.

»Also gut«, sagte er immer noch leise, den Blick immer noch fest auf sie gerichtet. »Ich kenne den Fluß inzwischen recht gut. Wir sind etwa vier Meilen von der Stelle entfernt, wo der Huangpu in die Mündung des Yangtze fließt. Die Hafenmeisterei ist eine gute Meile stromabwärts von dieser Seite. Wir müssen einen Bogen darum machen, und auch um die Quarantänestation und irgendwelche Patrouillen, die uns möglicherweise entgegenkommen.«

Er deutete in den Nebel. »Hörst du diesen Gong? Das ist ein Leuchtturm auf der anderen Seite der Fahrrinne.«

Sarah hielt sich die Hand ans Ohr, um den Lärm der Schiffspfeife von der Abwrackwerft abzuschirmen, und konnte jetzt die klagenden Laute aus dem allgemeinen Getöse herausfiltern.

»Steuere darauf zu. Ich gehe jetzt ans Radar.«

Er drückte ihre Hand, beugte sich vor, um die Hand zu küssen, und rannte nach unten. Der Radarschirm war mit Zielen übersät, wie eine Windschutzscheibe in einem Hagelsturm.

»Steuerbord!« schrie er, als Sarah den Motor anließ. Ein Echo strebte auf die Swan zu, es zog einen langen phosphoreszierenden Schwanz hinter sich her – ein kleines Boot in schneller Fahrt. Eine weitere Patrouille mit Kurs auf die Abwrackwerft. Er spürte, wie die Schraube griff, und hörte dann das Mahlen der Antriebswelle.

Die Swan drehte sich langsam. Ein phosphoreszierender Punkt rückte näher und verschmolz mit der Mitte des Bildschirms. Stone rannte halb die Kajüttreppe hinauf und starrte in den grauen Nebel. Ein Schemen zog vorbei – so nahe, daß man das andere Schiff mit einer leeren Bierdose hätte treffen können. Dann klatschte eine heftige Kielwelle gegen die *Veronica*. Sie stampfte und wich aus.

Der Leuchtturm, der auf der Karte mit »Blitz Rot 4 sec Nebelsignal« gekennzeichnet war, gab ein so starkes Echo ab, daß selbst die antiquierte Radaranlage der *Veronica* es von den unzähligen Schiffs- und Bootszielen unterscheiden konnte, die den ganzen Schirm überfüllten. Als das Segelboot gut innerhalb der Fahrspur war, rannte er ins Cockpit zurück. Sarah steuerte nach einer Kompaßweisung, die sie aus dem Geräusch der Glocke abgeschätzt hatte, und lauschte jetzt auf Hinweise aus dem Verkehr.

»Ein wenig zur Seite. Da kommt etwas Großes einwärts.« Er stieß mit dem Fuß an den Fahrthebel, und das Boot reagierte mit munteren sechs Knoten.

Eine Pfeife dröhnte und kam ständig näher.

»Aufpassen. Vorsicht auf Sampans in Gegenrichtung.«

»Sollte ich nicht besser warten und dann hinter ihn schlüpfen?«

»Ich will nicht hier herumhängen und die Patrouille neugierig machen. Ich fühle mich mit meinen Papieren nicht mehr sicher. Und was ist, wenn dieser alte Schweinehund es sich anders überlegt?« Auf kurze Distanz könnte ein nach unten gerichtetes Radar den Stahl der Maschine der Swan oder vielleicht sogar ihren bleiernen Kiel aufnehmen.

»Geh Richtung Norden«, rief er von der Treppe aus. »Wir überqueren die Auswärtsspur.« Er versuchte, die Sampans von den größeren Schiffen zu unterscheiden, aber das Radar lieferte verrückte Echos. Als die unmittelbare Umgebung der *Veronica* einen Augenblick lang frei erschien, kletterte er mit einer Windjacke für Sarah, die am Steuer fröstelte, ins Cockpit zurück.

Der Nebel war so dicht, daß er kaum den Bug sehen konnte.

Die Glocke tönte jetzt ganz in der Nähe und ein Stück rechts von ihnen. Stone übernahm das Steuer, während Sarah in die Jacke schlüpfte. Der Nebel begann jetzt im blutroten Schein des Blinkers zu vibrieren, und die Glocke wurde so laut, daß sie beinahe den Lärm von der Abwrackwerft übertönte. Er steuerte an dem Leuchtturm vorbei, flußabwärts an den Rand der Verkehrsstraße, und schaltete dann den Motor ab. »Hör zu.«

Der Lärm war verebbt.

»Was ist da los?« flüsterte Sarah.

»Ein großes Schiff kommt stromabwärts. Das wird uns Deckung vor dem Radar des Hafenmeisters liefern.« Er nahm wieder Fahrt auf. Ein kalter, feuchter Wind schlug ihm plötzlich ins Gesicht, und dann war da hundert Meter entfernt ein Schiff – ein ziemlich großes Containerschiff, das eine zweihundert Meter lange und fünfundzwanzig Meter hohe bewegliche Mauer zwischen der *Veronica* und dem Hafenmeister lieferte.

»Die sehen uns«, sagte Sarah, und tatsächlich hatte der plötzlich aufgekommene Wind den Nebel so ausgedünnt, daß ein Schiffsoffizier, der auf der Brücke des Containerschiffes Wache hielt, einigermaßen erstaunt auf das unwahrscheinliche Bild einer westlichen Yacht auf dem kohlegrauen Huangpufluß herunterstarrte. Er hob sein Funkgerät und warnte den Flußlotsen.

Stone ließ die *Veronica* zurückfallen. »Der verdammte Wind dreht nach Osten und vertreibt den Nebel.«

»Können wir uns verstecken, bis es Nacht ist?«

»Auf der Pudongseite gibt es ein paar kleine Flüßchen, aber da wären wir die reinste Zielscheibe für die Patrouillen.«

Das Containerschiff war vor ihnen verschwunden. Ein hoher, leerer Sampan holte auf. Stone musterte ihn nachdenklich. Nach den *Sailing Directions,* die sie aufgeschlagen im Cockpit liegen hatten, war außerhalb der Flußmündung ein Frachter versenkt worden, dessen Hulk als eine Art provisorischer Pier diente, um Schiffen, deren Tiefgang für den Fluß zu groß war, die Möglichkeit zum teilweisen Löschen ihrer Ladung zu geben. Der leere Sampan hatte offenbar Kurs auf diesen Frachter, um Erz oder Getreide aufzunehmen.

Er legte den Arm um Sarah. »Okay. Wir werden uns

längsseits an diesen Sampan schleichen. Wenn er so ist wie der, auf dem ich war, hat er kein Radio.«

»Was ist das?« Sarahs ungewöhnlich scharfer Blick hatte vor ihnen etwas entdeckt, was ihm entgangen war. Es stand reglos in der Fahrrinne, vom Nebel halb eingehüllt, und einen Augenblick lang dachte er, es sei eine stationäre Patrouille, die auf sie lauerte. Eine nasse Bö peitschte den Nebel. Eine rote Flagge über einem schwarzen Dreieck. Er sah in den *Sailing Directions* unter »Signale« nach.

»Ein Flußbagger.«

Sie fuhren neben dem Sampan und tuckerten auf die Flußmündung zu. Die den Nebel zerreißenden Böen wurden jetzt häufiger und die Sicht beunruhigend klar. Stone schob sich so nahe an den Sampan heran, daß er einzelne Bolzen und Schrauben an seinem Rumpf erkennen konnte. Ein Matrose trat aus dem Steuerhäuschen, lehnte sich an den Dollbord und musterte das Segelboot. Jetzt trat ein zweiter Matrose zu ihm. Stone zog ein Päckchen Marlboros aus seinem Rucksack.

»Was machst du denn mit diesen Zigaretten?«

»Ich gewinne Freunde.«

Er ging längsseits und warf das Päckchen hinauf. Sekunden später pafften beide Männer und winkten dankbar herunter.

»Du solltest dich schämen«, sagte Sarah, und dann lächelten beide das erste Mal.

Von beiden Ufern aus waren Mauern in den Fluß hinein gebaut, um die Mündung des Huangpu zu schützen. Die auslaufende Flut ging gerade zu Ende, als die *Veronica* mit ihrem Schutzschild herauskam. Draußen warteten Hochseeschiffe, um mit der Flut in den Fluß einzufahren. Die Chinesen winkten und warnten, daß ihr Sampan zu der Ladehulk hindrehen würde.

Der Nebel war so dünn, daß Stone die gegenüberliegende, eine halbe Meile entfernte Mauer sehen konnte. Sarah kniff die Augen zusammen. »Die haben eine rote Flagge gesetzt.« Sie blätterte in den *Sailing Directions.* »Große Anzahl kleiner Fahrzeuge. Größte Vorsicht geboten.«

Als die Sicht jetzt allmählich zunahm, tauchten von überall Sampans, Leichter und Fischerboote auf. Eine kühle, tiefstehende Sonne leuchtete durch den Nebel, und ihr Licht war so diffus, daß man Mühe hatte, die Mauern, das Wasser, den Himmel und die wartenden Schiffe auseinanderzuhalten.

Stone faltete die Karte der Yangtzemündung auseinander, die er in Hongkong gekauft hatte. Der Fluß, der halb China entwässerte, ergoß sich träge in das Ostchinesische Meer, hinterließ Treibsandinseln und grub sich eine höchst zweifelhafte Fahrrinne, die Sandbänke, Schlamm und gesunkene Wracks beeinträchtigten. Er sehnte sich danach, nach Osten abzubiegen, zwischen den Inseln hindurchzuschlüpfen, weg von der verkehrsreichen Fahrrinne und den Patrouillen. Aber die *Veronica* hatte acht Fuß Tiefgang, und die Karte ebenso wie die *Sailing Directions* machten deutlich, daß jeder Gefahr lief, auf Grund zu laufen, der nicht perfekt mit der Umgebung vertraut war.

Vor ihm lagen noch dreißig Meilen, ehe er ein Abbiegen nach Osten riskieren konnte – fünf Stunden unter Motor, ehe sie es wagen konnten, die Segel aufzuziehen – und der dünner werdende Nebel und der dichte Verkehr waren ihre einzigen Verbündeten. Wenigstens war Treibstoff kein Problem, da er auf den Marshallinseln zuletzt vollgetankt hatte und seitdem nicht mit Motorkraft gefahren war. Er steuerte mit einem Auge auf dem Kompaß, dem anderen auf dem Tiefenmesser. Sarah saß neben ihm und hielt Ausschau nach Fischerbooten, Flußfahrzeugen und Hochseeschiffen. Auf der Backbordseite dehnten sich flache Inseln, zwischen ihnen verstreut fast unsichtbare Sandbänke.

Es war harte Arbeit, den richtigen Kurs zu finden. Jedesmal, wenn der Tiefenmesser zeigte, daß das Wasser seichter wurde, ging Stone nach vorn, beugte sich über den Bug und hielt Ausschau nach Schlammbänken. Sie wichen Fischerbooten und Sampans aus und versuchten, sich an Schiffe anzuhängen, die den Eindruck machten, Bescheid zu wissen. Schließlich entdeckte Stone auf dem Radar den Navigationsturm, der den Anfang einer zehn Meilen langen ausgebaggerten Fahrrinne markierte. Als Sarah den Marker entdeckt hatte, änderten sie den Kurs auf hundertzehn Grad und hielten sich dicht an den Rand der schmalen, mit Hochseeschiffen vollgepackten Fahrrinne.

Sie redeten kurz und in größeren Abständen miteinander, wie Bekannte bei einer Party, und berichteten von ihren separaten Erlebnissen, seit die *Dallas Belle* von Pulo Helena weggefahren war. Das schlammgraue Wasser und die feuchte Kälte bildeten einen solchen Kontrast mit den brillanten Farben und der tropischen Hitze des Pazifik, daß die Ereignisse endlos weit zurückzuliegen schienen.

»Ich frage mich«, meinte Stone, »ob wir vielleicht nach Taiwan segeln und ihm mit dem Flugzeug nach Tokio zuvorkommen könnten?«

»Unmöglich«, sagte Sarah. »Daran hätte er bestimmt gedacht.« Sie beschrieb Mr. Jack und seine Verbindungen mit seinen alten Kameraden in der chinesischen Armee. »Er wird auf sämtlichen Flughäfen, die in unserer Reichweite liegen, verbreiten lassen, daß man uns entweder verhaften oder sofort töten soll. Außerdem hat er Ronnie. Wir müssen das, was er verlangt, auf den Buchstaben genau tun.«

Stone stimmte widerstrebend zu. »Für wen hält er uns? Hast du ihm die Geschichte mit dem Coup erzählt?«

»Das war nicht notwendig«, sagte Sarah. »Moss hat vermutet, daß wir auf der Flucht sind. Aber Mr. Jack war das eigentlich egal. Er dachte, daß du uns nie finden würdest.«

Stone erzählte ihr, wie Kerry ihm geholfen hatte, und berichtete dann von Ronald und dem englischen Profikiller und Katherine und der gestohlenen Yacht.

Ihre lähmende Angst um Ronnie versuchten beide zu verdrängen. Das war notwendig, um sich ganz auf ihre Flucht aus dem Schatten Chinas konzentrieren zu können. Aber diese stumme Übereinkunft ging auf Kosten der Intimität, und sie fühlten sich beide wie Fremde. Alles, was sie jetzt gemeinsam hatten, war die Arbeit am Boot, und darin waren sie wie alte Gefährten, die sich auf die lange Fahrt nach Japan vorbereiteten.

Ein roter Turm mit einem Sechs-Sekunden-Blitzer und einem Nebelsignal markierte das Ende der ausgebaggerten Fahrrinne, und hier bogen sie nach Osten auf die große Yangtzebank zu. Nach dreißig Meilen sicherer Fahrt und mit Kurs aufs offene Meer begann Stone zu hoffen, daß sie es vielleicht doch geschafft hatten. Der Nebel hatte sich aufgelöst, aber der kalte Himmel lastete schwer, und die Sicht betrug immer noch weniger als eine Meile. Fischerboote übersäten die Bank.

Die Dünung, die vom Chinesischen Meer hereindrängte, wurde in dem flachen Wasser kabbelig und ließ das Boot unbehaglich stampfen. Stone spürte die ersten Anzeichen von Seekrankheit. Die Segel würden die Swan stützen, aber er wollte nur ungern ein so großes Ziel bieten. Sie zogen die Persenning vom Großsegel und setzten ein Vorsegel und einen Klüver. Allmählich begann es, dunkler zu werden, und in einer Stunde sollte es möglich sein, die Segel zu setzen, ohne aufzufallen.

»Ich werde mich mal um das Wetter kümmern.«

Er schaltete das SSB ein und lauschte mit halbem Ohr auf die englische Version, während er in seinen Karten wühlte. Die des nordpazifischen Ozeans, westlicher Teil, war, auch wenn sie in großem Maßstab war, die beste, die er für Japan hatte, bis sie die japanische Inselgruppe erreichten. Für die Bucht von Tokio und die Zufahrtswege hatte er die Karten von ihrem Besuch bei Hiroshis Vater.

Er kaute Salztabletten, um seinen Magen zu beruhigen, während er die beiden Etappen ihrer Route errechnete: 480 Meilen östlich quer über das Ostchinesische Meer; durch die Meerenge von Osumi – südlich von Kyushu, der südlichsten großen Insel Japans – und dann 540 Meilen über die Philippinensee nach Tokio.

Sie würden während des größten Teiles der Strecke mit dem Nordostmonsun zu tun haben, und das bedeutete, daß sie die leichten Südpazifikkreuzsegel der *Veronica,* die darauf ausgelegt waren, vor den Passatwinden zu laufen, ersetzen mußten. Auf der ersten Etappe würde das seichte Ostchinesische Meer das Boot mit harten Wellen abbremsen. Später auf der Reise würde ihnen dafür der kräftige Kuroshio, der Schwarze Strom, zustatten kommen. Das würden sie brauchen: Im Lee der japanischen Inseln würde der Wind sicher unangenehm werden.

Der Wetterbericht schaltete wieder auf englisch um. Stone legte ein durchsichtiges Blatt über die Karte und trug auf ihm die Hochs und Tiefs mit ihren Keilen und Trögen ein, die der Ansager mit Computerstimme herunterleierte. Er notierte sich die Zeit für diese Basis, von der aus er das Wetter weiterverfolgen konnte. Eine Front war ins Stocken geraten, legte sich aber jetzt wieder. Der Sturmwind, von dem er vorher befürchtet hatte, daß er den Nebel auflösen würde, sollte die Swan am Morgen einholen. Er verglich sein Barometer mit der Pilotenkarte für Dezember. Normal war 30,3; das Barometer der Swan zeigte 29,9 und fiel. Besser jetzt das Großsegel wechseln.

Er eilte nach vorn in Ronnies Kabine, die wie eine liegende Pyramide im Vorpiek untergebracht war. Er wandte den Blick von ihren Plüschtieren und den Postern, die sie an die

Decke geklebt hatte, und holte ein steifes Großsegel heraus, das sie seinerzeit mit dem Kohlefasermast von dem Wrack des Rennboots mitgenommen hatten. Es handelte sich um ein Gewebe aus Technoragarn, das mit Mylarlaminaten beschichtet war. Das ungewöhnlich leichte Material würde das Boot stabilisieren, indem es oben Gewicht wegnahm, und würde ihnen helfen, den Kurs dicht am Wind zu halten.

Sarah schrie: »Michael.«

Er ließ das Segel fallen und rannte auf Deck. Sie deutete nach achtern und reichte ihm den Feldstecher. Aus der Dunkelheit stach ein schnittiger Schiffsrumpf mit blitzenden, roten Lichtern, der eine gewaltige Bugwelle vor sich herschob. Eine Patrouille der Volksbefreiungsarmee.

30

Stone spürte, wie sein Mut zu schwinden begann. Die Ereignisse der letzten zwanzig Stunden wirbelten durch sein Bewußtsein wie halbvergessene Stellen aus hastig überflogenen Büchern: sein erster Blick auf Sarah, die chinesischen Soldaten, die ihn durch das Gebüsch verfolgten, die Züge, Ronalds Exekution, der schwarze Mann, der aus dem Himmel heruntergefahren war.

Er hob wie benommen den Blick, sah dem herannahenden Boot entgegen und stand wie gelähmt am Steuer. Eine Sirene heulte, ein Geräusch, das in die Steinschluchten einer Stadt, nicht auf offenes Meer gehörte.

Sarah ging an den Mast und zog den Klüver hoch, den der Wind aus dem Nordosten zu füllen versuchte.

»Du mußt das Schot trimmen, Michael.«

Sein Herz drohte zu zerspringen. »Wir können nicht fliehen, Liebes.«

Sarah schob ihn beiseite und setzte den Klüver. Das Segel blähte sich auf, und das Boot vollführte eine leichte Drehung und wurde schneller. »Ein Segel wirkt unschuldig. Schnell. Hilf mir, das Großsegel hochzuziehen.«

Die Sirene wurde laut. Sie waren dabei, das knisternde Segel den Mast hinaufzukurbeln, als das Patrouillenboot mit brabbelndem Motor neben ihnen zum Halten kam. Ein Megaphon plärrte Chinesisch herüber.

Während Stone das Großsegel setzte und damit die *Veronica* schneller werden ließ – was wiederum das Patrouillenboot dazu veranlaßte, den im Leerlauf drehenden Motor schneller laufen zu lassen –, hielt Sarah sich beide Hände vor den Mund und rief: »Sprechen Sie Englisch?«

»Stoppen Sie Ihr Boot«, hallte die Antwort herüber. Sie hatten ein Maschinengewehr am Bug und ein weiteres auf dem Dach. Das Boot besaß einen modernen Fiberglasrumpf und war dieselangetrieben. Stone erkannte das Pfeifen der Turbolader, aber was ihn besonders beeindruckte, war die sichtlich hervorragend ausgebildete Mannschaft, die mit Leinen bereitstand, während der Offizier das Megaphon hielt.

»Wir stoppen«, rief Stone hinüber. »Wir müssen nach Backbord drehen.«

Das Maschinengewehr folgte ihnen, als er das Manöver vollführte. Die Swan schoß in den Wind. Sarah war inzwischen damit fertiggeworden, Fender zu setzen. Das Patrouillenboot schob sich längsseits, und die Matrosen warfen Leinen herüber, die Stone und Sarah sicherten.

Der Offizier kam hinter zwei Männern mit kurzläufigen Maschinenpistolen an Bord. »Was machen Sie«, fragte er, »in Gewässern der Volksrepublik China?«

»Wir sind Gäste der Regierung von Shanghai.«

»Papiere.«

Stone reichte sie ihm. Das Gesicht des Offiziers befand sich im Schatten seiner Schildmütze, seine Augen waren hinter dunklen Gläsern verborgen. Er las die chinesischen Schriftzeichen und dann die englische Übersetzung. Dann strich er unauffällig mit dem Zeigefinger über den geprägten Briefkopf.

»Yachtmarina?« fragte er.

»Das ist ein Ort, wo Yachten anlegen und versorgt und repariert werden können.«

»Ich weiß, was eine Marina ist. Ich habe in einer gelebt, als ich in Kalifornien zur Schule ging. Marina del Ray. Das wäre für westliche Touristen?«

»Genau.«

»Und jetzt reisen Sie ab?«

»Wir kehren nach Hongkong zurück, um mit unseren Investoren zu sprechen.«

»Ich sehe keinen Ausreisestempel in Ihrem Paß.«

»Wir haben beim Hafenmeister gewartet, aber alle waren mit diesem großen Feuer beschäftigt. Also haben wir uns schließlich dazu entschlossen, nicht länger zu warten und einfach wegzugehen. Da wir ja Gäste der Regierung waren –«

»Und wo ist *Ihr* Paß, Madam?«

»Meine Frau ist verletzt worden«, sagte Stone. »Die Kielwelle eines Löschbootes hat uns erfaßt. Sie wäre beinahe über Bord gefallen – und dabei hat sie ihre Handtasche mit dem Paß verloren.«

Sarah schob den Ärmel hoch, so daß man den Verband an ihrem Arm sehen konnte; das Blut war an einigen Stellen durch den dünnen Verbandsstoff getreten.

Der Offizier runzelte die Stirn. »Haben Sie Waffen an Bord?«

»Nein.«

Der Offizier erteilte einen Befehl, und zwei Männer gingen unter Deck, um nachzusehen.

»Drogen?«

»Nur Medizin. Meine Frau und ich sind beides Ärzte.«

»Warum schickt man Ärzte, um Yachthäfen zu erkunden?«

»Es gibt viele Ärzte, die Boote besitzen«, sagte Stone mit undurchdringlicher Miene. »Wie Sie ja sicher in Marina del Ray gesehen haben.«

»Sie haben sich auf Ostkurs bewegt. Hongkong liegt im Südwesten.«

»Manövrierraum«, sagte Stone. »Ich habe den Eindruck, daß eine Wetterfront auf uns zukommt. Wir wollen nicht an einem Leeufer festhängen.«

Der Marineoffizier nickte.

»Und haben Sie Standorte für Marinas gefunden?«

»Einige.«

»Wo?«

»Das muß leider vertraulich bleiben, bis ich den Investoren Bericht erstattet habe.«

»Haben Sie einen militärischen Vergnügungspark in Erwägung gezogen?«

Stone sah Sarah an. »Ich weiß nicht, was das ist.«

»Das ist etwas ganz Neues«, sagte der Offizier, während die Boote sich quietschend an den Fendern rieben und die Matrosen mit ausdruckslosen Gesichtern an ihren Maschinengewehren standen, die immer noch auf die *Veronica* gerichtet waren. »Touristen können dort echte Waffen abschießen – Sturmkarabiner, Granatwerfer, sogar Raketenwerfer. Yachtleute könnten vielleicht ein Unterseeboot ausprobieren. Das ist eine ganz neue Idee, die man vielleicht in Erwägung ziehen sollte. Ich gebe Ihnen meine Karte.« Er knöpfte seine Hemdtasche auf und gab Stone und Sarah je eine Karte. Auf der Rückseite stand auf englisch TÄTIGKEITSBEREICH: IMMOBILIEN, AUßENHANDEL, ETC.

»Die Volksbefreiungsarmee hat sich dem Marsch in den Wohlstand angeschlossen«, erklärte der Offizier in seinem akzentfreien Englisch. »Vielleicht setzen wir uns sogar an die Spitze der Bemühungen, uns für die Welt außerhalb unserer Grenzen zu öffnen.«

»Ausgezeichnet«, sagte Stone.

»Wenn die Behörden in Shanghai Ihnen Schwierigkeiten machen, können Sie sich ja vielleicht an meine Karte erinnern.«

»Das werden wir ganz bestimmt«, sagte Stone und reichte dem Offizier die Karte, die Ronald ihm besorgt hatte.

»Die Marinestreitkräfte der Volksbefreiungsarmee verfügen über Verbindungen zu exzellenten Immobilien, und wir könnten darüber hinaus erstklassige Kräne und Ausrüstung liefern. Wenn man es sich einmal gründlich überlegt, kann man sich eigentlich schwer vorstellen, daß ein solches Unternehmen ohne uns überhaupt möglich sein kann.«

»Ich betrachte es als einen höchst glücklichen Umstand, daß wir Ihre Bekanntschaft gemacht haben«, erwiderte Stone. »Aber im Augenblick wollen meine Frau und ich möglichst schnell aufs freie Meer kommen, ehe der Orkan einsetzt.«

»Selbstverständlich.« Er rief mit lauter Stimme einen Befehl. Die beiden Soldaten kamen mit leeren Händen wieder an Deck. Die Matrosen standen an den Leinen. Stone streckte dem Offizier die Hand hin, der sie mit beiden Händen ergriff. *»Bon voyage.«*

Die Leinen wurden abgeworfen. Die beiden Schiffe lösten sich voneinander. Das PLA-Boot bog langsam ab. Stone hielt den Atem an. Radioantennen wippten im Wind, als das Boot kurz im Wellengang stampfte; jede Sekunde konnte die Besatzung die Anweisung bekommen, sich nach einem ganz bestimmten Segelboot umzusehen. Er winkte mit der Geschäftskarte des Offiziers. Die Dieselmotoren brüllten, und dann strebte das Patrouillenboot der unsichtbaren Küste zu.

Sie zogen die Fender ein, trimmten die Segel und machten

die Decks frei. Der Wind frischte auf. Die Swan war für jene Art von Winden gebaut, die die meisten Boote in den Hafen verbannte, und Stone hatte das Gefühl, als würde das Boot sich wie eine Löwin räkeln, die hungrig aufgewacht war.

Er schaltete die Motoren ab und fuhr den Propeller auf Segelstellung. Das bedrückende Gefühl war jetzt wie verflogen. Er arbeitete an den Segeln, um das letzte Quentchen Geschwindigkeit herauszuholen. Jetzt überholten sie bereits die ersten dieselbetriebenen Fischerboote. Dann zeigte das Sonar unvermittelt, wie die Wassertiefe sich verdoppelte, dann verdreifachte. Sie hatten die Flüsse hinter sich gelassen und bewegten sich jetzt über die große Yangtzebank. Mit zwanzig und dreißig Metern Wasser unter dem Kiel und nichts als den Lichtern der Fischerboote, die mit der Nacht zurückkehrten, zwischen sich und Japan konnten sie tagelang allein nach Kompaß segeln.

»Was wird er wohl tun, wenn wir nicht rechtzeitig nach Tokio kommen?«

»Er ist völlig unberechenbar«, sagte Sarah.

»Nun, wenn er sie einfach absetzt, dann weiß Ronnie, wie sie Hiroshis Vater erreichen kann ... Was zum Teufel hat der Bursche vor?«

Ein plötzlicher Windstoß knallte in die Segel, ein kalter, schroffer Wind, der im Gesicht schmerzte. Die *Veronica* kippte zur Seite ab, und die See strömte über die Reling.

»Laß uns das Großsegel reffen – oder noch besser, laß es uns abnehmen und das Technora setzen.«

»Schaffst du das? Du siehst ziemlich mitgenommen aus, Michael. Du solltest schlafen.«

»Ja. Komm schon, solange es noch hell ist.«

Gemeinsam schleppten sie das Segel über die Kajüttreppe. Dann ließen sie das alte Dacrongroßsegel herunter, lösten es vom Baum, verstauten es und schleppten es hinunter. Es wurde jetzt immer dunkler. Das Boot krachte immer wieder in die Wellen, und das Technora fühlte sich in ihren kalten Händen steif wie Blech an.

Sie rollten es auf dem schwankenden Deck aus, fanden den Hals des Segels und begannen die Plastikgleiter in die Leitschiene des Baums einzuführen. Sie sicherten den Hals am Lümmelbeschlag, befestigten den Kopf am Mastfall und schoben die Gleiter ein, die die Vorderseite des Segels hielten. Sarah fand die Segellatten, die sie in die dafür vorgesehenen Taschen schoben, um so das Tuch weiter zu verstärken. Dann legte Stone sein ganzes Gewicht in die Falleinen.

Sie schalteten ihre Arbeitslichter ein.

»Irgendwie sieht das Ding bösartig aus.«

Das Segel war schwarz und formte den Wind wie eine Stahlplatte.

Das Boot mühte sich ab, von dem aufkommenden Wind beinahe überwältigt. Sie banden ein Reff ein und machten damit das Dreieck des Segels schmaler und niedriger.

Gleich darauf mußten sie ein zweites Reff einbinden. Der Wind kam jetzt immer härter von Nordost. Die Swan fuhr hart am Wind. Sie bekam Gischt und gelegentlich auch eine See ab, die den Schmutz von Shanghai vom Deck spülte.

Während Sarah steuerte, takelte Stone ein Brückenkleid, eine Abschirmung aus Segeltuch und durchsichtigem Plastik, die das Cockpit schützen sollte. Dann erwärmte er Suppe aus der Dose und brachte sie in zwei Bechern mit Deckeln ans Steuer. Es war Jahre her, daß sie zuletzt in kaltem Wetter gesegelt waren, und beide fröstelten heftig.

»Du siehst schlimm aus«, sagte Sarah. »Du solltest jetzt schlafen.« Sie strich mit dem Finger über sein Gesicht, das wie das eines zwanzig Jahre älteren Mannes aussah.

»Bist du okay?« antwortete er.

»Im Augenblick fühle ich mich jedenfalls besser als du. Geh nach unten. Leg dich hin.«

Er war so müde, daß sich alles um ihn herum drehte.

»Michael?«

»Ja?« Er sah sich um. Sie quälte sich ein Lächeln ab. »Komm, nimm mich in die Arme.« Ein langer Schritt trug ihn zu ihr, und er zog sie in seine Arme.

»Warte.« Sie entwand sich ihm, öffnete ihre dicke Jacke. Stone knöpfte die seine ebenfalls auf, und sie drückten sich aneinander, wärmten sich gegenseitig.

»Das war eine wunderbare Rettung.«

»Eine halbe Rettung.«

»Wir bekommen sie schon zurück.«

»Sicher werden wir das.« Er blickte nach vorn, wo der Horizont schwarz wurde. »Weck mich auf, wenn das da schlimmer wird.«

»Schlaf jetzt.«

Er schickte sich an, die Kajüttreppe hinunterzugehen, blieb dann aber stehen. »Warum hat er uns gehen lassen?«

»Das einzige, was mir dabei einfällt, ist, daß er keinen Einfluß auf die Löschboote hatte.«

»Na und? Er hätte das doch am Ende irgendwie mit den vielen Freunden klarbiegen können, von denen du mir erzählt hast.«

»Vielleicht nicht rechtzeitig.«

»Rechtzeitig wofür? Um seine Ladung zu verkaufen?«

»Ich weiß es nicht«, sagte sie. »Aber irgend etwas hat er vor, und er fürchtet, daß wir reden.«

»Wir werden übermorgen mit Ronnie sprechen. Und dann bringen wir ihn dazu, daß er uns ein weiteres Gespräch verspricht. Dieser Hurensohn. Solange wir mit einem Funkgerät auf freiem Fuß sind, kann er ihr nichts zuleide tun.«

Er taumelte die Kajüttreppe hinunter und schloß hinter sich die Luke. Unten herrschte Stille, der Lärm, den Wind und

Wasser erzeugten, schien weit entfernt. Er hatte ein schlechtes Gewissen, daß er Sarah allein ließ; schließlich hatte sie fast so müde ausgesehen, wie er sich fühlte.

Das Boot stampfte in den Wellen. Er brauchte eine Ewigkeit dazu, aus seinen Stiefeln zu schlüpfen, und dann schien es ihm nicht der Mühe wert, auch noch sein Ölzeug auszuziehen, und so suchte er sich bloß eine Decke und ließ sich in der Hauptkabine auf die leewärts angeordnete Koje sinken. Er schloß die Augen und zog sich die Decke über den Kopf. Er wußte, daß er schlafen mußte. Solange er sich nicht ausgeruht hatte, würde er zu nichts zu gebrauchen sein. Aber er konnte einfach das Bild von Ronnie nicht loswerden, die wie ein Kätzchen um sich schlug.

Er knipste eine Leselampe an, schwang die Füße auf den Kabinenboden, ging die paar Schritte nach hinten zur Navigationsstation und fand dort die *Sailing Directions* und die *Ocean Passages for the World* der Royal Navy. Er trug die Bücher zu seiner Koje und nahm sich die Beschreibung des Ostchinesischen Meeres, der Straße von Osumi und den Teil des Nordpazifiks zwischen der Straße von Osumi und Tokio vor, den man als Philippinensee bezeichnete.

Im Dezember wurde das Wetter vom Wintermonsun Chinas beherrscht – den kalten trockenen Winden, die ein riesiges Hochdrucksystem über der Mongolei und Ostsibirien erzeugte. Auf der ersten Etappe von Shanghai zur Südspitze Japans konnten sie mit Nordost- und Nordwestwinden rechnen. Zwanzig Knoten auf offenem Meer, eine gute, steife Brise der Stärke fünf – die jederzeit auf dreiunddreißig Knoten auffrischen konnte, ein mäßiger Sturm, der sie zwingen würde, in das Großsegel drei Reffs einzubringen und die Sturmfock zu setzen.

Sobald sie aber die Straße von Osumi hinter sich hatten, würde das kontinentale Hoch heftige Westwinde erzeugen. Sich nach Osten bewegender Tiefdruck würde den Monsun verlangsamen und heftige Winde hinter sich lassen. Stürme waren häufig.

Er schaltete das Radio ein, um einen neuen Wetterbericht zu hören. Aber lange ehe er das Gehörte notieren konnte, war er eingeschlafen.

Als Sarah herunterkam, um sich einen Augenblick von der Kälte zu erholen, schob sie die Bücher beiseite und legte eine zusätzliche Decke über ihn. Während der Wasserkessel auf dem Kerosinofen heiß wurde, ging sie nach vorn und schaltete dort das Licht ein. Die Wellen schlugen donnernd gegen den Bug. Ronnies kleine Höhle, ihr Puppenhaus. Die Decke über ihrer Koje war vollgeklebt mit Bildern von Katzen und Pinguinen und Fotos aus *People* von ihrer augenblicklichen Heldin, Surya Bonaly, der schwarzen französischen Olympiaeisläuferin. Ein Blumentopf mit einer eingeschrumpelten Aloepflanze schwang in einem kardanischen Halter. Sie goß etwas Wasser in die pulvertrockene Erde. In jedem Afrikaner steckt doch ein Bauer, dachte sie.

Sie hatte das Gefühl, als würde die *Dallas Belle* einen Fluch Gottes mit sich tragen. Die Unschuldigen waren nicht immun. Sie versuchte, sich ihr Kind in Mr. Jacks Kabine schlafend auszumalen. Vielleicht auch wach liegend, verängstigt. Die Furcht drohte sie zu überwältigen. Sie konnte spüren, wie sie in ihr aufwallte. Sie sah nach hinten zu Michael, als ob der ihr Kraft geben könnte. Sein Gesicht sah alt aus.

31

Stone erwachte in Etappen. Sein ganzer Körper fühlte sich zerschunden an, während sein Bewußtsein zunächst von einem Gefühl des Wohlbehagens erfüllt war. Er war wieder auf seinem Boot, das Wasser rauschte am Rumpf vorbei, und das vertraute Ächzen des Ruderkokers rief in ihm friedliche Erinnerungen wach. Das Boot kreuzte am Wind, segelte weich durch die Wellen. Es fühlte sich wie siebeneinhalb Knoten an. Die See war kabbelig; gelegentlich klatschte der Bug in ein Wellental, bahnte sich aber mühelos seinen Weg.

Trotzdem war nicht alles in Ordnung: Das Boot trug zu viel Segel, krängte zu hart und verlor sogar an Geschwindigkeit, wenn eine Windbö es zu weit krängte. Er sah auf die Uhr. Ein Uhr. Sie mußte zerbrochen sein. Aber als er sie ans Ohr hielt, hörte er das gleichmäßige Ticken. Er setzte sich schnell auf und spürte, wie die Erinnerungen in ihn zurückfluteten. Sarah hatte jetzt seit acht Stunden Wache. Er stieg in seine Stiefel. Zwischen Bett und Schiffswand steckte eine Thermosflasche mit Kaffee, daran ein Zettel: TRINK MICH.

Er hatte geschlafen wie ein Murmeltier und sie nicht gehört. Jetzt traf ihn die Erinnerung an Ronnie wie ein Nackenschlag, und er war augenblicklich hellwach. Er trug die Thermosflasche ins Cockpit, stieg auf schmerzenden Beinen die Kajüttreppe hinauf.

»Tut mir leid«, rief er.

Sarah war ein Schatten vor dem Hintergrund der Nacht. Der Himmel war mit Wolken verhangen und von hinten von einem schwachen Leuchten erhellt – der Widerschein von Shanghai sechzig Meilen achtern. In der Dunkelheit rings um das Boot funkelten die weißen Schaumkronen der Wellen.

»Ich fühle mich wohl«, sagte sie. »Ich bin richtig froh, wieder draußen zu sein.«

Sie hatte eines der Reffs ausgeschüttelt, aber der Wind wehte jetzt mit mehr als zwanzig Knoten, und das Boot krängte hart im Wind. Normalerweise segelte sie wesentlich vorsichtiger.

»Du mußt völlig erledigt sein.« Er goß ihr einen Becher heißen Kaffee ein.

»Die Selbststeueranlage arbeitet nicht. Die See ist zu unruhig.« Während sie das sagte, steuerte sie das Boot aus einem tiefen Wellental heraus durch eine Welle, die die *Veronica* vom Kurs zu bringen drohte. Kalte Gischt flog über die Kabinenverkleidung und schlug ihnen ins Gesicht.

»Ich denke, wir haben zu viel Segel oben«, sagte Stone.

»Der Wind ist schwächer geworden.«

»Ja, aber jetzt ist er wieder da. Geh ein bißchen höher.«

Sarah steuerte höher an den Wind.

Stone fierte das Großschot. »Würdest du die Liekleine etwas nachziehen, wenn ich rufe?« Er ging nach vorn, hielt sich dabei an den Rettungsleinen fest und löste die Spiere. Dann löste er das Toppfall und zog den Baum mit der Gaffel nach unten. Anschließend zog er eine dünne Leine durch die Segelösen und um die Spiere herum und sicherte das lockere Tuch zwischen dem jetzt neu gesicherten Vorder- und Hinterende.

Auf Stones Wunsch hatte der Segelmacher eine dritte Reihe mit Bändeln und Ösen für ein weiteres Reff hinzugefügt, aber für den Augenblick reichte die zweite. Die Swan hatte sich aufgerichtet. »Acht Knoten!« rief Sarah. Als er ins Cockpit zurückkam, hielt sie ihm einen Becher Kaffee hin.

Stone trank den Kaffee schnell und übernahm dann das Ruder. »Ich hab's.«

»Null-neun-drei«, sagte sie und deutete auf den rotbeleuchteten Kompaß. Der Geschwindigkeitsmesser tanzte zwischen 7,9 und 8,1 Knoten. Das Sonar zeigte fünfundvierzig Meter an. Sie hatten den Südrand der Yangtzebank passiert und konnten damit rechnen, daß der Wellengang im tieferen Wasser jetzt geringer sein würde.

»Wo ist das GPS?«

»Das hat Ronnie.«

Das war kein Problem. Wenn der Himmel nicht aufklarte, konnte er Funkverbindung mit irgendeinem Schiff in der Nähe aufnehmen und sich die Position geben lassen; und im übrigen gab es die nächsten drei Tage zwischen hier und Japan nichts, wo Gefahr bestand, daß sie auflaufen würden.

»Schlafe ein wenig«, sagte er, weil es ihn danach drängte, an den Segeln zu arbeiten.

»Hast du gegessen?«

»Bloß den Kaffee getrunken. Aber das geht schon in Ordnung.«

»Ich bringe dir etwas.«

»Ich brauche nichts.«

»Ich bringe dir etwas.« Sie berührte sein Gesicht, so wie sie das vorher schon einmal getan hatte, als würde sie mit ihren Fingern in der Dunkelheit sehen. »Dich jetzt abzuschinden bringt sie auch nicht zurück.«

Sie ließ ihm eine Taschenlampe da, frisch aus dem Ladegerät, und er richtete den Lichtkegel auf die Segel, um zu sehen, wie sie standen. Fast perfekt, dachte er sich. Das Steuer fühlte sich so an, als ob das Boot gut getrimmt wäre, aber wenn der Wind stärker wurde, würde er einen kleineren Klüver setzen.

Er war dem Wesen nach kein Regattasegler, aber schließlich hatte man ihn mit der *Veronica* über drei Ozeane gejagt, und dabei hatte er gelernt, aus einer Swan Tempo herauszuholen. Mit dem höheren Mast und dem Technoragroßsegel war sie heute sogar noch schneller. Und *er* war auch inzwischen erfahrener geworden. Aber dafür konnte er seinem Körper heute nicht mehr so viel abverlangen; seine Hände hatten seit Jahren an Kraft verloren, und jetzt fingen auch seine Beine an. Und darüber hinaus machte er sich Sorgen um seine Motivation; auf der Flucht vor den Verfolgern hatte die Angst ihn getrieben. Würde die Liebe ebenso mächtig sein?

Tausend kleine Dinge würden ihm die Antwort liefern: die Bereitschaft, ein Segel zu wechseln, zwei Minuten, nachdem er es gerade gewechselt hatte; oder wenn die Erschöpfung ihn halb lähmte, die Energie aufzubringen, aufzustehen und eine Winsch eine halbe Drehung zu kurbeln, wenn der Instinkt ihm sagte, daß das helfen würde, ihr Tempo zu steigern, und sein Verstand gleichzeitig stöhnte, was soll die Mühe?

Als Sarah mit Haferflocken und Honig heraufkam, war sie entsetzt. Das Cockpit war leer. Sie wirbelte herum und sah ihn am Mast an einer Winsch arbeiten, ganz auf das Boot konzentriert. Zum ersten Mal, seit man ihnen Ronnie weggenommen hatte, verspürte sie Erleichterung. Er war wieder Herr und Meister der Swan, war wieder in seinem Element. Einen flüchtigen Augenblick lang fragte sie, was mit ihm passieren würde, wenn sie nach Afrika fuhren. Er kehrte langsam ins Cockpit zurück, mit lockeren Schritten und halb geduckt, und seine Hände strichen über eine Leine, die er über die Kabine gespannt hatte. Er strahlte. »Ein herrliches Segel. Es zieht wie eine Rakete.«

»Wirst du dieses Reff ausschütteln?«

»Nein. Der Wind ist richtig klasse. Herrgott, das riecht gut … köstlich. Da, nimm du auch etwas. Dann schläfst du besser …«

Ronnie starrte mit zusammengepreßten Lippen auf ihr Frühstück, hörte nicht auf Ah Lees Bitten, daß sie doch essen solle – daß sie gestern nicht zu Mittag und nicht zu Abend gegessen und sogar die Pizza stehengelassen hätte, die der Schiffskoch noch spätabends ganz speziell für seinen Liebling in der Crew gemacht hatte.

Sie war am Verhungern, ihr Magen ein leeres Loch. Nachdem Moss sie gepackt hatte, hatte sie zuerst nicht essen können. Aber jetzt war sie hungrig und mußte sich mit aller Macht auf ihre Mutter und ihren Vater konzentrieren, um sich nicht einen ganzen Blaubeermuffin in den Mund zu stopfen.

Ah Lee fing jetzt wieder an, wechselte ständig zwischen Chinesisch und Englisch hin und her. Sie schob den Teller weg.

Der chinesische Steward beugte sich über sie und flüsterte ihr ins Ohr. »Wenn du nicht ißt, schlägt mich Mr. Moss.«

»Er blufft«, sagte Ronnie. Aber sie konnte die Spuren der letzten Mißhandlung durch Moss nicht übersehen, die Fäden, die ihre Mutter erst letzte Woche aus seiner Wange gezogen hatte, und die Angst in seinen Augen. »Wahrheit?« flüsterte sie zurück.

»Sehr Wahrheit.«

»Sehr *wahr,* Ah Lee. Oder ›Wahrheit‹, aber nicht ›sehr Wahrheit.‹«

»Du essen bitte. Bitte.«

»Okay, okay.«

Er verschränkte die Arme vor der Brust und sah ihr zu, wie sie beide Muffins und ihre Milch hinunterschlang. »Jetzt Eier, Missy.«

»Sag nicht Missy zu mir.«

»Ja, Miss Ronnie.«

»Sag nicht Miss Ronnie zu mir. Das habe ich dir schon tausendmal gesagt. Ronnie. Ronnie. Ronnie.«

»Ja, Ronnie. Danke für Essen.«

Jetzt kam Mr. Jack in seinem Morgenrock und seinen Pantoffeln hereingeschlurft. Ronnies Gesichtszüge verfinsterten sich, wurden verschlossen. Er nahm die Kaffeetasse, die Ah Lee ihm eilig reichte, trank schlürfend daraus und spähte dann über den Tisch. »Kopf hoch, Kleines. Ich werde dir bald etwas zeigen, bei dem dir die Augen übergehen.«

Ronnie starrte auf ihren Teller. Sie war verwirrt – fühlte sich von Mr. Jack verraten. Und sie hatte ein wenig Angst. Sie wußte nie, wann er plötzlich anfangen würde zu schreien. Und jetzt, wo ihre Mutter nicht da war, um sich, wenn nötig, einzuschalten – was würde jetzt passieren, wenn er explodierte?

»Was ist, Himmel noch mal?«

»Ich will nach Hause.«

»Du *kommst* nach Hause. Das habe ich dir doch gesagt. Weihnachten. Ein Knaller von einem Fest mit deinen Eltern.« Er blinzelte ihr zu und hatte plötzlich doppelt so viele Falten um die Augen und fing dann mit heiserer Stimme zu singen an. *»I'll be home for Christmas, you can count on me* ... Du liebe Güte, jetzt fang mir bloß nicht zu heulen an.«

»Ich heule nicht«, sagte sie, obwohl sie den Kloß in ihrer Kehle spürte und auch, wie ihr Mund zu zittern anfing, und sie konnte nichts dagegen tun.

»Ist doch nicht meine verdammte Schuld, daß die ohne dich abgehauen sind.«

»Sie haben ihnen angst gemacht.«

Mr. Jack starrte sie an. Sein Gesicht wurde hart wie Metall. Dann lachte er. »Also, gottverdammt noch mal, Kleines, gib doch nicht mir die Schuld, wenn das solche Angsthasen sind ... Und jetzt komm schon, Kopf hoch. Ich werde dir heute etwas ganz Besonderes zeigen. Und morgen darfst du mit ihnen reden, über Funk. Weißt du noch?«

»Mittag. Natürlich weiß ich das noch.«

»Stimmt genau. Morgen mittag. Dann darfst du hübsch lang mit ihnen reden. Bloß, daß du natürlich aufpassen mußt, was du sagst – du darfst nicht über mich oder Shanghai oder so was reden. Nur über dich und über sie und daß ihr alle Weihnachten großen Spaß haben werdet.« Er schlurfte zu dem Weihnachtsbaum und knipste die bunten Lichter an. »Wenn wir ein wenig früher nach Tokio kommen, gehe ich vielleicht mit dir auf die Ginza, Weihnachtseinkäufe machen. Dann kaufen wir was für deine Mum und deinen Dad. So, du willst also wissen, was heute passieren wird?«

Das wollte sie nicht. Aber sie erinnerte sich daran, daß ihre Mutter sich immer bemüht hatte, Mr. Jack das zu sagen, was er hören wollte, und sagte deshalb: »Was wird denn passieren?«

»Was passieren wird? Komm, zieh dich an, während ich frühstücke, und dann ziehe ich mich an, und dann wirst du sehen, was passiert.«

Als er wieder in einen dicken Daunenmantel eingehüllt herauskam, hatte er den gleichen Mantel, nur viel kleiner, für sie, knallrot, und er paßte perfekt. In den Taschen steckten mit Sauriern bestickte Handschuhe und eine rote Strickmütze mit einer goldenen Troddel. »Draußen ist es kalt. Knöpf zu.«

Er eilte die Treppe zum Brückendeck hinauf. »Bißchen fix. Laufschritt.«

Sie rannte ihm nach über den Korridor und durch den Vorhang zur Brücke. Dort war es kühl und ruhig, und die großen Fenster ließen das graue Licht durch das Loch herein, das das Feuer in das Schuppendach gebrannt hatte.

Daddys Feuer. Sie unterdrückte ein Lächeln. Mr. Jack war wirklich wütend über das Feuer gewesen, hatte Daddy einen »verdammten Mistkerl« genannt und noch eine ganze Anzahl anderer Dinge, die sie von amerikanischen Kindern in Samoa gelernt hatte.

»Komm her!«

Sie folgte ihm nach draußen auf den kalten Brückenflügel. Weit von ihnen entfernt, ganz vorn am Bug, waren Hunderte von Arbeitern und starrten zu den Kränen empor, die über ihren Köpfen hingen. Mr. Jack reichte ihr den Feldstecher.

»Nein, danke. Den brauche ich nicht.«

Sie konnte deutlich sehen; ein Feldstecher engte die Sicht nur ein; sie fühlte, daß hier gleich etwas sehr Wichtiges passieren sollte, und sie wollte alles gleichzeitig sehen.

Mr. Jack hob einen Telefonhörer ab. »Ich bin soweit, C. B.«

Eine Pfeife ertönte, und die Arbeiter griffen nach ihren Werkzeugen.

»O – Mann!«

Vier Laufkräne – zwei auf der Steuerbordseite und zwei auf der Backbordseite des Kreuzfahrers – bewegten sich gleichzeitig. Sie konnte das Donnern ihrer Maschinen hören, das jetzt lauter wurde, als sie die Last aufnahmen – so wie die Maschine der *Veronica* von einem *töff-töff-töff* in ein *tschak-tschak-tschak* überging, wenn sie die Schraube einschalteten. Kabel spannten sich, und die ganze Vorderseite der Aufbauten des Kreuzfahrers – die vorderen Kabinen und die Brücke darüber – begannen sich zu heben.

Ronnie hielt den Atem an.

Das Stück, das die Kräne anhoben, wirkte etwa halb so lang wie die *Veronica* und so breit wie das Schiff. Die Kräne hoben es immer höher. Dann begannen sie, es wie einen Legostein nach rechts zu bugsieren.

»Wow.«

»Warte es ab, Kleines«, schmunzelte Mr. Jack.

Langsam hoben die Kräne das Stück aus den Schiffsaufbauten über die Seite des Kreuzfahrtschiffes über das Wasser zwischen den beiden Schiffen und schließlich über den Gasfrachter. Die Arbeiter, das konnte sie jetzt sehen, hielten die Leinen fest wie Geitaue eines Spinnakers. Hunderte waren es, und sie alle mühten sich ab, das Teil nicht ins Schaukeln geraten zu lassen.

Sie wollte gerade wieder *»Wow«* sagen, aber dann wurde ihr bewußt, daß sie anfing, sich zu wiederholen. Und sie entschied sich für »Du große Scheiße«.

»Mann!« sagte Mr. Jack. »Kaum ist Mum weg, fängt die Kleine an, wie ein Matrose zu fluchen. Von wem hast du denn das gelernt? Von Daddy?«

»Mr. Jack, was machen die da?«

»Die spielen Baukasten.«

»Ich weiß nicht, was das bedeutet.«

»Dafür bist du zu jung. Die bauen Aufbauten von diesem alten Kreuzfahrtschiff auf mein Schiff.«

»Wozu das?«

»Damit wir auf Kreuzfahrt gehen können.«

»Was?«

»Das war ein Witz, Kleines.«

»Aber warum?«

»Warum nicht?«

Er starrte nach vorn und strahlte wie der glücklichste Mann der Welt, als das riesige, sechs Stockwerke hohe Stück Stahl sich langsam über das Vorderdeck des Gasfrachters bewegte. Die Pfeife tönte. Die Kräne hielten an, das Stück schwankte leicht. Als die Männer mit den Tauen das Schaukeln zum Stillstand gebracht hatten, ertönte die Pfeife erneut, und das Teil begann sich zu senken. Ronnie sah jetzt, daß auf dem Vorderdeck eine Art Stahlgerüst errichtet worden war, und während sie jetzt zusah, zogen die Kräne das Schiffsteil etwas zur Seite, richteten es aus.

»Lasergelenkt«, sagte Mr. Jack. »Weißt du, wie das funktioniert?«

»Klar.«

»Jetzt kommt der komplizierte Teil.«

Das Stück setzte mit einem hohlen Dröhnen auf, und Ronnie spürte, wie das Deck sich unter ihren Füßen bewegte. Wieder ein Dröhnen. Jetzt wurden die Krankabel schlaff, und eine Anzahl Arbeiter schwärmten mit knatternden Preßluftbohrern aus.

Augenblicke später schwangen die Kräne über das Kreuzfahrtschiff zurück und nahmen sich das nächste Stück vor. Sie konnte jetzt erkennen, daß die gesamten Aufbauten in Abständen von etwa sechs Metern aufgeschnitten waren und daß sie sie Stück für Stück auf Mr. Jacks Schiff setzen würden.

»Also, was meinst du?«

Sie schloß die Augen, um sich ein Bild zu machen, wie das Schiff von vorn aussehen würde. Von dem Anblick benommen, sagte sie, ohne zu überlegen: »Es ist wie eine Maske.«

»Wie meinst du das?« fragte er scharf.

»Wenn es auf einen zukommt, wird es aussehen, als ob es sich eine Maske aufgesetzt hätte.«

Der alte Mann schmunzelte. Die Kleine war schon eine ganz besondere Marke. Er deutete mit einer Kopfbewegung auf die Kräne, die jetzt gerade dabei waren, ein zweites, sechs Stockwerke hohes Teil zu bewegen. »Von der Seite auch.«

»Warum?«

»Denk mal nach, kleiner Schlaukopf.«

Er beobachtete sie scharf. Bis jetzt hatte sie es noch nicht erfaßt. Noch nicht. Aber die Kleine war clever. Sie würde noch dahinterkommen. Ihre Augen waren überall. Aber sie zuckte die Achseln. »Werden Mummy und Daddy wirklich morgen anrufen?«

»Wir rufen sie an.«

»Ich kann es nicht erwarten.«

Moss kam jetzt heraus, sein Atem dampfte in der Kälte. Er deutete mit einer Kopfbewegung auf das Kind.

»Ronnie, lauf hinein«, sagte Mr. Jack. »Ich ruf dich gleich wieder.«

Sie schob sich an Moss vorbei.

Moss reichte ihm einen E-Mail-Ausdruck. »Von den Erbsenzählern«, sagte er und meinte damit die Verwalter, die Mr. Jacks Unternehmen in seiner Abwesenheit führten.

»Ich habe doch gesagt, daß ich keinerlei Verbindung will.«

»Tut mir leid, Mr. Jack. Ich mußte eine Notverbindung aufbauen für den Fall, daß irgend etwas schiefgeht. Und die Erbsenzähler hielten das für einen Notfall. Und ich bin auch der Ansicht.«

Mr. Jack setzte seine Brille auf und las die eine Zeile: *Anfragen aus Hongkong und Australien erhalten.*

»Dieses Miststück von Doktor.«

Jack Powell fühlte sich alt, das erste Mal in seinen achtundsiebzig Jahren. Warum, so fragte er sich, hatte er die Eltern gehen lassen? Als er mitten in der Nacht von all dem Lärm aus dem Schlaf gerissen worden war, nachdem er die ganze Nacht mit den Generälen gezecht hatte, war er von dem Feuer verwirrt – gib es ruhig zu, sagte er sich, beunruhigt, verängstigt – gewesen. Er hatte sich ziemlich schnell wieder davon erholt, das stand fest. Aber dann hatten ihm diese gottverdammten Löschboote den nächsten Schlag versetzt.

Er kannte sich in Shanghai aus – wußte, an welchen Drähten man ziehen mußte – aber Bürokraten waren Bürokraten, ob sie nun in Washington, in Houston, in Lagos oder in China waren, und er hatte plötzlich den ganzen Schwindel auffliegen sehen.

Da gab es Hunderte von Berichten: nicht genehmigte Bauarbeiten; ein Gasschiff, das eigentlich auf dem Huangpu nichts zu suchen hatte; die Sicherheit der Stadt; et cetera, et cetera, gottverdammt!

Die Sache war im Griff. Man konnte Bürokraten angst machen, wenn man die richtigen fand. Und seine alten

Freunde verstanden sich darauf, die richtigen zu finden. Aber mitten im Schlachtengetümmel hatte er nur daran denken können, daß er keine Erklärung für die beiden Ärzte haben würde, die Schwarze und den Weißen, die nach ihrem Kind schrien.

Daran war nichts zu deuteln; wenn die beiden in dem Chaos auf ein Löschboot gesprungen wären – oder wenn der Kommandant eines Löschbootes gesehen hätte, wie Moss diese Mistkerle abknallte oder die Granate hochgehen ließ, die er in ihrem gottverdammten Segelboot versteckt hatte, dann hätte das mächtigen Ärger gegeben. Und während er all das erklärte und all den Neugierigen mit Geld den Mund stopfte, würde irgendein Wichtigtuer von Bürokrat die *Dallas Belle* beschlagnahmt haben, und dann würden sie ein Jahr lang in Shanghai festsitzen!

Wie er jetzt so zusah, wie Ronnies betrübtes braunes Gesicht gleich in Tränen um Mummy und Daddy ausbrach, wünschte er, er hätte sie an Ort und Stelle umgenietet und sich den Teufel um die Folgen geschert. Verdammt, das Feuer war eine große Sache. Die Chinesen waren in diesen ersten Sekunden genauso in Panik geraten wie er.

Dieser Mistkerl von einem Doktor hatte ganz genau gewußt, was er anrichtete. Es brauchte mehr als ein brennendes Ventil, um die isolierten Tanks aufplatzen zu lassen. Das Schiff war dafür gebaut, nicht so leicht in die Luft zu fliegen, ob da nun ein Feuer ausbrach, ob es auf Grund lief oder sogar mit einem anderen kollidierte. Um den Tanker hochgehen zu lassen, mußte man schon mit Hohlladungen arbeiten.

Aber wie zum Teufel hatte dieser Mistkerl das gewußt? Doktor Mummy hatte ihm gesagt, Doktor Daddy sei Ingenieur und hätte sich seinen Beruf selbst beigebracht. Akustik. Elektronik. Vielleicht hatte ihr Kumpel im Bergungsgeschäft ihnen etwas über Gasfrachter beigebracht. Vielleicht las er den *Professional Mariner.* Oder *Safety at Sea.* Aber Mumm hatte dieses Arschloch, das mußte man ihm lassen.

»Verdammt!«

»Was ist denn, Mr. Jack?«

»Wie heißt du, Kleines?«

»Häh?«

»Wie du *heißt.*«

»Ronnie. Das wissen Sie doch.«

»Dein ganzer Name.«

Ihre Augen wichen ihm eine Sekunde lang aus, ehe sie antwortete: »Veronica Margaret Soditan Samuels.«

»Ach? Wo hast du das Margaret her?«

»Die Mütter von Mummy und Daddy haben beide Margaret geheißen. Und sie sind beide sehr jung gestorben.«

»Was für ein praktischer Zufall. Und was ist mit dem Soditan?«

»Mummys Mädchenname. Von ihrem Vater.«

»Und wer hat sich das Samuels einfallen lassen?«

»Mummy und Daddy – ich meine, Daddy heißt so.«

»Klar, Kleines.«

Sie blickte verängstigt. Er ließ sie einen Augenblick lang schmoren. »Genug gesehen?«

»Ja, Mr. Jack.«

»Lauf in die Kabine hinunter und sag Ah Lee, er soll dir heißen Kakao geben.«

Aber sie stand auf Deck verwurzelt da wie ein Busch.

Alt und dumm, dachte er, alt und dumm.

»Moss«, schrie er. »Herkommen.«

Dann überkam ihn Mitleid. »Hey, fang nicht zu weinen an, kleines Mädchen. Ich verrate deinen Daddy schon nicht. Ich bin auch ein böser Junge.«

»Er ist nicht böse.«

»Na ja, das bin ich ja auch nicht.«

Aber dumm. Ich hätte gleich darauf kommen müssen – aber das war passiert, nachdem er aus Nigeria verduftet war, kurz bevor das zum Tollhaus wurde ... Ein General war da ermordet worden. Der Vater von Mummy Doc? Die Bullen hatten behauptet, ein weißer Amerikaner habe das getan. Daddy Doc? In der Gerüchteküche war zu hören gewesen, das Ganze sei bloß Tarnung gewesen, weil die CIA Mist gebaut hatte. Aber wie auch immer – die hatten diesen Weißen nie erwischt. Der Amerikaner war entkommen. War das dieser Spinner, der jetzt nach Tokio unterwegs war? Mr. Jack zuckte die Achseln. Aus Afrika kamen weiß Gott eine Menge verrückte Geschichten.

»Geh jetzt, Kleines. Verschwinde hier. Ich muß mit Moss reden.«

Moss kam eilig aus dem Computerraum. »Was ist, Mr. Jack?«

Ronnie schlug einen Bogen um Moss, wie ein Kaninchen um eine Schlange, und verschwand im Korridor.

Jack Powell wartete, bis er das Klatschen ihrer Turnschuhe auf der Treppe hörte. »Piepsen Sie den Captain an.«

Der Kapitän meldete sich eine Minute darauf.

»Mr. Jack will Sie haben. Jetzt gleich.«

»Ich habe hier alle Hände voll zu tun.«

»Auf der Brücke. Jetzt gleich.«

Sie warteten stumm, Moss begierig darauf zu fragen, aber wissend, daß das jetzt nicht klug wäre, und Jack Powell über seine Schwächen nachgrübelnd.

»Captain«, sagte er, als der Texaner mit mürrischer Miene auftauchte. »Ich möchte, daß Sie mir die Route berechnen, die Doktor S. und ihre bessere Hälfte nach Tokio segeln.«

»Ostchinesisches Meer. Straße von Osumi. Philippinensee. Tokio Bay.«

»So viel kann ich mir selbst auch zusammenreimen. Was

mich interessiert, ist der Wind. Das ist ein Segelboot. Ich möchte die *exakte* Route.«

»Macht es Ihnen etwas aus, wenn mein erster Maat das ausrechnet? Ich bin ziemlich beschäftigt. Eine falsche Bewegung von diesen Schwachköpfen auf den Kränen, und wir fliegen in die Hölle.«

Jack Powells Ausdruck verdüsterte sich. »Captain – und ich verwende diesen Titel, obwohl man Ihnen die Lizenz bereits entzogen hat, weil Sie Ihr letztes Kommando in die Hölle gejagt haben –«

»Das war nicht meine Schuld.«

»*Ich* glaube an Sie, Captain. Verdammt noch mal, schließlich zahle ich Ihnen für diese eine Fahrt mehr, als Sie in Ihrem ganzen Leben bisher verdient haben. Es sei denn, Sie wollen, daß ich Ihren ersten Maat befördere ...«

»Nein, Sir.«

»Hängen Sie sich an Ihre Computer und das verdammte Wetterfax, und sagen Sie mir, wo der Mann hinsegeln wird. Und du«, herrschte er Moss an, den das sichtliche Unbehagen des Kapitäns grinsen ließ, »du überlegst dir, wo du sie aufhalten wirst. Was, Moss?«

»Lassen Sie die Kleine morgen mit ihnen reden?«

»Ja.«

»Vielleicht können wir ihr Signal anpeilen.«

Mr. Jack strahlte. »Captain, daran hätten Sie denken müssen.«

»Das war nicht nötig. Ich habe mir das Wetter angesehen.«

Der Kapitän ging an das Wetterfaksimilegerät und riß die letzte Karte ab.

»Da kommt eine richtig starke Kaltfront vom Kontinent auf das Ostchinesische Meer heraus. Eine nagelneue ungestörte Front, die sich unter die warme Luftmasse keilt.« Er fuchtelte mit der Karte vor Moss' Gesicht herum. »Und dieser kleine Knilch da ist ein Tief.« Er fuhr mit einem schwieligen Finger das Tiefdruckgebiet nach – ein zusammengedrückter Wirbel, der an einen Ast in einem Hartholzbrett erinnerte. »Sinkt um ein Millibar die Stunde und vertieft sich schnell. Wenn das so weitergeht, wird sich das zu etwas aufbauen, was die Jungs vom Wetter eine ›Bombe‹ nennen, und wird unseren beiden Doktoren zu schaffen machen. Die haben kein Wetterfax, und die gesprochene Vorhersage wird diesen Bastard nicht festnageln. Mit ein wenig Glück versenkt sie das, bevor es Mittag ist.«

32

Der Himmel riß auf und neckte Stone mit der Aussicht, Besteck aufnehmen zu können. Aber obwohl er den Sextanten ins Cockpit holte, studierte er den Himmel weniger im Hinblick auf die Navigation und mehr in Sorge um das Wetter. Er hatte sich aus der bisherigen Reisezeit grob ausgerechnet, wo sie sich befanden – respektable hundertvierzig Meilen östlich vom Huangpu, bei einer Durchschnittsgeschwindigkeit von siebeneinhalb Knoten, wobei die Oströmung den das Boot verlangsamenden Wellengang etwa ausglich. Da die Karte zwischen ihrem augenblicklichen Standort und Japan nichts zeigte, worauf sie auflaufen konnten, konnten sie es sich leisten, mit der exakten Positionsbestimmung noch ein wenig zu warten.

»Ich wünschte, ich hätte ihn getötet, als ich die Gelegenheit dazu hatte«, sagte Sarah.

Stone hörte sie kaum. Alles kam jetzt auf Geschwindigkeit an: Er mußte einen Kurs setzen, um den besten Wind zu finden – der dabei war, nach Westen umzuspringen und schwächer zu werden – und zugleich vermeiden, daß der

Sturm, der auf sie zukam, sie zu sehr mitnahm. Der Sturm würde nicht nur ihre Fahrt verlangsamen, sondern es war auch damit zu rechnen, daß im seichten Ostchinesischen Meer selbst ein so kräftiges Boot wie die Swan von hohen Wellen überwältigt wurde. Das Barometer und die Schiffahrtsberichte, die über das Radio hereinkamen, lieferten ihm ein Bild der allgemeinen Lage. Er mußte aber exakt wissen, was in dem Radius von neunzig Meilen geschehen würde, die die *Veronica* in den nächsten zwölf Stunden möglicherweise zurücklegte.

Sein Wetterfax hatte er vor Jahren über Bord geworfen; es war ein Opfer der Feuchtigkeit im Pazifik geworden. In Ermangelung der Karten der oberen Luftbereiche, die die Wetterstationen viermal täglich aussendeten, hatte er langsam und mühsam gelernt, den Himmel wie einen Fernsehmonitor zu lesen.

Zirruswolken drängten sich in die obere Atmosphäre und zogen Spuren von Eiskristallen hinter sich her, die sich zu breiten Fahnen ausweiteten. Normalerweise war es recht schwierig, ohne feste Bezugspunkte auf dem freien Meer ihre Geschwindigkeit abzuschätzen, aber die Zirruswolken, die er sah, schossen förmlich zwischen den Horizonten hin und her, was auf erhebliche Temperaturdifferenzen zwischen der sich zurückziehenden Warmluftzone und der vorrückenden kalten Luft schließen ließ.

Starke Jetstreams bedeuteten schwierige Wetterverhältnisse.

Das gleiche galt für die Kumuluswolken weiter unten am Himmel, die auf einem anderen Kurs aus dem Westen über den Himmel zogen: Die alte Watts-Regel sagte, wenn man mit dem Rücken zum Oberflächenwind stand und der obere Wind von der linken Seite kam, wurde es noch wesentlich schlimmer, ehe es besser wurde. »*Lausiges* Wetter von der *linken* Hand.«

Um »richtiges Wetter« zu seiner rechten Hand zu bekommen, brauchte er bloß zu wenden und in entgegengesetzte Richtung zu segeln. Wenn Zeit und Geschwindigkeit weniger wichtig als Sicherheit gewesen wären, hätte er genau das getan. Aber jetzt war Zeit der entscheidende Faktor, und die einzige Frage, die er entscheiden mußte, war, ob er vor dem Sturm oder quer dazu segeln wollte; im letzteren Falle würde das bedeuten, sich durch die Schlucht zwischen den herannahenden und den sich zurückziehenden Wetterzonen durchzuquetschen.

Die *Ocean Passages* vermerkten eine Eigentümlichkeit des Nordostmonsuns: Er pflegte sich vor Tiefdruckgebieten abzuschwächen. Stone hatte das Gefühl, als ob diese Abschwächung bereits im Gange wäre und der Wind sich legte, und er fragte sich, ob er damit ihre Geschwindigkeit zu stark beeinträchtigen würde, als daß sie es schaffen konnten, quer zum Sturm zu fahren. Die einzig gute Nachricht war, daß der Himmel sich jetzt immer stärker mit Wolken überzog: schweren Wolken, die auf ein kleines Tief deuteten. Und, so versprachen die *Ocean Passages,* sobald das Tief vorbei war, würde der Monsun mit Macht zurückkehren.

Er rannte hinunter, um sich noch einmal die mit Farben verschmierte Karte anzusehen, die er sich angefertigt hatte. Die Kaltfront befand sich relativ nah bei ihrem Herkunftsort; sie war jung und aktiv und würde möglicherweise das Tief schnell beiseite schieben. Vielleicht. Er blickte erneut zum Himmel und malte sich vor seinem inneren Auge das klippenähnliche Antlitz der jungen Kaltfront aus.

Er beschloß, ein Risiko einzugehen: Er würde nicht quer zu der Kaltfront segeln und auch nicht den Rückzug antreten, sondern sie nutzen und auf das Beste hoffen.

Sarah stimmte ihm zu, was Stone ein wenig beunruhigte. Gewöhnlich neigte sie nicht dazu, auf dem Boot Risiken einzugehen. Aber seit sie Ronnie verloren hatten, hatte sie ihre Haltung geändert und verlangte sich und dem Boot mehr als das Menschenmögliche ab.

»Meine Wache«, sagte er. »Sieh zu, daß du ein wenig Schlaf bekommst.«

Sarah ging hinunter, aber statt sich hinzulegen, begann sie damit, methodisch in der Kombüse sauberzumachen, wobei ihr nur undeutlich bewußt war, daß sie sie erst vor zwei Stunden makellos geputzt hatte. Sie war sich auf dem Boot noch nie so eingesperrt vorgekommen wie jetzt. Es war so, als würde man in einem Käfig ertrinken. Für jeden Windhauch, der sie nach vorn schob, drückte eine Welle sie zurück. Für jede Zwei-Stunden-Wache am Steuer gab es endlose zwei Stunden unter Deck, in denen sie keinen Schlaf fand, weil ihr Bewußtsein aus lauter Knoten bestand.

Sie versuchte sich einzureden, daß Mr. Jack von Ronnie verzaubert war. Alle waren das. Alle, die das Kind kennenlernten. Aber der alte Mann war völlig unberechenbar und völlig skrupellos.

Wer sollte sich ihm schon widersetzen? Moss? Ganz sicherlich nicht. Der Kapitän stellte auch keine Hoffnung dar, und die Crew des Schiffes war von Mr. Jacks Thronsaal völlig isoliert. Was auch immer in der palastähnlichen Eignersuite der *Dallas Belle* geschah, unterlag einzig und allein Mr. Jacks Entscheidung.

Sie rieb mit einem ausgefransten Schwamm an dem Salzwasserhahn aus rostfreiem Stahl – hin und her, hin und her –, als ihr plötzlich bewußt wurde, daß das Boot weniger krängte. Das Geräusch, mit dem der Bug durch das Wasser schnitt, war zu einem dumpfen Murmeln abgesunken. Der Wind hatte sich gelegt. Unmöglich. Sie lebten von den Passatwinden und dem Monsun.

Sie hetzte die Kajüttreppe hinauf, schob das Luk auf. »Michael!«

Er hatte das Brückenkleid eingezogen und festgezurrt. Und zu ihrer großen Überraschung war er jetzt dabei, den Sturmklüver auf dem inneren Vorstag zu befestigen, und hatte am Großsegel bereits ein drittes Reff angebracht.

»Was machst du da!«

Ohne auch nur aufzublicken, deutete er mit einer Kopfbewegung nach achtern.

Jetzt konnte sie detailliert erkennen, was sie zuerst, als sie die Kajüttreppe heraufgerannt war, nur als Schwärze zur Kenntnis genommen hatte. Der Horizont war nahe gerückt. Mit harten Kanten und wie in willkürlichen Abständen mit Zinnen versehen, sah er aus wie ganze Straßen voller alter Gebäude in einer steinernen Stadt. Dieses Gebilde war aus Wolken geformt. Wolken, die grau aus einem grauen Himmel herunterhingen und immer schwärzer wurden, während sie sich auf eine schmale knochenweiße Linie heruntersenkten, die den Rand der See säumte.

Das Weiß war von Regen aufgepeitschtes Wasser, das vor der Kaltfront einherzog wie Dragoner, die vor der Infanterie galoppieren. Stone zog den Sturmklüver auf. Er hing schlaff in der plötzlich unbewegten Luft. Stone ließ das Fall des Hauptsegels los. »Hol das Trysegel«, rief er. Sarah war bereits losgerannt, die Kajüttreppe hinunter, durch die Hauptkabine in die Schiffsspitze, wo das Sturmtrysegel in seiner knallgelben Tasche bereitlag.

Sie zerrte es auf Deck, während er damit beschäftigt war, das eingerollte Großsegel zu sichern, klippte das Fall fest und sicherte es. Eine Bö peitschte über das Wasser und fegte den Schaum vor sich her.

»Fertig.«

Stone zog an dem Fall. Eine zweite Bö klatschte in das kleine Segel. Sarah schotete es ein. Jetzt füllte sich auch der Klüver, und die Swan machte einen Satz nach vorn.

Jetzt hatte sie die weiße Linie mit einem lauten Zischen

eingeholt. Die Windstärke verdoppelte sich. Die Swan lehnte sich zur Seite, tauchte mit dem Bug tief ein, aber ehe die See sie beiseite schleudern konnte, verstärkte sich der Wind erneut, kreischte in der Takelage massiv wie eine Mauer. Er krachte gegen das Boot, das bereits unter dem Gewicht des gegen den Bug hämmernden Wassers ins Taumeln geraten war. Die *Veronica* fiel auf die Seite wie ein von einem Blattschuß getroffener Elch.

Stone und Sarah taumelten zu den Rettungsleinen im Lee, die unter Wasser verschwanden. Einen Augenblick lang war sein einziger Gedanke, *dem Himmel sei Dank für Ronnies Kindernetz,* sonst wären sie jetzt durch die Leinen geschleudert worden. Aber statt ins Netz zu fliegen, krachte er gegen eine der Stützen, die die Leinen trugen. Er hörte ein lautes Knirschen, und er fühlte und sah zugleich ein Aufblitzen von Schmerz, als ob jemand ihm den Schädel geöffnet und mit einer Taschenlampe hineingeleuchtet hätte. Er taumelte am Rande der Bewußtlosigkeit, und dann füllten sich sein Mund und seine Nase mit kaltem Wasser, und ein Zucken durchlief ihn, als er zu atmen versuchte.

Etwas zerrte an seinem rechten Arm – Sarah, die gegen das Netz ankämpfte, das sie daran gehindert hatte, über die Leinen ins Wasser geschleudert zu werden. Das Boot richtete sich mit einem Schwall aus den Segeln strömenden Seewassers auf und warf sie beide in einem Gewirr von Armen und Beinen ins Cockpit zurück. Sarah war als erste wieder auf den Beinen. »Kannst du steuern?« Sie mußte brüllen, um das Heulen des Windes zu übertönen.

»Ich bin okay.«

»Dann steuere du. Ich hole die Tasche herauf.«

Sie verschwand nach unten, öffnete das Luk mit perfektem Timing so, daß die Wellen nicht über die Treppe spülen konnten, und kam gleich darauf mit Verbandszeug wieder herauf.

»Bist du verletzt?« brüllte Stone, der mit beiden Händen das Steuer umkrampft hielt und versuchte, das Boot auf Kurs zu halten. Die See sah aus wie hintereinander angeordnete Reihen zackiger Messer, und die Gischt und etwas, das in seinen Augen brannte, machten es beinahe unmöglich, die Wellen vom Bug des Bootes zu unterscheiden.

Sarah war jetzt vor ihm, verschaffte sich Halt, indem sie mit beiden Beinen das Kompaßhaus umklammerte, und wischte ihm das Gesicht mit einem Lappen, der sich rot färbte. »Oh, das bin ich«, sagte er benommen. »Schlimm?«

»Du stehst noch.« Sie klebte ein Pflaster über die Wunde.

Jetzt, da ihm nicht mehr das Blut in die Augen rann, konnte Stone besser sehen. Allem Anschein nach war die *Veronica* ohne Schaden davongekommen. Aber das Meer war eine einzige Masse wild tosenden Wassers. Der Himmel war dunkel, die Segel wie Trommelfelle gespannt; sie knallten jedesmal, wenn der Wind umschlug.

»Geh nach unten«, schrie er. »Hat ja keinen Sinn, daß wir beide so durchgerüttelt werden – was siehst du denn?«

Sarah hatte den Kopf in den Nacken gelegt und starrte zur Mastspitze. Stone durchzuckte die Angst wie ein Blitz. Was hatte er übersehen?

»Ist die Antenne in Ordnung?«

Sie meinte die Radioantenne, die morgige Verbindung mit Ronnie.

»Geh hinunter«, sagte er. »Probiere das Radio. Und dann leg dich schlafen.«

Sarah riß den Blick mit Gewalt von der Mastspitze los und starrte auf die tobende See hinaus.

Der chaotische Wind peitschte das seichte Meer im Lauf der nächsten Stunde zu sinnloser Wut auf. Am Steuer war Stone weniger damit beschäftigt zu steuern als auszuweichen. Denn die Wellen wurden immer steiler – Ungeheuer, die wie Bullen auf ihn zustürmten und plötzlich in sich zusammenbrachen und dabei Tonnen von graugrünem Wasser auf die *Veronica* herunterkrachen ließen. Wenn sie auf das Vorderdeck fielen, drückten sie den Bug unter Wasser und kippten das Boot so ab, daß Stone gegen das Steuer geschleudert wurde. Wenn sie hinter dem Boot herunterkrachten, dann überfluteten sie das Cockpit, füllten es bis zu seinen Knien und trommelten auf seine Schultern. Es war, als würde er von einer ganzen Gruppe von Schlägern verprügelt, eine plötzliche, einseitige Konfrontation mit sinnloser Gewalt.

Ein schwächeres Boot wäre schon längst in Stücke gegangen, aber die Swan stammte aus der Ostsee – auch einem bösartig seichten Meer – und ihr Rumpf war einige Mißhandlung gewöhnt. Mehr als ihre Crew.

Das Anemometer maß Böen von beinahe vierzig Knoten, ein Sturm der Stärke 8, der sich auf Stärke 9 steigerte. Wellenkämme brachen auseinander und sprühten dichten Schaum in langen Reihen über die aufgepeitschte See. Hohe Wellen türmten sich auf, dröhnten, wenn sie neben der *Veronica* herunterkrachten. Gischt verdrängte den Sauerstoff aus der Atmosphäre, und manchmal konnte Stone sekundenlang nicht atmen.

Hätte den Sturm umfahren sollen, dachte er. Aber dafür war es jetzt zu spät.

Sarah öffnete das Luk einen Spalt und kroch über die Setzborde und quer über das Cockpit, um Stone eine Taucherbrille zu reichen. Sie hielt das Steuer fest, während er sie sich über den Kopf stülpte, und kroch dann wieder hinunter. Als sie das nächste Mal auftauchte, hielt sie eine Quetschflasche mit süßem Kakao in der Hand.

Stone spürte Schatten hinter sich, als er nach dem Kakao griff. Sarahs Augen weiteten sich ungläubig. Er blickte nach hinten und sah eine mächtige See das Backstag halb hinaufrasen. Sie raste hinter dem Boot her und versperrte die Sicht wie ein zweistöckiges Gebäude. Er versuchte, das Heck herumzuschwingen, es im rechten Winkel zu der heranbrausenden Woge zu bringen.

Doch das Boot reagierte nicht auf das Steuer. Das Ruder bewegte sich viel zu leicht, da die Welle das Wasser unter dem Heck heraussaugte. Der Rumpf taumelte, ächzte, und dann füllte ein Windstoß das Klüversegel und schob den Bug genau in dem Augenblick herum, als die Welle herunterkrachte.

Tonnen von Wasser, schwer wie Blei, schwarz wie die Nacht, preßten Stone auf den Boden des Cockpits, drückten ihn platt, die Knie nach vorn gedrückt, die Beine verdreht. Das Wasser riß seine rechte Hand vom Rad und zerrte an seiner Linken. Ziellos mit der Rechten herumtastend, spürte er, wie seine Finger die schlüpfrige Oberfläche von Sarahs Seestiefel faßten.

Das Heck krachte herunter, der Bug ragte in den Himmel. Wasser füllte seine Hosen, seine Jacke, seine Stiefel. Es brauste an seinem Kopf vorbei, und dann stieg plötzlich das Deck unter ihnen hoch, warf sie in die Luft. Er packte eine Stütze und versuchte, sich zu orientieren. Einen endlosen Augenblick lang glich das Cockpit einer Badewanne. Dann floß Wasser aus den Speigatts, und die Swan schwamm wieder, wippte mit Segeln, die wie Maschinengewehrfeuer knatterten, auf den Wellen. Er hielt immer noch Sarahs Fuß fest.

Sie lag auf dem Rücken und starrte zum Mast empor.

»Bei dir alles okay?« schrie er. Einer seiner Handschuhe war verschwunden; er war ihm von der Hand gerissen worden.

»Die Antenne?« Sie deutete nach oben.

Er zog die Schutzbrille von seinen Augen, hielt sich die Hand an die Stirn, um seine Augen vor der Gischt zu schützen. Ja, sie war noch da.

Das Cockpit war ein Schlangennest aus durchnäßten Tauen. Die Schoten waren von den Winschen gerissen worden. Eine der Haltestangen der Rettungslinien war verbogen, und die Wucht des Wassers hatte das Kindernetz wie Seetang zerfetzt. Aber beide Segel waren intakt. Er holte sie ein und brachte das Boot wieder auf Kurs, das Heck der donnernden See zugewandt.

»Nimm du das Steuer. Ich muß den Klüver einholen. Wir sind zu schnell.«

Er hängte sein Rettungsgeschirr an die Leine, die er über das Kajütdach gespannt hatte, kroch zum Mast und fummelte in der fast völligen Dunkelheit nach dem Fall des Sturmfocks. Der Wind erfaßte das Segel, als es am inneren Vorstag herunterkam, das schwere Dacron knallte und knisterte wie Blech. Stone kämpfte es aufs Deck herunter und versuchte, es mit seinem Körper festzuhalten. Sämtliche Fingernägel seiner ungeschützten Hand waren abgebrochen. Eine Aufgabe, die normalerweise keine fünf Minuten in Anspruch nahm, dehnte sich auf zwanzig. Einmal blähte sich das Segel unter ihm auf und drohte ihn über die Reling zu werfen. Schließlich hatte er das Segel zusammengebunden und festgezurrt und kroch endlich nach hinten zum Cockpit zurück.

Das ganze Boot war jetzt von einem tiefen Stöhnen erfüllt. Der Wind kam wieder auf, heulte in der Takelage. Und obwohl Stone den Sturmklüver gerefft hatte, wurde die *Veronica* schneller, sprang förmlich von Welle zu Welle, und sackte immer wieder gefährlich in die tiefer werdenden Wellentäler. Die Luft war flüssig, eine vom Wind getriebene Mischung aus Gischt, Nebel vom zerstäubten Wasser und eisigem Regen, der horizontal über die Decks peitschte.

Stone warf einen besorgten Blick auf das Sturmsegel. Das Bergen des Klüvers hatte ihn erschöpft. Aber das Sturmsegel, ein winziges Dreieck aus schwerem Tuch, trieb das

Boot zu schnell. Sarah nickte. Es mußte weg. Sie trat wieder hinter das Steuer. Stone kroch nach vorn.

Bis er zum Cockpit zurückkehrte, verging eine Stunde.

Sarah versuchte, ihn hinunterzuschicken. Aber dazu war er nicht imstande, obwohl er kaum mehr stehen konnte. Die *Veronica* preschte unter einem kahlen Mast nach vorn. Ohne einen Fetzen Segel machten sie acht Knoten. Und der Instinkt sagte Stone, daß sie um ihr Leben kämpfen würden, wenn der Wind nur noch eine Spur heftiger wurde oder die Wellen ein wenig höher.

Das Ächzen und Stöhnen in der Takelage wurde schriller, ging in ein Kreischen über.

Das war ein Geräusch, das er erst zweimal in seinem Leben gehört hatte: einmal in den Roaring Forties, wie die Seeleute den stürmischen Teil des Ozeans zwischen dem neununddreißigsten und fünfzigsten Breitengrad zu nennen pflegten, tausend Meilen von Kapstadt entfernt, und einmal in einem Taifun, der die Philippinen beinahe völlig vernichtet hatte.

33

Er war entsetzt, in welchem Maße er dieses Tiefdruckgebiet unterschätzt hatte. Die Zeit schien zum Stillstand zu kommen. Ihm wurde vage bewußt, daß er anfing, alles einerlei zu finden, daß die Erschöpfung und die einsetzende Unterkühlung anfingen, Geist und Körper voneinander zu trennen, doch das war gleichgültig. Jedenfalls fühlte er sich wärmer. Er brauchte jetzt nur ein paar schöne lange Stunden Schlaf. Einfach die Augen zumachen und schlafen.

»Michael!«

»Was? Was? Autsch!« Seine Lippen brannten.

»Trink das. Wach auf!«

Heißer, süßer Tee mit viel Zucker, wie warmer Sirup. Wie sie es geschafft hatte, bei dem Seegang Tee zu kochen, würde er wohl nie erfahren. Und auch nicht, wo sie die Kraft hernahm, ihn so lange anzubrüllen, bis ihm wieder eingefallen war, wer er war und wo er war.

»Stirb nicht!« schrie sie ihn an. »Schau mich an!«

Er trank. Dann brachte sie mehr. Er trank die Hälfte und drängte dann die andere Hälfte ihr auf. »Okay. Ich bin okay.«

Dann wurde ihm allmählich bewußt, daß er wieder anfing, sich um Ronnie Sorgen zu machen. Es war, als ob sein Bewußtsein eine winzige Veränderung im Sturm wahrgenommen hätte, ein Nachlassen der Gefahr. Er lauschte. Das Kreischen des Windes war um ein Dezibel leiser geworden. Die See war immer noch reines Chaos und warf sie stundenlang hin und her. Aber der Wind schlug nach Nordwesten um, nach Norden, Nordosten, und dann war es schließlich soweit, daß er und Sarah sich einen Blick zuwarfen, der wieder Hoffnung erkennen ließ.

Morgendämmerung, zwei Tage östlich von Shanghai: hohe Wellen, die in einen düsteren Himmel sprangen; kalter Regen, der auf die Segel herunterprasselte.

Die *Veronica* fuhr unter gerefftem Großsegel und einem hohen schmalen Streifen schweren Dacronsegels am inneren Vorstag mit sieben Knoten. Das Ostchinesische Meer war grau; der Horizont ausgefranst, bedrückend nahe; und der Himmel so dunkel, daß Stone, als Sarah um acht Uhr heraufkam, um ihn abzulösen, immer noch im roten Schein der Kompaßbeleuchtung steuerte.

»Ich wünschte«, sagte sie, »ich hätte ihn umgebracht, als ich dazu Gelegenheit hatte.«

Sie sagte das, als ob es ein neuer Gedanke wäre. Aber sie

hatte es bei jedem Wachwechsel gesagt – das einzige Mal, daß sie einander sahen –, und häufig waren es ihre einzigen Worte. Er griff nach ihrer Hand, aber sie zog sie ihm weg.

»Das hätte nichts gebracht«, sagte er. »Der andere war es, der sie gepackt hat.«

»Moss ist eine Maschine. Ohne den alten Mann ist er nichts.«

Stone konnte sich der Meinung nicht anschließen, daß Moss nichts war; vor seinem inneren Auge sah er immer wieder das Bild des schwarzen Mannes, der wie ein Raubvogel herunterstieß. »Noch vier Stunden«, sagte er, in der Hoffnung, sie zu beruhigen oder sie wenigstens mit angenehmeren Gedanken abzulenken.

Sarah blickte zu der Radioantenne an der Mastspitze auf. »Wirst du das Radio überprüfen?«

»Gleich, wenn ich dann hinuntergehe.«

Er hatte sich alle zwei Stunden das Wetter angehört. Das Radio funktionierte.

»Wo gehst du hin?«

Sie hatte sich nach vorn in Bewegung gesetzt. »Das Reff ausschütteln.«

»Nein«, sagte Stone. »Dann krängt sie nur zu sehr und wird langsamer.«

Sarah ging widerstrebend ins Cockpit zurück. Er entfernte sich vom Steuer. »Ich werde jetzt etwas schlafen. Aber ruf mich, wenn der Wind wieder zulegt.« Der Himmel im Westen begann bereits heller zu werden. Sarah sah sehnsüchtig hinüber.

Stone wachte eine Stunde später auf und spürte, wie das Boot sich unter zu viel Segel abmühte. Er ging auf Deck. Der Regen hatte aufgehört, aber der Wind und die Gischt, die immer noch auf das Brückenkleid einpeitschten, waren kälter. Sarah, die fröstelnd am Ruder stand, musterte ihn trotzig, als er ein zweites Reff am Großsegel anbrachte.

»Dichter an den Wind«, rief er. »Wir müssen an den Sturmklüver.«

»Nein. Damit machst du uns nur langsamer.«

Sie litt, und er gab sich alle Mühe, darauf Rücksicht zu nehmen. Aber der zu kurze Schlaf und die Kälte, die in allen Knochen saß, machten auch ihn reizbar. »Erzähl du mir nicht, was uns langsamer macht. Dichter an den Wind!«

Sarah packte das Ruder wie eine Waffe.

»Verdammt noch mal, ich mache mir genauso Sorgen um sie!« schrie Stone. »Vertrau mir gefälligst, daß ich das Boot segeln kann, Herrgott noch mal.«

»Du glaubst, ich kann das nicht?«

»Also im Augenblick ist deine Leistung nicht gerade berauschend.«

»Aye, aye, Captain.«

»Dichter an den Wind!«

Sarah preßte die Lippen zusammen. Nur ein leichtes Zucken an ihrer Wange ließ erkennen, was jetzt in ihr tobte. »Mein Kind braucht mich.«

»Lies die Knoten ab«, schrie Stone. »Was steht dort? Sechs – acht?« Er konnte den Geschwindigkeitsmesser vom Mast aus nicht sehen, aber alles, was er spürte – angefangen von dem Brausen in seinen Ohren über den Wind, der ihm ins Gesicht blies, bis zu dem winzigen Vibrieren des Decks unter seinen Füßen – sagte ihm, daß die Swan mit 6,8 Knoten segelte, wo sie eigentlich 7,1 schaffen sollte.

Sarah wandte den Blick von ihm und sah auf den Geschwindigkeitsmesser. Dann tat sie mit einem seltsamen Blick – einem Blick, der ihm das Herz zerriß – das, was er verlangt hatte, und steuerte das Boot dichter an den Wind. Stone ließ das schwere Vorstagsegel fallen und zog an seiner Stelle den Sturmklüver auf. Sarahs Augen wichen den seinen aus, als er nach unten ging.

Er ließ sich auf die leeseitige Koje in der Hauptkabine fallen und schloß die Augen. Schlaf war unmöglich. Er hätte jetzt seinen rechten Arm darum gegeben, sein Kind zurückzubekommen. Aber nachdem er dem hohlen, feuchten Geräusch gelauscht hatte, das der Bug verursachte, als er durch die unruhiger werdende See schnitt, gab er zu, daß es ihm den zweiten Arm wert wäre, seine Frau wieder lächeln zu sehen. Doch beides war unwahrscheinlich.

Er stellte das Selbststeuer so fein ein, daß er unten bei Sarah sein konnte, wenn Ronnie anrief. Das Kreuzen hart am Wind gehörte zu den besten Eigenschaften der Swan, was man nicht von ihrer Selbststeuerung sagen konnte, ganz besonders nicht bei so unruhiger See. Die Wellen trieben ihren Bug immer wieder vom Kurs ab und kosteten Geschwindigkeit. Er ließ den Generator an und schaltete dann widerstrebend den elektrischen Autopiloten ein, der die gefährliche Angewohnheit hatte, plötzlich und ohne jede Warnung auszufallen.

Fünf Minuten vor zwölf ließ er seinen Blick aufmerksam von einem Horizont zum nächsten schweifen und ging dann hinunter in die relative Wärme und Stille der Kabine. Sarah stand an der Navigationsstation, das Radio war eingeschaltet. Sie hielt das Mikro in der Hand. Stone hielt sich am Geländer der Kajüttreppe fest und fragte sich, wie Jack Powell es wohl einrichten würde, daß man sie nicht abhören konnte. Ronnies Stimme lieferte ihm die Antwort.

»Ronnie ruft Veronica. *Ronnie ruft* Veronica.«

»Oh!« stöhnte Sarah. »Oh, Michael.« Sie tastete blind nach seiner Hand und starrte auf das Radio.

»Veronica, *kommen.*«

»Wir sind hier, Liebes. Wir sind hier.«

»Mummy! Bei euch alles okay?« Da sie mit dem Umgang mit Radiotelefonen vertraut waren, schalteten sie am Ende eines Satzes instinktiv von Senden auf Empfangen.

»Ja, Liebes. Und du?«

»Daddy auch?«

»Mir geht es gut, Liebes. Uns beiden geht es gut.« Wie oft hatte er die eine Seite von Radiotelefongesprächen zwischen Matrosen auf hoher See und ihren Familien zu Hause mit angehört. *Mir geht es gut, und euch?* Die Swan machte einen Satz. Er spürte, wie sie sich aus dem Wind drehte. Der Autopilot zerrte sie zurück.

»Oh, Gott sei Dank. Ich hatte Angst wegen des Sturms.«

»Kein Problem«, sagte Stone. »Die *Veronica* hat sich gut geschlagen.«

»Hört zu, Mummy, Daddy. Wißt ihr, wen ich mit Santa Claus meine?«

»Ja, Liebes.«

»Also, Santa Claus sagt, ihr sollt daran denken, daß wir einander an den kurzen Haaren halten. Weißt du, was das bedeutet?«

»Ja, Liebes.«

»Er hat große Geschenke versprochen, wenn wir eintreffen.«

»Glaubst du, daß er sein Versprechen halten wird?« fragte Stone.

Eine kurze Pause trat ein. Sarahs Hand krampfte sich um die seine. Vielleicht war es das Rauschen gewesen, oder einer von ihnen hatte zu spät auf den Sendeknopf gedrückt. Stone malte sich den alten Mann im Bademantel aus, wie er sich auf der einen Seite über sie lehnte, und den riesigen Moss auf der anderen. Schließlich war Ronnie wieder mitten im Satz zu hören. *»… hält seine Versprechen immer.«*

Er sah Sarah an. Ihr Gesicht strahlte, ihr ganzes Wesen schien von Ronnies Stimme neu belebt. Stone spürte es auch. Sie klang nicht so, als ob sie Angst hätte. Das war das Entscheidende. Keine Angst. Und doch war da so viel ungesagt geblieben. Sarah hielt die Hand über das Mikrofon.

»Da ist etwas, was sie uns nicht sagt«, flüsterte sie.

Stone hatte volles Vertrauen dazu, daß es zwischen ihr und ihrem Kind so etwas wie telepathische Bande gab. »Aber sie glaubt, daß er sie gehen läßt.«

»Ja, so klingt es ...« Sie drückte den Sendeknopf. »Ronnie? Ißt du auch richtig?«

»O ja, Mum. Mr J – Santa Claus hat dem Koch gesagt, er soll Pommes machen, und das hat er getan. Und sie haben jetzt wieder mehr Cola. Und ehe wir hier ablegen, lassen wir uns vom besten Restaurant der Stadt ein riesiges chinesisches Abendessen an Bord bringen.«

»Und was werdet ihr essen?«

»Pekingente.«

»Verdammt«, sagte Stone, und Sarah sah ihn verwirrt an. Ronnie haßte Ente. Sie war in Neuseeland davon krank geworden. Sie versuchte ganz offenbar, ihnen etwas zu sagen.

Er griff nach dem Mikrofon. »Süßes?« Wie sollte er die Frage formulieren. »Kleines – wann hat Santa vor abzusegeln?«

Nach einem langen Rauschen sagte Ronnie: *»Santa Claus sagt, wir werden so ablegen, daß wir genügend Zeit zum Kreuzen haben.«*

»Liebste, du hast wirklich einen riesigen Sturm verpaßt.«

»Tatsächlich?«

»Fünfzig-Knoten-Winde.«

»Das ist wohl ein Witz.«

»Mit fünfzig Knoten mache ich keine Witze. Dir hätte das Spaß gemacht.«

»Hey, Mr. – Santa«, hörte er sie rufen. *»Mummy und Daddy hatten Fünfzig-Knoten-Winde. Was? Oh, Daddy, Santa sagt, ob du zu Weihnachten neue Segel brauchst?«*

»Sag ihm, das einzige, was ich will, ist mein zweiter Maat.«

»Oh. Ich muß jetzt gehen. Santa sagt, wir sprechen übermorgen um sechzehn Uhr wieder.«

»Wiedersehen, Liebes«, weinte Sarah, aber beide wußten, daß ihre Stimme bereits im Äther verloren war.

Stone hatte bis jetzt die Luft angehalten und atmete nun aus.

»Wir reden übermorgen wieder mit ihr«, sagte Sarah. »Dem Himmel sei Dank.«

»Sie macht mir einen ziemlich guten Eindruck«, sagte Stone.

»Ja, in Anbetracht der Umstände.«

»Was meinst du wohl, was sie uns zu sagen versucht?«

»Keine Ahnung.«

Wieder bäumte sich die *Veronica* unter ihnen auf. Bis Stone ins Cockpit kam, waren sie fast neunzig Grad vom Kurs abgekommen. Er brachte sie auf den richtigen Kurs zurück, schaltete den Generator und den Autopiloten ab und suchte den Himmel nach einer Lücke in der Wolkendecke ab, um die Sonne anzupeilen. Doch die Wolken waren zwar etwas höher gestiegen, als das Tiefdruckgebiet hereingebraust war, waren aber immer noch zu dicht. Er hatte jetzt ihre Position nicht mehr bestimmt, seit sie die Yangtze Seeboje verlassen hatten. Nach der verstrichenen Zeit mußten sie etwa eineinhalb Tage von der Osumistraße entfernt sein. Aber möglicherweise hatten die Wellen sie viele Meilen von ihrem Kurs abgedrängt. Insoweit wußte er über ihre wahre Position etwa ebensoviel wie über Ronnies wahren Zustand.

Warum sechzehn Uhr? grübelte er. Warum nicht Mittag wie heute?

Sarah kam aufs Deck. Ihre Wache begann. »Ich denke, sie hat versucht, uns zu warnen«, sagte sie.

»Wovor?«

»Das weiß ich nicht. Und ich glaube auch nicht, daß sie es weiß … Michael, das vorhin tut mir leid. Ich war so wütend. Ich fühle mich jetzt, da wir ihre Stimme gehört haben, um so viel besser. Du nicht auch?«

»Hat er an dem Kraftwerk Gas entladen?«

»Nur gerade soviel, um das Schiff zu erleichtern, damit es in den Fluß konnte.«

»Warum hat er nicht die ganze Ladung verkauft?«

»Jetzt habe ich euch.«

Moss grinste von einem Ohr zum anderen, als Mr. Jack auf die Brücke kam. Der OMBO-Monitor zeigte eine Kartendarstellung der östlichen Bereiche des Ostchinesischen Meers. Kyushu, die südlichste große Insel Japans, stach wie eine Zunge hinein und bildete die Nordküste der Straße von Osumi. Moss bewegte die Finger über ein Glidepad, worauf Positionslinien auf dem Bildschirm erschienen. Die zweite Linie kreuzte die erste. Die dritte kreuzte sie in der Nähe der Schnittstelle und bildete mit den beiden anderen Linien ein kleines Dreieck.

»Da sind sie.«

Mr. Jack studierte die Linien. »Okay. Fahr zum Flughafen. Aber daß du mir diese beiden nicht unterschätzt. Der Captain kann es immer noch nicht glauben, daß sie in diesem Sturm nicht abgesoffen sind.«

Moss grinste. »Einen Sturm wie mich haben die noch nie erlebt.«

»Und laß dich um Himmels willen nicht von den Japsen erwischen.«

»Hey, ich gehe Ihnen doch nicht durch die Lappen, Mr. Jack.«

Mr. Jack streckte die Hand aus und legte dem Schwarzen seine verstümmelten Finger auf die Schultern. »Das weiß ich, Moss. Aber ich will dich nicht verlieren. Hm?«

Der arme Teufel weinte fast vor Dankbarkeit, und Mr. Jack dachte nicht zum ersten Mal, wie wenig man doch zu tun brauchte, um die Seele eines einsamen Menschen für sich zu gewinnen.

34

»Warum das Gas in Tokio verkaufen, wenn er in China so gute Verbindungen hat?«

»Vielleicht hat ihm irgendein japanischer Gauner mehr Geld angeboten.«

Am Tag, nachdem sie mit Ronnie gesprochen hatten, hatte der Himmel so weit aufgeklart, daß sie Besteck hatten aufnehmen können, und seitdem wußten sie, daß die Swan 360 Meilen östlich von Shanghai, 130 Meilen südwestlich von Nagasaki und weniger als 120 Meilen von der Straße von Osumi entfernt war. Wenn sie Glück hatten und das klare Wetter hielt, würden sie möglicherweise bei Anbruch der Nacht den ersten Schimmer des Leuchtturms von Kusakaki sehen.

Der Nordostmonsun wehte immer noch mit aller Kraft – mächtige fünfundzwanzig Knoten –, und die *Veronica* flog unter einem doppelt gerefften Großsegel und einem Sturmfock dahin. Aber die See, die jetzt wesentlich tiefer war, seit sie die Hundertfadenlinie überschritten hatten, war im Vergleich zu den letzten drei Tagen beinahe ruhig. Große, von weißen Kämmen gekrönte Wellen schoben sich behäbig hintereinander her. Die Gewässer des japanischen Pazifiks unterschieden sich durch ihr tiefes Königsblau vom Ostchinesischen Meer.

Eine Stunde, nachdem Stone zu Mittag Besteck aufgenommen hatte, sahen sie ihre ersten Schiffe. Ein leuchtendgrün lackierter Autotransporter dampfte mit Kurs auf Shanghai oder Hongkong aus dem Osten heran. Ein weiterer, hoch und leicht auf den Wellen reitend, überholte sie mit zwanzig Knoten, raste auf die Straße von Osumi zu und schrumpfte schnell zusammen, bis er schließlich ihren Augen entschwand.

Die Kondensspuren von Jets durchzogen den Himmel, sie strebten alle auf Tokio zu. Obwohl sie noch etwa sechshundert Meilen und damit fünf harte Tage von der Stadt entfernt waren, ließ doch die Annäherung an die Meerenge und damit an die erste der Hauptinseln Japans in ihnen das Gefühl aufkommen, daß ihr Ziel in Reichweite und das Schlimmste vorbei war.

Als Stone Sarah um zwei ablöste, blieb sie bei ihm im Cockpit, saß an ihn gelehnt da, während er, einen Arm um ihre Schultern gelegt, mit einer Hand steuerte. Sie unterhielten sich leise und überlegten, ob es besser sei, in Tokio zu bleiben und Hiroshis Familie zu besuchen oder nach Süden in wärmere Gewässer zu segeln. Es half, so zu tun, als ob es gar keine Frage wäre, daß sie Ronnie zurückbekommen würden und daß binnen weniger Tage das Leben für sie wieder normal sein würde.

Das Winterlicht verblaßte aus dem Himmel. Ein paar fahle Sterne blinzelten hinter den Wolken. Sie duckten sich, um auf der Steuerbordseite unter den Segeln durchzusehen, und begannen, ein intermittierendes Leuchten am Horizont zu spüren. Zuerst war es nur Illusion, doch bald wurde ein sichtbarer, schwacher Schein daraus – der Leuchtturm von Kusakaki, der in Zwanzigsekundenintervallen blitzte. Die westliche Zufahrt begann etwa fünfundzwanzig Meilen weiter. Sechzig Meilen dahinter würden sie in die Straße von Osumi einfahren. Dort eine Dreißig-Grad-Wendung nach links – wenn der Wind das erlaubte – und von dort nach Nordosten in die Bucht von Tokio.

Acht Stunden später, um ein Uhr morgens, war Stone unten – er hatte gerade ein VHF-Radiogespräch mit dem dritten Maat eines auf der Fahrt nach Yokohama befindlichen koreanischen Erzfrachters beendet, der sie eine halbe Meile backbord von ihnen mit sechzehn Knoten überholt hatte.

»Sechzehn-Sekunden doppeltweißer Blitzer backbord«, rief Sarah hinunter.

Er warf einen Blick auf die Karte, wo er die Position eingetragen hatte, die der Koreaner ihm gegeben hatte – und die Liste der Leuchttürme. »Das ist Sata Misaki an der Südspitze von Kyushu. Sieh dich nach einem roten Fünfzehn-Sekunden-Blitzer am Steuerbordbug um. Ich bezweifle allerdings, daß du ihn schon sehen kannst – noch etwa zwanzig Meilen.«

Er hörte, wie der Schäkel ihres Sicherheitsgurts an der Rettungslinie entlangscharrte, als sie nach vorn ging, um an den Segeln vorbeizusehen. Dann kam sie wieder nach hinten gerannt und rief: »Ich sehe es leuchten! Fünfzehn Sekunden rot.«

Stone brachte ihr einen Becher mit Tee. »Das ist Kisika Saki. Japanisch macht mich wahnsinnig. *Saki* bedeutet Spitze. *Misaki* bedeutet Spitze. *Hana* bedeutet Spitze. *Kaku* bedeutet Spitze. *Pii* bedeutet Spitze.«

»Wir sagen Spitze, Kap, Vorgebirge. Warum sollen die das nicht auch?«

»Es heißt immer, daß die so effizient sind. Warum zum Teufel stiehlt Mr. Jack Erdgas, wenn er wirklich so reich ist, wie man sagt? Warum sich soviel Mühe machen wegen zehn oder zwanzig Millionen Kröten, wo er doch schon das Hundertfache wert ist?«

»Vielleicht ist er pleite.«

Er griff nach dem Feldstecher und sah zu der verwirrenden Vielfalt von Lichtern zwischen dem Boot und Kyushu hinüber, das zehn Meilen entfernt an Steuerbord lag. Es war schwierig, die Fischerboote, Küstenfahrzeuge und Schiffe von den Gebäuden am Ufer zu unterscheiden.

»Verdammter Zirkus dort draußen.«

Er drehte an dem Glas herum. Die Küstenlichter lösten sich in Ketten aus winzigen Punkten auf, als die Bewegung der Linsen den pulsierenden Wechselstrom erkennen ließ. Die Lichter auf See, die von Gleichstrom gespeist waren, leuchteten gleichmäßig.

»Okay, warte, bis wir exakt zwischen Sata und Kisika sind, und dann gehen wir nach Nordosten, Null-sechs-null.«

Sie blieben die ganze Nacht im Cockpit wach, zwei Augenpaare, um nach Schiffen Ausschau zu halten. Der Nordwind begann nach Osten umzuschlagen. Um vier Uhr morgens befand sich das Boot zwischen den Leuchten von Sata Misaki an Backbord und dem rotblitzenden Kisika Saki vor dem Steuerbordbug – was darauf hindeutete, daß sie sich in der Mitte der Meerenge von Osumi befanden. Der Wind hatte umgeschlagen und wehte jetzt voll gegen Kurs 060°.

Sie konnten bestenfalls auf 075° segeln, und das würde sie in zunehmendem Maß vom Ufer entfernen, da die japanische Inselgruppe sich nach Nordosten neigte. Sarah war verzweifelt, Stone, aufgeputscht von Tee, Schokoriegeln und der bevorstehenden Morgendämmerung, eher gelassen. Er fuchtelte mit der Karte herum und sagte: »Mach dir keine Sorgen. Was wir damit verlieren, daß wir uns vom Ufer entfernen, bekommen wir reichlich von der Kuroshio-Strömung zurück.«

Kisika Saki verblaßte hinter ihnen zu einem schwachen Glühen, wie verglimmende Kohlen in der Asche, während vor ihnen der sich allmählich aufhellende Himmel die Philippinensee erkennen ließ.

Sie war tief, ein Arm des Pazifik. Das Wasser war dunkel, die Wellen lang und ordentlich. Der Monsun wehte heftig und gleichmäßig in einem Winkel, der ihnen zustatten kam. Stone konnte die Swan näher nach Ostnordost drücken.

Mittags brachte er Sarah Makkaroni mit Käse und übernahm das Steuer, während sie aß.

»Weißt du, er könnte ja das Gas in China verkaufen, ehe er nach Tokio geht.«

»Möglich«, gähnte Sarah. »Mir scheint, daß er die *Dallas Belle* als Privatyacht benutzt.«

»Du solltest jetzt etwas schlafen. Ich wecke dich dann für Ronnie.« Er hatte selbst drei Stunden Schlaf gefunden.

Um halb vier ging er hinunter, um sie zu wecken und das Single-Sideband-Radio einzuschalten. Um fünf Minuten vor vier startete er den Generator und schaltete den Autopiloten ein. Um Punkt vier – sechzehn Uhr – kam Ronnie laut und klar herein.

»Ronnie ruft Veronica. *Ronnie ruft* Veronica.«

»Wir hören dich, Liebes. Wie geht es dir?«

»Wie geht es dir, Mummy?«

»Gut. Und dir?«

»Wie geht es Daddy?«

Stone beugte sich über das Mikro. »Gut, Liebes. Und dir?«

»Gut.«

Sie warteten. Aber mehr als »gut« kam nicht.

»Ißt du gut?«

»Das Essen ist klasse, Mum. Ich habe so viel Ente gegessen, daß ich gleich quake … wie geht es dir?«

»Was zum Teufel versucht sie uns zu sagen?« flüsterte Stone.

»Wir haben herrliches Segelwetter, Liebes. Prima Wind. Den ganzen Nachmittag lang glasklar.«

Stone griff nach dem Mikrofon. »Sehen wir dich immer noch an Weihnachten?«

»Oh ja, Daddy.«

»Verspricht Santa Claus das? … Ich habe gesagt, verspricht Santa Claus das?«

»Ja. Ja, das hat er gesagt!«

»Ob wir ihn wohl einen Augenblick sprechen können?«

Wieder Schweigen. Dann: *»Santa Claus sagt, er spricht nur mit Kindern.«*

»Mistkerl.« Stone reichte Sarah das Mikro, ging die Kajüttreppe hinauf und sah zum Luk hinaus.

»Wann legt ihr ab?« hörte er Sarah fragen.

»Wir legen heute ab.«

Seltsam, dachte Stone. Wenn sie heute ablegten, würde ein Zweiundzwanzig-Knoten-Schiff volle vierundzwanzig Stunden vor der Swan in Tokio sein.

»Santa sagt, wir müssen uns verabschieden. Wiedersehen, Mummy. Wiedersehen, Daddy.«

»Warte! Frag Santa, ob es immer noch bei der gleichen Zeit und dem gleichen Ort bleibt.«

»Santa sagt ja.«

»Werden wir wieder über Radio miteinander sprechen?«

»Santa sagt nein.«

Sarah saß einen Augenblick lang da, lauschte dem Zischen, das aus dem Radio kam, und strich geistesabwesend mit den Fingerspitzen über die Platte des Navigationstisches. »Oh, Michael.« Stone legte ihr beruhigend die Hand auf die Schulter.

»Was versucht sie uns zu sagen? Sie hat *Ente* gegessen? Sie würde sich beim ersten Bissen übergeben.«

Sie versuchten, ihre Gespräche zu rekonstruieren, suchten nach weiteren Kodewörtern. Santa, das war ganz offensichtlich Jack Powell. Er hatte ihr nicht erlaubt, viel zu sagen. Nur daß die *Dallas Belle* im Begriff war abzulegen.

»Sie hat gesagt: ›Ich habe so viel Ente gegessen, daß ich gleich quake.‹«

»Enten schnattern.«

»Quake. Sie hat quaken gesagt.«

»Erinnerst du dich noch, wie sie klein war?«

»›Walkie-*quakie*‹! Das Funkgerät! Sie hat mein Funkgerät.«

»Aber wir müßten in der Nähe sein, zwanzig Meilen vielleicht, höchstens fünfundzwanzig, um VHF aufzunehmen.«

»*Sie* weiß das – erinnerst du dich, wie sie von ›genügend Zeit zum Kreuzen‹ gesprochen hat?«

»Nein – das war letztes Mal – beim ersten Anruf … Was zum Teufel will dieser verrückte alte Mann? Er ist doch nicht mit der *Dallas Belle* nur deshalb nach Shanghai gefahren, um mit den Generälen zu trinken. Die haben doch auf dieser Werft irgend etwas umgebaut.«

Sarah fröstelte. Sie hatte ein Gefühl, als ob sie innerlich erzitterte.

»Wir haben uns solche Sorgen um Ronnie gemacht, daß wir uns nie so richtig darauf konzentriert haben, was er eigentlich vorhat, oder?« sagte Stone.

Sarah fröstelte erneut. Plötzlich wußte sie es, und zwar mit absoluter Sicherheit. »Mr. Jack will das, was du damals wolltest, als du Katherine verloren hast.«

»Ich wollte, daß ein paar Ungeheuer von diesem Planeten vertilgt wurden.«

»Du wolltest Rache. Und das will er auch.«

»Aber du hast mir doch gesagt, daß er den Kerl erwischt hat, der ihn gefoltert hat.«

»Er gibt *allen* Japanern die Schuld. Ich glaube, er will sein schlechtes Gewissen beruhigen, weil er seine Freunde verraten hat. Ich bin sicher, daß er gesungen hat«, sagte Sarah.

»Was für eine Art Rache?« fragte Stone.

»Er hat die ganze Zeit von Weihnachten in Tokio gesprochen«, erwiderte sie.

»Vier Uhr am Weihnachtsabend. Der Tokio Tower – aber das ist einleuchtend. Das ist ein Bauwerk, das man leicht finden kann, und nahe am Wasser.«

»›Einen Knaller von Weihnachten‹ hat er immer gesagt. ›Das wird ein richtiges Knallerweihnachten.‹«

»Die *Dallas Belle*«, sagte Stone nachdenklich, »hat mehr thermische Energie an Bord als eine Atombombe. Vielleicht will dieser Irre Tokio in die Luft jagen – Herrgott im Himmel!«

»Was ist, wenn es wirklich das Gas ist? Aber er wird es nicht verkaufen. Er wird es zur Detonation bringen.«

»Das ist nicht möglich. Die Explosion würde tausendmal schlimmer als das Erdbeben von Kobe sein – es würde die Banken, die Börse, die Firmenzentralen, die ganze japanische Wirtschaft zerstören.«

Wieder durchzuckte Sarah jenes seltsame Zittern. »Er und die Chinesen kaufen Aktien.«

»Wenn sie ohne Deckung verkaufen, wird ihnen der ganze Planet gehören.«

»Und dabei wollen sie zwölf Millionen Menschen hinschlachten?«

»Und Ronnie.«

»Erwischt!«

Moss saß vornübergebeugt in der vorderen Kabine eines dreimotorigen Ozeanrenners mit Satellitentelefonen, Signalpeilung und seinem Laptop. Die vom Computer erzeugten Positionslinien schnitten sich auf dem Bildschirm.

»Oh, Scheiße!«

Er hatte die Geschwindigkeit des Segelbootes unterschätzt. Es befand sich fünfzig Meilen vor der von ihm berechneten Stelle. Fünfzig Meilen offenes Meer. Und sie hatten aufgehört zu senden. Er riß die Cockpittür auf. Die Fahrer, beide mit Dreipunktgurten angeschnallt, blickten zu ihm herunter und warteten auf seine Anweisung. »Osten«, brüllte er. »Los!«

Die Motoren donnerten. Der Rumpf begann zu dröhnen, jagte von Wellenkamm zu Wellenkamm wie ein riesiger Stein, den jemand über die Wellen tanzen läßt. Unten in der wild auf und ab hüpfenden Kabine, angeschnallt wie die Fahrer, klammerte Moss sich an einem Handgriff fest, während er über Satellitentelefon Mr. Jack die Situation erklärte. Mr. Jack sagte, er würde wieder Radiokontakt mit den Ärzten aufnehmen, der Kleinen den Hörer in die Hand drücken und sie so lange reden lassen, bis Moss ihr Signal anpeilen konnte. Zehn Minuten später rief er zurück und sagte: »Die melden sich nicht. Wahrscheinlich sind sie auf Deck und hören nichts.«

Moss kletterte wieder ins Cockpit. Natürlich konnten sie ihr Funkgerät nicht hören, wenn sie auf Deck waren. Es war naß und bitterkalt. Sie hatten ihre Luken dichtgemacht. Und ohne Radiosignal, um sie anzupeilen, hatte er keine Chance, dieses verdammte Segelboot zu erwischen, ehe es dunkel wurde.

»Wir müssen die japanischen Meeressicherheitsbehörden anrufen.«

»Wer wird uns glauben? Wir existieren nicht. Und ebensowenig das Boot. Selbst unser Rufzeichen ist getürkt.«

»Und was ist mit der US Navy?«

»Noch schlimmere Bürokraten als die Japaner.«

»CNN?» fragte Sarah und gab sich dann selbst die Antwort auf ihre Frage. »Wenn wir eine Panik auslösen, werden die japanischen Verteidigungsstreitkräfte das Schiff auf hoher See zerstören, und Ronnie mit ihm.«

»Kerry McGlynn – nein, Lydia Chin. Sie hat die besseren Verbindungen, und Robert arbeitet in Tokio.«

»Wird sie uns glauben?«

»Mir hat sie nicht geglaubt, aber dir wird sie glauben.«

Sie hasteten hinunter und stimmten ihren Sender auf Lydia Chins privaten Kanal ab.

Es war ein verdammt großer Ozean, dachte Moss. Das Boot krachte von einer Welle zur nächsten, und sein Magen revoltierte trotz des Pflasters gegen Seekrankheit, das er sich hinter das Ohr geklebt hatte, und es fing an, dunkler zu werden. Und nirgends eine Spur von den Ärzten.

»Sir!« hörte Moss in seinem Kopfhörer. Die Stimme seines Radiolauschers in Kagoshima an der Südspitze von Kyushu. *»Ich höre sie, Sir! Sie senden auf neunzehn vierzig.«*

»Festhalten!«

»Bereits erledigt, Sir.«

Moss schaltete sein eigenes Peilgerät ein und rief dann über Satphone die *Dallas Belle* an, um Mr. Jack zu verständigen.

Mr. Jack war richtig erfreut, bis er hörte, was die Ärzte sagten.

Sie bekamen ein gutes, deutliches Signal von Lydia Chin, klar genug, um das stählerne Timbre in der so seidig klingenden Stimme der Frau zu hören. *»Sarah«*, sagte sie, *»und du bist absolut sicher?«*

»Absolut«, versicherte Sarah ihr zum dritten Mal.

Nach einem langen Schweigen, einem Schweigen, das so lange dauerte, daß Stone schon dachte, sie hätten das Signal verloren, sagte Lydia: *»Ich werde nach Tokio fliegen.«*

»Danke. Vielen, vielen Dank.«

Lydias Antwort jagte ihnen einen eisigen Schauer über den Rücken.

»Aber ihr seid euch doch klar, daß aus japanischer Sicht das Leben von zwölf Millionen Menschen den Vorrang vor dem eines kleinen Mädchens haben wird – immer vorausgesetzt, ich kann sie davon überzeugen, daß das Ganze nicht ein geschmackloser Schwindel ist.«

Stone nahm Sarah das Mikrofon weg.

»Du brauchst sie bloß davon zu überzeugen, daß sie nach einem Fünfzigtausend-Tonnen-Gasfrachter Ausschau halten müssen, der in ihre Richtung gedampft kommt! Sag denen, sie sollen den Frachter auf hoher See aufhalten und eine Sicherheitsüberprüfung vornehmen. Sag ihnen, als wir das Schiff zuletzt gesehen haben, waren die dabei, den Rumpf schwarz zu lackieren. Ein schwarzes Fünfzigtausend-Tonnen-LNG-Schiff sollte nicht so schwer zu entdecken sein.«

Er gab Sarah das Mikrofon zurück und ging die Kajüttreppe hinauf, um sich nach Schiffen umzusehen. Das Wasser wirkte leer, bis er Meilen hinter dem Boot im Nordwesten, wo die herannahende Winternacht das Wasser noch nicht verdunkelt hatte, eine Bewegung entdeckte.

Die *Veronica* fuhr die See hinunter, die sie gerade hinaufgeklettert war, und er verlor das, was er gesehen hatte, aus den Augen. Er griff ins Cockpit nach dem Fernglas, das an der Steuersäule hing.

Die Swan erklomm den nächsten Wellenkamm, der von Schaum gekrönt war. Jetzt sah er es wieder, näher, einen schmalen, dunklen Keil, der Gischt zum Himmel schleuderte.

»Was zum Teufel … *Sarah!*«

Er brauchte ihre Augen. Plötzlich spürte er, daß er schnell handeln mußte, und er sprang in zwei Sätzen die Kajüttreppe hinunter und reichte ihr das Glas.

»Schau nach achtern. Fünf, sechs Meilen.«

Sie hastete die Kajüttreppe hinauf und rief gleich darauf: »Das ist ein kleines Motorboot. Es kommt gerade auf uns zu.«

»Wo zum Teufel kommen die her? Wir sind hundert Meilen vom Land entfernt. Schau genauer hin.«

Ihre scharfen Augen erkannten, daß es sich um einen Ozeanrenner der Cigarette-Klasse handelte – einen Typ, den Rauschgiftschmuggler und die amerikanische DEA bevorzugten, der mit fünfzig Knoten auf sie zugerast kam. »Japanischer Zoll?«

»Das kann ich nicht erkennen.«

»Das muß der Zoll sein oder die Küstenwache. Vielleicht hören *die* auf uns.«

»Ich sehe keine japanische Fahne.«

Er sah sich um. Nirgends ein Schiff zu sehen. Auf vier Meilen hörte er die Motoren, ein donnerndes Stakkato, gedämpft, aber immer lauter werdend. Und gleichzeitig war ein lautes Dröhnen zu hören, jedesmal, wenn der Rumpf sich in die Lüfte erhob und auf die nächste Welle herunterkrachte. Es kam bis auf eine halbe Meile heran und wandte dann der Swan seine Breitseite zu. Sarah trat näher an Stone heran, und er legte instinktiv den Arm um sie.

Als eine hohe Welle den schwarzen Rumpf anhob, gab es plötzlich einen Lichtblitz, und sie hörten ein scharfes *Peng*. Und dann sahen sie ungläubig zu, wie ein dunkler Zylinder über die Wellenkämme gleitend auf sie zugeschossen kam.

35

»Jetzt laß den Kopf nicht hängen, Kumpel. Es geht ja gleich los.«

Ronnie saß immer noch auf dem Sessel des Funkers, ließ die Füße baumeln und starrte mit Tränen in den Augen auf das Funkgerät. Mr. Jack setzte sich eine mit Goldtressen besetzte Schildmütze auf und hielt ihr eine ähnliche, nur kleinere hin.

»Die Schlepper sind da, Mr. Jack.«

»Komm, Kumpel. Wir müssen dem Captain helfen.«

Er warf ihr die Mütze hin. Sie fing sie auf und probierte sie an. Wie jedes Kleidungsstück, das er ihr bisher gegeben hatte, paßte sie perfekt. Sie fragte sich, ob er wohl, während sie schlief, jemanden in ihr Zimmer geschickt hatte, um ihre Maße abzunehmen.

»Und zieh diesen Parka an. Flußabwärts wird es kalt werden. Nein, nein. Nicht den roten. Uniform. Auf einem Schiff braucht es eine Uniform.«

Er hatte doch tatsächlich noch einen dunkelblauen Parka mitgebracht, und er paßte ebenfalls. Mr. Jacks Nase, stellte sie fest, war beinahe ebenso rot wie der Parka, den er auf den Boden warf, damit Ah Lee ihn später aufheben konnte. Er stank nach Whisky.

»Los jetzt! Laufschritt.«

Er tat so, als würde er den Korridor zur Brücke hinunterrennen, aber in Wirklichkeit ging er nur, weil seine Schulter immer noch weh tat, wenn er zu laufen versuchte.

Ronnie folgte ihm, bedrückt, aber höchst wachsam. Wenigstens war Moss nicht da. Sie hatte ihn seit gestern nicht mehr gesehen. Vielleicht war er über Bord gefallen. Kein Schaden, würde Mummy sagen.

Auf der Brücke sprach der Kapitän in ein Walkie-Quakie; ein chinesischer Lotse war an Bord gekommen, und am Steuer stand ein Matrose, den sie bis jetzt nicht zu Gesicht bekommen hatte. Zu den vorderen Fenstern konnte sie nicht mehr hinaussehen. Aber die Radargeräte waren beleuchtet. Das ganze Deck vibrierte von der Maschine. Wie auf der *Veronica* schien alles in ein besonderes Licht gehüllt, bereit zur Abfahrt.

Mr. Jack öffnete die Tür zum backbordseitigen Brückenflügel und bedeutete ihr mit einer Handbewegung, daß sie ihm folgen solle. Dazu hatte sie keine Lust. Es war so kalt. Aber da stand er nun einmal draußen, wo die Spitze des Brückenflügels ein paar Fuß über die neuen Aufbauten hinausragte, und zeigte auf etwas und wollte, daß sie auch hinsah.

Die Schlepper stießen dicke Dampfwolken aus und tuteten wie verrückt. Zwei davon zogen Leinen vom Heck der *Dallas Belle*. Der dritte wartete im Fluß. Und Mann-o-

Mann, würden die überrascht sein, wenn sie die *Dallas Belle* zu sehen bekamen. Mit dem Schiff, das sie hereingeschleppt hatten, hatte die kaum mehr etwas gemeinsam. Der ausgeweidete Rumpf, der von dem alten Kreuzfahrtschiff übriggeblieben war, sah wie eine leere Seifenschale aus. »Mr. Jack!« Das war der Kapitän, der von der Tür zu ihm herüberrief. »Zerhacker.«

»Komme gleich wieder, Kumpel. Bleib hier.«

Sie sah ihm nach, wie er hineinging, und wartete fröstelnd. Seit Moss nicht mehr da war, hatte er angefangen, »Kumpel« zu ihr zu sagen, statt »Kleines.« Es war gerade, als ob sie einen Freund hätte, und sie fühlte sich dabei ein wenig besser, und das war eigentlich verrückt, weil ja schließlich er derjenige war, der all die schlimmen Sachen machte.

Mr. Jack trug das Zerhackersatellitentelefon in den Computerraum, wo er allein war. »Was?«

»Ferngesteuertes Geschoß mitten in den Bauch.«

»Geschoß? Moss, bezahle ich dich dafür, blöd zu sein?«

»Nein, Mr. Jack.«

»Warum bist du nicht einfach längsseits gegangen und hast ihnen eine Granate in den Schoß geworfen? Das ist schließlich ein gottverdammtes Segelboot, Himmel noch mal.«

»Ihr Japstyp hatte keine Handgranate.«

»Aber ein Raketengeschoß hatte er. Großartig.«

»Außerdem, warum soll ich so nahe herangehen, daß es zu einer Schießerei kommen kann, wenn ich ein Raketengeschoß habe?«

»Du hast doch sein Boot bereits durchsucht. Die haben keine Waffen.«

»Und was ist, wenn er sich in Shanghai eine Automatik besorgt hat? Soll ich mir den Arsch zerschießen lassen?«

»Moss, du weißt verdammt genau, daß er es eher schafft, die Tochter des Bürgermeisters zu bumsen, als in Shanghai eine Automatikwaffe zu besorgen.«

»Schon gut, schon gut. Tut mir leid, Mr. Jack. Ich fand es eine gute Idee.«

»Hat jemand euch gesehen?«

»Nein. Hier draußen ist weit und breit keiner. Hundert Meilen vom Land.«

»Sind sie gesunken?«

»Sie stehen in Flammen.«

»Ob sie *sinken*?«

»Sie stehen in Flammen!« protestierte Moss ärgerlich. »Es sieht aus wie damals Bagdad auf CNN.«

»Sorge dafür, daß sie sinken.«

Er stopfte sich das Telefon in die Tasche und kehrte zur Brücke zurück. Ronnie drückte die Nase an die Glasscheibe. Wahrscheinlich sollte er sie adoptieren, mit dem Waisenkind Mitleid haben.

Endlose fünf Sekunden nach dem Auftreffen des Raketengeschosses konnte Stone immer noch nicht glauben, daß sie noch am Leben waren. Dann quoll allmählich schwarzer Rauch aus beiden Seiten des Rumpfes und gleich darauf erstaunlich helle Flammen.

Der Angreifer hatte die Stärke der Fiberglaswand überschätzt; der Sprengkopf – wahrscheinlich panzerbrechend – war nicht detoniert. Das Geschoß war durch den ganzen Rumpf gefahren, ohne zu explodieren. Aber sein Flammenschweif hatte ein Feuer entzündet.

Er schloß die Kabinenluke und rannte zum Bug und brüllte dabei: »Die Feuerlöscher raus.«

Sarah öffnete eine Klappe im Cockpit, riß an einer roten Kordel und aktivierte damit Halonlöscher im Maschinenraum und der Hauptkabine sowie einen Natriumbikarbonattank in der Kombüse. Sie schaltete den Generator ab, der das Halongas verzehren würde. Stone klappte ein Luk im Vorderdeck auf, zog den Löschschlauch heraus und zerrte ihn nach hinten zum Cockpit. Sarah stand mit einem tragbaren Löscher an der Kabinentür bereit.

Während sie darauf warteten, daß das Halon seine Wirkung tat – Luft aus der Luke würde das die Flammen erstickende Gas verteilen –, streiften sie ihre Windjacken ab, die aus synthetischem Material bestanden, das auf ihrer Haut schmelzen konnte. Es schossen immer noch Flammen und Rauchschwaden aus beiden Seiten des Rumpfes.

Stone nickte. Sarah schob den Lukendeckel auf. Schwarzer Rauch quoll heraus. Er füllte seine Lungen mit Luft und beugte sich mit dem Schlauch hinein.

Die Flammen tanzten auf beiden Seiten der Kabine. Weder das Halon noch das Natriumbikarbonat, das am besten für Fettfeuer in der Kombüse geeignet war, hatten das Feuer bisher ersticken können.

Stone drehte an dem Ventil. Die Pumpe fing an zu klappern. Der Schlauch bäumte sich in seinen Händen auf, und ein Wasserstrahl schoß in den Rauch. Das Raketengeschoß war durch die Navigationsstation gefahren, wo noch vor wenigen Minuten Sarah am Radio gestanden hatte, dann quer durch die Kabine und durch die Kombüse wieder hinaus.

Er schlug die Flammen in der Kombüse aus und trat dann in die mit Rauch gefüllte Kabine. Sarah folgte ihm mit dem tragbaren Feuerlöscher.

»Backbord!« schrie er und richtete den Wasserstrahl auf frisch entfachte Flammen an Steuerbord. Sie richtete den Halonstrahl auf die brennende Navigationsstation. Plötzlich war es dunkel. Das Feuer war aus.

Sie hasteten hustend und nach Luft ringend die Kajüttreppe hinauf. Dann ging Stone wieder mit dem tragbaren

Löscher nach unten, um sicherzustellen, daß das Feuer nicht wieder aufflammte. Das Raketengeschoß hatte ein zehn Zentimeter großes Loch in die Backbordseite gebohrt, die elektronischen Geräte zertrümmert und beim Austreten an der Steuerbordseite ein zackiges, wenigstens dreißig Zentimeter durchmessendes Loch gerissen. Jedesmal, wenn das Boot krängte, strömte Wasser herein.

»Die kommen!« rief Sarah.

Draußen auf der dunkler werdenden See hörte Stone, wie ihre Maschinen lauter wurden.

»Hol mir meinen Hammer und einen Meißel!« schrie er und machte sich hastig an den Bodenbrettern zu schaffen.

»Was machst du?« rief sie.

»Meißel!«

Er warf die Bodenbretter beiseite und kniete sich in die Bilge. Als er nach hinten griff, drückte sie ihm den Meißel in die Hand, und als er erneut die Hand ausstreckte, den Hammer.

»Was machst du?«

»Ich brauche Licht.«

Sie zog eine der Taschenlampen aus einem Ladegerät, stellte fest, daß sie von dem Feuer halb geschmolzen war, und holte sich eine andere aus dem Werkzeugkasten.

»Hier! Dorthin leuchten.«

Sie richtete den Lichtkegel in die Bilge, wo bei jeder Bewegung des Bootes öliges Wasser schwappte.

Er drückte die Schneidefläche des Meißels gegen das Fiberglas und hieb mit dem Hammer auf den Griff. Sarah sah verblüfft zu. Sie befanden sich unmittelbar über dem Kiel. Das scharfe Werkzeug entfernte mehrere Schichten von weißer Farbe und dann Splitter des durchsichtigen glasigen Materials darunter. Plötzlich öffnete sich ein Spalt. Ein rechteckiges Stück Fiberglas, vielleicht dreißig Zentimeter lang, ließ sich wegziehen. Michael stemmte den Meißel darunter, drückte kräftig zu, und die Platte sprang heraus, gab den Blick auf eine Vertiefung frei, in die er jetzt seinen Kopf schob.

Die *Veronica* krängte vor einer Bö, und Seewasser spritzte durch das Loch in der Kombüsenwand.

»Stopf ein Kissen hinein!«

Und dann zog Michael zu ihrer großen Verblüffung eine schmale, etwa sechzig Zentimeter lange Kiste aus der Öffnung. Er ließ ein paar Verschlüsse aufspringen. Wasserdichte Gummiwülste öffneten sich schmatzend. In der Schachtel lagen eine mattschwarze Maschinenpistole und drei mit Isolierband zusammengeklebte bananenförmige Magazine.

»Was ist das denn?«

Stone warf ihr einen Blick zu. Sie war im Haus eines Soldaten zur Welt gekommen. Ob es ihr nun gefiel oder nicht, sie wußte ganz genau, was eine Halbautomatik war, wenn sie eine zu sehen bekam. Und sie wußte auch, wie wenig Sinn es machte, Waffen mit sich zu führen, die man an Inselregierungen ausliefern mußte, *ehe* man die Erlaubnis bekam, durch ihre fernen und ungeschützten Gewässer zu segeln.

»Bushmaster«, antwortete er. »Die habe ich von einem Söldner.«

Formal betrachtet war es eine Pistole – eine sehr große Pistole –, doch sie besaß einen abklappbaren Schaft, der die Waffe zu einer Art Karabiner machte. Patrick, der Söldner – seinen Familiennamen hatte er Stone verschwiegen –, hatte die Waffe »frisiert«, so daß sie jetzt automatisch abgefeuert werden konnte, indem man einfach den Abzug festhielt. Er hatte Stone ein paar Guerillakämpfertricks beigebracht, unter anderem auch, wie man die Reservemagazine mit Isolierband zusammenklebt, um die zweiunddreißig Schuß Kapazität zu verdreifachen, und wie man den Pistolengriff seitwärts drehen konnte, damit die Schußgarbe durch den Rückstoß wie eine Sense wirkte.

Stone rammte das Magazin in die Waffe und klappte den Schaft auf. Er ließ den Griff in senkrechter Stellung.

Sarah spähte durch das Loch hinaus, das das Raketengeschoß in die Wand gerissen hatte. »In dem Boot sind drei Männer«, berichtete sie kühl. »Zwei auf den Fahrersitzen, hinter der Windschutzscheibe. Moss steht hinten. Er trägt einen Karabiner oder so etwas über der Schulter ... ich sehe ein Zielfernrohr. Michael, du kannst sie nicht alle drei töten.«

Er wußte nicht, ob sie damit meinte, daß er nicht dazu imstande war, oder daß er nicht das moralische Recht besaß. »Leg dich flach aufs Deck und halte dir die Ohren zu. Dieses Ding ist *laut.*«

Sarah holte seine Industrieohrenschützer aus dem Werkzeugkasten und stülpte sie ihm über den Kopf. Stone schob die Überreste der Elektronikgeräte beiseite. Das Einschußloch würde eine brauchbare Schießscharte abgeben.

Der Renner war näher, als er sich das vorgestellt hatte. Zweihundert Meter. Seine Breitseite war der *Veronica* zugewandt, und sie hatten ihr Tempo mühelos den sieben Knoten angepaßt, die die *Veronica* lief, wobei die Motoren ein träges Brabbeln von sich gaben, während Moss die Swan mit einem Feldstecher inspizierte.

Stone bemühte sich um eisige Distanz. Der Vorteil, den die Überraschung ihm bot, würde nur von kurzer Dauer sein, und er konnte sich mit der langsamen *Veronica* nicht auf ein längeres Feuergefecht einlassen.

Er stellte das offene Visier auf zweihundert Yards. Seine Hände zitterten so, daß er die Bushmaster auf das zersplitterte Fiberglas stützen mußte.

Er hatte den Söldner in Manila kennengelernt und hatte das Boot, auf dem der Mann in Pension gegangen war, neu aufgetakelt und sein Radio repariert und im Austausch dafür die Bushmaster und einen Blitzkurs in ihrem Gebrauch bekommen. Stone hatte gelernt, auf dreihundert Meter Entfernung im Wasser treibende Konservendosen zu treffen. Aber nachher, als sie den Handel mit ein paar Flaschen San Miguel gefeiert hatten, war Patrick ruhig geworden. Er war ein untersetzter, kleiner Mann mit durchdringenden blauen Augen und dem aggressiven Tonfall eines Colonels der Marines. »Mike? Was hast du im Krieg gemacht?« Sie waren etwa gleichaltrig; er meinte Vietnam.

»Marinearzt.«

»Richtig ... Du warst große Klasse. Aber es ist ein verdammt großer Unterschied, ob man eine Waffe abfeuert oder mit einer Waffe *kämpft*. Das Problem ist, wenn man sich mit Piraten auf einen Schußwechsel einläßt, dann bringen einen die um.«

»Was mache ich dann mit dem Ding?«

»Betrachte es nicht als Maschinenpistole. Betrachte es als Kanone. Ich will dir zeigen, was ich damit meine ...«

Stone preßte den Kolben der Bushmaster an seine Schulter, fand im schwächer werdenden Licht den schwarzen Rumpf, wartete, bis die *Veronica* in einem Wellental war, und tippte dann zweimal an den Abzug, um die richtige Distanz zu bekommen. Trotz der Ohrenschützer war der Lärm betäubend, aber er spürte kaum einen Rückstoß. Er sah, wie dicht vor dem Renner Gischt aufspritzte, hob den Lauf ein wenig und feuerte fünf Schuß auf seinen Rumpf ab.

Die Männer vorn duckten sich, um Deckung zu suchen. Aber Moss stand aufgerichtet und reglos wie eine Statue da, hob eine langläufige Waffe und richtete sie auf die Swan.

36

Stone drückte erneut ab, hielt den Abzug fest. Die Waffe versetzte seiner Schulter einen leichten Schubs, glatt und elegant wie eine Präzisionsmaschine. Das Magazin war binnen Sekunden leer. Moss feuerte. Eine Hochgeschwindigkeitskugel fetzte keinen halben Meter von Stones Gesicht mit einem lauten Knall durch die Kabine. Er riß den Ladestreifen heraus, drehte ihn um, rammte ihn wieder hinein und gab einen zweiten Feuerstoß ab.

Das Cigaretteboot bog ab, Moss stürzte aufs Deck.

Motoren donnerten, als der Fahrer Stone jetzt das Heck zuwandte, das ein kleineres Ziel bot. Ein Grinsen ohne eine Spur von Humor zog über Stones Gesicht; Patrick wäre stolz auf ihn gewesen.

Er stützte die Bushmaster auf und gab zehn sorgfältig gezielte Schüsse auf das Heck des Bootes ab. Er glaubte, drüben die Fetzen fliegen zu sehen. Aber um es genau erkennen zu können, war es zu dunkel. Jedenfalls stoppten die großen Motoren plötzlich. Der Renner glitt zwischen zwei hohen Wellen in ein Tal.

Als die Wellen ihn wieder hochhoben, konnte Stone erkennen, daß er im Heck durchhing, wo die Crew hektisch tätig war und entweder versuchte, die jetzt an mehreren wichtigen Stellen durchlöcherten Motoren wieder zu starten, oder, was wahrscheinlicher war, das Meerwasser auszuschöpfen, das durch das Loch in den Rumpf strömte.

Aber auch die *Veronica* nahm Wasser auf, während sie im steifen Monsun krängte.

»Fang zu pumpen an.«

Sie setzten die *Veronica* auf einen Steuerbordschlag, damit sie sich von dem Loch in der Seite weglehnen konnte.

Sarah pumpte und stand Wache. Stone sammelte Werkzeuge und Material ein. Das Loch war für einen Holzstöpsel viel zu groß – es hatte etwa den Umfang eines Fußballs –, also klebte er mit Isolierband ein Stück Segelleinwand als provisorischen Flicken darüber, während er schnell aushärtendes Epoxid mischte und ein paar dünne Schichten Fiberglastuch bereitlegte.

Sarah berichtete Dutzende von Lichtern von Fischerbooten und gelegentlich auch die Positionslampen eines Hochseeschiffes. Mit etwas Glück würde eines von ihnen vielleicht das Cigaretteboot aufnehmen; mit etwas mehr Glück, dachte er grimmig, würde irgendein Hochseedampfer es in der Dunkelheit einfach in den Grund bohren.

Das kleinere Loch über der Navigationsstation machte weniger Mühe. Aber die Elektroanlage so weit wieder in Gang zu bringen, daß sie wenigstens die heil gebliebenen Taschenlampen und das VHF-Nahbereichsradio aufladen konnten, nahm Stunden in Anspruch.

Nachdem er die ätzenden Überreste des Natriumbikarbonatschaums aus der Kombüse abgekratzt hatte, kippte er einen Eimer mit Metall- und Glassplittern über Bord und ließ sich dann neben Sarah ins Cockpit sinken.

»Das war das Funkgerät ... Es war ein Trick. Er wußte, wann Ronnie anrufen würde. Ein Lauschposten in Japan, Moss auf dem Cigaretteboot, und der alte Mann in Shanghai. Triangulation. Das ist so leicht wie den Sonnenstand aufnehmen. Aber warum uns angreifen? Er muß das schon vorbereitet haben, ehe wir Lydia angerufen haben.«

»Rache«, sagte Sarah.

»Wofür?«

»Wir haben ihm in Shanghai Ärger bereitet. So denkt dieser Mann, Michael. Auge um Auge.« Sie sahen einander an und schüttelten betrübt den Kopf. Stone setzte dazu an, seinen nächsten Gedanken in Worte zu kleiden.

»Sag es nicht«, flüsterte Sarah.

Er brauchte es nicht zu sagen. Die Frage lastete über ihnen wie die Nacht. Was würden sie in Tokio vorfinden?

Er döste ein, wachte dann wieder auf und nahm unbestimmt wahr, daß Sarah etwas in der Dunkelheit gesagt hatte. »Was?«

»Wo hast du dir die Waffe besorgt?«

»In Manila. Als Lydia dich und Ronnie nach Singapur gebracht hat.«

»Ah.« Der Himmel begann aufzuklaren, und das Sternenlicht war hell genug, daß er sehen konnte, wie sie lächelte. »Da bin ich froh«, sagte sie.

»Was wir da gerade erlebt haben, zeigt jedenfalls, daß es sich manchmal lohnt, eine Waffe zu tragen.«

»Nein, das meine ich nicht.«

»Was meinst du dann?«

»Ich wußte, daß du etwas vor mir versteckst. Als ich aus Singapur zurückkam. Ich wußte es einfach. ... Ich dachte, vielleicht ein kleines Strandtechtelmechtel.«

»Strandtechtelmechtel? Du bist mein Strandtechtelmechtel.«

»Na ja, du weißt schon, Manila. War das nicht die Rennwoche? Ich dachte ... Du weißt schon.«

»Warum zum Teufel hast du mich nicht einfach gefragt?«

Sarah sagte nichts.

»Hey, du bist es doch, die immer sagt, *ich* soll reden. Warum hast du nicht gefragt?«

»Michael, sei nicht albern.«

»Ich bin nicht albern. Warum –?«

»Ich hatte Angst ... ich wollte es nicht wissen.«

»Ach du meine Güte. Komm her.« Er legte den Arm um ihre Schultern und spürte ihre Verspannung. »Sarah, du kennst mich doch. Für mich gibt es nur eine Frau, und die bist du.«

»Nun, das zeigst du aber nicht immer.«

»Werde ich jetzt dafür verurteilt, daß ich *kein* Techtelmechtel am Strand gehabt habe?«

»Ich kann es einfach nicht *glauben*, daß du eine Waffe an Bord versteckt hast, ohne es mir zu sagen.«

»Ich hatte keine Lust, mich deswegen mit dir zu streiten.«

»Oder du wolltest einfach ein Geheimnis vor mir haben«, konterte sie, und dann funkelten sie einander an, als hätte diese Nacht mit ihrer Angst und ihrer totalen Erschöpfung den Abgrund zwischen ihren Persönlichkeiten – den Abgrund ihrer wechselseitigen Zuneigung – breiter gemacht.

»Und du hast auf *deinem* Geheimnis gesessen.«

»Welchem Geheimnis?«

»Meinem imaginären Techtelmechtel am Strand.«

»Ich habe dir doch gesagt, daß ich Angst hatte.«

»Oder du wolltest einfach etwas, um mich damit unter Druck zu setzen?«

»Warum sollte ich das wollen? Das ist doch lächerlich.«

»Das mußt du mir sagen«, meinte Stone. »Ich habe in letzter Zeit immer eine gewisse Distanz gespürt. Ich dachte immer, es sei wegen dieser Osttimor-Afrika Sache –«

»Michael, bei dir klingt das, als ob das keine ernsthaften Anliegen wären. Ärzte wie du und ich *sollten* nach Afrika gehen.«

»Vielleicht sind das alles Vorwände.«

»Vorwände?« fragte Sarah. »Wofür?«

»Für den Wunsch, mit dieser Art Leben Schluß zu machen.«

»Ich *liebe* das Leben, das wir führen. Nur das ewige Verstecken nicht. *Du* liebst dieses Versteckspiel.«

Sie redeten im Kreis herum, und dann saßen sie allein, eingehüllt von ihrem Schweigen. Schließlich atmete Sarah tief durch, um sich Mut zu machen, und griff nach seiner Hand. »Weißt du was?« sagte sie. »Es ist Katherine.«

»Was?«

»Nach all den Jahren liebst du sie immer noch.«

Das Schweigen türmte sich auf wie eine hohe Welle, und Stone blickte in die Nacht hinaus, gerade als erwartete er, daß gleich eine Mauer von Wasser auf das Cockpit herunterkrachte. »Ich liebe dich auch«, sagte er.

»Was mir weh tut, ist, daß du sie immer noch vermißt.«

»Aber mein Leben und meine Liebe bist du«, sagte er. »Du und Ronnie.«

»Dieser Frau hast du den Namen Katherine gegeben«, sagte Sarah.

»Das war der zweite Name, der mir eingefallen ist.«

Stone hatte Angst, er könnte zuviel gesagt haben. Oder nicht genug. Er spürte den Tod in dem Schweigen, das auf ihnen lastete … »Das Radio ist hin.«

»Kannst du es richten?«

»Da ist nichts zu richten. Das ist in tausend Stücken. Und das Radar auch.«

Kein Langstreckenradio; keine Möglichkeit für Mr. Jack, sie anzurufen. Keine Möglichkeit, mit Lydia Kontakt aufzunehmen. Kein Radar; kein Kollisionsalarm in den stark befahrenen japanischen Gewässern.

Sarah legte die Hand auf seine Schulter. »Kein Radar. Kein Kollisionsalarm. Kein Funkgerät. Ronnie hat das GPS. Du hast es geschafft, endlich, Michael.«

»Was geschafft?«

»Du bist endlich wieder die ganze Technik los, bist wieder bei den Grundlagen angelangt.«

Er hörte das Lachen in ihrer Stimme und spürte, wie sein Herz einen Satz machte.

»Was hältst du davon, wenn wir das Deck aufreißen – damit wir der See ein wenig näher sind?«

»Michael. Du hast ja einen Witz gemacht. Ich kann es nicht glauben.«

Er schüttelte den Kopf und grinste. »Ich kann nicht glauben, daß wir noch am Leben sind. Weißt du, daß dieser Hurensohn uns fast umgebracht hätte?«

Sarah kicherte. »Woher wissen wir eigentlich, daß er das nicht getan hat?«

»Vielleicht sind wir im Himmel.«

»Für den Himmel ist es zu kalt.«

»Außerdem könnte ein Toter nicht so müde sein.«

Die Erschöpfung, die Erleichterung, die Angst und lange verdrängte Hysterie – sie alle vereinten sich in einem Ausbruch von Gelächter. Sie streckten die Hände aus, griffen nacheinander, hielten sich fest, suchten unbeholfen nach dem Mund des anderen und fanden sich schließlich in ihrem ersten richtigen Kuß, seit sie aus Shanghai entkommen waren. Ihre Hände wurden rege. Klettverschlüsse knisterten, Schnallen öffneten sich; sie zerrten an den Reißverschlüssen ihrer Windjacken, den Lätzen ihrer Seglerhosen, verspürten nichts als den Drang, ihre Körper aneinanderzupressen. »Oh, mein Gott, Michael. Ich dachte – oh.«

Sie blieben die ganze Nacht im Cockpit, wollten sich nicht trennen, saßen eingehüllt in Decken unter dem Sturmsegel und wechselten einander damit ab, ein wenig zu dösen und nach Schiffen Ausschau zu halten. Endlich fühlte Sarah sich wieder warm, von innen heraus warm und zufrieden und bereit, eine Weile abzuschalten, mit Denken aufzuhören, alles dem Boot zu überlassen. Aber als dann der Tag anbrach, spürte sie, wie Michaels Körper sich verspannte, und die Wärme floß aus ihr heraus.

»Wo gehst du hin?«

»Ich will mir überlegen, wie wir nahe genug an die *Dallas Belle* herankommen können, um mit Ronnie über das VHF zu sprechen.«

Sarah folgte ihm nach unten und sah ihm über die Schulter zu, wie er den Zirkel über die angesengte, durchnäßte Karte wandern ließ. »Angenommen, er hat da abgelegt, als sie das gesagt hat – vor fünfzehn Stunden –, und angenommen, er macht zweiundzwanzig Knoten, dann wird er jetzt hier sein – dreihundertunddreißig Meilen östlich von Shanghai und in weiteren acht Stunden durch die Straße von Osumi – hier.

Wir müssen Kurs nach Norden nehmen und ihm zuvorkommen. Die kommen mit zweiundzwanzig Knoten in fünfzehn oder sechzehn Stunden hinter uns herangebraust. Wir könnten uns hier mit ihnen treffen.«

Er versuchte, einen Kreis um den Kurs der *Dallas Belle* zu ziehen. Der Bleistift riß das nasse Papier auf.

»Und was dann?« fragte Sarah.

»Vorausgesetzt, all meine Annahmen stimmen, dann haben wir einen Kreis von etwa fünfzig Meilen, in dem wir reden können – falls wir Verbindung zu ihr bekommen –, den das Schiff in einem Zeitraum von weniger als drei Stunden durchfahren wird. Herrgott, wenn wir nahe genug herankämen, könnte sie vielleicht springen.«

»Zu gefährlich.«

»An einem Tau oder so –«

»In die Schraube.«

»Wenigstens können wir mit ihr reden.«

»Er wird wieder versuchen, uns zu töten.«

»Nicht, wenn er uns nicht sehen kann. In fünfzehn Stunden wird es dunkel sein.«

»Michael, das ist verrückt. Was sollen wir machen?«

»Ronnie hat uns eine Botschaft gesandt. Sie hat gesagt, daß sie ein Funkgerät hat. Was bleibt uns denn anderes übrig, als zu versuchen, so nahe an sie heranzukommen, daß wir reden können?«

»Und was passiert, wenn das Schiff nicht da ist?«

»Dann segeln wir weiter.«

»Laß uns sehen, ob uns nichts Besseres einfällt.«

Aber während die Morgendämmerung gegen den düsteren Nebel ankämpfte, der aus dem Norden heruntertrieb, gelangten sie immer wieder zum selben Schluß: Der Versuch, mit Ronnie Verbindung aufzunehmen, war das Beste, was sie tun konnten, während sie das Rennen nach Tokio fortsetzten.

Dreißig Stunden lang hielten sie Ausschau und warteten und lauschten, daß Ronnies Stimme über die Ätherwellen zu ihnen drang.

Stone schloß ihr Nahbereichsradio an eine Hochleistungsantenne an – den Stahldraht des Backstags. Die Antenne für die Haupteinheit in der Navigationsstation war an der Spitze des Mastes, aber ihr Fernbereichsradio war von dem Raketengeschoß zerstört worden.

Bei Shiono Misaki an der Südspitze von Honshu erreichten sie Land und hielten sich zehn Meilen vom Ufer entfernt am äußeren Rand der östlichen Wasserverkehrsstraße. Der Schiffsverkehr war dicht, aber sie hörten weder die *Dallas Belle,* noch sahen sie irgendeine Spur des Gasschiffes.

Der Nordwestmonsun blies heftig, ein trockener, bitterkalter Wind. Die Kuroshioströmung begünstigte sie mit drei, manchmal vier Knoten. Aber immer noch kein Wort von Ronnie. Und natürlich nichts von Lydia.

Sie überlegten, was geschehen sein konnte. Entweder hatte die *Dallas Belle* sie in der Dunkelheit zu einem Zeitpunkt passiert, an dem Ronnie keine Gelegenheit gehabt hatte, unbeaufsichtigt das Funkgerät zu benutzen. Oder das Schiff fuhr gar nicht mit Kurs auf Tokio. Oder – und an diese Möglichkeit klammerten sie sich in ihrer schlaflosen Angst – das Schiff hatte einen Defekt gehabt und wurde repariert. In dem Fall würde der kräftige Wind und der Kuroshiostrom die Swan als erste nach Tokio tragen.

Lydia Chin sah zu, wie die Neonlichter Tokios die Nacht im Bann hielten.

Von dem luxuriösen Apartment, das ihr Mann Robert als Spitzenmann seiner Handelsfirma in Japan besaß, genoß sie einen Ausblick, den sich nur wenige Tokioter leisten konnten. Von einem Ende des Wohnzimmers hatte sie den Blick auf den Tokio Tower, ein stählernes Symbol wiedererstandener japanischer Wirtschaftskraft nach dem Kriege, und zugleich in seiner Ähnlichkeit mit dem Eiffelturm ein groteskes Beispiel der Unsicherheit, mit der ganz Asien in den fünfziger Jahren nach dem Westen geblickt hatte. Die Gebäude waren alle relativ niedrig, aus Angst vor Erdbeben, und beim Vergleich mit Hongkong hatte Lydia den Eindruck, daß das wesentlich größere Tokio eher einer Ansammlung von Flughafenhotels und Shopping-Centers in den Vororten glich.

Ein außergewöhnlich höflicher Herr, der die japanische Meeressicherheitsbehörde vertrat, stand wie eine Statue im Wohnzimmer und erklärte mit tiefem Respekt, der freilich seine völlige Verachtung nicht ganz verdecken konnte, daß jede ihrer Ängste gründlich überprüft worden war. Inselbewohner waren reserviert – ihr Mann war Engländer – und empfanden Abneigung gegenüber Ausländern. Sie ertappte sich dabei, wie sie ihre kantonesische Überschwenglichkeit zügelte – ebenso wie sie das in London tun würde – und ihrem Lächeln und dem Glanz ihrer Augen gewissermaßen einen Dämpfer aufsetzte.

Den Hafen von Tokio konnte sie von ihrem Zimmer aus nicht sehen, hatte aber das Bild vom Anflug her noch deutlich vor Augen: eine weite schwarze Wasserfläche, die bis in das Herz der Stadt hineinreichte und in der sich die Positionslichter von tausend Schiffen spiegelten.

In den Geschäftsvierteln hatten viele Bürogebäude ihre Fassaden in der Form westlicher Weihnachtsbäume oder sternartiger Schneeflocken, nordischer Rentiere und rundlicher Schneemänner beleuchtet. Unzählige beleuchtete Fenster, und hinter jedem ein menschliches Wesen.

»Sprecher des Amerikaners Mr. Jack Powell bestätigen, daß er ein Frachtschiff für verflüssigtes Erdgas besitzt, das den Namen *Amy Bodman* trägt. Sie haben behauptet, daß es sich in einem Trockendock in Taiwan befindet. Wir haben Verbindung mit den taiwanesischen Behörden aufgenommen, die uns bestätigt haben, daß es dort ist.«

»Wie groß ist das Schiff?« fragte Lydia.

»Fünfzigtausend Tonnen.«

»Hat jemand Mr. Powell persönlich gesehen?«

»Mr. Powell leitet gerade eine Expedition in der Antarktis mit dem Ziel der Gasexploration. Ich habe per Radio mit ihm gesprochen. Die Verbindung war schlecht, aber Mr. Powell war sehr hilfsbereit und hat mich an mehrere gemeinsame Bekannte in der Welt der Schiffahrt verwiesen. Glücklicherweise sind alle Ihre Vermutungen widerlegt worden. Wir sind Ihnen natürlich sehr dankbar, daß Sie aus China hierhergekommen sind.«

»Ich bin aus Hongkong gekommen«, sagte Lydia frostig. »Und ich danke Ihnen, daß Sie sich soviel Mühe gemacht haben. Vielleicht darf ich Sie jetzt zu einem Drink einladen?«

Der Japaner machte eine leichte Verneigung. »Nein. Vielen Dank. Ich habe meinen Kindern versprochen, früh nach Hause zu kommen, um mit ihnen Weihnachtsgeschenke zu verpacken.«

Lydia klingelte nach dem Butler, damit dieser den Mantel ihres Besuchers bringen konnte. »Darf ich fragen, sind Sie Christ?«

»Nein, selbstverständlich nicht. Aber es ist ein frohes Fest.« Seine starren Züge lockerten sich endlich ein wenig. »Sie können versichert sein, daß meine Behörde jeden Gasfrachter, der sich dem Hafen nähert, gründlich inspizieren wird. Und im Lichte Ihrer ... Information ... werden wir die nächsten paar Tage besonders wachsam sein.«

»Wie ich höre, soll ein Kind an Bord sein. Ich kann nur hoffen, daß die Inspektoren gründlich sein werden.«

Die Miene des Japaners wurde wieder frostig. »Wenn es um Gasschiffe geht, sind wir immer gründlich.«

37

»Schau, Kleines! Ich fasse nichts an.«

Mr. Jack hob beide Handschuhe in die Luft, als das Steuer der *Dallas Belle* – ein Joch, kleiner als das Steuerrad eines Autos – sich zu drehen begann. Er grinste sie an, aber Ronnie schmollte in einem Winkel der Brücke, die Nase in einem Buch vergraben. Vor einer Weile war sie ausgerissen und stundenlang auf dem Schiff herumvagabundiert, bis er sie schließlich auf dem Hauptdeck erwischt hatte, wo sie die Rettungsboote angeschmachtet hatte. Sie hatte ihm eine Heidenangst eingejagt, und er hatte sie angeschrien. Und deshalb schmollte sie jetzt. Und er war in Ungnade. Es war schlimmer als Verheiratetsein.

Die gute Nachricht war, daß er die Japaner mit heruntergelassenen Hosen erwischen würde, wie beim letzten Mal. Seine Tarnung hatte gehalten. Das war in erster Linie dem Gespräch mit der Antarktis zuzuschreiben, das er dem Satelliten- und Radiooperateur auf der Station Weddell Sea zu verdanken hatte, der in einer Nacht genug Geld verdient hatte, um jedes Kind, das er je zeugen würde, auf eine Privatschule zu schicken.

»Kleines! Schau! Ich fasse nichts an.«

Die *Amy Bodman/Dallas Belle/Asian Princess* machte fünfzehn behäbige Knoten durch die Philippinensee, und die Straße von Osumi lag bereits zweihundert Meilen hinter ihnen. Die vielen Tonnen tarnenden Stahls hatten ihre Geschwindigkeit um ein Drittel reduziert, und da der größte Teil des neuen Gewichts auf dem vorderen Bereich lastete, tauchte der Bug bei jedem Stampfen des Schiffes tief ein und wirbelte gewaltige Gischtmengen auf. Aber der Kapitän hatte versprochen, daß sie planmäßig in Tokio eintreffen würden, und der Computer pflichtete ihm bei: dreiundzwanzig Stunden noch.

»Ohne anfassen.«

»Ist ja großartig.« Sie zog eine Schnute. »Wir haben auch einen Autopiloten.«

»Aber keinen wie diesen.«

Die natürliche Neugierde gewann die Oberhand, und das Kind stand auf und ging über das geneigte Deck zu dem OMBO-Monitor. Er zeigte einen unregelmäßigen Zickzackkurs mit dem Icon, der das Schiff darstellte. Ronnies Augen weiteten sich. Als das winzige Schiff die nächste Spitze auf der zackigen Linie erreichte, begann das Schiff sich zu drehen, ohne daß irgend jemand das Ruder berührte.

»Ganz ohne Hände.«

Noch zweimal wechselte das Schiff im Laufe von zwei Meilen den Kurs, krängte sanft und mühelos, als müsse es Bojen auf einem Rennkurs umrunden. Und Mr. Jack grinste die ganze Zeit wie eine Schlange.

»Was meinst du?«

Ronnie schnitt ein Gesicht. »Es ist eben ein OMBO-Schiff.«

Mr. Jack sah sie scharf an, und das Schlangengrinsen machte ihr angst. »Was weißt du von OMBO?«

»One-Man-Bridge-Operated«, antwortete Ronnie, als wäre das die selbstverständlichste Sache der Welt. »Daddy sagt, die sind das Schlimmste, was es auf dem Meer gibt – seit dem Megacarcharodon.«

»Mega – was?«

»Der Megacarcharodon war ein Riesenhai. Dreißig Meter lang. Er hat alles gefressen, bis er schließlich ausgestorben ist.«

»Da ist ihm recht geschehen.«

»Daddy sagt, die werden Segelboote rammen, ohne das überhaupt zu merken.«

»Hat Daddy dir auch gesagt, *warum* wir OMBO-Schiffe machen?«

»Damit Sie keine Leute dafür bezahlen müssen, daß sie Wache stehen.«

»Ja. Nun, das hier ist ein ganz spezielles OMBO. Dritte Generation. Selbst dein kluger Daddy hat davon noch nichts gehört.«

Sie starrte ihre Spiegelbilder im Fenster an. Der neue Aufbau versperrte den Blick auf die düstere See vor ihnen. Sie konnte sie jetzt nur noch durch die Seitenfenster erkennen.

Mr. Jack war hinter sie getreten. »Festhalten«, warnte er und deutete auf den Bildschirm. »Harte Kurve.«

Es war eine Neunzig-Grad-Wendung. Eine Sirene schrillte, und dann ruckte der Gasfrachter nach Steuerbord. Ronnie packte die Haltestange unter der Windschutzscheibe. Mr. Jack wollte das auch tun, tat es aber mit seinem verletzten Arm und stieß einen Schmerzensschrei aus. Sie versuchte, ihm zu helfen, aber wurde dabei selbst von der Haltestange weggerissen, und beide purzelten aufs Deck.

Langsam und schwerfällig richtete das Schiff sich wieder auf.

»Bei Ihnen alles in Ordnung, Mr. Jack?«

»Ja, ja.« Sein Gesicht war kalkweiß. Ronnie sprang auf und streckte ihm die Hand hin, als der Kapitän hereingeschossen kam.

»Was zum Teufel –«

»Ich demonstriere bloß das System«, sagte Mr. Jack.

»Sie werden so lange demonstrieren, bis wir kentern«, schrie der Kapitän. »Wir haben genug Gewicht auf Deck, um umzukippen.«

Zum ersten Mal, seit Ronnie ihn kannte, entschuldigte sich Mr. Jack. Er wirkte fast unterwürfig. »Tut mir leid. Ich wollte es der Kleinen bloß zeigen. Keine Sorge, Cap. Kommt nicht wieder vor.«

Ronnie blickte starr zu Boden, während der Kapitän vor sich hinmurmelte. Schließlich ging er hinaus.

»Mann«, flüsterte Mr. Jack und zwinkerte Ronnie verschwörerisch zu. »Da hätten wir jetzt beinahe etwas angestellt.«

»*Sie* hätten beinahe etwas angestellt. *Ich* habe nichts getan.«

»Der Captain glaubt aber, daß du das warst, und ich habe dich bloß gedeckt.« Er grinste, aber diesmal war es ein fröhliches Grinsen, nicht das einer Schlange, und Ronnie ging auf das Spiel ein und sagte: »Stimmt doch gar nicht! Aber, Mr. Jack!«

Mr. Jack tippte an den Monitor. »Also, was meinst du?«

»Klasse«, sagte Ronnie. Aber in Gedanken machte sie einen Satz eine halbe Meile vor das Schiff, sah es, wie es sich zornig seinen schäumenden Kurs durch die Wellen bahnte – eine Maske, die sich drehte, wohin sie wollte. Sie fröstelte.

»Du siehst aus, als ob du ein Gespenst gesehen hättest«, sagte Mr. Jack.

Sie konnte beinahe die Augen hinter der Maske sehen. Beinahe.

»Kommt Moss zurück?«

»Sieht nicht so aus«, erwiderte Mr. Jack leichthin. Aber sein Gesicht war zu Stein geworden, und wieder überlief sie ein Schauder. Sie hatte Angst. Sie war nie zuvor allein gewesen. Aber jetzt war sie allein. Als Moss sie geschlagen hatte, war sie sich so klein vorgekommen – er hatte sie weggefegt wie einen Moskito. Mr. Jack war nicht so groß wie Moss, aber immer noch viel größer als sie. Und dafür, daß er nur aus Haut und Knochen zu bestehen schien, war er mächtig stark.

»Darf ich Mummy anrufen?«

»Leider nicht, Kleines.«

»Mr. Jack?«

»Was?«

»Wo ist Ah Lee?«

»Der ist in Shanghai abgehauen.«

»Von mir hat er sich nicht verabschiedet.«

»Wenn ein Matrose abhaut, dann posaunt er das nicht in die Gegend, sonst erwischt man ihn.«

»Wo *sind* denn alle?«

»Wie meinst du das?«

»Als ich spazierengegangen bin –«

»Noch einen Spaziergang, kleine Lady, und es gibt Krieg zwischen uns.«

»Ja, aber ich habe niemanden gesehen.«

»Die Mannschaft arbeitet. Dafür bezahle ich sie. Oder sie schlafen.«

»Ich habe *niemanden* gesehen – bloß diesen Japaner, und der war betrunken. Wer ist das? Ich habe ihn vorher nie gesehen.«

Mr. Jack machte eine seiner albernen »Japsen«-Imitationen und verbeugte sich mit gefalteten Händen. »Ehrenwerter Lotse-San.«

»Was?«

»Captain Yakamoto ist ein Lotse für den Hafen von Tokio und die Fahrstraße von Uraga.«

»Aber er ist betrunken!«

»Er hat ein wenig Probleme mit Alkohol«, räumte Mr.

Jack vergnügt ein. »Aber keine Sorge, OMBO kriegt das schon hin.«

Ronnie zuckte die Achseln, tat so, als wäre ihr das gleichgültig, und erbot sich, Mr. Jack in die Krankenstation zu bringen und ihm dort den Verband zu wechseln.

Sie wußte, daß das Schiff verlassen war.

Auf ihrer Suche nach einem Versteck, von dem aus sie Mummy und Daddy anrufen konnte, war sie über das Hauptdeck hinausgekommen. Sie war im Inneren der aufgesetzten Aufbauten herumgelaufen und sich dabei vorgekommen wie in einem riesigen Iglu, so kalt war es dort. Und sie war mit dem Aufzug in die Eingeweide des Schiffes hinuntergefahren, wo es dick mit Farbe bedeckte riesige Stahlträger und Säulen gab. Der Maschinenraum war der lauteste Ort, an dem sie sich in ihrem ganzen Leben befunden hatte, und heißer als Palau am Mittag. Dann hatte sie den Aufenthaltsraum der Mannschaft besucht, der mit Marlboroplakaten bepflastert war. Die einzigen Leute, die sie zu Gesicht bekommen hatte, waren der betrunkene japanische Lotse, der Kapitän und Mr. Jack gewesen.

Die Kombüse war leer; seit Shanghai hatten sie in der Mikrowelle aufgeheiztes Tiefkühlzeug gegessen. Der Maschinenraum war leer. Selbst der Maschinencomputerraum in dem klimatisierten Deckshaus mitten in der brüllenden Hitze war leer. Das Schiff fuhr fast völlig verlassen über das Meer.

Mr. Jack war so knochig, daß sie sich vorkam, als würde sie ein Skelett verbinden. Er zuckte zusammen, als sie den alten Verband abnahm.

»Tut das weh?«

»Bloß ein wenig wund«, sagte er, aber sie spürte, daß er log.

»Mr. Jack?«

»Was?«

»Darf ich Mummy anrufen?«

»Ich habe dir doch gesagt, daß du das nicht darfst! Hey, zieh keinen Flunsch. Morgen ist Weihnachten.«

Sie wandte sich ab, damit er nicht sehen konnte, wie sie sich die Faust gegen die Lippen preßte, damit sie aufhörten zu zittern. Die Faust von Moss war groß wie eine Kokosnuß gewesen, die ihre nicht größer als eine Zitrone. Sie schloß die Augen und versuchte, sich ein Bild von ihren fest zusammengeballten Knöcheln zu machen, die wie ein Röntgenstrahl durch Mr. Jacks Hemd und den Verband und seine Haut schossen und durch den Muskel, den Mummy genäht hatte. Aber ihre blöden Finger wurden immer wieder weich wie Gelee.

Am Vormittag des 24. Dezember segelten Stone und Sarah über die Sagamisee. Immer noch keine Nachricht von Ronnie, obwohl sie nur zehn Meilen von Uraga-Suido entfernt waren, der Zufahrt zur Bucht von Tokio.

Die Karte zeigte vor ihnen und zu beiden Seiten Land, und weit hinter ihnen die vulkanische Insel O-shima, aber ein dünner Dezembernebel, aus dem Nebelhörner und Schiffspfeifen hallten, verhüllte die Sicht.

Das VHF-Funkgerät plapperte ständig. Sie ließen es auf Kanal fünf geschaltet.

Stone hatte ihren Radarreflektor ausgefahren und versuchte, am Rande der Fahrrinnen zu bleiben. Er hatte eine ziemlich gute Vorstellung davon, wo sie sich befanden – er hatte den Dreißig-Sekunden-Blitzer auf O-shima ausgemacht. Vor ihnen lag Wasser, das beinahe eine Meile tief war. Aber sie blieben beide im Cockpit, um nach Schiffen Ausschau zu halten, die fast überall polternd und tutend im Nebel unterwegs waren.

Er holte die *Sailing Directions* heraus und sah sich immer

wieder die Zufahrt nach Tokio an, bis ihm die Schrift vor den müden Augen verschwamm.

Plötzlich fuhr er hoch, hellwach, und sein Verstand arbeitete fieberhaft. Der Nebel war dünner geworden und ließ jetzt ferne Hügel erkennen, die vor einer Kette steiler Berge zu schweben schienen. Vielleicht zwei Meilen achtern entdeckte er einen mächtigen Passagierliner, dessen Bug den Nebel durchschnitt. Schwarzer Rumpf, weiße Aufbauten. Das Schiff sah aus wie die alte *QE-2* auf einer Winterkreuzfahrt rings um die Welt.

»Irgend etwas haben wir übersehen«, erklärte er Sarah. »Er kann unmöglich ein Gasschiff in den Hafen schummeln. Das geht nicht. Da steht etwas in den *Sailing Directions.*« Er blätterte in dem Buch mit dem blauen Einbanddeckel. »Hier! ›Vorschrift: Tanker müssen in Schrittgeschwindigkeit in den Hafen einfahren, mit je einem Schlepper backbord und steuerbord, und vorn und hinten je einem Patrouillenboot.‹

Das gilt, *nachdem* der Uraga-Suido Lotse und anschließend der Hafenlotse an Bord gegangen sind. Das ist also nicht gerade eine Situation, wo er um vier Uhr am Weihnachtsabend einfach ein Gasschiff mit brennender Lunte abliefern kann ... Und jetzt sieh dir hier die Hafenkarte an. Da gibt es bei den Kraftwerken auf der anderen Seite des Takeshiba Piers ein paar Gaskais. Aber die wären zu klein, um ein Schiff von der Größe aufzunehmen. Die beschränken sich wahrscheinlich auf zehntausend Tonnen, und damit wären sie auch gut beraten. Ein Schiff von der Größe der *Dallas Belle,* eine Meile vom Stadtzentrum entfernt, wäre Wahnsinn ... Er *könnte* es mit Yokohama versuchen. Sieh dir das an. Er brauchte nur hier aus der Fahrrinne herauszukommen und fünfzehn Minuten später »Hallo, Yokohama – wumm!«

»Nein – das ist nicht seine Art.«

»Wie meinst du das?«

»Wenn Mr. Jack vorhat, Tokio zu zerstören, wird er sich nicht mit Yokohama begnügen.«

»Yokohama ist aber nur fünfzehn Meilen von Tokio entfernt und eine sehr wichtige Stadt.«

»Er hat mir erzählt, daß sein Flugzeug, nachdem sie ihre Bomben abgeworfen hatten, ein Treibstoffdepot entdeckt hat, und wenn sie das bombardiert hätten, hätte die Explosion die ganze Stadt verbrannt.«

»Nun, dann hat er ein Problem. Tokio liegt ein gutes Stück die Bucht aufwärts, und vorher kommen Lotsen und Beobachtungsstellen und Patrouillenboote und ein Marinestützpunkt. Vergessen Sie es, Mr. Jack. Sie dürfen ohne spezielle Genehmigung des Hafendirektors nicht einmal hinein. Und um die zu bekommen, müssen Sie alle möglichen Anträge stellen, und Sie wissen verdammt gut, daß man hier draußen« – er deutete auf eine Quarantänezone vor dem Leuchtturm von Tokio – »an Bord kommen wird und eine größere Sicherheitsinspektion durchführen wird. Selbst wenn er uns und Lydia zuvorkommt, würde er es nie schaffen, das Schiff in den Hafen zu bekommen. Die haben dreißig Meilen, vom ersten Lotsen an gerechnet, um ihn aufzuhalten.«

Sarah schüttelte den Kopf. »Michael. Versetz dich in seine Lage. Wie würdest *du* es anstellen, um dieses Schiff in den Hafen von Tokio zu bekommen?«

»Ein Geleitschiff von der Dritten Flotte engagieren.«

»Tu einmal so, als ob Katherines Leben auf dem Spiel stünde.«

»Ich werde bloß an Ronnie denken«, sagte er mit düsterer Miene.

»Tut mir leid«, sagte sie. »Das war jetzt gemein. Ich habe das nicht so gemeint. Ich wollte bloß –«

»Vergiß es. Er macht uns alle verrückt. Aber du hast

recht. Er mag verrückt sein, aber dumm ist er sicherlich nicht. Also, wie würde ich es anstellen, um das Gasschiff nach Tokio zu bringen? ... Es wie etwas anderes aussehen lassen? Die Röhren abdecken, damit es wie ein Schwerfrachter aussieht – Herrgott! Auf dieser Abwrackwerft haben die das Hauptdeck mit Planen abgedeckt.«

Er erinnerte sich daran, wie er angenommen hatte, daß es sich bei den Planen um Feuerschutzmaßnahmen für die Acetylenbrenner gehandelt hatte, mit denen sie das Kreuzfahrtschiff zerlegt hatten. Dann erinnerte er sich an die Kräne – die schweren Hebezeuge rings um das Schiff.

»Er hatte eine Broschüre für ein Kreuzfahrtschiff, das am Pier von Takeshiba anlegen soll«, sagte Sarah. »Er hat gesagt, dieses Schiff gehöre ihm.«

Stone griff nach dem Funkgerät. »Ronnie hat gesagt, sie würden ›kreuzen‹.«

Ehe er das VHF auf den Notkanal sechzehn schalten konnte, hörten sie ihr Flüstern auf Kanal fünf: *»Mummy, Daddy. Mummy, Daddy!«*

»Das ist sie. Ja! Liebes, wir sind hier. Wo bist du?«

Sie mußte ihr GPS in der anderen Hand halten. *»Fünfunddreißig Grad zwanzig Minuten Nord. Einhundertneununddreißig Grad vierzig Minuten Ost.«*

Stone suchte die Position auf dem Kurs, den er von seiner Positionsaufnahme vor O-shima eingezeichnet hatte. »Sie ist dicht hinter uns.«

»Dem Himmel sei Dank«, sagte Sarah.

»Wie schnell fährst du, Liebes?« fragte Stone.

»Zwölf Komma fünf Knoten. Mummy, Mr. Jack hat das Schiff geändert. Wir sehen jetzt wie ein Ozeandampfer aus –«

»Kleines, was zum Teufel –«

»Ich spiele bloß, Mr. Jack. Ich –«

»Ronnie! Ronnie! Mr. Jack. Mr. –« Stone schaltete das

Funkgerät ab. »Herrgott, jetzt hätte ich sie beinahe verraten, falls er zugehört hat.« Er sah wieder nach hinten.

Der Liner, der wie die *QE-2* aussah, überholte sie schnell, pflügte eine dicke weiße Bugwelle in die Wellen. Sarah sagte: »Ist das –?«

Stone erinnerte sich an die ausgeweideten Aufbauten des Kreuzfahrtschiffes auf der Abwrackwerft. »Das ist es, was Ronnie meint – er hat den Gasfrachter getarnt. Das ist die *Dallas Belle!*«

Sarah schaltete auf Kanal sechzehn, um der Hafenpatrouille ein Mayday-Signal zu senden.

Stone hinderte sie daran. »Er wird das hören. Laß mich zuerst Ronnie holen.«

»Was?«

»Bring mich an Bord.«

»Was?«

Stone rannte nach unten, stopfte sich die Bushmaster in seine Windjacke und kam wieder herauf, schlüpfte wieder in seine Handschuhe. »Genauso, wie du heruntergekommen bist. Ich werde auf den Mast klettern bis zur obersten Spiere. Du bugsierst das Boot unter seinen Bug. Windwärts. Backbord. Ich klettere auf den Anker und dann durch die Klüse.«

»Das ist unmöglich.«

Er startete den Motor. »Der Wind dicht neben dem Schiff wird verrückt spielen. Du mußt sofort wieder weghalten, sobald ich auf dem Anker bin.«

Er studierte den Schiffsbug mit dem Feldstecher. »Nicht sehr geschwungen. Ich denke, wir passen da rein.«

»Wenn du abrutschst –«

»Ich werde eine Rettungsweste tragen.« Er holte sie aus dem Spind und legte sie an.

»Du wirst aufs Boot fallen.«

»Wir haben keine Wahl.«

Sarah setzte zu einem weiteren Protest an, sah dann aber, daß es keine andere Möglichkeit gab. »Ja, natürlich.«

»Sie macht zwölfeinhalb Knoten. Das ist fast doppelt so viel wie wir. Du wirst etwa zehn Sekunden haben, um mich hinzubringen. Schaffst du das?«

»Ich denke schon.«

Er wandte sich dem Mast zu.

»Michael.«

Ihr Gesicht sah aus wie aus Onyx gemeißelt. Nur ihre Lippen waren weich. »Gott möge dich segnen.«

Stone packte die Falleinen an der Luvseite.

38

Es war zu lange her, daß er das letzte Mal in Fahrt den Mast hochgeklettert war.

Sarah änderte den Kurs, um vor den Bug des Schiffes zu kommen, wobei das Boot leicht krängte. Das half zwar ein wenig, weil es den Mast schräg stellte, aber trotzdem zitterten seine Arme und Beine bereits, als er die erste Spiere erreicht hatte. Er hatte keine Zeit, Luft zu schöpfen; das Schiff ragte gewaltig vor ihm auf. Er fragte sich, ob sie seine Segel im Dunst schon sehen konnten. Wenn das der Fall war, würden sie vielleicht erraten, was er vorhatte, und dann würden ihn Leute an der Ankerklüse erwarten. Die Waffe fühlte sich unter seiner Jacke schwer und irgendwie fremd an.

Er packte das Fall fester und kletterte weiter. Die *Veronica* richtete sich plötzlich auf, von einer Welle zur Seite geworfen. Er glitt aus, schwang an beiden Händen hängend und krachte gegen den Mast, als das Boot zurückwippte. Seine Hand packte die zweite Spiere, und er zog sich an ihr empor.

Das Schiff war jetzt beinahe über ihm. Er konnte seine Bugwelle hören, einen mächtigen, zehn Fuß hohen Brecher, der aussah, als würde er die Swan einfach beiseite schieben.

Sarah beobachtete ihn über die Schulter; sie stand hochaufgerichtet da, eine Hand am Steuer, die andere über den Augen, um nicht geblendet zu werden, und versuchte abzuschätzen, wie hoch der Bug ansteigen würde.

Der Anker hing höher, als Stone das gehofft hatte. Als das Schiff die letzten paar Meter Abstand zurücklegte, wurde ihm bewußt, daß er würde springen müssen, um ihn zu erreichen. Aber er sah an der mächtigen Stahlplatte nichts, woran er sich festhalten konnte. Eine Bö peitschte gegen das Schiff, und die Segel flatterten und brachten die Swan ins Wanken.

Sarah packte mit beiden Händen das Steuer, kämpfte gegen die Strömung an, die das Schiff um das Ruder tanzen ließ, kämpfte gegen den Wind, der die Segel krachen ließ. Die Bugwelle polterte wie eine Lawine hinter der *Veronica*.

Sarah hob eine Hand, um ihn zu warnen, und bog ein Stück von dem Schiff ab, stimmte das Manöver so ab, daß die Welle unter dem Heck der *Veronica* barst. Der Mast schwang in einem schwindelerregenden Bogen von links nach rechts und kippte dann nach vorn, drohte ihn in die Luft zu schleudern.

Das Schiff verdeckte den Himmel. Sarah gab ihm wieder ein Zeichen und schob sich wieder näher an den mächtigen Rumpf heran. Ein Windstoß peitschte den Mast weg und fegte ihn dann zurück. Die Segel rasselten wie Pistolenschüsse. Stone sah, wie der schwarze Anker ihm ins Gesicht sprang. Die Spitze der Spiere stieß dagegen, und er spürte, wie sie sich unter seinen Füßen verbog. Er ließ den Mast los, ließ sich ganz von dem Schwung tragen, segelte nach oben auf eine glatte Stahlmasse zu, die er mit weit ausgebreiteten Armen und Beinen umfing.

Er konnte spüren, wie das Schiff vibrierte, ihn abschütteln wollte. Es gab nichts, woran er sich festhalten konnte. Er begann abzurutschen. Völlig außer Kontrolle blickte er nach unten, um zu sehen, wohin er stürzen würde. Die *Veronica,* die fast den Schiffsrumpf berührt hatte, begann sich wieder zu entfernen.

Er sah das Wasser, das neben dem Schiffsrumpf dahinraste, sah einen über fünfzig Meter langen Metallstreifen, der allem Anschein nach entlang der Wasserlinie angeschweißt war. Sprengstoff, dachte er, Hohlladungen, um den Rumpf zu knacken. In der Nähe des Bugs war ein rotes Puffersymbol aufgemalt, um die Schlepper zu warnen. Hübsch, dachte er in einem Augenblick seltsamer Losgelöstheit – das bedeutete, daß der »Kreuzfahrer« keinen Schlepper brauchte, selbst am Pier nicht. Dann rutschte er schneller, spürte, wie er von dem gerundeten Ankerflügel abglitt.

Er trug zwar eine Rettungsweste, aber das Schiff würde ihn trotzdem hinunterziehen, wenn er auf das Wasser prallte. Dann stieß sein Fuß gegen etwas, verfing sich – und er wurde sich bewußt, daß er sich an einem rostigen Vorsprung am Ende des Ankerflügels verhängt hatte. Er tastete mit dem anderen Fuß, fand Halt, drückte die Knie vorsichtig durch und zog sich hoch.

Als er endlich wie eine menschliche Fliege an dem Anker klebte, schob er sich vorsichtig Zentimeter für Zentimeter auf den Schiffsrumpf zu. Der Ankerschaft, ein dicker Quader aus geschmiedetem Stahl, schmiegte sich an die Unterseite der Klüse, so daß oben eine vielleicht dreißig Zentimeter breite Lücke freiblieb. Und durch diese Lücke versuchte Stone zu klettern. Er mußte die Rettungsweste abstreifen, um sich durchzuquetschen. Der Wind riß sie ihm aus der Hand. Erneut schob er Kopf und Schulter in die pechschwarze Dunkelheit, aber seine Windjacke war zu dick. Er zog den Kopf wieder heraus und öffnete sie. Die

Bushmaster fiel heraus. Stone sah zu, wie sie lautlos zehn Meter unter ihm ins Wasser klatschte. Er verdrängte die Verzweiflung, die ihn erfaßte, zwängte sich durch das Loch und glitt an einer dicken Kette nach unten.

Er landete neben dem Ankerspill in einem Raum, in dem sich der Mechanismus befand, mit dem man den Anker hob. Er tastete sich an der Wand entlang, fand einen Türverschluß, öffnete ihn vorsichtig und schob die Tür auf. Dahinter war ein weiterer Raum, den das Tageslicht durch eine Gräting an der Deck erhellte. Er fand eine weitere Tür und blickte jetzt über das Vorderdeck auf den hochragenden Aufbau, der im von der Sonne beschienenen Nebel eisig glänzte.

Bizarr. Selbst auf eine Entfernung von nicht einmal dreißig Metern wirkte Mr. Jacks Tarnung so echt, daß er sich unwillkürlich duckte, aus Sorge, die Brückencrew könnte ihn entdeckt haben. Das alles wirkte so echt, und sie hatten sogar die Brückenfenster verglast und innen Lichter angebracht, so daß man den Lichtschein hinter den Bullaugen sehen konnte.

Geduckt hastete er über das Vorderdeck und preßte sich dann an die Vorderseite des Aufbaus. Die Mühe hätte er sich sparen können, wurde ihm jetzt bewußt. Da war niemand. Er schob sich an der Seite entlang, spähte durch einen breiten Spalt, wo zwei Teile der Aufbauten des Kreuzfahrers auseinandergeschnitten und lose wieder zusammengefügt worden waren, und trat in den leeren Raum dahinter.

Tageslicht strömte durch tausend Bullaugen herein. Die Rohre, Ventile und Feuermelder des Gasschiffes wirkten wie gespenstische Ausstellungsstücke in einem Industriemuseum.

Man konnte noch sehen, wo er das Ventil in Shanghai sabotiert hatte – da waren noch Brandspuren und verbogene

Röhren. Er hastete daran vorbei und eilte auf das eigentliche Deckshaus zu, beinahe hundert Meter von ihm entfernt und von schwachem Licht erhellt. Der Wind pfiff, und lose Metallstücke summten ihr Lied.

Endlich erreichte er die Aufbauten der *Dallas Belle*, fand eine Luke und öffnete sie vorsichtig. Drinnen war es wärmer. Das Deck war schmutzig. In der Ferne murmelten die Maschinen. Er schloß die Luke, spähte nach oben und fand einen offenen, zentralen Treppenschacht.

Ronnie und Sarah waren auf dem B-Deck festgehalten worden, unmittelbar unter der Brücke. Er überlegte, ob er den Aufzug nehmen sollte, und entschied sich dann für die Treppe. Wirklich dumm, daß er die Bushmaster verloren hatte, dachte er. Er nahm sich eine Feueraxt von der Wand und fing an, die Treppen hinaufzusteigen, bewegte sich lautlos auf Gummisohlen und hielt sich bei jeder Treppenkehre bereit, zuzuschlagen. Er stieg fünf Decks in die Höhe und sah niemanden.

Die Tür zur Eignersuite war versperrt, ebenso wie die zur Kabine des Kapitäns.

Die Axt in beiden Händen haltend, stieg er lautlos aufs Brückendeck. Ein Stück weiter unten am Korridor war ein Vorhang, der vermutlich zur Brücke führte. Er sah in die Räume entlang des Korridors – Computer, Karten, Kommunikation – alle leer.

Er schob den Vorhang mit der Axt beiseite. Der alte Mann saß in einem wuchtigen lederbezogenen Kapitänsessel vor dem Steuer, den Blick auf einen Dreißig-Zoll-Monitor gerichtet. Die unechten Aufbauten versperrten den Blick aus den Fenstern. Mr. Jack sah aus, als würde er ein Raumschiff steuern.

Ronnie stand dicht neben ihm auf seiner linken Seite. Rechts von ihm war eine verglaste Toilette zu sehen, die an eine Telefonzelle erinnerte. Drinnen lag ein Mann zusammengekrümmt auf dem Boden. Ronnie drehte sich um, und ihr Gesicht erstrahlte in einem Supernovalächeln.

»Daddy!«

Der alte Mann drehte sich in seinem Sessel herum.

Seine behandschuhte Hand hielt eine Pistole, die auf Ronnies Gesicht zielte, und sein linkes Handgelenk war mit einer Handschelle an ihr rechtes gefesselt.

»Die Axt fallen lassen, Doc.«

39

»Die Axt!«

Stone ließ sie aus seiner Hand gleiten.

»Da, setzen Sie sich auf diesen Hocker.« Seine Stimme war wie eine Waffe.

Stone hatte den gebrechlichen Irren im Bademantel erwartet, den er in Shanghai gesehen hatte. Doch jetzt sah er sich einem erstaunlich fit wirkenden alten Mann gegenüber, der kräftig wie Takeldraht und Schäkel wirkte. Frisch rasiert, in einer steif gebügelten Khakiuniform aus dem Zweiten Weltkrieg, wirkte Jack Powell wie ein Bantamgewichtsboxer, der noch keinen Kampf verloren hat.

»Das ist mein Deal, Doc: Sie gehen jetzt ans Funkgerät und rufen die Missis an. Sie sagen ihr, die Regeln sind noch dieselben. Sie hält die Klappe. Kein Funkgerät, keine Hafenpatrouille, keine Störung.«

»Und Sie geben mir Ronnie.«

»Vier Uhr. Tokio Tower.«

»Ich will sie aber jetzt.«

»Jetzt kriegen Sie sie aber nicht.«

»Und wenn ich mich weigere?«

»Dann wird das kleine Mädchen erschossen. Und anschließend Sie. Schauen Sie, Doc, ich mag Ihre Frau wirklich. Ich will sie nicht zur Witwe machen. Aber das werde ich.«

Er warf Stone ein auf Kanal fünf eingestelltes Funkgerät hin.

»Darling?«

»Du hast es geschafft.«

»Nicht ganz. Er gibt immer noch den Ton an. Du darfst mit niemandem sprechen. Folge uns einfach, und ich will sehen, was ich machen kann.«

»Aber was ist mit –« Stone schaltete auf Senden.

»Bleib auf Empfang. Ich ruf dich wieder an, sobald es geht.« Er schaltete das Radio ab. »Okay, Mr. Jack?«

»Gebongt, Doc.«

Stone sah zu Ronnie hinüber und fragte sich, wo wohl der Schlüssel für die Handschellen sein mochte.

»Mr. Jack.«

»Klappe, Doc.«

Er konzentrierte sich auf den Bildschirm. Stone schob sich näher heran. »Nein, Sie bleiben da, wo Sie sind. Setzen Sie sich auf den Hocker.« Stone blieb stehen.

Ronnies Lächeln wurde ängstlich. Das Schiff lehnte sich zur Seite. Fünf Grad zeigte der Kompaß an, der über dem Steuer von der Decke hing. Langsam, behäbig richtete es sich auf dem neuen Kurs wieder auf.

Mr. Jack blickte vom Bildschirm auf. »Was haben Sie mit Moss gemacht?«

»Ihm ein Loch ins Heck geblasen.«

»Das hast du gemacht?« sagte Ronnie.

»Womit?« fragte Mr. Jack.

»Bushmaster.«

»Wo zum Teufel hatten Sie denn die her?«

Stone gab keine Antwort.

»Haben Sie ihn getötet?«

»Als ich ihn zuletzt sah, war er noch am Leben und hat geschöpft. Mit ein wenig Glück hat ihn ein Schiff aufgenommen.«

»Er war für mich wie ein Sohn.«

»Ihr ›Sohn‹ war verdammt nahe dran, uns zu töten.«

»Ja. Nun ...«

»Mr. Jack?« sagte Stone.

Der alte Mann rutschte auf seinem Sessel etwas zur Seite und zog Ronnie näher an seine Waffe heran. »Was?«

Sarah hatte ihn davor gewarnt, wie sprunghaft Mr. Jack war, wie seine Gefühle wie Ripptiden hin und her gehen konnten. Stone konnte seine Stimmung nicht ergründen, konnte nicht sagen, ob es weniger gefährlich war, auf Konfrontationskurs zu gehen oder gute Miene zum bösen Spiel zu machen.

»Was?« wiederholte der alte Mann, und sein steinernes Gesicht begann sich zu röten.

»Ich habe das Gefühl, daß Sie dabei sind, Ihre Pläne in letzter Minute zu ändern.«

»Was für Pläne?« fragte der alte Mann.

Stone sah zu Ronnie hinüber. Sie hatte die Schultern hochgezogen und starrte auf den Bildschirm wie ein Kind, das sich in der Gegenwart von zwei sich streitenden Erwachsenen nicht wohl fühlte. Ebensogut hätten sie über Schulden streiten können oder darüber, wo sie Weihnachten verbringen wollten.

»Ihr Plan für Tokio«, sagte er.

»Und was ist das für ein Plan?«

»Jetzt hören Sie aber auf, Mr. Jack. Ein wenig Verstand sollten Sie mir schon zutrauen.«

»Der Plan ist noch derselbe. Nur meine Rolle hat sich verändert – jammerschade. Ich habe meinen Erbsenzählern schon gesagt, daß sie Japsenaktien verkaufen sollen.«

»Sie machen *Geld* aus dieser Geschichte?«

»Ziemlich schwierig, das zu vermeiden, wenn man vorher weiß, daß die ganze Japsenwirtschaft mit einem Schlag zusammenbrechen wird ... Meine chinesischen Kumpel werden sich dumm und dämlich verdienen ... Sie und Mrs. Doc haben mir wirklich den Spaß ganz schön verdorben.«

Stone ging hoch. »Meine Frau hat Ihnen das Leben gerettet.«

»Ich wette, daß sie das nicht tun würde, wenn sie noch einmal die Wahl hätte«, erwiderte Mr. Jack mit milder Stimme.

»Wer hat auf Sie geschossen?« fragte Stone; er suchte damit nach irgendeinem Keil, den er in die Psyche des Mannes treiben konnte, und wußte doch zugleich, daß er sich darauf nicht sonderlich gut verstand.

»Ein Held«, antwortete Mr. Jack. »Einer der Schiffsoffiziere hat sich zusammengereimt, was ich vorhatte, und versucht, die Welt zu retten.«

»Was ist mit ihm passiert?« fragte Ronnie.

Mr. Jack wirkte überrascht darüber, daß sie immer noch an der Handschelle an seinem linken Handgelenk hing. »Ich habe ihn auf ein anderes Schiff versetzen lassen.«

»Das glaube ich nicht.«

»Weißt du was, Kleines? Das einzige, was mir wirklich leid tut, ist, daß du in meiner Gesellschaft so schnell erwachsen werden mußtest.«

»Werden Sie uns gehen lassen?«

»Noch nicht.«

»Wann?«

Mr. Jack schüttelte den Kopf. Ronnie sah Stone an. Er nickte ihr zu und ließ das Lächeln aufblitzen, mit dem er sie bei den seltenen Anlässen zu beschwichtigen pflegte, wenn sie in ein Restaurant gingen und sie von dem vielen Geschirr und den Gläsern und dem Besteck überwältigt war. Ronnie blinzelte zurück.

»Bist du okay, Liebes?« fragte er leise.

»Alles klar, Daddy.«

Mr. Jack hatte sie beide beobachtet, und Stone hatte das Gefühl, als sei der alte Mann plötzlich müde geworden, und er fragte sich, ob in ihm vielleicht Zweifel aufkamen.

Das VHF-Radio durchbrach die Stille: *»Asian Princess. Asian Princess.«*

»Komm, Kleines. Tokio ruft uns.« Mr. Jack erhob sich aus seinem Sessel und ging mit Ronnie über die Brücke zu der verglasten Toilette. Ohne Stone aus den Augen zu lassen, klopfte er mit der Waffe an die Tür. »Aufwachen, Lotse-San.«

Die um den Toilettensitz gekrümmte Gestalt hob den Kopf und blickte benommen auf. Mr. Jack öffnete die Tür und gab ihm das Funkgerät. »Tokio Wan Traffic Control. Sie sind dran, Kumpel.«

»Asian Princess. Asian Princess«, wiederholte das Radio.

Der Pilot antwortete auf japanisch und redete eine Weile.

Mr. Jack sagte zu Stone gewandt: »Wir haben unseren eigenen Uragalotsen.«

Der Pilot beendete sein Gespräch.

»Was gibt es?« fragte Mr. Jack.

»Ich habe bestätigt, daß ich an Bord bin. Seit Shanghai.«

»Alles okay?«

»A-okay bis Tokio Light.«

»Ich wecke Sie bei Tokio Light.« Er schloß die Tür.

Der Pilot übergab sich in die Toilette und schlief wieder ein.

Mr. Jack erklärte: »Die Vorschriften verlangen einen qualifizierten Piloten an Bord. Ich habe mir diesen Typen nach Shanghai einfliegen lassen.«

»Und die Sicherheitsbehörden haben da mitgemacht?«

»Solange ich bereit war, dafür zu bezahlen. Und im Falle von Captain Yakamoto, glaube ich, sind die ganz froh, wenn sie ihn eine Weile los sind. Der Mann säuft.«

»Weiß er, was Sie tun?«

»Der hat schon Mühe, sich den eigenen Namen zu merken. Falls Sie sich einbilden, daß Sie in diesem Typ einen Kumpel haben, können Sie das vergessen. Er gehört ganz mir. Alles ist bereit. Die *Asian Princess* hat sich den Takeshiba Pier schon seit sechs Monaten reserviert. Der Hafenmeister hat vor, die Passagiere persönlich zu begrüßen.«

Der Leuchtturm von Tokio war nur sieben Meilen vom Takeshiba Pier entfernt. Das Schiff machte augenblicklich zwölf Knoten, die zulässige Höchstgeschwindigkeit auf der Fahrstraße. Sobald sie den Leuchtturm passiert hatten, würde nichts mehr sie aufhalten können.

Was würde Sarah zu ihm sagen? »Es ist moralisch falsch, eine Million Menschen zu töten«? Mr. Jack war es gleichgültig, ob er eine Million Menschen tötete. Ihm gefiel der Gedanke.

»Mr. Jack?«

»Ja.«

Stone deutete mit einer Kopfbewegung auf das Steuer, das sich nach den unsichtbaren Kommandos des Autopiloten bewegte. »Was passiert, wenn etwas vor das Schiff kommt?« Eine gute Frage, und im übrigen war ihm wohler dabei, wenn er darüber redete, was in den Dingen vorging, und nicht darüber, was in den Menschen vorging.

»Der Pott hat mehr Radar als der Kennedy Airport. Alles in den Kurscomputer integriert. Wenn uns etwas in den Weg kommt, bremst sie ab oder fährt einen Bogen darum herum.«

»Und wenn dafür kein Platz ist?«

Der alte Mann starrte ihn an, und um seinen kalten Mund huschte die Andeutung eines Lächelns. »Dann pfeift der Computer.«

»Erstaunlich«, sagte Stone, bemüht, beeindruckt zu klingen. »Ich hatte nicht gewußt, daß OMBO inzwischen so weit entwickelt ist.«

»Das ist die dritte Generation. Mit dieser Anlage können Sie die Crew nach dem Verlassen des Hafens mit dem Hubschrauber von Bord holen und beim nächsten Hafen eine neue Crew hinbringen. Das spart eine Menge Arbeit dazwischen.«

»Schlimm für Segelboote.«

»Die meisten haben ja Radarreflektoren. Genaugenommen würde man selbst im Hafen keine Mannschaft brauchen, wenn da nicht diese verdammten Vorschriften der Küstenwache wären.«

Stone nickte mitfühlend, in der Hoffnung, ihn ins Gespräch zu ziehen. Es schien zu funktionieren. Während Mr. Jack den Bildschirm überwachte, tauschten sie Geschichten über Erlebnisse mit der Küstenwache und den Bürokratien in einem Dutzend Häfen aus. Stone erzählte ihm, wie er die Bushmaster von dem Söldner bekommen hatte. Mr. Jack konterte, indem er behauptete, er habe japanische Terroristen vom rechten Flügel dazu gebracht, Moss' Versuch, die *Veronica* zu versenken, zu unterstützen.

Sechsmal wurden sie vom VHF unterbrochen, und Mr. Jack weckte jedesmal den Lotsen, um den anderen Schiffen und der Verkehrskontrolle zu antworten. Aus glasigen Augen auf das Radar starrend, ordnete der Pilot geringfügige Kursänderungen an, die Mr. Jack dem Computer eingab. Stone zerbrach sich dabei die ganze Zeit den Kopf, wie er Mr. Jack am Reden halten konnte.

Plötzlich tippte der alte Mann auf den Radarschirm und platzte heraus: »Sie glauben wohl, ich spinne? Sehen Sie, was das ist?«

»Dieses große Ziel?«

»Darauf können Sie Ihren Arsch verwetten, daß das ein

großes Ziel ist. Das ist die *Admiral Yamamoto* von der Navy der Japse, der größte Helikopterträger auf der ganzen Welt. Ich wette Dollars gegen Donuts, daß die taktische Luft-Boden-Atomraketen haben ... Ich spinne doch schließlich nicht, wissen Sie.«

Stone nutzte vorsichtig die Chance, die sich ihm bot. »Sie haben wirklich lange auf Ihre Rache gewartet.«

»Eigentlich nicht. Ich habe die Japse seit dem Krieg gehaßt, aber mir ist erst in letzter Zeit klargeworden, daß ich wirklich alles hatte, was es braucht, um da wirklich etwas zu unternehmen – das Schiff, das Gas, meine Kumpel in Shanghai ... Hat Ihre Frau Ihnen gesagt, daß ich spinne?«

Stone wußte nicht, was er sagen sollte. Mr. Jack starrte ihn an und beantwortete sich dann seine Frage selbst: »Ihre Frau glaubt nicht, daß ich spinne. Sie denkt, daß ich böse bin.«

»Das einzige, was ihr im Augenblick wirklich wichtig ist, ist, Ronnie lebend zurückzubekommen.«

Ronnie dämmerte mit offenen Augen vor sich hin und lehnte halb an dem alten Mann.

»Daddy?«

»Ja, Liebes.«

»Es gibt noch ein Rettungsboot.« Sie blickte zu Mr. Jack auf, als würde sie damit rechnen, daß er sie zum Schweigen brachte, aber er erklärte: »Es waren zwei Boote da. Der Captain hat letzte Nacht eines genommen.«

»Ah Lee hat mir gezeigt, wie es funktioniert, Daddy. Man braucht nur einen Hebel zu ziehen, dann fällt es vom Schiff.«

»Im freien Fall«, sagte Mr. Jack. »Das ist für die Bohrtürme entwickelt worden. Fällt runter wie ein Stein. Praktische Fluchtmöglichkeit für Brände und Explosionen.«

»Was ist damit, Liebes?«

»Man muß sich anschnallen. Weil es wirklich hart aufprallt. Aber es bricht nicht. Stimmt's, Mr. Jack?«

»Fest anschnallen und alle Luken dichtmachen.«

»Daddy?«

»Was?«

»Lauf weg!«

»Was? Wovon redest du da?«

Mr. Jack lachte. »Die Kleine ist einmalig!«

»Lauf weg, Daddy!«

»Ich kann dich doch nicht allein lassen«, sagte Stone.

»Und wer ist dann bei Mummy?«

Stone traten die Tränen in die Augen. »Du bist ein Schatz.«

»Was die Kleine da sagt, hat etwas für sich, Doc. Vielleicht lasse ich Sie am Leuchtturm laufen.«

»Lassen Sie sie gehen.«

»Nein.«

»Warum? Sie ist doch bloß ein Kind.«

»Wie Sie vorher schon gesagt haben, Doc. Ich habe meine Pläne geändert. Aber ich will nicht allein sterben. So, wie sich alles entwickelt hat, ist Ronnie mein bester Freund auf dem ganzen Planeten.«

»Dann lassen Sie sie gehen.«

»Daddy. Bitte, lauf weg. Sag Mummy, daß ich sie liebhabe.«

Stone sah seine Tochter an und sah den Mut in ihren Augen leuchten. »Ohne dich könnte ich ihr nicht in die Augen sehen«, sagte er.

»Das ist nicht fair«, konterte Ronnie.

»Warum lassen wir das nicht Mummy entscheiden?« sagte Mr. Jack und schaltete das VHF ein.

Stone stand auf.

»Wo wollen Sie denn hin, Doc?«

»Ich werde nicht zulassen, daß Sie sie quälen.«

»Ganz ruhig, Doc.« Mr. Jack fuchtelte mit der Pistole herum und hielt sie dann Ronnie an den Kopf.

Stone ging auf ihn zu.

»Was machen Sie?«

»Ich tue das, was meine Frau tun würde.«

Mr. Jacks Augen weiteten sich. »Wovon reden Sie da? Zurück, Mann. Ich töte sie.«

»Und was dann?« sagte Stone und rückte näher.

»Noch ein Schritt, und sie ist tot.«

»Ihr bester Freund auf dem ganzen Planeten.«

»Herrgott, Doc. Sie kennen mich nicht. Nehmen Sie das Radio, und fragen Sie Ihre Frau, ob ich schieße. Sie kennt mich.«

»Wir kennen Sie beide.«

Stone ging weiter. Er war noch reichliche zwei Meter von dem Sessel entfernt. Er fühlte sich, als würde er die Swan in trübem Wasser über Korallenriffe steuern.

»Letzte Warnung, Doc. Stehenbleiben.«

»Sie werden sie ja ohnehin töten.«

»Sie haben es nicht anders gewollt. Tut mir wirklich leid, Kleines –«

Ronnie zog sich von ihm zurück, ihre Arme, ihre Beine und ihr Oberkörper preßten sich zusammen wie eine Feder. Er riß sie mit der Handschelle zurück. Aber ihre freie Hand hatte sich bereits zu einer winzigen Faust geschlossen.

Ein schriller Schrei endete mit dem trockenen Knacken des Schusses.

40

Ronnie fiel unter den alten Mann, und sie gingen beide wie ein Haufen Äste und Zweige zu Boden.

Stone versuchte verzweifelt, Mr. Jack die Pistole zu entreißen, aber sie zuckte an seiner Hand vorbei – und dann richtete sich das O des Laufes voll auf sein Gesicht.

Ronnie bäumte sich nach hinten und hieb ihre Faust zum

zweiten Mal auf Mr. Jacks verwundete Schulter. Die Augen des alten Mannes traten fast aus ihren Höhlen. Wieder kam ein Schrei, diesmal noch schriller als der erste, aus seinem Mund und verhallte dann. Ein Zucken durchlief ihn, und dann ließ er die Waffe fallen, griff sich an die Schulter und krümmte sich zusammen. Stone stieß die Waffe über das Deck und packte Ronnie. »Alles okay?«

Ihre Augen flammten, ihre Nasenflügel bebten, und ihre Lippen hatten sich zurückgezogen, so daß man ihre Zähne sehen konnte. *»Mistkerl.«*

»Wo ist der Schlüssel für die Handschellen?«

»Den hat er über Bord geworfen.«

Stone rannte nach der Axt. Mr. Jack stöhnte und hielt sich seinen Arm.

»Schnell«, sagte Stone zu Ronnie. Er hielt schützend seine Hand über die ihre, spannte die Kette von Mr. Jacks Handgelenk und hieb mit der Axt darauf.

Das Deck nahm die Schläge auf. Er schlug ein dutzendmal zu, zielte immer wieder auf ein Kettenglied. Es war mühsam, mit einer Hand die Axt zu führen. Er spürte Mr. Jacks Blick auf sich.

»Zu spät, Doc. Sie können es nicht mehr aufhalten.«

»Warten Sie es ab.«

»Haben Sie die Hohlladung an der Wasserlinie gesehen?«

»Ja, die habe ich gesehen.«

Mr. Jack hatte Mühe, Luft zu bekommen. »Das beste Bombenteam der ganzen Welt könnte die nicht rechtzeitig entfernen.«

»Vielen Dank für die Warnung.«

»Und wenn Sie das Schiff drehen – dann geht es hoch, das ist einprogrammiert.«

Stone fuhr fort, auf die Kette einzuhacken. Im Werkzeug des Bootsmaates gab es sicherlich Bolzenschneider, aber da hätte er Ronnie lieber mit einem verwundeten Schakal allein gelassen. »Das glaube ich nicht; Sie haben das Programm darauf eingestellt, daß Sie Schiffen ausweichen, die das Radar entdeckt.«

»Ich habe natürlich eine Toleranz eingebaut, Schlaumeier. *Ah!«* Er griff sich an seinen verletzten Arm, und Stone erkannte erst jetzt, daß dem alten Mann nicht nur die verwundete Schulter schmerzte, sondern der ganze linke Arm.

»Sie haben gerade einen Herzanfall, nicht wahr, Mr. Jack?«

Der alte Mann atmete keuchend. »Ich habe ein Herz wie eine Turbine.«

»Wieviel Toleranz ist eingebaut, Mr. Jack?«

»Fuck you!« Wieder ließ ein Krampf Mr. Jack zusammenzucken, und seine Lungen rasselten. *»Herrgott!* Geben Sie mir doch eine Spritze.«

»Wieviel Toleranz?«

»Sie müssen mir eine Spritze geben. Sie sind Arzt.«

»Da haben Sie den falschen erwischt. Ich bin ein lausiger Arzt.«

Das Kettenglied zersprang. Stone riß Ronnies Hälfte der Kette los und nahm das Kind in die Arme. Ihr Atem ging fast ebenso gequält wie der des alten Mannes. Aber ihre Augen fingen an, glasig zu werden – ihr Bewußtsein war offenbar im Begriff abzuschalten. Er preßte sie fest an sich und rannte auf den Brückenflügel hinaus.

Der Nebel hatte sich gehoben. Der Nachmittag war düster, aber die Sicht klar. Sie hatten bereits Yokohama passiert. Kawasaki lag zu ihrer Linken, Tokio Light unmittelbar vor ihnen. Sobald sie den Leuchtturm passiert hatten, würde das Schiff keinerlei Manövrierfähigkeit mehr haben, bis es den inneren Hafen erreicht hatte. Er konnte den Tokio Tower und Hunderte von Bürogebäuden sehen.

»Wo ist Mummy?«

Stone hatte sich bereits nach ihr umgesehen. »Die sehen wir bald.«

»Aber Mr. Jack hat gesagt, wir explodieren.«

»Komm, hilf mir.« Er trug sie zur Brücke zurück. Mr. Jack lag mit geschlossenen Augen reglos da. »Geh, wecke den Lotsen«, forderte Stone Ronnie auf. »Schütte ihm Wasser über das Gesicht.«

Er hieb auf den Notknopf für die Schiffspfeife, die darauf sieben schrille Töne von sich gab, und rannte dann ans Steuer, um auf den Bildschirm zu sehen. Der programmierte Kurs der *Dallas Belle* war in einer sauberen, blauen Linie dort zu sehen, zwischen den äußeren Wellenbrechern des Hafens in die Westpassage von Tokio, vorbei an Container- und RoRo-Kais, vorbei an der Signalstation, vorbei an den Gaskais und dem Kraftwerk von Toden Oi – das in einer sekundären Explosion in die Luft fliegen und den Hafen zerstören würde – vorbei am World Trade Center, wo das Schiff aus der Hauptfahrrinne ausbiegen und mit voller Wucht die letzten tausend Meter zum Takeshiba Passagierterminal rasen würde.

»Da ist er«, sagte Ronnie.

Der Lotse stand schwankend, naß und kampflustig auf den Beinen und zuckte jedesmal wieder zusammen, wenn die Dampfpfeife ertönte und das Deck erbeben ließ. Stone drücke ihm das VHF in die Hand. »Rufen Sie Tokio Traffic. Sagen Sie ihnen, wir leiten einen Einhundertachtzig-Grad-Bogen nach Backbord quer über die Fahrrinne und in die nach draußen gerichtete Spur ein. Sagen Sie denen, daß alle Schiffe uns Platz machen sollen. Sagen Sie ihnen, daß wir fünfzigtausend Tonnen verflüssigtes Erdgas an Bord haben, die explodieren werden – hören Sie mir zu!« Das Gesicht des Japaners hatte jeden Ausdruck verloren. »Um sechzehn Uhr explodieren – in einer halben Stunde. Sagen Sie ihnen, wir nehmen Kurs auf die Mitte der Bucht.«

Der Lotse riß die Augen auf.

»Los jetzt!«

Auf dem Bildschirm näherte sich das winzige Schiffsbild, das die *Dallas Belle* darstellte, den äußeren Wellenbrechern. Andere Schiffe wurden als Radarziele angegeben, jeweils mit Geschwindigkeit und Kurs. Er griff ans Steuer, und das Schiff begann sich zu seiner Erleichterung zu drehen. Er hatte Angst gehabt, daß der alte Mann das Steuer irgendwie blockiert hätte, aber es funktionierte, und das Schiff reagierte auf seine Maßnahme.

Am liebsten wäre er jetzt nach draußen gerannt, um mit eigenen Augen sehen zu können, aber er ließ es bleiben. Er hatte alles vor sich auf dem Bildschirm: eine Kolonne von Schiffen, die hinter ihm hereinkamen; und auf der gegenüberliegenden Seite die nach draußen fahrende Kolonne. Als die *Dallas Belle* abbog, projizierte der Bildschirm eine blaue Linie, die sich ständig weiterdrehte, während das Schiff selbst abbog. Es sah aus wie eine Sense, die durch die Radarziele schnitt. Die Zahlengruppen auf dem Bildschirm zeigten an, daß sie Kurs und Tempo veränderten, während die Verkehrskontrolle Warnungen aussandte, um die anderen Schiffe auseinanderzuscheuchen.

Der Lotse schrie ihn an.

»Englisch!« brüllte Stone.

»Tokio Traffic verweigert die Erlaubnis, in der Tokiobucht zu bleiben.«

»Was wollen Sie, daß ich tue?«

»Sie sagen, Kurs auf die Sagamisee.«

»Geht nicht. Um sechzehn Uhr wären wir mitten in der Meerenge. Wir würden dann Yokohama, Yokosuka und Kimitsu vernichten. Sagen Sie ihnen, wir bleiben in der Bucht.«

Der Pilot bewegte sich auf den Vorhang zu.

»Ronnie! Schnell! Die Pistole.«

Sie lief zu der Stelle, wo die Waffe hingerutscht war, und

kam dann zu Stone zurückgerannt. »Gehen Sie wieder in diese Toilette, Mann, und schließen Sie die Tür. Wir nehmen Sie ins Boot, wenn wir soweit sind.«

Der Lotse bewegte sich weiter auf den Vorhang zu. Stone drückte ab. Glas splitterte. Der Mann griff sich mit beiden Händen an den Kopf und rannte in die kleine Zelle.

»Wie geht es dir denn, Süße?«

»Okay, denke ich. Und dir?«

»Großartig. Wie spät ist es?«

»Fünfzehn achtundvierzig.«

»Findest du den Weg zum Rettungsboot?«

»Ja.«

»Wie lang brauchen wir dorthin?«

»Vier Minuten.«

»Und ist dort alles bereit?«

»Ja. Du brauchst bloß hineinzuspringen und den Hebel zu ziehen.«

»Ist der Aufzug da? Sieh mal nach.«

Sie rannte durch den Vorhang hinaus. Stone blickte unverwandt auf den Bildschirm. Ein sehr großes Schiff fuhr jetzt quer vor den Bug der *Dallas Belle.* Stone drückte den Knopf für die Dampfpfeife, ließ ihn nicht los und blieb auf Kurs.

»Mr. Jack? Können Sie mich hören?«

»Ich höre Sie, Sie Mistkerl.«

»Können Sie gehen?«

»Nein.«

»Wir werden Sie tragen.«

»Lassen Sie mich auf meine Art sterben.«

Stone sah auf das verrückte alte Gesicht herunter. »Ich werde Sie nicht in der Nähe des Steuers lassen.«

Jetzt kam Ronnie zurück. »Aufzug ist hier. Es ist fünfzehn einundfünfzig, Daddy.«

Er winkte dem Lotsen, der aus der gläsernen Toilettenzelle zusah. Der Mann kam gerannt. »Helfen Sie ihm auf«, sagte Stone. »Wir verschwinden jetzt.«

Mr. Jack stemmte sich auf ein Knie hoch, stöhnte vor Schmerz.

»Festhalten«, sagte Stone und blockierte das Steuer. Eine Warnsirene heulte auf. Die *Dallas Belle* bog scharf nach backbord, ein Manöver, das einem Zerstörer alle Ehre gemacht hätte. Stone drückte erneut den Knopf für die Dampfpfeife, und dann verließen sie die Brücke, kämpften gegen die steile Neigung des kreisenden Schiffes an.

Mr. Jack und der Lotse taumelten in die Aufzugkabine. Stone folgte ihnen, die Pistole in einer Hand und Ronnie mit dem anderen Arm an sich gedrückt, als die Kabine nach unten fuhr. Als die Tür sich auf dem Hauptdeck öffnete, mußten sie wieder gegen die steile Neigung ankämpfen, als Ronnie sie durch eine Luke aufs Achterdeck führte.

Eine Leiter spannte sich über das Rettungsboot, das in den Davits hing. Die starke Neigung des Schiffes erschwerte es ihnen, durch das Luk im Dach des Rettungsbootes zu steigen, aber Stones Hauptproblem bestand darin, an Bord zu gehen, ohne die Kontrolle über die Situation zu verlieren. Er und Ronnie mußten als erste einsteigen. Wenn sie das nicht taten, konnten der Lotse und Mr. Jack es ohne sie starten. Er sah auf die Uhr. Drei Minuten.

»Steig ein, Süße. Ich komme dicht hinter dir.« Er drehte sich um und stieg rückwärts ins Boot, beobachtete den Piloten und Mr. Jack, die jetzt die Leiter heraufstiegen. »Sie zuerst, Mr. Jack.«

Das Gesicht des alten Mannes war eine graue Maske aus Schmerz und Wut. Hinter ihm kam der Lotse, der ihn drängte und die ganze Zeit »Schnell, schnell« schrie.

»Scheiß-Japs.«

»Los jetzt«, schrie Stone. »Wir haben keine Zeit mehr. Ronnie, schnall dich an.«

Der Lotse stieß kräftiger. Der alte Mann wirbelte in einer fließenden Bewegung herum und trat ihm ins Gesicht. Der Lotse fiel aufs Deck. »Ich bleibe«, erklärte Mr. Jack Stone. »Zum Teufel mit euch allen!«

Sie hatten keine Zeit mehr. Stone knallte das Luk zu und schnallte sich neben Ronnie an. Durch die Abdeckung sickerte orangerotes Licht herein. Ihre kleine Hand lag bereits auf dem Starthebel.

»Los!«

Sie riß den Hebel zu sich heran und schrie. Stones Magen machte einen Satz. Sie fielen. Eine Sekunde später prallten sie mit einem gewaltigen Ruck, der ihre sämtlichen Knochen durchrüttelte, auf das Wasser auf. Das Boot kippte zur Seite. Stone spürte, wie die Strömung von der Schraube der *Dallas Belle* das Rettungsboot wegschleuderte.

Er schnallte sich los, eilte zum Steuer und griff mit einer Hand nach dem Anlasser. Der Motor sprang an. Aber ehe Stone die Schraube einkuppeln konnte, spürte er einen harten Stoß durchs Wasser und wußte, daß es zu spät war. Die Sprengstoffladungen an der Backbordseite des Schiffes waren entlang der Wasserlinie detoniert.

Er griff nach Ronnie. Ein oder zwei Sekunden würden ihm verraten, ob er, indem er das Schiff auf die Seite gelegt und damit die Sprengstoffladungen untergetaucht hatte, die Explosion hatte ersticken können, ehe sie das verflüssigte Gas zünden könnte.

41

Das Rettungsboot hörte plötzlich mit einem lauten knackenden Geräusch zu schaukeln auf und lag dann schräg da, als ob es mitten in der Bucht auf Grund gelaufen wäre.

Stone öffnete das Luk.

Ein kalter Wind stach ihm ins Gesicht. Das Schiff war eine Viertelmeile entfernt, lag in einem Eisfeld schräg auf der Seite. Das Eis breitete sich mit rasender Geschwindigkeit aus.

Schon hatte es den Helikopterträger *Admiral Yamamoto* eingeschlossen, der zwischen der *Dallas Belle* und dem Rettungsboot lag, und raste jetzt weitere tausend Meter weiter und gefror das Meerwasser zu kristallinen Wellen, die hart und hell wie Glas waren. Ein rauchiger, weißer Nebel stieg von der starren Oberfläche aus. Seevögel fielen aus dem Himmel, die Federn von Schnee umhüllt.

Am dicksten war der Nebel um das Schiff, wo weiterhin eisiges Gas aus dem aufgebrochenen Rumpf ausströmte. Stone zog Ronnie durch das Kabinendach.

»Was ist passiert?«

»Das kalte Gas hat das Wasser gefrieren lassen. Komm! Das explodiert jetzt jeden Augenblick!«

Ihre Augen weiteten sich ungläubig und blieben dann an der *Dallas Belle* haften. »Da, sieh dir Mr. Jack an. Er ist gefroren.«

Eine Strichfigur klebte in halber Höhe der Aufbauten an einer Leiter.

Stone ließ Ronnie von dem Rettungsboot herunter, und dann fingen sie an, über die gefrorene Bucht zu rennen, kletterten über Eishügel und rutschten in Täler, den Rücken dem Schiff zugewandt, die Gesichter im Wind.

»Ist es giftig?«

»Nur, wenn es die ganze Luft verdrängt.«

Rings um sie war eine seltsame Stille, die nur von einem klimpernden Geräusch durchbrochen war wie von tausend winzigen Windglöckchen. Hie und da riß der Nebel auf, und sie konnten am Ufer Lichter sehen und Schiffe, die vor dem sich immer noch ausbreitenden Eis flohen.

»Es bewegt sich!« schrie Ronnie.

Sie waren eine halbe Meile vom Schiff entfernt, und die Eisschicht wurde dünner, wogte in der Dünung. Plötzlich kam eine zackige Öffnung auf sie zu wie ein angreifendes Tier. Sie wichen aus. Seewasser schoß empor, bespritzte sie. Stone glitt aus und stürzte. Er rappelte sich hoch, griff nach Ronnies Hand und fing wieder zu rennen an. Dann trat er plötzlich und ohne jede Warnung durch eine weiche Stelle, dünn und verräterisch unsichtbar. Er sah sich um. Das Schiff war in Nebel gehüllt, das orangefarbene Rettungsboot ein kaum mehr sichtbarer Punkt. Das vom Eis gefangene Kriegsschiff war hell beleuchtet. Auf den Decks konnte man einen dichten Klumpen von Helikoptern sehen, und in der Takelage waren die Signalflaggen gefroren.

Ein weiterer Spalt schlängelte sich auf sie zu, bewegte sich träge in der Dünung. Die Eisfläche löste sich in einzelne Schollen auf. Noch eine Minute, und sie würden frei schwimmen – Meilen vom Ufer entfernt, während es immer dunkler wurde. Aber zum Rettungsboot zurückzukehren würde ebenso tödlich sein. Jeden Augenblick würde brüchig gefrorener Stahl in einem Beben von Funken zerspringen und das Gas entzünden.

»Da ist Mummy!«

Die Swan strebte geradewegs auf sie zu, das Großsegel schwarz, der Klüver weiß wie eine Möwe. Sarah jagte das Boot durch das halbgeschmolzene Eis am Rande des Feldes und steuerte es dann auf eine feste Scholle, während Stone und Ronnie von Eisscholle zu Eisscholle springend auf sie zurannten.

Ronnie brach ein. Stone packte sie, sprang über eine Wasserrinne auf die nächste Scholle und landete hart in der Nähe des Bootes, brach dabei aber mit beiden Füßen durch das Eis. Noch im Fallen schwang er Ronnie mit ganzer Kraft an ihrem Arm.

Er sah, wie Sarah ihre Hand zu fassen bekam und sie über die Rettungsleine zog. Dann zerrte das Wasser ihn in die Tiefe, und Eisbrocken schlossen sich über seinem Kopf. Seine Stiefel füllten sich, zerrten ihn in die Tiefe. Er streckte die Arme, als könne er Luft in seine Lunge zerren. Etwas stieß gegen seine Handfläche, und er schloß die Hand und hielt sich mit letzter Kraft daran fest.

Sein Kopf brach durch die Oberfläche, und er sah Sarah auf Deck knien; sie versuchte, ihn mit einem Bootshaken an den Rumpf heranzuziehen. Er schaffte es, mit der anderen Hand das Schanzkleid zu packen, und dann hing er da, spürte, wie das eisige Wasser an seinen Kräften nagte, und nahm wie durch einen Nebel wahr, daß die Segel wie die Becken eines Schlagzeugs krachten.

Sarah schrie Ronnie etwas zu. Das Kind fummelte am Mast herum und zog ein Fall über die Rettungsleine. Sie schlangen es um ihn, zogen es unter seinen Armen durch. Dann kurbelte Sarah an der Mastwinsch, und Stone spürte, wie er langsam aus dem Wasser und über die Schiffsseite gezerrt wurde.

»Dreh das Boot herum.«

Er kroch am Deck entlang ins Cockpit und griff nach dem Steuer. Der Wind kam von Westen. Die *Dallas Belle* lag im Osten im Eis. Er ließ den Motor an und benutzte seine Kraft dazu, das Heck vom Eis zu lösen. Aber anstatt nach Süden auf die Sagamisee zuzusteuern, bog er nach Osten.

»Wir müssen dieses Helikopterschiff dazwischen bekommen, sonst bläst uns die Schockwelle aus dem Wasser.«

»Da kommt eine Polizeipatrouille«, sagte Sarah.

»Die sind nicht das Problem.« Jeden Augenblick würden Funken aus einer zersplitternden Platte des brüchigen Stahls eine Gasblase entzünden. Die *Veronica* fing einen günstigen Wind auf und wurde schneller. Dann hatte sie endlich den Punkt erreicht, wo der Helikopterträger ihren

Blick auf die *Dallas Belle* verdeckte. Er wechselte den Kurs und steuerte jetzt auf die Meerenge zu, sah sich immer wieder um, um sicherzugehen, daß ihr Schild sie weiterhin schützte.

Plötzlich schien ein Sonnenuntergang durch die Wolken über dem Gasträger zu brechen. Und dann explodierte die *Dallas Belle* heller als jeder Sonnenuntergang. Ein Feuerball schoß brüllend in den Himmel und tauchte die Bucht von Tokio von einem Ufer zum anderen in rubinrotes Licht.

Die See bebte unter der Swan wie ein Erdbeben. Eine Schockwelle krachte in die Segel und warf sie zur Seite.

Ehe sie sich wieder ganz aufgerichtet hatte, war der Himmel so hell wie am Mittag.

Schiffe und Boote flohen vor dem Feuer, während andere wie Motten offenbar davon angezogen wurden. Das Kriegsschiff, das sie vor den schlimmsten Auswirkungen der Explosion geschützt hatte, flog plötzlich auseinander und schleuderte brennende Helikopter auf die Schiffe in seiner Umgebung.

In der ganzen Bucht fingen Schiffe in einer Folge von Explosionen Feuer, jedes steckte das nächste an wie Signalfeuer, die eine Botschaft in den Hafen trugen.

Der Wind wurde heiß. Das Eis verschwand. Säulen von Feuer, hoch in den Himmel ragend, sich drehend, Spiralen bildend wie Tornados, rasten auf die Stadt zu.

Auf den äußeren Wellenbrechern spiegelten die Glasfassaden von Gebäuden die Flammen wider und platzten dann auseinander wie rote Mohnkapseln, die ihre Blütenblätter in den Wind verteilen. Autos und Lkws flogen brennend von einer Hängebrücke, fielen herunter wie Lametta. Eine Gruppe von Schornsteinen eines Kraftwerks brach in sich zusammen wie Finger, die sich zu einer feurigen Faust schließen.

Stone richtete sein Glas auf den Tokio Tower, der über

dem Herzen der Stadt stand wie ein Gefangener, der auf die Strafe wartet. Ein Eisenbahnzug mit Tankwagen auf einem Pier explodierte in einer langen Folge dröhnender Explosionen, die sich als Schlußakkord des grausigen Geschehens erwiesen. Über ihm flackerten die Feuersäulen wie Kerzen im Wind. Langsam, widerstrebend sanken sie auf das Wasser zu, und in ihrem verblassenden Licht sah Stone, daß der Hafen die schlimmste Wucht des Zerstörungswerks aufgefangen hatte. Tokio Tower stand noch, jetzt ein Wächter für die Stadt, die überlebt hatte.

Weihnachtsmorgen. Dreißig Meilen südlich von Nojimazaki faltete Stone seine Japankarte zusammen und drehte die *Veronica* nach Südosten ins offene Meer. Er suchte den Horizont ab, wo gerade der Gürtel des Orion mit schwachem Leuchten im Westen unterging, und ging unter Deck.

Sarah und Ronnie saßen im Hauptsalon unter einer Decke auf der leeseitigen Koje, umgeben von Ronnies Plüschpinguinen und Alligatoren und den in Geschenkpapier gewickelten Schachteln, die sie vor sechs Wochen in Kwajalein gekauft hatten.

»Mein Held!« so hatte Ronnie ihn genannt, seit sie aufgewacht war.

Stone gab Ronnie einen Kuß auf die Stirn und Sarah einen auf den Mund. »Mummy ist auch eine Heldin, Süße. Ohne sie würden wir immer noch schwimmen.«

»Oder inzwischen gebraten sein. Mummy, wann machen wir die Geschenke auf?«

»Wenn dein Vater ein wenig geschlafen hat.« Sarah hob die Decke. »Komm her.«

Stone zwängte sich zwischen sie und schlug ihr eselsohriges *Ocean Passages for the World* auf.

»Wo fahren wir hin, Daddy?«

»Na ja, die arme *Veronica* braucht Reparaturen an der

Steuerbordspiere, und dann muß dieses Loch in der Kombüse dauerhaft geflickt werden, ehe irgend so ein Hai zum Mittagessen hereingeschwommen kommt. Also wird unsere erste Station ein hübscher warmer Strand sein.«

»Und wohin dann?«

»Dann möchte deine Mutter sehr gern nach Hause segeln.«

Ronnie sah ihn verwirrt und ein wenig beunruhigt an. Dann sammelte sie ihre Geschenke um sich und holte sich ihre Plüschtiere. »Nach Hause? Wir sind doch zu Hause.«